ハンディ版

オールカラー

よくわかる俳句歳時記

石寒太◎編著

ナツメ社

ハンディにしてオールカラーの初の新書判歳時記……石 寒太

私は2010（平成22）年10月に『オールカラー よくわかる俳句歳時記』をナツメ社より刊行しました。本書は以後10年間にわたり多くの愛読者を得て売れ続け、いまもなお親しまれています。しかし、本の造りとして少し厚く重く、バッグに入れて吟行や旅行に携帯できるもっとコンパクトなものはできないかと、ずっと考えてきました。

このたび長きにわたる苦労の末、ようやくハンディ（新書判）で使いやすいオールカラーの歳時記として新たに刊行し、日の目を見ることができたことはうれしい限りです。先の『オールカラー よくわかる俳句歳時記』とともに、手軽な姉妹版として旅や吟行に携え、また机上《きじょう》に備えて活用していただければ幸いです。

さて、日本の四季・山河は美しいものです。東西南北に長い日本列島の四季折々の風物や暮らし、行事、動物・植物などを、先人たちは俳句という世界最短詩型の中に詠み続けてきました。詠《うた》うことが自らの存在の証しであった、といってもいいのです。

もとより、四季折々の万物に触れて心情の吐露《とろ》などをしてきた俳句。それらを収載した歳時記は日本の季節や風土の原郷《げんきょう》を網羅した貴重な書物であり、詠うことは古今東西を問わず人間の本性の一つでもありました。「雪月花の時に最も君を憶《おも》ふ」と詠《えい》じたのは中国の詩人・白楽天《はくらくてん》、「春は花 夏ほととぎす 秋は月 冬雪さえて すずしかりけり」と詠んだのは道元《どうげん》禅師、いずれも詩歌の本意《ほい》をついた言葉といえます。

いまや俳句は、偏狭な民族主義を超えてグローバルに広がる世界の詩となる時機に来ているのではないでしょうか。地球温暖化などが問題となっている今日、季語を再確認して俳句を詠むことは、世界や自然認識の視野を広げる契機になるともいえます。世界の美しい山河は崩れ、濁り、四季は時の流れに抗《あらが》いつつあります。そして、地上では戦争も絶えません。

われわれ日本人をはじめ、いまや俳句（ＨＡＩＫＵ）は世界の50カ国以上で作られている詩です。俳句愛好者は美しい自然や優しい心情や習俗を次代に継承していく、それが一人ひとりの務めであることを再認識すべき時でしょう。歳時記は句作のよすがになるだけではありません。政治・経済・文化・芸術などのあらゆる分野において、世界の人々と共存共栄してゆかなければならない次代をつくる若人たちにとっても、他国を知る前に自国を知る道標として必ず役立つ一書でもあります。

一人ひとりの俳句を、広く日本人の詩の精華を総集したハンディ版歳時記として、ここにいま送り出します。

この四季折々の風土・暮らし・行事・動植物などを詠った俳句を、手軽に広く親しんでもらいたいと念じたのも、現代の状況に思いを致したからに他なりません。この歳時記は、その底に美や夢を求める日本人の心を探ろうとする試みの表れでもあります。それはまた、多様な民族の違いを認めて尊重しつつ、広く世界のことを共に考える道筋へとつながっていくでしょう。

四季や山河がいつまでも美しいということだけでなく、人々の言葉の韻律《しらべ》がいつまでも豊かに優しいものであるように、季節にふさわしい写真を数多く用いたハンディ版のカラー歳時記がここに初めて誕生した、といってもよいでしょう。そんな本書がいまの環境の中で受け入れられ、明日に向かって生きていく私たちのために一人でも多くの人の心に迎えられ、さらにまた長く愛され続けて多くの方々の目に触れることを、編著者として心より願ってやみません。

目次

※目次では見出し季語のみ掲載しています。

※ページ数の上の表記はそれぞれの季節を「初」「仲」「晩」に3区分したもので、その季節全体にわたる季語は「三」と記しています。なお、この区分は地域によって差異が見られる場合があります。

多彩な季語

多彩な季語

秋

多彩な季語

コラム

冬 …… 383

基本的な季語

多彩な季語

コラム

忌日

凡例

◎本書は基本的な季語を踏まえ、それをさらに多彩に広げていける、ハンディでオールカラーの歳時記です。

◎春は立春より立夏の前日、夏は立夏より立秋の前日、秋は立秋より立冬の前日、冬は立冬より立春前日まで、新年は冬とは別に正月と関係のある季語を収めました。

◎季語は時候・暮らし・行事・動物・植物に分類し、忌日は巻末にまとめました。

◎各季節と新年はそれぞれ〝基本的な季語と名句・秀句〟〝多彩な季語と秀句・佳句〟の2部構成にしました。前者では基本的な季語と伝統的な名句を中心に詳述、後者では伝統的な季語とともに現代の生活に即した季語や新しい感覚の例句も数多く収載しました。

◎見出し季語を季節ごとに初春・仲春・晩春のように初・仲・晩に分け、その季節を通じて用いられるものは三春などとしました。

◎見出し季語の下に傍題・関連季語と関連性のある季語を幅広く記したところもあり、関連季語と関連性のある季語には表記の区分(前述の初・仲・晩・三)と異なるものがあります。

◎例句の配列はおおむね時代順ですが、主に解説を記した句は冒頭に太字で入れました。

◎ルビは新仮名を用いていますが、見出し季語において旧仮名の表記がある場合は左にもルビを付し、傍題等では仮名で記す語は旧仮名を用いて右に新仮名のルビを付しました。

◎読みやすく・誤りにくくするために、忌日を除いて例句・作者名にも適宜、新仮名のルビを付しました。原句にはないものも数多くあります。

◎巻末の総索引には収載季語6630語のすべてを新仮名遣い・五十音順で記しました。

春

立春（2月4日頃）～立夏の前日（5月4日頃）

時候

立春《りっしゅん》

［初春］　春立つ・春来《きた》る・春さる・立春大吉・春はじめ

立春の米こぼれをり葛西橋《かさいばし》　石田波郷《はきょう》

春立つや誰も人よりさきへ起き　上島鬼貫《うえしまおにつら》

美しく晴れにけり春立ちにけり　星野立子《たつこ》

立春の竹一幹《たけいっかん》の目覚めかな　野澤節子

季語解説　万物が生命の息吹にあふれる春の始まりの日は、他の季節にも増して待ち遠しいものです。まだ寒さのなかですが、暦のうえでは春、気温も少しずつ上がり始めます。立春は二十四節気《にじゅうしせっき》の一つで、新暦では2月4日頃にあたります。旧暦では新年と立春は時を同じくすることが多く、貝原好古《かいばらよしふる》の『日本歳時記』には「元日は正月の日の始《し》なり。立春は正月の気の始なり」と記されています。

立春を題として詠まれたと思われる最も古い歌は『万葉集』の柿本人麻呂《かきのもとのひとまろ》の「ひさかたの天《あま》の香《か》具山《ぐやま》この夕霞《ゆうべかすみ》たなびく春立つらしも」といわれています。

例句解説　戦後まもない昭和21年（1946）の作です。戦地で病《やまい》を得て戻った波郷は疎開後、この年の1月に上京して江東区《こうとう》の焼け跡に住みました。荒川の放水路に架かる葛西橋は、予後の波郷の散歩道だったのでしょう。千葉への買い出しの荷物から落ちたのか、橋の上に貴重な白米がこぼれていました。立春の光の中で輝く米に、明るい春を感じています。

寒さのなかで感じる春の訪れ。

時候

春《はる》めく

［初春］

春きざす・春動く・春浅し・浅き春・浅春《せんしゅん》・早春・二月尽《にがつじん》

まながひに雲ぞ春めく吸入器　吉岡禅寺洞《ぜんじどう》

春めきてものの果てなる空の色　飯田蛇笏《いいだだこつ》

今日何も彼《か》もなにもかも春らしく　稲畑汀子《いなはたていこ》

春浅しまだまだヨハンシュトラウス　岩城《いわき》宏之

季語解説　寒の戻りを繰り返しながら、次第に春らしい日が多くなっていきます。暖かな季節を待ち望む心は、日の光、気温、風、草の芽など、万物に訪れるささやかな変化を見逃しません。春めいてきたことを感じる、それだけで寒さの中で身についていた緊張が解けていきます。

この季語が俳句によく詠まれるようになったのは、高浜虚子《きょし》の「春めきし野山消え去る夕かげり」あたりからといわれます。「二月尽」は新暦の2月末、春の訪れを実感する頃です。

例句解説　吉岡禅寺洞は「ホトトギス」の同人の時代もありましたが、昭和10年（１９３５）に無季俳句を提唱し、新興俳句運動の九州の中心となって活躍しました。

大きく口をあけ、喉に薬まじりの蒸気をあてる吸入器を使いながら、目は窓の外の雲を見ています。空の蒼《あお》さが深まっていく春、雲は白さを際立たせています。病者の鋭敏な神経が捉えた春の気配です。

時候

薄氷《うすらい》《うすらひ》

［初春］

残る氷《こおり》・春の氷・薄氷《うすごおり》・春氷《はるごおり》

泡のびて一動きしぬ薄氷《うすごおり》　高野素十《すじゅう》

せりせりと薄氷《うすらい》杖《つえ》のなすままに　山口誓子《せいし》

薄氷の上を流るる水少し　星野立子《たつこ》

文明の興り亡《ほろ》べり春氷　田中裕明《ひろあき》

季語解説　春先、池や川の岸辺、水たまりに張る氷は、薄くはかなく、つい触れてみたくなります。

薄氷は古典和歌においては、季節感をもたなかったり、冬のものとして詠まれたりしていましたが、次第に春の季感を付されるようになりました。薄氷を春の季題として俳句に詠んだのは、高浜虚子《きょし》の「薄氷の草を離るる汀《みぎわ》かな」が初めといわれます。

例句解説　氷の下に入った空気の動きに目を留めています。泡が透けて見えるほどの氷の薄さが、かすかな「一動き」を可能にしました。小さな景色の中に春浅い気配を見事に捉えています。

高野素十は法医学者でもあり、高浜虚子に師事しました。

岸辺に薄く張った氷。

時候

雪崩《なだれ》

［仲春］

地こすり・なだれ雪・雪解《ゆきげ》・雪解《ゆきどけ》・雪解水《ゆきげみず》・雪解川・雪解風・雪解雫《ゆきげしずく》・雪解光・雪間《ゆきま》・雪しろ・雪しろ水・雪汁・雪濁り・残雪・残る雪・雪残る

国二つ呼びかひ落《お》す崩雪《なだれ》かな　前田普羅《ふら》

天懸《あまかけ》る雪崩の跡や永平寺　皆吉爽雨《みなよしそうう》

青天に音を消したる雪崩かな　京極杞陽《きょうごくきよう》

一瞬が一瞬を追う雪解川　宇多《うだ》喜代子

季語解説　雪崩の主なものは、低温の冬に降り積もった新雪が自重のために滑り落ちる表層雪崩と、早春に気温が上昇して積雪の底と地面の間に雪解け水が流れて起こる全層雪崩です。俳諧で春季とされるのは、後者の全層雪崩を指したもののようです。

例句解説　「国二つ」の措辞《そじ》が雪崩の景を大きくしています。北の山深い国境《くにざかい》、緩み始めた寒さに春を感じる頃、二つの山に雪崩が起こりました。こだまするように轟《とどろ》く音の中を、白煙の塊《かたまり》となった雪がスローモーションのように渓谷に落ちていきます。後には静かな青い天が広がっています。

雪解け水が起こした全層崩壊の雪崩。

時候

啓蟄《けいちつ》

[仲春]

地虫《じむし》出づ・地虫穴を出づ・蛇穴を出づ・蛇出づ・蜥蜴《とかげ》出づ・蟻《あり》穴を出づ・蟇《ひき》穴を出づ・蟇出づ

けいちつや負児《おいご》の頸《くび》のねぢれ垂れ　原コウ子

啓蟄を秘めて掃かれし大地かな　上野 泰《やすし》

啓蟄の蛇に丁々斧《おの》こだま　中村汀女《ていじょ》

啓蟄やもう楸邨《しゅうそん》はうはのそら　石《いし》 寒太《かんた》

季語解説　二十四節気《にじゅうしせっき》の一つで旧暦の2月上旬、新暦では3月5日頃にあたります。「仲春の月、蟄虫《ちっちゅう》咸《みな》動き、戸を啓《ひら》き始めて出づ」と、古代中国の書『礼記《らいき》』月令編《がつりょう》にあるように、この頃、冬眠していた昆虫・蛇・蛙《かえる》・蜥蜴などが地上に出てきます。
　またこの時季、雷が初めて鳴ることが多く、冬眠中の虫の目を覚まさせる「虫出しの雷《らい》」ともいいます。

例句解説　母に背負われた幼子を即物的に詠んでいます。啓蟄の頃、農作業も忙しくなり、子を負う農婦も田畑で働きます。母の動きにつれ、背の子の首は角度をつけて垂れていきます。そんな無理な姿勢のまま熟睡しているのです。眠ることで成長する、子どもの柔らかな命の力が捉えられています。

冬眠から覚めた蜥蜴。

時候

彼岸《ひがん》

［仲春］

中日《ちゅうにち》・万燈日《まんどうび》・彼岸会《ひがんえ》・彼岸講・彼岸寺《ひがんでら》・入り彼岸・彼岸入り・彼岸明け・彼岸前・彼岸過《ひがんすぎ》・彼岸詣《ひがんもうで》・彼岸参《ひがんまいり》・春分・彼岸団子・彼岸西風《にし》・彼岸潮《ひがんじお》

毎年よ彼岸の入《いり》に寒いのは　正岡子規《しき》

彼岸前寒さも一夜《ひとよ》二夜《ふたよ》かな　斎部路通《いんべろつう》

彼岸過ぐ枯葦《かれあし》がうすもいろに　松村蒼石《そうせき》

季語解説　彼岸は秋にもありますが、単に彼岸といえば春です。寒さから解放されて外出も容易になる春の彼岸は、人々の生活に喜びをもたらします。春分を中日とする7日間が彼岸です。

「暑さ寒さも彼岸まで」といいますが、春の暖かさが定まろうとするこの頃、寒さが急に戻ることがあります。

例句解説　子規の掲句は「母の詞自《ことばおのずか》ら句になりて」という前書きを付け、この時季の実感を口語調で詠みました。明治26年（1893）、子規病臥《びょうが》前の穏やかな暮らしのなかの句です。

春の彼岸は花見の前触れともいえる。

結核の病巣が広がり、痛みに苦しんだ子規の晩年を母・八重《やえ》と妹の律《りつ》は手厚く看護しました。子規が逝った時、涙のうちに「サア、もう一遍痛いというてお見」と呼びかけたその姿に、あたりは粛然となったと、河東碧梧桐《かわひがしへきごとう》は記しています。

時候

春昼《しゅんちゅう/しゆんちう》

［三春］　春の昼・春の空・春空《はるぞら》・春天《しゅんてん》・春の雲・春雲《はるぐも》

春昼や映し映れる壺二つ　三宅清三郎《せいざぶろう》

春昼や廊下に暗き大鏡　高浜虚子《きょし》

いちまいの鰈《かれい》をむしる春の昼　橋　閒石《かんせき》

春昼の背後に誰か来て祈る　横山房子

季語解説　近世・明治期には春の暮れや宵を詠むことが多く、春昼は大正期以降使われるようになった季語です。

日本列島が移動性高気圧に包まれる頃、晴天が続き、日差しは明るく、ぽかぽか陽気に誘われて昼間はつい眠気を催すほど。春ののどかさを最も感じる時間です。

例句解説　冒頭句はそんな春の昼の屋内の一場面を切り取っています。明るく暖かな戸外に比べ、建物の中は暗くひんやりと感じられます。美術商の店の中でしょうか、並べられた二つの壺が、互いを映し合ってひっそりと立っています。外が春めいているだけに、客のいない静寂さがいっそう際立って感じられ、次第に思いを心の内側に向かわせていくようです。

冷たかった板廊下に差す日。

時候

春《はる》の暮《くれ》

［三春］

春暮《しゅんぼ》・春の夕《ゆう》・春夕べ・春薄暮《はるはくぼ》

鈴に入る玉こそよけれ春のくれ　三橋《みつはし》敏雄

竹伐《き》れば竹の血にじむ春のくれ　萩原麦草《ばくそう》

春のくれ夫《つま》なき家に帰りくる　桂《かつら》　信子

門ひとつ残りつくづく春の暮　高柳重信《しげのぶ》

なんとなくけだるい春の夕暮れ。

季語解説 和歌の伝統を踏まえ、俳諧でも「春の暮」は春の終わりを指していました。もの皆いきいきと命を育む季節の終わりには、おのずとそれを惜しむ思いが生まれたのです。時代が下るにつれて春の日暮時もいうようになり、現在では春の夕暮れ時を指すことが多く、季節の終わりの意には「暮の春」を使います。

「山里の春の夕暮来てみればいりあひの鐘に花ぞ散りける」（能因法師）の歌のように、春の夕暮れにはそこはかとないもの悲しさが漂います。

例句解説 三橋敏雄の掲句はそんな時刻に鈴の音を聞く人を詠んでいます。土鈴《どれい》なのでしょうか、手元で振ると中に入れられた玉が、なんとも快い美しい音を立てます。小さな鈴を振りながら、春の夕暮れのかすかなけだるさに身を委ねているのです。

時候

麗《うらら》か

［三春］

うらら・麗日《れいじつ》・長閑《のどか》・のどけし・のどやか・駘蕩《たいとう》・暖か・ぬくし・春暖《しゅんだん》・春日和《はるびより》

麗かや松を離るる鳶《とび》の笛　川端茅舎《ぼうしゃ》

うららかや猫にものいふ妻のこゑ　日野草城《そうじょう》

うららかや空より青き流れあり　阿部みどり女《じょ》

麗かや野に死に真似《まね》の遊びして　中村苑子《そのこ》

季語解説 明るくのどかな春の日の様子です。日差しはあまねく降り注いでいます。

大伴家持《おおとものやかもち》は『詩経《しきょう》』の「春日《しゅんじつ》遅々《ちち》」から発想して「うらうらに照れる春日にひばり上がり心悲しもひとりし思へば」（『万葉集』）と詠みました。「長閑」、日永《ひなが》、遅日《ちじつ》なども、春の「駘蕩」とした風情を異なる角度から捉えた季語といえるでしょう。

例句解説 松の木の高い枝にいた鳶が鳴きながら枝を離れ、飛び立っていきました。大きく輪を描きながらピーヒョロロと鳴く鳶の背後には、晴れ渡る春の空が広がっています。

「うららか」は声が明るくほがらかなさまや、心に隠すところがなく、さっぱりとのどやかなさまにも使われます。

松から飛び立つ鳶。

時候

春光《しゅんこう》《しゆんくわう》

［三春］

春の光・春の日・春日《はるひ》・春日《しゅんじつ》・春の色・春色《しゅんしょく》・春望・春景・春景色・春容・春陽・春日向《はるひなた》・春日影・春日傘・春の入日《いりひ》・春没日《はるいりひ》・春の夕日・春夕焼《はるゆうやけ》・春夕焼《はるゆやけ》

春光のステンドグラス天使舞ふ　森田 峠

伎芸天《ぎげいてん》春光容《い》れし僧居《お》らず　天野莫秋子《ばくしゅうし》

春光や土竜《もぐら》のあげし土もまた　原 石鼎《せきてい》

礫像《たくぞう》の全身春の光あり　阿波野青畝《あわのせいほ》

季語解説　春の訪れはまず、明るくなった日差し、伸びてきた日脚から気づかされます。暖かな春の日差しが寒さの疲れをほぐし、景色をいきいきと見せます。春の光を詠んだ歌といえば、紀友則《きのとものり》の「久方の光のどけき春の日にしづ心《ごころ》なく花の散るらむ」（『古今集《こきんしゅう》』）が知られています。春光には春の景色、風光の意味もあります。

例句解説　教会の祭壇の上の大きな窓にはめ込まれたステンドグラスに、春の光が差します。神の事跡を描いたステンドグラスには天使の姿も見えます。赤・青・黄・緑などのガラスを透して、ひときわ鮮やかに教会の中を彩っています。

時候

東風《こち》

［三春］
朝東風《あさごち》・夕東風・梅東風・桜東風・雲雀東風《ひばりごち》・荒東風《あらごち》・強東風《つよごち》

夕東風のともしゆく燈《ひ》のひとつづつ　木下夕爾《ゆうじ》
東風吹くや耳現《あら》はるるうなゐ髪　杉田久女《ひさじょ》
梅東風やくるま座内に児《こ》を放つ　平井さち子
ネクタイの表裏さだかに桜東風　佐藤文香《あやか》

季語解説　冬の季節風は北西から吹きますが、春になると東からの風に変わります。温順な風ばかりとはいえず、強く吹いたり、雨を伴うこともあります。

東風といえば、すぐに思い浮かぶのが菅原道真《すがわらのみちざね》の「こち吹かば匂ひおこせよ梅の花あるじなしとて春を忘るな」（『拾遺集《しゅういしゅう》』）。この歌のように東風は梅を咲かせ、春を到来させる風として詠まれてきました。

例句解説　木下夕爾の掲句は昭和21年（１９４６）に発表。春の到来を告げる風が吹くなか、街の家々に灯がともされ始めました。出かけていた人はわが家に帰って、夕《ゆう》餉《げ》の団欒《だんらん》の時間です。

戦争の時代を経て平和な生活の尊さを静かに訴えるこの句は、同時に発表された「家々や菜の花色の灯をともし」とともに、詩人の感性が生かされた好句として愛誦《あいしょう》されました。

春光のぬくもりや日差しが開花を促す。

時候

春風《はるかぜ》

［三春］ 春の風・春風《しゅんぷう》

春風や闘志いだきて丘に立つ 高浜虚子《きょし》

春の風草深くても古郷なり 小林一茶

古稀《こき》といふ春風にをる齢《よわい》かな 富安風生《とみやすふうせい》

鬱《うつ》の日の春風チェロのｆ字孔《こう》 竹内洋平

季語解説 北の冷気と南の暖気が入り乱れる春は、気温の変化が大きく、天候も変わりやすい季節です。激しい雨や風の日もあれば、うって変わって穏やかな晴天の一日もあります。そんな日は吹く風も暖かく、肌に心地よく、まさに春風駘蕩《たいとう》といった風情です。

例句解説 冒頭句は大正2年（１９１３）作。郷里・松山の先輩・正岡子規《しき》に憧れ、相携えて俳句の道に進んだ虚子と河東碧梧桐《かわひがしへきごとう》でしたが、新傾向俳句を唱道する碧梧桐と、守旧派を任ずる虚子の俳風は次第に異なっていきました。

一時小説に熱中し、子規から引き継いだ俳誌「ホトトギス」の雑詠募集を中断していた虚子は、明治45年（１９１２）から雑詠を再開。この句はその時の俳壇復帰の決意を示しています。闘志に春風を合わせた感覚は、虚子ならではの志といえるでしょう。

春風に揺れる草花。

時候

風光《かぜひか》る

［三春］

光る風・光風・風やはら《わ》か

風光る入江のぽんぽん蒸気かな　内田百閒《ひゃっけん》

風光る閃《ひら》めきのふと鋭《する》どけれ　池内友次郎《いけのうちともじろう》

風光り泥のひかりの大きな手　成田千空《せんくう》

風光りすなはちもののみな光る　鷹羽狩行《たかはしゅぎょう》

季語解説　うららかな春の日、暖かな風が心地よく感じられます。木の葉はそよぎ、水辺もきらきらと日差しを反射しています。春風が光を屈折させ、風景にいきいきとしたリズムをつくっているのです。その中を動くものたちも輝いているようです。ことに若い人や生き物の初々しい美しさは、明るい光の中で目に心地よく感じられます。

近代になって多く詠まれるようになった季語です。

例句解説　入江を進む船ののどかな様子を詠んでいます。「ぽんぽん」と単調な発動機の音が、あたりの風景に溶け込み消えていきます。水面は風と船が起こす波で光り続けています。小さな漁船か、人や荷物を運ぶ艀《はしけ》か、穏やかな生活のひとこまです。

漁船も進むのどかな入江。

時候

陽炎《かげろう》《かげろふ》

［三春］ 糸遊《いとゆう》・遊糸《ゆうし》・野馬《かげろう》・野馬《やば》・陽焔《ようえん》・かぎろひ《い》

野馬《かげろう》に子供あそばす狐《きつね》かな　野沢凡兆《ぼんちょう》

糸遊によろづ解けゆく都かな　高桑闌更《らんこう》

原爆地子がかげろふに消えゆけり　石原八束《やつか》

季語解説　春、気温の上昇と強い日射で地表の水分が熱せられて蒸発し、地面から立ち上る時に光線が屈折してゆらゆらと揺れ、遠くのものが浮動して見えることです。「糸遊」は「遊糸」とも書き、和歌の題にもなっています。「野馬」の表記は中国の古典『荘子《そうじ》』に見られます。

例句解説　陽炎が燃える春の野に、子狐を遊ばせている親狐の姿を写しています。あるいは、大きさの違う狐が戯れているさまを、親子に見立てたものでしょうか。一心に遊び続ける子どもたちの姿が、狐に操られてのことと思わせるほど、無心に楽しそうに見えたのでしょうか。燃え立つ陽炎が目の前の景色を妖しく、そして非現実的な童話的な世界へ誘《いざな》っていきます。

時候

霞《かすみ》

［三春］
遠霞《とおがすみ》・夕霞・朝霞・霞立つ・薄霞・春霞・霞《かす》む・朧《おぼろ》・鐘朧・草朧

ふりむけば灯とぼす関や夕霞　炭《たん》　太祇《たいぎ》
春なれや名もなき山の薄霞　松尾芭蕉《ばしょう》
帰るべき山霞みをり帰らむか　小澤　實《みのる》

陽炎に揺らぐ電車。

季語解説　空気中に広がる微細な水滴や塵《ちり》が空や遠景をぼんやりさせる現象、また霧や煙が帯のようにある高さに漂う現象をいいます。霧・霞・靄《もや》は実体は同じですが、感覚的な区別があります。霧のように目の前に立ち込めるのではなく、遠くかすかなもの、あたりの風景と渾然《こんぜん》と溶け合うのが霞です。また、夜の霞は「朧」といいます。

上代には霞の季感は明確ではなく、壬生忠岑《みぶのただみね》の『拾遺集《しゅういしゅう》』の歌「春立つといふばかりにやみ吉野の山もかすみて今朝は見ゆらむ」が詠まれた頃には、霞が春の訪れを告げると感じられていたようです。

例句解説　長い春の日をたよりに歩き続け、なんとか日のあるうちに関所を越えました。安堵《あんど》の気持ちで振り返ると、夕霞に包まれた関所には早くも灯がともっていました。旅の人恋しい気持ちが伝わってきます。

時候

春雨《はるさめ》

[三春]

春の雨・春時雨《はるしぐれ》・春霖《しゅんりん》・春夕立《はるゆだち》・春驟雨《はるしゅうう》・穀雨《こくう》

春雨や降るとも知らず牛の目に　小西来山《らいざん》

春雨や小磯の小貝ぬるるほど　与謝蕪村《よさぶそん》

東山低し春雨傘のうち　高浜年尾《としお》

春雨や人の言葉に嘘《うそ》多き　吉岡　実《みのる》

季語解説　細やかにしとしとと降り続く雨です。芭蕉《ばしょう》の言葉を服部土《はっとりど》芳《ほう》が記した『三冊子《さんぞうし》』では、旧暦の正月から2月初めに降るのを「春の雨」、2月末から3月に降るのを春雨としています。これは連歌《れんが》の伝統を引いたものです。

春雨は強く降ることはなく、また暖かな雨なので、どことなく艶《つや》めいた風情があります。花や木の芽を育てる恵みの雨でもあり、正岡子規《しき》の「くれなゐの二尺伸びたる薔薇《ばら》の芽の針やはらかに春雨のふる」の短歌に、春雨の一面がよく捉えられています。

艶めいた風情のある春雨。

例句解説　細やかな春雨に大きな牛を取り合わせています。農耕に使われている牛の目に、この雨は見えているのでしょうか。そう思わせるほど、かすかな暖かい雨です。

時候

花曇《はなぐもり》

［晩春］
養花天《ようかてん》・春陰《しゅんいん》

花曇小雀《こがら》の嘴《はし》の苔一片《こけいっぺん》　島村　元《はじめ》

花ぐもり田にしのあとや水の底　内藤丈草《じょうそう》

ゆで玉子むけばかがやく花曇　中村汀女《ていじょ》

浮き立つ気持ちがそがれるような曇り空。

季語解説　桜の花が咲く頃の曇天《どんてん》で、花と一体となったような薄ぼんやりとした曇り空が広がります。

3、4月頃は日本付近を低気圧と高気圧が相次いで通るため、短期間で天気が変わります。曇りがちの日が多く、太陽や月に暈《かさ》ができることもあります。どんよりとして暖かい花曇の後は、総じて細やかな雨に変わります。

例句解説　病《やまい》を養う作者（島村元）が、庭先に動く小雀のくちばしに苔がついているのを見つけました。庭の虫を啄《ついば》んだ時についたものでしょうか。こんな曇り空の日は晴れない心を抱え、こうしてただ庭を見ているのです。

時候

春《はる》の山《やま》

［三春］

春嶺《しゅんれい》・春山《はるやま》・春山《しゅんざん》・弥生山・山笑ふ《う》・笑ふ《う》山

春の山らくだのごとくならびけり　室生犀星《むろうさいせい》

春の山のうしろから烟《けむり》が出だした　尾崎放哉《ほうさい》

雲に触れ春嶺肌を燃やし合ふ　岡田日郎《にちお》

もの忘れするたび仰ぐ春の山　黛《まゆずみ》　執《しゅう》

季語解説 北宋《ほくそう》の画家の著した『郭《かく》熙画譜《きがふ》』に「春山淡冶《しゅんざんたんや》にして笑ふが如《ごと》く」と記されていることから、春の山は「山笑ふ」とも形容され、季語にもなっています。

冬の間、枯れ色をまとっていた山が春の訪れとともに次第に目覚め、命の生動を感じさせるようになっていきます。木々は芽を吹き、下草も日一日と青みを増してきました。奈良の若草山のように山焼きをして黒くなった姿、頂上付近の雪が解けて雪形を現す山、遠く雲を従えて霞《かす》む山、春の花に彩られた山、春の山にはたくさんの顔があります。

例句解説 春の山をラクダの瘤《こぶ》に見立てています。遠く切り立つ山ではなく、ほど近い柔らかな曲線を描く山々がほのぼのと霞んで、どこまでも春らしい景色をつくり出しています。作家・詩人らしい句です。

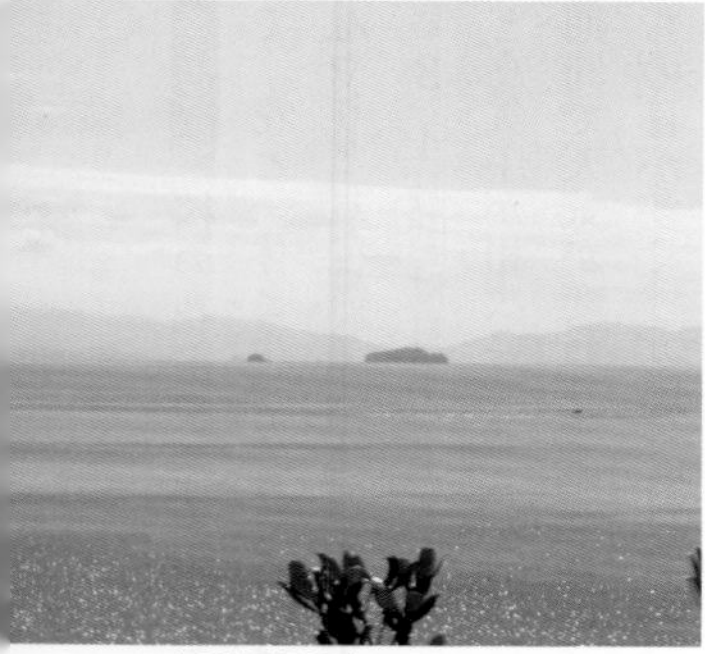
と霞む春の山。

時候

春《はる》の海《うみ》

［三春］

春の浜・春の渚《なぎさ》・春の磯・春の沖・春の湖《うみ》・春の波・春濤《しゅんとう》・春怒濤《はるどとう》・春潮《しゅんちょう》・春の潮《しお》・観潮《かんちょう》

春の海終日《ひねもす》のたりのたりかな　与謝蕪村《よさぶそん》

春の海たちまち変《かわ》る貌《かお》もてり　石原舟月《しゅうげつ》

父母遥《はる》かわれもはるかや春の海　中村苑子《そのこ》

父としてしきりにかなし春の海　鈴木六林男《むりお》

季語解説　うららかな春、海も凪《な》いで明るく輝いていています。打ち寄せる波はいつ果てるともなく、同じリズムを繰り返します。

春は渡り鳥が北へ帰っていく季節でもあり、海の上を雁《かり》、鴨《かも》、白鳥などが次々に引いていく姿が見られます。また、日本で繁殖するウミネコなどがにぎやかに海辺に群がります。海の中では魚たちが動き始めます。餌になるプランクトンが繁殖し、それを食べて魚類の産卵、稚魚《ちぎょ》の生育も盛んです。海に出る船の数も増え、活気にあふれます。

例句解説　「春の海」の本意《ほい》をそのまま大きな景に詠んでいます。「のたりのたり」しているのは波かうねりか明らかにしていませんが、その音を聞いていると、心地よさ・のどかさのなかにかすかなもの憂さが兆してきました。これも春という季節の一面です。

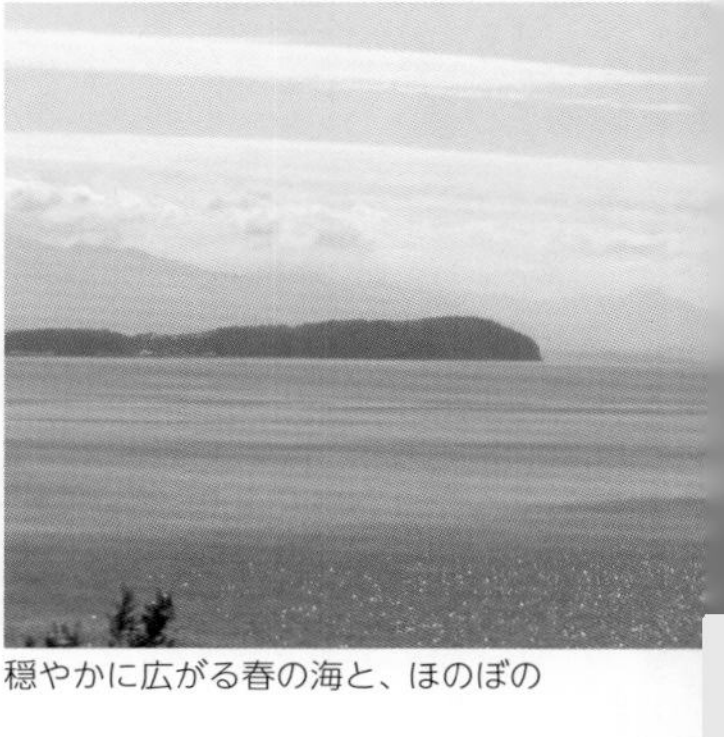

穏やかに広がる春の海と、ほのぼの

時候

春田《はるた》

［三春］

春の田・苗代《なわしろ》・苗田《なえだ》・苗代田

みちのくの伊達《だて》の郡《こおり》の春田かな　富安風生《とみやすふうせい》

春の田へ進んで行くや山の水　桜井梅室《ばいしつ》

能登《のと》の海春田昃《かげ》れば照りにけり　清崎敏郎《きよさきとしお》

春田より春田へ山の影つづく　大串《おおぐし》　章《あきら》

季語解説　稲作の作業が本格的に始まる前の田のさま。前年稲を刈った後、切り株が残ったままの田、緑肥となる紫雲英《げんげ》が一面に咲く田、荒く鋤《す》き返されて土の香りに満ちた田、水をたたえてあたりの景色を映している田、そのような田んぼを指します。

水が張られると、冬の間休んでいた田が一気によみがえり、稲を育てていく活力にあふれて見えます。「苗代」の苗が伸びてくると田植えは間近です。

例句解説　たたみかけるように「の」でつないで焦点を絞り、春田が眼前に現れます。旅の途中、列車の窓からの嘱目《しょくもく》でしょうか。目の前の景が地名としてはっきり認識された時、春田の生命感も一緒に実感されます。

土の香りに満ちた春の田。

時候

春泥《しゅんでい》

［三春］

春《はる》の泥《どろ》・春の土・土恋し・土の春

寺子屋に傘《からかさ》多し春の泥　　松瀬青々《せいせい》
武蔵野の春泥重く歩きけり　　上林《かんばやし》　暁《あかつき》
曾《そ》根《ね》崎《ざき》の昼闌《た》けにけり春の泥　　日野草城《そうじょう》
春泥の子の血吾《わ》が唇《くち》もて覆ふ　　長谷川秋子

季語解説 春先、雪や氷、霜が解け、地面がぬかるんでいます。また、降り続く春雨に地面はなかなか乾きません。舗装道路が一般的になるまで、このような風景はどこでも見られました。ぬかるみに履物や着物を汚さないよう、乾いた所を選びながら慎重に歩いていても、自転車や車が泥を跳ねて通り過ぎます。人ばかりでなく、道路脇の家の板塀やガラス窓にも跳ねが飛び、午後の春光にやっと乾いているのを見かけたりします。やっかいな春泥ですが、春が来たという喜びもあるのです。

春泥の季語は近世にはほとんど使われていません。明治38年（1905）刊行の松瀬青々の句集『妻木《つまき》』に収録されている掲句が、春泥の句の初出とされています。

例句解説 寺子屋の上がり口に並んだ濡れた傘と汚れた子どもたちの履物に、春の到来を感じ取った作者は「春の泥」にたくさんの思い出をもっているのでしょう。

時候

行《ゆ》く春《はる》

［晩春］

春の名残・春尽く・春のかたみ・春の果《はて》・春惜しむ・惜春《せきしゅん》・徂春《そしゅん》・春尽《しゅんじん》・春の行方・春の泊《とまり》・弥生尽・三月尽・四月尽・夏近し・夏隣《なつどなり》・夏隣る・夏を待つ

行く春を近江《おうみ》の人と惜しみける　松尾芭蕉《ばしょう》

ゆく春やおもたき琵琶の抱《だき》ごころ　与謝蕪村《よさぶそん》

夏近し野球部のみな丸坊主　橋本榮治《えいじ》

ゆく春の舷《ふなばた》に手を置きにけり　鴇田智哉《ときたともや》

季語解説　万物に命をもたらす春、その春が過ぎてゆくのを惜しむ気持ちは古くから詠われ、『拾遺集《しゅういしゅう》』にある「花もみな散りぬる宿は行く春のふるさととこそなりぬべらなれ」という紀貫之《きのつらゆき》の歌が「行く春」の言葉を詠んだ初めといわれます。「行く」という動的な表現に、移りゆく時を止められない嘆きの深さが表れています。この季節を表す季語には、ほかにもさまざまなニュアンスのものがあります。

例句解説　松尾芭蕉は元禄3年（1690）春、親しい人たちと琵琶湖に舟を浮かべてひとときを過ごしました。暖かさに湖水もぬるみ、舟が滑っていく湖面は春の日差しを反射して輝いています。

「近江の人」には同道した大津周辺の弟子たちのほか、近江朝の宮廷歌人であった柿本人麻呂《かきのもとのひとまろ》など、時空を超えてこの地にゆかりの深い古人への思いを詠み込んでいます。そして春は、惜しむに最も余りある風趣にあふれた季節なのです。

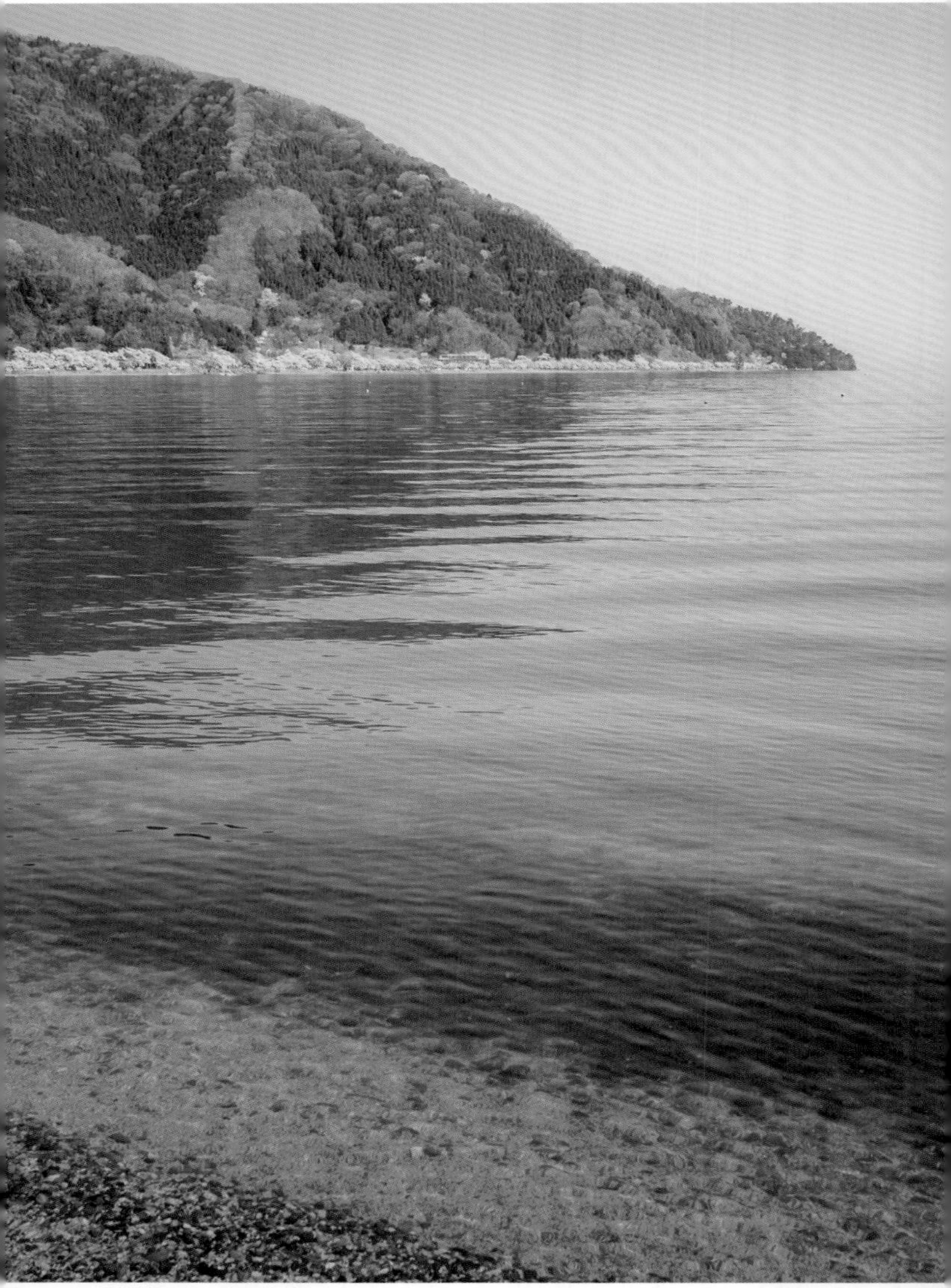

琵琶湖の水もぬるむ暖かさ。

暮らし

春愁《しゅんしゅう》《しゅんしう》

［三春］　春愁《はるうれい》・春愁《う》ふ・春怨《しゅんえん》・春思《しゅんし》

みほとけのほとり春愁去りがたな　伊丹三樹彦《いたみみきひこ》

春愁の或《あ》る日山椒魚《さんしょううお》を見に　西島麦南《ばくなん》

髪おほければ春愁の深きかな　三橋鷹女《みつはしたかじょ》

うすうすとわが春愁に飢《うえ》もあり　能村登四郎《のむらとしろう》

季語解説　春、自然が明るく、生命力にあふれて輝く時、人の心は捉えどころのない、鬱々《うつうつ》とした思いに駆られることがあります。このような思いは現代人にのみあるのではなく、『万葉集』の大伴家《おおとものやか》持《もち》の「うららに照れる春日《はるひ》にひばり上がり心悲しもひとりし思へば」から、北原白秋の「春の鳥な鳴きそ鳴きそあかあかと外《と》の面《も》の草に日の入る夕《ゆうべ》」などの歌へ詠み継がれてきたのです。俳句の世界では大正期以降、好まれて詠まれるようになりました。

また、春愁には人生の春というべき青春期の感傷的な気持ちの意味合いもあります。

例句解説　「みほとけ」は奈良・法隆寺の百済《くだら》観音のこと。飛鳥時代作といわれる、細身ですらりとした姿です。

戦時中、大阪の高槻《たかつき》工兵隊に入営した作者（伊丹三樹彦）にとって、休日の楽しみは大和古寺巡礼でした。なかでもとりわけ憧れが強かった百済観音の周囲に、漂いとどまる春愁を感じ取っています。

春燈《しゅんとう》

［三春］

春の灯・春の燭《しょく》・春ともし

春の灯や女は持たぬのどぼとけ　日野草城《そうじょう》

春燈やはなのごとくに嬰《こ》のなみだ　飯田蛇笏《いいだだこつ》

本売りて一盞《いっさん》さむし春燈下　加藤楸邨《しゅうそん》

春灯下絵本散らばりそこら赤　今井千鶴子

季語解説　次第に暖かくなってくると、朧《おぼろ》の中にともる明かりの色にも柔らかで妖艶な雰囲気が漂います。照らすというより、浮き上がらせて見せる光といえるでしょうか。

これに対し、秋の空気の中の灯には読書を誘うような澄明さが、寒燈にはいっそうの寒さを感じさせる凍《い》てて張りつめた明かりが思われます。

例句解説　日野草城は明治34年（1901）生まれ。新興俳句を唱え、山口誓子《せいし》をはじめとする多くの後進に影響を与えました。

また、初期には華麗な都会風俗を詠んだ作品を発表して注目されました。掲句もそのなかの一つで、春の明かりに浮かぶ女性の美しさを、「のどぼとけ」がないと詠むことでいっそう際立たせています。

柔らかく浮かび上がる明かり。

春眠《しゅんみん》

［三春］　春睡《しゅんすい》・春の眠り・春の夢・朝寝

玉のせるかに春眠の童《わらべ》の手　　上野　泰《やすし》

鬢《びん》かくや春眠さめし眉重く　　杉田久女《ひさじょ》

春眠のわが身をくぐる浪《なみ》の音　　山口誓子《せいし》

春眠をぬけてま白き昼に出し　　上田五千石《ごせんごく》

季語解説　孟浩然《もうこうねん》の詩句「春眠不覚《あかつきを》暁《おぼえず》」によって広く知られています。春の夜は寒さが遠のき、心地よく眠りにつくことができます。夜の長さは次第に短くなり、朝はなかなか目覚めません。ことに明け方の眠りの心地よさは、まさに春ならでは。目覚めてからもけだるさ、もの憂いような感覚がしばらく身を離れません。

例句解説　上野泰には「春眠の身の閂《かんぬき》を皆外し」という句もあり、いやも応もなく、春眠にからめとられているさまがよく伝わってきます。

掲句は子どもの眠る姿の愛らしさ、無邪気さを手の表情で表しています。上向きに開いた小さな柔らかな手のひらは、宝玉《ほうぎょく》を乗せているかのようです。父の目にはそのわが子こそが、何にも代えがたい宝と映っています。

猫の語源は「眠る子」とか。

暮らし

野焼《のやき》

［初春］
野焼く・野火《のび》・焼野《やけの》・末黒野《すぐろの》・草焼く・堤焼く・畑《はた》焼く・畑焼・畦《あぜ》焼く・畦焼・畦火・山焼く・山焼・山火

草を焼くほむらのうしろ利根《とね》ながる　篠田悌二郎《ていじろう》
野を焼いて帰れば燈下《とうか》母やさし　高浜虚子《きょし》
古き世の火の色うごく野焼かな　飯田蛇笏《いいだだこつ》
野を焼いて今日新たなる雨降れり　渡辺白泉《はくせん》

季語解説　早春、野原や川の土手などを焼いて枯れ草を一掃するのは、新しく生えてくる草のために大切な仕事です。その火で害虫なども駆除します。
農耕と深く関わるこの風習は古代から行なわれてきました。『万葉集』には「冬こもり春の大野を焼く人は焼き足らねかも我が心焼く」の歌が収められています。

例句解説　利根川のほとりの野焼の風景です。坂東太郎《ばんどうたろう》の異名をもつ利根川は、関東平野を潤してきた日本第2の長流で、かつては水運にも大きな役割を果たしました。
上流の雪解け水を集めて水量を増した春の川、その土手に野焼の火が広がる原始の思いを呼び覚ますこの大景は、今年の実りを予感させてくれます。

草原を燃やし、新しい芽吹きを促す野焼。

暮らし

耕《たがやし》

［三春］

耕す・耕《たがえし》・春耕《しゅんこう》・耕人・耕牛・耕馬・馬耕・耕耘機《こううんき》・田打《たうち》・田起《おこ》し・畑打《はたうち》・畑返す・畦塗《あぜぬり》・畦塗《くろぬり》・塗畦《ぬりあぜ》

天耕《てんこう》の峯《みね》に達して峯を越す　山口誓子《せいし》

耕すやむかし右京の土の艶《つや》　炭《たん》　太祇《たいぎ》

地のかぎり耕人耕馬放たれし　相馬遷子《そうませんし》

耕牛やどこかかならず日本海　加藤楸邨《しゅうそん》

季語解説　種を蒔《ま》く前に田畑の土を鋤《す》き返し、軟らかくすること。「田返し」の意味といわれ、農事の基礎となる大事な作業です。機械化以前は馬や牛が鋤《すき》を引き、土を耕す姿も多く見られました。耕すことで土の状態が良くなり、作物の根が伸びやすくなります。

例句解説　瀬戸内海に浮かぶ倉橋島（広島県）を詠んだものです。音《おん》戸《ど》の瀬戸から望む倉橋島は、裾からてっぺんまで耕されていました。そして、さらに峰のその向こう側まで。

その風景を山口誓子は、土地の狭い島国・日本の農夫の耕作精神の表れと捉え、「たくましいと云《い》うだけでは云いつくせないたくましさ」を感じたのです。その感動が「耕して天に到《いた》る」をつづめた「天耕」という造語を生みました。

暮らし

種蒔《たねまき》

［晩春］
種おろし・籾《もみ》おろし・籾蒔《ま》く・物種《ものだね》蒔く・種選び・種選《たねえらみ》・種浸し・種物・物種・苗床《なえどこ》

炭斗《すみとり》のごときものより種蒔ける　後藤夜半《やはん》
種蒔ける者の足あと洽《あまね》しや　中村草田男《くさたお》
おろしたる籾の居《い》つきの夕さやか　皆吉爽雨《みなよしそうう》
うしろより風が耳吹く種撰《たねえら》み　飴山《あめやま》實《みのる》

季語解説　稲の種籾《たねもみ》を苗代《なわしろ》に蒔くこと。これに対し、ほかの種を蒔くことを「物種蒔く」といって区別しています。

種蒔きの時季は暦《こよみ》のほか、地方によって山に残る雪形、花の開花や色合いなど、自然の変化も目安になります。八甲田山《はっこうださん》の雪形・タネマキオッコ（老爺《ろうや》が種を蒔く形）や辛夷《こぶし》の花を種蒔桜と呼ぶなどはその例です。紀貫之《きのつらゆき》の「あしびきの山のさくらの色見てぞをちかた人も種はまきける」（『夫木抄《ふぼくしょう》』）の歌は、桜の色が目安になることを詠んだものです。

例句解説　夜半の掲句の「炭斗」は炭俵から炭を小出しにしておく、箱状または丸い籠状の道具です。それが種蒔きに使われていることに面白さを感じているのです。

機械化されたいまも欠かせない、鋤き返し作業。

暮らし

茶摘《ちゃつみ》

［晩春］

一番茶・二番茶・茶畑・茶摘時・茶摘女《ちゃつみめ》・茶摘唄・茶摘笠・茶摘籠・茶園・茶山・製茶・茶揉《ちゃも》み

向きあうて茶を摘む音をたつるのみ　皆吉爽雨《みなよしそうう》

折々は腰たたきつつ摘む茶かな　小林一茶

我庭《わがにわ》に歌なき妹《いも》の茶摘かな　正岡子規《しき》

恵方とて宇治の茶畑抜けてゆく　菖蒲《しょうぶ》あや

例句解説　若い女性同士でしょうか、向き合って茶を摘んでいます。話し声もなく、聞こえてくるのは手で葉を摘むかすかな音ばかり。茶畑の上には青い春の空が広がっています。

季語解説　立春から88日目、新暦では5月2日頃にあたる八十八夜が茶摘の最盛期です。茶の生育には日中と夜の気温差の大きい、霧の深い所が良いとされます。そのため、春霜や急な寒さの戻りで葉が傷むのに備え、茶の木に覆いをしていますが、八十八夜を過ぎるとこれを外して茶摘を続けます。

初めの15日間に摘む「一番茶」が最上等で、「二番茶」、三番茶、四番茶まで摘みます。機械化が進むまでは「茶摘女」の姿がよく見られたものです。

花衣《はなごろも》

［三春］

花見衣・桜衣・桜がさね・花の袖・花の袂《たもと》

花衣ぬぐやまつはる紐《ひも》いろいろ　杉田久女《ひさじょ》

筏士《いかだし》の蓑《みの》やあらしの花衣　与謝蕪村《よさぶそん》

蔵王堂《ざおうどう》よりぞろぞろと花衣　黒田杏子《ももこ》

脈を打つわが身をくるむ花衣　長谷川智弥子《ちやこ》

季語解説　花衣はかさねの色目のことで別名「桜がさね」、表は白、裏は葡萄《ぶどう》染めの衣装を指しました。また、墨染めの衣に対して俗人の衣、華やかな衣装の意、あるいは桜の花が散りかかるさまを衣に見立てていうこともあります。

現在では花見に行く女性の晴れ着を指し、待ち望んだ桜見物に身支度を改める女性の華やかさが感じられる言葉です。

例句解説　前述の「花衣」の意味を最も印象づけたのが杉田久女の掲句といえるでしょう。大正8年（1919）「ホトトギス」に発表され、高浜虚子《きょし》に「女の句として男子の模倣を許さぬ特別の位置に立つ」と絶賛されました。

桜を見てきた心の昂《たか》ぶりと甘美な疲れとを、着物を脱ぐ動作と言い放つような詠みぶりで表しています。ほどかれていくさまざまな紐の色彩が耽美《たんび》な世界をつくりました。「花衣」は久女の主宰誌（5号で廃刊）の名ともなりました。

昔ながらの手摘みは一部の高級茶に限られる。

野遊《のあそび》

［晩春］

野がけ・山遊《やまあそび》・春遊《はるあそび》・ピクニック・踏青《とうせい》・青き踏む・摘草《つみくさ》・草摘む・春の野・春野《はるの》・弥生野・春郊《しゅんこう》

野遊びに足らひし妻か夕仕度《ゆうじたく》　中島斌雄《たけお》

野に遊ぶ人を探して探し得ず　池内たけし

風出《い》でて野遊びの髪よき乱れ　西東三鬼《さいとうさんき》

子の母のわが妻のこゑ野に遊ぶ　原　裕《ゆたか》

季語解説　日ごとに暖かくなり、春の気配が定まってくると、外へ出て日差しを浴びて新鮮な空気を吸い、萌《も》えいずる草を踏んでみたくなります。家族や近隣の人たちと弁当を持って戸外に遊ぶことは、寒さから解放された心身にいっそう力を与えてくれます。

『万葉集』には「野遊」の題で詠まれた歌が見られ、古くから行なわれていたようです。中世には春の歌題として定まり、連歌《れんが》・俳諧に受け継がれてきました。

例句解説　日頃家庭にいる妻を連れ、一日野に遊びました。身も心も伸びやかになったためか、妻は疲れも見せず、夕飯の支度を始めました。そうした妻の様子を喜ぶ夫にも同様の充足感がみなぎっています。

身も心も伸びやかになり、花咲き乱れる春の陽気。

暮らし

草餅《くさもち》

［仲春］草の餅・蓬餅《よもぎもち》・母子餅《ほうこもち》・草団子・鶯餅《うぐいすもち》・蕨餅《わらびもち》・桜餅・椿餅《つばきもち》

おらが世やそこらの草も餅になる　小林一茶

大仏に草餅あげて戻りけり　正岡子規《しき》

草餅の濃きも淡きも母つくる　山口青邨《せいそん》

夫《つま》を待つ今日作りたる草餅と　山口波津女《はつじょ》

季語解説　春も次第に暖かくなる頃、野辺の蓬を摘んで作る餅。蓬をゆで、細かく刻んで搗《つ》き込み、餡《あん》をくるみます。

平安初期の『三代実録』に3月3日、婦女が母子草《ははこぐさ》（御形《ごぎょう》）を採り、蒸して餅に搗くのをならわしとする記述があります。近世あたりからは蓬が使われるようになりました。草の香りと鮮やかな緑色が春を感じさせてくれます。

例句解説　一茶の『七番日記』中の作品で、「月をめで花にかなしむは雲の上人のことにして」という前書きがあります。庶民のなかの庶民を自認する一茶は、月や花ではなく、路傍《ろぼう》の蓬を搗き込んだ餅に季節を感じています。

「そこらの草」の措辞《そじ》に、たくましさがあふれています。そして「おらが世や」には長い放浪の果てに前年、故郷に落ち着いて妻を得た一茶の安堵《あんど》がのぞきます。

たくましく生える蓬。

暮らし

田楽《でんがく》

［仲春］

田楽焼・木《き》の芽《め》田楽・田楽刺《ざし》・田楽豆腐・木の芽味噌《みそ》・木の芽和《あえ》・木の芽漬・山椒《さんしょう》味噌・山椒和

田楽に舌焼く宵のシュトラウス　石田波郷《はきょう》

田楽に野点《のだて》の娘《こ》らも串もて喰《た》ぶ　富安風生《とみやすふうせい》

田楽の串こちらむけ運びくる　後藤夜半《やはん》

ぐい呑《のみ》を小鉢代りの木の芽和　草間時彦

季語解説　短冊に切った豆腐を青竹で作った串に刺し、木の芽で風味をつけた味噌を塗って炙《あぶ》ります。もともとは田楽舞の芸から名付けられ、焼けた味噌の香ばしさのなかに山椒の香が立って、春の野の風情が感じられる食べ物です。

　ことに江戸っ子の好物で、春は豆腐屋が繁盛し、各家庭には田楽用の重箱がありました。味噌を魚にかける魚田《ぎょでん》のほか、こんにゃく・里芋・大根などにもかけます。

例句解説　戦地から病《やまい》を得て戻った波郷が、終戦後の句集に「焦土食膳四句」として収めたうちの一句で、同時作の「豆腐得て田楽となすにためらふな」から、波郷は田楽を好んだことがわかります。

　衣食住のすべてがいまだ整わない戦後の混乱期の夕餉時《ゆうげどき》、ラジオからか、焼け残ったレコードか、シュトラウスのワルツが流れています。戦争が終わり、人々の心に明るさが戻り始めました。

味噌の香りや味が素朴な食材を引き立てる。

暮らし

目刺《めざし》

［三春］
頬刺《ほおざし》・目刺鰯《いわし》

ぼうぼうと燃ゆる目刺を消しとめし　中村汀女《ていじょ》

雪となりて火のうるはしさ目刺焼く　渡辺水巴《すいは》

殺生《せっしょう》の目刺の藁《わら》を抜きにけり　川端茅舎《ぼうしゃ》

はらわたの些《いささ》か甘き目刺かな　池上浩山人《いけがみこうさんじん》

季語解説　春は蒸し鰈《がれい》、しらす干し、干鱈《ひだら》など、魚の干物が出回ります。目刺はマイワシ、ウルメイワシ、カタクチイワシなどを3～5尾ずつ竹串や藁に通した干物で、目を刺してあります。エラから通したものは「頬刺」といいます。

例句解説　中村汀女は健全な家庭生活に育まれた、母と子の情を詠んだ秀吟で知られます。

　掲句は日常の食事の支度のなかから生まれたものです。主宰誌をもち、新聞俳壇の選をはじめ、さまざまな仕事をこなしていた昭和27年（1952）の作です。俳句のための外出から戻ってすぐに台所で立ち働く作者、あっという間に燃え上がった目刺をたちまち句材にしています。

小イワシの干物の代表が目刺。

暮らし

卒業《そつぎょう》《そつげふ》

［仲春］

卒業式・卒業生・卒業子《そつぎょうし》・卒業証書・卒業歌・卒園・謝恩会・大試験・卒業試験・卒業旅行・落第・及第・春休み

卒業の兄と来てゐる堤かな　芝不器男《ふきお》

三四人《さんよにん》親友ありて卒業す　瀧井孝作

卒業証書の平《たいら》は巻きて失ひし　津田清子《きよこ》

卒業子ならびて泣くに教師笑む　森田峠

季語解説 3月に入ると、どの学校でも卒業式が行なわれます。数年をともにした友人、先生との別れの時です。所定の学業を修め、成長したわが身を誇らしく思い、未来への希望や不安とともに過ぎ去った日々に思いを馳《は》せます。

例句解説 兄が進学のため、郷里を離れようとしています。出発前のある日、お互い誘うともなく、近くの堤に来ました。新しい世界に旅立つ兄の希望と不安、残る弟の未知の世界へのおぼろげな憧れと兄と別れる寂しさ。言葉少なに佇《たたず》む二人です。

芝不器男は明治36年（1903）、愛媛県に生まれ、26歳で病没しました。その清新で抒情《じょじょう》豊かな句は、友人の横山白虹《はっこう》、戦後の石田波郷《はきょう》、飴山實《あめやまみのる》などの努力でまとめられ広められました。

暮らし

鞦韆《しゅうせん／しうせん》

［三春］ふらここ・ぶらんこ・半仙戯《はんせんぎ》・秋千《しゅうせん》

鞦韆は漕《こ》ぐべし愛は奪ふべし　三橋鷹女《みつはしたかじょ》

腰かけて読むやふらここ軽く揺り　大谷繞石《ぎょうせき》

日の暮れのぶらんこ一つ泣き軋《きし》る　渡辺白泉《はくせん》

鞦韆に夜《よ》も蒼《あお》き空ありにけり　安住《あずみ》　敦《あつし》

季語解説　古代中国の北方民族の間では冬至後105日目に火を使わないで物を食べる寒食が行なわれ、その際に宮女《きゅうじょ》たちが鞦韆に乗って遊ぶ風習がありました。これがのちに唐《とう》の玄宗《げんそう》皇帝によって「半仙戯」と命名されました。鞦韆をこぐと、羽化登仙《うかとうせん》（羽が生え、仙人となって天に昇る）の感を味わえるとの意味です。

鞦韆には春が行くことへの感傷や女性の艶《つや》めいたイメージも付されています。

例句解説　三橋鷹女は原石鼎《せきてい》に師事し、昭和期に活躍。独自の主情的な作風で知られています。

この句の命令形を重ねた強い詠みぶりに、作者の生き方が見えてきます。鞦韆は一途《いちず》に漕ぎ、愛情はひたすらに、そしてその一途さの先に見えたものは何だったのでしょうか。鷹女51歳の作品です。

未来への希望と不安に揺れる卒業。

暮らし

石鹸玉《しゃぼんだま》

［三春］　たまや

流れつつ色を変へけり石鹸玉　松本たかし

張板《はりいた》に隠れて澄める石鹸玉　鈴木花蓑《はなみの》

陋巷《ろうこう》に色ゆたかなる石鹸玉　大野林火《りんか》

シャボン玉父と子の眉一文字《いちもんじ》　加藤知世子《ちよこ》

季語解説　石鹸水《せっけんすい》やムクロジの実を溶いた液に麦藁《むぎわら》やストローを浸して吹き、泡の玉を作って飛ばします。大きな玉がゆらゆらと空中を回りながら漂うさまは、不思議な懐かしさを呼び覚まします。周りの風景を映しながら春の風に吹かれて漂い、ついには割れてしまう石鹸玉にはどこかはかなさもあります。

江戸後期の風俗誌『守貞謾稿《もりさだまんこう》』には「たまや」と書いた箱を首に掛ける石鹸玉売りが出てきます。子どもの遊びとして季節を通して人気がありますが、春の季語として書物に記されたのは大正時代のことです。

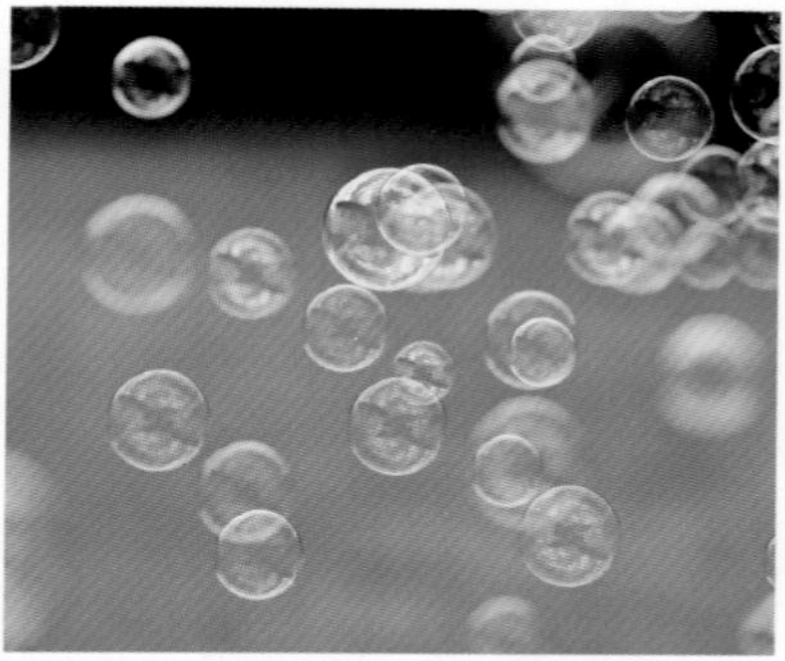

石鹸玉は風に流され漂い、やがて割れて消える。

例句解説　石鹸玉を追い続ける作者の目が、はかない石鹸玉に一瞬の存在感を与えています。

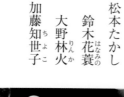

行事

初午《はつうま》

［初春］一の午・二の午・三の午・午祭《うままつり》・福参《ふくまいり》・初午詣《はつうまもうで》・稲荷講《いなりこう》

二の午や幟《のぼり》の外《ほか》に何もなし　今井つる女《じょ》

初午の祠《ほこら》ともりぬ雨の中　芥川龍之介

紅《べに》さして夕月はあり一の午　深見けん二

亡き祖母に買ふ初午の酒少し　古賀まり子

季語解説　2月の最初の午の日に稲荷社で行なわれる祭礼。京都の伏《ふし》見《み》稲荷、愛知の豊川稲荷をはじめとする全国の稲荷社に、人々がお参りに訪れます。

また、農事を始める前の豊穣《ほうじょう》祈願の祭りでもあり、初午の早い年は火事が多い、初午が2月5日より前なら豊年、6日以降なら不作などといった俗信もあります。

例句解説　一の午に詣でられなかった人は、二の午、三の午に出かけます。初午の日は赤い幟が立ち並ぶなか、太鼓の音や数多くの出店で大にぎわいですが、二の午ともなると、冒頭句のように参詣の人も少なく、物売りの店も減り、うって変わった雰囲気です。幟だけが初春の風にはためいています。

愛知県豊川市の豊川稲荷。

江戸時代に定められた３月３日の雛祭。時代や地方によってさまざまな雛飾がある。

行事

雛祭《ひなまつり》

［仲春］

桃の節句・雛《ひな》・ひひな・桃の日・雛飾《ひなかざり》・雛人形・雛道具・初雛・古雛《ふるびな》・雛の間・雛の家・雛の客・雛の宴・雛の膳・雛の酒・雛の燭《しょく》・雛の宿・雛段・紙雛・立雛《たちびな》・土雛《つちびな》・内裏雛《だいりびな》・五人囃《ごにんばやし》・官女雛《かんにょびな》・男雛《おびな》・女雛《めびな》・雛《ひな》遊び・雛飾る・雛納め・雛流し・雛あられ・菱餅《ひしもち》・雛菓子・桃の酒・白酒

古雛《ふるびいな》をみなの道ぞいつくしき 橋本多佳子

草の戸も住み替はる代ぞ雛の家 松尾芭蕉《ばしょう》

目を入るるとき痛からん雛の顔 長谷川櫂《かい》

結婚は夢の続きやひな祭り 夏目雅子

季語解説 3月3日は人日《じんじつ》、端午《たんご》、七夕、重陽《ちょうよう》と並ぶ五節句の一つ、上巳《じょうし》で「桃の節句」ともいいます。

中国では古く、3月上巳の日に水辺で災厄を祓《はら》う風習があり、日本でも曲水の宴として古くから上流階級の人々に取り入れられました。

また、人形で体をなでてけがれを移して水に流す日本固有の巳《み》の日の祓いがあり、これに平安時代の貴族の子女の雛遊《ひいな》びの伝統が結びついて、次第に女の子の無事成長を祈る祭りとなりました。

例句解説 明治後期、東京に生まれた橋本多佳子は杉田久女《ひさじょ》に手ほどきを受け、山口誓子《せいし》に師事して昭和期に活躍しました。

「いつくし」は気品や威厳のある美しさをいいます。「祖母の雛上野の戦火のがれて今も吾《あ》と在り」と前書きのあるこの句は、女流の世界を拓《ひら》き続けた作者と雛の面ざしが重なって見えます。

行事

お水取《みずとり》《みづとり》

［仲春］

水取・修二会《しゅにえ》・若狭《わかさ》の井《い》・お松明《たいまつ》

水取や氷の僧の沓《くつ》の音　松尾芭蕉《ばしょう》

水取や奈良には古き夜の色　松根東洋城《とうようじょう》

笙《しょう》の音《ね》にいま若狭井の水を取る　多田裕計《ゆうけい》

お水取火の絵巻物繰《く》るごとし　西本一都《いっと》

季語解説 奈良・東大寺二月堂で天下安穏《あんのん》を祈願して行なわれる「修二会」の行事の一つです。3月1日から14日（かつては旧暦の2月1日から14日）に11人の選ばれた僧（練行衆《れんぎょうしゅう》）が五体投地、走り、達陀《だったん》などの法事を厳格に修します。

なかでも12日の夜から13日にかけての「お松明」とお水取には多くの参詣人が集まります。籠松明を持った練行衆が堂の回廊から落とす火の粉を人々は厄除《やくよ》けとして浴び、落ちた杉の葉を競うように拾います。その後のお水取では若狭井から香水《こうずい》を汲み上げて本尊に供えます。

例句解説 芭蕉は貞享《じょうきょう》2年（1685）、伊賀から法会《ほうえ》に参詣しました。2月の深夜の凍るような寒さのなか、読経とともに堂内に響き渡るカタカタという独特の沓音を詠んでいます。

行事

遍路《へんろ》

［三春］

遍路宿・遍路杖《へんろづえ》・遍路笠・遍路道・花遍路・島四国

かなしみはしんじつ白し夕遍路　野見山朱鳥《のみやまあすか》

道のべに阿波《あわ》の遍路の墓あはれ　高浜虚子《きょし》

遍路脱ぐ今日のよごれの白足袋を　中村草田男《くさたお》

お遍路が一列に行く虹の中　渥美　清

季語解説 阿波の霊山寺《りょうぜんじ》を第1番とし、讃岐《さぬき》の大窪寺《おおくぼじ》まで四国の88カ所の札所を弘法大師の遺徳を慕って巡礼すること、また巡礼者を遍路といいます。9世紀前半の弘仁《こうにん》年間、阿波・土佐・伊予・讃岐の88の寺々に弘法大師があまねく巡《じゅん》錫《しゃく》したと伝えられ、巡礼者はそれぞれの寺の本堂と弘法大師を祀《まつ》る大師堂に納札《おさめふだ》をし、白衣に宝印・納経印を受けます。全行程300余里（約1200キロ）、40日ほど要する徒歩の旅は過酷なものです。

一般にお水取は豪快な火の祭典として知られる。

農閑期を利用したとも思われ、主に4月を中心に前後の1カ月に行なわれることから、高浜虚子によって春の季語とされました。

例句解説 夕闇の中に白く浮かび上がる遍路の姿に、難行苦行に身を挺《てい》する信仰の尊さと、遍路を思い立ったそれぞれの心の悲しみや苦悩をみています。

行事

仏生会《ぶっしょうえ》《ぶつしやうゑ》

［晩春］

花祭《はなまつり》・灌仏会《かんぶつえ》・灌仏・仏誕会・降誕会《ごうたんえ》・誕生会・誕生仏・浴仏《よくぶつ》・浴仏会・花の塔・花御堂《はなみどう》・甘茶・甘茶仏・甘茶寺

天上天下を指す釈迦像に、甘酒や香湯をかけて祝う。

仏生会鎌倉のそら人歩く　川崎展宏《てんこう》

灌仏や捨子《すてご》則《すなわち》寺の児　宝井其角《きかく》

ぬかづけばわれも善女《ぜんにょ》や仏生会　杉田久女《ひさじょ》

花祭美しき人間喜劇かな　阿部完市《かんいち》

季語解説　4月8日のお釈迦《しゃか》さまの誕生日を祝う法会。釈迦はネパール南部、インドとの国境に近いルンビニの無憂樹《むゆうじゅ》の花の下で生まれ、7歩歩いて天と地を指して「天上《てんじょう》天下唯我独尊《てんげゆいがどくそん》」と唱えたといいます。

その時、八大竜王が甘露《かんろ》の雨を降らせて沐浴《もくよく》させたという言い伝えにちなみ、境内に作った花で飾った小さな「花御堂」の中の「誕生仏」に、参拝者が「甘茶」や香湯《こうとう》を灌《そそ》ぎます。

例句解説　川崎展宏の掲句は仏生会の鎌倉の景で、暖かくなったこともあり、かなりの人出です。

山と海を望む独特の地形に古寺が点在するなか、遠くの山道を歩く人の姿が見えました。思いがけない高さに、善男善女の姿があったのです。

行事

復活祭《ふっかつさい》《ふくくわつさい》

[晩春] イースター・復活節・染卵《そめたまご》・受難節・聖週間・聖金曜日

山鳩の二羽の歌垣復活祭　中村草田男《くさたお》
復活祭牛は涎《よだれ》をともなひて　平畑静塔《ひらはたせいとう》
卵の影二重に復活祭の夜　有馬朗人《ありまあきと》
船上に星のふえゆく復活祭　長嶺千晶《ながみねちあき》

季語解説 クリスマスと並んでキリスト教の最も重要な祝日の一つで、春分後、最初の満月の直後（3月22日～4月25日）の日曜日がこれにあたります。

十字架にかけられたキリストは3日後、地獄と死の力に打ち勝ち、自らの力でよみがえったとされます。これを祝い、家庭ではイースターカードを交換したり、復活の象徴となる着色した卵を飾ったりします。この前の1週間を「聖週間」、2週間を「受難節」、40日間を四旬節《しじゅんせつ》としてさまざまな行事が催されます。

例句解説 草田男の掲句は春景の中で鳴き交わす鳩を詠んでいます。西洋では鳩はさまざまなイメージをもっていますが、その一つが再生・復活です。クリスチャンであった作者には、この日見た山鳩の姿がひとしお明るいものと映ったことでしょう。

着色した染卵を飾る。

動物

猫《ねこ》の恋《こい》《こひ》

［初春］

恋猫・猫さかる・猫の契《ちぎり》・浮かれ猫・春の猫・猫の妻・猫の夫《つま》・孕猫《はらみねこ》・通《う》ふ猫・猫の産・猫生まる・猫の子・子猫・子持猫《こもちねこ》・親猫

うらやまし思ひきる時猫の恋　越智越人《おちえつじん》

尾は蛇の如《ごと》く動きて春の猫　高浜虚子《きょし》

山国の暗《やみ》すさまじや猫の恋　原　石鼎《せきてい》

恋猫の恋する猫で押し通す　永田耕衣《こうい》

季語解説　猫の交尾期は年に1回ではありませんが、早春の発情期は顕著で春の季語になっています。

雄猫は相手を求めて落ち着きなく動き回り、狂おしく求愛の鳴き声を上げ、人を恐れず、餌も食べず、何日も家を空けるようになります。やつれ果てて戻った姿は、人間の目に哀れともうらやましいとも映ります。

例句解説　蕉門十哲《しょうもんじってつ》の一人・越人の掲句は藤原定家《ふじわらのていか》の「うらやまし声もをしまずのら猫の心のままに妻こふるかな」を踏まえたもので、理性的にならざるを得ない人間の恋への感慨がのぞいています。

春になると、雄猫は相手を求めて何日も出かける。

動物

蛙《かわず》
かはづ

［三春］

蛙《かえる》・初蛙《はつかわず》・遠蛙・昼蛙・夕蛙・殿様蛙《とのさまがえる》・赤蛙《あかがえる》・土蛙《つちがえる》・田蛙《たかわず》・蛙合戦《かわずがっせん》・蛙田《かわずだ》・蛙生《かえるう》まる・蛙《かえる》の子・蝌蚪《かと》・蝌蚪生まる・おたまじゃくし・蝌蚪の紐《ひも》・数珠子《じゅずこ》

古池や蛙飛びこむ水の音　松尾芭蕉《ばしょう》

痩蛙《やせがえる》まけるな一茶これにあり　小林一茶

蛙田の暮るる遅さよ雨のあと　水原秋櫻子《しゅうおうし》

遠蛙愁ひはやがてあきらめに　林　翔《しょう》

季語解説　冬眠から覚めた蛙が地上に出てきて鳴き始めると、春の到来です。繁殖期には数多くの蛙が群れ集まって争うように交尾をし、そのさまは「蛙合戦」といわれます。「おたまじゃくし」は中国語で「蝌蚪」といい、そのまま季語になっています。「蝌蚪の紐」「数珠子」は寒天が紐状になったような卵のことです。

例句解説　『万葉集』の厚見王《あつみおう》の歌「河津《かわず》鳴く神名火川《かんなびがわ》に影見えて今か咲くらむ山吹の花」にもあるように、蛙と山吹の組み合わせは長く和歌の伝統でした。芭蕉が掲句の上五を初案の「山吹や」から「古池や」とした時にその伝統から離れ、蛙の鳴き声は飛び込む音に転化し、また、漢詩に多い蛙と古池、詩人と隠者の結びつきも取り込んだ新しい句風の誕生となったのです。

暖かくなり始めた春の昼、草庵のそばの古池に蛙の飛び込む音が聞こえるとの意。ラフカディオ・ハーンをはじめ、多くの翻訳者によって広く海外に紹介され、俳句の代名詞といっていいほど知られている句です。

鶯《うぐいす》《うぐひす》

［三春］　春告鳥《はるつげどり》・匂鳥《においどり》・花見鳥・初鶯・初音《はつね》・鶯の谷渡り

うぐひすのあちこちとするや小家《こいえ》がち　与謝蕪村《よさぶそん》

鶯や下駄《げた》の歯につく小田《おだ》の土　野沢凡兆《ぼんちょう》

鶯や水と太陽磨かれゐつ　野澤節子

うぐひすや万年筆の尻重く　小川軽舟《けいしゅう》

季語解説　別名の「春告鳥」からわかるように、日本人にとって春の訪れを感じさせてくれるものの一つが鶯の鳴き声です。森や藪《やぶ》、河原から次第に人里に移ってきて、住宅街の庭でも明るく美しい声を聞かせてくれます。

大きさは雀《すずめ》ほど、緑褐色の背色、白い腹をしており、自分の巣で時鳥《ほととぎす》の卵・雛《ひな》を育てることでも知られます。「梅に鶯」といわれるように『万葉集』の時代からこの取り合わせで数々の和歌に詠まれ、工芸品の意匠や絵画にも名品が残されています。

例句解説　小さな家が目立つ郊外の集落に飛び鳴く鶯の姿を、チとコの音を重ねて愛らしく詠んでいます。平凡で平和な庶民の暮らしが、春光の明るさの中に見えています。

春の訪れを感じさせる鶯の鳴き声。

動物

雲雀《ひばり》

［三春］　告天子《こくてんし》・叫天子《きょうてんし》・揚雲雀《あげひばり》・落雲雀《おちひばり》・初雲雀・朝雲雀・夕雲雀・雲雀野

物草《ものぐさ》の太郎の上や揚雲雀　夏目漱石

雲雀より空にやすらふ峠かな　松尾芭蕉《ばしょう》

上るより影をしづめてひばりなく　飯田蛇笏《いいだだこつ》

揚雲雀空のまん中ここよここよ　正木ゆう子

季語解説　『万葉集』の大伴家持《おおとものやかもち》の歌「うらうらに照れる春日《はるひ》にひばり上がり心悲しもひとりし思へば」は、春愁《しゅんしゅう》を歌った名歌として有名ですが、その後、雲雀を詠んだ歌は少なく、中世和歌にも名歌は見られないようです。

近世の俳諧になってから題材として好まれ、よく詠まれるようになりました。地上の巣から中空に上がってさえずる愛らしさが特徴とされます。

例句解説　「物草の太郎」は『御伽《おとぎ》草子《ぞうし》』に出てくる物臭太郎のことで、無精者ながら歌に才能があり、宮中に召されたところ、貴族出身、善光寺如来《にょらい》の申し子とわかって出世する人物です。おおらかな出世譚《たん》を、揚雲雀の明るい声がいっそうのどかにしています。

繁殖期の雄は中空に舞い上がり美しくさえずる。

動物

囀《さえずり》 囀《さへづり》

［三春］

囀《さえず》る・百千鳥《ももちどり》・鳥の恋・鳥交《さか》る・鳥つるむ

囀やピアノの上の薄埃《うすぼこり》　島村　元《はじめ》
紺青《こんじょう》の乗鞍《のりくら》の上に囀れり　前田普羅《ふら》
囀やわが小天地揺れやすし　山田みづえ
やはらかく山河はありぬ鳥の恋　井上弘美

季語解説　春になると、さまざまな鳥の鳴き声が聞こえてきます。繁殖期ならではの雄の求愛の鳴き声や、自分のテリトリーを主張する鳴き方など、高音《たかね》で長く、また複雑な会話をしているようにも聞こえ、通常の地鳴きとは異なります。

次第に暖かく、日差しも明るくなる頃の囀りには、心もほぐれて晴れやかになります。

「百千鳥」はさまざまな鳥が群れて競うように鳴くことです。

例句解説　島村元は結核療養中の大正2年（1913）から高浜虚子《きょし》の薫陶《くんとう》を受けて「ホトトギス」で活躍しましたが、大正12年に30歳で病没しました。囀りの明るさのなか、ふとピアノの上にうっすらと積もる埃に気がつく、病者の繊細な神経ののぞく句です。晴れやかさとうら悲しさは、春の両面といえるかもしれません。

暖かくなると、さまざまな鳥が鳴く。

動物

燕《つばめ》

［仲春］

乙鳥《つばめ》・玄鳥《つばめ》・つばくらめ・つばくら・つばくろ・初燕・燕来る・岩燕・飛燕《ひえん》・濡燕《ぬれつばめ》・群燕《むれつばめ》・朝燕・夕燕

蔵並ぶ裏は燕のかよひ道　野沢凡兆《ぼんちょう》

飛ぶ燕忽焉《こつえん》として家に入る　永田青嵐《せいらん》

つばめつばめ泥が好きなる燕かな　細見綾子

夢殿に今年の燕来てゐたり　米沢《よねざわ》吾亦紅《われもこう》

季語解説　燕は春、南方から渡来して人家の軒先で営巣し、秋にはまた南方へ帰っていきます。素早く身を翻して飛ぶすっきりとした姿は春の風物詩となっています。

雌雄そろってヒナを養う姿のけなげさから、夫婦仲の良いことの象徴とされ、『今昔物語集』には夫を亡くし、親に再婚を勧められた女性が、燕の仲の良さを父母に見せて再婚を断る話があります。

例句解説　凡兆は芭蕉《ばしょう》晩年の門人。建ち並ぶ酒蔵、あるいは商家の蔵の裏通りを飛び交う燕です。蔵の白壁と燕の黒の対照が鮮やかで、低い位置を切り返して飛ぶ燕の習性もありありと浮かんできます。

雌雄で営巣する燕。

動物

蝶《ちょう》 てふ

［三春］

蝶々・初蝶・胡蝶《こちょう》・蝶の昼・蝶生《う》まる・紋白蝶《もんしろちょう》・黄蝶・白蝶・小灰蝶《しじみちょう》・蜆蝶《しじみちょう》・岐阜蝶《ぎふちょう》・狂《う》ふ蝶・舞《う》ふ蝶・眠る蝶

天よりもかがやくものは蝶の翅《はね》　山口誓子《せいし》

山国の蝶を荒しと思はずや　高浜虚子《きょし》

閉ぢし翅しづかにひらき蝶死にき　篠原　梵《ぼん》

ひかり野へ君なら蝶に乗れるだろう　折笠美秋《おりがさびしゅう》

季語解説 日本に生息する蝶は250種近くといわれ、春から秋まで活動します。そのため、古くは季感がはっきりしておらず、中世頃から姿を初めて目にする春の季語として定まってきました。

春先に「紋白蝶」「黄蝶」などが舞い始め、大型の揚羽蝶《あげはちょう》（夏の季語）の種類も出てきます。それぞれに飛び交う優美な姿は、どこか夢の世界に誘われるような非現実的な気持ちを抱かせます。翅は取れやすい鱗粉《りんぷん》に覆われています。

例句解説 小さな存在の「蝶の翅」が、まぶしいばかりの春の天よりもさらに輝いていると詠むことで、はかない蝶の存在を、ひいては生き物の命をいとおしむ作者が見えてきます。

動物

白魚《しらうお》《しらうを》

[初春]

しらを《お》・白魚舟《しらおぶね》・白魚火・白魚網・白魚汲む・素魚《しろうお》

白魚やさながら動く水の色　小西来山《らいざん》

明ぼのやしら魚しろきこと一寸　松尾芭蕉《ばしょう》

白魚汲みたくさんの目を汲みにけり　後藤比奈夫《ひなお》

白魚のさかなたること略しけり　中原道夫

季語解説 日本に広く生息する体長6～7センチの沿岸魚で、春先に川をさかのぼって産卵します。ほっそりした半透明の体に黒い目があります。隅田川の白魚を佃島《つくだじま》あたりで篝火《かがりび》を焚《た》いて獲ったことは知られ、歌舞伎の『三人吉三廓初買《さんにんきちさくるわのはつがい》』の「月もおぼろに白魚の、篝もかすむ春の空」の名科白《めいせりふ》にも残っています。

水揚げすると白くなり、火を通すとますます白くなる、その淡泊な味わいが、早春の気配と相まって好まれています。躍り食いが知られる「素魚」は似ていますが別種です。

例句解説 俳句には繊細ではかなげな風姿《ふうし》が詠まれることが多く、来山の句の水中にあってまるで水そのものであるかのような白魚の姿は、その好例といえるでしょう。

花に群がる紋白蝶。

動物

蛤《はまぐり》

[三春]

蛤《はま》つゆ・焼蛤《やきはまぐり》・蒸蛤《むしはまぐり》・蛤鍋《はまなべ》・洲蛤《すはまぐり》

からからと蛤量る音すなり　岡本松浜《しょうひん》

蛤や口をあくれば京の水　桜井梅室《ばいしつ》

住吉の角にすずめやすはまぐり　椎本才麿《しいもとさいまろ》

蛤のまどかに口をひらきをり　日原《ひはら》傳《つたえ》

季語解説　ほぼ三角の二枚貝で長さは5センチほど、食用の貝としては大きさも甘やかな風味も王座級です。吸い物、焼き物、時雨煮《しぐれに》などにして食べます。

貝殻は碁石《ごいし》の材料となり、朝鮮蛤が白石の最上級とされます。また、一対の貝同士は決してほかの貝と合わないことから、貞節《ていせつ》の象徴として婚礼や雛祭《ひなまつり》の料理に用いられ、王朝貴族の遊び・貝合わせなどにも使われました。

例句解説　勝手口に来ている振売《ふりうり》から家人が蛤を買っています。蜆《しじみ》や浅蜊《あさり》と違って、大ぶりの蛤はからからと豊かな音を立てています。祝い事の日が近いのか、その音にもめでたさを感じ取っている作者です。

お祝い事に蛤は欠かせない。

植物

木《こ》の芽《め》

［三春］

芽木《めぎ》・名木《なのき》の芽・雑木《ぞうき》の芽・木の芽張る・木の芽風・木の芽時・木の芽雨・木の芽山・芽立《めだち》・芽吹く・芽ぐむ・蘖《ひこばえ》

隠岐《おき》や今《いま》木の芽をかこむ怒濤《どとう》かな　加藤楸邨《しゅうそん》

木の芽してあはれ此世《このよ》にかへる木よ　村上鬼城《きじょう》

みどり子のまばたくたびに木の芽増え　飯田龍太《いいだりゅうた》

子に教へ自らも噛《か》む木の芽かな　松本清張《せいちょう》

寒空のもとで芽吹く新芽。

季語解説 樹木に萌《も》え出た新芽の総称で、他の季節に芽吹くものもありますが、最も芽吹きの多い春の季語になっています。俳句では「名木の芽」といって、特に名の知られた柳、欅《けやき》、楓《かえで》、桐《きり》などの芽をいうことがあります。一雨ごとに一夜ごとに、日差しを浴びるごとに膨らんでいく薄緑や赤みを帯びた落葉樹の芽は、秘められた生命力の美しさを感じさせます。

「きのめ」と読むと山椒《さんしょう》の芽。「蘖」は切り株や根元から萌えいずる若芽のことです。

例句解説 楸邨35歳の大きな転機と位置づけられる昭和16年（１９４１）の島根県・隠岐島への旅で生まれました。隠岐に流された後《ご》鳥羽院《とばいん》の跡をたどる「隠岐紀行」１７６句中の代表的な一句です。島中に萌える木の芽、島を囲む日本海の怒濤の激しさ、作者の気迫が拮抗《きっこう》して伝わります。

植物

梅《うめ》

［初春］

枝垂梅《しだれうめ》・臥龍梅《がりょうばい》・野梅《やばい》・青龍梅《せいりゅうばい》・白梅《はくばい》・紅梅《こうばい》・盆梅《ぼんばい》・老梅《ろうばい》・飛梅《とびうめ》・梅の花・梅が香《か》・花の兄・梅林《ばいりん》・梅園・梅の里・梅の宿・観梅《かんばい》・梅見《うめみ》・夜の梅

勇気こそ地の塩なれや梅真白　中村草田男《くさたお》

白梅や墨芳《かんば》しき鴻臚館《こうろかん》　与謝蕪村《よさぶそん》

活《い》けし梅一枝《ひとえだ》強く壁に触る　山口誓子《せいし》

梅咲いて庭中に青鮫《あおざめ》が来ている　金子兜太《とうた》

季語解説　『万葉集』では萩《はぎ》に次いで梅が多く登場します。中国原産のこの木が、古くから日本人に愛されていたことがわかります。平安時代以降、桜と春の花の第一を争い、『古今集《こきんしゅう》』から次第に桜に押されぎみとなって今日に至ります。ただし、「花の兄」は梅の異名とされています。

「紅梅」は別の季語で、単に梅といえば白い梅を指します。早春、さまざまな木の花に先駆けて咲く凛《りん》とした姿、闇に漂う香り、散り際の見事さ、古木の風情と枝ぶりの強さなどが好まれています。

例句解説　「地の塩」とは神を信じる者は食物が腐るのを防ぐ塩のように、社会・人心の腐敗をとどめなければならない、とのキリストの教えからきた言葉で、勇気をもつことと梅の気高い白さとが響き合っています。草田男の代表作の一つで、下五の季語が鮮烈です。

奈良時代には花といえば梅といわれた。春の青空に白梅が映える。

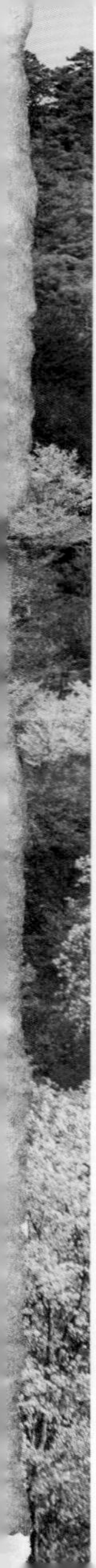

植物

桜《さくら》

［晩春］

花・初桜・初花・朝桜・夕桜・夜桜・染井吉野・枝垂桜《しだれざくら》・糸桜・八重桜《やえざくら》・彼岸桜・楊貴妃桜《ようきひざくら》・姥桜《うばざくら》・山桜・里桜・若桜・老桜《おいざくら》・遅桜・桜月夜《さくらづきよ》・桜前線・花便り・花明り《はなあかり》・花の昼・花盛り・花の山・花の雲・花の宿・花の雨・桜流し・花影《はなかげ》・桜陰《さくらかげ》

これはこれはとばかり花の吉野山　安原貞室《ていしつ》

さまざまの事おもひ出す桜かな　松尾芭蕉《ばしょう》

風に落つ楊貴妃桜房のまま　杉田久女《ひさじょ》

逝く空に桜の花があれば佳《よ》し　三波《みなみ》春夫

季語解説 古代から現代までの桜と日本人の関わりを、逸話・詩歌・人物を博捜《はくそう》してまとめた山田孝雄《よしお》は、著書『櫻史《おうし》』で「櫻花《おうか》はわが国民の性情の権化《ごんげ》なり」と記しています。雪月花《せつげっか》といわれ、「花」といえば桜を指すほど、和歌・連《れん》歌《が》・俳諧のなかで要の存在となってきました。

咲くのを待ち、花の下を慕い歩き、盛りを楽しみ、散るのを惜しんできた先祖たちが作り出した桜にまつわるたくさんの季語は、そのまま日本人と桜の関わり方を映し出しています。

例句解説 古くからの桜の名所・奈良の吉野山で満開の花を目の当たりにし、「これはこれは」という感嘆の言葉のほかはみつからないの意。芭蕉が「われいはん言葉もなくて、いたづらに口をとぢたる、いと口をし」と賞讃《しょうさん》した句です。

吉野山の桜。シロヤマザクラを中心に約200種、３万本の桜が密集する。

植物

椿《つばき》

[三春]

紅椿《べにつばき》・白椿・藪椿《やぶつばき》・玉椿・つらつら椿・山椿・八重椿《やえつばき》・落椿《おちつばき》

赤い椿白い椿と落ちにけり　河東碧梧桐《かわひがしへきごとう》

春風にむかふ椿のしめりかな　志太野坡《しだやば》

傘へぽつとり椿だつた　種田山頭火《さんとうか》

落椿まだ藪を出ぬ魂ひとつ　丸山海道《かいどう》

季語解説　本州以南の海岸沿いや林に古くから自生する椿は、冬から春にかけて花をつけて春の訪れを告げ、長寿を保つ木ともいわれています。室町から江戸時代にかけて観賞用に品種が増えて盛んに栽培され、その種類は600種にも上ったといわれます。

肉厚の花弁をもつ花が、光沢のある葉の間からのぞく姿には独特の存在感があります。花の姿のまま落ちるのも特徴です。

例句解説　正岡子規《しき》に学び、のちに新傾向俳句運動の中心となった碧梧桐の初期の写生句の傑作です。赤い椿と白い椿が、それぞれの木の下に落ちて重なっていく情景を簡明に詠んでいながら、葉の緑の色彩までをも浮かび上がらせます。

実に多くの種類がある椿。

植物

藤《ふじ》《ふぢ》

［晩春］

藤の花・白藤・山藤・藤棚・藤房・藤浪《ふじなみ》・藤の昼

藤の昼膝やはらかくひとに逢《あ》ふ　桂《かつら》信子

草臥《くたびれ》て宿借る頃や藤の花　松尾芭蕉《ばしょう》

白藤や揺りやみしかばうすみどり　芝不器男《ふきお》

やはらかき藤房の尖額《さきぬか》に来る　橋本多佳子

晩春に咲く藤は色と形のあでやかさが際立つ。

季語解説　蔓《つる》性の落葉低木で、松の木などに絡みついたり、藤棚に支えられたりして花を垂らします。水に映る姿も似つかわしく和歌に詠まれてきました。舞踊や大津絵の藤娘の妖艶《ようえん》なイメージとともに晩春に咲くことから、どことなく寂しい印象も重ねられます。

葉は萩《はぎ》に似た羽状複葉で、花房は長いものは1メートル以上にもなり、薄紫や白い四弁の蝶《ちょう》形の花が群がってつきます。

例句解説　行く春のひと日、気の置けない人との会合にゆったりとした時を過ごしています。柔らかに合わせた膝に、くつろぎの気分が表れています。作者の桂信子には「ゆるやかに着てひとと逢ふ蛍の夜」の句もあり、いずれも人との出会いを楽しむ気持ちの豊かさが伝わります。

植物

桃《もも》の花《はな》

［晩春］

白桃《しらもも》・緋桃《ひもも》・源平桃・桃林《とうりん》・桃の村・桃花村《とうかそん》

ふだん着でふだんの心桃の花　細見綾子

海女《あま》とても陸《くが》こそよけれ桃の花　高浜虚子《きょし》

葛飾《かつしか》や桃の籬《まがき》も水田べり　水原秋櫻子《しゅうおうし》

雪の降る山を見てゐる桃の花　福田甲子雄《きねお》

季語解説　淡い紅色の桃の花が大ぶりの花をいっぱいにつけて咲いているさまは、美しい靄《もや》がかかっているかのような華やかさです。中国の黄河《こうが》上流の高原地帯原産とされ、日本にも根付いて栽培されてきました。花は濃淡の紅のほか、白、紅白咲き分けなどもあります。

また、桃が多くの実を結ぶことからその生命力を讃《たた》え、魔除《まよ》け、邪気払い、長寿の印《しるし》とする考え方も中国から受け継がれました。3月3日の桃の節句にも欠かせない花です。

例句解説　平明で穏やかな言葉とリズムで日常をすくい取ることを得意とした細見綾子の、飾らない温かさがしのばれます。桃の花の明るい生命力が、自然体で日々を過ごしていこうとする気持ちにぴったりです。平明にして印象的な句。

桃の花は独特の景観をつくる。

植物

竹《たけ》の秋《あき》

［晩春］

竹秋《ちくしゅう》

こちこちと留守の時計や竹の秋　野村泊月《はくげつ》

掘りあてし井戸の深さや竹の秋　長谷川零余子《れいよし》

幹も黄に剛《こわ》く竹秋はじまれり　大野林火《りんか》

人影の池《ち》中《ちゅう》を歩む竹の秋　原コウ子

例句解説　「祇王寺《ぎおうじ》」と前書きのある野村泊月の大正末期の作品です。京都でもことに竹林の美しい嵯峨野《さがの》に建つ平家ゆかりの小さな尼寺《あまでら》。庵主《あんしゅ》の留守の庭に散る竹の葉と時計のリズムが、晩春の昼を移ろわせていきます。

季語解説　地中で筍《たけのこ》が育つ3～4月頃、竹の葉は黄ばんできます。それを黄葉《こうよう》にたとえたのが竹の秋です。この場合の「秋」は凋落《ちょうらく》の意を表しています。これに対し「竹の春」は秋、竹の葉が最も美しく茂っている時季を指します。

日本に生育する竹は約600種といわれ、『古事記』に出てくるのが始まりとされますが、今日、最もよく見かける孟宗竹《もうそうちく》は江戸中期に中国から入ってきたもので、それ以前には真竹、淡竹などが親しい種でした。

黄葉のように黄ばむ竹の葉。

植物

蒲公英《たんぽぽ》

［三春］

鼓草《つづみぐさ》・ふじな・蒲公英の絮《わた》

たんぽぽや長江《ちょうこう》濁るとこしなへ　山口青邨《せいそん》

たんぽぽや日はいつまでも大空に　中村汀女《ていじょ》

たんぽぽや生れたままの町に住み　五所平之助《ごしょへいのすけ》

蒲公英の絮吹いてすぐ仲良しに　堀口星眠《せいみん》

季語解説　日本で見られる蒲公英は大別すると、在来種のニホンタンポポと明治時代に渡来して強い繁殖力でたちまち野生化したセイヨウタンポポです。ニホンタンポポは関東を中心とする地域では黄色の花、西日本では珍種の白い花が見られます。

花が終わり種が成熟すると、種は白い毛玉状になり、風にほぐされて離れた場所で繁殖するために飛んでいきます。春の花としてなじみ深い蒲公英ですが、詩歌に詠まれるのは近世からです。坪内稔《ねん》典《てん》のユニークな句「たんぽぽのぽぽのあたりが火事ですよ」もあります。

例句解説　長江は中国最大の川で、揚子江《ようすこう》はその下流部。青邨の掲句は豊かな歴史の象徴でもある大景と小さな蒲公英の取り合わせが、悠久の世の営みを象徴しています。

春の野原を彩る蒲公英と菫。

植物

菫《すみれ》

［三春］

菫草《すみれぐさ》・花菫・相撲取草《すもうとりぐさ》・相撲草・相撲花・一夜草《ひとよぐさ》・一葉草《ひとはぐさ》・壺すみれ・姫すみれ・山すみれ・菫野・三色菫《さんしきすみれ》・パンジー・遊蝶花《ゆうちょうか》

かたまつて薄き光の菫かな　渡辺水巴《すいは》

菫程な小さき人に生まれたし　夏目漱石

「大和」よりヨモツヒラサカスミレサク　川崎展宏《てんこう》

すみれ束解くや光陰こぼれ落つ　鍵和田秞子《かぎわだゆうこ》

季語解説　緑が少しずつ増えてきた春の野山に、菫が咲き始めました。地面からすぐの所に小さな花をつけて立っている姿は愛らしいものです。

日本に自生する菫は50種余りといわれ、花は紫か白または黄色、下弁の後部が突き出た袋状になっていて蜜をためています。ビロードのような花びらをもつ北ヨーロッパ原産の「三色菫」ほどの華やかさはありませんが、よい香りがします。子どもが花の付け根を引っかけ合って遊ぶことから「相撲草」などの名前もあります。

例句解説　水巴の掲句には春の日を浴び、固まって咲く菫の姿が写し取られています。うつむき加減の花をのぞき込んでみると、濃い紫色が淡々《あわあわ》とした光の中に輝き、可《か》憐《れん》そのものといった風情です。

植物

菜《な》の花《はな》

［晩春］

花菜・油菜・菜種菜・菜種の花・花菜風・花菜雨・菜の花漬・花菜漬・菜種梅雨

家々や菜の花いろの燈《ひ》をともし　木下夕爾《ゆうじ》

菜の花や月は東に日は西に　与謝蕪村《よさぶそん》

菜の花の昼はたのしき事多し　長谷川かな女《じょ》

菜の花といふ平凡を愛しけり　富安風生《とみやすふうせい》

季語解説　種から油を採る菜種（「油菜」）の花。黄色の十字の花が茎の先に群がってつき、畑や斜面一面に広がるさまは親しみのある明るさで、そこはかとない郷愁を呼び起こします。

近世初期、灯火用の油は従来の荏胡麻《えごま》から菜種油へと変わり、ことに一大産地の大坂近郊では、黄色のジュウタンが敷かれたような光景が目新しく感じられた時期がありました。

例句解説　春の夕闇の中、家々はみな灯をともしています。窓から漏れるその色は、周囲に群れ咲く菜の花の色を映したかのような温かみをたたえています。その色の中にあるそれぞれの家庭の団欒《だんらん》がはっきりと見えてきます。

黄色のジュウタンのような菜の花畑。

土筆《つくし》

［仲春］ つくしんぼ・つくづくし・筆《ふで》の花・土筆摘む・土筆野・杉菜・土筆和《つくしあえ》・土筆飯・土筆汁

土筆煮て飯くふ夜の台所　正岡子規《しき》

土筆摘む野は照りながら山の雨　島田青峰《せいほう》

おそく帰るや歯磨きコップに子の土筆　和知喜八《わちきはち》

摘みし日も煮る夜も風の土筆かな　和田祥子《しょうこ》

季語解説 土手や道端に、筆の穂先に似た土筆のかわいらしい頭を見かけるようになると、春の到来と心が弾みます。

土筆は「杉菜」の胞子茎で、あまり伸びすぎないうちに摘んで食用にします。袴《はかま》と呼ばれる節の上のサヤをむき、佃煮《つくだに》、和《あ》え物、吸い物、炊き込みご飯などにして、独特の歯触りや甘み、香りを味わいます。

例句解説 正岡子規はほぼ毎年のように土筆の句を詠んでおり、「つくしほど食ふてうまきはなく、つくしとりほどして面白きはなし」と記すほど、摘むこと・食べることの両方を好んでいました。起き上がることのできない病床での生活のなか、看病の母・八重《やえ》と妹・律《りつ》のつつましい食卓に土筆が上ったことに喜びを感じているのです。

植物

若布《わかめ》

［三春］

和布《わかめ》・めのは・めかり・若布刈《わかめかり》・和布刈《めかり》舟《ぶね》・和布刈《めかり》竿《ざお》・和布刈鎌・若布干す・若布売《わかめうり》・若布汁・布株《めかぶ》・めかぶとろろ・鹿尾菜《ひじき》・海雲《もずく》

春深く和布の塩を払ひけり　黒柳召波《しょうは》

みちのくの淋代《さびしろ》の浜若布寄す　山口青邨《せいそん》

西の旅朝な朝なの新和布　阿波野《あわの》青畝《せいほ》

若布刈《めかり》どきひとりとなりて少し老ゆ　原　裕《ゆたか》

季語解説　若布は「和布」とも書き、食料としての海藻類に古くからなじんできた日本人に最も親しいもののの一つです。海底に生えた黄褐色の葉は長さ1メートルほどになります。

春は「若布刈」の最盛期で、近海に舟を出して長い竹などの先に付けた鎌で根元から刈り取り、すくい上げます。すくい残した若布は浜に打ち上げられ、拾われます。柔らかさと適度な弾力があり、生で食べるほか、天日で干し若布を作ります。

例句解説　春も終わる頃、干し若布に浮いた塩分を手で払う光景です。どことなく気だるさが漂っています。黒柳召波は蕪村《ぶそん》の高弟で漢詩人としても有名でした。その早い死に「わが俳諧西《にし》せり」と師は嘆きました。

天日に干して干し若布に。

植物

海苔《のり》

［初春］

甘海苔・岩海苔・海苔粗朶《のりそだ》・海苔採《のりとり》・海苔簀《のりす》・海苔舟・海苔干す・海苔汁

行く水や何にとどまるのりの味　宝井其角《きかく》

日をのせて浪《なみ》たゆたへり海苔の海　高浜虚子《きょし》

北斎も観て海苔干場凧《たこ》あがる　富安風生《とみやすふうせい》

海苔あぶる手もとも袖も美しき　瀧井孝作

浅瀬に立ち並ぶ海苔粗朶。

季語解説 水中の岩石に付く海藻を干したもので、淡水で育ったものは川苔《かわのり》といいます。

海苔のうち、食味の優れた「甘海苔」が養殖されるようになり、江戸時代には海苔を付着させるための「海苔粗朶」が海に立ち並ぶ光景が出現、生産量も増えていきました。初期の産地・浅草の名はその後、主産地が品川や葛西《かさい》に移ってからも残り、今日でも高級海苔の代名詞となっています。

例句解説 淡い水の中で育つ海苔が、香り高く甘やかな味をとどめる不思議さを、芭蕉《ばしょう》の弟子（蕉門《しょうもん》十哲《じってつ》の筆頭）の江戸座の其角がさらりと詠みました。

春《はる》［三春］

芳春《ほうしゅん》・陽春・東帝・青帝・三春《さんしゅん》・九春・初春《しょしゅん》・孟春《もうしゅん》・仲春《ちゅうしゅん》・晩春・季春・二月・三月・四月

一般的には3月から5月までだが、俳句では立春（2月4日頃）から立夏（5月5日頃）の前日まで。

麗しき春の七曜またはじまる　山口誓子《せいし》
バスを待ち大路《おおじ》の春をうたがはず　石田波郷《はきょう》
春なれや動物園の人の顔　小檜山《こひやま》繁子

旧正月《きゅうしょうがつ／きうしやうぐわつ》［初春］

旧正・春節《しゅんせつ》

旧暦の正月。かつては新暦の2月に正月を祝う地方も多かった。歳時記によっては新年に入れているものもある。中国・台湾では春節。

旧正の縁の日なたに老ふたり　長谷川素逝《そせい》
しんと射す日や旧正の奥座敷　鷲谷七菜子《わしたにななこ》
旧正にふくらむ神戸なりしかな　稲畑汀子《いなはたていこ》

如月《きさらぎ》［仲春］

衣更月《きさらぎ》・梅見月・初花月・雪解月《ゆきげづき》・弥生・花見月・桜月・花咲月《はなさきづき》・夢見月

旧暦の2月の異称で、余寒により「更に重ね着をする」が語源ともいわれる。弥生は旧暦の3月の異称で晩春にあたる。

如月の万葉すみれけふにほふ　山口青邨《せいそん》
玉子割る朝きさらぎの誕生日　吉田悦花《えつか》
きさらぎの風ポケットの予約券　竹内洋平

寒明《かんあけ》［初春］

寒の明け・寒明く

立春（2月4日頃）を迎え、小寒《しょうかん》・大寒《だいかん》と約1カ月続いた寒が終わること。まだ寒さは続くが、春の兆しを感じ始める。

紙を漉《す》く女の業《ごう》に寒明くる　長谷川かな女《じょ》
炭乏《とぼ》しそのほか乏し寒明くる　及川　貞《てい》
陶工の指紋薄れて寒明くる　木暮陶句郎《こぐれとうくろう》

余寒《よかん》［初春］

残る寒さ・春寒《はるさむ》・春寒《しゅんかん》・寒戻る・冴《さえ》返る・凍《いて》返る

寒が明けて春が立ってからの寒さ、残る寒さのこと。寒さがぶり返すというニュアンスも近い。

おほきにといひ口ごもる余寒かな　室生犀星《むろうさいせい》
しつけ絲《いと》ぬく指さきの余寒かな　奥野信太郎
冴返る檜《ひのき》のなかの翌檜《あすなろう》　小澤　實《みのる》

流氷《りゅうひょう》《りうひょう》［仲春］

流氷期・氷流る・海明《うみあけ》

北海道のオホーツク海沿岸の流氷が知られる。2月頃に流れ着き、3月になると徐々に沖へと流れ出る。船が出せるようになることを海明という。

岸に流れ着く流氷。

流氷を見て来し人の酒つよし　能村登四郎《のむらとしろう》
流氷の離れむとして渚《なぎさ》あり　岸田稚魚《ちぎょ》
流氷や男にわたす蒸卵《むしたまご》　黒田杏子《ももこ》

水温《みずぬる》《みづぬる》む

［仲春］ 温む水・温む川・温む池・温む沼・春の水・春水《しゅんすい》・水の春・春の川・春江《しゅんこう》

寒さが和らぎ氷も解け、池沼《ちしょう》や川の水が温まってくること。水の色も明るく感じられるようになる。春の水や春の川は三春で、雪解けで水かさが増えた様子などをいう。

水温む逢《あ》ひて多忙な顔ばかり　岡本眸《ひとみ》

眼球の奥のつながり水温む　佐怒賀《さぬか》正美

水温む鯨が海を選んだ日　土肥《どい》あき子

春暁《しゅんぎょう》《しゅんげう》

［三春］ 春の暁《あかつき》・春の曙《あけぼの》・春曙《しゅんしょ》・春の夜明《よあけ》・春の朝

東の空が白《しら》みかける時分で、あたりはまだ薄暗い。曙はほのぼのと明ける頃で『枕草子《まくらのそうし》』の「春は曙」はよく知られる。

春暁のまつくろ鴉《からす》うたがはず　三橋鷹女《みつはしたかじょ》

春暁や大雪山を浮べたる　長谷川櫂《かい》

春は曙そろそろ帰つてくれないか　櫂未知子《かいみちこ》

春《はる》の宵《よい》《よひ》

［三春］ 春宵《しゅんしょう》・宵の春・春の夜・春の闇・夜半《よわ》の春

日が暮れてまだ時間がたたない頃で、夕べ、宵、夜と推移する。「春宵一刻直《あたい》千金」と漢詩にもあるように、どことなく艶《つや》めいて華やぎが感じられる。

日暮れて間もない春の宵。

千里より一里が遠き春の闇　飯田《いいだ》龍太《りゅうた》

春の夜やガンをいだきてひとねむり　中野孝次《こうじ》

春の夜の黙《もだ》へあんぱん一個置く　一ノ木文子《ふみこ》

春《はる》の月《つき》

［三春］春月《しゅんげつ》・春満月・春月夜・朧月《おぼろづき》・月朧・朧月夜・朧夜・淡月《たんげつ》

大気中の湿気が増す春は、月も柔らかく潤んだ感じがする。代表的な春の月は朧（夜の霞《かすみ》）のかかった朧月。

外《と》にも出よ触るるばかりに春の月　中村汀女《ていじょ》

おぼろ夜のかたまりとしてものおもふ　加藤楸邨《しゅうそん》

伊那《いな》谿《だに》のまつただ中や春の月　石《いし》寒太《かんた》

春《はる》の星《ほし》

［三春］春星《しゅんせい》・星朧《ほしおぼろ》

春の星は潤んでいるように見え、温かさを感じさせる。朧（夜の霞《かすみ》）がかかることもある。

閂《かんぬき》をさすむんむんと春の星　山口誓子《せいし》

焼け跡や大方いでし春の星　榎本冬一郎《えのもとふゆいちろう》

春の星またたき合ひしダイヤ婚　小川裕通《ひろみち》

春《はる》の雪《ゆき》

［三春］春雪《しゅんせつ》・名残雪・春吹雪・桜隠し・雪の名残・雪の果《はて》・別れ雪・忘れ雪・淡雪・たびら雪・牡丹雪《ぼたんゆき》・綿雪・斑雪《はだれゆき》・はだれ・はだら・はだら雪・はだれ野

立春後に降る雪。解けやすく、すぐ消えるので淡雪、雪片が重なり固まりとなって降るので牡丹雪ともいう。桜隠しは桜の咲く時季に降る雪、斑雪は解けかけてまだらに残っている雪や、うっすらと降った雪。

淡雪のつもるつもりや砂の上　久保田万太郎

春の雪誰かに電話したくなり　桂《かつら》米朝《べいちょう》

しばらくはひとりがいいよはるのゆき　縄《なわ》文人《ふみと》

春疾風《はるはやて》［三春］

春嵐《はるあらし》・春一番

春に吹く強風・突風。時には暴風雨になることもあり、関東に多い。立春後、初めて吹く強い南風が春一番。

春疾風屍《かばね》は敢《あえ》て出《い》でゆくも　石田波郷《はきょう》
雀《すずめ》らも春一番にのりて迅《はや》し　皆吉爽雨《みなよしそうう》
楸邨《しゅうそん》のいそぐなのこゑ春疾風　石《いし》　寒太《かんた》

春塵《しゅんじん》《しゆんぢん》［三春］

春の塵《ちり》・春埃《はるぼこり》・霾《つちふる》・霾《ばい》・霾天《ばいてん》・霾晦《よなぐもり》・黄砂《こうさ》・黄砂降る・黄塵

春になると土が乾き、風の強い日が多いことから埃や塵が立ちやすくなる。霾や黄砂などは、中国北部で強風によって吹き上げられた土砂が偏西風に乗って日本に飛来する現象。

春塵をやり過《す》ごしたる眉目《びもく》かな　高浜虚子《きょし》
春塵に眼をしばたたき繋《つな》ぎ馬　阿部みどり女《じょ》
老農の洗ふ眼鏡や春埃　中村草田男《くさたお》

春雷《しゅんらい》［三春］

春の雷《らい》・初雷《はつらい》・虫出しの雷《らい》・虫出し

春に鳴る雷《かみなり》。初雷は立春後、初めて鳴る雷で啓蟄《けいちつ》の頃に多いため虫出しの雷・虫出しともいう。寒雷と比べると艶《つや》っぽい。

春の訪れを告げる雷。

春雷のあとの奈落《ならく》に寝がへりす　橋本多佳子
シャガールの鶏にいくつか春の雷　攝津幸彦《せっつゆきひこ》
小面《こおもて》の裏の漆黒《しっこく》春の雷　関根誠子《せいこ》

日永《ひなが》［三春］

永日《えいじつ》・永き日・遅日《ちじつ》・暮《くれ》遅し・夕長し・春日遅々《しゅんじつちち》

春分を過ぎると夜よりも昼の時間が長くなり始める。冬に比べて日が長くなったと実感し、のどかさも漂う。遅日は日暮れが遅くなったことを重視した季語で、漢詩には春日遅々という表現も。

鶏の座敷を歩く日永かな　小林一茶
遅き日や碁盤《ごばん》の上の置《おき》手紙　井上井月《せいげつ》
永き日のにはとり柵を越えにけり　芝不器男《ふきお》

蛙《かわず》《かはづ》の目《め》借時《かりどき》［晩春］

目借時

春も深まって暖かくなり、蛙《かえる》の鳴きだす頃はしきりに睡魔に襲われる。古来、これは蛙が人の目を借りていくからともいわれ、俳味のある季語となった。

物音のしてゐる家や目借どき　岸田稚魚《ちぎょ》
漫画読む鬚《ひげ》の青年めかり時　沢木欣一《きんいち》
空つぽのポケットふたつ目借時　一ノ木文子《ふみこ》

花冷《はなびえ》［晩春］

花の冷え

桜の咲く頃は陽気が変わりやすく、急に薄ら寒くなることがある。言葉の響きの美しさから好まれる季語で、京都の花冷は特に有名。

花冷えや近江《おうみ》の雨の京なまり　角川照子
指輪はづして花冷の指残る　黛《まゆずみ》まどか
花冷えの田より抜きたる足二本　本宮哲郎《もとみやてつろう》

別《わか》れ霜《じも》 [晩春]

忘れ霜・霜の名残・晩霜《ばんそう》・遅霜《おそじも》・終霜《しゅうそう》・霜の果《はて》・霜害《そうがい》・春の霜・春霜《しゅんそう》

4月中旬から5月上旬にかけて急に気温が低下して降りる霜。昔から「八十八夜の別れ霜」といわれ、地域によって異なるが、八十八夜（5月2日頃）を境に霜の降りることはまれになる。春の霜・春霜は三春。

鶯《うぐいす》も元気を直せ忘れ霜　小林一茶
別れ霜庭はく男老《おい》にけり　正岡子規《しき》
海道《かいどう》を染めて消えたり別れ霜　百合山羽公《ゆりやまうこう》

春深《はるふか》し [晩春]

春闌《た》く・春更《ふ》く・春深む・暮春《ぼしゅん》・暮《くれ》の春・春暮る

桜も散り、春の盛りを過ぎた頃でまだ余裕を残しているが、暮春・暮の春になると春を惜しむ感慨が出てくる。

春深し妻と愁ひを異にして　安住《あずみ》敦《あつし》
桃椿《ももつばき》なべて蕾《つぼみ》は春深し　原　石鼎《せきてい》
まぶた重き仏を見たり深き春　細見綾子

蜃気楼《しんきろう》 [晩春]

海市《かいし》・蜃楼《かいやぐら》・逃水《にげみず》

海上や砂漠で空気の密度差により光が異常屈折し、風景が浮かび上がって見えたり、本来見えないはずの遠くのものが見える現象で、富山湾の魚津《うおづ》のものが有名。逃水も大気の異常屈折現象で、路上や草原で遠くに実際にはない水たまりのようなものが見えること。

海市消え買物籠の中に貝　中嶋秀子
蜃気楼将棋倒しに消えにけり　三村純也《じゅんや》
口笛をあやつる舌や蜃気楼　小川軽舟《けいしゅう》

八十八夜《はちじゅうはちや》《はちじふはちや》 ［晩春］

立春から88日目の5月2日頃をいう。気候も安定し、農業ではこの日をめどにさまざまな作業計画を立てる。

逢《あ》ひにゆく八十八夜の雨の坂　藤田湘子《しょうし》
旅果ての八十八夜の湯を落《おと》す　植村公女《きみじょ》
石段に猫ゐる八十八夜かな　藤田　良《りょう》

暮らし

入学試験《にゅうがくしけん》《にふがくしけん》 ［仲春］

受験・受験生・受験子《じゅけんし》・受験期・合格

1月末から3月にかけて行なわれ、緊張感の漂う光景が毎年繰り返される。

受験期のもみあげのびて愛《いと》しさよ　軽部烏頭子《かるべうとうし》

蜃気楼の一種、逃水。

受験期や遠縁のものたより来て　山口青邨《せいそん》
合格す雪降る夜は雪まみれ　加藤瑠璃子《るりこ》

入学《にゅうがく》《にふがく》 ［晩春］

入学式・入園・新入生・入学児・一年生・進学・進級・新社員・新入社員・入社式・初出社

入学式・入園式はおおむね4月上旬。新年度には入社式も行なわれる。コロナ禍では季節のズレも。

学帽を耳に支へて入学す　上野　泰《やすし》
入学の子のなにもかも釘《くぎ》に吊《つ》る　森賀まり
ひとすぢの息吸ひ込むや入学式　上山根《かみやまね》まどか

花粉症《かふんしょう》《くわふんしやう》

［三春］ 杉花粉・杉の花

花粉が原因となるアレルギー性疾患《しっかん》で、2月に入ると杉花粉によって発症《はっしょう》し始める。杉は建築資材として長年、植林が進められた。新しい季語。

飛びさうな杉の花粉と見つつ来し　稲畑汀子《いなはたていこ》
一すぢの春の日さしぬ杉の花　前田普羅《ふら》
美しき名を病みてをり花粉症　井上禄子

春炬燵《はるごたつ》

［三春］ 春暖炉・春の炉・春火鉢

春になっても寒さのぶり返しがあるので、なかなか炬燵はしまえない。他の暖房も同様。

失業も長くなりけり春炬燵　車谷長吉《くるまたにちょうきつ》
顎《あご》のせて天板広し春炬燵　長嶋有《ゆう》
春炬燵家族の薬仕分け中　片岡宏文《こうぶん》

春《はる》の服《ふく》

［三春］ 春装《しゅんそう》・春服《しゅんぷく》・春コート・春ショール・春袷《はるあわせ》

春になると装いは明るく軽やかになり、淡い色彩や華やかな柄が増える。春の寒さに備えてのコートやショールもおしゃれ度がアップ。

春服や姪《めい》三人居て恋三つ　岡本眸《ひとみ》
春服のたゆたふ蛍光色の首都　西原《さいばら》天気
風といふきれいな味方春の服　恩田侑布子《ゆうこ》

風船《ふうせん》

［三春］ 紙風船・ゴム風船・風船玉・風船売《うり》・凧《たこ》・紙鳶《しえん》・いかのぼり・絵凧・奴凧《やっこだこ》・凧合戦

風船は春ののどかさを感じさせるもの。五色《ごしき》の紙を貼り合わせた紙風船は明治中期から、女子が息を吹き込んで膨らませ、突いて遊ぶ玩具として売り出された。凧は春の季語で各地で凧合戦も行なわれる。

凧のぼるひかりの網の目の中を　飯田龍太《いいだりゅうた》

風船に引かれゆく子に手を引かれ　片山由美子
風船をふくらます目に力あり　岸ゆうこ

空に放たれた風船。

風車《かざぐるま》 ［三春］ 風車売《うり》

セルロイドやビニール、色紙などで小さな羽根車を作って柄に付け、風の力で回して遊ぶ玩具。

街角の風を売るなり風車　三好達治《たつじ》
止まることばかり考へ風車　後藤比奈夫《ひなお》
触れさうに並びて触れず風車　齋藤朝比古《あさひこ》

春闘《しゅんとう》《しゆんたう》 ［三春］

春季に労働組合が賃上げ、労働時間の短縮など、労働条件の改善を要求する闘争。戦後に生まれた季語だが、近年は闘争的な面が薄れている。

春闘妥結トランペットに吹き込む息　中島斌雄《たけお》
春闘行進わが部下の眼ぞためらふな　清水基吉《もとよし》
春闘や荷台に積み上ぐ貸布団　金子佳子

苗木植う《なえぎう》《なへぎう》

［仲春］ 苗木市・苗市・苗木売《うり》・植木市・花種蒔《はなだねま》く・苗札

3、4月にはさまざまな植物の苗木を植えたり、種をまく。寺社の境内や縁日などには市が立ち、苗木や植木が売られる。

植木市当て字ばかりの名札つく　右城暮石《うしろぼせき》
少年に大志のひとつ苗木市　石《いし》寒太《かんた》
種蒔いて心に小部屋ふやしをり　黛《まゆずみ》まどか

根分《ねわけ》

［仲春］ 菊根分《きくねわけ》・萩根分《はぎねわけ》・株分《かぶわけ》・接木《つぎき》・挿木《さしき》・取木《とりき》・剪定《せんてい》

古株から出た新芽を根とともに分けて移植すること。枝の一部を切り取って他の木に接ぐのが接木、枝を土に挿して根を生じさせるのが挿木。剪定は果樹の風通しや日照を良くしたり、樹木の形を整えるために行なわれる。

根分せるもの何々ぞ百花園《ひゃっかえん》　高浜虚子《きょし》
根分けして萩のこころに近づきぬ　後藤夜半《やはん》
菊根分けあとは自分の土で咲け　吉川英治《えいじ》

花見《はなみ》

［晩春］ お花見・桜狩《さくらがり》・観桜《かんおう》・花筵《はなむしろ》・花篝《はなかがり》・花の宴・花見酒・花の酔《よい》・花見客・花人《はなびと》・桜人・花守《はなもり》・桜守・花見舟・花見堂・花の茶屋・花疲れ

花見といえば桜。桜狩は桜の名所を巡ること、花篝は夜桜に焚《た》かれた篝火《かがりび》、花守・桜守は桜を守る人。

世の中は地獄の上の花見かな　小林一茶
花見舟とほき巷《ちまた》の風が見ゆ　大野《おおの》林火《りんか》
東京の豊後《ぶんご》訛《なま》りや花篝　大畠《おおはた》響《ひびき》

潮干狩《しおひがり》《しほひがり》

［晩春］
汐干狩《しおひがり》・潮干貝・潮干籠・潮干舟・磯遊び・潮干潟・潮干・干潟

磯遊びの一種。干満差が激しく、干潮時に沖まで潮が引く4月上旬あたりが狙い目。

なつかしや汐干もどりの月あかり　久保田万太郎
つったっている憂鬱《ゆううつ》な汐干狩　阿部青鞋《せいあい》
袖口の乾きかねつつ磯遊び　鎌倉佐弓《さゆみ》

遠足《えんそく》《ゑんそく》

［晩春］

気候の良い春季の学校行事・教育活動の一環として、かつては近郊の野山や海辺などへ歩いて出かけた。最近は春に固定していない学校も。

遠足や出羽《でわ》の童《わらわ》に出羽の山　石田波郷《はきょう》
遠足の列大丸の中とおる　田川飛旅子《ひりょし》
からっぽの檻《おり》を見てをり遠足子　松本てふこ

桜を愛（め）でながら春の一日を楽しむ人々。

ゴールデンウィーク

［晩春］
黄金週間《おうごんしゅうかん》・昭和の日・憲法記念日・みどりの日

4月末から5月の初めにかけては祝日が多く、大型連休になることからそう呼ばれる。

寝袋をかつぎ黄金週間へ　滝沢伊代次《いよじ》
憲法記念日天気あやしくなりにけり　大庭雄三
ゴールデンウィーク寝間着のままで屋根にゐる　如月《きさらぎ》真菜《まな》

針供養《はりくよう》《はりくやう》 ［初春］ 針祭る・針納《はりおさめ》・針納む・納め針・供養針

針仕事を休んで古針や折れたものを豆腐やこんにゃくなどに刺して供養し、裁縫《さいほう》の上達も願う。一般に2月8日か12月8日のどちらか1回だが、2回行なう所もある。

針供養女の齢《よわい》くるぶしに　石川桂郎《けいろう》
古妻や針の供養の子沢山《こだくさん》　飯田蛇笏《いいだだこつ》
針供養すこし離れて男待つ　大牧《おおまき》広《ひろし》

バレンタインデー ［初春］ バレンタインの日・愛の日

2月14日、聖バレンタイン殉教《じゅんきょう》の日。恋人同士が贈り物をする日になったが、日本では女性が好意をもつ男性にチョコレートを贈るように。

大いなる義理とて愛のチョコレート　堀口星眠《せいみん》
バレンタインデー片割れの貝ばかり　辻田克巳《かつみ》
愛の日のばりばり潰《つぶ》す段ボール　夏井いつき

春祭《はるまつり》 ［三春］ 高山祭《たかやままつり》

全国の社寺で行なわれる針供養。

本来は五穀豊穣《ほうじょう》を祈り、疫病《えきびょう》・悪霊《あくりょう》を祓《はら》うものだが、晩春の祭り全般をいう。高山祭は秋にもあるが、晩春の季語。単に「祭」というと夏祭になる。

谷々に乗鞍《のりくら》見えて春祭　前田普羅《ふら》
からくりの翁《おきな》の手ぶり高山祭　石《いし》寒太《かんた》
夕空は宇宙の麓《ふもと》春祭　小川軽舟《けいしゅう》

涅槃会《ねはんえ》《ねはんゑ》 ［仲春］
涅槃・涅槃像・寝釈迦《ねしゃか》・涅槃図・涅槃絵・涅槃寺・涅槃雪・涅槃西風《ねはんにし》

釈迦が入滅したと伝わる旧暦2月15日、寺院では涅槃図・涅槃像を掲げて法要が営まれる。現在は3月15日前後に行なわれることが多い。

近海に鯛睦《たいむつ》み居る涅槃像　永田耕衣《こうい》
涅槃図に束《つか》の間ありし夕日かな　安住《あずみ》敦《あつし》
涅槃会の一つ残りしスニーカー　丹間《たんま》美智子

四月馬鹿《しがつばか》 ［仲春］
エイプリルフール・万愚節《ばんぐせつ》

西洋から伝わった風習で、4月1日は罪のない嘘《うそ》をついてもいい日とされている。

万愚節妻の詐術《さじゅつ》のつたなしや　日野草城《そうじょう》
四月馬鹿病めど喰《く》はねど痩せられず　加藤知世子《ちよこ》
人間に尾の残りたる万愚節　角川春樹

メーデー ［晩春］
労働祭・メーデー歌

5月1日、世界各地で行なわれる労働者の祭典。現在ではイベント性が強まっている。

メーデーの一日《ひとひ》を墓に遊びをり　石田波郷《はきょう》
ごみ箱に乗りメーデーの列を見る　加倉井《かくらい》秋を《あきを》
ねむき子を負ひメーデーの後尾ゆく　佐藤鬼房《おにふさ》

若駒《わかこま》［晩春］

馬の子・馬の仔《こ》・仔馬・子馬・孕馬《はらみうま》・親馬・春駒《はるこま》・春の駒・春の馬・厩出し《うまやだし》・まやだし・牧開《まきびらき》

春は子馬が生まれる時季。駒は子馬《こま》の意だが、馬全般にも使う。冬の間、厩に長くいた牛馬は牧開になると春の野に放たれる。

産み月の瞳《め》のやはらかき孕《はら》み馬　寺島美園《みその》

仔馬立ち上がる前脚うしろ脚　山田弘子

馬の子の生まれ湯気ごと包まるる　宮澤美和子

雀《すずめ》の子《こ》［晩春］

雀の雛《ひな》・子雀・春の雀・春雀・親雀・黄雀《きすずめ》

雀は卵から巣立ちまで1カ月ほど。子雀はくちばしの脇が黄色いので黄雀といわれる。

雀の子そこのけそこのけ御馬が通る　小林一茶

子雀の無心に遊ぶ爆心地　高橋克郎

生くるとは前に跳ぶこと雀の子　片岡宏文《こうぶん》

鳥《とり》の巣《す》［三春］

小鳥の巣・巣籠《すごもり》・巣隠れ・巣組み・巣づくり・巣構え・巣藁《すわら》・古巣・雀《すずめ》の巣・燕《つばめ》の巣・巣箱

鳥は卵から孵化《ふか》して巣立つまでの期間、親と子が巣で過ごす。巣の場所・形・材料は種類によりさまざまで、生息環境に合わせて営まれる。

鳥の巣より高き人の巣留守勝ちに　金子兜太《とうた》

てのひらに鳥の巣といふもろきもの　石《いし》寒太《かんた》

てのひらの匂い雲雀《ひばり》の巣の匂い　坪内稔典《ねんてん》

鳥雲《とりくも》に入《い》る［仲春］

鳥雲に・鳥帰る・帰る鳥・鳥引く・引鳥《ひきどり》・引鴨《ひきがも》・引鶴・帰雁《きがん》・雁帰る《かりかえる》・帰る雁・行く雁・白鳥帰る・白鳥引く・鳥曇・鳥風《とりかぜ》

春になり、日本で越冬した渡り鳥が群れをなして北

雲間はるかに見えなくなる渡り鳥の群れ。

の繁殖地に帰るさまは、雲間に消えていくように見える。その頃の曇り空を鳥曇、風を鳥風という。

鳥雲に砂丘風紋《ふうもん》消えやすし　豊長みのる
鳥風や十字架の空くらめては　朝倉和江
鳥雲に磁石の針は北を指す　白澤《しらさわ》弓彦

雉《きじ》
［三春］
雉子《きじ》・きぎす・きぎし・雉笛

比較的大型の地上性の留鳥で、日本の国鳥。雄は全長80センチほどで全体的に緑色をしており、尾が長い。雌は雄よりも小さく、全身黄褐色。形は鶏に似ている。

雉啼《な》くや胸ふかきより息一筋　橋本多佳子
雉子の眸《め》のかうかうとして売られけり　加藤楸邨《しゅうそん》
雉子鳴くや子よりも妻の恋しき日　大串《おおぐし》章《あきら》

亀鳴《かめな》く
［三春］

実際に亀の雄が雌を慕って鳴くことはなく、藤原為《ふじわらのため》家《いえ》の歌に基づくとされる情緒的な季語。

独りとはたまたま独り亀鳴くや　手塚美佐
まだそこにゐたかと亀に鳴かれけり　中嶋秀子
亀鳴くや男は無口なるべしと　田中裕明《ひろあき》

蜂《はち》
[三春] 蜜蜂・女王蜂・働蜂《はたらきばち》・土蜂《つちばち》・地蜂・山蜂・花蜂・熊蜂・足長蜂・雀蜂《すずめばち》・蜂の子・蜂の巣・虻《あぶ》・花虻・牛虻

蜂の種類は膨大で生活・習性も多様。日本でよく見かけるのは蜜蜂・足長蜂・熊蜂・雀蜂など。虻は花虻と牛虻が知られ、花虻は蜜や花粉を求め、牛虻は牛馬や人に付いて血を吸う。

てのひらに蜂を歩ませ歓喜仏《かんぎぶつ》　三橋鷹女《みつはしたかじょ》

足長蜂脚垂らしつつ吾《あ》を見たり　上井正司《かみいまさし》

熊ん蜂トランペットは金ピカに　成田千空《せんくう》

春《はる》の蚊《か》
[晩春] 春蚊・初蚊

成虫のまま越冬した蚊で晩春の暖かい夜などに出てきたりするが、飛ぶのがやっとで刺すことはない。

ともしびにうすみどりなる春蚊かな　山口青邨《せいそん》

ひとり寝の赤子見下ろす春蚊かな　秋元不死男《ふじお》

不忍《しのばず》の池より春の蚊の来たる　今井杏太郎《きょうたろう》

蚕《かいこ》《かひこ》
[晩春] 桑子《くわこ》・春蚕《はるご》・蚕飼《こがい》・蚕時《かいこどき》・捨蚕《すてご》・蚕棚《こだな》・飼屋《かいや》・養蚕《ようさん》・桑蚕《くわこ》

絹糸を取るための貴重な昆虫で、桑の葉を食べて糸を吐き出し繭を作る。養蚕は近世から近代に農村の経済を支えた。

村中にきげんとらるる蚕かな　小林一茶

蚕にもとほくがありて首を振る　矢島渚男《なぎさお》

ふるさとは框《かまち》這《は》ひゆく春蚕かな　石《いし》寒太《かんた》

桜鯛《さくらだい》《さくらだひ》
[晩春] 花見鯛・乗込鯛《のっこみだい》・姿見の鯛・鯛網・鯛釣《たいつり》

桜の咲く頃、真鯛は産卵のため内海の浅場へ群れてくる。ことに雄は赤みを帯びた婚姻色になるため、桜鯛とか花見鯛といわれる。

包丁を取りて打撫《うちな》で桜鯛　松本たかし
けむり吐くやうな口なり桜鯛　藤田湘子《しょうし》
薄給の身となりにけり桜鯛　結城《ゆうき》節子

鰆《さわら》《さはら》 ［晩春］ 鰆船・鰆網

出世魚の一種で成魚は1メートルほどになる。晩春に産卵のため沿岸に寄せるので、鰆の字となった。

一匹の鰆を以《もっ》てもてなさん　高浜虚子《きょし》
渦潮の鰆とるふねかずしれず　佐野まもる
鰆一匹とどけくれたり法事かな　高島　茂

鰊《にしん》 ［晩春］ 鯡《にしん》・春告魚《にしん》・初鰊・高麗鰯《こうらいいわし》・鰊群来《にしんくき》・走り鰊・鰊漁・鰊場・後鰊《あとにしん》・鰊曇

北太平洋に分布する回遊魚。かつては3月から5月頃、産卵のため北海道の西部沿岸に海の色が変わるほど押し寄せ、鰊群来といわれた。その頃の曇り空が鰊曇。

唐太《からふと》の天《あめ》ぞ垂れたり鰊群来　山口誓子《せいし》
妻も吾《あ》もみちのくびとや鰊食ふ　山口青邨《せいそん》
鰊群来今なし残る浪《なみ》と唄　福田蓼汀《りょうてい》

鱒《ます》 ［晩春］ 本鱒・桜鱒・紅鱒・虹鱒・姫鱒・海鱒・川鱒・上り鱒・鱒釣《ますつり》

サケ科で「マス」の名が付く魚の総称。主として本鱒ともいわれる桜鱒を指す。よく知られる渓流魚の山女《やまめ》（夏の季語）は桜鱒の陸封型。

鱒生《うま》れて斑雪《はだれ》ぞ汀《みぎわ》なせりける　石田波郷《はきょう》
鱒群れて水にさからふ紅させり　山上《やまがみ》樹実雄《きみお》
鱒青み旅の乙女の髪短か　原　裕《ゆたか》

川を遡上（そじょう）する桜鱒。

鯥五郎《むつごろう》

［晩春］ むつ・むつ飛ぶ・鯥掘る・鯥掛け

ハゼ科の魚で両目がくっつき飛び出したユーモラスな顔や姿が特徴。九州・有明海のものが有名で、胸びれを使って干潟をはい回ることも。

大変という目付なり鯥五郎　茨木和生《いばらきかずお》

鯥五郎おどけ目玉をくるりんと　上村占魚《うえむらせんぎょ》

口の泥吐いては吐いては鯥五郎　D・J・リンズィー

若鮎《わかあゆ》

［晩春］ 小鮎・鮎の子・稚鮎・上り鮎

鮎漁解禁前に海から川に戻り、さかのぼってくる5センチ程度の小さな春鮎のこと。

若鮎や谷の小笹《こざさ》も一葉行く　与謝蕪村《よさぶそん》

若鮎の二手になりて上りけり　正岡子規《しき》

若鮎の骨抜きこぼれ化粧塩　小川陽子

桜蝦《さくらえび》

［晩春］ 桜海老《さくらえび》・ひかり蝦

富士山を背景に干し海老作り。

相模湾《さがみわん》や駿河湾《するがわん》で獲れる小海老。深海にすみ、春に浮き上がってくる。赤い色素を含み、一面が桜色に染まる干し海老作りは風物詩。

沸きに沸く湧水の精桜えび　川崎展宏《てんこう》
桜えび干してつながる由比興津《ゆいおきつ》　和田明子
まかなひのひとつかみ足す桜海老　岡田由季《ゆき》

蛍烏賊《ほたるいか》
［晩春］花烏賊・桜烏賊

深海にすむ発光器をもつ5センチほどの烏賊。富山湾が有名で晩春の夜、浮上して青白い光を放つ。花烏賊・桜烏賊は桜の咲く頃に獲れる烏賊の総称。

花の後はやも賜《たまわ》る蛍いか　角川源義《げんよし》
ほたる烏賊出そめし木々の芽も育ち　鈴木真砂女《まさじょ》
ほたる烏賊喉とほりゆく夕べなり　佐川広治《こうじ》

寄居虫《やどかり》
［三春］がうな《ご》・本やどかり・望潮《しおまねき》・潮まねき

巻き貝の殻をすみかとし、成長に応じてより大きな貝に移りすむ。甲殻類の節足動物で磯を走り回る姿はユーモラス。望潮は九州の有明海などで見られる小さな蟹《かに》。

寄居虫に我も似たりと思はずや　松瀬青々《せいせい》
やどかりの裸しみじみ粗末なり　奥坂まや
やどかりの視界くづるる波ばかり　中尾杏子《きょうこ》

浅蜊《あさり》
［三春］浅蜊掘る・浅蜊籠・浅蜊舟・浅蜊売《あさりうり》・浅蜊汁・浅蜊飯

淡水の少し混じる海浜《かいひん》で採れるポピュラーな二枚貝。

浅蜊掘る太平洋を股のぞき　津田清子《きよこ》
浅蜊の舌別の浅蜊の舌にさはり　小澤　實《みのる》
デパートの地下に砂吐く浅蜊かな　吉成貴春《よしなりきしゅん》

蜆《しじみ》 ［三春］

蜆貝・真蜆・蜆掻《しじみかき》・大蜆・蜆籠・蜆舟・蜆売《しじみうり》・蜆汁・蜆川・大和蜆・瀬田蜆

汽水域や淡水にすむ黒色の二枚貝で、宍道湖《しんじこ》の大和蜆、琵琶湖の瀬田蜆が有名。肝臓に良く、蜆汁にして食べるのが一般的。

ひとゆすりして嵩《かさ》おなじ蜆籠　鷹羽狩行《たかはしゅぎょう》

台秤《だいばかり》地べたに蜆売りにけり　井上弘美《とし》

東京暮らしはどこか棒読み蜆汁　宮崎斗士《とし》

栄螺《さざえ》 ［三春］

拳螺《さざえ》・壺焼

拳《こぶし》のような形の巻き貝。生息域により外側に突起のあるものと無いものがある。壺焼が有名。

壺焼やいの一番の隅の客　石田波郷《はきょう》

壺焼の噴《ネプチユーン》きこぼれては謐《しず》かなり　中原道夫

海神の彫琢《ちょうたく》の作栄螺置く　能村《のむら》研三

桜貝《さくらがい／さくらがひ》 ［三春］

花貝・紅貝《べにがい》

桜の花弁のような薄紅色の二枚貝。殻の長さは3センチほどで浅瀬の砂底にすみ、貝殻細工にも使われる。

遠浅の水清ければ桜貝　上田五千石《ごせんごく》

桜貝拾ひ砂粒ほどの鬱《うつ》　山高真木子《やまたかまきこ》

もののふの夢の名残よ桜貝　吉田空音《そらね》

田螺《たにし》 ［三春］

田螺鳴く・田螺取《たにしとり》

池や田の泥地にすむ卵形の巻き貝。春になると泥の上をはい回る。季語に田螺鳴くがあるが、実際には鳴かない。俳諧的な季語の一つ。

静さに堪《たた》へて水澄むたにしかな　与謝蕪村《よさぶそん》

千枚田天下と思ふ田螺かな　阿波野青畝《あわのせいほ》

沸沸《ふつふつ》と田螺の国の静まらず　松本たかし

落花《らっか》《らくくわ》

［晩春］
散る桜・散る花・花散る・花吹雪・桜吹雪・飛花《ひか》・花筏《はないかだ》・花の塵《ちり》・花屑《はなくず》・花埃《はまぼこり》・桜蕊降《さくらしべ》る・残る花・名残の花・残る桜・残桜《ざんおう》

桜の潔い散り際はさまざまな言葉で表現される。花びらが風に舞うさまを雪にたとえたり、水面に浮かぶさまを筏に見立てたりも。桜蕊降るは花が散った後、細かな蕊がぱらぱらと落ちること。

ちるさくら海あをければ海へちる　高屋窓秋《そうしゅう》
一途《いちず》なる木から始まる落花かな　河村正浩
おさなごの永きいちにち花ふぶき　石田澄子

沈丁花《じんちょうげ》《ぢんちやうげ》

［仲春］
瑞香《ずいこう》・沈丁《じんちょう》・丁子《ちょうじ》

紅紫色《こうししょく》の花が固まって早春から咲きだす常緑低木。甘く強い香りが特徴で、その名は沈香《じんこう》や丁子に香りが似ていることに由来する。

沈丁の香にひたりゐて過去は過去　上村占魚《うえむらせんぎょ》
沈丁や死相あらはれ死相きえ　川端茅舎《ぼうしゃ》
沈丁の風に吊《つる》すや洗ひ筆　大石悦子

川面を覆う花筏。

辛夷《こぶし》

［仲春］木筆《こぶし》・幣辛夷《しでこぶし》

春一番に先駆け、葉の出ないうちに白い六弁の花をつけて芳香を放つ。モクレン科の落葉高木で、蕾《つぼみ》が幼児の拳《こぶし》の形に似ていることからその名が付いた。

空に咲く白のはじめの花辛夷　宮津昭彦

どの花もいま日の当たる辛夷かな　髙田正子《まさこ》

花辛夷空青きまま冷えてきし　長谷川櫂《かい》

連翹《れんぎょう》《れんげう》

［仲春］いたちぐさ・いたちはぜ

庭木として栽培されるモクセイ科の落葉低木だが、生命力があるので道路の植栽としても使われる。葉の出る前の3、4月頃に黄色い小さな花をびっしりと咲かせる。

連翹の一枝づつの花ざかり　星野立子《たつこ》

吹き降りとなり連翹のいさぎよし　菖蒲《しょうぶ》あや

連翹の鞭《むち》しなやかにわが夜明け　成田千空《せんくう》

雪柳《ゆきやなぎ》

［仲春］小米花《こごめばな》・小米桜・えくぼ花

雪が降ったかのように小花が群がる。

バラ科の落葉低木。柳のように弓なりに垂れた枝に白い小花が群がって咲くさまは、さながら積雪のよう。風花のように散るさまも美しい。

月うるむ地にただようて雪柳　石原八束《やつか》
こぼれまたこぼれさそひて小米花　鷹羽狩行《たかはしゅぎょう》
仏壇へ母の麺棒雪やなぎ　伊藤　航《こう》

木蓮《もくれん》

［仲春］木蘭《もくれん》・紫木蓮《しもくれん》・白木蓮《はくもくれん》・はくれん

落葉低木で春、葉に先駆けて花をつける。花弁の外側が濃い紫、内側が白みがかった紫木蓮と、白い白木蓮がある。

木蓮や高慢くさき門構《もんがまえ》　尾崎紅葉《こうよう》
はくれんの一弁とんで昼の月　片山由美子
出航の汽笛のあはひ紫木蓮　小嶋芦舟《ろしゅう》

躑躅《つつじ》

［晩春］山躑躅・岩躑躅・蓮華躑躅《れんげつつじ》・三葉躑躅《みつばつつじ》・五葉躑躅《ごようつつじ》・満天星躑躅《どうだんつつじ》

数多くの種が山野に自生し、園芸種も多い。晩春から初夏にかけて赤紫・紅・白などの花を咲かせる。

庭芝に小みちまはりぬ花つつじ　芥川龍之介
牛放つ蓮華つつじの火の海へ　青柳志解樹《しげき》
鬱《うつ》の日の沸点にゐて緋《ひ》の躑躅　石《いし》　寒太《かんた》

山吹《やまぶき》

［晩春］面影草《おもかげぐさ》・八重山吹《やえやまぶき》・濃山吹《こやまぶき》・白山吹

山野に自生し、晩春に若葉とともに黄金色の花が咲く。日本固有のバラ科の落葉低木で『万葉集』以来、数多く詠《うた》われてきた。

山吹にぶらりと牛のふぐりかな　小林一茶
山吹や小鮒《こぶな》入れたる桶《おけ》に散る　正岡子規《しき》
山吹に少女の雨具透きとほる　入船亭扇橋《いりふねていせんきょう》

馬酔木《あしび》

［晩春］

馬酔木の花・あせび・あせぼ・花馬酔木

日当たりの良い山地に自生するツツジ科の常緑低木。多数の白やピンクの壺形の花が房状につく。植物名としては「あせび」で「あしび」は別名。有毒で馬が食べると麻酔状態になるといい「馬酔木」の字が当てられた。

馬酔木より低き門なり浄瑠璃寺　水原秋櫻子《しゅうおうし》

花ぶさの雨となりたる馬酔木かな　大谷碧雲居《へきうんきょ》

時流れ風流れをり花馬酔木　村沢夏風《かふう》

葉にも毒が含まれる。

木瓜《ぼけ》の花《はな》

［晩春］

花木瓜《はなぼけ》・更紗木瓜《さらさぼけ》

中国原産のバラ科の落葉低木で、葉に先立って赤や白の五弁花を咲かせる。

紬《つむぎ》着る人見送るや木瓜の花　森川許六《きょりく》

口ごたへすまじと思ふ木瓜の花　星野立子《たつこ》

木瓜垣の裾草も濃き島暮し　成田千空《せんくう》

花水木《はなみずき》

花水木《はなみづき》

［晩春］

北米原産のミズキ科の落葉小高木。街路樹や庭木として植えられ、4月から5月に白や淡紅色の花をつける。

一つづつ花の夜明けの花みづき　加藤楸邨《しゅうそん》

昏《く》るるとき白き極みよ花みづき　中村苑子《そのこ》

むかし清瀬にあまたの悲恋《ひれん》花水木　七田谷《なだや》まりうす

ライラック

［晩春］リラの花・リラ・リラ冷え

ヨーロッパ南東部原産のモクセイ科の落葉低木・小高木。4月から6月にかけて芳しい紫系の小さな花が房状に集まって咲く。冷涼な気候を好み、札幌の市木ともなっている。リラは仏語。

真昼間の夢の花かもライラック　石塚友二《ともじ》
リラ咲いて煉瓦《れんが》舗道の街古ぶ　有働《うどう》亨《とおる》
ライラックほろほろ強制収容所　たむら葉《よう》

若緑《わかみどり》

［晩春］松の芯・松の花・松花粉・緑立つ・若松・初緑・松の緑・緑摘む

若々しく勢いを感じさせる松の新芽のことで松の芯ともいう。緑立つは真っすぐ空へ伸びるさま。

緑なす松や金欲し命欲し　石橋秀野《ひでの》
松の芯いま彗星《すいせい》と交信中　高野ムツオ
くるまれし島の赤子に緑立つ　山本洋子

天に向かって伸びる松の新芽。

柳《やなぎ》

［晩春］枝垂柳《しだれやなぎ》・糸柳・青柳《あおやなぎ》・門柳《かどやなぎ》・柳絮《りゅうじょ》・川柳・若柳・柳の糸・柳影《やなぎかげ》・遠柳・柳の芽・芽柳・猫柳

一般的には枝垂柳・糸柳。柳は四季折々に風情があるが、特に薄緑の新しい葉をつけた姿が美しいので春の季語とされる。猫柳は川辺《かわべ》に自生する柳の一種で、早春に銀色の花穂をつける。

出る杭をうたうとしたりや柳かな　与謝蕪村《よさぶそん》
つきがねのひびきに動く柳かな　椎本才麿《しいのもとさいまろ》
穂高さへやさしきゆふべ柳絮舞ふ　堀口星眠《せいみん》

桑《くわ》《くは》

[晩春]　桑の芽・桑の花・桑の葉・桑摘《くわつみ》・桑畑・山桑

落葉高木で山野に自生しているが、葉が蚕の餌になるため養蚕《ようさん》の発展とともに栽培されるように。栽培種は毎年刈られるので高木にはならない。

桑の花さみどりに芽は出そろはず　北原白秋
山鳥の羽音つつぬけ桑畑　皆川盤水《みなかわばんすい》
近道を迷はず抜けて桑の花　稲畑汀子《いなはたていこ》

穂のような桑の花。

杏《あんず》の花《はな》

[晩春]　花杏《はなあんず》・杏花村《きょうかそん》・杏咲く

中国原産のバラ科の落葉小高木。4月頃に梅に似た白や淡紅色の花を咲かせる。果樹として植えられているが、種子は漢方薬に。

一村や杏の花にうもれ住み　星野立子《たつこ》
友の死に日暮るる路と花杏　大井雅人《がじん》
花杏珈琲を挽く朝の刻　岩城久治《いわきひさじ》

梨《なし》の花《はな》

[晩春]　梨花《りか》・梨咲く

中国原産のバラ科の落葉高木だが、栽培では枝を整えて棚作りをする。4月下旬から5月にかけて新葉とともに白い五弁の花を開く。

人行くや梨花に風景暗き村　芥川龍之介
梨咲きぬ言葉の届く高さにて　岡本　眸《ひとみ》

むかし初潮《しょちょう》にほっとしたっけ梨の花　池田澄子

林檎《りんご》の花《はな》 ［晩春］

花林檎

中央アジア原産のバラ科の落葉果樹で冷涼地を好む。5月頃にほのかに紅を帯びた五弁花をつける。

娘よりきれいな母や花りんご　清水基吉《もとよし》

蜂に蜜我等《われら》にむすび林檎咲く　矢島渚男《なぎさお》

林檎の花けさ槐太《かいた》君死にました　石《いし》寒太《かんた》

春落葉《はるおちば》 ［晩春］

落葉樹は冬になってから葉を落とすが、椎《しい》・樫《かし》・檜《ひのき》などの常緑樹は晩春にひっそり古い葉を落とし、新旧交代をする。

もの忘れわらひあひたり春落葉　柴田白葉女《はくようじょ》

春落葉いづれは帰る天の奥　野見山朱鳥《のみやまあすか》

春落葉焚《た》きては昨日忘れけり　古賀まり子

黄水仙《きずいせん》 ［仲春］

喇叭水仙《らっぱずいせん》・口紅水仙

南欧原産のヒガンバナ科の多年草。春、細長い葉の間から茎を立て、横向きに黄色い大きな花を咲かせる。

海女《あま》の墓ひとかたまりに黄水仙　石田あき子

突風や算を乱して黄水仙　中村汀女《ていじょ》

黄水仙ひらく信濃《しなの》の仏みち　原　裕《ゆたか》

ヨーロッパ種で遅咲きの黄水仙。

雛菊《ひなぎく》

［三春］ デージー・延命菊・長命菊・ときしらず・金盞花《きんせんか》・薊《あざみ》・野薊

西欧原産の多年草で3月頃から咲き始めて秋まで咲くことも。花色は白・赤・ピンクなど。金盞花や薊もキク科。

デージーは星の雫《しずく》に息づける　阿部みどり女《じょ》
島へおろす雑貨の中の金盞花　岡本富子
日だまりに雛菊保育園の庭　大屋達治《たつはる》

シクラメン

［三春］ 篝火草《かがりびそう》

サクラソウ科の多年草の球根植物。温室栽培され、花の少ない冬から春まで赤系や白い花をつける。

シクラメン花のうれひを葉にわかち　久保田万太郎
恋文は短かきがよしシクラメン　成瀬櫻桃子《なるせおうとうし》
頬杖《ほおづえ》も大事なる日やシクラメン　小檜山《こひやま》繁子

チューリップ

［晩春］ 牡丹百合《ぼたんゆり》・鬱金香《うこんこう》

ユリ科の球根植物で一茎に一花しかつかない春の代表花。品種改良により色や形は多種多様に。

チューリップ喜びだけを持つてゐる　細見綾子
赤黄白まつすぐだからチューリップ　川崎展宏《てんこう》
赤は黄に黄は赤にゆれチューリップ　嶋田一歩《いっぽ》

ヒヤシンス

［晩春］ 風信子《ふうしんし》・夜香蘭《やこうらん》・錦百合《にしきゆり》

地中海沿岸原産のユリ科の球根植物。葉の中央から立つ花茎に、紫・ピンク・白・黄・青紫などの小花を房状につける。

銀河系のとある酒場のヒヤシンス　橋　閒石《かんせき》
だまされたふりをしてゐるヒヤシンス　佐野典子
ヒヤシンスしあわせがどうしても要る　福田若之《わかゆき》

桜草《さくらそう》《さくらさう》

［晩春］　プリムラ

日当たりの良い草原に生える多年草。高さは20センチほどで淡紅色の桜に似た花をつける。花色の異なる栽培種も多く、よく見かけるのは外来のプリムラ系のものがほとんど。

桜草みんな話は空にぬけ　長谷川かな女《じょ》

そはそはとしてをりし日の櫻草　後藤夜半《やはん》

徹頭徹尾機嫌のいい犬さくらさう　川上弘美

芝桜《しばざくら》

［晩春］　花爪草

ハナシノブ科の多年草で、芝のように地面を覆ってジュウタンのようにびっしりと咲く。花色はピンクが多いが、白や藤色などもある。

どの道を行きても墓へ芝桜　福田甲子雄《きねお》

遊ぶ子のなき公園や芝桜　和田祥子《しょうこ》

横町は仲よき暮し芝桜　高橋行々子《ぎょうぎょうし》

芝桜が鮮やかに地面を覆う。

春菜《はるな》

［三春］ 春の菜・青菜・菠薐草《ほうれんそう》・芥菜《からしな》・芥子菜《からしな》・茎立菜《くきたちな》・菜飯・水菜・京菜・壬生菜《みぶな》

春に萌《も》えいづる菜。食用とする野草や、菠薐草・芥菜・茎立菜など春が旬の青菜類の総称としても用いられる。水菜類は初春。

春菜野にかなしげな唄ばかり流る　金子兜太《とうた》

春菜ついばむ命短き鶏ばかり　北原志満子《しまこ》

菠薐草茹でて自愛や切なりと　宇多《うだ》喜代子

茎立《くくたち》

［三春］ くくだち・くきだち・くきたち

大根や蕪《かぶ》、菜類が気温の上昇とともに茎を急に伸ばすこと。伸びた茎を薹《とう》といい、茎立によって葉も堅くなる（薹が立つ）。

茎立やおもはぬ方に月ありて　岸田稚魚《ちぎょ》

茎立や富士ほそるほど風荒れて　鍵和田《かぎわだ》秞子《ゆうこ》

茎立の炎となっている雨夜　高野ムツオ

茎立して咲いた大根の花。

大根《だいこん》の花《はな》

［晩春］ 花大根《はなだいこん》・花大根《はなだいこ》

種を採るために畑に残しておいた大根が4月から5月にかけて開花。白や紫がかった十字の花がひっそりと咲く。

大原や日和《ひより》定まる花大根《はなだいこ》　飯田蛇笏《いいだだこつ》

二十の戀《こい》五十の戀や花大根　石塚友二《ともじ》

大根の花まで飛んでありし下駄《げた》　波多野爽波《はたのそうは》

豆《まめ》の花《はな》

［晩春］ 豌豆《えんどう》の花・蚕豆《そらまめ》の花

春に咲く豆として主に豌豆と蚕豆の花を指す。ともに蝶形《ちょうがた》で色は白・紫・ピンクなど。

足音も土に消え去り豆の花　中村汀女《ていじょ》

尿《しと》る子の怒る瞳《め》をして豆の花　石《いし》　寒太《かんた》

豆の花男子は土にこそ遊べ　市ノ瀬遙《はるか》

葱坊主《ねぎぼうず》《ねぎばうず》

[晩春]　葱の花・葱の擬宝《ぎぼ》

球状についた葱の白い小さな花を坊主頭に見立てたもの。宝珠形《ほうじゅがた》の装飾・擬宝珠《ぎぼし》にも似ている。

葱の花ふと金色《こんじき》の仏かな　川端茅舎《ぼうしゃ》

葱坊主子を憂ふればきりもなし　安住《あずみ》　敦《あつし》

踏切の前に並んだ葱坊主　和田　誠

独活《うど》

[晩春]　芽独活・山独活・独活掘る

ウコギ科の多年草で山野に自生するが、食用として栽培もされる。若い芽・茎は柔らかく独特の香りと苦みがある。

思ひきつて独活大木となつて見よ　寺田寅彦《とらひこ》

独活削《そ》ぐや波郷《はきょう》と齢《よわい》並べけり　上田五千石《ごせんごく》

朝刊でくるんでありし芽うどかな　加古《かこ》宗也《そうや》

アスパラガス

[晩春]　松葉独活《まつばうど》

南欧原産で紀元前から食用に栽培、日本では明治以降に北海道で始まった。春の訪れを告げるように大地を突き破って真っすぐ伸びる若い茎を食する。

山の唄アスパラガスを炒めつつ　藤田湘子《しょうし》

幸福にアスパラガスを茹《ゆ》で零《こぼ》す　倉田素香《そこう》

先端は上向くアスパラガスの束　山田　牧《ぼく》

山葵《わさび》 ［晩春］

葉山葵・山葵田・山葵沢・山葵の芽

日本特産のアブラナ科の多年草で自生もしているが、渓流や湧水などを利用して栽培。主に根茎をすりおろしたものを薬味として使う。

山の子に初花といふ山葵かな　萩原麦草《ばくそう》
山葵田に日覆《ひおい》立つ日の穂高見ゆ　能村登四郎《のむらとしろう》
山葵買ひ足して夕餉《ゆうげ》のものととのふ　岡本眸《ひとみ》

麦青《むぎあお》《むぎあを》む ［三春］

青麦・麦踏《むぎふみ》・麦を踏む

春、若葉が出そろい穂が出るまでの麦。若葉や茎の緑は生命感に満ちている。麦踏は初春の農作業。

青麦や雲雀《ひばり》があがるありやさがる　上島鬼貫《うえしまおにつら》
青麦も汽車の火煙も闇の過去　原子公平《はらここうへい》
青麦はつんつんとしてよそよそし　蒲池蓮葉《かまちれんよう》

春《はる》の草《くさ》 ［三春］

春草《しゅんそう》・芳草《ほうそう》・草芳《くさかぐわ》し・草芳《くさかんば》し・初草・新草《にいぐさ》・若草・草若葉・若草野・草若し・古草・下萌《したもえ》・草萌・草青む・畦青《あぜあお》む・土手青む・草の芽・ものの芽・物芽・名草《なぐさ》の芽

若々しくみずみずしい春の草。下萌・草萌は草の芽

青々と広がる麦畑。

が土に萌えいづることで、その芽がものの芽。

春草は足の短き犬に萌ゆ　中村草田男《くさたお》
下萌えぬ人間それに従ひぬ　星野立子《たつこ》
芳草やどの道来ても一休寺　大峯《おおみね》あきら

紫雲英《げんげ》［晩春］

げんげん・蓮華草《れんげそう》・げんげ田

マメ科の越年草・蓮華草の別名で、かつては緑肥や牧草として稲刈り後の田で広く栽培された。晩春、紅紫のジュウタンを敷き詰めたように一面に咲くさまはノスタルジックでもある。

紫雲英田は尽きじ地球の円ければ　三橋鷹女《みつはしたかじょ》
げんげ野を来て馬市の馬となる　下村ひろし
狡《ず》る休みせし吾《あ》をげんげ田に許す　津田清子《きよこ》

苜蓿《うまごやし》［晩春］

苜蓿《もくしゅく》・クローバー・白詰草《しろつめくさ》

ヨーロッパ原産のマメ科の越年草で、花は黄色。牧草として優れていることからその名が付いた。白い小花を球状に咲かす白詰草・クローバーの俗称でもある。

蝶《ちょう》去るや葉とぢて眠るうまごやし　杉田久女《ひさじょ》
苜蓿踏んで少年探偵団　小西昭夫
密談の少女ら四葉のクローバー　和田幸司

薺《なずな・なづな》の花《はな》［三春］

花薺・三味線草《しゃみせんぐさ》・ぺんぺん草

春の七草の一つで野原や道端に咲く。果実が三味線のばちに似ていることから、ぺんぺん草の名で親しまれている。

よくみれば薺花さく垣ねかな　松尾芭蕉《ばしょう》
妹《いも》が垣根三味線草《さみせんぐさ》の花咲きぬ　与謝蕪村《よさぶそん》
鎌倉のみ仏たちに薺咲く　高野素十《すじゅう》

芹《せり》
［三春］
根白草《ねじろぐさ》・田芹・根芹・水芹・芹の水・芹摘む

春の七草の一つで主に湿地に自生。葉は香りが強く柔らかいので、古くから食用とされてきた。

芹の香や摘《つみ》あらしたる道の泥　炭《たん》　太祇《たいぎ》
左右には芹の流れや化粧坂《けわいざか》　松本たかし
干拓に残る流れに芹を摘む　鈴木麻璃子《まりこ》

蓬《よもぎ》
［三春］
餅草《もちぐさ》・艾草《もぐさ》・蓬生《よもぎう》・蓬摘む

キク科の多年草で野原や土手などに自生。若葉は草餅の材料に、生長した葉は灸《きゅう》のもぐさの原料になる。

蓬摘むそのほかは世を忘れをり　飴山《あめやま》　實《みのる》
誰も背に暗きもの負ふ蓬摘み　河原《かわはら》枇杷男《びわお》
蓬摘み摘み了《お》えどきがわからない　池田澄子

蕗《ふき》の薹《とう》
［初春］
蕗の芽・蕗の花・蕗味噌《ふきみそ》

浅春に地上に顔を出す蕗の萌黄色《もえぎいろ》の若い花茎。春の訪れを感じさせるとともに、独特の香りとほろ苦さが喜ばれ賞味される。

みちのくの緑は蕗の薹よりぞ　福田蓼汀《りょうてい》
ゆめ二つ全く違ふ蕗のたう　赤尾兜子《とうし》
原発事故報じる蕗の薹割れて　相原左義長《あいばらさぎちょう》

野辺に顔出す蕗の薹。

片栗《かたくり》の花《はな》
［初春］　かたかごの花

ユリ科の多年草で山地の林下に自生。早春に紫色の花をうつむきかげんにつける。古名はかたかご。

片栗の一つの花の花盛り　高野素十《すじゅう》
かたくりは耳のうしろを見せる花　川崎展宏《てんこう》
片栗の花を咲かせて山しづか　長谷川櫂《かい》

犬《いぬ》ふぐり
［初春］　いぬのふぐり

路傍や田畑の脇などに地をはうように生え、春に淡紅色の小さな花を咲かせる。一般に見られるのは外来種の青い花の大犬《おお》ふぐりが多い。

犬ふぐり大地は春を急ぐなり　阿部みどり女《じょ》
瓦礫《がれき》みな人間のもの犬ふぐり　高野ムツオ
日記より人生貧し犬ふぐり　小川軽舟《けいしゅう》

虎杖《いたどり》
［仲春］

タデ科の多年草で山野に自生し、1メートル以上の高さになる。若い茎は酸味があるが食べられる。

虎杖を折ればいまでもぽんと音　山口いさを
虎杖やわれまつろはぬ民の裔《えい》　矢島渚男《なぎさお》
虎杖やふるさとといふよりどころ　伊藤トキノ

虎杖の茎は中空でポキリと折れる。

野蒜《のびる》 ［仲春］

野蒜摘む・韮《にら》・韮摘む

田畑の周りや土手などに同じユリ科の青葱《あおねぎ》のように固まって生え、韮に似た臭気を放つ。鱗茎《りんけい》や若葉を食用にする。

貧農は弥陀《みだ》にすがりて韮摘める　飯田蛇笏《いいだだこつ》
野蒜つむ擬宝珠《ぎぼし》つむただ生きむため　加藤楸邨《しゅうそん》
雲影をいくたびくぐる野蒜摘《つみ》　福永耕二

蕨《わらび》 ［仲春］

早蕨《さわらび》・初蕨・蕨狩《わらびがり》・蕨飯・ぜんまい

早春、日当たりの良い山野に顔を出す。ぜんまいとともに古来食されてきた。

負ふた子に蕨をりては持せける　加藤暁台《きょうたい》
めぐる日や指の染むまでわらび折る　加舎白雄《かやしらお》
初蕨旅のこころをほぐしけり　長谷川いづみ

茅花《つばな》 ［仲春］

針茅《つばな》・ちばな・茅花野・茅花ぬく・しらはぐさ・茅萱《ちがや》の花・白茅《ちがや》の花・浅茅《あさじ》が花

野原や河原などに群生し、線形の葉に先駆けて春先につける円柱状で銀色の花穂のこと。イネ科の多年草で植物名としては茅萱が一般的。

川しまやつばな乱れて日は斜め　高桑闌更《らんこう》
地の果《はて》のごとき空港茅花照る　横山白虹《はっこう》
足裏も明るさうなる茅花道　永田耕衣《こうい》

水草生《みずくさお》ふ《う》

［仲春］ 水草生《みくさお》ふ《う》・藻草生《もぐさお》ふ《う》

春になり水がぬるみ始める頃、池沼《ちしょう》や沢などにさまざまな水生植物が生えてくること。

城ある町亡き友の町水草生《みくさ》ふ　大野林火《りんか》

水草生ふ夢のいとぐちさだかには　小池文子

水草生ふうなづきながら眠る妻　岸本尚毅《なおき》

蘆《あし》の角《つの》

［仲春］ 蘆の芽・蘆牙《あしかび》・角組《つのぐ》む蘆・蘆の錐《きり》・蘆若葉・若蘆

水辺に鋭く角状に伸びる蘆の新芽のこと。晩春には生長して若葉になる。

しほらしき物を名づけて蘆の角　正岡子規《しき》

あしの芽の出そろふ岸の船出かな　平塚らいてう

泥かぶるたびに角組み光る蘆　高野ムツオ

一面の茅萱が風に吹かれて揺れる。

作家の眼で生と死を詠む

吉村 昭 (作家)

吉村さんと一緒に句会を始めたのは、彼が尾崎放哉《ほうさい》という自由律俳人のことを小説に書きたいと思ったことがきっかけであった。氏がいざ筆を起こそうと思った時、自分は俳句や句会のことを何も知らないことに気づき、「ぜひ句会を開いてほしい」と頼まれたことによる。

放哉が没した小豆島（しょうどしま）にて。

この句会は私の俳号の頭を取って「石の会」と名付けられた。句会は吉村さんが舌がん・膵臓《すいぞう》がんとなり、やがて自死する前年の平成17年（2005）まで28年間も続いた。夫人の津村節子さんもご一緒で、おしどり夫婦の仲の良さを見せつけられた。しかしそれぞれの句のことになると厳《げん》として譲らず、仲間たちはその二人のやりとりを楽しんだ。

炎天に駅漂白し貨車一輌《いちりょう》

小説家が人間観察に優れているのは当然だが、吉村さんの小説には波乱のドラマの影に、常にさめた鋭い感覚がある。死を見つめる眼と言い換えてもいい。この句も炎天に捨てられたように置かれた一輌の貨車に眼が注がれている。

遺体なき霊安室の芽水仙
貫きしことに悔いなし鰯雲《いわしぐも》

前句では死を見つめ、後句には彼の生き方が投影されている。全体に人間味にあふれていながら、真実を求める作家らしい精神は揺るぎなく、いかにも吉村昭らしい句で貫かれている。氏の句集『炎天』からいくつか引いてみた。

夏

立夏（5月5日頃）～立秋の前日（8月6日頃）

時候

麦《むぎ》の秋《あき》

［初夏］

麦秋《ばくしゅう》・麦秋《むぎあき》・麦・穂麦・麦の穂・熟れ麦・麦刈《むぎかり》・麦畑・麦生《むぎう》・麦の波・麦の風・大麦・小麦・裸麦

麦秋の中なるが悲し聖廃墟《せいはいきょ》　水原秋櫻子《しゅうおうし》

麦秋や馬いななきてあとさびし　塚原麦生《ばくせい》

フランスに来てフランスは麦の秋　多田裕計《ゆうけい》

麦痩せて渋民村《しぶたみむら》の名もほろぶ　富安風生《とみやすふうせい》

季語解説　麦の穂は5月から6月にかけて実り、黄熟します。見渡す限りの麦畑が黄金色に輝くさまは見事です。

この場合の秋は穀物の収穫の時期を意味します。「麦秋」と書いて「むぎあき」とも「ばくしゅう」とも読み、句によって判断します。時節を示す語としてならむぎあき、麦畑のイメージならばくしゅうがよいでしょう。

麦にはさまざまな種類がありますが、「春窮《しゅんきゅう》」という古い季語は、晩春に前年収穫した米穀などを食べ尽して困窮することです。麦の秋にはそんな端境期を越えた安堵《あんど》の気持ちも込められています。

例句解説　秋櫻子の掲句は昭和27年（1952）の作で「浦上天主堂」の前書きがあります。原爆投下で焼け野原になった長崎。戦後7年を経てなお、崩れたままの天主堂を前に深い悲しみに沈みます。麦はこの時季には褐色に熟して実りの時を迎え、美しく輝く麦畑がその悲しみを増幅させるのです。

また、麦は他の穀物とは異なり、初夏なのに穫り入れの時季を迎えるので「秋」が入っています。それがさらに、この句に奥行きを与えているのです。

黄金色に輝く一面の麦畑。

時候

短夜《みじかよ》

［三夏］明易《あけやす》し・明易《あけやす》・明急ぐ・明早し・夏の夜

短夜や乳《ち》ぜり泣く児《こ》を須可捨焉乎《すてっちまおか》　竹下しづの女《じょ》

明《あけ》いそぐ夜のうつくしや竹の月　高井几董《きとう》

短夜のあけゆく水の匂ひかな　久保田万太郎

わが消す灯母がともす灯明易き　古賀まり子

季語解説 春分を境に夜は昼よりも短くなり、夏至になると最も短くなります。短夜はそんな夏の夜の短さを惜しむ気持ち、夜の明けやすさへの感慨が込められた季語です。

古くからよく使われ『万葉集』や和泉式部など和歌では、愛《いと》しい人を待ちこがれる気持ちや後朝《きぬぎぬ》（衣を重ねかけて共寝した男女が翌朝別れる時、その衣を身につけること）の思いなどが詠《うた》われています。

これに対して、春は「日永《ひなが》」、秋は「夜長」、冬は「短日《たんじつ》」と表しています。

例句解説 竹下しづの女の最も有名な作品です。この句が作られたのは大正9年（1920）、まだまだ女性への理解が低かった時代でした。

疲れて睡眠不足の母。もうすぐ夜が明けてしまいます。乳首を含みながらも乳が出ずにいら立って泣く子どもを捨ててしまおうかと大胆に詠んだこの句は、人々に衝撃と驚きを与えたことでしょう。口語の「すてっちまおか」という激しい表現を漢文表記にしたところに、諧謔《かいぎゃく》とともに深い嘆きを感じさせます。しづの女は漢詩の造詣が深かったのです。

時候

暑《あつ》し

［三夏］

暑苦し・暑さ・暑《しょ》・暑気《しょき》・暑気払《しょきばらい》

なんとけふの暑さはと石の塵《ちり》を吹く　上島鬼貫《うえしまおにつら》

大蟻《おおあり》の畳をありく暑さかな　井上士朗《しろう》

蝶《ちょう》の舌ゼンマイに似る暑さかな　芥川龍之介

恋しさも暑さもつのれば口開けて　中村草田男《くさたお》

あまりの暑さに涼を求める。

季語解説 梅雨が明けると、本格的な暑さがやって来ます。「暑し」は詩語というより庶民の生活感情を表した、いかにも俳諧的な季語です。現代では人間の心理を表現する言葉としても使われます。「暑」と詠むと時節をも表します。

例句解説 「夕涼み」という前書きのある宝永2年（1705）の鬼貫の句。涼を求めて川辺に来ると先客がいました。「どうでしょう、今日の暑さのひどいこと」と挨拶《あいさつ》をしながら川辺の石に腰を下ろします。丁寧に息を吹きかけて塵を払う様子に滑稽味があります。鬼貫の得意とする口語調の自在な表現が効果的に使われています。

時候

灼《や》く

［晩夏］熱砂《ねっさ》・熱風・日焼浜《ひやけはま》・灼岩《やけいわ》・炎《も》ゆ・炎風

ただ灼けて玄奘《げんじょう》の道つづきけり　松崎鉄之介

砂丘灼けつひにひとりの影尖《とが》る　山口草堂《そうどう》

おのれ吐く雲と灼けをり駒《こま》ヶ《が》嶽《たけ》　加藤楸邨《しゅうそん》

灼けてゐる礁《いわ》に耳つけ濤《なみ》を聴く　篠原　梵《ぼん》

季語解説　真夏の太陽の激しい熱で、砂浜や舗装道路は裸足《はだし》では踏めないほど熱くなります。これを灼くるといいます。

昭和初期から使われ始めた新しい季語で、昭和3年（1928）作の山口誓子《せいし》の句「七月の国灼くる見ゆ妹《いも》が居は」が最初という説もあります。即物的な響きがあり、現代感覚にかなった季語といえるでしょう。夏の熱気を表す「炎ゆ」も同じ頃に季語として定着しました。

例句解説　玄奘は唐代《とうだい》の僧で『西遊記』のモデルとなった玄奘三蔵・三蔵法師のことです。長安からインドへ渡ったその道を、玄奘に思いを馳《は》せながらたどります。命を懸けたその旅の厳しさは、いかなるものだったのでしょうか。目の前にはただ、熱く灼けた道が真っすぐに続いているばかりです。

太陽の日差しに灼けるような道路。

時候

涼《すず》し

［三夏］

涼《りょう》・涼気・涼風《りょうふう》・涼風《すずかぜ》・朝涼《あさすず》・夕涼《ゆうすず》・晩涼《ばんりょう》・夜涼《やりょう》・涼夜《りょうや》

大の字に寝て涼しさよ淋《さび》しさよ　小林一茶

涼しさや鐘をはなるるかねの声　与謝蕪村《よさぶそん》

風生《ふうせい》と死の話して涼しさよ　高浜虚子《きょし》

青春かく涼しかりしか楡《にれ》大樹　鍵和田秞子《かぎわだゆうこ》

季語解説　蒸し暑い日本の夏。木陰やよしずの陰、うちわの微風や風鈴の音など、ちょっとしたことに涼しさを感じるとほっとします。「朝涼」「夕涼」「晩涼」などともいい、「月涼し」「星涼し」などとも用います。もともと「涼し」は秋の冷気を表しましたが、涼しさを求める人々の気持ちが夏の季語として定着させたのです。

涼しという言葉は、人の心を表現する場合にも使われます。「涼しげな人」などといいますが、爽やかですっきりした、澄んですがすがしいなどの意味があり、感覚的な涼しさにこうした気持ちを重ねて句に詠むことも多いようです。

例句解説　継母や義弟と長い間争っていた遺産問題も解決し、一茶が郷里に定住した後の作品です。長い漂泊の時を経て、ようやく故郷に家を構えた一茶。この時51歳でした。

独身の気楽さから、誰に遠慮することもなく大の字に寝て涼しさを味わいます。この「涼しさ」には安堵《あんど》の気持ちと満足感が込められています。しかし、それを分かち合う人はいません。たまらない孤独と淋しさが、投げ出した足の先からじりじりとはい上がります。

時候

秋近《あきちか》し

［晩夏］

秋隣《あきどなり》・秋隣る・秋の境・秋迫る・来《こ》ぬ秋・秋を待つ・夏深し・夏の果《はて》・暮《くれ》の夏・夏惜しむ・行く夏・夏行く・夏終《おわ》る・晩夏光

鏡見てゐる遊女《あそびめ》の秋近き　正岡子規《しき》

秋ちかき心の寄《よる》や四畳半　松尾芭蕉《ばしょう》

松風や紅提灯《べにちょうちん》も秋隣　芥川龍之介

ゆく道のまつすぐに秋近きかな　倉田紘文《こうぶん》

季語解説　秋近しや「秋隣」「秋を待つ」には、早く秋が来てほしいと願う気持ちが込められています。同じ時季でも「夏の果」「行く夏」「夏終る」などには、夏を惜しむ気持ちが込められます。「晩夏光」は夏の終わりの頃の太陽光です。『古今集《こきんしゅう》』にも秋を待つ和歌がありますが、前掲の芭蕉の「秋ちかき心の寄や四畳半」は古典的な情趣のある秋近しという季語を用いて、現実的な生活に根差した思いを詠んだところに新鮮さがありました。俳句は季節の先取りです。

例句解説　子規の掲句では、夏の間なんとか暑さをしのいだ遊女が出を待つ顔を化粧しています。鏡には疲れきった顔が映っていますが、そろそろ暑さも和らぎ涼しい秋がやって来ます。

秋はもうすぐそこに。

時候

夜《よる》の秋《あき》

［晩夏］
夜《よ》の秋

西鶴《さいかく》の女みな死ぬ夜の秋　長谷川かな女《じょ》

夜は秋やひやりとふれし椅子の肱《ひじ》　臼田亞浪《うすだあろう》

手花火の香の沁《し》むばかり夜の秋　中村汀女《ていじょ》

水銀の玉散らばりし夜の秋　佐藤郁良《いくら》

季語解説　8月に入ると厳しい暑さのなかにも、ふと秋の気配を感じることがあります。夜になって涼しさが加わり、虫の音が聞こえ始める、そんな夏の終わりの季節感を夜の秋といいます。

古くは秋の季語で「秋の夜」と同じ意味で用いられました。夏の季語となったのは大正2年（1913）、原石鼎《せきてい》の「粥《かゆ》すする杣《そま》が胃の腑《ふ》や夜の秋」を、高浜虚《きょ》子《し》が「ホトトギス」の雑詠欄で選んでほめたのが最初といわれています。現在では夏から秋へ移りゆく微妙な季節を表す季語として定着。俳句の鋭い季節感をよく表した季語の一つといえるでしょう。

例句解説　秋の気配を感じさせる夜にふと、井原西鶴の浮世草子《うきよぞうし》『好色一代女』や『好色五人女』などに描かれた不幸な女たちに思いを寄せています。忍び寄る涼気と薄幸の女たちの運命が重なりつつ、近づく秋を感じさせます。

時候

雲《くも》の峰《みね》

［三夏］

積乱雲・入道雲・峰雲・鉄鉆雲《かなとこぐも》・雷雲《らいうん》・夏の雲・夏雲・夏の空・夏空

雲の峰一人の家を一人発《た》ち　岡本眸《ひとみ》

雲の峰幾つ崩れて月の山　松尾芭蕉《ばしょう》

雲の峰過去深まつてゆくばかり　矢島渚男《なぎさお》

夏雲や十円で買ふ「悪の華」　日下野由季《ひがのゆき》

峰のような真夏の積乱雲。

季語解説 夏の代表的な雲が「積乱雲」です。青空に白く大きな雲が垂直にぐんぐん伸びて輝きます。むくむく盛り上がる形から「入道雲」といい、山並みのように雲が並ぶその偉容から雲の峰といわれます。雲の峰は漢詩の影響で生まれた言葉で、陶淵明《とうえんめい》の詩に「夏雲奇峰多し」とあります。

雷雨や夕立ちを伴うことが多いため「雷雲」「夕立雲」、雲の頭が横に流れて鉄鉆のように見えるので「鉄鉆雲」ともいいます。また坂東太郎《ばんどう》（関東）・丹波太郎《たんば》（関西）など、地方によって固有の呼び名もあります。「夏の空」はスケールが大きく多様ですが、おおむね晴れ渡った「夏空」をいいます。

例句解説 夫を喪《うしな》って一人住まいの家から旅に出ようとしています。その充実感と寂しさ。ふと見上げた空に大きく立ちはだかる雲が、心の奥底にある孤独感を感じさせます。寂寥《せきりょう》感がこの句の眼目です。

時候

南風《みなみ》

［三夏］

南風《みなみかぜ》・南風《なんぷう》・南風《はえ》・南吹《みなみふ》く・大南風《おおみなみ》・黒南風《くろはえ》・白南《しろは》風《え》・茅花《つばな》流し・筍《たけのこ》流し・ながし・あいの風・やませ

南風《なんぷう》や帽の中なる眉うごく　藤田湘子《しょうし》

南風《なんぷう》のおもてをあげてうたふかな　木下夕爾《ゆうじ》

南風《なんぷう》や故郷を恋へるギリシャ船　野《の》見山朱鳥《みやまあすか》

やませ来るいたちのやうにしなやかに　佐藤鬼房《おにふさ》

季語解説　夏に吹く南寄りの暖かく湿った風を、南風と書いて「みなみ」「なんぷう」などといいます。柔らかく吹き続き、青葉を茂らせます。夏の南風は地方によってさまざまな呼び名があり、主に九州・沖縄では「はえ」、瀬戸内あたりでは「まじ」や「まぜ」といいます。船乗りや漁師が使う言葉に由来し、海上生活における風の重要性を物語っています。

また、梅雨の頃に吹く湿った南風を「黒南風」や「茅花流し」、梅雨明けの頃の晴れやかな南風を「白南風」といいます。「あいの風」は夏に日本海沿岸で吹く北寄りの穏やかな風、「やませ」は東北以北で吹く北東からの冷たい風です。

例句解説　明るい夏の日の海辺。カシニョールの絵のようなつばの広い帽子をかぶった女性が、吹いてきた南風にふと眉を上げ、遠い海を見つめます。柔らかな南風に誘われた微妙な動きを捉えました。

柔らかい南風が吹く。

時候

青嵐《あおあらし／あをあらし》

［三夏］　青嵐《せいらん》・風青し・夏嵐・麦嵐

大空の吹かれてゐるや青あらし　松瀬青々《せいせい》

濃き墨のかわきやすさよ青嵐　橋本多佳子

目の中に山が一ぱい青嵐　右城暮石《うしろぼせき》

うごかざる一点がわれ青嵐　石田郷子《きょうこ》

季語解説　青葉の茂る頃に吹き渡るやや強い風を青嵐といいます。強風ながら清爽で、語感も爽やかです。この季語は常に緑の色彩感を伴い、好んで詠まれるようになったのは江戸前期、服部嵐雪《はっとりらんせつ》の「青嵐定まる時や苗の色」以降です。

「薫風」も同じ頃の風ですが、こちらは青葉を吹く風が緑の香りを運ぶという、匂うような南風の爽やかさを表した季語です。

例句解説　木々の青葉や草木をなびかせる青嵐に吹かれながら、空を見上げます。どこまでも続くこの大空にも、明るく激しく青嵐が吹き荒れていることでしょう。スケールの大きな作品です。

青嵐が木々や草を揺らす。

時候

梅雨《つゆ》

［仲夏］

梅雨《ばいう》・黴雨《ばいう》・梅霖《ばいりん》・梅の雨・空梅雨《からつゆ》・旱梅雨《ひでりづゆ》・青梅雨・荒梅雨・長梅雨・梅雨湿り・梅雨寒《つゆさむ》・梅雨寒し・梅雨冷《つゆびえ》・梅雨空・梅天《ばいてん》・梅雨曇・梅雨雲・梅雨夕焼《つゆゆやけ》・梅雨晴間・梅雨晴・筍梅雨《たけのこづゆ》・走り梅雨・迎へ《え》梅雨・送り梅雨・返り梅雨・戻り梅雨・梅雨前線《ばいうぜんせん》

荒梅雨や山家《さんか》の煙這《は》ひまはる　前田普羅《ふら》

梅雨見つめをればうしろに妻も立つ　大野林火《りんか》

ふところに乳房ある憂さ梅雨ながき　桂《かつら》信子

季語解説 梅雨は暦《こよみ》の上では6月11日頃の入梅から約1カ月の長雨をいいます。しかし気象上の梅雨とは必ずしも一致しません。

梅の実が熟する頃なので梅雨、黴《かび》を生じやすいので「黴雨」とも書きます。雨が降り続くこの時季、植物はどんどん生長を続け、しっとりと濃く美しい緑に包まれるので「青梅雨」ともいいます。

梅雨入りの前の「走り梅雨」「迎へ梅雨」、数日晴天が続く「梅雨晴間」、雨の降らない「空梅雨」「旱梅雨」、終盤の荒れ模様の「荒梅雨」、梅雨明けの頃の大雨「送り梅雨」、梅雨明け後の「返り梅雨」「戻り梅雨」、ほかにも「梅雨寒」「梅雨冷」など多くの季語があります。

この時季の雨として江戸・明治を通じて「五月雨《さみだれ》」の作例はあるものの、梅雨の句が多く詠まれるようになったのは大正期以降です。

例句解説 山の中の家から煙が出ています。真っすぐ立ち上るはずの煙が荒々しい風雨に流され、地面をはい回っているかのようです。

時候

五月雨《さみだれ》

［仲夏］

五月雨《さつきあめ》・五月雨雲《さみだれぐも》・さみだる・五月闇《さつきやみ》

五月雨をあつめて早し最上川《もがみがわ》　松尾芭蕉《ばしょう》

五月雨や大河を前に家二軒　与謝蕪村《よさぶそん》

五月雨や上野の山も見飽きたり　正岡子規《しき》

さみだれのあまだればかり浮御堂《うきみどう》　阿波野青畝《あわのせいほ》

季語解説　旧暦の5月に降る長雨で梅雨と同じですが、梅雨は時候を含むのに対し、五月雨は雨そのものを指すといわれます。また、梅雨は新しい言葉で古くは五月雨といわれました。梅雨は俗語、五月雨は雅語といえるでしょう。「五月闇」は昼夜を問わず、この頃の厚い雲に覆われた暗さをいいます。

1カ月余りも続く雨の季節は、日本人の生活と文化に多くの影響を与えてきました。五月雨は恵みの雨であり、稲の収穫、つまり暮らしに直結する関心事なのです。

五月雨は紫式部の『源氏物語』の「雨夜《あまよ》の品定め」や後鳥羽院の和歌にも登場しています。長雨のうっとうしさ、鬱々《うつうつ》と晴れない気持ちを詠むことが多かったようです。

例句解説　『おくのほそ道』の芭蕉の有名な一句。まず「五月雨を集めて涼し最上川」と川風の涼しさを詠んで、連句（歌仙）の挨拶句《あいさつく》としました。その後、実際に船で下った実感をもとに「早し」と改めたと思われます。

何日も降り続いた五月雨を全部集めたように水かさを増し、激しい勢いで下る最上川の流れを的確に捉えています。

時候

夕立《ゆうだち》 ゆふだち

［三夏］

ゆだち・白雨《はくう》・驟雨《しゅうう》・夕立つ・夕立雲・夕立晴・夕立風・よだち・村雨《むらさめ》・スコール・片降《かたふり》

祖母山《そぼさん》も傾山《かたむくさん》も夕立《ゆだち》かな　山口青邨《せいそん》

夕立は貧しき町を洗ひ去る　松瀬青々《せいせい》

夕立の空傾けて妙義山《みょうぎさん》　川崎展宏《てんこう》

さつきから夕立の端にゐるらしき　飯島晴子《はるこ》

季語解説　夏の夕方、急に降ってきて激しくなる大粒の雨。発達した積乱雲によって起こり、雷を伴うこともあります。しかしすべてが洗い流された夕立の後は、なんともいえない爽涼感・すがすがしさに包まれます。

「白雨」「ゆだち」「よだち」ともいい、「夕立つ」と動詞でも用います。「驟雨」や「村雨」は夕立とほぼ同じですが、夕立ほど激しくない夏のにわか雨です。

例句解説　青邨が九州の鉱山を訪ねた際の作。馬で急ぐ山道、にわかに空が暗くなったと思ったら、まず遠くの祖母山、そして傾山（通常は「かたむきやま」）もたちまち夕立雲に包まれ、大粒の雨に襲われました。その雄大な景色の中の小さな人間。大きな景を巧みに詠んだ作品で、山名が生きました。

急に激しく降り注ぐ夕立。

夏　時候

時候

虹《にじ》

［三夏］二重虹《ふたえにじ》・朝虹・夕虹・虹立つ・虹の橋・虹の帯・虹の輪

虹二重《ふたえ》神も恋愛したまへり　津田清子《きよこ》
虹に謝す妻よりほかに女知らず　中村草田男《くさたお》
身をそらす虹の／絶巓《ぜってん》／処刑台　高柳重信《しげのぶ》
虹見そこなわぬよう蹎《つまず》かぬよう　池田澄子

季語解説　夕立の後などに空に虹がかかります。雨上がりの空に輝く虹は清やかです。すぐ消えてしまうはかない美しさにも、心をひかれます。虹は大気中の水滴に光があたり、外側から赤・橙《だいだい》・黄・緑・青・藍《あい》・紫という七色の帯に分かれたもの。俗に朝虹が立てば雨、夕虹が立てば晴れといわれます。

和歌や俳諧にはあまり詠まれておらず、季語として定着したのは大正以降のようです。高浜虚子《きょし》に『虹』という小説があります。薄命の愛弟子《まなでし》・愛子との心の通い合いを美しく描いた抒情的《じょじょうてき》な作品です。今度虹が立ったら、あの虹を渡って虚子の住む鎌倉へ行きたい、とつぶやく愛子。「虹立ちて忽《たちま》ち君の在る如《ごと》し」「虹消えて忽ち君の無き如し」という対句が、この小説のテーマとなりました。

例句解説　美しい二重の虹から神様の恋愛を想像しました。昭和24年（1949）、津田清子29歳の時の新鮮で大胆な発想です。

時候

夕焼《ゆうやけ》《ゆふやけ》

［晩夏］ゆやけ・大夕焼《おおゆやけ》・夕焼雲・夕焼空・朝焼・西日・大西日

夕焼《ゆうや》けて西の十万億土《じゅうまんおくど》透く　山口誓子《せいし》

夕焼や生きてある身のさびしさを　鈴木花蓑《はなみの》

大夕焼一天をおしひろげたる　長谷川素逝《そせい》

夕焼けて遠山《えんざん》雲の意にそへり　飯田龍太《いいだりゅうた》

季語解説　夕暮れ、空が真っ赤に染まります。日没の太陽光線は大気を通過する時間が長いため、青色の光は散乱し、波長の長い赤色だけが多く通過してくるので赤く見えるのです。一年中見られますが、夏は特に美しく壮大なところから、近代になって夏の季語となりました。「朝焼けは雨、夕焼けは晴れ」ということわざがあり、翌日は晴天になることが多いので「秋の夕焼け鎌を研げ」ともいわれます。「西日」「大西日」は夏のほとんど衰えない西に傾いた太陽や、その日差しのことです。

例句解説　高野山《こうやさん》で詠んだ句です。十万億土とは極楽浄土のこと。壮大な夕焼けの向こうに仏様がおられる極楽浄土を見ました。夕焼けは荘厳《そうごん》な輝きを放っていたのです。

夏の夕焼は特に美しく壮大。

片陰《かたかげ》

［晩夏］　片蔭・日陰・夏陰・片かげり

片陰の窓に出てゐる腕《かいな》かな　下村槐太《かいた》
軒下に繋《つな》げる馬の片かげり　高浜虚子《きょし》
汝《な》が行く手片蔭ありや尚《な》ほも行くや　竹下しづの女《じょ》
片蔭をゆき中年を過ぎにけり　岸風三楼《ふうさんろう》

季語解説　真夏の炎天下の日陰を片陰といいます。片陰は主に建物の陰をいい、樹木の陰を指す「緑蔭《りょくいん》」や「木下闇《こしたやみ》」とは区別しています。道沿いの家並みの片側にくっきりと濃い影が続くのは、いかにも夏らしい情景です。かんかん照りの道を歩いてきて、そんな日陰に入るとほっとしますね。

古くは『万葉集』に「夏影」という言葉が出てき、連歌《れんが》・俳諧の時代には「暁《あかつき》の夏陰茶屋の遅きかな」（昌圭《しょうけい》）など「日陰」「夏陰」として詠まれています。片陰が季語として使われるようになったのは大正以降、虚子が前掲の「軒下に繋げる馬の片かげり」という句を作った頃からと思われます。

家並みの影がくっきりと続く。

例句解説　ただ、暗い窓の外にもの憂げに投げ出している白い腕だけを捉え、ほかのすべてを省略することによって、窓の中に気だるく佇《たたず》む美しい女性を想像させせます。

夏野《なつの》

［三夏］

青野・卯月野《うづきの》・五月野《さつきの》・夏野原・夏の野・夏の原・夏野道

頭の中で白い夏野となつてゐる　高屋窓秋《そうしゅう》

馬ぽくぽく我を絵に見る夏野かな　松尾芭蕉《ばしょう》

絶えず人いこふ夏野の石一つ　正岡子規《しき》

怒らぬから青野でしめる友の首　島津　亮《りょう》

輝きを増す野の緑。

季語解説 たくましく夏草が生い茂り、夏の強い日差しを受けて草いきれの立つ、見渡す限り続く緑の野原です。夏野を詠んだ和歌は『万葉集』や『新古今集《しんこきんしゅう》』などに見られ、往時の踏み分けてゆくのも大変な草深い広野への思いは、私たちのもつ明るい印象とはまた違ったものだったのかもしれません。

「卯月野」は新緑の頃、「五月野」は梅雨の頃の野原をいいます。「青野」は夏野と同じ緑濃い夏の野ですが、より色彩感が強く感じられます。山口誓子《せいし》が「青野ゆき馬は片眼《かため》に人を見る」と詠んだのが最初です。

例句解説 夏野といえば緑のはずですが、作者の頭の中の映像には明るく輝く白い夏野が広がっています。心象風景を斬新な口語文体に乗せて表現しました。写生俳句とは別の新しい表現を開拓した昭和7年（1932）の句で、新興俳句の代表的な作品の一つです。

青田《あおた／あをた》

［晩夏］

青田面《あおたのも》・青田風・青田波・青田道

日の落ちしあとのあかるき青田かな　久保田万太郎

涼風や青田のうへの雲の影　森川許六《きょりく》

一点の偽りもなく青田あり　山口誓子《せいし》

ところどころ風吹いてゐる青田かな　山口いさを

季語解説 稲が育って青々と広がる田んぼは、いかにも夏らしいすがすがしい風景です。吹き渡る風に波打つさまも美しく、「青田風」「青田波」と呼ばれます。

初夏、代掻《しろか》きを終えた田植え前の代田《しろた》は水が濁っています。田植えを済ませた植田《うえた》には田水が張られ、水面には流れる雲や山や木立が美しく映っています。そして、一面緑の青田になるのです。稲が水田に青々と茂る風景は、かつては日本の各地で見られました。内藤丈草《じょうそう》の「谷風や青田をまはる庵の客」、与謝蕪村《よさぶそん》の「なつかしき津守《つもり》も遠き青田かな」など、近世の作品も数多くあります。

例句解説 日が暮れた後も青田はほのかに明るさを感じさせます。みずみずしい稲が、ぼうっと光を放つかのように青々としています。

豊かな実りを約束するかのような生命感。

時候

滴《した》り《た》

［三夏］

滴る・涓滴《けんてき》・山滴り・岩滴り・崖滴り・苔滴《こけしたた》り

滴りの蕗《ふき》の葉をうつ音なりし　三橋鷹女《みつはしたかじょ》

見てをればここにかしこに滴れる　池内たけし

滴りのあまたの音の一つ澄む　大橋桜坡子《おうはしおうはし》

つく息にわづかにおくれ滴れり　後藤夜半《やはん》

季語解説　岩壁からしみ出した水が、苔や草を伝って雫《しずく》となって滴り落ちます。いかにも美しく涼しげです。

この季語はみずみずしい視覚的な美しさに加え、断続的に滴り続ける音の響きが主題ともいえます。その音が涼感を呼び起こし、静けさを際立たせます。

夏山の深い緑を形容して「山滴る」といいますが、水道の水や雨後の滴りはこの季語には含まれません。滴りが季語とされたのは大正期で、比較的新しい季語といえるでしょう。

滴り落ちる湧き水の雫。

例句解説　滴りの音に焦点をあてた句です。しんと静まった山の中、滴りの音だけが響きます。滴り落ちるその先に蕗の葉を見つけた鷹女の感動がよく伝わってきます。

夏　時候

時候

清水《しみず》《しみづ》

［三夏］
山清水・岩清水・庭清水・草清水・門清水《かどしみず》・苔清水《こけしみず》・真清水《ましみず》・涸清水《かれしみず》・清水影

絶壁に眉つけて飲む清水かな　松根東洋城《とうようじょう》
草清水塔影《とうえい》映るところかな　永田青嵐《せいらん》
水筒に清水しづかに入りのぼる　篠原　梵《ぼん》
真清水や薄給の人偉かりし　田中裕明《ひろあき》

季語解説　地面や岩の間から湧く、冷たく清らかな水。夏の野山で冷たい湧き水に触れた時の心地よさは、何ものにも代えがたいものです。「凍《し》み水」が語源とされています。湧き出る場所や状態によって「山清水」「岩清水」「草清水」「苔清水」「涸清水」「清水影」などと使われます。「真清水」は清水の美称です。

清水は古くから詠まれ、『万葉集』『新古今集《しんこきんしゅう》』『夫木抄《ふぼくしょう》』などにも収められています。連歌《れんが》では「清水掬《むす》ぶ」ではなく「清水」だけで季語となるか否かの議論がありました。

涼を誘う冷たい山の湧き水。

例句解説　岩壁に湧き出る水を飲もうと、岩に手をあてて体を支えながら口を寄せます。「絶壁に眉つけて」が松根東洋城の掲句の眼目です。ひんやりとした清水が喉を通り過ぎ、全身が山の冷気に包まれました。

時候

泉《いずみ》《いづみ》

［三夏］

泉川・やり水・噴井《ふけい》

泉の底に一本の匙《さじ》夏了《おわ》る　飯島晴子《はるこ》

緑わく夏山陰の泉かな　大島蓼太《りょうた》

いのち短し泉のそばにいこひけり　野見山朱鳥《のみやまあすか》

泉からむらさきのひとるいるいと　小川楓子《ふうこ》

季語解説 地下を流れる水が地表の裂け目などから湧き出て、その水をたたえているもので、その清涼感から夏の季語とされています。古くは泉と清水は区別せずに使われていましたが、泉は量的に多く、湧き水がたたえられた状態、清水は湧いてくる水の清さ・冷たさを指していいます。

「噴井」は水が絶えず噴き出している井戸で「ふきい」とも読みます。

例句解説 美しく透き通った泉の底にきらっと光ったもの。それは「一本の匙」でした。夏の終わり、透き通った水の底にまぶしく光る銀の匙の不思議な存在感が、私たちを引きつけます。泉の底の匙は作者のイマジネーションから生まれ、独自の光を放っています。写生ではなく、言葉の組み合わせによって新しい世界を構築する、飯島晴子の出発点となった作品です。

清らかな湧き水がたたえられた泉。

時候

滝《たき》

［三夏］

瀑布《ばくふ》・滝壺・飛瀑《ひばく》・滝しぶき・滝風・夫婦滝《みょうとだき》・男滝《おだき》・女滝《めだき》・作り滝・滝見・滝殿《たきどの》・滝見茶屋・滝道・滝涼し・滝浴《たきあび》・滝垢離《たきごり》・滝行者《たきぎょうじゃ》

滝の上に水現れて落ちにけり　後藤夜半《やはん》

滝落ちて群青《ぐんじょう》世界とどろけり　水原秋櫻子《しゅうおうし》

滝を見て来てしづかなる人々よ　中村汀女《ていじょ》

滝のおもてはよろこびの水しぶき　山上樹実雄《やまがみきみお》

季語解説　木々の緑の中から滝がしぶきを上げて落ちてきます。勢いよく迸《ほとばし》る水はいかにも涼しげで、修行の場にもなります。豪快な滝と優美な滝をそれぞれ「男滝」「女滝」と呼び、合わせて「夫婦滝」といいます。「作り滝」は納涼のために庭園などに人工的に作ったもの、「滝殿」は滝のほとりに建てた簡素な館です。

『万葉集』の時代には垂水《たるみ》といいました。滝は「たぎ」と読み、急流・激流のことでしたが、平安期以降「たき」と清音になり、現在の意味になりました。

例句解説　水が激しく落ちてとどろく滝の一瞬一瞬の躍動感、滝の本質を捉えた後藤夜半の代表作です。滝口に水が現れては落ちるという繰り返しが滝であり、当たり前のことをあるがままに詠んだだけですが、滝を仰いだ時の実感が見事に表されています。

箕面《みのお》の滝を詠み、昭和6年（1931）、虚子《きょし》選の「日本新名勝俳句」に入選した句で客観写生俳句の真骨頂といわれました。なお、夜半の子は後藤比奈夫《ひなお》、孫は後藤立夫《たつお》です。

水量豊かなこの季節の滝。

暮らし

田植《たうえ》《たうゑ》

［仲夏］

田植唄・田植笠《たうえがさ》・田植女《たうえめ》・早乙女《さおとめ》・さうとめ・五月女《さつきめ》・田植衆・早苗《さなえ》・早苗束・苗取《なえとり》・苗運び・代掻《しろかき》・代田《しろた》・植田《うえた》

田植女のころびて独りかへりけり　加藤暁台《きょうたい》

風流のはじめや奥の田植うた　松尾芭蕉《ばしょう》

渓流の音に雨添ふ田植かな　渡辺水巴《すいは》

田を植ゑて空も近江《おうみ》の水ぐもり　森　澄雄

季語解説　5月から6月にかけて日本各地で田植が行なわれます。苗《なわ》代《しろ》で育てた稲の苗を「代掻」が終わった田に植えつける作業です。かつては何人もの女性が一列に並んで「田植唄」を歌いながら、村の共同作業で行ないました。

田植に従事する女性たちを「田植女」「早乙女」「五月女」といい、ほかにも田下駄《たげた》、水番、雨乞《あまごい》など、田植えに関わる季語がたくさんあります。しかし現在では家ごとの作業となり機械化も進み、かつての農村の様子を伝えるこれらの季語は過去のものとなりつつあります。

例句解説　江戸時代、早乙女が一列になって植え進む田植の情景を詠んだのが暁台の句です。

相互扶助《ふじょ》で農作業を行なっていた時代、田植は単に苗を植えるだけではなく、村落共同体の重要なイベントでした。手甲《てっこう》・脚絆《きゃはん》・赤襷《あかだすき》などで装った早乙女が衆目の中で転んで、泥にまみれて帰るのは恥ずかしく切ないことだったでしょう。当時の田植の背景を知ると、この「独り」が大きな働きをしていることがわかります。

暮らし

草刈《くさかり》

[三夏]

草刈る・草刈女《くさかりめ》・草刈鎌・草刈籠・草刈舟・草刈機・草取《くさとり》・草むしり・草引く・田草取《たぐさとり》・田草引く・除草

草刈女さゆらぐ笠《かさ》は鎌砥《と》げり　林　翔《しょう》

草刈女行き過ぎしかば紺匂ふ　軽部烏頭子《かるべうとうし》

牛久沼《うしくぬま》を草刈船がわたるのみ　水原秋櫻子《しゅうおうし》

草刈りしあとに蕗《ふき》の葉裏返る　山口青邨《せいそん》

雑草が生い茂る畦道。

季語解説 草刈は農家の大事な仕事です。山野や草原、畦《あぜ》などの雑草を刈り、家畜の餌や肥料にします。公園や庭の雑草取りは草刈とはいいません。「田草取」は田植えの後に雑草を取り除くことです。『万葉集』にも「草刈る」の歌がありますが、雅《みやび》な和歌の世界では歌題として定着しませんでした。句が多く作られるようになり、季語として定着したのは大正以降のようです。

例句解説 草刈の女性がかぶる日よけの菅笠《すげがさ》が揺れています。笠は優しいリズムで風にそよぐように揺れていますが、実は熱心に鎌を研いでいるのです。

暮らし

鵜飼《うかい》《うかひ》

［三夏］

鵜舟・鵜篝《うかがり》・鵜匠《うしょう》・鵜遣《うつかい》・鵜縄・鵜籠・鵜川・荒鵜《あらう》・離れ鵜・疲れ鵜・徒歩鵜《かちう》・鵜松明《うたいまつ》・鵜飼火《うかいび》・夜焚《よたき》・夜焚舟・夜振《よぶり》・夜振火・川灯《かわともし》・夜釣《よづり》・夜釣舟・夜釣火・夜釣人

おもしろうてやがて悲しき鵜舟かな　松尾芭蕉《ばしょう》

風吹きて鵜篝の火のさかだてる　阿波野青畝《あわのせいほ》

鵜飼一生水の匂ひを陸《くが》に曳《ひ》き　野澤節子

鵜は出《い》でぬ水の暗《やみ》より火の暗へ　平井照敏《しょうびん》

季語解説 飼い慣らした鵜を使って鮎《あゆ》を獲る伝統的な漁法で、その歴史は奈良時代以前から。岐阜県の長良川《ながらがわ》が有名で、5月から10月まで行なわれます。

舳先《へさき》に篝火《かがりび》を焚《た》いた「鵜舟」で古風な烏帽子《えぼし》・腰蓑《こしみの》を身にまとった「鵜匠」が多くの鵜を操り、鵜がのみ込んだ鮎を籠に吐かせるのです。気負い立った鵜を「荒鵜」、離れてしまった鵜を「離れ鵜」、働き疲れた鵜を「疲れ鵜」、歩いて遣う鵜を「徒歩鵜」といいます。

「夜焚」は舳先に灯をともして寄ってくる魚を、「夜振」は灯を打ち振って火影に集まる川魚を獲ります。涼みを兼ねた「夜釣」も

鵜飼は鵜を操り、のみ込んだ鮎を魚籠に吐かせる。篝火が壮観だ。

夏の季語です。

例句解説　芭蕉の句は貞享《じょうきょう》5年（1688）、岐阜で鵜飼を見た時のものです。

暗闇に明々と燃える篝火の華やかさ、壮観な鵜飼のさまに興奮し、心が躍ります。しかし鵜舟が過ぎ去り、あたりがまた暗闇に包まれると、急に寂しさに包まれました。

この句は「おもしろや」「悲しけれ」と謡われた『鵜飼』（謡曲）の一節を踏まえています。古典の裏付けと鵜飼を見た実感が一つになり、深い無常感を感じさせる句が生まれたのです。明と暗の対照がくっきりと表出し、読む者の心を捉えます。

暮らし

繭《まゆ》

［初夏］

新繭《しんまゆ》・生繭《なままゆ》・繭掻《まゆかき》・繭干す・繭煮る・白繭《しろまゆ》・玉繭・屑繭《くずまゆ》・繭籠・繭市・繭買《まゆかい》・繭相場・山繭・天蚕《てんさん》

うす繭の中ささやきを返しくる　平畑静塔《ひらはたせいとう》

母がもぐ白繭黄繭露の中　石原八束《やつか》

繭ごもるこの世のあまり明《あか》るすぎ　鷹羽狩行《たかはしゅぎょう》

天蚕のみどり伊《い》那《な》谿《だに》のさみどり　石《いし》寒太《かんた》

季語解説　繭は昆虫の蛹《さなぎ》を保護する包被のことですが、一般には絹の原料となる蚕の繭を指します。一つの繭から1000メートル前後の絹糸が採れるといわれます。春《はる》蚕《ご》は4回の脱皮を経て夏に繭を作ります。その繭をもぎ取るのが「繭掻」、取り出した繭が「生繭」です。これを天日にあてて中の蛹を殺す作業を「繭干す」といいます。

養蚕《ようさん》は『万葉集』の時代から行なわれていましたが、平安時代には歌の題とはならず、養蚕が農家の大きな収入源となった近代からよく句に詠まれるようになりました。養蚕が廃《すた》れるとともに比喩的にも詠まれるようになりました。

絹の原料となる繭。

例句解説　蚕が口から糸を吐きながら繭を作る情景を詠んだ句です。次第に繭の形が整えられてゆき、もう蚕の姿は見えません。しかし、薄い繭の中からかすかな音が聞こえてくるのです。それは蚕からのささやきのようにも聞こえました。

暮らし

風鈴《ふうりん》

［三夏］

風鈴売《ふうりんうり》・吊忍《つりしのぶ》・釣忍《つりしのぶ》

風鈴の一つ買はれて音淋《さび》し　島村　元《はじめ》

風鈴や市井《しせい》にすみて世に古《ふ》りぬ　室生犀星《むろうさいせい》

風鈴の鳴らねば淋《さび》し鳴れば憂《う》し　赤星水竹居《あかぼしすいちくきょ》

風鈴の舌をおさへてはづしけり　川崎展宏《てんこう》

涼味を呼ぶ風鈴。

季語解説　耐えがたい暑さでも風鈴の優しい音がチリンチリンと響くと、涼しさが吹き抜けるような気がします。

風鈴の起源は中国の仏堂や塔などの軒の四隅に吊《つ》り下げられた風《ふう》鐸《たく》。日本では風鈴は室町時代に上流社会で流行し、次第に庶民に広まりました。風鈴の音は魔除《まよ》けとされていたようです。

一昔前までは家々の軒先に吊るされ、美しい音を響かせながら売り歩く風鈴屋台も見られました。冷房も扇風機もない時代、暑さを忘れさせてくれる消夏法の一つでした。忍草《しのぶぐさ》を束ねて軒先などに吊るす「吊忍」も涼感を味わうものです。

例句解説　縁日の夜店か風鈴売の屋台でしょうか。買われた風鈴がチリリンとひそやかな音を立てました。その音色を淋しいと感じた作者。風鈴の音は聞く人の心を鏡のように映し出します。

暮らし

青簾《あおすだれ／あをすだれ》

［三夏］

簾・葭簾《よしすだれ》・絵簾・玉簾・竹簾・伊予簾・古簾・簾売《すだれうり》・簾戸・葭戸・簀戸《すど》・葭簀《よしず》・葭簀張《よしずばり》・葭簀茶屋・日除《ひよけ》・日覆《ひおおい》・網戸・夏暖簾《なつのれん》

青簾いづれの御所の賀《か》茂《も》詣《もうで》　宝井其角《きかく》

青簾好いた同士の世帯かな　尾崎紅葉《こうよう》

世の中を美しと見し簾かな　上野　泰《やすし》

簾巻いて万年床といふがあり　依光《よりみつ》陽子

季語解説　青簾は青竹を細く割って糸で編んだ簾です。見た目も涼しく、すがすがしさがあります。葭を使った「葭簾」、絵が描かれた「絵簾」などもあります。「玉簾」は簾の美称です。

簾は風を通しながら、日差しや視線をさえぎります。障子や襖《ふすま》を取り払った後、間仕切りのために吊《つ》るしたりもします。ほかにも「葭戸」や「網戸」を入れるなどして夏の蒸し暑さに備えます。日本の家屋は季節の変化に応じてさまざまに姿を変えるのです。

古くは『万葉集』に「君待つとわが恋ひをればわが屋戸《やど》の簾動かし秋の風吹く」（額田王《ぬかたのおおきみ》）と詠われています。簾には恋の気配・艶《つや》やかさが漂います。

例句解説　美しく華やかな賀茂詣の情景を詠んだ芭蕉《ばしょう》の弟子・其角の作品です。涼しげな青簾を通して見る華麗な行列、その対比が見事です。

見た目も涼しい青簾。

端居《はしい》《はしゐ》

［三夏］　夕端居

端居してただ居《い》る父の恐ろしき　高野素十《すじゅう》

さりげなくゐてもの思ふ端居かな　高橋淡路女《あわじじょ》

端居するうしろ姿も人さまざま　富安風生《とみやすふうせい》

娘《こ》を呼べば猫が来《きた》りし端居かな　五十嵐播水《ばんすい》

季語解説　涼しさを求めて縁側などでくつろぐことを端居といいます。大きな意味では納涼《すずみ》に含まれますが、端居は家屋の中の端近くに居ること。忙しい仕事を終えた夕方などに安らぎのなか、ゆっくりと過ごします。

古くは室町時代の和歌に用例が見られます。和歌や連歌《れんが》では泉や月、蛍などが配され、一人静かに夕景色を味わうというものが多いようです。俳諧では浴衣《ゆかた》や団扇《うちわ》、蚊遣《かや》りなどが配され、生活感が色濃く感じられる庶民的な季語になりました。

例句解説　掲句は高野素十の昭和12年（1937）の作品です。家の端近くでただじっとしている父の後ろ姿に、恐ろしさを感じました。怒る父ではなく、ただそこに居る父に感じる恐ろしさ。それは父の存在そのものへの畏怖《いふ》の気持ちでしょうか。

縁側などでゆっくりと涼む。

暮らし

納涼《すずみ》

［晩夏］

涼む・納涼《のうりょう》・夕涼み・夜涼み・朝涼み・涼み台・縁涼み・門涼《かどすず》み・橋涼み・下涼み・舟涼み・涼み舟・納涼船《のうりょうせん》・川床《かわどこ》・縁台・竹床几《たけしょうぎ》・花氷《はなごおり》

くらきより浪《なみ》寄せて来る浜納涼《はますずみ》　臼田亜浪《うすだあろう》

門すずみ人に来られて仕舞《しまい》けり　尾崎紅葉《こうよう》

橋に来て見ゆる山あり涼みけり　松根東洋城《とうようじょう》

納涼《のうりょう》映画に頭うつして席を立つ　田川飛旅子《ひりょし》

季語解説　暑さを避けて戸外や水辺の涼しい場所で過ごすことで、縁側や涼み台で世間話や将棋をしたりします。時間によって「朝涼み」「夕涼み」、場所によって「縁涼み」「門涼み」「橋涼み」、方法によって「涼み舟」など、多くの季語があります。真夏の暑さをしのぐため、人々は工夫を重ねてきたのでしょう。涼を求めて高原や海辺へ行く避暑に対して、身近な場所で涼をとる庶民的な消夏法です。

身近な場所で涼をとる。

祇園会《ぎおんえ》や大文字《だいもんじ》の頃、京都・鴨《かも》川《がわ》のたもとの料亭などの座敷から張り出した「川床」（かわゆか・ゆかとも読む）で楽しむのも乙です。「花氷」は氷柱《ひょうちゅう》に草花を閉じ込めた装飾で清涼効果があります。

例句解説　海辺の納涼の情景です。目の前の真っ暗な海からひたひたと寄せてくる波。その波音が涼しさを運んできます。

更衣《ころもがえ》《ころもがへ》

［初夏］ 衣更《ころもか》ふ・袷《あわせ》

すずかけもそらもすがしき更衣 石田波郷《はきょう》

百官《ひゃっかん》の衣更へにし奈良の朝 高浜虚子《きょし》

衣更へて遠からねども橋一つ 中村汀女《ていじょ》

ともしびの明石《あかし》の宿で更衣 川崎展宏《てんこう》

季語解説 5月から6月にかけて女子学生の制服が夏服に変わると、ああ、夏が来るんだなと実感します。

昔は宮中でも民間でも旧暦の4月1日と10月1日に衣や調度を替えていました。『源氏物語』にも記される更衣《こうい》は、女官《にょかん》の役職の一つです。更衣は和歌の時代から夏の題とされ、行く春を惜しむ心が詠まれてきました。江戸幕府には4月1日から1カ月余り「袷」を着る等の規定が細かくありました。

俳諧で単に更衣といえば4月のことで、10月は「後《のち》の更衣」といいます。江戸時代には更衣で心身が軽くなった爽やかさなどが詠まれるようになり、現在ではその頃の季節感を詠むことが多くなりました。

旧暦の4月1日といえば、新暦ではゴールデンウィークの頃。新緑は明るく輝き、頬に吹く風も心地よい季節です。

例句解説 波郷の掲句は更衣の頃の季節感をよく表しています。青々とした葉を大きく広げるスズカケノキ、そして輝くように広がる青空。夏服に着替えた軽やかさや弾むような気持ちが伝わる、みずみずしい作品です。

暮らし

単衣《ひとえ》《ひとへ》

［三夏］ 単物《ひとえもの》・羅《うすもの》・薄衣《うすぎぬ》・薄ごろも・絽《ろ》・紗《しゃ》・透綾《すきや》・軽羅《けいら》・綾羅《りょうら》

単衣着て若く読みにし書をひらく　能村登四郎《のむらとしろう》

朝酒に片肌ぬくやひとへもの　宝井其角《きかく》

乳房《ちぶさ》はおもたからずやうすごろも　富沢赤黄男《かきお》

羅や人悲しますす恋をして　鈴木真砂女《まさじょ》

裏地を付けずに一重の布で仕立てる。

季語解説　単衣は裏地を付けない一重の夏用の着物です。絹布や綿布、「絽」や「紗」「透綾」で作る「羅」（晩夏）、麻布で作る帷子《かたびら》など、みな単衣といいます。

室町時代から江戸時代にかけては5月5日に、夏用の単衣に替えるのが定式《じょうしき》でした。冬の綿入れから裏地の付いた春秋用の袷《あわせ》へ、さらに夏の単衣へと、季節の移り変わりによって着替えていったのです。

例句解説　久しぶりに単衣を着た心の動きを詠んだものでしょうか。いつもとは少し違う気分です。若い頃によく着た単衣の肌触りからふと思い出し、その頃に読んだ本を手に取ってみたのです。青春時代のさまざまな思い、わくわくするような思いがよみがえってくるようです。

暮らし

夏帽子《なつぼうし》

［三夏］ 夏帽・麦稈帽《むぎわらぼう》・麦藁帽《むぎわらぼう》・パナマ帽・カンカン帽

夏帽に照りて真白き雲ばかり　水原秋櫻子《しゅうおうし》

パナマ帽月に被《かぶ》れば若しといふ　渡辺水巴《すいは》

かんかん帽わが若き日もありにけり　石塚友二《ともじ》

わが夏帽どこまで転べども故郷　寺山修司《しゅうじ》

季語解説　夏帽子と聞くと、真っ青な海、果てしなく続く空、滴る緑、海辺に佇《たたず》む白いワンピースの女性、そんな情景が浮かんできます。

昭和20年代までは背広に帽子というのが男性の一般的な服装でした。夏には白い「パナマ帽」や固く作った麦藁の「カンカン帽」をかぶりました。水巴や友二の句はそんな頃の句です。

現在では帽子をかぶる男性は少なくなりましたが、夏の強い紫外線を防ぐために日傘を使ったり、帽子をかぶる女性が増えました。海や山などへ遊びに行く時も帽子は欠かせません。

例句解説　真っ青な空に白く大きくぐんぐん伸びる夏の雲が、夏帽子に照り映えます。輝くような夏の暑い日です。

夏の強い日差しや紫外線に帽子は欠かせない。

暮らし

泳《およ》ぎ

［三夏］

水泳・水練・遠泳・遊泳・競泳・海水浴・潮浴び・水浴び・プール・海水着・水着・海水帽・ビーチウエア・ビーチボール・浮袋・浮輪・水中眼鏡

泳ぎ子がをりて五六戸《ごろっこ》ありにけり　清崎敏郎《きよさきとしお》

暗闇の眼玉《めだま》濡《ぬ》らさず泳ぐなり　鈴木六林男《むりお》

愛されずして沖遠く泳ぐなり　藤田湘子《しょうし》

泳ぎ来て果実のやうな言葉投《な》ぐ　黛《まゆずみ》まどか

季語解説　いまは温水プールもあり一年中泳げますが、やはり潮風に吹かれ、夏の陽光を全身に浴びながら泳ぐのは最高の気分です。

日本では水泳は武術の一種として発達してきました。古式泳法・日本泳法と呼ばれる日本古来の泳ぎ方には、抜き手・横泳ぎ・立ち泳ぎなどがあります。なじみの深いクロール・バタフライ・平泳ぎなどの西洋泳法が伝わったのは、明治時代になってからのことです。各地に海水浴場も開かれ、大正期以降には俳句にも多く詠まれるようになりました。

例句解説　子どもたちが歓声を上げて泳いでいます。見渡せば家が5、6軒だけの海辺の寒村です。「五六戸ありにけり」という描写から、無心に楽しむ子どもたちとは対照的な周りの鄙《ひな》びた村の風景、その暮らしの貧しさが浮かび上がります。

花火《はなび》

［晩夏］

線香花火・遠花火・打上花火《うちあげはなび》・仕掛花火《しかけはなび》・揚花火《あげはなび》・鼠花火《ねずみはなび》・手花火・庭花火・昼花火・花火舟・花火大会・花火師・川開き

ねむりても旅の花火の胸にひらく　大野林火《りんか》

星一つ残して落る花火かな　酒井抱一《ほういつ》

半生のわがこと了《お》へぬ遠花火　三橋鷹女《みつはしたかじょ》

さういへば鼠花火のやうなやつ　鷹羽狩行《たかはしゅぎょう》

季語解説　花火の夜空を美しく彩る華やかさ、あっという間に散ってゆくはかなさに、心を揺さぶられます。夏の週末は必ずどこかで「花火大会」が行なわれ、「線香花火」などの「手花火」は夏休みの子どもたちにとって無くてはならない楽しみです。

日本の花火の歴史は16世紀中頃の鉄砲伝来に始まります。鉄砲を解体して製法を研究した火薬が、江戸時代に入ると花火に使われるようになり、鍵屋・玉屋による両国川開きの花火などで有名な江戸を中心に、各地で盛んになりました。古くは盂蘭盆《うらぼん》の行事として「送り火」と同様、秋の季語とされましたが、次第に納涼の意味が強まって夏の風物詩となりました。

夏の夜の楽しみ。

例句解説　林火は旅の宿で眠りにつこうとしています。その胸に途中で出会った美しい花火の残像が、華やかに広がるのです。どこかもの悲しく美しい情感豊かな作品。

新茶《しんちゃ》

［初夏］走り茶・茶詰《ちゃつめ》・古茶《こちゃ》

新茶汲みたやすく母を喜ばす　殿村菟絲子《としこ》
丹波《たんば》の日匂ふばかりに新茶かな　沢木欣一《きんいち》
走り茶や父に女の客ありて　柴崎七重《ななえ》
新茶甘し鎌倉彫りの盆まろし　竹市《たけいち》漣《れん》

季語解説　新茶の季節になりました。青々とした独特の香りがいかにも初夏を感じさせてくれます。八十八夜の頃が茶摘みの最盛期で、立夏を過ぎた頃から出荷が始まります。「走り茶」とも呼ばれ、これに対してやや香りの失せた昨年の茶は「古茶」といわれます。
お茶には美容と健康に欠かせないビタミンCや抗菌作用などのあるカテキン、脳の老化防止に役立つテアニンが含まれています。鎌倉時代の初めに中国から伝わり、最初は薬として飲まれたようですが、織田信長や豊臣秀吉が茶を愛し、茶の湯が盛んになりました。庶民が楽しむようになったのは江戸時代のことです。

青々とした香りの新茶。

例句解説　老いた母に新茶をいれました。たったそれだけのことなのに、母はとても喜んでくれました。うれしいけれど、そんな母を哀れとも思う、複雑な気持ちもあるのです。心境が句に出ました。

夏料理《なつりょうり》《なつれうり》

［三夏］

洗膾《あらい》・沖膾《おきなます》・洗鯉《あらいごい》・洗鯛《あらいだい》・洗鱸《あらいすずき》・冷汁《ひやじる》・船料理《ふなりょうり》

美しき緑走れり夏料理　星野立子《たつこ》

交《まじわ》りのさめてまたよし夏料理　宝井其角《きかく》

杉箸を染むるは何ぞ夏料理　前田普羅《ふら》

灯の映るものの多くて夏料理　鈴木鷹夫《たかお》

季語解説 うだるような暑さが続くと、食欲もなくなってしまいます。そんな夏に楽しくおいしく食事ができるように、見た目も涼しげにガラスの器などに盛り付けた料理を夏料理といいます。氷片を敷いて、料理そのものを冷たくしたりもします。

「洗膾」は鯉《こい》・鯛《たい》・鱸《すずき》などの新鮮な刺身を冷水に浸して身を引き締めた料理、「冷汁」は味噌汁や澄まし汁などを冷やしたものです。「沖膾」は沖で獲れた魚をその場で膾やたたきにして食し、「船料理」は川風に吹かれながら、係留した船で魚介類などの料理を賞味します。いずれも夏らしい情趣・涼感を味わいながら楽しみます。

例句解説 いかにも涼しげな夏料理が目に浮かびます。毎年夏になると、さまざまなところで目にする立子の戦後すぐの一句です。

見た目にも涼しい夏料理。

梅干《うめぼし》

［三夏］

梅漬ける・梅干す・干梅《ほしうめ》・梅漬・梅筵《うめむしろ》・梅酢・梅酒・青梅・梅の実・実梅《みうめ》・小梅

梅漬けし夜の髪深く櫛《くし》入るる　菖蒲《しょうぶ》あや

梅漬の指をつくづくながめけり　小林一茶

梅漬けてあかき妻の手夜は愛す　能村《のむら》登四郎《としろう》

原爆地影絵のごとく梅を干す　中村和弘

季語解説 日本の食文化の代表・梅干。梅干は長期保存に耐えるうえに、体内でさまざまな効果を発揮します。「梅は三毒を断つ」といわれるように食・血・水を浄化し、梅干に含まれるクエン酸などが糖質の代謝を活性化させて疲労回復につながります。

中国から伝わり、平安・鎌倉時代には貴族や武士の食べる高級品でしたが、江戸時代には「青梅」の栽培が広まって庶民の味となりました。各家庭で梅を漬ける作業風景もたくさんの句に詠まれてきました。梅干を作る際に塩漬けした青梅から出る酸味の強い浸出液が「梅酢」、何度か天日干しをする際に使うのが「梅筵」です。

例句解説 日々の暮らしにいそしむ女性。昼間にせっせと梅を漬けた日の夜、髪を梳《くしけず》りながら、ふと自らの女性としての生き方を顧みています。ゆっくりと「深く」櫛を入れる動作に思いが込められています。

干して３日目くらい。

暮らし

ビール

［三夏］

麦酒《ビール》・生ビール・黒ビール・地ビール・缶ビール・ビヤガーデン・ビヤホール・焼酎・泡盛・冷酒《ひやざけ》

ビールほろ苦し女傑となりきれず　桂《かつら》　信子

ビール酌む男ごころを灯に曝《さら》し　三橋鷹女《みつはしたかじょ》

ビヤホール椅子の背中をぶつけ合ひ　深見けん二

大ジョッキ奢《おご》りし方が早く酔ふ　田川飛旅子《ひりょし》

季語解説　「とりあえずビール」、居酒屋で一年中よく聞く言葉です。しかしやはり夏、仕事を終えた後によく冷えたビールを一気に飲む爽快感は、何ものにも代えがたいですね。夏には「ビヤガーデン」で夜風に吹かれながら飲む楽しさもあります。

ビールの名はオランダ語のbierに由来し、江戸時代にも輸入物はありましたが、本格的に醸造が始まったのは明治以降で、洋食の普及とともに急速に広まりました。「梅酒」「焼酎」「泡盛」「冷酒（れいしゅとも読む）」「甘酒」なども夏の季語になっています。

例句解説　若くして夫を亡くし、一人で働いて生きてきた長い間にはさまざまなことがありました。みんなと一緒に飲んでたくましさを装ってみても、心にたまるほろ苦さを消し去ることはできません。

蒸し暑い夏に冷えたビールは格別。

行事

端午《たんご》

［初夏］

端午の節句・菖蒲《あやめ》の日・菖蒲《しょうぶ》の節句・五月《ごがつ》の節句・重五《ちょうご》・こどもの日・初節句・鯉幟《こいのぼり》・幟・五月幟《さつきのぼり》・初幟・五月鯉《さつきごい》・吹流《ふきなが》し・矢車・武者人形・菖蒲湯《しょうぶゆ》・菖蒲風呂・菖蒲酒・薬草摘《やくそうつみ》・競《くら》べ馬《うま》・粽《ちまき》・茅巻《ちまき》・笹粽《ささちまき》・粽結《ゆ》ふ・柏餅《かしわもち》

兄と読む一つ絵本や端午の日　高田風人子《ふうじんし》

菖蒲太刀《しょうぶだち》前髪の露滴《した》たらん　河東碧梧桐《かわひがしへきごとう》

二人子を預けて病める端午かな　石田波郷《はきょう》

勇壮な武者人形。

季語解説　5月5日は「端午の節句」、「重五」。「鯉幟」を立て、「武者人形」を飾り、男の子の成長を祝います。

端午の節句は奈良時代から続く古い行事です。もともとは中国の習俗で「薬草摘」をしたり、「菖蒲酒」を飲んで邪気を払いました。日本の宮中でも「競べ馬」が催されたり、厄除《やくよ》けの菖蒲を飾ったり、蓬《よもぎ》などの薬草を配るなど、病気や災厄を防ぐ行事が行なわれ、江戸時代には菖蒲の音が尚武《しょうぶ》と結びついて男児の武運を願う行事となり、町民にも広がってゆきました。故事にならって菖蒲や蓬を軒に挿し、「菖蒲湯」に入ったり、「粽」や「柏餅」を食べたりします。

例句解説　兄弟のほほ笑ましい情景です。いつもはけんかばかりなのに、仲良く絵本に顔を寄せる二人。健やかな成長を心から祝います。

行事

祭《まつり》

［三夏］

夏祭・神輿《みこし》・祭太鼓・祭笛・祭囃子《まつりばやし》・祭提燈《まつりちょうちん》・山車《だし》・渡御《とぎょ》・祭衣《まつりごろも》・祭髪・祭笠《まつりがさ》・宵宮《よいみや》・宵祭・御旅所《おたびしょ》・祭舟・葵祭《あおいまつり》・神田祭《かんだまつり》・三社祭《さんじゃまつり》

神田川祭の中をながれけり　久保田万太郎

祭笛吹くとき男佳《よ》かりける　橋本多佳子

昨年よりも老いて祭りの中通る　能村《のむら》登四郎《としろう》

てつぺんに子の顔の出て荒神輿　石《いし》寒太《かんた》

季語解説　季語では祭というと「夏祭」のことです。平安時代には祭といえば京都の上賀茂《かみがも》神社・下鴨《しもがも》神社の賀茂祭《かもまつり》（「葵祭」）を指し、それ以外の神社の祭を夏祭としていました。

春祭は五穀豊穣《ほうじょう》を祈願し、秋祭は収穫の喜びを祝いますが、夏祭は農耕と直接結びついたものではなく、疫病《えきびょう》・虫害・風水害などの災難が起こす怨霊《おんりょう》や疫神《えきじん》を鎮めるために行なわれました。そのため「神輿」の「渡御」を中心に「山車」や練りものの行列が続き、「祭太鼓」や「祭笛」で盛り上げる華やかな祭になったのです。

例句解説　久保田万太郎は小説家・劇作家、そして俳人として大正・昭和期に活躍しました。掲句は浅草橋の榊《さかき》神社の祭を詠んだ大正末期の作品です。

神田川は三鷹《みたか》市の井《い》の頭池《かしらいけ》を水源とし、都心を西から東へ流れて隅田川に注いでいます。祭囃子や歓声でにぎわう中を悠々と流れる神田川。人々の営みとは無関係のようですが、昔から人々の暮らしと密接に関わり、さまざまな思いをのみ込んできた川なのです。

行事

祇園会《ぎおんえ／ぎをんゑ》

［晩夏］

祇園祭《ぎおんまつり》・祇園御霊会《ぎおんごりょうえ》・山鉾《やまぼこ》・鉾立《ほこだて》・鉾祭・宵山《よいやま》・祇園囃子《ぎおんばやし》・祇園太鼓・祇園山笠《やまかさ》

洛中《らくちゅう》のいづこにゐても祇園囃子　山口誓子《せいし》

祇園会や二階に顔のうづ高き　正岡子規《しき》

東山回して鉾《ほこ》を回しけり　後藤比奈夫《ひなお》

祇園会や千の乙女に千の櫛《くし》　有馬朗人《ありまあきと》

季語解説　祇園会は7月に行なわれる京都・八坂《やさか》神社の祭礼で、京の祭りを代表する絢爛《けんらん》豪華な行事です。「祇園御霊会」の略称で一般的には「祇園祭」と呼ばれます。

平安時代の疫病《えきびょう》退散を願う御霊会に始まり、東京の神田祭《かんだまつり》・大阪の天神祭とともに日本三大祭りの一つとして有名になりました。クライマックスは前祭《さきまつり》の16日の「宵山」と17日の山鉾巡行ですが、7月1日から31日まで、実に1カ月にわたってさまざまな行事が行なわれます。なお、「祇園山笠」で知られる博多《はかた》の祇園会は7月1日から15日です。

例句解説　冒頭句はにぎやかな祇園祭の雰囲気をよく伝えています。山鉾巡行はのべ33基の山と鉾が「コンコンチキチン、コンチキチン」と祇園囃子を奏でながら市中を巡ります。笛・太鼓・鉦《かね》を鳴らす祇園囃子が市街のどこにいても聞こえ、心を沸き立たせるのです。

動物

時鳥《ほととぎす》

[三夏]

山時鳥・妹背鳥《いもせどり》・不如帰《ほととぎす》・子規《ほととぎす》・杜鵑《とけん》

谺《こだま》して山ほととぎすほしいまま　杉田久女《ひさじょ》

ほととぎすここここと啼《な》きをはりける　後藤夜半《やはん》

ほととぎすすでに遺児めく二人子よ　石田波郷《はきょう》

時鳥女はものの文《ふみ》秘めて　長谷川かな女《じょ》

季語解説 夏を告げる鳥・時鳥。古来、春の花、秋の月、冬の雪とともに四季の代表とされてきました。5月中旬頃までに渡来し、晩秋に南方に渡ります。貴族や文人は耳を澄ませて時鳥の初音《はつね》を待ち、その声を賞美しました。

鋭く響き渡る声、訴えかけるような独特の激しい声が切なさを誘います。苦しげな声から「鳴いて血を吐くホトトギス」といわれ、冥土《めいど》の鳥とも考えられました。風雅や美意識の鳥であるとともに、農民にとってはその声を聞いたら田植えを始めなければならない勧農の鳥でもありました。

祇園会で有名な八坂神社。

例句解説 久女の掲句は福岡県の英《ひ》彦山《こさん》での作品です。従来のイメージを打ち壊すかのような、自由で惜しみない高らかな声に感動して見つけた「ほしいまま」という表現がこの句の命です。

動物

翡翠《かわせみ／かはせみ》 ［三夏］

翡翠《ひすい》・川蟬《かわせみ》・しょうびん・山翡翠《やませみ》・鹿《か》の子翡翠《こしょうびん》
赤翡翠《あかしょうびん》・水恋鳥《みずこいどり》・雨乞鳥《あまごいどり》

翡翠《かわせみ》の影こんこんと溯《さかのぼ》り　川端茅舎《ぼうしゃ》

川蟬の風かをるかとおもひけり　大島蓼太《りょうた》

翡翠の掠《かす》めし水のみだれのみ　中村汀女《ていじょ》

父の恋翡翠飛んで母の恋　仙田洋子

季語解説　清流にすむ翡翠は、その美しさから「飛ぶ宝石」といわれます。水辺の木の枝に静かに止まり、獲物を見つけると一直線に素早く飛んで水中の魚を巧みに捕えます。留鳥なので一年中見かけますが、緑の茂る水辺にいる涼しさを捉えて夏の季語となりました。

全長17センチほど、頭から体にかけては光沢のある青緑色、背は瑠璃色《るりいろ》で、宝石としても扱われるヒスイを思わせる美しさです。

白黒の鹿の子模様の羽をもつ「山翡翠」は「鹿の子翡翠」ともいわれ、冠羽があります。赤い極彩色の「赤翡翠」は雨を感じるとキョウロロと声を震わせて鳴き、「水恋鳥」「雨乞鳥」とも呼ばれます。

例句解説　茅舎の句は水面をかすめ飛ぶ翡翠の姿ではなく、その影を捉えました。「こんこんと」は静かでゆっくりとした時間の流れを感じさせます。矢のような速さで水面をかすめる翡翠の飛翔《ひしょう》を「こんこんと」と表現したことにより、渓流の澄んだ美しさや豊かさ、真昼の静けさ、山の清澄《せいちょう》な空気までが伝わってきます。

夏

動物

水中の魚を狙い、一直線に素早く飛ぶ翡翠。

動物

鰹《かつお》

かつを

［三夏］　初鰹・初松魚《はつがつお》・松魚《かつお》・堅魚《かつお》・鰹釣《かつおつり》・鰹船・鯖《さば》・鯵《あじ》・鱚《きす》

目には青葉山郭公《やまほととぎす》初鰹　山口素堂《そどう》

鎌倉を生て出《い》でけむ初鰹　松尾芭蕉《ばしょう》

江戸ッ子の中の神田や初松魚　島田五空《ごくう》

夕河岸の鯵売る声や雨あがり　永井荷風《かふう》

季語解説　江戸時代には初夏の走りの鰹・「初鰹」が大人気でした。鎌倉や小田原あたりで獲れた新鮮な鰹が素早く江戸へ送られ、驚くほど高価で、女房を質に置いてもという心意気で買い求めるのが江戸っ子の誇りでした。なお、「鯖」「鯵」「鱚」なども夏の季語です。

例句解説　初鰹の人気を示すのが、江戸中期の俳人・素堂が視覚と聴覚と味覚で捉えた初夏の風物詩ともいえる掲句です。

初夏の風物として和歌にもよく取り上げられた青葉やホトトギスに、鎌倉名物の初鰹を配したところが新鮮で、俳諧的な面白さがありました。季重なりではありますが、リズムも軽快で心地よく、いまでも青葉の頃になるとよく目にします。

生きのいい鰹はいまでも大人気。

動物

鮎《あゆ》

［三夏］

香魚《こうぎょ》・年魚《ねんぎょ》・鮎釣《あゆつり》・鮎漁・囮鮎《おとりあゆ》・鮎の宿

鮎の背に一抹《いちまつ》の朱《しゅ》のありしごとし　原　石鼎《せきてい》

鮎くれてよらで過《す》ぎ行《ゆ》く夜半《よわ》の門《かど》　与謝蕪村《よさぶそん》

鮎の宿おあいそよくて飯遅し　山口青邨《せいそん》

那珂川《なかがわ》のことしは寒き鮎のかほ　黒田杏子《ももこ》

季語解説　川魚の王・鮎は清楚《せいそ》で美しい魚です。秋に生まれ、翌秋に短い一生を終えるため「年魚」とも呼ばれます。川の中・下流で孵《ふ》化《か》した稚鮎《ちあゆ》は冬は海で暮らし、春になると川に戻って一斉に清流をさかのぼります。上流で夏を過ごし、秋になると川を下って産卵、多くは死を迎えるのです。

神代《かみよ》の昔から神聖な魚として尊ばれ、神社への供物《くもつ》にもされてきました。「香魚」ともいわれるように香り高い味が好まれ、多様な調理法や食文化が発達してきました。

例句解説　清流にひらりと身を翻《ひるがえ》す鮎の背に、あるか無きかの朱色を感じ取りました。その一瞬の感覚が、いきいきとした鮎の動き、躍動感を伝えます。

清楚で美しく、香り高い味も好まれる。

動物

蛍《ほたる》

［仲夏］

ほうたる・初蛍・蛍火・源氏蛍・平家蛍・姫蛍・草蛍・蛍合戦・流蛍《りゅうけい》・夕蛍・恋蛍・蛍狩《ほたるがり》・蛍見・蛍舟・蛍籠・蛍売《ほたるうり》

ゆるやかに着てひとと逢《あ》ふ蛍の夜　桂《かつら》 信子

うまれた家はあとかたもないほうたる　種田山頭火《さんとうか》

じゃんけんで負けて蛍に生まれたの　池田澄子

蛍火や手首細しと摑《つか》まれし　正木ゆう子

季語解説　夏の水辺を光りながら飛ぶ蛍。その幻想的な美しさが人々の心を捉え、伝説や多くの詩歌を生んできました。現在でも女性の情念や一途《いちず》な思いを込めた作例を散見します。

蛍は甲虫の仲間で、体長15ミリほどの「源氏蛍」と8ミリほどの「平家蛍」がよく知られています。光を発するのは求愛行動で、風がなくて生暖かい、月明かりもない暗い夜にその姿が多く見られます。

「蛍合戦」は交尾のために多くの蛍が入り乱れて飛び交う光景です。「蛍火」の明滅を燃える恋の思いに重ね合わせた句も数多く詠まれてきました。

例句解説　蛍の飛ぶ美しい夜、ゆったりと和服を着こなして愛する人と歩いています。こんな夜は、身も心も柔らかく感じられるのです。

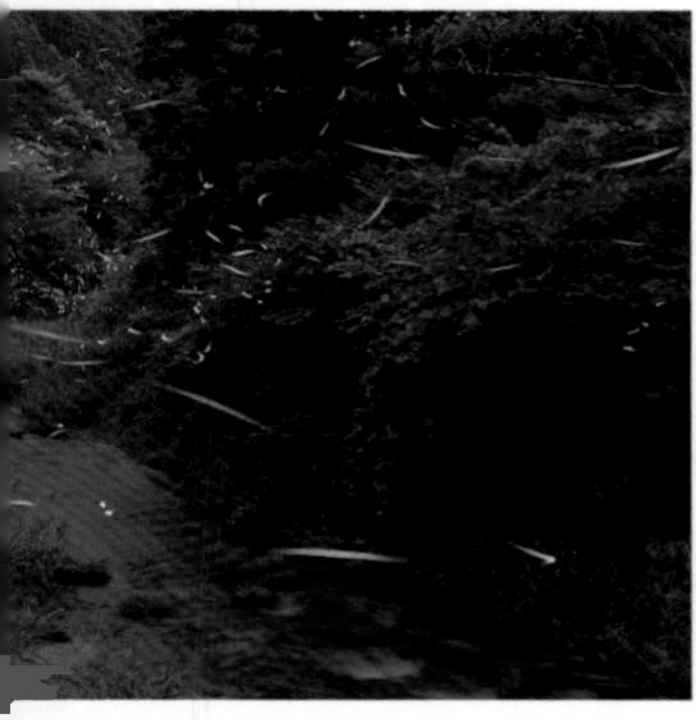

蟬《せみ》

［晩夏］蟬時雨《せみしぐれ》・にいにい蟬・油蟬・みんみん蟬・熊蟬・松蟬・唖蟬《おしぜみ》・蟬声《せんせい》・初蟬・朝蟬・夕蟬・落蟬《おちぜみ》

蟬時雨子は担送車に追ひつけず　石橋秀野《ひでの》

頓《やが》て死ぬけしきは見えず蟬の声　松尾芭蕉《ばしょう》

おいてきし子ほどに遠き蟬のあり　中村汀女《ていじょ》

大地いましづかに揺れよ油蟬　富沢赤黄男《かきお》

季語解説 梅雨明け頃からまず「にいにい蟬」が弱く、次いで「油蟬」がジージーと油で揚げるような声で鳴き始め、「みんみん蟬」がミーンミーンと高い声で、「熊蟬」がシャーシャーと大きな声で鳴きます。ほかに春から夏にかけての「松蟬」、秋にカナカナと鳴く蜩《ひぐらし》やつくつく法師など、日本には32種の蟬がいます。鳴くのは雄だけで、雌の「唖蟬」を呼ぶために鳴くのです。

種によって異なりますが、幼虫期のおおむね4年から7年もの間は地中で過ごし、成虫になってからは10日から20日の命しかありません。その短命さからはかなさの象徴としても捉えられ、蟬の抜け殻である空蟬《うつせみ》は詩歌などで愛用されてきました。

例句解説 降るような蟬の声のなか、担送車に乗せられた自分に追いすがる子ども。若くして亡くなった作者（山本健吉夫人）の絶筆です。

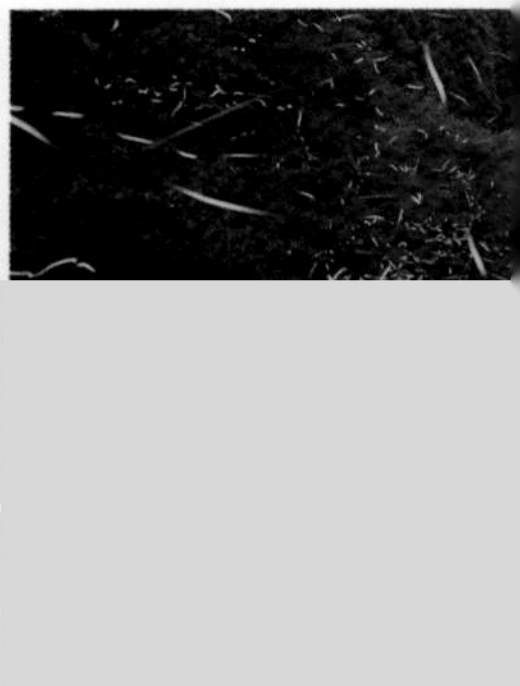
夏の水辺を蛍が飛び交う。

動物

蠅《はえ》《はへ》

［三夏］

家蠅・金蠅・銀蠅・黒蠅・青蠅・姫家蠅《ひめいえばえ》・蠅帳《はえちょう》・蠅取紙《はえとりがみ》・蠅叩《はえたたき》・蠅を打つ・蛆《うじ》

一つ追ひをれば二つに夜の蠅　久保田万太郎

やれ打つな蠅が手をすり足をする　小林一茶

蠅がゐて線香匂ふ部屋に通る　下村槐太《かいた》

蠅打つて人間ぎらひつのりけり　渡辺恭子《きょうこ》

季語解説　「うるさい」を「五月蠅い」と書くように、蠅はうるさく厄介な虫です。

屋内で動き回る「家蠅」や「姫家蠅」、汚物に集まる「金蠅」や「黒蠅」など多くの種類があり、幼虫は「蛆」といいます。気温の上昇とともに増えて夏に最も活発になり、赤痢《せきり》やチフスなどの感染症を媒介するのも嫌われる理由です。

「五月《さ》蠅《ばえ》なす」は「騒ぐ」「沸く」「荒ぶる」などにかかる枕詞《まくらことば》で『万葉集』に見られますが、およそ美的とはいえず、和歌ではほとんど詠まれていません。

例句解説　一匹だけでも嫌なのに、まったくうるさい蠅です。万太郎の句のように、蠅はこんなふうにどんどん増えてゆく感じがしますね。

一茶の句はそんな嫌われものの蠅に同情し、温かいまなざしを向けています。

夏の風物詩、蚊取線香。

動物

蚊《か》

［三夏］

蚊の声・蚊の唸《うな》り・蚊柱・藪蚊《やぶか》・蚊を打つ・蚊帳《かや》・蚊遣《かやり》・蚊遣火・蚊火・蚊いぶし・蚊取線香《かとりせんこう》・孑孑《ぼうふら》・まくなぎ・糠蛾《ぬかが》・蚋《ぶゆ》

叩《たた》かれて昼の蚊を吐く木魚《もくぎょ》かな　夏目漱石

わが宿は蚊の小さきを馳走《ちそう》かな　松尾芭蕉《ばしょう》

蚊の声のひそかなるとき悔いにけり　中村草田男《くさたお》

すばらしい乳房だ蚊が居る　尾崎放哉《ほうさい》

季語解説 昔から人々を悩ませてきた蚊。『枕草子《まくらのそうし》』では「にくきもの」の段に挙げられています。血を吸うのは雌だけで、吸血によって卵巣を発達させて卵を産むのです。たくさんの蚊が群がり飛んで柱のように見えるのを「蚊柱」、耳元の羽音を「蚊の声」といいます。「孑孑」は蚊の幼虫、「まくなぎ」「糠蛾」は小型の蚊で、「蚋」は蚊と同じく血を吸います。「蚊帳」「蚊遣火」「蚊取線香」などはかつて日本の夏に欠かせないものでした。否応《いやおう》なく暮らしに入り込んでくる蚊は、さまざまな季語と文化を生んだのです。

例句解説 真面目な顔をして木魚を叩き続けるお坊さんと、木魚の中からブーンと飛び立った一匹の蚊。ユーモラスな一句です。

動物

蟻《あり》

［三夏］

蟻の道・蟻の列・蟻の門《と》渡《わた》り・女王蟻・働き蟻・雄蟻《おすあり》・山蟻・黒蟻・赤蟻・蟻の塔・蟻塚・羽蟻・蟻地獄・あとずさり

蟻の道雲の峰よりつづきけん　小林一茶

露の玉蟻たぢたぢとなりにけり　川端茅舎《ぼうしゃ》

蟻殺すわれを三人の子に見られぬ　加藤楸邨《しゅうそん》

炎天を泣き濡れてゆく蟻のあり　三橋鷹女《みつはしたかじょ》

季語解説　懸命に食料を運ぶ「蟻の列」（「蟻の道」「蟻の門渡り」）を観察していると、飽きることがありません。

蟻は蜜蜂同様、「女王蟻」「雄蟻」「働き蟻」がいます。せっせと動いているのは働き蟻です。夏に働き、秋に蓄えた脂肪で冬は地中にこもります。イソップの童話『アリとキリギリス』でも働き者としてたたえられますが、蟻は和歌の世界ではほとんど詠まれず、季語として定着したのは大正以降のことです。

地中に巣を作るために掘り出した土の小山や、土や枝葉を積み上げた巣が「蟻の塔」「蟻塚」、交尾期に羽の生じたのが「羽蟻」、「蟻地獄」「あとずさり」は蟻の捕食者です。

例句解説　空にはもくもく湧き上がる入道雲。目の前にはどこから始まり、どこまで続くのかわからないほど、長い蟻の行列が続いています。

小さな蟻と大きな雲、黒と白の対比。一茶の掲句は、斬新なアングルと大胆な表現が大きな効果を生みました。

動物

蝸牛《かたつむり》

［三夏］　でんでんむし・ででむし・まいまい・かたつぶり

かたつむりつるめば肉の食ひ入るや　永田耕衣《こうい》

かたつぶり角ふりわけよ須磨明石《すまあかし》　松尾芭蕉《ばしょう》

かたつむり甲斐《かい》も信濃《しなの》も雨の中　飯田龍太《いいだりゅうた》

ででむし虫と遊んでゐても仕方なし　星野麦丘人《ばくきゅうじん》

季語解説　誰でも一度は、蝸牛の角をちょんちょんとつついてみたことがあるでしょう。愛らしくユーモラスな蝸牛は昔から子どもたちの人気者で、地方によってさまざまな呼び方があります。同じ軟体動物のナメクジが嫌われているのとは対照的です。

陸生の巻き貝で雌雄《しゆう》同体。世界に2万種以上、日本にも600種以上生息するとされ、食用のエスカルゴも知られています。

例句解説　冒頭句は蝸牛の交尾の様子を描いたもの。伸び縮みする粘つくようなその姿は、よく見るとグロテスクです。互いの肉を食い込ませて交尾する蝸牛を凝視、存在そのものに鋭く迫りました。

大きな角の先には目玉がついている。

植物

葉桜《はざくら》

［初夏］　桜若葉・花は葉に・余花《よか》・夏桜

葉桜の中の無数の空さわぐ　篠原　梵《ぼん》

葉ざくらや人に知られぬ昼あそび　永井荷風《かふう》

葉桜にとどき日となり風となる　後藤比奈夫《ひなお》

葉桜のまつただ中へ生還す　石《いし》　寒太《かんた》

季語解説　桜が散って初夏になると、青々とした若葉が美しく茂り始めます。葉桜はみずみずしい若葉に、散ってしまった桜の花の面影を重ね合わせ、惜しむかのように詠まれる季語です。葉桜の美しさが認識されたのは江戸後期以降のようです。古くは春の季語とすることもありましたが、すがすがしい初夏の季感として愛されるようになりました。

「余花」は初夏に咲き残る桜で「夏桜」ともいいます。

例句解説　爽やかな初夏の風にそよぐ葉桜を見上げます。無数の葉のそよぎに伴い、さまざまに形を変える無数の葉と青空。なぜか心もざわざわと揺れてきます。情景がいきいきと目に浮かぶ、臨場感あふれる一句です。

植物

若葉《わかば》

［初夏］

山若葉・里若葉・谷若葉・若葉風・若葉雨・若葉寒《わかばざむ》・柿若葉・椎若葉《しいわかば》・樫若葉《かしわかば》・樟若葉《くすわかば》・萩若葉《はぎわかば》・青葉・青葉山・青葉風・青葉冷《あおばびえ》・新樹・新緑・緑・緑さす

わか葉して仏《ほとけ》のお顔かくれけり　夏目成美《せいび》

若葉して御目《おんめ》の雫《しずく》拭はばや　松尾芭蕉《ばしょう》

柿若葉重なりもして透くみどり　富安風生《とみやすふうせい》

若葉風吹くたび峯《みね》の光かな　中川宋淵《そうえん》

季語解説　春に芽吹いた木々は初夏になると、新しい艶《つや》やかな葉を広げます。陽光にきらめく若葉のはつらつとした美しさ、あふれる生命力が人々の心を捉えたのでしょう、昔から多くの詩歌に詠まれてきました。単に若葉というと木の若葉を指し、樹木ではない草若葉は春の季語となっています。「新樹」は若葉に覆われたみずみずしい樹木、「新緑」は若葉の鮮やかな「緑」が眼目といえます。若葉よりも緑の深まりを感じさせる「青葉」は三夏に分類されています。

例句解説　仏様のお顔の前にみずみずしい若葉が揺らぎます。永遠の生命を象徴する仏像と、毎年新しい生命を生み出して生を繰り返してゆく若葉との対比が印象的です。

陽光に透けてみずみずしく輝く若葉。

生命力にあふれる一面の緑。

植物

万緑《ばんりょく》

［三夏］

茂《しげり》・夏木立・夏木

万緑の中や吾子《あこ》の歯生え初《そ》むる　中村草田男《くさたお》

万緑や牛飼ひの掌《て》のひろく優し　成田千空《せんくう》

万緑や死は一弾を以《もっ》て足る　上田五千石《ごせんごく》

万緑の風の底押す車椅子　由利雪二《ゆきじ》

季語解説　万緑とは真夏に、それまでは濃淡さまざまであった草木の緑が見渡す限り一面の深い緑色になることを表す季語。自然が最も生命力に満ちあふれ輝いている時の緑、目にあふれるほどの緑です。

戦前の中村草田男の掲句によって俳壇の共感を呼び、新季語として定着していきました。高浜虚子《きょし》も「万緑の万物の中大仏《おおぼとけ》」と詠み、石田波郷《はきょう》の「万緑を顧《かえりみ》るべし山毛欅峠《ぶなとうげ》」、山口誓子《せいし》の「万緑やわが掌《て》に釘《くぎ》の痕《あと》もなし」など、新季語ながら作例に富んでいるのも、いかに草田男の句が多くの俳人に恩恵を与えたかを示しています。

例句解説　満目の緑の中に、わが子

の歯が生え始めたよの意。みどり子《ご》（乳幼児）の歯に凝集した生命力は、生まれ出るものへの讃歌《さんか》といえるでしょう。赤子の歯の小さな白一点が際立ち、色彩の対比・量の対比も印象的です。

植物

牡丹《ぼたん》

［初夏］　ぼうたん・白牡丹《はくぼたん》・緋牡丹《ひぼたん》・富貴草《ふうきそう》・深見草《ふかみぐさ》・牡丹園

牡丹散りて打《うち》かさなりぬ二三片《にさんぺん》　与謝蕪村《よさぶそん》

白牡丹といふといへども紅《こう》ほのか　高浜虚子《きょし》

ぼうたんのいのちのきはとみゆるなり　日野草城《そうじょう》

牡丹百二百三百門一つ　阿波野青畝《あわのせいほ》

季語解説　大きく華麗《かれい》な花を咲かせる牡丹。花の王といわれるにふさわしい豪華さです。

平安時代に中国から薬用として渡来。江戸時代には観賞用として流行し、数百種あったようです。

色は紫・紅・淡紅《たんこう》のほか、気品の高い「白牡丹」、濃い真紅《しんく》の妖艶《ようえん》な黒牡丹などがあり、「富貴草」「深見草」ともいわれます。

つぼみから咲き始め、華やかな満開から散り際に至るまで、それぞれに趣《おもむき》深く、多くの名句が生まれました。

例句解説　散った牡丹の花びらが地面に散り敷くさまを詠んだものですが、花びらが舞い散り、地面に着地するまでの流れるような動きも感じられる優美な作品です。

植物

薔薇《ばら》

［初夏］薔薇《そうび》・さ《しょ》うび・薔薇園

薔薇よりも淋《さび》しき色にマッチの焔《ほ》　金子兜太《とうた》

薔薇崩《くず》る激しきことの起《おこ》る前　橋本多佳子

眠る嬰児《やや》水あげてゐる薔薇のごとし　飯田龍太《いいだりゅうた》

薔薇よりも濡《ぬ》れつつ薔薇を剪《き》りにけり　原田青児《せいじ》

季語解説　中国から渡来した薔薇が「そうび」と呼ばれ、日本文学史上に登場してくるのは漢詩文の隆盛期《りゅうせいき》・嵯峨朝《さがちょう》（８０９〜２３年）といわれます。中国の詩人・白楽《はくらく》天《てん》の詩句を踏まえての菅原道真《すがわらのみちざね》の歌や、紀貫之《きのつらゆき》らの『古今集《こきんしゅう》』にも登場します。

一般的に薔薇と称するのは野生種を改良して作り出した観賞用の園芸品種です。人類と薔薇の歴史は古く、古代文明の時代にまでさかのぼるといわれ、西洋では薔薇にまつわるさまざまな風習や言葉があります。

園芸種の薔薇は3原種にさかのぼるといわれる。

例句解説　金子兜太20代の作で句集『少年』所収。一本のマッチの焔の色、その淋しげな揺らめきに、薔薇の色を重ね合わせています。

植物

卯《う》の花《はな》

［初夏］

空木《うつぎ》の花・花卯木《はなうつぎ》・山卯木・卯の花腐《くた》し・卯月曇《うづきぐもり》・卯の花曇

卯のはなをかざしに関《せき》の晴着《はれぎ》かな　河合曾良《そら》

雪月花《せつげつか》一度に見する卯つ木かな　松永貞徳《ていとく》

空は我《わ》を生みし蒼《あお》さや花卯つ木　渡辺水巴《すいは》

卯の花や流るるものに花明《はなあか》り　松本たかし

古くから愛される卯の花。

季語解説　卯の花とは「空木の花」のことです。昔は時鳥《ほととぎす》とともに初夏の代表的な風物の一つとして愛好されていました。

高さ1～2メートルのユキノシタ科の落葉低木で、白い小さな花を枝先に群がるようにつけます。白く咲き乱れるさまが雪や月光や白波にたとえられ、その風情が詠まれました。『万葉集』にも卯の花の名が見られます。関連する季語も多く、旧暦の4月（新暦の5月頃）の別名を卯の花月、その頃に降り続く長雨を「卯の花腐し」、この頃の曇り空を「卯月曇」「卯の花曇」といいます。

例句解説　「おくのほそ道」の白河の関での一句です。白河の関を越える時、古人は冠を正し衣装を改めたというが、私たちはせめて卯の花をかざして関所を越える時の晴着としよう。いよいよ本格的な旅に入るという、浮き立つような喜びと意気込みを表しています。

植物

紫陽花《あじさい》 あぢさゐ

［仲夏］

四葩《よひら》・四葩《よひら》の花・七変化《しちへんげ》・八仙花《はっせんか》・額紫陽花《がくあじさい》・額の花

あぢさゐの花より懈《たゆ》くみごもりぬ　篠原鳳作《ほうさく》

紫陽花や白よりいでし浅みどり　渡辺水巴《すいは》

紫陽花や身を持ちくづす庵《いお》の主《ぬし》　永井荷風《かふう》

紫陽花剪《き》るなほ美《は》しきものあらば剪る　津田清子《きよこ》

季語解説 梅雨時《つゆどき》を代表する花である紫陽花は、平たく清楚《せいそ》な野生の「額紫陽花」（「額の花」）の園芸種で、こんもりと毬状《まりじょう》に咲きます。日本原産で江戸後期に来日したシーボルトによって西洋に紹介され、そこでさらに改良された品種が逆輸入されて親しまれています。「四葩」は紫陽花の異名。咲き始めは白、次第に青・紫・桃色など微妙に色を変え、変色の妙を楽しませてくれることから「七変化」や「八仙花」などの名もあります。雨に濡れるといっそう鮮やかさを増し、雨水を含んで重たげに咲く花姿は、梅雨時ならではの風情を醸して一段と目立つ存在です。

例句解説 新興無季俳句の高峰に位置した篠原鳳作が、みごもった新妻を詠んだ作品です。

日本から世界に広まった紫陽花。

植物

百合《ゆり》

［仲夏］

百合の花・山百合・鬼百合・鉄砲百合《てっぽうゆり》・姫百合・笹百合《ささゆり》・さゆり・鹿の子百合《かのこゆり》・白百合《しらゆり》・黒百合

百合折らむにはあまりに夜の迫りをり　橋本多佳子

偽りのなき香を放ち山の百合　飯田龍太《いいだりゅうた》

食卓の鉄砲百合は素《そ》つぽをむく　加倉井秋《かくらいあき》を

たくさんの百合添へて死を頂戴《ちょうだい》す　正木ゆう子

季語解説　「白百合」はキリスト教において聖母マリアの純潔の象徴とされています。その清楚《せいそ》な美しさ、誇り高い気品と優美な香りが人々の心を捉えたのでしょう。日本の百合を代表するのは白い大輪の「山百合」です。愛らしい淡紅色の「笹百合」も日本特産で「さゆり」とも呼ばれます。古い文献に表れる百合の多くは笹百合だろうといわれています。ほかにも、橙色《だいだい》で黒紫色の斑点のある「鬼百合」、赤く可憐《かれん》な「姫百合」、白く香りの高い「鉄砲百合」など、さまざまな種類があります。

例句解説　夕闇迫るなかに浮かび上がる白い百合。その妖《あや》しいまでの神秘的な美しさ、近づきがたいような気高さに圧倒され、手を触れることもできないのです。

笹百合は日本特産の百合の一つ。

植物

花菖蒲《はなしょうぶ》《はなしやうぶ》

［仲夏］

菖蒲園・菖蒲池・菖蒲田・菖蒲見・野花菖蒲・杜若《かきつばた》・燕子花《かきつばた》・渓蓀《あやめ》・菖蒲《しょうぶ》・あやめ草《ぐさ》

ゆるやかに人続きゆく花菖蒲　星野立子《たつこ》

こんこんと水は流れて花菖蒲　臼田亜浪《うすだあろう》

胸うすき日本の女菖蒲見に　細見綾子

濃きは母情淡《あわ》きは父情花菖蒲　成瀬櫻桃子《なるせおうとうし》

季語解説　湿地や水辺に板の橋を巡らせた「菖蒲園」では6月の空の下、さまざまな種類の花菖蒲が美しさを競います。花菖蒲は古くから観賞用に品種改良され、日本の園芸品として世界的に有名な植物です。

花菖蒲とよく似た花に「渓蓀」と「杜若」があります。美人の形容に「いずれ菖蒲《あやめ》か杜若」といいますが、花菖蒲も含め、いずれも甲乙つけがたい美しさといえるでしょう。これらアヤメ属の花を総称して「あやめ」ともいいます。

昔から「あやめ草」と呼ばれ、端午《たんご》の節句に菖蒲湯《しょうぶゆ》などにする「菖蒲」はサトイモ科で、あやめとは別種です。

例句解説　菖蒲園でそれぞれの思いに浸る人たち。流れに合わせてゆっくりと歩いてゆきます。明治神宮の菖蒲園での立子の作品です。

古くから品種改良されてきた花菖蒲。

植物

紅《べに》の花《はな》

［仲夏］

紅花《べにばな》・紅粉花《べにばな》・紅藍花《べにばな》・紅粉《べに》の花・末摘花《すえつむはな》

眉《まゆ》掃《は》きを俤《おもかげ》にして紅粉の花　松尾芭蕉《ばしょう》

紅花の末摘むさまをまのあたり　堀口星眠《せいみん》

紅の花枯れし赤さはもうあせず　加藤知世子《ちよこ》

乙女らに古歌おぼつかな紅の花　鍵和田秞子《かぎわだゆうこ》

季語解説　エジプト原産といわれ、日本には古代にもたらされて紅色の染料や化粧の紅に使われました。現在は種子から食用のサフラワー油（紅花油）を採るために栽培され、花は観賞用の切り花やドライフラワーなどにされます。

高さは1メートルほどで、6月から8月にかけて茎の頂《いただき》にアザミに似た花をつけます。最初は鮮やかな黄色ですが、徐々に紅色に変わっていきます。

例句解説　「おくのほそ道」の旅の途中、尾花沢《おばなざわ》での作品です。山形県は紅の特産地として知られ、世話になった鈴木清風《せいふう》は紅花問屋でした。

眉掃きは眉にかかった白粉《おしろい》を払う小さな刷毛《はけ》です。紅の花はその眉掃きを思わせるような、よく似た形に咲いていることよ、と紅の花の可憐《かれん》さを詠みました。

種子からは紅花油が採れる。

夏　植物

植物

向日葵《ひまわり》《ひまはり》

［晩夏］

日車《ひぐるま》・日輪草《にちりんそう》・天竺葵《てんじくあおい》・日向葵《ひなたあおい》・天蓋花《てんがいばな》

向日葵に剣《つるぎ》の如《ごと》きレールかな　松本たかし

向日葵がすきで狂ひて死にし画家　高浜虚子《きょし》

海の音《ね》にひまはり黒き瞳《め》をひらく　木下夕爾《ゆうじ》

向日葵やもののあはれを寄せつけず　鈴木真砂女《まさじょ》

季語解説 夏といえば向日葵。明るく輝く太陽のような花です。北米原産で日本には17世紀に渡来しました。花が太陽に向かって咲き、太陽の動きに従って回ると信じられたところからこの名が付きました。「日車」「日輪草」「天竺葵」「日向葵」「天蓋花」ともいわれます。

高さは1メートル以上で、花の直径は20～30センチあります。種から油を採り、食用にもします。

例句解説 向日葵へ向かって、真っすぐ突き刺すように線路が延びています。真っ青な空、向日葵の鮮烈な黄色と銀色に鋭く光るレール。真夏の息苦しいほどの空気を感じます。強くたくましい向日葵は、一歩も引かず受けて立つ構えです。

植物

蓮《はす》

［晩夏］はちす・蓮華《れんげ》・白蓮《びゃくれん》・紅蓮《べにはす》・蓮の花・蓮の葉・蓮池・蓮見・蓮浮葉《はすうきは》・浮葉

蓮剪《き》つて畳の上に横倒し　村上鬼城《きじょう》

蓮の香や水を離るる茎一寸　与謝蕪村《よさぶそん》

白う咲きてきのふけふなき蓮《はちす》かな　渡辺水巴《すいは》

白はちす夕べは鷺《さぎ》となりぬべし　三好達治《たつじ》

季語解説 水面からすっと立った茎に、清らかですがすがしい花を咲かせる蓮。夜明けとともに開花し、昼から夕方にかけてしぼみます。花が終わると花托《かたく》が漏斗《ろうと》状に発達し、種が育ちます。多くの穴が開いた形が蜂の巣に似ているため、古名は「はちす」といいました。蓮の根である蓮根《れんこん》や蓮の実は食用とされます。

仏教の世界では「蓮華」と呼ばれ、極楽《ごくらく》の象徴ともいうべき大切な花とされています。「蓮浮葉」「浮葉」は蓮の新葉で初夏に見られます。

一面の向日葵畑には見物客も多い。

例句解説 蓮を剪ってきたけれど、花も傘のような葉もあまりに大きくて、とりあえずそのまま畳に置きました。「横倒し」という描写がその大きさと迫力・存在感を伝えます。

夏　植物

植物

筍《たけのこ》

［初夏］ 竹の子・たかんな・たかう《こ》な・筍飯《たけのこめし》・竹皮を脱ぐ・若竹・今年竹

竹の子や児《ちご》の歯ぐきの美しき　服部嵐雪《はっとりらんせつ》

筍の声か月下の藪《やぶ》さわぐ　西東三鬼《さいとうさんき》

雨を聴く竹の子の皮剝《む》きながら　安住　敦《あずみあつし》

たかんなの光りて竹となりにけり　小林康治《こうじ》

初夏以降も味を楽しめる。

季語解説 俳句では筍は夏の季語で、春に生えるものを特に「春の筍」として区別します。早生種《わせしゅ》で3月から5月頃に収穫される孟宗《もうそう》竹《ちく》の子が最も美味とされ、まさに春の味覚といえますが、初夏以降の筍もさほど劣るものではありません。「竹皮を脱ぐ」や「若竹」「今年竹」も季語です。

勅撰集《ちょくせんしゅう》の時代にはまだ筍は季節の題目として認められていませんでしたが、連歌《れんが》の時代に夏として出たのが初出といわれます。以後、連俳《れんぱい》では初夏の季題としています。

例句解説 竹の子を手に持ってしゃぶるように食べている幼子の、まだ歯も充分に生えそろわない歯茎が大変かわいいの意。

『源氏物語』横笛の巻にこのような場面があることから、嵐雪が物語の世界を背景に、歯の生え出る前の子どもの歯茎の美しさと新鮮な竹の子とを取り合わせて詠み上げた作品です。

蕗《ふき》

［初夏］

蕗の葉・蕗の雨・蕗畑・伽羅蕗《きゃらぶき》

蕗束ね置かる道の辺《べ》はや山中　野澤節子

思ひ出し思ひ出し蕗のにがみかな　斎部路通《いんべろつう》

母の年越えて蕗煮るうすみどり　細見綾子

長く長く剝《む》かれし蕗の糸ちぢむ　能村登四郎《のむらとしろう》

季語解説　早春に萌《も》え出た蕗の薹《とう》をそのままにしておくと、伸びて白い小花が咲き、周りには小さな葉がたくさん出てきます。初夏になるとその葉は大きく生長して、葉柄《ようへい》も太くなります。これを「伽羅蕗」にしたり、佃煮《つくだに》や油炒めにして食べます。ほのかな苦味とともに季節の香りを味わいます。

山野に自生したり、畑で栽培される蕗の大きな葉を打つ静かな雨を「蕗の雨」といいます。

例句解説　誰が摘んだのでしょうか、道端に束ねた蕗が置かれたままになっていました。青々とした大きな葉と紫がかった葉柄。そのみずみずしさ、漂う香気に、いつの間にか山中に分け入っていたことに気づいたのです。

大きな葉を支える葉柄を食用にする。

植物

茄子《なす》

［晩夏］初茄子・なすび・長茄子・丸茄子・焼茄子《やきなす》・茄子漬・茄子田楽《なすでんがく》・茄子の花

茄子の紺緊《こんしま》り野良着《のらぎ》の中学生　飴山《あめやま》實《みのる》

これやこの江戸紫の若なすび　西山宗因《そういん》

採る茄子の手籠にきゆァとなきにけり　飯田《いいだ》蛇笏《だこつ》

右の手に鋏《はさみ》左に茄子三つ　今井つる女《じょ》

季語解説　茄子は漬物をはじめとして、煮ても焼いても揚げてもおいしく、古くから日本人に親しまれてきました。京都の賀茂《かも》茄子、大阪の水茄子、宮城の仙台長茄子など地方色豊かな品種も多く、200種近くあるといわれます。

インド原産で、中国を経由して奈良時代に渡来。日本人の暮らしや風習と深く関わり、各地の祭りや行事にも用いられました。いまでも盂蘭盆《うらぼん》には欠かせない供物《くもつ》の一つです。「秋茄子は嫁に食わすな」「一富士二鷹《たか》三茄子《なすび》」など、ことわざや言い伝えも多く残っています。

例句解説　きりりと締まった紫紺《しこん》の茄子と、制服を脱いで紺の野良着になった、身の引き締まった中学生。そこに通じるいきいきとした力強さに心ひかれます。

丸茄子など、茄子には多くの種類がある。

瓜《うり》

［晩夏］

瓜畑・瓜盗人《うりぬすっと》・瓜番・甜瓜《まくわうり》・胡瓜《きゅうり》・越瓜《しろうり》・メロン・瓜の花・瓜揉《うりもみ》・揉瓜・胡瓜揉・瓜漬・胡瓜漬・瓜刻む・瓜漬ける

瓜抱いて足柄《あしがら》の子の川あそび　下田　稔《みのる》

明日食べむ瓜あり既に今日楽し　相生垣瓜人《あいおいがきかじん》

瓜刻む妻夕月に見惚《みほ》れたり　大野林火《りんか》

瓜貰《もら》ふ太陽の熱さめざるを　山口誓子《せいし》

季語解説　瓜は「甜瓜」「胡瓜」「越瓜」・西瓜《すいか》・南瓜《かぼちゃ》・冬瓜《とうがん》・干瓢《かんぴょう》・夕顔・糸瓜《へちま》などの総称ですが、単に瓜というと昔は甜瓜を指しました。山上憶良《やまのうえのおくら》が『万葉集』で「瓜食《は》めば子等《こども》思ほゆ栗食《は》めばまして偲《しの》はゆ」と詠んだのも甜瓜です。

東洋種の「メロン」で大変ポピュラーでしたが、温室メロン類に押され、いまではほとんど姿を見ません。中が空洞で水に浮かぶ瓜にはある種の霊力が宿るともいわれ、各地に瓜子姫《うりこひめ》の民話も残っています。

昔は瓜といえば甜瓜を指した。

例句解説　川で子どもたちが、楕円《だえん》の瓜をボールのように投げ合って遊んでいます。ここは金太郎の昔話で知られる足柄。自然の中でのびのびと育つ子どもたちの健やかさを、ほほ笑ましく見守ります。

夏《なつ》

［三夏］

朱夏《しゅか》・炎夏・炎帝・赤帝・朱明・炎陽・三夏・九夏・初夏・仲夏・晩夏・五月・六月・七月・聖五月

一般的には6月から8月だが、俳句では立夏（5月5日頃）から立秋（8月7日頃）の前日まで。カトリックでは5月は聖母マリアをたたえる月とされ、聖五月という。

算術の少年しのび泣けり夏　西東三鬼《さいとうさんき》

花柄を着て炎帝をよろこばす　大庭三千枝《おおばみちえ》

夏よ妻のオムレツ呆《あき》れる程《ほど》黄色　田島健一

卯月《うづき》

［初夏］

卯の花月・花残月《はなのこりづき》・夏初月《なつはづき》・皐月《さつき》・五月《さつき》・早苗月《さなえづき》・橘月《たちばなづき》・水無月《みなづき》・青水無月《あおみなづき》・風待月《かぜまちづき》・常夏月《とこなつづき》

旧暦の4月は卯月、5月は皐月、6月は水無月。ほかにもこの時季の風物などから多彩な異称がある。

酒置いて畳はなやぐ卯月かな　林　徹《てつ》

みなづきの酢の香ながるる厨《くりや》かな　飴山《あめやま》　實《みのる》

島人《しまびと》のみな荷を負ふや早苗月　山﨑《やまさき》冨美子《ふみこ》

立夏《りっか》

［初夏］

夏立つ・夏に入る・夏来《きた》る・今朝の夏・夏はじめ・夏めく・初夏《はつなつ》・夏きざす・若夏《わかなつ》

二十四節気《にじゅうしせっき》の一つで5月5日頃にあたるが、地域によって夏の到来を感じる時季には少し隔たりがある。沖縄ではこの頃を若夏という。

プラタナス夜もみどりなる夏は来《き》ぬ　石田波郷《はきょう》

ブーメラン立夏の風にのりにけり　神宮安見子《じんぐうやすみこ》

はつなつの匙《さじ》がためらいつつ沈む　近《こん》　恵《けい》

薄暑《はくしょ》

［初夏］

薄暑光

初夏のやや汗ばむほどのほのかな暑さ。

薄暑はや日蔭《ひかげ》うれしき屋形船　高浜虚子《きょし》
薬屋の多き町ゆく薄暑かな　星野恒彦《つねひこ》
線描のピカソの鳥や薄暑光　稲見寛子《いなみひろこ》

風薫《かぜかお》《かぜかを》る

[三夏]
薫風《くんぷう》・風の香《か》・南薫《なんくん》・緑風《りょくふう》

主に南風で、木々の緑の香りを運ぶすがすがしい風。

其人《そのひと》の足跡ふめば風かをる　正岡子規《しき》
薫風や蚕《こ》は吐く糸にまみれつつ　渡辺水巴《すいは》
薫風や本を売りたる銭《ぜに》のかさ　内田百閒《ひゃっけん》

夏《なつ》の海《うみ》

[三夏]
夏の浜・夏の波・夏怒濤《なつどとう》・夏の潮・青葉潮《あおばじお》・青潮・赤潮・青岬・海開き・海の家・波乗り・サーフィン・水上スキー・砂日傘・ビーチパラソル・ヨット・卯波《うなみ》・卯月波・皐月波《さつきなみ》・海霧《うみぎり》・じり・海の日

夏の海は強い日差しと躍動感にあふれている。青葉潮は青葉の頃の黒潮、卯波は卯月の頃に立つ波、「じり」は北海道で夏季に発生する濃い海霧。

晩年や空気で冷える夏の海　永田耕衣《こうい》
よるべなく光あかるし夏の浜　山口誓子《せいし》
少年のピアスの髑髏《どくろ》夏の海　鈴木友寄枝《ゆきえ》

夏の海の強い日差しに心も躍る。

夏《なつ》の山《やま》

［三夏］夏山・夏嶺《なつね》・青嶺《あおね》・青き嶺《みね》・山滴る・雪渓・お花畑

夏の山は緑にあふれ、山滴るとも形容される。盛夏になっても雪が残る雪渓、高山植物が咲き乱れるお花畑など、楽しみは尽きない。

夏山や山も空なる夕明《ゆうあか》り　芥川龍之介
裏口を出てふるさとの夏の山　深見けん二
喉に水まつすぐ落ちて夏の山　小島　健《けん》

雷《かみなり》

［三夏］雷《らい》・いかづち《ず》・神鳴《かみなり》・鳴神《なるかみ》・はたた神《がみ》・雷神《らいじん》・雷鳴《らいめい》・雷光《らいこう》・雷火《らいか》・雷雨・日雷《ひがみなり》・遠雷《えんらい》・落雷・迅雷《じんらい》・疾雷《しつらい》

雷は夏に最も多く、迅雷・疾雷は特に激しいもの、日雷は雨を伴わない晴天時の雷だが、稲妻というと秋の季語になる。

河の石青みどろ濃く雷来《らいきた》る　横光利一《よこみつりいち》
遠雷やはづしてひかる耳かざり　木下夕爾《ゆうじ》
落雷の一部始終のながきこと　宇多喜代子《うだ》

雹《ひょう》

［三夏］氷雨《ひさめ》

積乱雲から降る直径5ミリ以上の氷塊《ひょうかい》で、雷雨を伴うことが多い。氷雨は冬に使われることもあるが、本来は夏の季語。

雹しばし主客《しゅかく》の話またもとに　河野静雲《こうのせいうん》
雹降つて冷えたちのぼる峡《かい》の沼　佐藤鬼房《おにふさ》
手術室氷雨の街と相隣る　横山白虹《はっこう》

夏《なつ》の月《つき》

［三夏］月涼し・夏の星・星涼し

夏は夜といっても暑苦しさに変わりはないが、青白く輝く夏の月は涼しげに感じる。

少年の犬走らすや夏の月　黒柳召波《しょうは》

いふことの隣へもれて夏の月　井上井月《せいげつ》
夏の月校正室のカレーパン　丑山《うしやま》霞外《かがい》

五月晴《さつきばれ》

［仲夏］　五月空

梅雨の合間にのぞく晴れ空。

本来は梅雨（五月雨《さみだれ》）の合間の晴天のこと。入梅前の爽やかな好天に用いるのは誤用といえるが、現在では五月《ごがつ》の晴天の作例も多い。

一群の托鉢僧《たくはつそう》や五月晴　正岡子規《しき》
倒《さか》さ富士まこと湖《こ》にあり五月晴　赤星水竹居《あかぼしすいちくきょ》
かしは手の二つ目は澄み五月晴　加藤知世子《ちよこ》

半夏生《はんげしょう》《はんげしやう》

［仲夏］　半夏・半夏雨《はんげあめ》・夏至

七十二候《しちじゅうにこう》の一つで夏至から11日目の7月2日頃。半夏（カラスビシャク）という草が生じる頃で、田植えを終えた農家はこの日の天候で稲作の出来を占う。半夏生という植物（夏の季語）もある。

汲まぬ井を娘のぞくな半夏生　池西言水《ごんすい》
雲水の銀座に佇《ま》てり半夏生　鈴木真砂女《まさじょ》
木の揺れが魚に移れり半夏生　大木あまり

入梅《にゅうばい》《にふばい》 ［仲夏］

梅雨《つゆ》の入り・梅雨に入る・梅雨入り・梅雨入《ついり》・梅雨めく・梅雨きざす・芒種《ぼうしゅ》

かつては立春から127日目の6月11日頃とされ、1カ月ほど梅雨が続く。芒種は二十四節気《にじゅうしせっき》の一つで6月5日頃。古くは田植えを始める時季とされ、気候は梅雨めいてくる。

入梅や蟹《かに》かけ歩く大座敷　小林一茶

大寺のうしろ明るき梅雨入かな　前田普羅《ふら》

「眞」といふ一字の滲《にじ》み梅雨に入る　石《いし》寒太《かんた》

梅雨明《つゆあけ》 ［晩夏］

梅雨の明け・梅雨あがる・出梅《しゅつばい》

暦の上では入梅（6月11日頃）の30日後。地域や年によって異なるが、実際にはもう少し後になることが多い。

梅雨明の天の川見えそめにけり　加藤楸邨《しゅうそん》

梅雨明や牛にお早《はよ》う樹にお早う　布施伊夜子《いよこ》

梅雨明けのうさぎの集団大脱走　新井みゆき

出水《でみず》《でみづ》 ［仲夏］

梅雨出水・夏出水・出水川・水害・水禍・夏の川

主に梅雨時の集中豪雨によって河川が氾濫すること。夏の川はさまざまな姿を見せる。

大出水引きたる水に水馬《みずすまし》　右城《うしろ》暮石《ぼせき》

天に星地に闇幹に出水跡　宇《う》多《だ》喜代子

玉葱《たまねぎ》の流れて来るや出水川　岸本尚毅《なおき》

大暑《たいしょ》 ［晩夏］

猛暑・極暑《ごくしょ》・酷暑・炎暑・溽暑《じょくしょ》・湿暑《しつしょ》・蒸暑《むし》し・熱帯夜・暑中見舞

二十四節気の一つで7月23日頃。暑さを表す言葉はその程度や状態などによってさまざま。

兎《うさぎ》も片耳垂るる大暑かな　芥川龍之介

愁絶《しゅうぜつ》の眼《め》を見ひらける大暑かな　野見山朱鳥《のみやまあすか》
青竹に空ゆすらるる大暑かな　飴山《あめやま》實《みのる》

炎天《えんてん》［晩夏］

炎天下・炎気・炎日《えんじつ》・油照《あぶらでり》・脂照・炎昼・日盛《ひざかり》・日の盛《さかり》・夏真昼・風死す・風絶つ・日射病・熱射病・熱中症

真夏の日差しは焼けつくように強い。その状態や時間、影響などによって多様な言葉・季語がある。

炎天の空美しや高野山《こうやさん》　高浜虚子《きょし》
炎天にテントを組むは死にたるか　藤田湘子《しょうし》
水脈《みお》の果て炎天の墓碑を置きて去る　金子兜太《とうた》

朝曇《あさぐもり》［晩夏］

夏霧《なつぎり》・夏霞《なつがすみ》

暑さが厳しくなる真夏には、朝のうちは靄《もや》がかかって曇ったような空模様のことが多い。夏霧や夏霞は比較的新しい季語。

朝曇雀《すずめ》十羽のどれが母　野澤節子
病む人に白き嘘《うそ》言ふ朝ぐもり　堀口星眠《せいみん》
馬の眸《め》に前髪かかる朝曇　正木ゆう子

遠くの景色が曇ったようにかすむ。

旱《ひでり》
［晩夏］
旱魃《かんばつ》・大旱《たいかん》・旱天《かんてん》・旱害《かんがい》・旱畑《ひでりばたけ》・旱田《ひでりだ》・旱草《ひでりぐさ》・旱川《ひでりがわ》・旱空《ひでりぞら》・旱雲《ひでりぐも》・雨乞《あまごい》・喜雨《きう》

雨の降らない暑い日が続き、水が涸《か》れること。旱魃に見舞われ、農作物や生活用水などに深刻な問題が生じる。雨乞が行なわれることもあり、喜雨はそんななかで降りだす恵みの雨。

旱雲犬の舐《な》めたる皿光る　原子公平《はらここうへい》
遠景に人馬動いて旱川　桂《かつら》 信子
畳目に箒《ほうき》のひびく旱かな　長谷川櫂《かい》

土用《どよう》
［晩夏］
土用入り・土用明け・土用波・土用鰻《どよううなぎ》・鰻の日・土用蜆《どようしじみ》・土用灸《どようきゅう》・土用芽・土用東風《ごち》・青東風《あおごち》・鰻・大鰻・鰻筒・鰻掻《うなぎかき》

四季それぞれの最後の18日間をいうが、特に立秋前の7月20日頃からの土用が知られ、最も暑い時季と重なる。その頃の事物や風習などが季語になっており、鰻も夏の季語。青空と緑を渡る土用東風は青東風ともいう。

百萬《ひゃくまん》の霊のせてくる土用波　中 勘助《かんすけ》
土用波どいつもこいつも膝を抱く　坪内稔典《ねんてん》
土用芽の凛々《りり》スカートのなか晴れて　中嶋憲武《のりたけ》

御来迎《ごらいごう》《ごらいがう》
［晩夏］
御来光《ごらいこう》・円虹《えんこう》・雲海

高山で日の出や日没時に、太陽と反対側の霧に映る自分の影の周りに光輪が見られるブロッケン現象。阿弥陀如来《あみだにょらい》の来迎になぞらえていい、本来は高山で日の出を拝む御来光とは異なる。日の出や日没前に虹が現れるのは円虹。

落石も一菩薩《いちぼさつ》たれ御来迎　阿波野青畝《あわのせいほ》
円虹に立ち向《むか》ひたる巌《いわお》かな　野村泊月《はくげつ》
御来光待つ岩蔭《いわかげ》も飯噴ける　望月たかし

夏衣《なつごろも》［三夏］

夏衣《なつぎぬ》・夏着・夏服・夏物・麻服・白絣《しろがすり》・白地・縮布《ちぢみふ》・帷子《かたびら》・白服・白シャツ・夏シャツ・アロハシャツ・ムームー・半ズボン・サマードレス・レース

本来は夏向きの素材を用いた和服の総称。夏服となると主に洋服をいい、さまざまな装いがある。

歳々《としどし》に変はるをんなと夏ごろも　筑紫《つくし》磐井《ばんせい》
麻服で拝す歴代王の墓　上田日差子《ひざし》
夏服の吊《つる》さる地蔵通りかな　伊藤めだか

浴衣《ゆかた》［三夏］

湯帷子《ゆかたびら》・初浴衣・藍浴衣・染浴衣・古浴衣・貸浴衣・糊浴衣《のりゆかた》・浴衣掛《ゆかたがけ》

湯上がりに素肌に着た湯帷子の略。木綿で作られ、くつろいで着る夏の家着《いえぎ》だったが、近年はおしゃれ着となり、花火大会や盆踊り、縁日などに着用して出かける人が多い。

わきあけのいつほころびし浴衣かな　久保田万太郎
放蕩《ほうとう》になりきれずして藍浴衣　石《いし》寒太《かんた》
うつり香のままぬぎすてし浴衣かな　渥美清

浴衣は夏のおしゃれの一つ。

団扇《うちわ》《うちは》

［三夏］　扇子《せんす》・絵団扇・渋団扇・水団扇・古団扇・団扇売《うちわうり》・団扇掛《うちわがけ》・扇《おうぎ》・白扇《はくせん》・絵扇《えおうぎ》・古扇《ふるおうぎ》・扇売《おうぎうり》

団扇は中国から伝わり、扇（扇子）は平安時代に日本で考案された。渋団扇は柿渋を塗って丈夫にしたもの、水団扇は水でぬらしてあおぐもの。

大猫のどさりと寝たる団扇かな　小林一茶
奈良扇戀《こい》はならぬときめつけし　後藤比奈夫《ひなお》
海風のまにまにつかう団扇かな　宇多《うだ》喜代子

扇風機《せんぷうき》

［三夏］　冷房・クーラー・冷房車

扇風機はかつては広く利用されたが、クーラー（エアコン）が普及し、昔ほど見かけなくなった。

扇風機吹き消す恋のささめ言　岡本綺堂《きどう》
留守番の猫に首ふる扇風機　伊与田すみ
扇風機回して好きになる時間　倉持《くらもち》梨恵《りえ》

夏座敷《なつざしき》

［三夏］　花茣蓙《はなござ》・絵茣蓙・簟《たかむしろ》・竹席《たかむしろ》・竹筵《たけむしろ》・籐筵《とうむしろ》・籐椅子・籐寝椅子・夏座蒲団《なつざぶとん》・夏蒲団・夏掛《なつがけ》・籠枕《かごまくら》・籐枕

高温多湿な夏の家屋には涼しく過ごすための工夫がなされ、座敷は襖《ふすま》や障子を外して簾《すだれ》を吊ったり、竹の簟や籐筵、茣蓙などを敷いた。また、籐椅子や夏座蒲団、夏蒲団なども用いられる。

はるかより這《は》うて来る子や夏座敷　岸本尚毅《なおき》
夏座敷遺骨は角を崩さざり　関根誠子《せいこ》
息子来てすぐに大の字夏座敷　山内奈保美

露台《ろだい》

［三夏］　ベランダ・バルコニー

露台は夏の季語。ひさしのないバルコニーの日本語訳が露台で、ベランダにはひさしがある。

祭すぎ花すぎ海のバルコニー　佐藤鬼房《おにふさ》
露台よりわが青春の海見えて　星野　椿《つばき》

われひとり夫《つま》もひとりの露台かな　斎藤　紬《つむぎ》

走馬燈《そうまとう》 ［三夏］ 回り灯篭《どうろう》

影絵仕立ての回り灯籠で、軒先などに吊るして夏の夜を楽しむ。

走馬燈こころに人を待つ夜かな　高橋淡路女《あわじじょ》

影絵が回転しながら映る走馬燈。

みな飛んでゆくものばかり走馬燈　下田実花《じっか》

走馬燈えにし濃しとも淡しとも　佐野美智《みち》

打水《うちみず》《うちみづ》 ［三夏］ 水撒《みずま》き・水打つ・水を打つ・撒水車《さんすいしゃ》

暑さや土埃《つちぼこり》を抑えるため、道路や庭に水をまくこと。

忘れたきことと一途《いちず》に水を打つ　星野立子《たつこ》

打水や平次が謎を解く時分　小沢昭一

水打ってたちまち乾く過疎の村　仁平《にひら》　勝《まさる》

噴水《ふんすい》 ［三夏］ 吹上《ふきあ》げ・噴泉

暑い夏でも見るからに涼しげで癒してくれる。

噴水にはらわたの無き明るさよ　橋　閒石《かんせき》

噴水の伸び縮みしてひと日かな　植村公女《きみじょ》

噴水の思ひついては水を吐く　小佐井芳哉《よしや》

昼寝《ひるね》

［三夏］午睡《ごすい》・三尺寝《さんじゃくね》・昼寝覚・昼寝人・昼寝子《ひるねご》

寝苦しい夏の睡眠不足解消のため、昼寝は有効。三尺寝は大工や左官などの職人が昼食後、狭い仕事場で短時間の仮眠をとること。

昼寝の足のうらが見えてゐる訪《と》ふ　尾崎放哉《ほうさい》

山入れて人の二階に昼寝かな　高橋睦郎《むつお》

地獄絵を高く掛けゐし大昼寝　石《いし》寒太《かんた》

寝冷《ねびえ》

［三夏］寝冷子《ねびえご》・夏風邪

いくら暑くても裸で寝たり、布団をはいだりすると、寝冷をすることがある。子どもに多く、予防のために腹巻きなどをする。

紅さして寝冷の顔をつくろひぬ　高浜虚子《きょし》

寝冷えして犬山城に登城《とじょう》せず　田川飛旅子《ひりょし》

むつつりと母乳をふくむ寝冷え子よ　鷹羽《たかは》狩行《しゅぎょう》

夏痩《なつやせ》

［三夏］夏負《なつまけ》・夏やつれ・夏ばて・暑気中《あた》り

蒸し暑さによる食欲減退や、冷たい物の飲みすぎによる下痢が要因。疲れやすく、体の抵抗力が低下する夏は体調を崩しやすい。

夏やせと申すべきかや頬あかり　室生《むろう》犀星《さいせい》

夏痩せて嫌ひなものは嫌ひなり　三橋《みつはし》鷹女《たかじょ》

夏痩せのもて余したるひと日かな　高木みさ女《じょ》

汗《あせ》

［三夏］玉の汗・汗ばむ・汗手拭《あせてぬぐい》・汗ふき・ハンカチ・ハンカチーフ・汗疹《あせも》・天瓜粉《てんかふん》・汗しらず・水虫

体温調節に重要な汗だが、じっとしていても汗ばむ日本の夏は不快。汗疹やただれの予防に用いる天瓜粉・汗しらずは、かつてキカラスウリ（天瓜）の根から作った。高温多湿の日本の気候も水虫の一因。

水族館汗の少女の来て匂ふ　ねじめ正也《まさや》
浄瑠璃《じょうるり》の聞かせどころの汗をふり　西村和子
いくたびも汗をぬぐへり骨納め　松本平八郎

香水《こうすい かうすい》［三夏］ オーデコロン・匂袋《においぶくろ》

主に植物から採った香料から作り、特に汗をかく夏は使う人が多い。匂袋は香料を入れた小さな袋。

香水やまぬがれがたく老けたまひ　後藤夜半《やはん》
香水や腋《わき》も隠さぬをんなの世　石川桂郎《けいろう》
亡き人の香水使ふたびに減る　岩田由美

髪洗《かみあら》ふ《う》［三夏］ 洗ひ《い》髪

夏の洗髪した後の爽快感は格別。特に女性の長い黒髪を思わせ、洗ったばかりの姿（洗い髪）には色っぽさも。

揉《も》んで洗ふ愛の起伏のありし髪　長谷川秋子
髪洗ふいま宙返りする途中　恩田侑布子《ゆうこ》
スカイツリー仰ぎ来し夜の髪洗ふ　結城《ゆうき》節子

趣向を凝らした香水瓶。

日焼《ひやけ》 ［三夏］

日焼子《ひやけご》・日焼止め・潮焼《しおやけ》

紫外線の強い夏の代名詞ともいえる日焼。潮焼は潮風と陽光にさらされて肌が焼けること。

日焼けしてくちびる厚くなりにけり　木村淳一郎
日焼けせし少女見せあふ力瘤《ちからこぶ》　一ノ木文子《ふみこ》
日焼子にまだ生きてゐる疳《かん》の虫　三角千榮子《みすみちえこ》

日傘《ひがさ》 ［三夏］

絵日傘・白日傘・日からかさ・パラソル・サングラス

夏の強い日差しをさえぎるための傘だが、いまでは紫外線よけの意味もあり夏以外にも用いられる。

サングラス掛けて妻にも行くところ　後藤比奈夫《ひなお》
母の忌や一つ日傘を姉とさし　渡辺恭子《きょうこ》
絵日傘の真上を走るモノレール　高田とし子

白靴《しろぐつ》 ［三夏］

サンダル

涼やかな夏用の白い靴。サンダルはなじみ深い。

草千里白靴の子を放ちやる　福永耕二
白靴を踏まれしほどの一些事《いちさじ》か　安住《あずみ》　敦《あつし》
子のぬぎし月夜のサンダル裏ばかり　石《いし》　寒太《かんた》

草笛《くさぶえ》 ［三夏］

麦笛・草矢

草の葉を取ってくちびるにつけて吹く笛。麦の茎を切って作るのが麦笛、葉を裂いて指に挟み、矢のように飛ばすのが草矢。

日を射よと草矢もつ子をそそのかす　橋本多佳子
草笛を子に吹く息の短かさよ　馬場移公子《いくこ》
麦笛や嘆きの息が音《ね》に出《い》でて　大石悦子

手漕ぎボートで涼しい川面をすべる。

舟遊《ふなあそび》

［三夏］ 船遊《ふなあそび》・遊船《ゆうせん》・遊び船・船遊山《ふなゆさん》・遊山船・ボート

納涼のため海や川、湖などに舟を出して楽しむこと。ボートもいかにも涼しげ。

老一人のせて静かに遊び舟　富安風生《とみやすふうせい》

ボート裏返す最後の一滴まで　山口誓子《せいし》

腹具合怪しけれども舟遊び　波多野爽波《はたのそうは》

水遊《みずあそび》《みづあそび》

［三夏］ 水鉄砲《みずでっぽう》・浮人形《うきにんぎょう》・浮いてこい

川や湖、庭などで水を使って遊ぶこと。浮人形・浮いてこいは水に浮かべて遊ぶ子どもの玩具。

子の世界母を遠ざけ水遊び　稲畑汀子《いなはたていこ》

水遊び胸まで濡《ぬ》れて母を呼ぶ　大串《おおぐし》　章《あきら》

かなしみの芯とり出して浮いてこい　岡田史乃《しの》

水中花《すいちゅうか》《すいちゆうくわ》

［三夏］

水中に入れると、花や鳥などの形になる造花。

水中花大きく咲かせ夫《つま》持たず　鷲谷七菜子《わしたにななこ》

いきいきと死んでゐるなり水中花　櫂未知子《かいみちこ》

水中の全《まった》き晴れや水中花　嶋田麻紀

夜店《よみせ》

［三夏］ 夜見世・ナイター

縁日や祭礼などの夜に露天商が出す店。夏に限らないが、涼みがてらの客でにぎわう夏は特に風情がある。ナイターも日中の炎天を避けられる。

売られゆくうさぎ匂へる夜店かな　五所平之助《ごしょへいのすけ》

夏の夜ににぎわう夜店。

門前のところが暗き夜店かな　清崎敏郎《きよさきとしお》

夜店にて彗星《すいせい》の尾を見つけたり　川上弘美

鮨《すし》

［三夏］ 鮓《すし》・すもじ・熟鮓《なれずし》・押鮓《おしずし》・早鮓・一夜鮓《いちやずし》・鮒鮓《ふなずし》・鮎鮓《あゆずし》・鯖鮓《さばずし》・五目鮓《ごもくずし》・散《ちら》し鮓・握り鮨・巻鮨・稲荷鮨《いなりずし》・鮨桶《すしおけ》

元は魚介類を塩蔵して自然発酵させた食品をいい、熟鮓は発酵を早めるために飯を加えたもの。夏季に漬け込んだことから夏の季語に。酢飯に魚介類などを配したものは多種ある。

鰺《あじ》の鮨つくりなれつつ鳳仙花《ほうせんか》　水原秋櫻子《しゅうおうし》

鮒鮓や城下につづくいろは松　川端庸子《やすこ》

鮒鮓や夜の底深き湖《うみ》の国　伊藤伊那男《いなお》

冷麦《ひやむぎ》

［三夏］ 冷《ひや》し麦・冷素麺《ひやそうめん》・素麺流し・冷麺《れいめん》・夏蕎麦《なつそば》・冷《ひや》し中華

冷麦はうどんより細く、素麺より太い。食欲の減退する夏は涼味を感じさせる麺料理が好まれる。

ざぶざぶと素麺さます小桶《こおけ》かな　村上鬼城《きじょう》
冷麦や赤子泣かせて平然と　田中裕明《ひろあき》
冷し中華咽《む》せて秘密を打ち明けし　三輪《みわ》初子

冷奴《ひややっこ》［三夏］冷豆腐・水豆腐・奴豆腐

シンプルすぎて料理とはいえないかもしれないが、薬味の工夫で一味も二味も違う。

冷奴水を自慢に出されたり　野村喜舟《きしゅう》
何ごとも半端は嫌ひ冷奴　鈴木真砂女《まさじょ》
島がみな見えるさびしさ冷奴　永末《ながすえ》恵子

泥鰌鍋《どじょうなべ》《どぢやうなべ》［三夏］どぜう鍋・泥鰌汁・柳川鍋

栄養価が高く、春から夏にかけての産卵期が最も美味。丸のままのドジョウとささがきゴボウを割り下で煮込み、刻みネギをあしらって食べるのが泥鰌鍋、開いたドジョウを同様に煮込んで卵でとじたものが柳川鍋。

泥鰌鍋のれんも白に替《かわ》りけり　大野林火《りんか》
二階には泥鰌が足りてゐて静か　山田耕司
年金の話の多しどぢやう鍋　辺見狐音《こおん》

葛練《くずねり》［三夏］葛切《くずきり》・葛餅・葛饅頭《くずまんじゅう》・葛桜

滋養《じよう》のあるという葛粉に水と砂糖を加えて煮、練り固めたもので、それを細長く切ったものが葛切、餅状にしたものが葛餅。葛饅頭は葛練の皮の中にあんを入れて蒸した菓子で、それを桜の葉で包むと葛桜になる。

葛切に淡き交り重ねたる　後藤比奈夫《ひなお》
葛餅や吉野まぶしき空となり　茨木和生《いばらきかずお》
するつと葛切ざらりと別れ際　櫂《かい》未知子《みちこ》

心太《ところてん》
［三夏］ 蜜豆《みつまめ》・餡蜜《あんみつ》・白玉《しらたま》・水羊羹《みずようかん》・ゼリー

天草《てんぐさ》を煮溶かして型に流し、冷やして固めた食品で、さっぱりした食感。蜜豆や白玉、水羊羹、ゼリーなども夏向き。

蜜豆をたべるでもなくよく話す　高浜虚子《きょし》
かつと照る足尾の町のところてん　黒田杏子《ももこ》
吾子《あこ》いつか他人の眼《まなこ》とところてん　石《いし》寒太《かんた》

麦茶《むぎちゃ》
［三夏］ 麦湯

炒《い》った大麦から煮出した飲み物。香ばしさが好まれ、夏は冷やして飲むことが多い。

客用の冷し麦茶を子がせがむ　高浜年尾《としお》
やや細きコップ麦茶を満たしけり　小坂順子
端正に冷えてをりたる麦茶かな　後藤立夫《たつお》

甘酒《あまざけ》
［三夏］ 一夜酒《ひとよざけ》・甘酒売《あまざけうり》・甘酒屋

米麹《こめこうじ》を利用して発酵させた日本独自の甘味飲料。アルコール分はほとんどなく、かつては暑気払いに飲んだが、いまでは冬に飲まれることが多い。

御仏《みほとけ》に昼供《そな》へけりひと夜酒　与謝蕪村《よさぶそん》
甘酒の湯気のからまり長寿眉　檜《ひのき》紀代《きよ》
甘酒や美濃《みの》の山越なかなかに　小川軽舟《けいしゅう》

ラムネ
［三夏］ ソーダ水・クリームソーダ・サイダー・アイスティー・アイスコーヒー

ビー玉の入った独特な形の瓶がどこか懐かしいラムネ。夏はやはり冷たい飲み物が好まれる。

一生の楽しきころのソーダ水　富安風生《とみやすふうせい》
ラムネのむ若き夫婦が向《むか》ひあひ　百合山羽公《ゆりやまうこう》
芥川の交友多彩ラムネ抜く　森戸柚斎《ゆうさい》

暑い日にはかき氷がうれしい。

氷水《こおりみず》《こほりみづ》 ［三夏］

かき氷・夏氷・削氷《けずりひ》・氷店《こおりみせ》・かちわり・氷菓《ひょうか》・アイスキャンディー・アイスクリーム・ソフトクリーム・シャーベット

若者に人気のしゃれた店ではフラッペ（仏語）といわれる。氷菓は氷菓子の総称で多種多様。

頬杖《ほうづえ》のゐくぼ忘れむ夏氷　加藤楸邨《しゅうそん》
少女ふとおのれにこもり氷水　鍵和田秞子《かぎわだゆうこ》
氷店爺《じい》と婆《ばあ》ゐて婆出て来　小澤　實《みのる》

虫干《むしぼし》 ［晩夏］

土用干《どようぼし》・曝書《ばくしょ》・虫払ひ《い》・風《かざ》入れ・紙魚《しみ》・衣魚《しみ》・雲母虫《きららむし》

梅雨明け後の主に晴天の土用にカビや虫害から守るため、衣類や書物、書画などを陰干しし、風を通して湿気を取ること。紙魚は1センチ足らずの銀白色の虫で暗所を好み、紙や衣類などのデンプンを食料にする。

明るみに恥もさらすや土用干　巌谷小波《いわやさざなみ》
月明《げつめい》の書を出て遊ぶ紙魚ひとつ　大野林火《りんか》
曝書して祖父なつかしく父こはし　後藤比奈夫《ひなお》

夏休《なつやす》み ［晩夏］

夏季休暇・暑中休暇・帰省・帰省子《きせいし》・臨海学校・林間学校・夏期講習

夏休みには自然の中での特別学習や、受験生などを対象に集中講座が行なわれる。帰省する人も多い。

旅終へてよりB面の夏休《なつやすみ》　黛《まゆずみ》まどか
茶筒の絵合はせてをりぬ夏休み　野口る理
帰省子のまづ見にゆけり大欅《おおけやき》　藤田　良《りょう》

避暑《ひしょ》

［晩夏］

避暑地・避暑の旅・避暑の宿・避暑客・避暑便り・避暑名残

炎暑から逃れ、冷涼な高原や海辺などに滞在すること。

けふもまた浅間の灰や避暑の宿　山口青邨《せいそん》

避暑の子や白き枕を一つづつ　岸本尚毅《なおき》

避暑地まで何度も曲がる家族かな　田島健一

登山《とざん》

［晩夏］

山登り・山小屋・山開き・登山道・登山口・登山電車・ケルン・登山靴・登山帽・登山杖《とざんづえ》・ザイル・寝袋・開山祭・ウェストン祭・キャンプ・キャンプファイヤー・天幕・テント

登山に最も適しているのは夏。ケルンは山頂や登山路に記念や道標として石を積み上げたもの、ウェストン祭は6月初旬に上高地で行なわれる明治期の「日本近代登山の父」をしのぶ行事。それまでは信仰や修行のために霊峰に登った。

高嶺星《たかねぼし》見出《みいで》てうれし明日登山　杉田久女《ひさじょ》

山に登れば淋《さび》しい村がみんな見える　尾崎放哉《ほうさい》

登山綱《ザイル》干す我を雷鳥おそれざる　石橋辰之助《たつのすけ》

緑の最も美しい夏の山を楽しむ。

裸《はだか》［晩夏］

素裸・裸子・裸身《らしん》・肌脱《はだぬぎ》・跣足《はだし》・素足

冷房のない時代には盛夏に裸でくつろぐこともあった。主に和服の上半身を脱ぐのが肌脱。暑い夏には素足で過ごすことが多い。

裸子や涙の顔をあげて這《は》ふ　野見山朱鳥《のみやまあすか》
治水碑に抱きついてをり裸の子　原　拓也
裸子がわれの裸をよろこべり　千葉皓史《こうじ》

行水《ぎょうずい》《ぎやうずい》［晩夏］

日向水《ひなたみず》

庭先などでたらいの中の湯や水に入って汗を流すこと。強い日差しによって温められた日向水を使うことが多かった。

行水の女に惚《ほ》れる烏《からす》かな　高浜虚子《きょし》
行水や月に吹かるるあばら骨　臼田亞浪《うすだあろう》

行水や戸の節穴も恥しく　野村喜舟《きしゅう》

夜濯《よすすぎ》［晩夏］

暑い日中を避け、夜風が立ってから洗濯をすること。夜に干しても翌朝には乾いている。

はや寝落つ夜濯の手のシャボンの香　森　澄雄
蓮如《れんにょ》来し島夜濯ぎの音はげし　宇佐見魚目《ぎょもく》
夜濯の空さかさまのヘルクレス　常盤《ときわ》優《ゆう》

母《はは》の日《ひ》 ［初夏］

カーネーション

5月の第2日曜日。一般的には母に感謝を込めて赤いカーネーションを贈るが、亡母をしのぶ場合は白いカーネーションを霊前に供えたりする。

母の日のてのひらの味塩むすび　鷹羽狩行《たかはしゅぎょう》

母の日も子の残したるもの食べて　福永鳴風《めいふう》

母の日のきれいに畳む包装紙　須賀一惠

父《ちち》の日《ひ》 ［仲夏］

6月の第3日曜日。母の日と同様、アメリカから移入した。

父の日や父は戦《いくさ》に征《い》つたきり　高柳　淳《じゅん》

父の日のどんよりとあるロバの耳　柿本多映《たえ》

父の日の雲を仰げば父のこと　石井浩美

富士詣《ふじもうで》《ふじまうで》 ［仲夏］

富士道者《ふじどうじゃ》・富士行者《ふじぎょうじゃ》・富士講・浅間講《せんげんこう》

白衣姿に金剛杖《こんごうづえ》を持って「六根清浄《ろっこんしょうじょう》お山は晴天」と唱和しながら登り、山頂の富士山本宮浅間大社奥宮に参ること。通常は7月1日の山開きからで、各地の富士塚でも行なわれる。

うすものに雲の匂《におい》やふじ詣　春《はる》　和《かず》

百歩にて頂上の塚富士詣　村木海獣子《かいじゅうし》

富士行者つづく草屋の蚊屋の前　菅《すが》　裸馬《らば》

朝顔市《あさがおいち》《あさがほいち》 ［仲夏］

入谷《いりや》朝顔市

東京・台東区《たいとう》の入谷鬼子母神《きしぼじん》で7月6日から8日まで開かれる下町情緒満点の市。

おしめりや朝顔市に人減らず　石川桂郎《けいろう》
朝顔市はづれて鶏のふかねむり　吉田鴻司《こうじ》
すたすたと朝顔市を僧一人　星野明世《あきよ》

安居《あんご》 ［三夏］

夏安居《げあんご》・雨安居《うあんご》・一夏《いちげ》・夏行《げぎょう》・夏籠《なつごもり》・夏断《げだち》・結夏《けつげ》・夏入《げいり》

旧暦の4月16日から7月15日まで、僧侶が一室にこもって修行すること。その間、酒肉を断って深く精進することを夏断、夏安居に入ることを結夏・夏入、終了を解夏《げげ》（初秋）という。

竹の実を噛みくだき居る安居かな　永田耕衣《こうい》
谷空に鳥の糞《まり》散る安居かな　大峯《おおみね》あきら
雨音の落ち着いて来し安居かな　片山由美子

名越《なごし》の祓《はらえ》《はらへ》 ［晩夏］

夏越《なごし》・夏祓《なつはらえ》・夏越の祓・御祓《みそぎ》・川祓《かわはらえ》・御祓川《みそぎがわ》・水無月祓《みなづきはらえ》・茅の輪《ちわ》・茅の輪潜《くぐ》り・菅貫《すがぬき》・形代《かたしろ》・川社《かわやしろ》・夏神楽《なつかぐら》

旧暦の6月晦日《みそか》に行なわれる神事で、茅の輪（菅貫）をくぐったり、人の形をした形代を川に流したりしてお祓《はら》いをする。これに対して旧暦の12月晦日を年《とし》越《こし》という。

灸《きゅう》のない背中流すや夏はらい　与謝蕪村《よさぶそん》
そよそよと袂《たもと》の過ぎし夏祓　神尾季羊《かみおきよう》
形代に遠き子の名を書きしるす　加藤三七子《みなこ》

茅の輪をくぐってお祓いをする。

四万六千日《しまんろくせんにち》
［晩夏］ 鬼灯市《ほおずきいち》

7月10日の東京・浅草寺《せんそうじ》の観世音菩薩《かんぜおんぼさつ》の縁日に参詣すると、四万六千日分と同等の功徳《くどく》があるという。境内では前日からほおずき市が開かれている。

鬼灯市雨雲しかと遠ざけし　中村汀女《ていじょ》
鬼灯市母に似し人追ひつづけ　石《いし》　寒太《かんた》
四万六千日人混みにまぎれねば　石田郷子《きょうこ》

巴里祭《ぱりさい》
［晩夏］ パリ祭・パリー祭

7月14日のフランス革命記念日で、戦前のルネ・クレール監督の映画の邦題に由来する。海外の出来事ではあるが、好まれてよく詠まれる季語。

汝《い》が胸の谷間の汗や巴里祭　楠本憲吉《くすもとけんきち》
たまに逢《あ》ふ男太りし巴里祭　萩《はぎ》尾《お》亜矢子
レコードの溝から廻《まわ》る巴里祭　中尾硫苦《りゅうく》

野馬追《のまおい》《のまおひ》
［晩夏］ 相馬《そうま》野馬追・野馬追祭《まつり》・野馬駈《が》け

7月下旬の3日間、福島県相馬の三社が合同で行なう祭事。甲冑《かっちゅう》に身を固めた騎馬武者《きばむしゃ》が指物《さしもの》をなびかせて神旗《しんき》を奪い合うさまは壮観。

駒とめて野馬追の武者水を乞ふ　加藤楸邨《しゅうそん》
野馬追へ具足《ぐそく》着け合ふ兄弟　松崎鉄之助
市をあげて野馬追祭の竹立つる　阿部みどり女《じょ》

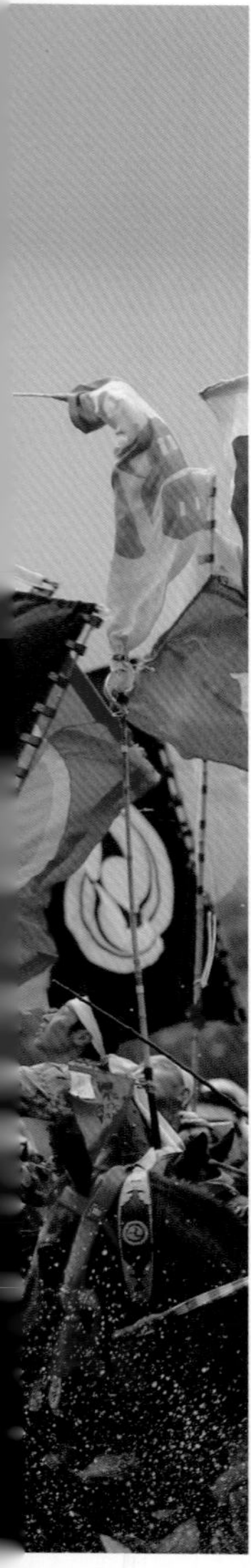

舞い降りる御神旗を戦闘さながらに奪い合う野馬追の神旗争奪戦。

沖縄忌《おきなわき》

沖縄忌《おきなはき》 [仲夏]

慰霊の日

太平洋戦争末期の昭和20年（1945）6月23日、国内で唯一地上戦が行なわれた沖縄戦の終結した日。軍よりも民間人の犠牲が多く、住民の4人に1人が亡くなった。この日は摩文仁《まぶに》の平和祈念公園で沖縄全戦没者追悼式が行なわれる。

沖縄忌幼子に海しかと見せ　宮坂静生《しずお》

沖縄忌いつも小さき島バナナ　小林朱夏

誰《た》がための海の青さや沖縄忌　吉澤恵美子

原爆忌《げんばくき》

[晩夏]

原爆の日・広島忌・長崎忌・爆心地

昭和20年（1945）年8月6日に広島、3日後の9日に長崎に原爆が投下され、合わせて20万人以上の人命が奪われた。両日を原爆忌、6日を広島忌、9日を長崎忌といい、爆心地付近で平和を祈る式典が開かれる。

広島の忌や浮袋砂まみれ　西東三鬼《さいとうさんき》

こなごなの煮干の目玉原爆忌　曽根新五郎

よくねむる原爆の日の新生児　竹市《たけいち》漣《れん》

動物

鹿の子《かのこ》

[三夏]

鹿《しか》の子・子鹿・鹿《か》の子斑《まだら》・親鹿

鹿は主に5月から6月にかけて子を産む。生まれた年は角がなく、雄鹿は2年目から生える。茶褐色の体に白い鹿の子斑があり、親鹿の後を甘えるようについていく姿がかわいい。

鹿の子の生《うま》れて間なき背の斑《ふ》かな　杉田久女《ひさじょ》

生まれた年は雄でも角は生えない。

鹿の子にもの見る眼《まなこ》ふたつづつ　飯田龍太《いいだりゅうた》

鹿の子呼ぶ関西弁の吾子《あこ》ふたり　小川軽舟《けいしゅう》

蝙蝠《こうもり》《かうもり》

[三夏] かはほり・蚊喰鳥《かくいどり》・家蝙蝠・大蝙蝠

哺乳類《ほにゅうるい》唯一の飛行動物。日中はねぐらでぶら下がって休み、夕方になると飛び回る。蚊をよく捕食することから蚊喰鳥ともいわれる。体長5センチ弱の家蝙蝠はアブラコウモリの別名で家屋にすむ。

羽音なほ夜空に残し蚊喰鳥　稲畑汀子《いなはたていこ》

蝙蝠の黒繻子《くろじゅす》の身を折りたたむ　正木ゆう子

かうもりの鳴くや灯を焚《た》く母の上　吉田汀史《ていし》

亀《かめ》の子《こ》

[三夏] 銭亀《ぜにがめ》

日本固有のイシガメは甲長15センチほど。銭の形に似ている子亀は銭亀といわれ、愛らしく親しまれている。

亀の子の歩むを待つてひきもどし　中村汀女《ていじょ》

子亀売桶《うりおけ》の中にも雨を溜《た》め　戸川稲村《とうそん》

よく歩く順に亀の子売られけり　橋本五月《さつき》

蟇《ひきがえる》《ひきがへる》
[三夏] 蟾蜍《ひきがえる》・蟾《ひき》・蝦蟇《がま》・がまがへる・蟇《ひき》の声・雨蛙《あまがえる》・枝蛙《えだかわず》・青蛙《あおがえる》・森青蛙・牛蛙・河鹿《かじか》

体長12センチ前後の大きな蛙《かえる》で四肢が太く短く、暗褐色の背中に多数のイボがある。肥えているので動作は鈍いが、夕方になると現れて昆虫などを捕食する。蝦蟇は俗称。雨蛙や青蛙、牛蛙（春に分類している歳時記も）、渓流に生息する河鹿なども夏の季語。

青蛙おのれもペンキぬりたてか　芥川龍之介
蟇誰かものいへ声かぎり　加藤楸邨《しゅうそん》
飛騨《ひだ》の夜を大きくしたる牛蛙　森　澄雄

山椒魚《さんしょううお》《さんせううを》
[三夏] はんざき

渓流や湿地に生息するイモリに似た両生類で、種によって体長10センチから1・5メートルを超えるものまで。なかでも大型のオオサンショウウオは特別天然記念物で有名。半分に裂いても死なないといわれ、はんざきとも呼ばれる。

山椒魚の水に鬱金《うこん》の月夜かな　飯田龍太《いいだりゅうた》
はんざきの傷くれなゐにひらく夜　飯島晴子《はるこ》
わらべ七人山椒魚の水あふれ　若森京子

蠑螈《いもり》《ゐもり》
[三夏] 井守《いもり》・赤腹《あかはら》

池や井戸などにすむ体長10センチ前後の両生類で、ヤモリに似ている。背は黒く、腹が赤いので赤腹ともいわれる。

石の上にほむらをさます井守かな　村上鬼城《きじょう》
ゐもり釣る童《わらべ》の群《むれ》にわれもゐて　杉田久女《ひさじょ》
赤腹や未明の出湯《いでゆ》に顎《あご》沈め　石川桂郎《けいろう》

守宮《やもり》
[三夏] 屋守・壁虎《やもり》

体長10センチ程度の爬虫類《はちゅうるい》。人家付近に出没し、灯火に寄ってくる害虫などを捕食する。指の裏が吸盤のようになっており、手を広げて壁や天井などに張りつく。

子守宮の駆け止《と》まりたるキの字かな　野見山朱鳥《のみやまあすか》
こんばんは守宮の喉に喉仏　川崎展宏《てんこう》
硝子戸《がらすど》の夜ごとの守宮とほき恋　鍵和田秞子《かぎわだゆうこ》

害虫を捕食し家を守るとされる守宮。

蜥蜴《とかげ》

［三夏］ 青蜥蜴・縞蜥蜴《しまとかげ》・瑠璃蜥蜴《るりとかげ》

全長20センチほどの褐色の爬虫類《はちゅうるい》で、尾が長く、四肢は短い。草地や石垣などで辺りをうかがいながら素早く動く。尾は切れやすいが、すぐに生える。

出て遊ぶ蜥蜴に日蔭《ひかげ》なかりけり　高浜虚子《きょし》
しんかんと蜥蜴が雌を抱へをり　横山白虹《はっこう》
微笑にも気配感じて青蜥蜴　橋本美代子

蛇《へび》

［三夏］ くちなは《わ》・ながむし・へみ・青大将・赤棟蛇《やまかがし》・縞蛇《しまへび》・蛇衣《へびきぬ》を脱ぐ・蛇の衣《きぬ》・蛇の殻・蝮《まむし》・蝮捕り・蝮酒

爬虫類《はちゅうるい》の動物で日本では蝮、ハブ、赤棟蛇などを除けば無毒。夏に表皮をそっくり脱ぐ。

蛇のあとしづかに草の立ち直る　邊見《へんみ》京子
青大将太平洋に垂れ下がり　大串《おおぐし》　章《あきら》
赤棟蛇消えて伊那谿《いなだに》ふかくなり　石《いし》　寒太《かんた》

巣立鳥 (すだちどり)

[初夏]

巣立ち・子鳥 (こどり)・親鳥・鳥巣立つ

春先に巣でかえったヒナたちが成長し、晩春から初夏にかけて次々に巣から飛び立ってゆく。

巣立鳥み仏うしろより見られ
藤田湘子 (しょうし)

鳥巣立ちポプラのそよぎ湧くごとし
成田千空 (せんくう)

やはらかき風つぎつぎに巣立鳥
嶋田麻紀

燕の子 (つばめのこ)

[初夏]

子燕・親燕・夏燕 (なつつばめ)

燕は5月から7月にかけて2度産卵し、それぞれ一番子、二番子という。巣立ち後もしばらくは親から餌をもらう。

燕の子駅の津波の到達点
万木一幹 (いっかん)

子燕のこぼれむばかりこぼれざる
小澤實 (みのる)

天窓の朝明けを知る燕の子
細見綾子

親鳥を待つ燕の子。

郭公 (かっこう)

[三夏]

閑古鳥 (かんこどり)・くわくこう

5月頃に南方から飛来して秋に去る夏鳥で、低山や

高原などにすむ。時鳥《ほととぎす》と同じく托卵《たくらん》をし、姿も似ているがやや大きい。カッコウという鳴き声がその名の由来で、古くは閑古鳥と呼ばれた。

郭公や何処《どこ》までゆかば人に逢《あ》はむ　臼田亞浪《うすだあろう》

郭公の近づくこだま雲の中　石原舟月《しゅうげつ》

郭公の鳴き揃《そろ》ひたる槻《つき》大樹　井上康明《やすあき》

目白《めじろ》 [三夏]

眼白《めじろ》・目白籠

雀《すずめ》より小型で、頭と背は草緑、腹は白。目の周りの白い輪が特徴で名前の由来となった。

南天の実をこぼしたる目白かな　正岡子規《しき》

雨あとの紺屋と話す目白のこと　飯島晴子《はるこ》

こちら向くときは目白となつてをり　石《いし》寒太《かんた》

夏鴨《なつがも》 [三夏]

軽鴨《かるがも》・黒鴨・軽鴨の子・通し鴨・夏の鴨・鴨涼し

留鳥の軽鴨（黒鴨）は夏鴨とも呼ばれ、何羽もの子鴨を引き連れて歩く姿が親しまれている。多くの鴨は春になると北方に帰るが、そのまま残っているものを通し鴨や夏の鴨という。

刎頸《ふんけい》の友のごとくに夏の鴨　佐藤鬼房《おにふさ》

夏鴨へくらき敷居を跨《また》ぎけり　攝津《せっつ》よし子

夏鴨や堤の人にいつも遠く　松本弘孝

水鶏《くいな》《くひな》 [三夏]

緋水鶏《ひくいな》

クイナ科の鳥の総称で古来、和歌に詠まれてきたのは夏鳥の緋水鶏。湿地や水田にすみ、キョッキョッと高音で鳴く。

水音は水にもどりて水鶏かな　加賀千代女《かがのちよじょ》

馬道を水鶏のありく夜更《よふけ》かな　泉　鏡花《きょうか》

淀の田は涯《はて》なくみづく水鶏かな　阿波野青畝《あわのせいほ》

白鷺《しらさぎ》

［三夏］ 青鷺

鶴に似ている白い鷺の総称。渡り鳥の大鷺《だいさぎ》・中鷺と留鳥の小鷺があり、水辺で見られる。背面が青灰色《せいかいしょく》の青鷺は、日本で最も大きい鷺で全長1メートル近い。

白鷺の佇《た》つとき細き草摑《つか》み　長谷川かな女《じょ》

白鷺のみるみる影を離れけり　小川軽舟《けいしゅう》

白鷺の翼で包む己《な》がかげり　山田庫夫《くらお》

鰺刺《あじさし》《あぢさし》

［三夏］ 鮎刺《あゆさし》・小鰺刺

春と秋に日本の沿岸部に飛来する旅鳥で、鳩と同じくらいの大きさだがスマート。魚を主食とし、空中から急降下して捕らえるのでこの名に。夏に見かけるのは主に小鰺刺。

鮎刺の鳴く音も雨の多摩河原　富安風生《とみやすふうせい》

鰺刺の海光まとひ渓《たに》に消ゆ　角川源義《げんよし》

小鰺刺宙《そら》に静止の刻《とき》のあり　吉田ひろし

海猫《うみねこ》

［三夏］ ごめ

中型のカモメで離島や岩礁《がんしょう》などで集団繁殖し、天然記念物にも指定。ミャーアーという鳴き声が猫に似ているのが名の由来で、ごめとも呼ばれる。

集団繁殖する海猫の群れ。

海猫の巣立つ怒濤《どとう》の日なりけり　水原秋櫻子《しゅうおうし》
太陽の昇らぬ朝や子守り海猫《ごめ》　平井さち子
海猫《ごめ》群衆大ぶりの島でありけり　阿部完市《かんいち》

葭切《よしきり》

［三夏］行々子《ぎょうぎょうし》・葭雀《よしすずめ》・大葭切・小葭切

5月頃に南方から飛来し、水辺の蘆原《あしはら》に営巣する。大葭切と小葭切があり、ギョギョシギョギョギョシと鳴くので行々子ともいう。

葭切が来たぞ楸邨《しゅうそん》忌の近し　石《いし》寒太《かんた》
葭切の鳴きてより鮒《ふな》釣れはじむ　辺見狐音《こおん》
塩田の名残の杭《くい》や行々子　小熊《おぐま》幸《ゆき》

仏法僧《ぶっぽうそう》《ぶつぽふそう》

［三夏］木葉木菟《このはずく》

深山などでブッポーソーと鳴くのはフクロウ科の木葉木菟で、仏法僧は悪声。仏法僧は全身青緑でくち

ばしと足が赤く「姿の仏法僧」、褐色の木葉木菟は「声の仏法僧」といわれる。

仏法僧こだまかへして杉聳《た》てり　大野林火《りんか》
仏法僧廊下の濡《ぬ》れている理由　夏井いつき
ひとり寝て仏法僧と闇頒《わか》つ　石田いづみ

青葉木菟《あおばずく》《あをばづく》

［三夏］

フクロウの仲間で青葉の頃に渡ってくる。山麓や平地の森林などにすみ、夜になるとホー、ホーと寂しげに鳴く。

子があれば子をおもふなり青葉木菟　成瀬《なるせ》櫻桃子《おうとうし》
昨日より近くてさびし青葉木菟　和知喜八《わちきはち》
あのときの父の乱心青葉木菟　山口紹子《しょうこ》

老鶯《ろうおう》《らうあう》［三夏］

老鶯《おいうぐいす》・夏鶯《なつうぐいす》・乱鶯《らんおう》・残鶯《ざんおう》・晩鶯《ばんおう》

夏になり暑くなってくると、鶯は次第に高原や山へ移る。そんな夏の鶯が老鶯。

山門の日に老鶯のこだまかな　原　石鼎《せきてい》
残鶯よ汝《な》は林間の逍遥子《しょうようし》　三井映泉《えいせん》
老鶯や男の混じる立ち話　山内奈保美

鳰《にお》《にほ》の浮巣《うきす》［三夏］

浮巣・鳰の巣・鳰の子

鳰はカイツブリ（鳰）の古名でともに冬の季語だが、湖沼《こしょう》の水面に植物の茎や葉を集めて作る巣や子は夏の季語。

つつがなく浮巣に卵ならびをり　阿波野青畝《あわのせいほ》
ともにねてひとつゆめみる浮巣かな　矢島渚男《なぎさお》
緑地課の預《あず》かりとなる鳰浮巣　能村《のむら》研三

羽抜鳥《はぬけどり》［晩夏］

羽抜鶏《はぬけどり》・羽抜鴨《はぬけがも》・鳥の換羽《かえば》

多くの鳥は繁殖期後の6月から8月にかけて全身の

鳰の巣は漂わないようアシの茎などに絡めて作られる。

羽が抜け換わる。みすぼらしく見え、特に鶏の姿は哀れでもある。

西空の明るさ追ひて羽抜鳥　岡本眸《ひとみ》
人間と暮してゐたる羽抜鶏　今井杏太郎《きょうたろう》
教会の宙《そら》に雲なし羽抜鶏　三角千榮子《みすみちえこ》

夏《なつ》の蝶《ちょう》《てふ》 [三夏]

夏蝶・梅雨の蝶・揚羽蝶《あげはちょう》・黒揚羽・斑蝶《まだらちょう》・捕虫網

夏に見られる蝶で揚羽蝶など大型のものが多く、種類も豊富。

平然と夏蝶前を横切れり　星野高士《たかし》
つまみたる夏蝶トランプの厚さ　高柳克弘《かつひろ》
さまざまの色に触れゆく夏の蝶　壬生《みぶ》きりん

空蝉《うつせみ》 [晩夏]

蟬の殻・蟬の脱殻《ぬけがら》・蟬のもぬけ・蟬生《せみうま》る・蟬の穴

地上では短命の蟬の抜け殻を空蟬というのは、現世《うつしみ》に掛けたものともいわれる。蟬生るは羽化の過程で仲夏。

梢《こずえ》よりあだに落ちけり蟬のから　松尾芭蕉《ばしょう》
空蟬も硝子《ガラス》の仲間に加へけり　岩淵《いわぶち》喜代子
子をあやす父空蟬と同じかたち　田島健一

金魚《きんぎょ》 [三夏]

和金・琉金《りゅうきん》・蘭鋳《らんちゅう》・出目金・錦蘭子《きんらんし》・獅子頭《ししがしら》・金魚田・金魚鉢・金魚玉・金魚売《きんぎょうり》・箱釣《はこづり》・金魚掬《きんぎょすく》い・熱帯魚・闘魚・天使魚《てんしうお》

フナを原種とする中国原産の観賞用の淡水魚で、品種は極めて多い。金魚玉は軒先などに吊る金魚を飼う球形の器、箱釣は金魚掬いのこと。闘魚・天使魚は熱帯魚。

むっとした顔を金魚の水の上　川崎展宏《てんこう》
露地裏を夜汽車と思ふ金魚かな　攝津幸彦《せっつゆきひこ》
時計屋の微動だにせぬ金魚かな　小沢昭一

目高《めだか》 ［三夏］ 緋目高《ひめだか》・白目高

体長3〜4センチの日本で最も小さい淡水魚。かつてはどこでも見られる魚だったが、都市化の影響などにより激減し、平成11年（1999）に絶滅危惧種に指定された。

緋目高のつついてゐるよ蓮《はす》の茎　　原 石鼎《せきてい》

緋目高のわれに似るてふ眼《め》のあたり　　上村占魚《うえむらせんぎょ》

水底の明るさ目高みごもれり　　橋本多佳子

黒鯛《くろだい》《くろだひ》 ［三夏］ ちぬ・本ちぬ・ちぬ釣《つり》・かいず

浅黒い鯛《たい》で関西では「ちぬ」という。水深の浅い沿岸部に多く、磯釣りの人気魚種。かいずは黒鯛の若魚。

黒鯛に夏二三夜の闇濃さよ　　杉山一転《いってん》

ちぬ釣の月光竿《さお》をつたひくる　　米沢吾亦紅《よねざわわれもこう》

黒鯛もつれて刺身の月見かな　　瀧井孝作

飛魚《とびうお》《とびうを》 ［三夏］ とびを《お》・つばめ魚《うお》・あご

全長30センチほどのスマートな体で、胸びれを広げて海面上を200メートル以上も滑空することがある。暖海に多く、あごとも呼ばれる。

翼《よく》張つて飛魚《あご》の紺青《こんじょう》大皿に　　野澤節子

飛魚《あご》とんで玄海の紺したたらす　　片山由美子

飛魚の先導のあり隠岐《おき》の旅　　松本平八郎

虎魚《おこぜ》《をこぜ》 ［三夏］ 鬼虎魚

淡泊な味わいの高級魚として知られるのは鬼虎魚。体長20〜30センチでグロテスクな姿をしており、ウロコがなく、背びれには毒がある。かつては「猫またぎ」ともいわれて避けられたが、薄造りや唐揚げ・

煮付け・汁物・鍋など、美味で喜ばれている。

鬼おこぜ石にあらずと動きけり　加藤楸邨《しゅうそん》
釣られたる虎魚の怒り全身に　今井千鶴子
生き死にのかたまりとしてゐる虎魚　市ノ瀬遥《はるか》

穴子《あなご》 [三夏]

海鰻《あなご》・うみうなぎ・真穴子・穴子釣《あなごつり》・穴子飯・焼穴子

ウナギに似た海水魚で一般に真穴子をいう。体長60センチほどで、昼間は海底の穴や岩間に潜み、夜になると餌を探しに泳ぎ出る。

裂かれたる穴子のみんな目が澄んで　波多野爽波《はたのそうは》
穴子裂く大吟醸《だいぎんじょう》は冷やしあり　長谷川櫂《かい》
犇《ひしめ》いて口中しろき穴子かな　山西雅子

鱧《はも》 [三夏]

水鱧・湯びき鱧・鱧の皮・祭鱧《まつりはも》・鱧料理

穴子に似ており、長いものは2メートルを超える。関西では鱧料理が出ると夏の到来。祭りの日の料理として知られる高級魚だが、小骨が多いので骨切りが必要。水鱧は出始めの小ぶりのもの。

鱧の骨上手に切れて祭膳　後藤夜半《やはん》
大粒の雨が来さうよ鱧の皮　草間時彦
京都駅下車迷はずに鱧の夜　川崎展宏《てんこう》

鱧は京料理の定番。

海月《くらげ》 ［三夏］

水母《くらげ》・水海月・越前海月《えちぜんくらげ》・備前海月《びぜんくらげ》・幽霊海月《ゆうれいくらげ》・行灯海月《あんどんくらげ》

種類が多く、色や形、大きさはさまざま。多くは傘のような形をし、寒天質の体で水中を漂う。強い毒をもつものもあるが、越前海月や備前海月は食用に。

裏返るさびしさ海月くり返す　能村登四郎《のむらとしろう》

ただならぬ海月ぽ光追い抜くぽ　田島健一

さざなみのひかり海月の中通る　神野紗希《こうのさき》

夜光虫《やこうちゅう》《やくわうちゅう》 ［三夏］

暖海に浮遊する直径1~2ミリの球形のプランクトンで、夏に異常増殖して赤潮を引き起こすことも。刺激を受けると青白く発光し、夜は幻想的で美しい。

夜光虫燃ゆるうしろに波が消ゆ　山口草堂《そうどう》

夜光虫乳房ふくらむ頃に見し　対馬《つしま》康子

波の刺激で青白く光る夜光虫。

他所者《よそもの》が浜に出てゐる夜光虫　丹間《たんま》美智子

蟹《かに》

［三夏］沢蟹・山蟹・川蟹・磯蟹・ざり蟹・弁慶蟹・隠蟹《かくれがに》・蟹の泡

夏の水辺で見かける小蟹の総称。蟹が泡を吹くのは酸欠で苦しい時とか。

藻屑蟹《もくずがに》怒れる泡を吹きかぶり　村上杏史《きょうし》

原爆許すまじ蟹かつかつと瓦礫《がれき》あゆむ　金子兜太《とうた》

男の掌《て》ひらけば山の蟹紅《あか》し　山田弘子

山女《やまめ》

［三夏］山女魚《やまめ》・山女釣・あまご・岩魚《いわな》・嘉魚《かぎょ》・岩魚釣

あまごと類似し、山間の渓流にすむ。岩魚（嘉魚）は山女よりさらに上流に生息。

金串は山女の六腑《ろっぷ》貫けり　阿波野青畝《あわのせいほ》

山女釣より戻りきし濡鼠《ぬれねずみ》　清崎敏郎《きよさきとしお》

蕗《ふき》の葉に山女三匹空青し　福田甲子雄《きねお》

船虫《ふなむし》

［三夏］舟虫

褐色系・小判形の節足動物で体長4センチ前後。海辺や岩礁《がんしょう》などに群れをなしてすみ、動きは素早い。

争ふことなき船虫を追ひ散らす　右城暮石《うしろぼせき》

舟虫に心遊ばせ月を待つ　臼田亞浪《うすだあろう》

舟虫や己れを知れば臆病に　岡本眸《ひとみ》

火取虫《ひとりむし》

［三夏］灯取虫・灯虫《ひむし》・灯蛾《とうが》・火蛾《かが》・燭蛾《しょくが》・火入虫《ひいりむし》・蛾・誘蛾灯

夏の夜に灯火に集まる虫をいうが、その多くは蛾。

火取虫翅音《はおと》重きは落ちやすし　加藤楸邨《しゅうそん》

きれぎれの夢の中へも蛾の翅音　藤田湘子《しょうし》

舷梯《げんてい》をはづされ船の蛾となれり　鷹羽狩行《たかはしゅぎょう》

毛虫《けむし》

［三夏］ 毛虫焼く・尺蠖《しゃくとり》・尺取虫《しゃくとりむし》

蛾《が》の幼虫で全身が毛で覆われている。果樹や松に現れると害を与えるので、焼き殺すなどして駆除《くじょ》する。シャクガの幼虫の尺取虫には毛が生えておらず、独特の歩き方をする。

土くれに逆毛吹かるる毛虫かな　村上鬼城《きじょう》

毛虫焼く焔《ほむら》このとき孤独でなし　橋本多佳子

芭蕉句碑ゆつくりなぞる毛虫かな　村内徒歩

兜虫《かぶとむし》

［三夏］ 甲虫《かぶとむし》・さいかち虫・鬼虫・源氏虫・鍬形虫《くわがたむし》・天牛《かみきりむし》・髪切虫・かみきり

昆虫の王様ともいわれる大型の甲虫《こうちゅう》で、雄は立派な角をもつ。さいかち虫・鬼虫・源氏虫は別称。鍬形虫も似ているが、やや小さく形状が異なる。天牛は体が細く、触角が長い。

ひっぱれる糸まつすぐや甲虫　高野素十《すじゅう》

壮年の死にざまに似て兜虫　福田甲子雄《きねお》

兜虫の森匂ひ立つ火焔《かえん》土器　北　悠休《ゆうきゅう》

金亀子《こがねむし》

［三夏］ 黄金虫・かなぶん・ぶんぶん・糞《ふん》ころがし

光沢のある黒褐色や濃緑色、赤紫などの甲虫で、灯火をめがけてブーンブーンと飛び込んでくる。糞ころがしはコガネムシ科の糞虫。

モナリザに仮死いつまでもこがね虫　西東三鬼《さいとうさんき》

みちのくの強き引力黄金虫　中嶋秀子

黄金虫人を選びてぶつかりぬ　壬生《みぶ》きりん

天道虫《てんとうむし》《てんたうむし》

［三夏］ 瓢虫《てんとうむし》・てんとむし・ひさごむし・天道虫だまし

小さな半球状の鮮やかな体に斑点（星）のある甲虫で、和名は太陽に向かって飛ぶことから付けられた。

星の数は種類によって異なるが、特に七つ星が親しまれており益虫でもある。星の数が多い天道虫だましは害虫。

壮年の万年床のてんと虫　金子兜太《とうた》
一村にひとつの夕日天道虫　土屋未知
天道虫間一髪を飛びにけり　奥坂まや

上り詰めると飛び立つ習性がある。

油虫《あぶらむし》 ［三夏］ ごきぶり・御器噛《ごきかぶり》

ごきぶりの別名でもあり、全体が油を塗ったように光っていることからその名が付いた。人家にすむ種は害虫で繁殖力旺盛。

油虫多きわが家に妻迎ふ　茨木和生《いばらきかずお》
闘ふ楸邨《しゅうそん》俳諧とごきぶりと　石寒太《いしかんた》
命令で油虫打つ職にあり　守屋明俊《あきとし》

蛞蝓《なめくじ》《なめくぢ》 ［三夏］ なめくぢ《じ》り・なめくぢ《じ》ら

貝のないカタツムリのような軟体動物で、じめじめした所を好む。野菜や果実などを食べる害虫。

なめくぢり這《は》ひて光るや古具足《ふるぐそく》　服部嵐雪《はっとりらんせつ》
蛞蝓といふ字どこやら動き出す　後藤比奈夫《ひなお》
なめくぢら後頭部より縮みけり　齋藤朝比古《あさひこ》

蚤《のみ》
[三夏]　蚤の跡・虱《しらみ》・壁蝨《だに》

体長2ミリ前後だが跳躍力があり、吸血性で刺されるとかゆい。虱や壁蝨も極小で吸血性がある。ただ壁蝨はほとんどの種が無害で、有益なものが少なくないという。

蚤虱馬の尿《ばり》する枕もと　松尾芭蕉《ばしょう》
蚊の宵と思へば蚤の夜明《よあけ》かな　尾崎紅葉《こうよう》
星月夜われらは富士の蚤しらみ　平畑静塔《ひらはたせいとう》

水馬《あめんぼ》
[三夏]　あめんぼう・みづ《ず》すまし・水蜘蛛《みずぐも》・川蜘蛛

6本の長い脚を張って池沼《ちしょう》や小川、田などの水面をすいすいと滑走する水生昆虫。関西では「みづすまし」と呼ばれるが、同名の別種もある。

水馬かさなり合うて流れけり　内藤鳴雪《めいせつ》
あめんぼと雨とあめんぼと雨と　藤田湘子《しょうし》
あめんぼの水の動かぬ力かな　榎本慶子《えのもとよしこ》

捕まえると飴（あめ）のような匂いを放つ。

糸蜻蛉《いととんぼ》
[三夏]　灯心蜻蛉《とうしんとんぼ》・とうすみ蜻蛉・とうしみ蜻蛉・やご

青や緑の体は糸のように細く、水辺で弱々しく飛ぶ。

形状を灯心にたとえて灯心蜻蛉、とうすみ蜻蛉などともいう。やごは夏に生まれるトンボの幼虫。

とうすみのつるみて軽く水面《みなも》打つ　浅田白道《はくどう》
子がわれを離れゆく日の糸とんぼ　石《いし》　寒太《かんた》
糸とんぼ水のいのちに触れにくる　川村祥子《さちこ》

ががんぼ ［三夏］
蚊蜻蛉《かとんぼ》・蚊の姥《うば》

蚊を大きくしたような脚の長い昆虫で蚊の姥ともいう。夜、部屋に入ってきて壁や障子にぶつかったりするが、刺すことはない。

ががんぼにいつもぶつかる壁ありけり　安住《あずみ》　敦《あつし》
山の夜のねむさも過ぎぬ蚊の姥と　森　澄雄
ががんぼを恐るる夜あり婚約す　正木ゆう子

蜘蛛《くも》 ［三夏］
女郎蜘蛛《じょろうぐも》・蜘蛛の囲《い》・蜘蛛の巣・蜘蛛の網・蜘蛛の糸・蜘蛛の子

日本には約1000種生息し、多くは細い糸で作った巣や網の蜘蛛の囲にかかった獲物を捕食する。昆虫と思われがちだが節足動物。

命綱曳《ひ》いて蜘蛛とぶ渓《たに》の空　小林雷魚洞《らいぎょどう》
その度《たび》に本気や蜘蛛の網作り　片岡宏文《こうぶん》
休校の蜘蛛の囲ひとつ兎小屋　波田野雪女《ゆきじょ》

蚯蚓《みみず》 ［三夏］
縞蚯蚓《しまみみず》・蚯蚓出《い》づ

目や手足のない紐《ひも》状の動物で地中にすみ、腐植土を食べる。土壌改良に有益で、釣りの餌としても使われる。よく見かけるのは縞蚯蚓。

出るやいな蚯蚓は蟻《あり》に引かれけり　小林一茶
朝すでに砂にのたうつ蚯蚓またぐ　西東三鬼《さいとうさんき》
弥撒《ミサ》の庭蚯蚓が砂にまみれ這《は》ふ　石田波郷《はきょう》

新葉と古い葉が入れ替わる。

植物

竹落葉《たけおちば》

［初夏］竹の葉散る・笹《ささ》散る・夏落葉・松落葉・杉落葉・病葉《わくらば》

竹や笹は夏、新葉が生じると古い葉を少しずつ落とす。松や杉などの常緑樹も同様で、風の強い日は降るように散ってくることもある。病葉はむしばまれて赤や黄白色に変色した木の葉。

胸の底わくら葉たまるためてをく　藤田湘子《しょうし》
竹落葉土ねむたげに迎へけり　草間時彦
竹落葉土のぬくもり確かむる　小熊《おぐま》幸《ゆき》

桐《きり》の花《はな》

［初夏］花桐《はなぎり》・桐咲く

高い木の枝先に淡い紫色の筒状の花を数多くつける。

若かりし日の白昼夢桐の花　木下夕爾《ゆうじ》
ふるさとの彩はむらさき桐の花　水落蘭女《みずおちらんじょ》
身を浸す静かな時間桐の花　こがわけんじ

石楠花《しゃくなげ》

［初夏］石南花《しゃくなげ》

ツツジ科の常緑低木で深山に自生。晩春から夏にかけて枝先に淡紅色の漏斗《ろうと》状の花を10個前後つける。

石楠花の一花残りて籠堂《こもりどう》　村越化石《かせき》
石楠花を風呂にも活《い》けて山の宿　本井《もとい》英《えい》
一山は石楠花彩に室生道《むろうみち》　福原実砂《みさ》

朴《ほお》《ほほ》の花《はな》［初夏］

山中に自生する朴の木は高さ20メートルもの大木。5、6月頃に黄白色の大きな花を開き、強い芳香を放つ。樹頭に上向きに咲くので近くでは見えにくい。

ふりむかぬ鬼籍《きせき》のひとや朴の花　佐藤鬼房《おにふさ》
寝不足は気で補えと朴咲きぬ　金子兜太《とうた》
朴の花朝の卵を二つ割る　河西志帆《かさいしほ》

蜜柑《みかん》の花《はな》［初夏］

花蜜柑

果樹の蜜柑は5月から6月に強い芳香のある白い小さな花をつける。

ふるさとはみかんのはなのにほふとき　種田山頭火《さんとうか》
葉の上にこぼれ蜜柑は花を了《お》ふ　清崎敏郎《きよさきとしお》
どの島も日の矢面《やおもて》に花蜜柑　木内彰志《しょうし》

茨《いばら》の花《はな》［初夏］

花茨《はないばら》・花うばら・野ばらの花・野茨《のいばら》の花

山野に自生する低木の茨は5、6月に芳香のある白い花をつける。バラとは異なり、清楚《せいそ》で野趣がある。

愁ひつつ岡にのぼれば花いばら　与謝蕪村《よさぶそん》
土地人も迷ふ道あり花茨　稲畑汀子《いなはたていこ》
強情な子でありし日の花茨　大木あまり

鈴蘭《すずらん》［初夏］

君影草《きみかげそう》

ユリ科の多年草で山地や高原に自生。5、6月に大きな葉の間から房状についた白い釣鐘《つりがね》形の小さな花をのぞかせる。

すずらんのりりりりりりと風に在り　日野草城《そうじょう》
晩鐘《ばんしょう》は鈴蘭の野を出《い》でず消ゆ　齋藤玄《げん》
鈴蘭やまろき山頂牧をなす　大島民郎《たみろう》

芍薬《しゃくやく》 ［初夏］

ボタン科の多年草で、5月頃に紅や白のボタンに似た大輪の花を開く。

芍薬や伊賀の古壺漏《も》るままに　水原秋櫻子《しゅうおうし》
芍薬のなかばねむりてゐるかたち　髙田正子《まさこ》
芍薬を入れし棺《ひつぎ》は小雨かな　堀下　翔《かける》

罌粟《けし》の花《はな》 ［初夏］

芥子《けし》の花・雛罌粟《ひなげし》・罌粟坊主《けしぼうず》・虞美人草《ぐびじんそう》・ポピー

5月頃に鮮やかな深紅や白、紫などの花をつける。種類によっては阿片《あへん》の材料になるため、栽培が禁止されているものもある。罌粟の花は初夏だが、雛罌粟・虞美人草・ポピーは三夏、罌粟坊主は晩夏。

ちる時の心やすさよけしの花　越智越人《おちえつじん》
ネクタイを結ぶときふと罌粟あかし　富安風生《とみやすふうせい》
罌粟ひらく髪の先まで寂しきとき　橋本多佳子

浜昼顔《はまひるがお》《はまひるがほ》 ［初夏］

昼顔

海岸の砂地にはうように群生し、5月頃に昼顔に似た漏斗《ろうと》状のピンクの花が上向きに咲く。昼顔は6月から8月頃に他の草木に絡み、主に日中に開花する。

浜昼顔風に囁《ささや》きやすく咲く　野見山朱鳥《のみやまあすか》
浜昼顔タンカー白く過ぎゆける　瀧　春一《しゅんいち》
初恋は戦《いくさ》の最中《さなか》浜昼顔　岡本日出男《ひでお》

百日紅《さるすべり》 ［仲夏］

百日紅《ひゃくじつこう》・白さるすべり

7月から9月まで枝先にちりめん状の紅色系や白い花をびっしりつける。花名は花期の長さや滑りやすい幹から付けられた。

寺もまたいくさにほろぶ百日紅　石田勝彦
一日のはじめしろばなさるすべり　藤本美和子
校門の無言の会釈百日紅　前田　拓《たく》

夾竹桃《きょうちくとう》《けふちくたう》［仲夏］

夏から秋にかけて淡紅・紅・白・黄などの花を数多くつける。花期が長く、公園や道路沿いでも見られる。

たましひの出入してゐる夾竹桃　飯島晴子《はるこ》
夾竹桃われにひとりの少女棲《す》み　行方《なめかた》克巳《かつみ》
夾竹桃おなじ忌日の墓ならぶ　朝倉和江

梔子《くちなし》の花《はな》［仲夏］

山梔子《くちなし》の花・花梔子

6月から7月に甘い香りを発する白い花で、多くは庭木として植栽される。

今朝咲きしくちなしの又《また》白きこと　星野立子《たつこ》
山梔子の一花なれどもひたむきに　長谷川秋子
花くちなし錆《さ》びて果《は》せぬことばかり　渡辺恭子《きょうこ》

栗《くり》の花《はな》［仲夏］

花栗・栗咲く

梅雨の頃に穂状の黄白色の雄花が咲き、その基部に緑色の雌花がつく。独特の青臭い匂いが花の特徴。

花栗のちからかぎりに夜もにほふ　飯田《いいだ》龍太《りゅうた》
花栗や夢のなごりの盗汗《ねあせ》拭く　福永耕二
栗咲く香死ぬまで通すひとり身か　菖蒲《しょうぶ》あや

独特な匂いの栗の花。

石榴《ざくろ》の花《はな》
［仲夏］ 花石榴

6月頃、枝先に筒形で橙《だいだい》系の花をつける。実のならない八重《やえ》咲きの品種を花石榴という。

若者には若き死神《しにがみ》花石榴　中村草田男《くさたお》

あかあかと一と夜の旅の花石榴　石塚友二《ともじ》

花ざくろピカソ嫌ひは肉嫌ひ　大木あまり

山桜桃《ゆすら》の実《み》
［仲夏］ 山桜桃《ゆすらうめ》・英桃《ゆすらうめ》・ゆすら

バラ科の落葉低木で、6月頃にサクランボに似た赤い実をつける。甘酸っぱく食べられるため、木をゆすって実を落とすことから名が付けられた。晩春に咲く淡紅色や白の山桜桃の花は春の季語。

苔《こけ》の上にこぼれて赤しゆすらの実　正岡子規《しき》

やむとみせてまた降る雨のゆすらうめ　木下夕爾《ゆうじ》

大粒にならぬと決めしゆすらうめ　後藤夜半《やはん》

山桜桃の実は直径１センチほどで皮が薄い。

桑《くわ》《くは》の実《み》
［仲夏］ 桑苺《くわいちご》

桑は春に小花をつけ、夏に実を結ぶ。熟すと紫黒色《しこくしょく》になり多汁《たじゅう》で甘い。養蚕《ようさん》が盛んな頃は子どもが摘んで食べ、くちびるを紫色に染めた。

桑の実や湖《うみ》のにほひの真昼時　水原秋櫻子《しゅうおうし》
黒く又《また》赤し桑の実なつかしき　高野素十《すじゅう》
桑の実や擦り傷絶えぬ膝小僧　上田五千石《ごせんごく》

夏萩《なつはぎ》［仲夏］

さみだれ萩・青萩・若萩

萩は秋の代表的な花だが、夏に開花するものもある。青萩・若萩は青々と茂っているというニュアンスが強い。

夏萩や男の束ね髪もよし　友岡子郷《しきょう》
夏萩や正岡子規《しき》の不在永久　岩永佐保
子の声の戻りし校舎夏の萩　高橋橙子《とうこ》

葵《あおい》《あふひ》［仲夏］

立葵《たちあおい》・花葵・蜀葵《からあおい》・銭葵《ぜにあおい》

種類や花色は多様だが、『万葉集』以来、葵といえば立葵で花葵は別名、蜀葵は古名。花は下から順に茎を上るように咲いてゆく。

かいまみし人の厨《くりや》や花葵　中村汀女《ていじょ》
ひつそりと犬捕りが行く立葵　有馬朗人《ありまあきと》
立葵昨夜の怒りのほぐれゆく　中川志津子

蛍袋《ほたるぶくろ》［仲夏］

釣鐘草《つりがねそう》・提灯花《ちょうちんばな》・風鈴草《ふうりんそう》

山野に自生するキキョウ科の多年草で6、7月に白や淡紫色の釣鐘状の花を下向きにつける。花の中に蛍を入れて遊んだのが名の由来とか。

蛍袋何に触れむと指入れし　能村登四郎《のむらとしろう》
逢《あ》ひたくて蛍袋に灯をともす　岩淵《いわぶち》喜代子
まつすぐに蛍袋に夜がくる　保坂敏子

著莪《しゃが》の花《はな》 ［仲夏］ 姫著莪

湿った林下に群生し、春から夏にかけて黄色い斑点《はんてん》のある紫がかった白い花を咲かせる。アヤメに似ており、全体がチョウ形でもある。姫著莪はやや小ぶりで薄紫色。

著莪咲いてせはしくなりぬ遍路宿　五十崎古郷《いかざきこきょう》
新しき柄杓《ひしゃく》が置かれ著莪の花　川崎展宏《てんこう》
大和には淡き交《まじわ》り著莪の花　田中裕明《ひろあき》

十薬《じゅうやく》《じふやく》 ［仲夏］ どくだみ・蕺草《どくだみ》・どくだみの花

日陰の湿地にはびこるドクダミ科の多年草。梅雨時に白い十字の花が密集して見えるが、実際はその中心に穂状についているのが花。全体に悪臭があるが、その薬効から生薬《しょうやく》として用いられる。

どくだみや真昼の闇に白十字　川端茅舎《ぼうしゃ》
十薬の今日詠はねば悔《くい》のこす　斎藤空華《くうげ》
十薬のさげすむたびに増えてをり　大牧《おおまき》　広《ひろし》

水芭蕉《みずばしょう》《みづばせう》 ［仲夏］ 桑苺《くわいちご》

寒冷地の湿地に群生し、雪解け後の5月から7月に咲く。白い花のように見える大きな仏炎苞《ぶつえんほう》の中に花《か》穂《すい》を立てる。葉はバショウの葉に似ている。

ひた濡《ぬ》れて朝のねむりの水芭蕉　堀口星眠《せいみん》
湿原のひかりの翼水芭蕉　森田　博
水芭蕉地獄めぐりの沢に咲く　里川水章《さとかわすいしょう》

黴《かび》 ［仲夏］ 青黴・黴の花・黴の香・黴の宿

主に高温多湿の梅雨時に発生する。種類が多く、なかにはコウジカビのように有用のものもある。

黴の中言葉となればもう古し　加藤楸邨《しゅうそん》
黴の宿寝すごすくせのつきにけり　久保田万太郎
黴の華つまらなき世となりにけり　辻田克巳《かつみ》

緑蔭が暑さを和らげる。

緑蔭《りょくいん》　[三夏]　翠蔭《すいいん》・木下闇《こしたやみ》・下闇・青葉闇

緑の茂った涼しげな木立の陰。うっそうと木々が茂り、昼なお暗くなると木下闇・青葉闇などという。

緑蔭に三人の老婆《ろうば》わらへりき　西東三鬼《さいとうさんき》
緑蔭の魚となりけり瞬《また》かず　吉田悦花《えつか》
緑陰や会へるとおもひ会ひにゆく　壬生《みぶ》きりん

夏草《なつくさ》　[三夏]　夏の草・青草・草茂る・草いきれ・葎《むぐら》・葎生《むぐらう》

夏に生い茂る生命力に満ちた草のむせ返るような匂いと熱気が草いきれ。詩歌で詠まれる葎は特定の植物ではなく、本来の意の繁茂《はんも》する夏の雑草のこと。

夏草や兵《つわもの》どもが夢の跡　松尾芭蕉《ばしょう》
夏草やベースボールの人遠し　正岡子規《しき》
夏草に汽罐車《きかんしゃ》の車輪来て止《とま》る　山口誓子《せいし》

藺《い》《ゐ》

［三夏］ 藺草《いぐさ》・燈心草《とうしんそう》・藺田《いだ》・藺刈《いかり》・藺草刈

湿地に自生し栽培もされるイグサ科の多年草で、畳表や花むしろなどの材料となる。梅雨の頃に花を咲かせ、梅雨明けの頃に刈り取られる。かつて白い髄《ずい》を灯心に用いたことから燈心草ともいわれる。

鄙《ひな》の宿燈心草も花咲きぬ　石井露月《ろげつ》

藺ざぶとん難しき字は拡大し　波多野爽波《はたのそうは》

藺草まだ草に交《まじ》りて低きまま　小川濤美子《なみこ》

青薄《あおすすき》《あをすすき》

［三夏］ 青芒《あおすすき》・薄茂る・青萱《あおかや》・萱茂る・青蘆《あおあし》・蘆茂る

穂の出る前の青々と茂った夏の薄。萱も水辺に群生する蘆も、薄と同じイネ科。

青すすき傘にかきわけゆけどゆけど　杉田久女《ひさじょ》

顔入れて顔ずたずたや青芒　草間時彦

啼《な》きかはす牛に夜が来る青芒　木川公子《きみこ》

萍《うきくさ》

［三夏］ 萍の花・浮草《うきくさ》・根無草《ねなしぐさ》・水草の花・藻《も》の花・花藻・藻刈《もかり》・藻刈舟・藻刈鎌・藻刈棹《もかりざお》

夏になると水面を覆うほど繁茂《はんも》する水草。根はあるが水底につくことはない。多くの水草と同様に、藻も夏に花を咲かせる。

萍のひらきて閉ぢて鳰《にお》くぐる　高野素十《すじゅう》

萍の一つは頭蓋《ずがい》のなかに浮く　河原枇杷男《かわはらびわお》

病めるときも富めるときも萍　田中亜美

合歓《ねむ》の花《はな》

［晩夏］ 花合歓・ねぶの花

ネムノキの花で7月頃の日没前に淡紅色の刷毛《はけ》のような花を咲かせる。夜、小葉が閉じて眠るように見えることから「ねむ」の名が付いた。

象潟《きさかた》や雨に西施《せいし》がねぶの花　松尾芭蕉《ばしょう》
合歓咲くや此処《ここ》より飛騨《ひだ》の馬糞道《ばふんみち》　前田普羅《ふら》
脈少し乱調にあり合歓の花　市ノ瀬遙《はるか》

凌霄《のうぜん》の花《はな》

［晩夏］　凌霄・凌霄花《のうぜんか》・のうぜんかづ《ず》ら

凌霄は蔓《つる》性の落葉樹で、他の木の幹や塀、垣根などに絡みつく。7月から8月に漏斗《ろうと》状の大きな黄赤色の花を数多くつける。

のうぜんや海近ければ手狭でも　阿部みどり女《じょ》
のうぜん花少し愛してすぐ忘る　石《いし》　寒太《かんた》
凌霄花昔廓《くるわ》のひとところ　本橋美和

玫瑰《はまなす》

［晩夏］　浜梨《はまなし》・浜茄子《はまなす》

バラ科の落葉低木で、主に北国の海岸の砂地に群生する。夏に大型の紅色の花を咲かせ、香りも良い。

玫瑰や今も沖には未来あり　中村草田男《くさたお》
はまなすや親潮と知る海のいろ　及川　貞《てい》
はまなすの渚《なぎさ》をかへる放し馬　石原八束《やつか》

玫瑰の根は染料、果実は食用になる。

夕顔《ゆうがお／ゆふがほ》 ［晩夏］ 夕顔棚

ウリ科のつる草で、大きな白い花が夏の夕方から朝にかけて咲く。実の果肉はかんぴょうになる。

夕顔に言葉のはしをききもらし　夏目漱石

淋《さび》しくもまた夕顔のさかりかな　稲垣きくの

夕顔ほどにうつくしき猫を飼ふ　山本洋子

月見草《つきみそう／つきみさう》 ［晩夏］ 待宵草《まつよいぐさ》・大待宵草《おおまつよいぐさ》・宵待草《よいまちぐさ》

本来は白い四弁花だが、一般に月見草とされているのは黄色い花の待宵草や大待宵草。いずれも夕方に開き、朝にはしぼむ。宵待草は大待宵草の別名。

月見草はらりと地球うらがへる　三橋鷹女《みつはしたかじょ》

待てど来ずライターで焼く月見草　寺山修司《しゅうじ》

目隠しのその掌《て》の記憶月見草　伊藤敬子

松葉牡丹《まつばぼたん》 ［晩夏］ 日照草《ひでりぐさ》・爪切草《つめきりそう》

夏から秋にかけてピンク・赤・黄・橙《だいだい》などの華やかな花を咲かせる。地をはうように広がり、干ばつにも強いので日照草ともいう。

松葉牡丹ぞくぞく咲けばよきことも　山崎ひさを

目の前の些事《さじ》こそ大事日照草　岡本　眸《ひとみ》

伊豆下田松葉牡丹も日も濃くて　井上春子

百日草《ひゃくにちそう／ひやくにちさう》 ［晩夏］ ジニア

キク科の一年草で夏から秋にかけて大きな花を開く。紅・紫・白など色や形状が豊富で、花期が長いのが特徴。

病みて日々百日草の盛りかな　村山古郷《こきょう》

百日草がんこにがんこに住んでいる　坪内稔典《ねんてん》

ああ今日が百日草の一日目　櫂未知子《かいみちこ》

月下美人はその香りだけで咲いたことがわかるほど。

月下美人《げっかびじん》
［晩夏］
女王花《じょおうか》・仙人掌《さぼてん》の花・覇王樹《さぼてん》

サボテン科の多年草で、夏の一夜に強い香りのある白い大輪の花を開き、数時間でしぼんでしまう。

月下美人大きな声は出さず見る　加藤楸邨《しゅうそん》
月下美人母系家族の声の張り　鍵和田秞子《かぎわだゆうこ》
見せてもらふ月下美人とひとの妻　渡辺鮎太《あゆた》

浜木綿《はまゆう》
［晩夏］
浜万年青《はまおもと》・浜木綿《はまゆふ》の花

暖地の海岸に自生するヒガンバナ科の多年草。夏から秋にかけて芳香のある十数個の白い花を傘状につける。

浜木綿や落ちて飼はるる鳶《とび》の雛《ひな》　水原秋櫻子《しゅうおうし》
浜木綿を一鉢育て遺《のこ》しける　沢木欣一《きんいち》
少女まづ脚みづみづし浜おもと　香西照雄《こうざい》

水面に浮かべたように咲く睡蓮の花。花は日中にだけ開き、その寿命は３日ほど。

睡蓮《すいれん》

[晩夏] 未草《ひつじぐさ》

7月から8月にかけてハスに似た白や赤、黄などの花を水面に浮かべる。在来種の未草は白い楚々《そそ》とした花をつける。

睡蓮や風に吹きよる水馬《みずすまし》　巌谷小波《いわやさざなみ》
睡蓮に鳰《にお》の尻餅《しりもち》いくたびも　川端茅舎《ぼうしゃ》
睡蓮の一花のために水に寄る　桂《かつら》　信子

蒲《がま》の穂《ほ》

[晩夏] 蒲の花・蒲

池沼《ちしょう》に群生する多年草。夏に茎の上部に穂を出し、微小の花を多数つける。その後ワタとなり飛散する。

蒲の穂やはだしのままに子の育つ　池内たけし
蒲の穂の飛ぶを仰げば昼の月　松本たかし
蒲の穂に緋《ひ》の絨緞《じゅうたん》の見ゆる家　飯田龍太《いいだりゅうた》

苺《いちご》

[初夏] 苺畑・苺摘《いちごつみ》・苺狩《いちごがり》・木苺・野苺・蛇苺

現在ではハウス栽培が多く、季節を問わないが、露地栽培では夏に熟す。野生の木苺や野苺も多種ある。

ほろほろと手をこぼれたるいちごかな　正岡子規《しき》
うたがひは人間にあり蛇苺　加藤楸邨《しゅうそん》
悪女かも知れず苺の紅つぶす　三好潤子

蚕豆《そらまめ》

[初夏] 空豆・はじき豆・豌豆《えんどう》・莢豌豆《さやえんどう》・豆飯・豆ごはん

5月から6月にかけて収穫する。莢が蚕に似ていることから蚕豆、空に向かって莢がつくことから空豆とも。はじき豆は別称、豌豆の旬もほぼ同時期。

そら豆はまことに青き味したり　細見綾子
昭和の子食うても食うてもそら豆　川崎展宏《てんこう》
豌豆や子がそっと出す通知表　野中亮介

桜桃《おうとう》《あうたう》の実《み》

［仲夏］　桜桃・さくらんぼ

一般にさくらんぼといわれ、山形県が主産地で佐藤錦やナポレオンなどの品種が知られる。

桜んぼ一つつまめば二つかな　入船亭扇橋《いりふねていせんきょう》

さくらんぼルオーの昏《くら》きをんなたち　石《いし》寒太《かんた》

さくらんぼ会津に暗きいくさあり　辺見狐音《こおん》

枇杷《びわ》《びは》

［仲夏］　枇杷の実

5月から6月にかけてオレンジ色の実を収穫する。種が大きく、豊富な果汁が特徴。

枇杷の種つるりと二男一女かな　橋閒石《かんせき》

北陸の海のくらがり枇杷熟るる　稲見寛子《いなみひろこ》

枇杷熟るる小島に白き天主堂　川島茅酔郎《ちすいろう》

バナナ

［三夏］　甘蕉《みばしょう》・実芭蕉《みばしょう》・パイナップル・マンゴー

童謡「サッちゃん」にもあるように、かつては高級品だった。近年パイナップルやマンゴーも季語として用いられている。

川を見るバナナの皮は手より落ち　高浜虚子《きょし》

バナナ熟れ礁《いくり》の月は夜々青し　神尾季羊《かみおきよう》

この夜のどこかにバナナ熟るる島　小笠原黒兎《こくと》

青林檎《あおりんご》《あをりんご》

［晩夏］　早生林檎《わせりんご》

夏のうちに出回る早生種で酸味と堅さが特徴。

青林檎置いて卓布の騎士隠る　能村《のむら》研三

頬杖《ほおづえ》ながし青林檎ひとつ置き　加藤知世子《ちよこ》

少女等の男言葉や青林檎　穂坂日出子

紫蘇《しそ》

［晩夏］ 青紫蘇・赤紫蘇・紫蘇の花・紫蘇の葉・大葉

赤紫蘇は梅干しを漬ける際に香り・色づけとして使い、青紫蘇（大葉）は薬味や天ぷらにする。

雑草に交らじと紫蘇匂ひたつ　篠田悌二郎《ていじろう》

紫蘇の香や朝の泪《なみだ》のあともなし　藤田湘子《しょうし》

島へゆく船の畳に紫蘇の束　吉田汀史《ていし》

トマト

［晩夏］ 蕃茄《ばんか》・赤茄子《あかなす》・トマト畑

南米のアンデス高地原産のナス科の野菜。赤々と育ったさまは夏の太陽を思わせるが、ハウス栽培が盛んになり、夏の野菜感が乏しくなった。

トマト洗ふ蛇口全開したりけり　本井《もとい》英《えい》

おとうとをトマト畑に忘れきし　ふけとしこ

くちづけのあとの真っ赤なトマト切る　大高《おおたか》翔《しょう》

その実は太陽のようだが、実に陽光を当てすぎない方が赤くなる。

ハチャメチャに見えてすごい漫画家

内田春菊《しゅんぎく》（漫画家・作家・女優）

初めて句会に春菊さんが見えたのはいつだったか。とにかく生後数カ月の赤ちゃんをつれて句会に参加してきた。赤ん坊は句会の脇で籠に入ったままずっと眠っていた。時々目を覚まして乳を含ませる春菊さんの姿を見て、みんな驚いた。

艶《つや》っぽい漫画を描くことで知られる春菊さんは、実はすごい人だ。『ファザーファッカー』という義理の父親に犯される小説を書いたかと思うと、『赤目《あかめ》四十八《しじゅうや》瀧《たき》心中《しんじゅう》未遂《みすい》』という映画では娼婦《しょうふ》の役を見事に演じきった。

３度目の結婚披露パーティーのホテルにて。

子どもは何人いるのだろう？　4人らしいが、その父親がけっこう違うのもすごい。しかも子どもの名前ときたら、在波《あるは》（アルファ）、紅多《べえた》（ベータ）、紅甘《がんま》（ガンマ）……。普通なら頭を抱えてしまう。3度目の結婚披露パーティーでお目にかかったが、みんないい子たちばかりだった。

俳句は私たちが始めた「おたから句会」（TaKaRa酒文化研究所主催）が初めてだったらしい。この句会は平成11年（1999）年から13年まで9回にわたって行われ、『冷や酒と君の科白《せりふ》は後で効く』という本になった。書名は春菊さんの句をほぼそのまま使っている。

ひれ酒家で飲むと酔うよね人生だね

まるで演歌の一節みたいな句だが、何回も読むと後からじわじわ効いてくる。さらっと詠んでいながらすごい内容、それが春菊さんの句の持ち味。自分では「下手でこんなの俳句ではない」と言うが、そんなことはない。こんな俳句もあって俳句は広がるのだ。

秋

立秋（8月7日頃）〜立冬の前日（11月6日頃）

時候

立秋《りっしゅう》《りつしう》

［初秋］
秋立つ・秋に入《い》る・今朝の秋・今日の秋・秋来《きた》る・秋はじめ・新秋《しんしゅう》・初秋《はつあき》・秋口《あきぐち》・秋めく

秋たつや川瀬にまじる風の音　飯田蛇笏《いいだだこつ》
そよりともせいで秋立つ事かいの　上島鬼貫《うえしまおにつら》
秋立つや風幾たびも聞直《きき》し　加賀千代女《かがのちよじょ》
秋立つや雲は流れて風見ゆる　三浦樗良《ちょら》

季語解説　二十四節気《にじゅうしせっき》の一つ。大暑から15日目で8月7日頃にあたります。この日から暦《こよみ》の上では秋になりますが、実際にはまだ暑い日が続き、次第に秋へと向かい始めます。現代では旧暦の頃と違って立秋の感じが希薄になっており、秋を待ち望む気持ちを含んだ季語といえそうです。

立秋を詠んだ歌として『古今集《こきんしゅう》』の「秋来ぬと目にはさやかに見えねども風の音にぞおどろかれぬる」（藤原敏行《ふじわらのとしゆき》）が知られています。季節に関する重要な感覚の一つに風の変化が挙げられますが、作者は風の微妙な変化に秋の兆しを感じたのでしょう。俳諧においてもこの歌が常に意識されてきました。

例句解説　冒頭句はその伝統的な立秋の捉え方に沿って作られたといわれています。昭和6年（1931）、蛇笏46歳の時の作品です。いつも聞いている川瀬の音のなかに、爽やかな秋の風の音を聞いたのです。この自然な淡々とした表現が、訪れる秋の気配を的確に捉えています。

残暑《ざんしょ》

［初秋］

残る暑さ・秋暑《しゅうしょ》・秋暑し・餞暑《せんしょ》

朝夕がどかとよろしき残暑かな　阿波野青畝《あわのせいほ》

牛部屋に蚊の声闇《くら》き残暑かな　松尾芭蕉《ばしょう》

残りたる暑さも今はちりぢりに　相生垣瓜人《あいおいがきかじん》

秋暑し鯉《こい》一匹をたいらげて　寺井谷子

季語解説「暑さ寒さも彼岸《ひがん》まで」とよくいいますが、立秋後から秋のお彼岸の頃まで残暑の日々が続きます。

古典では清少納言《せいしょうなごん》が『枕草子《まくらのそうし》』で残暑の様子を描いており、12世紀前半・院政期の『永久百首《えいきゅう》』に秋の歌題として「残暑」が登場しています。俳諧では残暑をはじめ「残る暑さ」「秋暑」「秋暑し」などの季語が定着し、現在では日常的な季節の言葉として広く用いられています。

例句解説 昭和21年（1946）の作で青畝の句集『春の鳶《とび》』に収載されています。朝晩の暑さが和らぎしのぎやすくなったことを「どかと」という言葉で表現しており、いかにも実感がこもっています。「朝夕が」と散文的なところが相まって、日常に根差した残暑の季節感がよく出ている句です。

夏のような暑さが残る。

時候

新涼《しんりょう》《しんりやう》

［初秋］

秋涼《あきすず》し・秋涼《しゅうりょう》・涼新た・初涼《しょりょう》・早涼《そうりょう》・処暑《しょしょ》

秋涼し手毎《てごと》にむけや瓜茄子《うりなすび》　松尾芭蕉《ばしょう》

新涼や白きてのひらあしのうら　川端茅舎《ぼうしゃ》

新涼のいのちしづかに蝶交《ちょうつる》む　松村蒼石《そうせき》

新涼の山々にふれ雲走る　今井つる女《じょ》

季語解説　新涼と涼しは同じ「涼」という字を用いていますが、前者は秋、後者は夏の季語。夏の季語の「涼し」が暑いことを前提とした気分的な要素を含んでいるのに対し、新涼は直接感じる皮膚感覚としての涼しさです。二十四節気《にじゅうしせっき》の一つ「処暑」は8月23日頃で、暑さが落ち着くの意。白露《はくろ》（9月7日頃）の前日までをいいます。

例句解説　『おくのほそ道』の金沢の章の「塚も動けわが泣く声は秋の風」の句の次に「ある草庵《そうあん》にいざなはれて」の前書きで収載。この草庵は斎藤一泉《いっせん》の松玄（幻）庵といわれています。

ここでのもてなしに、初秋の涼しさを感じながら旬の取れたての瓜と茄子は各自で皮をむき、料理の手伝いをしてごちそうになるとしようと詠んだ句です。芭蕉は「秋涼し」という季語を使っていますが、新涼は古典俳句にはほとんど見られず、明治以後に用いられるようになった季語です。

旬の瓜や茄子。

秋《あき》の暮《くれ》

［三秋］ 秋の夕暮《ゆうぐれ》・秋の夕《ゆう》・秋夕《あきゆうべ》・秋夕《しゅうせき》

百方《ひゃっぽう》に借《かり》あるごとし秋の暮　石塚友二《ともじ》
戸口より人影さしぬ秋の暮　松岡青蘿《せいら》
さみしさに早飯食ふや秋の暮　村上鬼城《きじょう》
貌《かお》見えてきて行違《ゆきちが》ふ秋の暮　中村草田男《くさたお》

季語解説　この季語は古来、秋の日暮れ時（秋の夕暮）と秋の季節の終末（晩秋）の両方の意味で用いられてきましたが、次第に前者が優勢となって、いまではもっぱら秋の夕暮として詠まれるようになっています。後者を指す季語には「暮の秋」があります。
「秋の暮」は日本人の美意識に根差した伝統的な主題であり、秋の寂しさやあわれさを本意《ほい》としています。いまでは秋の夕べの楽しみ方も増えたことから、近代の俳句はこの本意に対して実感に基づいた新しい詩情を重ね合わせようという試みがなされているようです。

例句解説　掲句の作者・石塚友二は俳人であり小説家でした。「百方に借あるごとし」は四方八方に借金があるという意味ではなく、自分を取り巻く大勢の人たちの恩恵にあずかってきたことを、このように表現しているのです。秋の夕暮れ時のもの寂しさが、作者の胸にそのことを負い目のように思わせたのでしょう。この句は作者の代表作の一つといわれています。

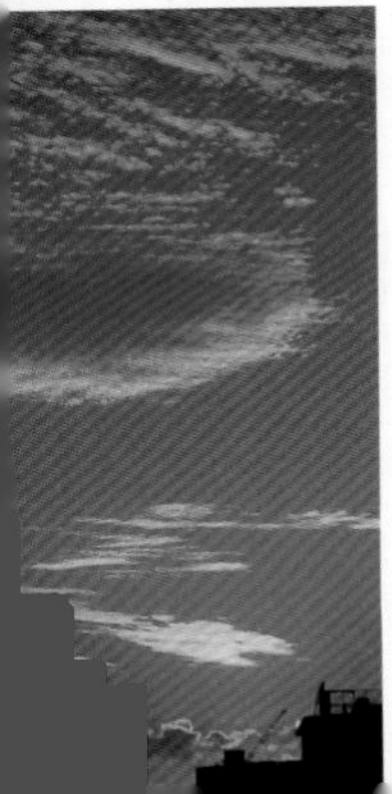
秋の夕暮。

時候

夜長《よなが》

［三秋］ 長き夜・長夜・夜永・秋の夜・秋夜《しゅうや》・秋の宵・夜半《よわ》の秋

妻がゐて夜長を言へりさう思ふ　森　澄雄

よそに鳴る夜長の時計数へけり　杉田久女《ひさじょ》

長き夜の楽器かたまりゐて鳴らず　伊丹三樹彦《いたみみきひこ》

長き夜や猫に我が膝選ばるる　片岡宏文《こうぶん》

長く感じられる秋の夜。

季語解説 一年中で最も夜の長いのは冬至の頃です。では、なぜ冬の季語ではなく秋の季語なのでしょうか。それは秋分を過ぎて初めて夜の長さが実感されるからといわれています。

古くは『和漢朗詠集《わかんろうえいしゅう》』に収められている白楽天《はくらくてん》の詩に「秋の夜長し、夜長くして眠ること無ければ天も明けず、耿々《こうこう》たる残《のこん》の燈《ともしび》の壁に背ける影、蕭々《しょうしょう》たる暗き雨の窓を打つ声」とあるように、秋の夜長は日本人だけが感じる季節感ではないようです。

例句解説 秋の夜長を過ごす老夫婦の情感を見事に詠んだ森澄雄の掲句は、妻が「夜が長くなりましたね」とぽつりと言った言葉に、作者が本当にそうだなあと思ったというのです。下五の「さう思ふ」がいかにも実感として伝わってきます。行間から長年連れ添った夫婦の絆のようなものが感じられる秀句です。

爽《さわ》《さは》やか

［三秋］

爽やぐ・さやけし・さやか・爽気《そうき》・爽涼《そうりょう》・秋爽《しゅうそう》

さわやかにおのが濁りをぬけし鯉《こい》　皆吉爽雨《みなよしそうう》

爽《さわや》かに日のさしそむる山路《やまじ》かな　飯田蛇笏《いいだだこつ》

爽かや火を噴く山の頂《いただき》も　三橋鷹女《みつはしたかじょ》

さやけくて妻とも知らずすれちがふ　西垣　脩《しゅう》

季語解説　爽やかは主観的季語です。秋になって気温もちょうどよく、さっぱりとして心地のよいすがすがしい気分のことをいいます。この季語は実像を伴わないので、各自の気分に委ねられます。ゴールデンウィーク頃に「爽やかな5月」などといいますが、季語として考えた場合には誤りです。

例句解説　池の濁った水の中にいた鯉が澄んでいる方へ移動し、初めてはっきりと姿を現した美しさに感動して詠んだ句です。「濁り」から「さわやか」への変化は、夏から秋への移ろいとも重なり、季語が生きています。

皆吉爽雨のこの句は昭和19年（1944）の作で、戦時下のため作者が中心を担っていた俳誌も廃刊を余儀なくされた頃でした。そのような状況で、作者の俳人としての志が込められた一句ともいえそうです。

爽涼とした散歩道。

時候

身《み》に入《し》む

［三秋］

身に沁《し》む

身にしむやほろりとさめし庭の風　室生犀星《むろうさいせい》

野ざらしを心に風のしむ身かな　松尾芭蕉《ばしょう》

しかと着て身に沁む紺の絣《かすり》かな　長谷川かな女《じょ》

化粧てふ身に入むことをねんごろに　岡本　眸《ひとみ》

季語解説　元来、身に入むは骨身にしみて感じるという意で、季節とは無関係な言葉でした。ではなぜ、この季節感のない言葉が季語として使われ始めたのでしょうか。『徒然草《つれづれぐさ》』でも秋の情緒を「もののあはれ」の頂点とするように、秋風に触発されて、秋という季節のあわれと人の世のあわれが合わさり、自然と人の世の寂寥《せきりょう》感がしみじみと感じられるというニュアンスが定着しました。近年はあわれの意味が薄れていますが、感覚的な冷気だけではなく、諸感覚にわたる浸透感を表現できる貴重な季語といえます。

この季語の句としては、前掲の

秋の寂寥感が身にしみる。

芭蕉の『野ざらし紀行』の巻頭句「野ざらしを心に風のしむ身かな」があまりにも有名です。旅に生き、旅に死んだ芭蕉の門出の句は、死を覚悟した決意の一句でもありました。

例句解説 冒頭句の作者・室生犀星は小説家・詩人としてよく知られていますが、娘の朝子によれば「俳句にはじまり俳句に終わった人」といいます。ちなみに犀星（魚眠洞《ぎょみんどう》）の一生の作句数は1747句でした。この句はふと眠りから覚めて庭に目をやると、すっかり冷気を帯びた秋風になっていた、と日常のなかにあわれを感じた瞬間を詠んだものです。

時候

夜寒《よさむ》

［晩秋］

宵寒・秋寒《あきさむ》・秋寒し・そぞろ寒・やや寒・うそ寒・薄寒・うすら寒・肌寒・朝寒《あささむ》・朝寒し

あはれ子の夜寒の床の引けば寄る　中村汀女《ていじょ》

落雁《らくがん》の声のかさなる夜寒かな　森川許六《きょりく》

横顔の誰ぞに似たる夜寒かな　橋　閒石《かんせき》

理髪師に夜寒の椅子が空いてゐる　石川桂郎《けいろう》

季語解説　秋の深まりにつれ、夜になると肌寒さを覚えるようになります。かといって暖房を入れるにはまだ少し早い、そんな時季に使われる季語です。昔から夜寒は心細い心情描写に用いられてきました。西行《さいぎょう》の「きりぎりす夜さむに秋のなるままによわるか声の遠ざかりゆく」（『新古今集《しんこきんしゅう》』）がその代表的な例でしょう。

例句解説　昭和11年（１９３６）、汀女36歳の作。この頃、二男一女の母・汀女は夫の仕事の関係で仙台に引っ越したばかりでした。熊本生まれのうえ、前年まで東京で暮らしていた汀女には仙台の「夜寒」は身にしみたことでしょう。

そんな母の子を思いやる心情にあふれた句です。子どもの寝ている布団を引き寄せたら、すっと子が寄ってきたというのです。そのさりげない動作に小さな者をいとおしむ気持ちと、母である自分も初めての慣れない土地に心細さを感じているような、そんな思いが伝わってきます。

冷《すさ》まじ

［晩秋］

冷まじや吹出《ふきい》づる風も一の谷　椎本才麿《しいもとさいまろ》

山畑に月すさまじくなりにけり　原　石鼎《せきてい》

冷まじき青一天《せいいってん》に明けにけり　上田五千石《ごせんごく》

日かげれば音冷まじき水の木曾《きそ》　鷲谷七菜子《わしたにななこ》

季語解説　冷まじは晩秋の頃の凄然《せいぜん》とした冷気を言い表す季語です。「荒《すさ》ぶ」「すさむ」が語源で、もともとは興ざめするさまを意味しました。『枕草子《まくらのそうし》』や『更級《さらしな》日記』の中ではそのような意で用いられています。たとえ寒さが基調にあっても、心まで冷え冷えするようなとか、感興の湧かないといった主観が混ざっていました。

それがだんだん寒冷の意味で用いられるようになり、俳諧では秋の季語として定着したのです。

例句解説　源平の合戦の舞台となった一の谷で詠んだ掲句は、江戸中期に大坂を中心に活躍した椎本才麿の作品です。平家の若武者・平敦盛《たいらのあつもり》が16歳で非業《ひごう》の死を遂げた一の谷。そこにいま、晩秋の寒さがつのってきて吹く風も無情の趣《おもむき》で、なんとも冷まじいことだというのです。この「冷まじ」は秋冷のみならず、古戦場で往時をしのぶ作者の心情が加わって用いられた季語なのでしょう。

枯れ葉を飛ばす風。

時候

秋《あき》深《ふか》し

［晩秋］

深秋《しんしゅう》・秋闌《あきたけなわ》・秋闌《あきた》く・秋深む・秋更《あきふ》く

秋深し石に還《かえ》りし石仏《いしぼとけ》　福田蓼汀《りょうてい》

秋深き隣は何をする人ぞ　松尾芭蕉《ばしょう》

彼一語《かれいちご》我一語秋深みかも　高浜虚子《きょし》

疲れては睡《ねむ》り覚めては秋深し　岡本　眸《ひとみ》

季語解説　晩秋になると日没が次第に早まり、夜の静寂のなか、もの悲しく人恋しい気分になります。そんな秋の寂寥《せきりょう》感を表しています。秋深しの季節感は古くから詠まれており、四季があればこその味わい深い季語といえます。

芭蕉の「秋深き隣は何をする人ぞ」はよく知られています。一見、他人は他人、自分は自分と個人主義の句のように思われがちですが、実はその逆で隣人への人懐かしさを詠んだ句なのです。ここでの「秋深き」は、ほのかな温かみをもった意味合いを含んでいます。

歳月にさらされた石仏。

例句解説　冒頭句の作者・福田蓼汀は多くの山岳俳句を詠みました。昔はしっかりした顔立ちだった石仏も、歳月にさらされて目鼻もすっかりなくなり風化剝落《はくらく》してしまいました。元の石に還ったような石仏がいま、秋風に吹きさらされています。

時候

秋晴《あきばれ》

［三秋］　秋晴る・秋日和《あきびより》・菊日和・秋麗《しゅうれい》・秋麗《あきうらら》

秋晴や火口を落つる砂の音　中川宋淵《そうえん》

秋晴のどこかに杖《つえ》を忘れけり　松本たかし

秋日和みづくさ水の意に添ひぬ　小澤　實《みのる》

秋麗《しゅうれい》の柩《ひつぎ》に凭《もた》れ眠りけり　藤田直子

例句解説　秋晴の爽やかさを詠んだ句ではなく、ピーンと張りつめた緊張感を詠んだもの。「火口を落つる砂の音」に全神経を集中しているのです。晴れて澄み渡っているからこそかすかに聞こえてくる砂の音、大自然を前にしたスケールの大きな句です。

季語解説　雲一つなく真っ青な空が天高く広がる、何をするにも絶好の日和です。

四季折々、晴れの日はありますが、季語になっているのは「秋晴」と「冬晴」だけです。その秋晴も江戸時代の句にはありません。「秋日和」や「秋の空」が代わりに使われていたようです。秋晴が句に登場するのは近代からで、正岡子《し》規《き》編の『春夏秋冬』に初めて季語として立てられたといわれています。「菊日和」は菊の花の盛りの頃の晴天です。

雲一つない青空が広がる秋。

秋　時候

時候

秋高《あきたか》し

［三秋］

秋高《しゅうこう》・天高し・空高し・秋天《しゅうてん》・秋の空・秋空《あきぞら》・秋澄む・空澄む・清秋《せいしゅう》・秋気《しゅうき》・秋気澄む

痩馬《やせうま》のあはれ機嫌や秋高し　村上鬼城《きじょう》

天高し蔓《つる》の先皆よるべなき　高浜虚子《きょし》

土手のぼりつめて父在す天高し　上田日差子《ひざし》

夜空にも青空のあり秋澄めり　秋山裕美《ひろみ》

季語解説　中国の杜審言《としんげん》の詩に詠まれた「秋高くして塞馬《さいば》肥ゆ」に由来しています。中国北方の遊牧騎馬民族・匈奴《きょうど》への警戒を表した詩ですが、これが転じて秋の空の高く澄みきった様子をいうようになりました。

関連して「秋澄む」「秋気」など、秋の澄んだ爽やかな大気を表した季語もあります。

例句解説　「天高く馬肥ゆる秋」なのに驚くほどの痩せた馬を見た。しかも、その馬は不思議と上機嫌だというのです。それは「秋高し」の陽気のせいなのかもしれません。

作者の鬼城は耳が不自由で、10人の子どもを抱えて貧窮《ひんきゅう》の生涯を送った俳人です。そのような作者のプロフィールを知ると、この「痩馬」には哀愁《あいしゅう》があり、鬼城自身のようにも思えてきます。

高く澄んだ空には鰯雲。

時候

鰯雲《いわしぐも》

［三秋］

鱗雲《うろこぐも》・鯖雲《さばぐも》・秋の雲・秋雲《しゅううん》

鰯雲ひとに告ぐべきことならず　加藤楸邨《しゅうそん》

鰯雲故郷の竈火《かまどび》いま燃ゆらん　金子兜太《とうた》

鰯雲荷物のやうに我を置く　大石雄鬼《ゆうき》

銭湯の廃業跡地いわし雲　森戸柚斎《ゆうさい》

季語解説　澄み渡った秋の空もいいですが、小さな雲が鰯の群れのように連なり広がっている空も楽しいものです。気象用語では巻積雲《けんせきうん》や高積雲といいますが、一般的には鰯雲の方が親しまれています。鰯雲が季寄せに入ってきたのは江戸後期あたりからで、味のある脇役のようにずっと愛され続けている季語です。鱗のような形から「鱗雲」、鯖の背の斑紋《はんもん》のようにも見えるので「鯖雲」ともいわれます。漁師はこの雲が出ると、大漁の兆しと喜ぶそうです。

例句解説　人間探求派・楸邨の掲句は、いま心の内にある思いは、けっして人に語るべきことではない、というのです。爽やかな秋の鰯雲の広がりと、作者の内向する心情の激しくぶつかり合った句は当時、難解俳句といわれました。確かに、作者個人の内面的な感情の起伏は当人にしかわかり得ないものですが、俳句が花鳥風月だけではなく、内面への展開も可能であることを示した意義深い句なのです。

時候

月《つき》

［三秋］

上弦《じょうげん》・下弦・有明月《ありあけづき》・新月・弦月《げんげつ》・半月・宵月《よいづき》・夕月・
昼の月・月白《つきしろ》・月代《つきしろ》・有明《ありあけ》・月光・月明《つきあか》り・月明《げつめい》・
月夜・三日月・月影・宵闇・月の秋・初月《はつづき》・盆の月・
弓張月《ゆみはりづき》・立待月《たちまちづき》・居待月《いまちづき》・座待月《いまちづき》・寝待月《ねまちづき》・臥待月《ふしまちづき》・
更待月《ふけまちづき》

月光にいのち死にゆくひとと寝る　橋本多佳子
ほつと月がある東京に来てゐる　種田山頭火《さんとうか》
かろき子は月にあづけむ肩車　石《いし》　寒太《かんた》
へたりをる枕に月の光かな　大野朱香《しゅか》

季語解説 日本では天体のなかで月を好む人が多いといいます。古来日本の美意識の代表は「雪月《せつげつ》花《か》」で、月は花や雪と並ぶ最大の風雅とされました。それだけに月への思いは深いものがあり、さまざまな風俗や行事が生み出されたのです。そして月の運行、満ち欠けはそのまま暦《こよみ》となり、陰暦（旧暦）として日々の生活に密接でした。
俳句で単に月といえば秋の季語です。月は四季それぞれ趣《おもむき》がありますが、秋は大気も澄み渡り、より美しく見えるからです。月にまつわる季語は実に多様なので、それぞれを確かめて作ってみるとよいでしょう。

例句解説 橋本多佳子は昭和12年（１９３７）、38歳の時に夫・豊次郎に先立たれました。自分と４人の娘を遺《のこ》して命尽きようとしている夫、その哀《かな》しみに耐えて添い寝をしているのです。「月光」が一人の人間の人生の終焉《しゅうえん》を象徴しているかのようです。

秋は大気が澄み渡り、月の姿がくっきり見える。

時候

天《あま》の川《がわ》《がは》

［初秋］

銀河・銀漢《ぎんかん》・星河・雲漢・天漢・河漢《かかん》

妻二《ふ》夕夜あらず二夕夜の天の川　中村草田男《くさたお》

荒海や佐渡に横たふ天の川　松尾芭蕉《ばしょう》

天の川わたるお多福豆一列　加藤楸邨《しゅうそん》

天の川小さくあれど志　矢島渚男《なぎさお》

季語解説　天空を横切る天の川は無数の恒星《こうせい》からなる「銀河」で、「銀漢」「星河」なども呼ばれます。北半球では一年中見られますが、なかでも秋が美しいようです。

中国には天の川で毎年7月7日の夜にしか会えない牽牛星《けんぎゅうせい》と織女《しょくじょ》星《せい》の七夕伝説があり、日本でも『万葉集』以来、七夕伝説を詠んだものが数多く見られます。天の川の美しさを七夕と切り離して詠みだしたのは俳諧になってからです。前掲の芭蕉の「荒海や佐渡に横たふ天の川」（『おくのほそ道』）は「文月《ふみづき》や六日も常の夜には似ず」の次にあり、七夕の句と並置されてはいても完全に切り離されてい

初秋の天の川は、四季のなかでも特に美しい。

ます。このように俳諧の時代から「七夕」と「天の川」は別の季語として詠まれるようになったのです。

例句解説 冒頭の草田男の句は昭和12年（１９３７）、結婚当初の頃の作。新妻が里帰りして二晩家を空けました。作者がふと見上げた夜空には、美しい天の川が二晩とも横たわっていたのです。この句を見ると、天の川という季語が妻恋の句にふさわしいと実感します。山本健吉氏は「彼が妻子を詠んだ句は彼の俳句の楽しさの中枢《ちゅうすう》である」と述べていますが、ほのぼのとしたこの句も、まさにその一句といえるでしょう。

時候

秋風《あきかぜ》

［三秋］
秋風《しゅうふう》・秋の風・金風《きんぷう》・素風《そふう》・色なき風・爽籟《そうらい》・秋の初風《はつかぜ》・初秋風《はつあきかぜ》

吹きおこる秋風鶴《しゅうふうつる》をあゆましむ　石田波郷《はきょう》

あかあかと日は難面《つれなく》も秋の風　松尾芭蕉《ばしょう》

秋風《あきかぜ》や模様のちがふ皿二つ　原　石鼎《せきてい》

ひとり膝を抱けば秋風《あきかぜ》また秋風　山口誓子《せいし》

季語解説　秋風は秋に吹く風一般をいいます。特に初秋の「秋の初風」と晩秋の身にしむ風が好んで詠まれます。これは夏から秋へ、もしくは秋から冬への季節の変わり目に風が最も意識され、句材になりやすいから。秋風は古来、心の寂しさを託して使われることが多いようです。

五行説に基づいて「金風」「素風」、紀友則《きのとものり》の歌から「色なき風」ともいいます。「爽籟」は秋風の爽やかな響きのことです。

例句解説　波郷が主宰誌「鶴」を発刊する時に、同好への祝意と決意を込めて詠んだものです。それまで直立不動だった鶴が、にわかに吹いた一陣の秋風に誘われるように静かに歩を運んだというのです。発刊に際して一羽の鶴に高貴さを見いだし、なおかつ静から動への姿を詠むことで、波郷の心のときめきが表されています。

秋風が夕暮れのススキ野をなでる。

野分《のわき》

［仲秋］ 野わけ・野分だつ・野分雲・野分跡・野分晴・野分波・初嵐

鳥羽殿《とばどの》へ五六騎《ごろくき》いそぐ野分かな　与謝蕪村《よさぶそん》

大いなるものが過ぎ行く野分かな　高浜虚子《きょし》

死ねば野分生きてゐしかば争へり　加藤楸邨《しゅうそん》

なんの湯か沸かして忘れ初嵐　石川桂郎《けいろう》

季語解説 『源氏物語』の野分の帖《じょう》に、雅趣を誇る六条院の秋好中宮《あきこのむちゅうぐう》の庭の花々や紫の上の庭の草木が激しい野分によって吹き散らされた場面が記されています。この場面からも察せられるように、野分は台風のこと。「野の草木を吹き分くる風」からきた雅語《がご》で、風雅の伝統を負う貴重な季語といえます。

　そのせいか台風の暴風雨の状景よりも、通過してからの荒涼とした景の情緒を詠んでいる場合が多いようです。「初嵐」は立秋後に初めて吹く強風をいいます。

例句解説 蕪村の掲句は野分の中、騎馬武者5、6騎が一路鳥羽殿（城南離宮）を目指して駆け抜けていくというもの。都大路《みやこおおじ》を騎馬武者が駆け抜けていく様子と野分を組み合わせたことによって、政治的な突発事件の臨場感と緊張感がより伝わってきます。

野分で落ちたギンナン。

時候

秋《あき》の雨《あめ》

［三秋］

秋雨《あきさめ》・秋霖《しゅうりん》・秋黴雨《あきついり》・秋湿《あきじめ》り・秋時雨《あきしぐれ》

秋雨や夕餉《ゆうげ》の箸の手くらがり 永井荷風《かふう》

蕗《ふき》の葉や馬もくらはず秋の雨 加舎白雄《かやしらお》

秋の雨しづかに午前をはりけり 日野草城《そうじょう》

アパートに秋雨ふりてジャヅならす 竹内浩三《こうぞう》

季語解説 秋は意外に雨の多い季節で秋雨前線という言葉もあります。秋の雨は秋季の雨の総称です。細かい雨が梅雨のように降り続くことが多いので「秋霖」「秋黴雨」ともいいます。しかし季節柄、秋の雨には蕭条《しょうじょう》として冷たい独特の雰囲気があります。

季語としては江戸時代半ば頃から使われたらしく、芭蕉《ばしょう》には一句も見かけませんが、蕪村《ぶそん》や一茶の句には見られます。晩秋の「秋時雨」にはうら寂しさが漂います。

例句解説 掲句の作者・荷風は2度の結婚に失敗し、その後は独身を通しました。そんな一人暮らしの作者が降り続く雨に何をするでもなく日がな一日を過ごし、所在なく夕食の箸を取っているのです。「手くらがり」がいかにも秋雨の日の夕景を思わせます。

秋の雨は蕭条として冷たい感じも。

稲妻《いなずま》《いなづま》

［三秋］稲光《いなびかり》・稲の殿《との》・いなつるび

いなづまやきのふは東けふは西　宝井其角《きかく》

稲妻のわれて落つるや山のうへ　内藤丈草《じょうそう》

いなびかり北よりすれば北を見る　橋本多佳子

梳《す》く髪の絡みからみて稲びかり　鷲谷七菜子《わしたにななこ》

季語解説 稲妻は空中電気の放電によって生じる電光で、ピカッと光り縦横に屈折した形が見られます。対といってもいい雷は夏の季語なのに、なぜ稲妻は秋の季語なのでしょうか。それは稲の穂が結実する時季に多く発生することに由来します。古くから稲は電光と交わって実をはらむ、つまり電光は稲の夫《つま》であると考えられ、もともとは「稲夫《いなつま》」と書きました。これに稲妻の字を当てるようになったのです。

例句解説 其角の掲句は蕪村《ぶそん》の「菜の花や月は東に日は西に」と同じく、柿本人麻呂《かきのもとのひとまろ》の「東《ひんがし》の野に炎《かぎろい》の立つ見えてかへり見すれば月傾《かたぶ》きぬ」を本歌《ほんか》としています。この本歌取りは詩歌に連綿と受け継がれている手法です。

句意はここ何日か稲妻が光っているが、昨日は東の方で今日は西の方だ。これはまるで世の中の移ろいやすさを表しているようだというのです。

夏は雷、秋は稲妻。

時候

霧《きり》

［三秋］朝霧・夕霧・夜霧・山霧・川霧・狭霧《さぎり》・濃霧《のうむ》・霧襖《きりぶすま》・霧雨《きりさめ》・霧時雨《きりしぐれ》・霧笛《むてき》

霧の村石を投《ほう》らば父母散らん　金子兜太《とうた》

ここは信濃唇《しなのくち》もて霧の灯を数ふ　加倉井秋《かくらいあき》を

夜釣師の一語狭霧を吐くごとし　大串《おおぐし》章《あきら》

あと少し泣いたら霧を纏《まと》えるか　近《こん》恵《けい》

季語解説　微小な水滴が空中に浮遊して一面に煙のように立ち込める現象で、霧は水平方向の視程が1キロ未満、それ以上なら靄《もや》といいます。

霧と霞《かすみ》は実体は同じで、古くは併用されていましたが、平安時代以降に春は霞、秋は霧と区別するようになりました。気象用語では霧のみが用いられています。霧の発生する時季は地域によって傾向があり、日本では一年中見られますが、最も多いのは秋のようです。

例句解説　「霧の村」という幻想的な上五で始まり、「父母散らん」という下五で結んでいる金子兜太の掲句は、山か高台から父母の住む秩父《ちちぶ》の村を俯瞰《ふかん》しているのでしょう。霧が立ち込める村に石を投げれば、その父や母が散ってしまうだろう、という幻想の一句です。中七の「石を投らば」が逆説的な思慕《しぼ》の情を生み出しています。

幻想的な雰囲気を生む霧。

露《つゆ》

［三秋］

白露《しらつゆ》・白露《はくろ》・初露・朝露・夕露・夜露・露の玉・露けし・露葎《つゆむぐら》・芋の露・露の秋・露時雨《つゆしぐれ》・露寒《つゆさむ》・露寒し・露の世・秋の霜《しも》・秋霜《しゅうそう》・露霜《つゆじも》・水霜《みずしも》

露の世は露の世ながらさりながら　小林一茶

今日よりや書付《かきつけ》消さむ笠《かさ》の露　松尾芭蕉《ばしょう》

金剛《こんごう》の露ひとつぶや石の上　川端茅舎《ぼうしゃ》

ひとつづつ山暮れてゆく白露《はくろ》かな　黛《まゆずみ》　執《しゅう》

季語解説　秋めいてきて朝晩めっきり涼しくなると早朝、草木の葉に露がびっしり付いています。冷え冷えとしていながらしっとりとしたイメージをもつ露は秋に多く、この季節にこそ似合う季語といえます。「白露」は二十四節気《にじゅうしせっき》の一つで9月7日頃、「露時雨」や「露寒」は晩秋、氷点下に冷却すると「秋の霜」が降り、「露霜」「水霜」も発生します。

例句解説　露は哀れさやはかなさを表現するのによく用いられますが、一茶の掲句もその例に漏れません。この句は文政2年（1819）に2歳で亡くなった最愛の長女・さとへの追悼句《ついとうく》として詠まれました。「露の世」といわれるこの世は確かにはかない世だが、しかし……。下五の「さりながら」に父親としての諦めきれない気持ちが込められています。この句が載っているさととの生と死を主題とした句文集『おらが春』は、一茶晩年の代表作とされています。

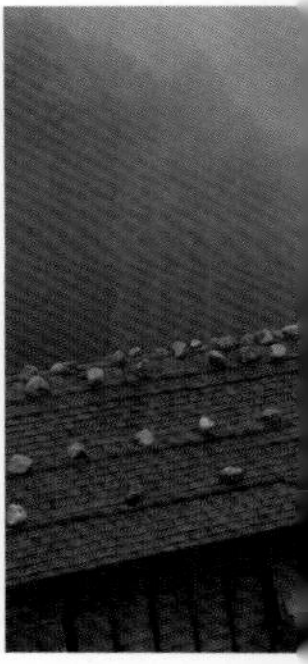

時候

花野《はなの》

［三秋］

大花野・花野原・花野道・花野風・秋の野・秋野《あきの》

天渺々《てんびょうびょう》笑ひたくなりし花野かな　渡辺水巴《すいは》

みづうみの水のつめたき花野かな　日野草城《そうじょう》

ひといきに日の沈みたる花野かな　鷲谷七菜子《わしたにななこ》

鍵の束ひとつは花野ひらく鍵　石《いし》寒太《かんた》

季語解説　花野という言葉から連想するのは、秋の野原一面に美しい花々が咲き乱れている景色です。この頃に咲くのはつつましい草の花が多く、一種類だけでは寂しくても、さまざまな種類の花が集まることによって華やかさを醸し出します。

例句解説　水巴の掲句は大正12年（1923）の作で、句集『白日《はくじつ》』の「大震直後より半歳《はんとし》大阪郊外豊中村の延寿荘に仮寓《かぐう》す」と前書きのある一連の中にあります。

東京で生まれ育った水巴ですが、関東大震災後はしばらく大阪で暮らしました。当時の豊中は田園地帯で田んぼと野原ばかり。花野も存在したことでしょう。その花野に立ち、空を仰いでいる作者は思わず笑ってしまうのです。その笑いはけっして明るいものではなく、震災で崩れた故郷・東京と自分のことを思いやっての諦めとも自嘲《じちょう》ともつかない笑いなのです。

つつましい花々が野原を彩る。

踊《おどり》《をどり》

［初秋］

盆踊・ながし・ぞめき・踊子・踊手・踊櫓《おどりやぐら》・盆唄・踊唄・踊の輪・踊笠《おどりがさ》・踊浴衣《おどりゆかた》・踊太鼓・音頭取《おんどとり》・おけさ踊・さんさ踊・木曾踊《きそおどり》・阿波踊《あわおどり》

我《わ》を遂《つい》に癩《らい》の踊の輪に投ず　平畑静塔《ひらはたせいとう》

づかづかと来て踊子にささやける　高野素十《すじゅう》

通り雨をどり通してはれにけり　松本たかし

いくたびも月にのけぞる踊かな　加藤三七子《みなこ》

季語解説 さまざまな踊りがありますが、俳句では「盆踊」のこと。全国各地に特色のある盆踊りがあり、特に徳島の「阿波踊」は有名です。

例句解説 冒頭の静塔の句は、戦後まもなく瀬戸内海の岡山県・長島愛生園を訪れた時の作品。作者は医者であり、カトリック信者でした。愛生園ではハンセン病の人たちが生活しており、隔離された日々を忘れて盆踊りを踊る姿に感動し、自分もその踊りの輪に思わず加わったのでしょう。ハンセン病の人たちの踊りに強く心を動かされ、感動した様子が伝わってくる一句です。

三七子の「いくたびも月にのけぞる踊かな」は、踊りの動作そのものを詠んだ楽しい句です。

暮らし

相撲《すもう》《すまふ》

[初秋]
相撲節会《すまいのせちえ》・すまひ《い》・角力《すもう》・宮相撲・草相撲・辻相撲《つじずもう》・相撲取《すもうとり》・土俵《どひょう》・秋場所・九月場所

老いにきと妻定めけりすまひ取　黒柳召波《しょうは》
負《まく》まじき角力《すまい》を寝物語かな　与謝蕪村《よさぶそん》
やはらかに人分け行くや勝《かち》相撲　高井几董《きとう》
宿の子をかりのひいきや草相撲　久保より江

季語解説 相撲は年6場所あるのになぜ秋の季語なの、と思う方がいるかもしれません。外国人力士も大勢いてテレビ中継されているのは日本相撲協会の大相撲で、季語の相撲とは別と考えた方がよいでしょう。相撲は国技といわれますが、本来は神事と関係の深いもので宮中では初秋の行事でした。その勝負によって神意を問い、その年の豊凶を占ったのです。

例句解説 召波は京都の人。蕪村に師事し、のちに炭太祇《たんたいぎ》と3人で俳諧の三菓社《さんかしゃ》を結成しました。蕪村とは師弟関係を超越した文学的信頼関係で結ばれていたようです。奇しくも掲句はその師弟の2句。「すまひ」は相撲の古い呼び方です。相撲に打ち込んできた力士がふと老いを感じ、そろそろ妻を定めて家庭をもとうかと、いままであまり考えなかったことが頭をよぎりました。人生の哀感を感じさせる秋ならではの句です。

神社にある土俵。

暮らし

燈籠《とうろう》

［初秋］

盆燈籠・高燈籠《たかとうろう》・切子燈籠《きりことうろう》・切子・花燈籠・絵燈籠・盆提燈《ぼんぢょうちん》

燈籠にしばらくのこる匂ひかな　大野林火《りんか》

初恋や燈籠に寄する顔と顔　炭《たん》 太祇《たいぎ》

かりそめに燈籠おくや草の中　飯田蛇笏《いいだだこつ》

絵燈籠やくらき道来し子の哀れ　富田木歩《もっぽ》

季語解説　燈籠の起源は古く、お釈《しゃ》迦《か》さまの時代までさかのぼります。初めは僧侶が使っていた照明器具で、裸火のままだと虫が明かりに寄ってきて焼死してしまうことから、お釈迦さまが覆いをして使うように教えたというのです。

日本には仏教伝来とともに中国から伝えられました。当時は仏具でしたが、鎌倉時代から一般家庭でも用いられるようになり、いまでは盆の燈籠が一番身近かもしれません。

例句解説　林火の掲句は昭和7年（1932）の作。前年末に3歳になる息子を、この年の春に妻を立て続けに亡くしました。そうした悲しみのなかで迎えた新盆の感慨を込めた句です。いまは盆燈籠も電球をともしますが、当時はロウソクが使われ、燃え尽きると強い匂いが残ります。作者はその匂いとともに、亡き妻と息子の面影をしのんだのでしょう。「しばらくのこる匂ひかな」が句に深い余情をもたせ悲しみを誘います。

照明器具だった燈籠。

暮らし

秋《あき》の灯《ひ》

［三秋］

燈火《とうか》親しむ・秋燈《しゅうとう》・燈火の秋・秋ともし・読書の秋

燈《ひ》も秋と思ひ入る夜の竹の影　臼田亞浪《うすだあろう》

秋の燈のいつものひとつともりたる　木下夕爾《ゆうじ》

灯火親し声かけて子の部屋に入る　細川加賀

大辞典小辞典あり秋灯《あきともし》　山口青邨《せいそん》

季語解説　秋の夜の燈火は「春燈」の明るく華やいだ感じと違って、静かな思索の時をもたらします。残暑の頃が過ぎてだんだん涼しくなる秋の夜は、心静かに読書するにはうってつけです。前掲の青邨の「大辞典小辞典あり秋灯」の句のように、読書を象徴するような句も見られます。

例句解説　冒頭の亞浪の句は「秋の灯」とはせず、「燈も秋と思ひ」としています。燈でさえもすでに秋のものだ、と肯定して自分に言い聞かせています。と同時に「思ひ入る夜の」と客観的に捉えてもいます。では作者は何を見ているのかといえば、「竹の影」なのです。

客観的に見たことによって、夜の燈の中で竹の影を発見したという単純な句ではなく、作者自身が夜の竹の影と重なってしまうような、幽玄な味わいが生まれているのです。

秋の夜の静かな思索の時。

秋思《しゅうし》《しうし》

［三秋］
秋懐《しゅうかい》・傷秋《しょうしゅう》・秋容《しゅうよう》・秋あは《わ》れ・秋さびし・秋意

荒星《あらぼし》に授けられたる秋思とも　藤田湘子《しょうし》
秋思わが老樹の肌をかい撫《な》でて　富安風生《とみやすふうせい》
山塊《さんかい》にゆく雲しろむ秋思かな　飯田蛇笏《いいだだこつ》
曇日《くもりび》の石とむきあふわが秋思　桂《かつら》　信子

季語解説　秋に思うと書いて秋思。まさに秋はさまざまなことに思いを馳《は》せる季節です。古来「もののあはれは秋こそまされ」（『徒然草《つれづれぐさ》』）といい、『古今集《こきんしゅう》』に「木の間よりもりくる月の影見れば心づくしの秋は来にけり」（詠み人知らず）とあるように、秋は人にものを思わせ、詩人にしてしまいます。
　秋思が季語として使われるようになったのは比較的新しく、春の季語「春愁《しゅんしゅう》」に相対する形で使われるようになりました。もの思いにふけるからといって暗いイメージとは限りません。秋の冷涼な季節のなかで熟慮し決断する、といった爽やかで潔さのある感情表現として用いられることも多いようです。

例句解説　湘子の句は夜空を仰ぎ見て、何をか思う気持ちを詠んだものです。荒星は木枯らしの吹く頃の星で冬の季語ですが、掲句では秋思に重きが置かれています。
　夜空にはこうこうと星がきらめき、その光が何万光年も離れている地上の自分にまで届いています。その自然のすごさに感じ入り、時の移ろいを思い、思わず果てしなくさまざまなことを考えてしまうのです。

案山子《かがし》

［三秋］

かかし・おどし・おどろかし・鳥威し・遠案山子・捨案山子《すてかがし》・鳴子《なるこ》・威《おど》し銃《づつ》・稲雀《いなすずめ》

案山子翁《おう》あち見こち見や芋嵐《いもあらし》　阿波野青畝《あわのせいほ》

物の音ひとりたふるる案山子かな　野沢凡兆《ぼんちょう》

農継がぬ息子のシャツを案山子着て　津田清子《きよこ》

威し銃空のとほくの明るくて　太田うさぎ

季語解説　秋の収穫の頃に田畑に寄る鳥獣を防ぐために、竹や藁《わら》などを使って作られた人形のこと。いかにも人がそこにいるように見せかけ、鳥などが近づかないようにするのです。

「稲雀」は稔《みの》り田に群れをなしてついばみにやって来る雀のことですが、時代の流れか、近年は「鳥威し」として目玉などが描かれたビニールの風船のようなものやビニールテープ、古いＣＤなど、さまざまなものが鳥獣よけに使われているようです。でも、なんといっても田んぼに似合うのは、一本足の案山子ではないでしょうか。

例句解説　青畝の掲句は、なんともユーモラスな案山子の姿が目に浮かびます。嵐の強風に案山子が揺れるさまを「あち見こち見」と表現し、おかしさを醸し出しています。作者はユーモアのある句を数多く残しています。

稲刈を待つ田んぼと案山子。

暮らし

稲刈《いねかり》

［仲秋］

刈稲・田刈《たかり》・秋田刈る・稲車《いなぐるま》・稲舟《いなぶね》・稲束《いなづか》・収穫《とりいれ》・稲刈鎌《いねかりがま》・鎌祝《かまいわい》・稲架《はざ》・はさ・稲木《いなぎ》・稲干す・稲扱《いねこき》・脱穀・籾《もみ》・籾干す・籾筵《もみむしろ》・新藁《しんわら》・藁塚《わらづか》・落穂《おちぼ》・落穂拾《い》ひ・落《おと》し水

誰かいま押せる気配や稲車　草野駝王《だおう》

稲刈の母目をつぶり乳《ちち》をやる　高野素十《すじゅう》

立山《たてやま》に初雪降れり稲を刈る　前田普羅《ふら》

稲刈のたけなはにして野はしづか　軽部烏頭子《かるべうとうし》

季語解説　秋の農事の代表は、なんといっても稲刈です。しかし、機械化によって稲刈ほど変わってしまった農作業はないでしょう。近年は稲刈機と脱穀機が一つになったコンバインの出現によって稲刈はもちろん、脱穀、さらには稲藁も細かく切断されて田んぼにまかれるというように画期的な変貌を遂げました。一家総出で近所同士が助け合いながら実りの秋を実感し、稲を刈るという光景が少なくなったことは寂しい限りです。

稲刈にまつわる季語は極めて多く、稲刈の前には田の「落し水」をします。

例句解説　草野駝王の掲句をいまの稲刈に合わせて考えると無理があります。この句は稲を山と積んだ重い車を引いていて、ふと軽くなったと思ったら、誰かが後ろから押してくれていたというのです。

秋　暮らし

暮らし

月見《つきみ》

［仲秋］

観月《かんげつ》・月の宴《えん》・月の友・月の客・月見酒・月見舟・月祭る・月を待つ・月見茶屋《つきみぢゃや》・月の宿・月の座・月見団子

岩鼻やここにもひとり月の客　向井去来《きょらい》

月見るや山冷《さんれい》到《いた》る僧の前　原　石鼎《せきてい》

情ありて言葉寡《すく》なや月の友　渡辺水巴《すいは》

万葉の月に集へば月の友　稲畑汀子《いなはたていこ》

月見に欠かせない団子。

季語解説　旧暦8月15日の名月を愛《め》でるのが月見です。この夜は団子や芋、季節の野菜、酒などを供え、芒《すすき》を生けて月を観賞します。

奈良時代に中国から伝来した月見の風習は、まず貴族社会で月を賞しながら詩歌《しいか》管絃《かんげん》に興ずるのが盛んになり、鎌倉時代になると武家や庶民にまで普及しました。

例句解説　「岩鼻」は岩の突端のこと、「月の客」は月見をする人の意です。

名月の夜、その美しさを愛でる風騒《ふうそう》の人は多いでしょうが、この岩の突端にもう一人、月に心を奪われて眺めている人がいますという句です。

去来のこの句は蕉門諸家《しょうもんしょか》の三日《みか》月《づき》・名月の発句《ほっく》などを所収した『芭蕉庵《ばしょうあん》三日月日記』に、「山野に逍遥《しょうよう》して」との前書きとともに「岩はなやここにも月の客独り」の句形で掲載されているのが初案といわれています。

竹伐《たけき》る

［仲秋］　竹の春・竹春《ちくしゅん》

竹伐つて天の支へをうしなへり　成瀬《なるせ》櫻桃《おうとう》子《し》

竹伐つて村中の音持ち去れり　神蔵《かみくら》　器《うつわ》

竹伐つて横たふ青さあらたまり　皆吉《みなよし》爽《そう》雨《う》

騒ぐ竹この一本を伐らんとす　鈴木六林男《むりお》

例句解説　竹林の真っすぐに伸びた竹が伐られて、空が広く見えるようになりました。いままでは竹が空を支えているように見えたのに、空間が広がったことによって空が支えを失ったように見えるというのです。

季語解説　竹に関する季語はさまざまありますが、竹だけでは季語にはなりません。秋を見てみると「竹の春」「竹の実」、そして「竹伐る」があります。秋なのに竹の春？と思いますが、これは秋が竹の生長期で緑鮮やかに茂り、最も質の良い時期だからです。

そしてこの時季が竹の伐り時でもあるのです。俗に「竹八月に木六月」というように、伐り時は旧暦の8月とされ、新暦では9月にあたりますが、10月頃までが最適期とされます。

竹の生長期は秋。

枝豆《えだまめ》

［三秋］

月見豆・畦豆《あぜまめ》・だだちゃ豆・新大豆・大豆・新小豆・小豆・豆干す・豆筵《まめむしろ》・新豆腐

枝豆や雨の厨《くりや》に届けあり　富安風生《とみやすふうせい》

枝豆や三寸飛んで口に入る　正岡子規《しき》

枝豆や音立ててきし宵の雨　皆川盤水《みなかわばんすい》

莢《さや》つぶら二見ケ浦の月見豆　鷹羽狩行《たかはしゅぎょう》

枝豆の塩ゆで。

季語解説　枝豆をつまみに飲むビールは格別なものがあります。居酒屋では年中ある気もしますが、旬は初秋。そもそも枝豆と呼ばれるようになったのは、未熟の青い大豆を枝つきのまま抜いて塩ゆでして食べるからです。十五夜に供えるので「月見豆」、田の畦に植えることが多いことから「畦豆」ともいいます。

ゆでた枝豆をすりつぶして餅にまぶす食べ方が古くからあり、東北地方では「ずんだ餅」といいます。山形県の「だだちゃ豆」は独特の風味があり好評。収穫したばかりの「新大豆」、それを使った「新豆腐」なども秋の季語です。

例句解説　雨降りの日に誰かが台所に枝豆を置いていってくれました。雨に煙る外の風景と昔の台所のモノトーンの色調、そして枝豆の緑が、一瞬にして映画のワンシーンのように鮮やかに浮かんできます。日常が息づいている句です。

暮らし

新米《しんまい》

[晩秋]　今年米・早生《わせ》の飯《めし》・古米《こまい》

新米のくびれも深き俵かな　浅井啼魚《ていぎょ》

新米といふよろこびのかすかなり　飯田龍太《いいだりゅうた》

みちのくの新米を噛む強く噛む　加藤美代子

新米を盛るや死者にも生者にも　中田尚子《なおこ》

季語解説　食欲の秋、味覚の秋。秋は旬のものが数多く出回り、食通にはこたえられない季節です。なかでも新米は、米が主食の日本人にとっては何よりのものです。炊きたては甘やかに香り、白く光り輝きふっくらとして一粒一粒にしっかりと味があり、おかずがいらないほどのおいしさです。

例句解説　俵の出てくる浅井啼魚の句は、昭和40年（1965）頃まで俵で行なわれていた米の供出を詠んだものです。その後は茶色の厚手の紙袋になりましたが、それまでは藁《わら》を編んだ俵が使われていました。

新米を俵に入れて、外を縛る縄が緩まないようにきつく結ばれているので、その縄の所がくびれているのです。そのくびれを見ながら作者は、今年も新米ができた喜びに浸っているのでしょう。

新米はおかずがいらないほどのおいしさ。

秋　暮らし

暮らし

新蕎麦《しんそば》

［晩秋］

秋蕎麦・走り蕎麦・初蕎麦・蕎麦の花

新蕎麦やむぐらの宿の根来椀《ねごろわん》　与謝蕪村《よさぶそん》

新蕎麦や杉冷えしるき坊の月　吉田冬葉《とうよう》

新蕎麦を打つ一棒のたはれかな　河東碧梧桐《かわひがしへきごとう》

新蕎麦や床几《しょうぎ》のはしに泉鳴り　井沢正江

季語解説　山間部の比較的やせた土地で作られる蕎麦は年2回収穫され、春まきのものを「夏蕎麦」、夏まきのものを「秋蕎麦」といいます。夏まきの「蕎麦の花」は初秋に咲き、新蕎麦は10月から11月上旬にかけて刈り取られます。

初秋にまだ充分に熟さない蕎麦を早めに刈り、その粉で打った「走り蕎麦」は珍重されます。蕎麦は上方より江戸で好まれ、新蕎麦も初物《はつもの》を賞翫《しょうがん》して早々と売り出す習慣がありました。「新米」や「新酒」などと同様、食に関わる生活感のある季語です。

例句解説　蕪村晩年の句で安永7年（1778）から没年の天明3年（1783）あたりと推定されています。産地でしか味わえぬ新蕎麦の風味。都会の客人に対する最高のもてなしと、貧しい農家で新蕎麦を振る舞われたのです。その器は貧しい家に不釣り合いな朱塗りの漆器で、紀州（和歌山県）・根来寺で作られた有名な根来塗の椀に盛って出してくれたのでした。

山里の蕎麦の花。

新酒《しんしゅ》

［晩秋］今年酒・新走《あらばし》り・利酒《ききざけ》・早稲酒《わせざけ》・濁り酒・濁酒《だくしゅ》・どぶろく・古酒《こしゅ》・古酒《ふるざけ》・温《あたた》め酒・ぬくめ酒

牛売りし綱肩にあり新酒汲む　西山泊雲《はくうん》

憂《うれい》あり新酒の酔《よい》に托《たく》すべく　夏目漱石

生きてあることのうれしき新酒かな　吉井　勇《いさむ》

老いたりや舐《な》めてすぐ足る今年酒　森　澄雄

季語解説　秋に収穫した新米で醸造したのが新酒です。「今年酒」「早稲酒」などともいいます。なかでも早く出回るものを「新走り」、新酒の質を味わって鑑定することを「利酒」といいます。「温め酒」「ぬくめ酒」もこの時季です。昔は新米が出てすぐに醸造したので新酒は晩秋のものでしたが、現在では寒造りが盛んになって新酒が出回るのは2月頃です。

例句解説　明治前期に兵庫県で生まれ、昭和前期に亡くなった西山泊雲の家業は酒造業でした。高浜虚《きょ》子《し》に師事して信任も厚く、関西ホトトギスの重鎮《じゅうちん》となった人です。西山酒造の醸造酒・小鼓《こつづみ》は虚子が命名したものです。

掲句は自分の経験か身近な人を詠んだものと思われます。酒造業だけでなく牛も飼う農家で、手塩にかけて育てた牛を売りに出しました。きっと思っていたより安値だったのでしょう。家に帰って、牛を引いていく時に使った綱を肩に掛けたまま新酒を飲みました。牛のことは少し残念でしたが、新酒で気分転換ができたのです。

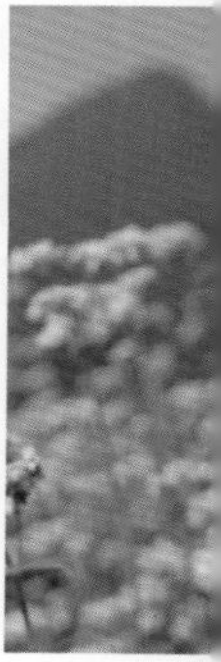

暮らし

紅葉狩《もみじがり》《もみぢがり》

［晩秋］

紅葉見・観楓《かんぷう》・紅葉踏む・紅葉焚《た》く・紅葉酒・紅葉舟・紅葉茶屋

水音と即《つ》かず離れず紅葉狩　後藤比奈夫《ひなお》

紅葉見や用意かしこき傘二本　与謝蕪村《よさぶそん》

紅葉見や顔ひやひやと風渡る　高桑闌更《らんこう》

こどもの手いつもあたたか紅葉狩　岡田日郎《にちお》

季語解説　春の桜に対して秋の紅葉。秋の行楽の代表ともいえるのが紅葉狩です。かつては楓《かえで》の名所を訪ね、その紅葉の美しさを観賞することをいいました。

しかしいまでは楓に限らず、ましてや紅葉・黄葉を問わず、その名所を訪ねることを紅葉狩と呼ぶようになりました。名所も王朝の頃の嵐山や清滝だけではなく、全国各地にあります。

例句解説　色づいた紅葉を見ているだけでもきれいですが、湖沼《こしょう》や川などの水面に映る紅葉の美しさは格別です。比奈夫の掲句はそんな風景を詠んだものです。川沿いの紅葉を目で追いながら、耳は水音を聞いているのです。ちょっぴり風流で幸せなひとときです。

紅葉を愛（め）でることを紅葉狩と呼ぶ。

蘆刈《あしかり》

［晩秋］ 刈蘆・蘆刈る・蘆刈女《あしかりめ》・蘆刈舟・蘆舟・蘆火《あしび》

蘆刈の人現れて帰りけり　高浜虚子《きょし》

蘆刈の天を仰いで梳《くしけず》る　高野素十《すじゅう》

あめつちに姿は見えず芦《あし》を刈る　鍵和田秞子《かぎわだゆうこ》

蘆刈の煙真直《まっすぐ》さきたま野　石寒太《いしかんた》

季語解説 蘆は茅葺《かやぶ》き屋根に用いたり、葭簀《よしず》を編んだり、燃料にしたりしますが、高さは2メートルほどもあり、刈るのはかなりの重労働です。晩秋から初冬にかけて刈られ、昔から女性も携わっていたことから「蘆刈女」という風情のある言葉もあります。

その昔、蘆は「難波《なにわ》の葦は伊勢の浜荻《はまおぎ》」といわれたように、摂津《せっつの》国《くに》難波（現・大阪市）を象徴する草でした。『今昔物語集』や『宇《う》治拾遺《じしゅうい》物語』には難波の蘆を刈って淀川を利用して運び、低湿地だった京都の右京を埋め立てたという話が記されており、淀川沿いの地名とともに詠まれてもいます。

例句解説 蘆を刈っていた人が刈り終わって現れたところを詠んだ句です。「人現れて帰りけり」で蘆刈という作業を見事に捉え、無表情なようで、かえって内に含むものを感じさせます。これは高浜虚子が打ち込んだ能の世界に通じるものがあります。

行事

七夕《たなばた》

［初秋］

七夕祭《まつり》・星祭・星祭る・星合《ほしあい》・星迎《ほしむかえ》・星今宵《ほしこよい》・星の契《ちぎり》・星の恋・別れ星・星の秋・牽牛星《けんぎゅうせい》・織女星《しょくじょせい》・彦星・織姫・二星《にせい》・二つ星・七夕竹《たなばただけ》・短冊竹・七夕竹売《たなばたたけうり》・七夕流し・願《ねがい》の糸・梶《かじ》の葉・鵲《かささぎ》の橋・佞武多《ねぶた》・ねぷた・跳人《はねと》・竿燈《かんとう》

七夕竹惜命《しゃくみょう》の文字隠れなし　石田波郷《はきょう》

うれしさや七夕竹の中を行く　正岡子規《しき》

七夕の水に沈めし蕪《かぶら》かな　斎藤夏風《かふう》

戦争の終はらぬ星の星まつり　三輪《みわ》初子

季語解説 「牽牛星」と「織女星」が年に一度だけ天の川で会うとされるのが、旧暦の7月7日の夜。この日が五節句の一つ、七夕です。日本には奈良時代に中国から伝わって平安時代には宮廷行事となり、だんだん屋外に「七夕竹」を飾り星空を仰ぐ祭りとして広まりました。

いまでは新暦の7月7日にも行なわれますが、「仙台七夕まつり」のように月遅れの8月7日に行なう所も少なくありません。青森県の「佞武多」や秋田市の「竿燈」も七夕行事の一つです。

例句解説 冒頭句は新暦の7月7日だったようです。

華やかに飾られた仙台七夕まつり。

作者の石田波郷は戦地で胸膜炎を病み、その再発によって昭和23年（1948）、東京・清瀬村（現・清瀬市）の国立東京療養所（現・国立病院機構 東京病院）に入院しました。

その頃、結核は不治の病《やまい》でした。七夕竹の願い事を書いた短冊に「惜命」の文字を見つけて心底驚きました。ここに入院している患者たちが一番願っていることなのです。それが下五の「隠れなし」という言葉に集約されています。この句が収められた句集『惜命』（1950年）は命を見つめた「療養俳句」が多く、高い評価を受けました。

行事

盆《ぼん》

［初秋］

盂蘭盆《うらぼん》・盂蘭盆会《うらぼんえ》・魂祭《たままつり》・精霊祭《しょうりょうまつり》・初盆《はつぼん》・新盆《にいぼん》・あら盆・旧盆・魂棚《たまだな》・精霊棚・盆棚・盆供《ぼんく》・茄子《なす》の馬・茄子の牛・瓜《うり》の馬・瓜の牛・迎馬《むかえうま》・送馬《おくりうま》・盆僧・盆支度・盆用意・盆の花・盆の市・盆市・草の市・草市・花市・盆休み

盆ごころ夕がほ汁に定まれり　加藤暁台《きょうたい》

数ならぬ身とな思ひそ魂祭　松尾芭蕉《ばしょう》

この道しか知らざる妻の盆の路　能村登四郎《のむらとしろう》

ひとり来てお盆の過ぎし墓を掃く　清崎敏郎《きよさきとしお》

季語解説　旧暦の7月13日から16日に先祖の霊を迎えて送るまでの諸行事。新暦で行なうところと月遅れで行なうところがあり、一般的には月遅れが多いようです。俳句の題材としても月遅れの方が多く詠まれています。13日の夕方に迎え火を焚《た》き、「盆棚」を設けて「茄子の牛」や胡瓜《きゅうり》の馬などを供えます。16日には先祖の霊を送り返し、供え物を川や海に流します。正月と並んで一年の前後を分かつ、身近な行事といえるでしょう。

例句解説　掲句の加藤暁台は尾張《おわり》・名古屋の人。尾張徳川家の武士から俳人になりました。蕪村《ぶそん》一派とも親交して蕉風《しょうふう》復興を唱え、俳諧の一翼を担ったことで知られています。

夕餉《ゆうげ》に夕顔の実を浮かべたすまし汁が出たのでしょう。そのはかなげな味に、先祖の魂が戻る盆を実感したというもの。かげりのある趣《おもむき》深い作品です。

行事

終戦記念日《しゅうせんきねんび》

［初秋］

終戦日・終戦の日・終戦忌・敗戦日・敗戦忌・八月十五日

遺《のこ》されし母も逝きけり終戦日　古賀まり子

堪ふることいまは暑のみや終戦日　及川　貞《てい》

血のごとき一声の蟬《せみ》終戦日　櫻井博道《はくどう》

いつまでもいつも八月十五日　綾部《あやべ》仁喜《じんき》

季語解説　日本は昭和16年（1941）に米英に対して太平洋戦争を始めましたが、昭和20年（1945）8月15日、ポツダム宣言を受諾し無条件降伏。日本の降伏で死者4000万人以上と推定される第二次世界大戦が終わりました。

終戦記念日は戦没者を追悼するとともに、世界で唯一の被爆国としてその体験を後世に伝え、二度と同じ過ちが起こらないよう戒めるために設けられました。激変する世界情勢のなか、平和憲法が揺らいでいる昨今だからこそ、あらためて終戦記念日の重みを考えてみるべきなのかもしれません。

例句解説　冒頭句の古賀まり子は、母を題材に多くの句を作っています。母は夫《おっと》に先立たれ苦労して終戦を迎えました。作者は学生時代に結核を発病し長い療養生活を余儀なくされ、社会復帰したのは30代に入ってからです。母と娘は互いに支え合いながら生きてきたのです。その母との永遠の別れ。「終戦日」にインパクトがあります。

鎮魂の塔。

行事

運動会《うんどうかい》《うんどうくわい》

[三秋] 体育祭・体育の日

振れば鳴る紙の旗かな運動会　野村喜舟《きしゅう》

運動会谷戸《やと》にこだまし鯉《こい》の川　永井龍男《たつお》

運動会授乳の母をはづかしがる　草間時彦

半分は空を見てゐる運動会　岡島理子《りこ》

季語解説 スポーツの秋を代表する行事。運動会・体育祭といえば学校と切り離せませんが、中学や高校では昨今、春に行なうところが増えたようです。でもやはり運動会は、秋の青く澄み渡った高い空の下《もと》が似合っています。

「体育の日」は昭和39年（1964）の日本初の東京オリンピックを記念して2年後に制定された祝日で、開会式の行なわれた10月10日でしたが、その後10月の第2月曜日に変更され、現在は「スポーツの日」とされています。

スポーツの秋。

例句解説 冒頭の野村喜舟の句は運動会の応援風景を詠んだものでしょう。紙でできた自分が属する組の旗を振って応援しています。必死で振れば振るほど旗から音が発せられ、声だけではなくその旗の音も加わって応援にいっそう熱が入ります。しまいにはちぎれてしまいますが、それはそれで楽しいのです。

行事

重陽《ちょうよう／ちようやう》

［晩秋］

重九《ちょうきゅう》・菊の節句・菊の日・今日の菊・重陽の宴《えん》・菊の宴・菊酒・菊の酒

重陽の風雨に菊を起《おこ》しけり　安藤橡面坊《とちめんぼう》

重陽や底岩までも汐《しお》の澄み　有働《うどう》亨《とおる》

逢《あ》ふためのの別れと思ふ菊の酒　藤木倶子《ともこ》

菊の日のまだ膝だしてあそびゐる　田中裕明《ひろあき》

季語解説　旧暦の9月9日で五節句の一つ。もともとは中国の行事です。陽数（奇数）の9が重なる重陽は「重九」ともいいます。

菊を特にこの日の花として、奈良時代より宮中で観菊の宴が催されました。その後、「重陽の宴」は雅《みやび》な宮廷行事となりましたが、脱亜入欧の明治期に入ると急速に廃《すた》れました。

例句解説　明治初年に岡山県で生まれた安藤橡面坊は、正岡子規《しき》門でした大阪毎日新聞の社員でしたが、大正初期に45歳で亡くなりました。

掲句は庭を眺めると菊が咲いていますが、あいにく風雨が強く、倒れているものが多く見られます。それを哀れんだ作者は、添え木を立てて起こしてやったのです。

延命長寿の霊薬とされた菊は、重陽の日の花。

行事

文化《ぶんか》《ぶんくわ》の日《ひ》

［晩秋］明治節《めいじせつ》・文化祭

石膏像《せっこうぞう》の眼玉《めだま》の白き文化祭　横山白虹《はくこう》

菊の香よ露のひかりよ文化の日　久保田万太郎

叙勲の名一眺めして文化の日　深見けん二

ごみ箱はごみで窒息《ちっそく》文化の日　福田若之《わかゆき》

季語解説　昭和21年（1946）11月3日、日本国憲法が公布。それに伴い「自由と平和を愛し、文化をすすめる日」として昭和23年（1948）、国民の祝日に定められました。この日は皇居で文化勲章が授与されます。なお、かつては明治天皇の生誕を祝う天長節《てんちょうせつ》・「明治節」でした。

また、久保田万太郎の掲句「菊の香よ露のひかりよ文化の日」からもわかる通り、菊薫る頃で天候も安定しており、全国的に晴れやすい特異日といわれています。

例句解説　横山白虹の掲句は文化祭を詠んでいます。さまざまな作品が展示され、石膏の彫刻もその一つ。石膏ですから眼玉といわず全体が真っ白です。でも、だからといって眼玉が描かれていないかといえば、ちゃんと彫られているのです。

鹿の発情期は秋。

動物

鹿《しか》

［三秋］

牡鹿《おじか》・牝鹿《めじか》・小牡鹿《さおしか》・小鹿・鹿の声・鹿鳴く・妻恋ふ《う》
鹿・鹿の妻・鹿笛・神鹿《しんろく》・鹿の角切《つのきり》・角伐《つのきり》・鹿寄せ

雄鹿《おじか》の前吾《われ》もあらあらしき息す　橋本多佳子

ぴいと啼尻声《なくしりごえ》悲し夜の鹿　松尾芭蕉《ばしょう》

老《おい》と見ゆる鹿が鳴きけりまのあたり　河東碧梧桐《かわひがしへきごとう》

鹿二つ立ちて淡しや月の丘　原　石鼎《せきてい》

季語解説　鹿は温和な草食動物で日本中どこにもすんでいます。年中見られる鹿が、なぜ秋の季語なのでしょう。それは交尾期が秋で、9月から11月頃まで「牡鹿」は「牝鹿」を呼びピーっと高く強い声で鳴くためです。芭蕉の句にもあるように、この声はどこか哀愁があり、それを慈しんで秋の季語とされました。また古来、紅葉に配して詠まれる動物でもあります。

有名な奈良公園（春日《かすが》大社）や安芸《あき》の宮島（厳島《いつくしま》神社）の鹿は古来「神鹿」として尊ばれ、春日大社では発情期の10月に古式ゆかしく「鹿の角切」が行なわれます。

例句解説　橋本多佳子の句集『紅《こう》絲《し》』の「鹿」と題する18句の中の一句。「袋角《ふくろづの》指触れねども熱きなり」などもあり、両句とも眼前の動物に女の情念を切々と詠い込んでいます。掲句は発情期の雄鹿を前にした作者の感情の流れが手に取るようにわかります。この句に詠まれたのは奈良公園の鹿です。

動物

鵙《もず》

［三秋］百舌鳥《もず》・鵙の高音《たかね》・鵙の声・鵙の贄《にえ》・鵙猛《もずたけ》る・鵙日和《もずびより》・鵙の晴

独り居《い》のうれしき日なり鵙をきく　及川　貞《てい》

鵙の声かんにん袋破れたか　小林一茶

鵙啼《なき》て秋の日和を定めけり　正岡子規《しき》

かなしめば鵙金色《こんじき》の日を負ひ来《く》　加藤楸邨《しゅうそん》

鳴き声や習性から、猛々しい印象の鵙。

季語解説 秋に山野や人家近くの高い木の頂《いただき》や電柱に止まり、縄張りを誇示するために尾を上下に動かしながらキーッキーッ、キチキチキチと鋭い声で鳴きます。スズメの2倍くらいの大きさで、頭が大きく尾が長いのが特徴。独棲《どくせい》して虫やカエル、蛇、ネズミなどを捕食し、「鵙の贄」といってそれらを小枝など尖《とが》った所に刺して蓄える習性があります。鵙の鋭い高鳴きの声がよく通る晴天を「鵙日和」「鵙の晴」といいます。

例句解説 鵙の鳴き声の特徴をうまく詠んでいるのが、及川貞の掲句です。

鵙同様、一人暮らしのテリトリー宣言ともとれます。作者は淡々とした日常生活を味わい深い作品として詠んだ俳人。その特徴がよく出ている句です。

雁 _{かり}

[晩秋]

がん・かりがね・真雁 _{まがん}・菱喰 _{ひしくい}・初雁 _{はつかり}・雁渡る・雁来る _{きた}・雁の棹 _{さお}・雁の列・雁行 _{がんこう}・雁陣 _{がんじん}・落雁 _{らくがん}・雁の声・雁が音 _ね

一雁 _{いちがん}の列をそれたる羽音かな

月よぎるけむりのごとき雁の列

雁がねの竿 _{さお}になる時なほさびし

雁やのこるもののみな美しき _{かりがね}

能村登四郎 _{のむらとしろう}

大野林火 _{りんか}

向井去来 _{きょらい}

石田波郷 _{はきょう}

季語解説

季節を代表する鳥として挙げられるのは、春の鶯 _{うぐいす}、夏の時鳥 _{ほととぎす}、冬の鴛鴦 _{おしどり}、秋なら雁でしょう。

雁は渡り鳥としての印象が強く、秋にやって来る雁の初飛来の「初雁」から始まり、主に湖沼で越冬して春の帰雁 _{きがん}まで、その移動・飛行の姿がよく詠まれ

ています。子どもの頃、逆V字形などに隊列を組んで飛行する姿に見とれたものですが、これは「雁の棹」「雁の列」「雁行」「雁陣」などといいます。

例句解説

波郷の掲句には「留別 _{りゅうべつ}」という前書きがあります。作られ

たのは昭和18年（1943）9月、召集令状を受けて残していく家族への留別の念を詠んでいます。二度と戻れず再び見ることができないかもしれないという思いが、すべてを「美しき」と見せるのです。

逆V字に隊列を組んで飛ぶ雁行。

動物

鰯《いわし》

[三秋]
真鰯《まいわし》・鰯引《いわしひき》・鰯網・鰯船・鰯売《いわしうり》・鰯干す

海光の一村鰯干しにけり　日野草城《そうじょう》

鰯やく煙とおもへ軒の煤《すす》　室生《むろう》犀星《さいせい》

掬《すく》ひ出す船の鰯の無尽蔵《むじんぞう》　右城《うしろ》暮石《ぼせき》

鰯売る坂逆光に照り出さる　角川源義《げんよし》

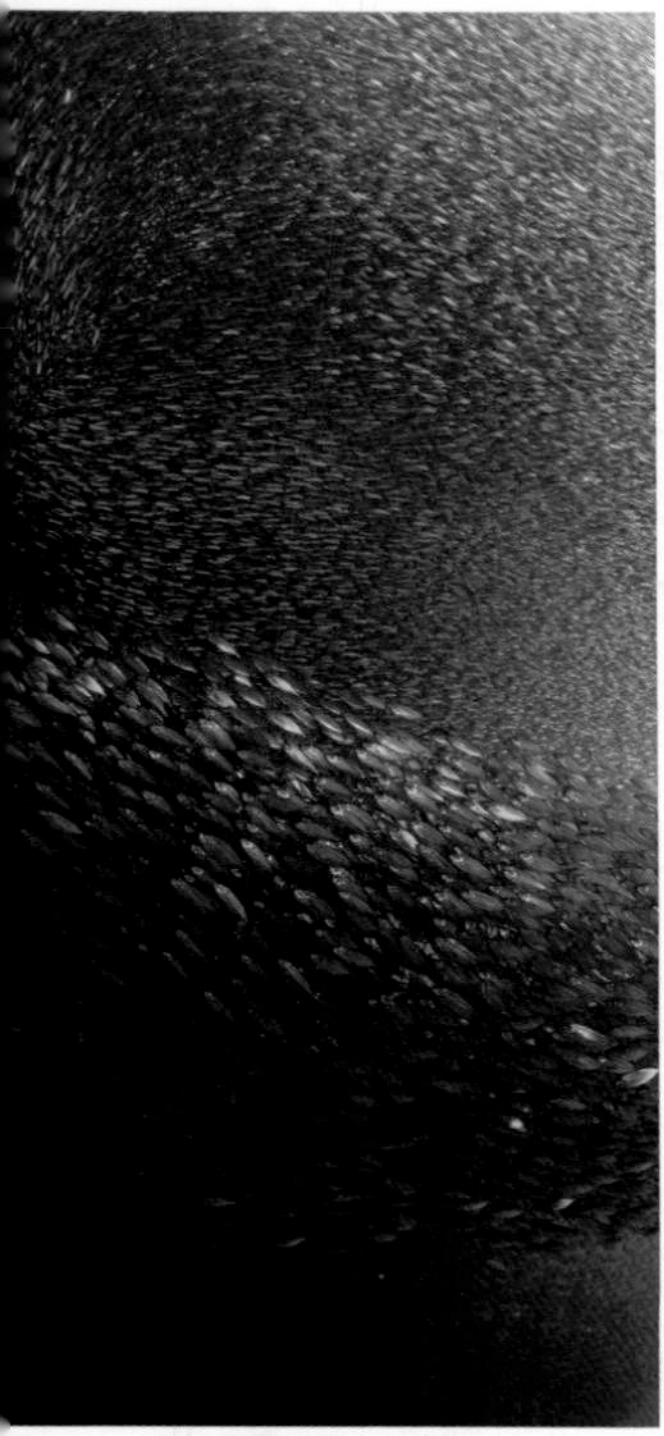
大きな群れをなす鰯。

季語解説 鰯は日本の近海で獲れる一般的な海魚。海水から揚げるとすぐに弱るので、「弱し」がなまって「いわし」と呼ばれるようになったといわれています。

かつては暖流に乗って群れをなして近海に押し寄せ、海の色が変わるほどといわれました。近年は漁獲量が減っていますが、それでも食卓に上る機会の多い大衆魚といえます。脂ののった旬の鰯を塩焼きや刺身・唐揚げなどにして食べるのは、本当にうまいものです。

例句解説 草城の掲句のように、昭和の中頃には大漁で陽光の下《もと》、村のどこを眺めても鰯が干してある風景が見られたのでしょう。

動物

鯊《はぜ》

［三秋］
沙《は》魚《ぜ》・どんこ・鯊の秋・鯊の潮・鯊日和《はぜびより》・鯊釣《はぜつり》

鯊釣や不二《ふじ》暮れそめて手を洗ふ　水原秋櫻子《しゅうおうし》
くもり日の舟板にころころの沙魚　瀧井孝作
さきほどの雲に子が出来鯊日和　皆吉爽雨《みなよしそうう》
沙魚焼くや深川晴れて川ばかり　長谷川春草《しゅんそう》

形の良いものは天ぷらにすると美味。

季語解説　鯊は秋の季語として江戸時代から広く用いられ、「沙魚」とも書きます。内湾や河口の汽水域などに生息する最も大衆的な釣魚《ちょうぎょ》で夏から釣れますが、釣り人が押しかけるのは秋の彼岸《ひがん》からです。

大ぶりの鯊が数多く釣れる頃は、秋の好天に恵まれるため「鯊日和」といわれます。また、上げ潮の時によく釣れるので「鯊の潮」という言葉もあります。

例句解説　子どもでも素人でもたやすいといわれる鯊釣。秋櫻子の掲句は、昼間見えていた富士山が暮れ始めるまで鯊釣をしてたくさん釣れたのでしょうか。きっと満足のいく収穫で釣り竿《ざお》をしまって手を洗ったのです。今夜は塩焼きか天ぷらで、食卓に一品添えることになるのでしょう。

動物

鮭《さけ》

［三秋］

しゃけ・秋味《あきあじ》・初鮭・鮭漁・鮭網・鮭打《さけうち》・鮭簗《さけやな》・鮭番屋・はららご・筋子・いくら

もの影のごとくに鮭のさかのぼる　阿部慧月《けいげつ》

初鮭や網代《あじろ》の霧の晴間より　各務支考《かがみしこう》

初鮭やほのかに明けの信濃川《しなのがわ》　井上井月《せいげつ》

鮞《はららご》をぬかれし鮭が口を開け　清崎敏郎《きよさきとしお》

季語解説　なじみ深い魚・鮭は、北九州以北の日本海沿岸と利根川以北の太平洋沿岸に分布し、4年ほど海で生活した後、秋から冬にかけての産卵期に大群をなして母川《ぼせん》をさかのぼります。この遡上《そじょう》直前に漁獲されたものが最も美味といわれています。

「秋味」は遡上する鮭の異名、その鮭を竿《さお》や棒で打って捕まえるのが「鮭打」、「はららご」「筋子」「いくら」は鮭の卵です。

例句解説　冒頭句の作者・阿部慧月は北海道の十勝《とかち》生まれ。いわば鮭の遡上の本場の人です。そういう環境が独自の描写につながっているのでしょう。「もの影のごとくに」という言葉だけで、鮭の遡上の壮観さが見て取れます。

大群で母川をさかのぼる鮭。

動物

秋刀魚《さんま》

［晩秋］

さいら・初さんま・秋刀魚網

荒海の秋刀魚を焼けば火も荒ぶ　相生垣瓜人《あいおいがきかじん》

秋刀魚焼く匂《におい》の底へ日は落ちぬ　加藤楸邨《しゅうそん》

秋刀魚焼いて泣きごとなどは吐くまじよ　鈴木真砂女《まさじょ》

火だるまの秋刀魚を妻が食はせけり　秋元不死男《ふじお》

炭火焼きは格別。

季語解説 落語「目黒のさんま」でおなじみの殿様も好物の秋刀魚。江戸時代にも庶民の食膳を賑《にぎ》わしていたことを物語っていますが、その頃は季語ではありませんでした。

詩歌の世界で注目されるようになったのは、俳句でも短歌でもなく、佐藤春夫の詩「秋刀魚の歌」によってなのです。この詩によって秋刀魚は秋風とともにやって来る魚として定着し、庶民の秋の味覚の代表となったといってよいでしょう。ただ、近年は不漁で高値の年も増えています。

例句解説 荒海を回遊してきた秋刀魚は脂がのっていて、焼けばジュッと火柱が立つほどです。そんな秋刀魚を焼いているシーンを切り取って詠んだのが相生垣瓜人の掲句です。

この句を読むと、大根おろしを添え、ユズやスダチを搾って早く食べたいと思ってしまいます。

動物

蜩《ひぐらし》

［初秋］ かなかな・日暮《ひぐらし》

日ぐらしや急に明るき湖《うみ》の方《かた》　小林一茶
星合《ほしあい》や蜩になる蟬《せみ》の声　宝井其角《きかく》
かなかなの鈴ふる雨となりにけり　久保田万太郎
かなかなやなかなか逢《あ》へぬ人の文　鈴木友寄枝《ゆきえ》

季語解説 蟬のなかで最も美しい鳴き声といわれる蜩は、晩夏から初秋にかけてカナカナカナと哀調のある澄んだ声で鳴きます。実際は夏の間が盛りで、立秋以降に出現するつくつく法師より早くからいます。主に夕暮れに遠くまで響く声で鳴くので、この名が付けられました。

『万葉集』では晩蟬《ひぐらし》などとして夏にも入れられていますが、『古《こ》今集《きんしゅう》』以降は秋の季題として用いられています。

例句解説 一茶の掲句は蜩が鳴き始めると、湖の方《ほう》が一瞬さっと明るくなるという意。蜩が鳴く時の瞬間的な景の動きが的確に詠まれています。一茶といえば、軽妙で奇知に富んだ発想の句を思い出す人が多いでしょうが、このように自然の中に入って鋭い感性で詠んだ句もあるのです。

もの悲しく美しい蜩の鳴き声。

動物

蜻蛉《とんぼ》

［三秋］　とんぼう・あきつ・やんま・蜻蛉《せいれい》・赤蜻蛉・秋茜《あきあかね》・深山茜《みやまあかね》・鬼やんま・銀やんま・塩辛とんぼ・蜻蛉釣《とんぼつり》

とどまればあたりにふゆる蜻蛉《とんぼ》かな　中村汀女《ていじょ》

蜻蛉《とんぼう》の空蜻蛉の空の上　後藤比奈夫《ひなお》

蜻蛉《せいれい》のあとさらさらと草の音　古舘曹人《ふるたちそうじん》

寝ころべば若き日の空鬼やんま　成田千空《せんくう》

季語解説　蜻蛉の薄く透き通った羽を左右にピンと張ったまま飛ぶさまは勇ましく、速力も昆虫界では最高の部類です。素早く飛行しながら、その強い顎《あご》で蚊や蛾《が》などを捕食するので、英名では「ドラゴンフライ」と呼ばれています。

俳句で蜻蛉が好んで詠まれるようになったのは、蕉門《しょうもん》（松尾芭蕉《ばしょう》の門弟《もんてい》）の人たちによるといわれています。

例句解説　冒頭句は汀女の横浜時代の代表句の一つで「三溪園《さんけいえん》」と前書きがあります。結婚とともに一時中断していた俳句を、夫の横浜赴任《ふにん》を機に再開しました。ふと立ち止まったら自分の周りに蜻蛉が集まったというのですが、再び俳句と向き合おうとする作者の心躍る気持ちが感じられる句です。

鬼やんまは蜻蛉の王様、郷愁を感じる人も。

動物

虫《むし》

［三秋］

虫の声・虫の音《ね》・虫すだく・虫時雨《むししぐれ》・虫の闇・昼の虫・虫の秋・残る虫・すがれ虫・虫籠《むしかご》・虫籠《むしこ》・虫狩《むしがり》・虫売《むしうり》

行水《ぎょうずい》の捨てどころなし虫の声　上島鬼貫《うえしまおにつら》

わが庵《いお》は古本紙屑《かみくず》虫の声　永井荷風《かふう》

或《あ》る闇は蟲《むし》の形をして哭《な》けり　河原枇杷男《かわはらびわお》

虫の夜の星空に浮く地球かな　大峯《おおみね》あきら

例句解説　江戸中期・元禄の頃の俳人・上島鬼貫の掲句は、庭先にたらいを持ち出して行水をし、使った湯水を捨てようとしたら虫の声に囲まれて、虫のことをおもんばかると捨てるに捨てられないという句意です。

季語解説　鈴虫・松虫・コオロギなど、秋に鳴く虫の総称。鳴くのは雄で、その音色は種類により多彩ですが、それぞれに風情があり、美しく寂しげに鳴く虫は、日本人の「もののあわれ」に根差した伝統的な俳句の主題です。秋の寂しさと同時に命のいとしさやはかなさを感じさせ、しみじみとした情《じょう》趣《しゅ》を醸し出します。

「虫すだく」「虫時雨」はたくさんの虫が鳴き競うさま、「残る虫」「すがれ虫」は盛りを過ぎても鳴く虫のことです。

入谷の朝顔市。

植物

朝顔《あさがお》《あさがほ》

[初秋]
牽牛花《けんぎゅうか》・蕣《あさがお》

朝顔や百《もも》たび訪《と》はば母死なむ　永田耕衣《こうい》
朝がほや一輪深き淵《ふち》のいろ　与謝蕪村《よさぶそん》
朝顔の紺の彼方《かなた》の月日かな　石田波郷《はきょう》
あさがほのゆふべの雨のにほひかな　竹内洋平

季語解説　晩夏から初秋にかけて咲き、7月上旬に東京・入谷《いりや》鬼子母《きしも》神《じん》で開かれる朝顔市など、いまでは夏を代表する花として定着しています。そもそも朝顔は奈良時代に唐《とう》から薬用として渡来し、その花の美しさに魅せられていつしか観賞用の花となりました。『万葉集』にある山上憶良《やまのうえのおくら》の「秋の野の花を詠める二首」によって、朝顔は秋の七種《ななくさ》の花の一つとされました。俳句ではこの万葉以来の伝統に従って秋の季語としています。

例句解説　永田耕衣の掲句は、百たび訪ねたならば母は死ぬだろうと断定的にいっています。それは作者の母に対する愛なのか、非情なのか。戦慄《せんりつ》的ともいえる逆説が朝顔に込められているのです。

はかなく一日でしぼむ木槿の花。

植物

木槿《むくげ》

［初秋］

きはちす・花木槿・白木槿・紅木槿《べにむくげ》・底紅《そこべに》

道のべの木槿は馬にくはれけり　松尾芭蕉《ばしょう》

底紅の咲く隣にもまなむすめ　後藤夜半《やはん》

傷つけし人もあるはず白木槿　倉橋羊村《ようそん》

今日生きて余命を減らす花むくげ　鈴木舜子《しゅんし》

季語解説 日なたを好む高さ3メートルほどのアオイ科の落葉低木で、晩夏から初秋にかけて次々に花を咲かせます。刈り込みや移植に強いので、庭木や生け垣として江戸時代から広く栽培されてきました。赤紫や白、白い花の中心が赤い「底紅」、一重《ひとえ》、八重《やえ》咲きなど多くの品種がありますが、いずれも花は一日でしぼみます。

例句解説 芭蕉の掲句は『野ざらし紀行』に収載されており、「馬上吟」と前書きがあります。馬上から見た瞬時の出来事を捉え、おかしみとはかなさの交錯《こうさく》する境地を言い留めています。

植物

芙蓉《ふよう》

［初秋］　花芙蓉・白芙蓉・紅芙蓉《べにふよう》・酔芙蓉《すいふよう》

朝々《あさあさ》の芙蓉の数となりしかな　安住《あずみ》 敦《あつし》

朝な梳《す》く母の切髪《きりかみ》花芙蓉　杉田久女《ひさじょ》

ロゼといふ色に出《い》でたる酔芙蓉　後藤比奈夫《ひなお》

花びらにゆるき力の芙蓉かな　下田実花《じっか》

季語解説 花の咲く時季も花の形も木槿《むくげ》に似ているのは、同じアオイ科の落葉低木だからです。花は朝開き、夕方にはしぼんでしまう一日花であることも同じです。樹形は芙蓉の方が柔らかい感じがします。寒さに弱く、冬ほとんど茎が枯れるので切ってしまいます。翌春、切ったあたりから新しい芽が出てきます。

園芸品種も多く、淡紅、白、一重、八重咲きなどがあります。「酔芙蓉」は咲き始めは白ですが、次第に紅色に変わるので酔客の顔色になぞらえて付けられました。

例句解説 安住敦は戦前、富安風生《とみやすふうせい》に俳句を学び、戦後、活躍しました。掲句は次々に朝咲きだす花の様子を句に写生したものです。

植物

萩《はぎ》

［初秋］

山萩・鹿鳴草《しかなきぐさ》・玉見草《たまみぐさ》・初見草《はつみそう》・初萩・萩の花・野萩・白萩・紅萩《べにはぎ》・小萩・乱れ萩・こぼれ萩・萩原《はぎわら》・萩叢《はぎむら》・萩見・萩の宿・萩日和《はぎびより》・萩の風・萩散る

行々《ゆきゆき》てたふれ臥《ふす》とも萩の原　河合曾良《そら》

しら露もこぼさぬ萩のうねりかな　松尾芭蕉《ばしょう》

萩の風何か急《せ》かるる何ならむ　水原秋櫻子《しゅうおうし》

萩少し咲きたる土のほてりかな　後藤　章《あきら》

季語解説　もともと山野に生ずる落葉低木で、東アジアや北米に分布しています。なかでも日本は最も種類も花の美しいものも多く、「山萩」、宮城野萩《みやぎのはぎ》、錦萩《にしきはぎ》はその代表です。

可憐《かれん》な房状の紅紫《あかむらさき》の花が枝ごとしなやかに揺れるさまや、散りこぼれるさまは、日本人の情念「もののあわれ」につながるものとして詩人たちに愛されてきました。『万葉集』で歌われた花のなかで萩が最も多く、山上憶良《やまのうえのおくら》の歌では秋の七草のトップに挙げています。栽培も万葉時代にはすでに行なわれており、萩という日本特有の国字からも秋の代表的な景物と考えられていたことがわかります。

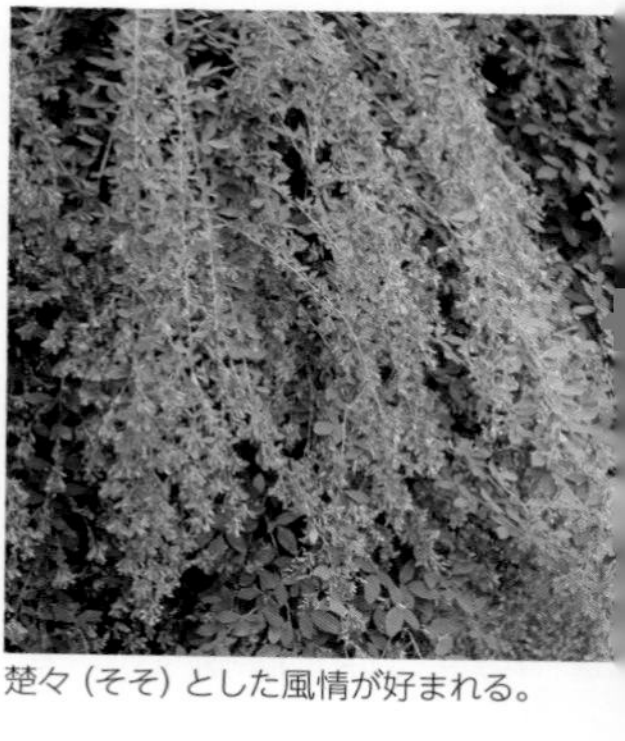

楚々（そそ）とした風情が好まれる。

例句解説　曾良は信濃国上諏訪《しなののくにかみすわ》の人で、蕉門十哲《しょうもんじってつ》の一人。『おくのほそ道』の句の旅に同行して『曾良旅日記』を残しました。

一面に咲く曼珠沙華。

植物

曼珠沙華《まんじゅしゃげ》

［仲秋］

彼岸花《ひがんばな》・死人花《しびとばな》・幽霊花《ゆうれいばな》・天蓋花《てんがいばな》・捨子花《すてごばな》・狐花《きつねばな》

西国《さいごく》の畦《あぜ》曼珠沙華曼珠沙華　森　澄雄

つきぬけて天上の紺曼珠沙華　山口誓子《せいし》

曼珠沙華どれも腹出し秩父《ちちぶ》の子　金子兜太《とうた》

まづ友が泣き喪主が泣き曼珠沙華　高山桂月《かげつ》

季語解説　曼珠沙華は『法華経《ほけきょう》』に出てくる梵語《ぼんご》で、赤い花を意味するといわれています。鮮やかな色、蘂《しべ》の長い特異な形など、一度見たら忘れられない花です。

秋の彼岸の頃に咲くので「彼岸花」と呼ばれますが、墓地などにも多く「死人花」「幽霊花」などの別名もあります。

例句解説　昭和50年（１９７５）、兵庫県姫路市郊外での作といわれる澄雄の掲句は、名詞とリズムだけで構成した俳句の原型ともいえる作品です。「曼珠沙華曼珠沙華」とたたみかけるリフレインにより、曼珠沙華が群がり咲くさままで視覚的に描き出しています。

325

植物

鶏頭《けいとう》

［三秋］

鶏頭花《けいとうか》・扇鶏頭《おうぎけいとう》・箒鶏頭《ほうきけいとう》・葉鶏頭《はげいとう》・雁来紅《がんらいこう》・かまつか

鶏頭の十四五本《じゅうしごほん》もありぬべし　正岡子規《しき》

一本の鶏頭燃えて戦終《いくさおわ》る　加藤楸邨《しゅうそん》

鶏頭を三尺離れもの思ふ　細見綾子

鶏頭に鶏頭ごつと触れゐたる　川崎展宏《てんこう》

季語解説　鶏頭はインド原産で、日本には中国を経て渡来したとされています。花の色、形が鶏の鶏冠《とさか》に似ていることからその名が付きました。「葉鶏頭」「雁来紅」などは同じヒユ科の別種で、鶏頭よりもやや丈があります。

例句解説　鶏頭の句といえば、大多数の人が正岡子規の掲句を挙げるでしょう。鶏頭論争なども巻き起こし、さまざまな話題とともに有名な一句です。

子規は赤の色を好み、秋草のなかでもことに鶏頭が好きだったといいます。この句は明治33年（1900）9月9日、子規庵の句会での即吟。病床から前庭を眺めた時の句で、ほかの花には目もくれず、子規は真っ赤な鶏頭に魅せられたのでしょう。

鮮やかな鶏頭の花は、その形もさまざま。

植物

菊《きく》

［三秋］

菊の花・白菊《しらぎく》・黄菊・大菊・中菊・小菊・初菊・乱菊《らんぎく》・菊畑・黄金草《こがねぐさ》・齢草《よわいぐさ》・霜見草《しもみぐさ》・初見草《はつみぐさ》・菊花展《きっかてん》・晩菊・残菊・残る菊・野菊・菊人形・菊膾《きくなます》

菊咲けり陶淵明《とうえんめい》の菊咲けり　山口青邨《せいそん》

菊の香や奈良には古き仏達　松尾芭蕉《ばしょう》

魚燈《ぎょとう》してあしたの菊を陳《なら》べけり　宮沢賢治

わがいのち菊にむかひてしづかなる　水原秋櫻子《しゅうおうし》

季語解説　菊は梅、竹、蘭《らん》とともに、古くから気高いと愛《め》でられてきた花の四君子《しくんし》の一つで、奈良時代に中国から薬草として伝えられたとされています。その後、菊文化が発達して観賞用はもちろんのこと、食用としても用いられてきました。異名も多く、秋を代表する花であるとともに、桜と並んで日本を代表する花となっています。

「晩菊」「残菊」「残る菊」は晩秋にひっそりと咲く菊、「野菊」は山野に自生する菊、「菊膾」は花びらをゆでて酢などで和《あ》えた料理です。

例句解説　青邨の掲句には「陶淵明」という東晋《とうしん》時代の詩人が詠み込まれています。この陶淵明は酒と菊の花をこよなく愛し、有名な菊の詩を残しています。その陶淵明も愛した菊の花が、いま咲いたというのです。

植物

葛《くず》

［三秋］　葛の花・葛の葉・真葛《まくず》・真葛原・葛かづら《ず》

あなたなる夜雨《よさめ》の葛のあなたかな　芝不器男《ふきお》

葛の葉のうらみ顔なる細雨《こさめ》かな　与謝蕪村《よさぶそん》

白昼の闇したがへて葛咲けり　松村蒼石《そうせき》

葛の蔓《つる》ひたすら垂れて地を探す　沢木欣一《きんいち》

季語解説　山野に群生するマメ科の蔓《つる》性多年草。繁殖力が強く、蔓は地をはい、木に絡みついて10メートルにも達します。根に多量のデンプンを蓄えており、これが葛粉の原料です。

夏から秋に紅紫《あかむらさき》の花を房状につけます。詩歌では伝統的に花より葉がしばしば歌われてきました。葉裏が白いため、風にあおられて裏返ると目立ち、「裏見」が「うらみ葛の葉」に通じることなどから、花よりも葉が重んじられたのです。

例句解説　芝不器男の掲句の「あなた」は彼方《かなた》・貴女《あなた》と解釈も可能な情景の広がりが感じられ、「夜雨の葛」という実景から心象への移行が巧みに詠み込まれています。「二十五日仙台につく。みちはるかなる伊予の我が家をおもへば」の前書きがあります。

白い葉裏が特徴。

植物

芒《すすき》

［三秋］ 薄《すすき》・尾花《おばな》・花芒《はなすすき》・芒野・芒原・鷹《たか》の羽芒《はすすき》・穂芒・糸芒

をりとりてはらりとおもきすすきかな　飯田蛇笏《いいだだこつ》

行く秋の四五日《しごにち》弱るすすきかな　内藤丈草《じょうそう》

地獄絵のみな裸なり花芒　小川軽舟《けいしゅう》

花すすき軍用車過ぐまた過ぐる　真中てるよ

季語解説 芒といえば、団子とともに月見になくてはならないもの。また「芒野」「芒原」のさまは壮観です。

『万葉集』以来、多くの詩歌に詠まれてきました。秋風になびく芒の光景には独特の寂しさが漂い、それゆえに愛されてきたのでしょう。

例句解説 蛇笏の掲句は昭和5年（1930）作で、すべて平仮名表記されています。最初、句集『山廬集《さんろしゅう》』に収載された時は「折りとりて」と漢字が使われていました。平仮名にすることによって、折った後の「はらりとおもき」という芒の重たさに対する驚きを、より的確に表現しようとしたためだろうといわれています。

どこかもの寂しい一面の芒原。

植物

稲《いね》

［三秋］
稲田《いなだ》・初穂・稲穂《いなほ》・稲の花・秋の田・色づく田・稔《みの》り田・稲の波・稲穂波・稲の香《か》・稲の秋・早稲《わせ》・中稲《なかて》・晩稲《おくて》・陸稲《おかぼ》

稲稔りゆつくり曇る山の国　廣瀬直人

稲稔りゆくしづかさに村はあり　長谷川素逝《そせい》

万葉の秋の田の歌恋のうた　筑紫磐井《つくしばんせい》

みちのくは今もみちのく稲の花　結城《ゆうき》節子

季語解説 秋の稲作地帯は稔った稲穂が風にそよいで一面に黄金色の波が立ち、その風景に感動さえ覚えます。

日本の稲の起源は縄文後期といわれ、主要作物として欠かせないものであるとともに、文化面においても多大な影響を与えてきました。明治期以降は品種改良が進んで産地に適した優良品種が生み出されており、いまではコシヒカリをはじめ、全国各地の銘柄米（ブランド米）が人気を集めています。

黄金色に稔る稲の穂。

例句解説 掲句の作者・廣瀬直人は山梨の人。甲府盆地のたたずまいが感じられます。中七の「ゆつくり曇る」に、稲の稔る頃の気候が的確に表現され、淡々としたなかに大きさを感じさせる句です。

植物

芋《いも》

［三秋］

芋畑・里芋・八頭《やつがしら》・親芋・子芋・衣被《きぬかつぎ》・芋茎《ずいき》・芋の葉・芋の秋・芋秋《いもあき》・芋掘る・里芋田楽《さといもでんがく》・芋煮会・芋煮

芋掘りし泥足脛《どろあしはぎ》は美しく　平畑静塔《ひらはたせいとう》

芋腹をたたいて歓喜童子かな　川端茅舎《ぼうしゃ》

百姓《ひゃくしょう》の命かしこみ芋の秋　石塚友二《ともじ》

八頭いづこより刃を入るるとも　飯島晴子《はるこ》

季語解説　俳句で芋といえば「里芋」のこと。月見の供え物にもなり「芋名月」ともいわれます。「八頭」「衣被」なども秋の季語です。

里芋は熱帯アジア原産で、日本でも昔から畑で栽培されてきました。繁殖力旺盛なことで知られ、万葉時代以来、重要な食糧となっています。

例句解説　芋掘りの風景を詠んだ平畑静塔の掲句は、大きな里芋が数多く収穫できたのでしょう。里芋は一つの株にたくさんの芋ができているので、掘るのがけっこう大変です。泥にまみれた足、ましてや脛《すね》は、その収穫に見合って美しく見えます。

仙台の芋煮は味噌味。

木《こ》の実《み》

［三秋］

木の実落つ・木の実降る・木の実独楽《ごま》・木の実雨・木の実時雨《しぐれ》・木の実時・団栗《どんぐり》・団栗独楽・銀杏《ぎんなん》・銀杏《いちょう》の実・櫟《くぬぎ》の実・椎《しい》の実・落椎《おちしい》・樫《かし》の実・桐《きり》の実・橡《とち》の実・櫨《はぜ》の実・枸杞《くこ》の実

よろこべばしきりに落つる木の実かな　富安風生《とみやすふうせい》

老の掌《て》をひらけばありし木の実かな　後藤夜半《やはん》

木の実雨瞳《め》つぶれば誰《た》も誰も子供　三橋鷹女《みつはしたかじょ》

森に降る木の実を森の聞きゐたり　村越化石《かせき》

季語解説　秋になると熟する楢《なら》、櫟、椎、樫、橡など、大小さまざまな木の実の総称で、近代に入って好んで詠まれるようになった季語です。「木の実雨」「木の実時雨」は木の実が盛んに落ちるさまをいい、「団栗」など落ちた実に棒を刺すと「木の実独楽」「団栗独楽」になります。

例句解説　童心に帰ったような風生の掲句は、昭和7年（1932）作で第1句集『草の花』に収載されている作者の代表句の一つです。

作者が何かを喜んでいると、木が呼応するように木の実を降らせてきたという、温かみがあって軽妙洒脱《しゃだつ》な句です。

リスも子どもも大好きな団栗。

植物

葡萄《ぶどう》 葡萄《ぶだう》

［仲秋］

葡萄棚・葡萄園・葡萄狩・甲州葡萄・マスカット・デラウェア・巨峰・山葡萄・野葡萄

葡萄一粒一粒の弾力と雲　富沢赤黄男《かきお》

一つぶの葡萄おもたき別離かな　前田普羅《ふら》

指は一粒回してはづす夜の葡萄　上田信治《しんじ》

ぶだうといふ唇《くちびる》は葡萄のかたち　せきみちこ

ずっしりと重い葡萄。

季語解説　秋の日を浴び、色づいた実を房いっぱいにつけた葡萄は極上の果物です。秋の果樹の代表ともいえ、日本には中国経由で渡来しました。「山葡萄」「野葡萄」は野生の別種です。

世界全体の生産量は果樹中トップクラスで、栽培されている約7割がワイン用の品種。日本では全国の生産量の4分の1を占める山梨と、長野が主産地です。

例句解説　いかにもおいしそうな葡萄が目に浮かぶ句です。葡萄一粒の弾力にまずスポットを当てて、さらに雲という大きな背景を置いています。触覚と視覚の両面から葡萄を捉えているのです。

植物

柿《かき》

［晩秋］

甘柿・渋柿・熟柿《じゅくし》・干柿《ほしがき》・ころ柿・吊《つる》し柿・串柿・樽柿《たるがき》・富有柿《ふゆうがき》・次郎柿・柿の秋・柿日和《かきびより》・木守柿《こもりがき》

青竹が熟柿のどれにでも届く　飯田《いいだ》龍太《りゅうた》

柿くへば鐘が鳴るなり法隆寺　正岡子規《しき》

我が死ぬ家柿の木ありて花野見ゆ　中塚一碧楼《いっぺきろう》

柿を見て柿の話を父と祖父　塩見恵介

田舎の風景を象徴する柿。

季語解説　秋を象徴する原風景としてなじみ深い柿。日本古来の植物で、鎌倉時代にはすでに「甘柿」と「渋柿」が区別されていたようです。渋柿は「干柿」「ころ柿」や「樽柿」などに加工して食べられます。

「柿日和」は柿が豊かに実っている頃の晴天、「木守柿」は翌年の豊作を願って一つだけ木に残しておくもので、冬の季語「木守《きまもり》」の傍題としても用いられます。

例句解説　龍太の掲句ですが、渋柿でも赤く柔らかい「熟柿」になれば食べられます。渋柿はだいたい堅いままでころ柿などにしますが、熟柿は渋みが抜けて甘くなり食べられるのです。

そんな熟柿を先を割った青竹に挟んで枝ごと折って取ります。青竹は「どれにでも届く」状態です。秋晴れの空の下《もと》、赤い熟柿とそれを取るための青竹、色彩も鮮やかです。

植物

林檎《りんご》

［晩秋］

林檎園・林檎狩・紅玉《こうぎょく》・国光《こっこう》・ふじ

空は太初《たいしょ》の青さ妻より林檎うく　中村草田男《くさたお》

林檎むく五重の塔に刃を向けて　野見山朱鳥《のみやまあすか》

刃を入るる隙なく林檎紅潮《こうちょう》す　野澤節子

林檎の木ゆさぶりやまず逢《あ》いたきとき　寺山修司《しゅうじ》

季語解説　旬の秋の林檎は味・香り・滋養《じよう》など、あらゆる面で優れています。日本では明治期以降に栽培されるようになり、「紅玉」「国光」「ふじ」、王林《おうりん》、つがるなどのほか、新しい品種も次々に登場し、時代とともに人気度も変わっています。

例句解説　草田男の掲句は第二次世界大戦後の昭和21年（1946）の作。終戦後、日本は悲惨な状態にありましたが、その一方で新しい世界がスタートしようとしていました。

「太初の青さ」で広がる空の下《もと》、妻からみずみずしい林檎を受け取ったのです。前書きには「居所を失ふところとなり、勤先《つとめさき》の学校の寮の一室に家族と共に生活す」とあります。そういう状況にもかかわらず、句からは明日への希望に満ちた明るささえ感じられます。

新しい品種が次々に登場する林檎。

植物

柚子《ゆず》

［晩秋］

酢橘《すだち》・かぼす・橙《だいだい》・木守柚《こもりゆず》・柚味噌《ゆずみそ》・柚餅子《ゆべし》

走り柚子小さき枝の葉の中に　篠原　梵《ぼん》

何をする気にもなれずよ柚子ひとつ　草間時彦

子の置きし柚子に灯のつく机かな　飴山《あめやま》　實《みのる》

柚子もがれさむく静かな月夜来る　大井雅人《がじん》

季語解説　柚子は「酢橘」「かぼす」「橙」とともに、松茸《まつたけ》や秋刀魚《さんま》など秋の味覚には欠かせない日本の香りです。また、日本料理の香り添えだけではなく、「柚味噌」や「柚餅子」としても親しまれてきました。柑橘《かんきつ》類のなかで最も耐寒性が強く、日本には古い時代に渡来しました。生育は遅く「桃栗3年、柿8年、阿呆《あほう》の柚子は13年」ともいわれています。「木守柚」は翌年の豊作を願って一つだけ木に残しておくもので、冬の季語「木守《きまもり》」の傍題としても用いられます。

例句解説　篠原梵の掲句は「走り柚子」ですから出たての柚子です。それが小さい枝の、しかも葉の中にあるのです。熟すにはまだまだ時間がかかりそうです。

秋の味覚に欠かせない香り。

栗《くり》

［晩秋］

毬栗《いがぐり》・柴栗《しばぐり》・ささ栗・山栗・丹波栗《たんばぐり》・笑栗《えみぐり》・虚栗《みなしぐり》・落栗《おちぐり》・栗林・栗山・栗拾い・焼栗《やきぐり》・ゆで栗・栗飯・栗おこわ・栗羊羹《くりようかん》・栗饅頭《くりまんじゅう》・栗鹿の子《くりかのこ》・栗きんとん・マロングラッセ

行《ゆ》くあきや手をひろげたる栗のいが　松尾芭蕉《ばしょう》

毬栗の蓑《みの》にとどまる嵐かな　加舎白雄《かやしらお》

栗むきて夫婦は黙《もだ》の刻《とき》多し　榎本冬一郎《えのもとふゆいちろう》

笑栗のおほふ大屋根奥信濃《おくしなの》　たむら葉《よう》

季語解説 「柴栗」「ささ栗」「山栗」は山野に自生しますが、「丹波栗」のように栽培されているものもあります。縄文時代から重要な食料であり、戦国時代には兵糧《ひょうろう》としても用いられました。いまでは「栗羊羹」「栗饅頭」「栗鹿の子」などの和菓子のほか、「ゆで栗」や甘露煮、栗ごはんなど、さまざまな調理法で食されています。

「笑栗」は毬が少し開いて実がのぞいている状態、「虚栗」は中に実のない栗です。

例句解説 芭蕉の掲句は『芭蕉翁追善之日記《ばしょうおうついぜんのにっき》』（各務支考《かがみしこう》著）の元禄7年（1694）9月の条に「五日の夜なにがしの亭に会あり」として収載されています。

手を広げて行く秋を呼び戻そうとするような開いた栗の毬に、自分を熱心に引き留める伊賀の門人たちに対する惜別《せきべつ》の情を託しています。芭蕉はこのほぼ1カ月後の10月12日、51歳で亡くなりました。

植物

紅葉《もみじ》

紅葉《もみぢ》

［晩秋］

紅葉《こうよう》・黄葉《もみじ》・黄葉《こうよう》・もみぢ葉《じ》・もみいづる・色葉《いろは》・初紅葉・薄紅葉・夕紅葉・照葉《てりは》・照紅葉《てりもみじ》・名木紅葉《なのきのもみじ》・雑木紅葉《ぞうきもみじ》・楓《かえで》・桜紅葉・柿紅葉・梅紅葉・銀杏黄葉《いちょうもみじ》・漆紅葉《うるしもみじ》・櫨紅葉《はぜもみじ》・満天星紅葉《どうだんもみじ》・ななかまど・谷紅葉・紅葉山・紅葉川・むら紅葉・草紅葉・紅葉且《か》つ散る・色葉散る・銀杏散る・黄落《こうらく》・黄落期

障子しめて四方《よも》の紅葉を感じをり　星野立子《たつこ》

涼しさや風の色さす梅紅葉　志太野坡《しだやば》

この樹登らば鬼女《きじょ》となるべし夕紅葉　三橋鷹女《みつはしたかじょ》

銀杏散る思ひ出したるやうに散る　岩田由美

季語解説　秋も深まってくると、それまで緑色だった草木が冷気によって赤や黄色に変化します。紅葉といえば際立って美しい「楓」が代表的ですが、それ以外の樹木にもいいます。紅葉、黄葉、いずれも「もみじ」です。美しく色づく木にはその名を付けて「柿紅葉」「銀杏紅葉」などとも表します。紅葉にまつわる季語は極めて多く、「紅葉且つ散る」は色づきながら散ることや、木によって盛りや散りだすものもある状態をいいます。

春には満開の桜、秋には赤や黄の見事な紅葉を目の当たりにすると、四季の移ろいに思わず感謝したくなります。

例句解説　立子の掲句は、いかにも感性を研ぎ澄ました一句です。肉眼で見るよりも障子を閉めてイマジネーションを働かせた方が、紅葉の燃え立つような鮮やかさがより浮き彫りになるともいえます。

紅葉の名所として有名な鳴子峡（なるこきょう）の大谷川（おおやがわ）。

秋《あき》 [三秋]

金秋《きんしゅう》・白秋・白帝・錦秋《きんしゅう》・素秋《そしゅう》・三秋《さんしゅう》・九秋《きゅうしゅう》・八月・九月・十月・初秋《しょしゅう》・仲秋・晩秋

一般的には9月から11月だが、俳句では立秋（8月7日頃）から立冬（11月7日頃）の前日まで。三秋は初秋・仲秋・晩秋、九秋は秋の九旬《くじゅん》（90日間）のこと。

秋淋《さび》しおのがつたなき心より　向井去来《きょらい》
透明な傘をすべってゆく秋よ　宮本佳世乃《かよの》
鳩の秋ポップコーンを民が踏む　大塚凱《がい》

文月《ふみづき》 [初秋]

文月《ふづき》・七夕月《たなばたづき》・秋初月《あきはづき》・涼月《りょうげつ》・葉月《はづき》・月見月・秋風月・雁来月《かりくづき》・萩月《はぎづき》・桂月《けいげつ》・長月《ながつき》・菊月《きくづき》・紅葉月《もみはづき》・寝覚月《ねざめづき》・稲刈月《いねかりづき》・玄月《げんげつ》

文月は旧暦の7月、葉月は8月、長月は9月。ほかにもこの時季の風物などから、さまざまな異称がある。

葉を洗ふ雨の音して文月《ふづき》かな　鷲谷七菜子《わしたにななこ》
わが葉月世を疎《うと》めども故《ゆえ》はなし　日野草城《そうじょう》
長月の今日のひと日の紅《べに》を恋《こ》ふ　池内友次郎《いけのうちともじろう》

二百十日《にひゃくとおか》《にひゃくとをか》 [初秋]

厄日《やくび》・二百二十日《にひゃくはつか》

立春から数えて210日目で9月1日頃。かつては稲の開花期にあたり、仲秋の二百二十日とともに台風シーズンの到来と重なるため、農家では厄日として特に警戒した。

田を責める二百十日の雨の束　福田甲子雄《きねお》
遠嶺《とおね》みな雲にかしづく厄日かな　上田五千石《ごせんごく》
二百十日細かく刻む紅生姜《べにしょうが》　こしのゆみこ

台風《たいふう》 [仲秋]

颱風《たいふう》・台風裡《たいふうり》・台風禍《たいふうか》・台風圏・台風の目・台風過《たいふうか》・高潮

最大風速が毎秒約17メートル以上の熱帯低気圧。強風・大雨・高波・高潮などをもたらし、甚大《じんだい》な被害を与える。

神父必死颱風の傘うちすぼめ　加藤楸邨《しゅうそん》

颱風に吹きもまれつつ橡《とち》は橡　富安風生《とみやすふうせい》

台風や強くはみ出すぬりゑの黄　西川火尖《かせん》

台風による激しい風雨と高波。

秋

時候

黍嵐《きびあらし》

［仲秋］　芋嵐・葛嵐《くずあらし》

穂が重くなった黍を倒さんばかりに吹く秋の暴風が黍嵐、里芋や葛の葉をひるがえす強風が芋嵐・葛嵐。

吹き渡る葛の嵐の山幾重　松本たかし

男手は甥《おい》が頼りや黍あらし　岡本　眸《ひとみ》

芋嵐ははのいのちのゆらぎをり　石《いし》　寒太《かんた》

秋彼岸《あきひがん》

［仲秋］　後《のち》の彼岸・秋分

秋分（9月23日頃）の日を中日《ちゅうにち》とする前後3日の7日間。俳句では単に彼岸とすると春の季語になる。

さびしさは秋の彼岸のみづすまし　飯田龍太《いいだりゅうた》

それとなく御飯《ごはん》出てくる秋彼岸　攝津幸彦《せっつゆきひこ》

住職は父の教へ子秋彼岸　谷村鯛夢《たいむ》

名月《めいげつ》 ［仲秋］

十五夜・望月《もちづき》・望《もち》の夜《よ》・望の月・満月・明月《めいげつ》・良夜《りょうや》・芋名月・今日の月・月今宵《つきこよい》・無月《むげつ》・雨月《うげつ》・月の雨・三五夜《さんごや》・三五の月・中秋《ちゅうしゅう》・待宵《まつよい》・小望月・十六夜《いざよい》・いざよふ《う》月

旧暦8月15日の中秋の満月のこと。望月ともいい、里芋などを供えて月見をすることから芋名月とも称される。名月の夜は良夜・十五夜だが、雲や雨で月が見えないと無月・雨月となる。前夜は待宵・小望月、翌日は十六夜・いざよう月。

名月や池をめぐりて夜もすがら　松尾芭蕉《ばしょう》
十五夜の雲のあそびてかぎりなし　後藤夜半《やはん》
よむやうにうたふ子のうた良夜かな　上田日差子《ひざし》

後《のち》の月《つき》 ［晩秋］

十三夜《じゅうさんや》・豆名月・栗名月《くりめいげつ》・名残《なごり》の月・月の名残・二夜《ふたよ》の月

旧暦の9月13日の夜の月。秋も深まった頃に満月の二夜前の月を賞《め》でる。この秋、最後の月であることから名残の月、枝豆や栗を供えることから豆名月・栗名月ともいわれる。名月とは趣《おもむき》が異なり、そこに美意識がある。

麻薬打てば十三夜月遁走《とんそう》す　石田波郷《はきょう》
灯を消せば炉《ろ》に火色《ひいろ》あり後の月　小杉余子《よし》
本棚に本の抜け穴十三夜　火箱《ひばこ》ひろ

星月夜《ほしづきよ》 ［三秋］

星月夜《ほしづくよ》・秋の星

澄み渡った秋の夜空の星はとりわけ美しい。月のない夜でも星明かりで月夜のように感じられる。

着陸を待つ空港の星月夜　岡安仁義《おかやすじんぎ》
カジノ裏とびきりの星月夜かな　細谷喨々《ほそやりょうりょう》
星月夜ふつくら赫《あか》き土龍《もぐら》の掌《て》　島　青櫻《せいおう》

流《なが》れ星《ぼし》 ［三秋］

流星《りゅうせい》・夜這星《よばいぼし》・星流る・星飛ぶ・星走る

宇宙塵《うちゅうじん》が地球の大気中に高速で突入し、摩擦熱により発光するもの。散在流星と流星群があり、散在流星は比較的秋が多いという。

死がちかし星をくぐりて星流る　山口誓子《せいし》
鼻さきに伊賀の濃闇《こやみ》よ流れ星　大野林火《りんか》
流星や旅の一夜を海の上　下村ひろし

秋《あき》の日《ひ》

［三秋］ 秋日《あきび》・秋日影・秋日向《あきひなた》・秋の入日《いりひ》・秋没日《あきいりひ》・釣瓶落《つるべおと》し・秋の夕焼《ゆうやけ》・秋夕焼・秋夕焼《あきゆやけ》

他の季節と同様に、秋の一日にも太陽・陽光にも用いる。秋の入日は釣瓶落しといわれるように、一気に落ちていく。

よき娘《こ》きて軍鶏流眄《しゃもながしめ》す秋日かな　飯田蛇笏《いいだだこつ》
田になにもなくてすとんと秋日かな　矢島渚男《なぎさお》
モネ展のモネのパレット秋日燦《さん》　渡辺広佐《ひろすけ》

秋の日はあっという間に暮れる。

秋《あき》の声《こえ》《こゑ》 [三秋]

秋声《しゅうせい》・秋の音《おと》・秋の色・秋色《しゅうしょく》・秋光・秋景色・秋容・秋望

風雨や葉擦れ、虫の音《ね》など、しみじみと秋を感じさせる響きや気配を声にたとえたもの。秋の色以下は秋の景色や気分などを表すが、秋光には日差しの意味もある。

秋声や石ころ二つよるところ　村上鬼城《きじょう》

獄中の出さざる手紙秋のこゑ　角川春樹

合掌の天より秋の光かな　山崎　彩《あや》

秋《あき》の海《うみ》 [三秋]

秋の波・秋濤《しゅうとう》・秋の潮・初潮《はつしお》・葉月潮《はづきしお》・望《もち》の潮・秋の浜・盆波

秋の海や浜は静けさを取り戻し、どことなく寂しい。秋は春とともに干満差が大きく、特に名月の旧暦8月15日の大潮は初潮と呼ばれる。盆波は旧暦の盂蘭《うら》盆《ぼん》の頃に押し寄せるうねりのある高波。

夏よりも色が濃く、どことなく寂しい秋の海。

秋の海木の間に見えてはろかなり　安住《あずみ》敦《あつし》
幼子のひとりは背負ひ秋の浜　飯田龍太《いいだりゅうた》
足跡を消したがりては秋の波　黛《まゆずみ》まどか

秋《あき》の山《やま》

[三秋] 秋嶺《しゅうれい》・秋の峰・秋山《しゅうざん》・山澄む・山粧ふ《やまよそおう》・山彩る・粧ふ《う》山

澄んだ大気の中でくっきりと見える秋の山。青々とした木々の山から実りの山になり、やがて紅葉に彩られる山粧う秋は、季節の移ろいを最も感じさせてくれる。

千年の秋の山裾善光寺　高浜虚子《きょし》
猿と猿もつれて落ちる秋の山　早野和子
幾たびも寝たき男と秋の山　宮本佳世乃《かよの》

秋《あき》の川《かわ》《かは》

[三秋] 秋江《しゅうこう》・秋出水《あきでみず》・秋の池・秋の沼・秋の湖《うみ》・水澄む・秋水《しゅうすい》・秋の水・水の秋

水の澄んだ秋の川や湖沼《こしょう》。洪水は春や夏にも起き、出水は梅雨のある夏の季語だが、台風や集中豪雨のあるこの季節は秋出水という。

水澄むやこころの傷を詐《いつわ》りて　石原八束《やつか》
仰《あお》むけに流れて秋の大河かな　平井照敏《しょうびん》
ひと日だけ翼の欲しき水の秋　萩尾《はぎお》亜矢子

秋園《しゅうえん》《しうゑん》

[三秋] 秋の園・秋苑《しゅうえん》・秋の庭・庭の秋

秋の庭園や公園のこと。多種の花が咲き、木々は紅葉し、木の実が転がり、虫が鳴くなど、さまざまな姿を見せる。

病間あり秋の小庭の記を作る　正岡子規《しき》
秋苑に独りとなれば耳聡《さと》き　角田独峰《つのだどっぽう》
暮れかけてまた来る客や秋の園　上川井梨葉《かみかわいりよう》

冷《ひや》やか

［仲秋］秋冷《しゅうれい》・冷《ひ》ゆ・朝冷《あさびえ》・下冷《したびえ》・ひやひや・ひえびえ

秋になってそこはかとなく冷気を覚えること。

冷やかに並ぶ真贋《しんがん》の壺二つ　福田蓼汀《りょうてい》
人退《の》きて忽《たちま》ち冷ゆる能舞台　横山房子
秋冷の土鈴のごろりごろりかな　平井照敏《しょうびん》

刈田《かりた》

［晩秋］刈田道・刈田原・刈田風・穭田《ひつじだ》

稲を刈り取った後の田で一面に刈り株が並ぶ。いまでは少なくなった稲架《はざ》や藁塚《わらづか》が見られることも。穭田は刈り株から伸びる新芽（穭）が生じた田。

鶏走る犬猫走る刈田かな　野村喜舟《きしゅう》
刈田来て夜もめぐれる濁り川　石《いし》　寒太《かんた》
陶然とネオン点《とも》りぬ刈田中　丹間《たんま》美智子

行《ゆ》く秋《あき》

［晩秋］秋の名残《なごり》・秋の別れ・秋の果《はて》・秋の末・秋惜しむ・惜秋《せきしゅう》・暮秋《ぼしゅう》・暮《くれ》の秋・秋暮る・秋尽く・九月尽《くがつじん》・冬近し・冬隣《ふゆどなり》・冬隣る・冬を待つ

秋が過ぎつつある頃の季節感をいう。暮れゆく秋を惜しんだり、冬の到来を思わせたり、関連してさまざまなニュアンスの季語がある。

行く秋や隣の窓の下を掃く　前田普羅《ふら》
行く秋や紙をまるめて遠眼鏡　吉岡桂六《けいろく》
食べるのが早くて暇で暮の秋　小野あらた

秋扇《あきおうぎ》《あきあふぎ》 [初秋]

秋扇《しゅうせん》・秋団扇《あきうちわ》・扇置く・団扇置く・捨扇《すておうぎ》・捨団扇・忘れ扇

立秋後も使っている扇や団扇。残暑が過ぎると忘れられ、置き捨てられたりすることも。

一夜明けて忽《たちま》ち秋の扇かな　高浜虚子《きょし》
掃きとりて花屑《はなくず》かろき秋うちは　西島麦南《ばくなん》
公金課一隅くらく秋扇　宮武寒々《かんかん》

豊《とよ》の秋《あき》 [仲秋]

豊年・豊作・出来秋《できあき》・不作・凶作・凶年

稲などの穀物が豊かに実り、充分に収穫できた秋。天候不順や病虫害などにより不作・凶作になることも。

人声や豊年の臼《うす》裏庭に　桂《かつら》 信子
豊年の風にふくらむチマチョゴリ　黛《まゆずみ》まどか
豊の秋部屋いっぱいに布団敷く　岡田由季《ゆき》

日没が早まり、秋が少しずつ暮れ始めていく。

秋蒔《あきまき》

［三秋］

菜種蒔《なたねま》く・大根蒔く・芥菜蒔《からしなま》く・蚕豆蒔《そらまめま》く・豌豆蒔《えんどうま》く・紫雲英《げんげ》蒔く・種採《たねとり》

秋に植物の種を蒔き、野菜類は冬・春に収穫する。それぞれの名を付けた季語もあり、大根は「だいこ」とも読む。種採は晩秋に花期を終えた草花の種を採り、翌年のために保存すること。

蒔かれた蚕豆からやがて芽が出る。

大根蒔く戦《いくさ》に負けし貧しさに　山口青邨《せいそん》

大根蒔く短き影をそばに置き　加倉井秋を《かくらいあきを》

種採るや洗ひざらしのものを着て　波多野爽波《はたのそうは》

鹿火屋《かびや》

［三秋］

鹿火屋守《かびやもり》・鹿垣《ししがき》・鹿小屋《ししごや》・猪垣《ししがき》

田畑を荒らす鹿や猪《いのしし》などに対する防御策として火を焚《た》いたり、音を出したりするための番小屋。田畑の周辺に木柵《もくさく》や石垣などを張り巡らすこともある。

淋《さび》しさにまた銅鑼《どら》うつや鹿火屋守　原 石鼎《せきてい》

屋根石の共に古びし鹿火屋かな　阿波野青畝《あわのせいほ》

鹿火燃えて谷々闇をいそぐなり　井沢正江

夜《よ》なべ

［三秋］

夜業《やぎょう》・夜仕事・夜学・夜学子《やがくし》・夜学生・夜食

秋の夜長にさまざまな仕事をすること。昨今では夜間の残業も詠まれ、夜学・夜食なども関連する。

夜なべせる老妻糸を切る歯あり　皆吉爽雨《みなよしそうう》
鳥食《とりばみ》に似てひとりなる夜食かな　能村登四郎《のむらとしろう》
左足の靴がとほくにある夜学　大石雄鬼《ゆうき》

美術《びじゅつ》の秋《あき》

［三秋］　美術展・二科展・日展・院展・芸術祭

秋にはさまざまな美術展が開催され、歴史的なものは季語にもなっている。美術だけにとどまらず、まさに芸術の秋ともいえる。

母在りて美術の秋のにぎり飯　北　光星《こうせい》
夫《つま》と来てはなればなれに美術展　龍神悠紀子《りゅうじんゆきこ》
美術の秋色とりどりに盛るサラダ　石井浩美

中元《ちゅうげん》

［初秋］　お中元・盆礼・盆見舞《ぼんみまい》

中元はもともと旧暦の7月15日のことだが、日本では中元に際しての贈り物をいうようになった。盆礼や盆見舞ともいわれるが、実際には盆前に贈るのが一般的で、秋の季語としては違和感のあるものの一つ。

三人の子より中元枕辺に　池上樵人《いけがみしょうじん》
お中元おなじやうなる句集来る　加藤郁乎《いくや》
盆礼や背広を着ても農夫の背　細谷鳩舎《ほそやきゅうしゃ》

障子貼《しょうじは》《しやうじは》る

［仲秋］　障子洗ふ《う》

一年間に汚れ、黄ばんだ障子を水に浸けて洗い、新しい障子紙を張る。冬支度の一つで、新年に向けてという意味合いもある。

障子張るひとりの影をうつすべく　桂《かつら》　信子
障子貼る身につきしもの離《か》かるもの　廣瀬町子
障子貼り替へて未来の前にゐる　内野義悠《よしひろ》

大根干しも冬支度の一つ。

冬支度《ふゆじたく》

［晩秋］ 冬用意・雪支度

冬を迎えるにあたって晩秋に行なうさまざまな準備。

筆頭にあかぎれ膏《こう》や冬用意　水原秋櫻子《しゅうおうし》
おそれつつ老ゆる他なき冬支度　北《きた》さとり
冬支度して今生《こんじょう》の白い飯　大牧《おおまき》 広《ひろし》

地芝居《じしばい》《ちしばゐ》

［晩秋］ 村芝居・地狂言・村歌舞伎・地歌舞伎・田舎芝居

秋の収穫の後に村々で行なわれる素人芝居。かつては歌舞伎役者が地方を回ったことから、各地にさまざまな歌舞伎の演目も残っている。どさ回りの一座を呼ぶことも。

地芝居のお軽に用や楽屋口　富安風生《とみやすふうせい》
地芝居のはねたる潮の香なりけり　細川加賀
地芝居の木戸に昔の女形　片岡宏文《こうぶん》

行事

墓参《はかまい》《はかまゐ》り

［初秋］ 墓参《ぼさん》・墓詣《はかもうで》・展墓《てんぼ》・掃苔《そうたい》・墓洗ふ《う》

墓参りは季節を問わないが、盆に供養することが多いので秋の季語となっており、展墓・掃苔ともいう。

むらさきになりゆく墓を詣《まい》るのみ　中村草田男《くさたお》
きやうだいの縁うすかりし墓参かな　久保田万太郎
湖の小さく見ゆる墓参かな　柏柳《かしわやなぎ》明子

施餓鬼《せがき》［初秋］

施餓鬼会《せがきえ》・施餓鬼棚・施餓鬼寺・川施餓鬼・舟施餓鬼・浜施餓鬼・海施餓鬼

六道の一つ・餓鬼道に落ちて飢餓《きが》に苦しむ無縁仏や祖先の霊を弔い、供養して飲食を施す法会《ほうえ》。盆の頃に催し、水死者を水辺や舟で弔うことを川施餓鬼・舟施餓鬼という。

小流れに日のしんかんと施餓鬼かな　橋本義憲《よしのり》
僧乗せてめぐる岬や施餓鬼船　田中ゆり子
まつさらの白地袋や施餓鬼米　小川くるみ

生身魂《いきみたま》［初秋］

生御魂《いきみたま》・生盆《いきぼん》・蓮《はす》の飯《めし》

盆に故人の霊を供養するだけでなく、存命の親や年長者に食物を贈ったり、ともに食事をして一族の健康を祝うこと。蓮の飯はもち米を蓮の葉で包んで蒸したもの。

生身魂七十と申し達者なり　正岡子規《しき》
古里にふたりそろひて生身魂　阿波野青畝《あわのせいほ》
生身魂酔ひて泣く曲ありにけり　清水基吉《もとよし》

迎へ火《むかえび》［初秋］

門火《かどび》・魂迎へ《たまむかえ》・迎《え》へ盆・芋殻《おがら》焚《た》く・芋殻火・送り火・魂送り・送り盆

盆に先祖の霊を家に迎えるため、夕方に門口《かどぐち》や辻《つじ》で皮を剝ぎ取った麻の茎・芋殻などを焚くこと。盆を現世で過ごした霊を彼岸《ひがん》へ送るために行なうのが送り火。ともに門口などで焚くため、門火ともいう。

迎火の消ゆるに仏いそぐなり　松村蒼石《そうせき》
迎へ火や海のあなたの幾柱　加藤楸邨《しゅうそん》
迎火を焚けば生者の寄りきたる　大串《おおぐし》章《あきら》

死者の魂を弔い、海や川に燈籠を流す。

燈籠《とうろう》流《なが》し

[初秋]

流燈《りゅうとう》・流燈会《りゅうとうえ》・精霊流《しょうりょうなが》し・精霊舟

盆の最終日の宵、燈籠や供物《くもつ》を乗せた精霊舟を川や海に流して霊を送る行事。

流燈の終《つい》のひとつを闇が追ふ　能村登四郎《のむらとしろう》

流燈の二つのよりておくれ行く　阪本キミ子

流灯やひろしまの石みな仏　木田千女《せんじょ》

大文字《だいもんじ》

[初秋]

大文字の火・妙法の火・船形《ふながた》の火・左《ひだり》大文字・鳥居形の火・五山《ござん》送り火・施火《せび》

8月16日の夜、京都・東山の如意《にょい》ヶ《が》嶽《たけ》山腹で大の字の形に焚《た》く送り火。松ヶ崎の妙法、西賀茂の船形、衣笠《きぬがさ》大北山の左大文字、奥《おく》嵯峨《さが》の鳥居形が次々にともされ、これらを合わせて五山の送り火という。

大文字消えなんとしてときめける　佐野青陽人《せいようじん》

大文字商家の妻は匂ひ立ち　角川春樹

燃えだしてまだ稚拙《ちせつ》なる大文字　高橋克郎

解夏《げげ》

[初秋]

夏明《げあ》き・夏《げ》の果《はて》・送行《そうあん》

旧暦の7月15日、僧が夏に行なう安居《あんご》という修行が終わること。安居を終え、僧たちがそれぞれの寺に別れ去ることを送行という。

雲晴れて解夏の鶯《うぐいす》きこえけり　河東碧梧桐《かわひがしへきごとう》

送行や見知りになりし寺子供　松瀬青々《せいせい》

すれ違ふつむり涼しき解夏の寺　平田君代

地蔵盆《じぞうぼん／ぢざうぼん》 ［初秋］ 地蔵会《じぞうえ》・地蔵祭《まつり》・辻祭《つじまつり》・地蔵参《じぞうまいり》・地蔵詣《じぞうもうで》

8月23日・24日に京都を主に関西で行なわれる辻々の地蔵尊を祭る行事。地蔵盆の主役は子どもで、像を清めたり衣装を着せ、供物《くもつ》や灯明《とうみょう》などを献ずるとともに、さまざまな余興を行なう。

湯上がりの項《うなじ》匂ふよ地蔵盆　三村純也《じゅんや》
地蔵盆つかめば財布しんなりと　辻　桃子
手に受けて駄菓子の湿り地蔵盆　若井菊生《きくせい》

風《かぜ》の盆《ぼん》 ［初秋］ おわら祭《まつり》・八尾《やつお》の廻《まわ》り盆

9月1日から3日にかけて越中《えっちゅう》八尾（現・富山市）で行なわれるおわら風の盆。二百十日の風害に遭わず、豊作になることを祈り、夜を徹して踊る。胡弓《こきゅう》を含めた哀愁に満ちた囃子《はやし》に乗って辻々を流すしなやかな女踊りと、勇壮な男踊りで知られる。

母がゐて嫁がゐて越中風の盆　細見綾子
男踊り風のこぶしは地に返す　石《いし》　寒太《かんた》
かざす手に灯を浮かばせし風の盆　谷村鯛夢《たいむ》

町中や舞台で夜通し踊り続ける。

秋祭《あきまつり》 ［三秋］ 里祭・村祭・浦祭・在祭

秋に行なわれる祭の総称。収穫を感謝し、田を守ってくれた神を山へ送ることが多く、鎮守《ちんじゅ》を中心とした里祭が主。

年よりが四五人《しごにん》酔へり秋祭　前田普羅《ふら》
漁夫の手に綿菓子の棒秋祭　西東三鬼《さいとうさんき》
この島の月の明るし秋祭　小野あらた

秋遍路《あきへんろ》 ［三秋］

四国の札所を巡る遍路は春の季語だが、秋の晴天が続く頃も多い。日が短くなる秋は一抹《いちまつ》の寂しさも。

みなうしろ姿ばかりの秋遍路　野見山朱鳥《のみやまあすか》
とこしへの秋の遍路となり給ふ　田部谷紫《たべやむらさき》
秋遍路白湯《さゆ》一杯に発《た》ちにけり　加藤静夫

敬老《けいろう》《けいらう》の日《ひ》 ［仲秋］ 敬老日・老人の日・年寄りの日

9月の第3月曜日で国民の祝日の一つ。長年にわたり社会に貢献してきた老人を敬愛し、その長寿を祝う。

敬老日の腰紐《こしひも》しかと結びけり　鈴木真砂女《まさじょ》
土つかぬ下駄《げた》玄関に敬老日　遠藤梧逸《ごいつ》
敬老の日の公園の椅子に雨　星野高士《たかし》

赤《あか》い羽根《はね》 ［仲秋］ 愛の羽根

毎年10月1日から行なわれる共同募金で、寄付をすると赤く染めた羽根が渡される。

赤い羽根つけてどこへも行かぬ母　加倉井秋《かくらいあき》を
愛の羽根妻は厨《くりや》の壁に挿す　米澤吾亦紅《よねざわわれもこう》
胸にさしくすぐつたいぞ赤い羽根　山田庫夫《くらお》

さまざまな時代を再現した行列。

時代祭《じだいまつり》

［晩秋］平安祭

10月22日に行なわれる京都・平安神宮の例祭。平安時代から明治維新までの風俗を再現した華やかな行列が、京都御所から平安神宮に向かう。

時代祭華《はなや》か毛槍《けやり》投ぐるとき　高浜年尾《としお》
答案を抱へて時代祭かな　井上弘美
落馬して時代祭の翁《おきな》かな　村杉踏青《とうせい》

ハロウィン

［晩秋］ハロウィーン・万聖節《ばんせいせつ》

キリスト教の諸聖人の祝日・万聖節の前夜祭で10月31日に行なわれる。カボチャの中身をくり抜いてランタンを作ったり、子どもたちが仮装して菓子をもらいに近所の家々を回ったりする。

キャラメルの函《はこ》の天使やハロウィン　星野麥丘人《ばくきゅうじん》
ハロウィンの果てて野良猫戻る街　稲畑《いなはた》廣太郎《こうたろう》
ハロウィンのかぼちゃが笑ふウィンドウ　吉原《よしはら》文音《あやね》

動物

馬《うま》肥《こ》ゆ

［三秋］秋の駒・秋の馬

「天高く馬肥ゆる秋」といわれるように、冬に備えて馬も皮下脂肪を蓄える。

馬肥ゆるみちのくの旅けふここに　山口青邨《せいそん》
曲《まが》り家に可愛がられて馬肥ゆる　大橋越央子《えつおうし》
牧の果《はて》太平洋や馬肥ゆる　嶋田一歩《いっぽ》

猪《いのしし》《ゐのしし》 [晩秋]

猪《しし》・瓜坊《うりぼう》・野猪《やちょ》・山鯨《やまくじら》・猪肉《ししにく》・猪罠《ししわな》

晩秋になると山から下りてきて田畑を荒らす猪。猪の子は体形や毛色がウリの一種に似ていることから瓜坊と呼ばれる。かつては猪をはじめ、獣肉《じゅうにく》を食べることを忌《い》んで山鯨と称した。

猪の庭ふむ音や木の実ふる　炭《たん》太祇《たいぎ》
猪《しし》吊れば夜風川風吹きさらし　石田波郷《はきょう》
猪は棒一本で運ばるる　杉浦圭祐《けいすけ》

蛇穴《へびあな》に入《い》る [仲秋]

穴惑《あなまどい》・秋の蛇

秋の彼岸《ひがん》の頃に蛇は穴に入って冬眠するといわれるが、地域によって差がある。穴惑は晩秋になっても穴に入らずにいる蛇。

蛇穴に入る前すこし遊びけり　能村登四郎《のむらとしろう》
金色の尾を見られつつ穴惑　竹下しづの女《じょ》
人の香に身をほどきけり秋の蛇　山尾玉藻《たまも》

渡《わた》り鳥《どり》 [三秋]

鳥渡る・鳥の渡り・候鳥・漂鳥・旅鳥《りょちょう》・鳥雲《ちょううん》・鷹《たか》渡る

越冬のため、秋に北方から群れをなして渡ってくる冬鳥で、候鳥ともいう。国内で季節移動をするのが漂鳥、渡りの途中で立ち寄るのが旅鳥。鳥雲は大群で南下するさまが、あたかも雲が動くように見えること。

新宿ははるかなる墓碑鳥渡る　福永耕二
渡り鳥近所の鳩に気負《きおい》なし　小川軽舟《けいしゅう》
鷹渡る誰も坐《すわ》らぬ父の席　中嶋憲武《のりたけ》

小鳥《ことり》

［仲秋］
小鳥来る・小鳥渡る・鶫《つぐみ》・椋鳥《むくどり》・椋《むく》・椋鳥《むく》・小《こ》椋鳥《むくどり》・鵯《ひよどり》・鵯《ひよ》・鶲《ひたき》・尉鶲《じょうびたき》・火焚鳥《ひたきどり》・色鳥《いろどり》

秋に渡って来たり、山地から平地に下りて来たりする小鳥をいう。秋の小鳥は色鮮やかなものが多い。

小鳥来て何やら楽しもの忘れ　星野立子《たつこ》
生も死もたつた一文字小鳥来る　石《いし》寒太《かんた》
飛び石は蛇笏《だこつ》の歩幅小鳥来る　大西ぼく太

燕帰《つばめかえ》《つばめかへ》る

［仲秋］
燕去る・去《い》ぬ燕・帰る燕・帰燕《きえん》・秋燕《あきつばめ》・秋燕《しゅうえん》・残る燕

夏鳥として春に飛来した燕が子育てを終え、南方へ帰ってゆくこと。9月頃に一斉に南下し、身近な鳥だけに寂しさを感じさせる。

燕帰るわたしも帰る並の家　金子兜太《とうた》
秋燕に満目懈怠《まんもくけたい》なかりけり　飯田龍太《いいだりゅうた》
秋燕の記憶薄れて空ばかり　生駒大祐《いこまだいすけ》

初鴨《はつがも》

［仲秋］
鴨渡る・鴨来《きた》る

単に鴨といえば冬の季語だが、鴨の渡りは9月には始まっており、その年一番に飛来した初鴨は秋の季語となっている。

鴨渡る鍵も小さき旅カバン　中村草田男《くさたお》
初鴨の十羽はさびしすぎにけり　大嶽青児《おおたけせいじ》
屋上に布団叩《たた》けば鴨渡る　三枝幸江《さえぐさゆきえ》

鶺鴒《せきれい》

［三秋］
石叩《いしたたき》・庭叩・妹背鳥《いもせどり》・嫁鳥《とつぎどり》・白鶺鴒《はくせきれい》・背黒鶺鴒・黄鶺鴒

セキレイ科の鳥の総称。石や地面をたたくように、長い尾を上下に振ることから石叩・庭叩ともいわれる。妹背鳥は夏の季語・時鳥《ほととぎす》の傍題としても用いられるが、元来は鶺鴒の古名で和歌にも詠まれた。

鶺鴒やめつむりきけば近づき来　加藤楸邨《しゅうそん》

身近に見られる鶺鴒。

すべすべの石をよろこび石叩　大石悦子

石たたき尾の疲れれば飛立《とびた》てり　有本玲子

啄木鳥《きつつき》

[三秋] 木突《きつつき》・けら・けらつつき・赤げら・青げら・小げら・山げら・熊げら・木たたき・番匠鳥《たくみどり》

キツツキ科の鳥の総称で、長くとがったくちばしで木の幹に穴をあけて虫を捕食する。くちばしで幹をたたくドラミングという打撃音が特徴。

啄木鳥や落葉《おちば》をいそぐ牧の木々　水原秋櫻子《しゅうおうし》

きつつきや大工イエスの腕いかに　高千夏子《こうちかこ》

啄木鳥やペン先かたく詩をしるす　橋本世紀夫

鶉《うずら》《うづら》

[三秋] 鶉斑《うずらふ》・鶉籠・鶉野

体長20センチほどのキジ科の鳥だが、体は丸く、尾は短い。全体に茶色で黒斑《くろふ》などがある。草原にすみ、鳴き声の美しさから籠でも飼われる。肉や卵は美味。

栗一つ食《は》み割る音の鶉かな　高浜虚子《きょし》

後に鳴き又《また》先に鳴き鶉かな　夏目漱石

鶉鳴くばかり淋《さび》しき山の畑《はた》　佐藤紅緑《こうろく》

日本で家禽（かきん）化された鶉。

真っすぐで長いくちばしが特徴の鴫。

鴫《しぎ》 [三秋]

田鴫・磯鴫・浜鴫・山鴫・青鴫・鴫の看経《かんきん》・鴫の羽掻《はがき》・鴫野

秋は南方の越冬地への渡りの途中で日本に寄り、水辺にすむ。鴫の看経はじっと立っている様子を、経を読む姿にたとえたもの。

牛叱《しか》る声に鴫立つ夕《ゆうべ》かな　各務支考《かがみしこう》

立てば淋《さび》し立たねば淋し鴫一つ　正岡子規《しき》

立つ鴫を言吃《ことども》りして見送りぬ　阿《あ》波《わ》野《の》青《せい》畝《ほ》

鱸《すずき》 [三秋]

せいご・ふっこ・鱸釣《すずきつり》・鱸網・鯔《ぼら》

鯛《たい》に次ぐ美味として親しまれる鱸は、近海・沿岸に広く生息する出世魚《しゅっせうお》で、コッパ・セイゴ・フッコ・スズキと成長するに従って名が変わる。鯔も同様に出世魚で、卵巣から高級食品・からすみが作られ珍重される。

日に一尾獲るを幸とす鱸かな　尾崎迷堂《めいどう》

風の間に鱸の膾《なます》させにけり　上島鬼貫《うえしまおにつら》

おろされて貴きかほの鱸かな　長谷川櫂《かい》

秋鰹《あきがつお》《あきがつを》 ［三秋］ 戻り鰹・秋鯖《あきさば》

鰹は春から秋にかけて黒潮に乗って北上し、9月頃に三陸沖に姿を現す。この秋鰹はこれから南下し始めるので戻り鰹ともいい、脂がのっていて美味。鯖も鰹と同じく夏の季語だが、秋鯖も脂がのり好まれている。

徳利《とくり》なき夕餉《ゆうげ》もよけれ秋鰹　上村占魚《うえむらせんぎょ》
みちのくの地酒に戻り鰹かな　尾池《おいけ》和夫
近江《おうみ》へと秋鯖運ぶ峠道　能村《のむら》研三

落鮎《おちあゆ》 ［三秋］ 鮎落つ・下り鮎・錆鮎《さびあゆ》・渋鮎・子持鮎《こもちあゆ》・秋の鮎・下り簗《やな》・崩れ簗

川の上流で育った鮎は、秋の産卵期を迎えると群れをなして中・下流域に向かう。その頃には体は鉄錆のような赤みを帯び、産卵を終えるとほとんどが1年の短い一生を終える。簗は主に河川に設ける魚を捕る仕掛け。

落鮎や日に日に水のおそろしき　加賀千代女《かがのちよじょ》
錆鮎の結べる口の一文字《いちもんじ》　堤《つつみ》 月耕《げっこう》
落鮎の落ちゆく先に都あり　鈴木鷹夫《たかお》

秋《あき》の蟬《せみ》 ［初秋］ 秋蟬《しゅうせん》・残る蟬・寒蟬《かんぜみ》・寒蟬《かんせん》・法師蟬《ほうしぜみ》・つくつくぼふ《う》し・つくつくし

蜩《ひぐらし》や法師蟬のように秋になってから鳴く種もあるが、夏から鳴き続ける蟬も多い。秋の気配が漂い始めると蟬時雨とは異なり、その声は哀調を帯びて涼しげに感じられる。

法師蟬崩御《ほうぎょ》せし間の釘隠し　村上助九郎《すけくろう》
秋の蟬眠りに落つる笑窪《えくぼ》かな　丑山《うしやま》霞外《かがい》
法師蟬文士の墓の名刺受《うけ》　鈴木友寄枝《ゆきえ》

秋の蝶はどことなく弱々しい。

秋《あき》の蝶《ちょう》《てふ》

［三秋］秋蝶・老蝶《おいちょう》

秋の蝶は心なしか弱々しく見え、晩秋になるとめっきり数が減る。

潮風に吹かれとぶもの秋の蝶　稲畑汀子《いなはたていこ》

秋の蝶星に雫《しずく》をもらいけり　酒井弘司《こうじ》

すこしづつ街乾きをり秋の蝶　山岸由佳《ゆか》

秋《あき》の蚊《か》

［三秋］残る蚊・別れ蚊・後《おく》れ蚊・蚊の名残《なごり》・溢蚊《あぶれか》・秋の蠅《はえ》・残る蠅

秋が深まるにつれ、数も減って弱々しくなるが、しつこくつきまとわれることも。秋の蠅も徐々に勢いがなくなる。

残る蚊の侮《あなど》りがたき力かな　石井露月《ろげつ》

決済の下りぬ稟議書《りんぎしょ》秋の蠅　齋藤朝比古《あさひこ》

秋の蚊や便座が少しずれてをり　岡島理子《りこ》

鈴虫《すずむし》 ［初秋］

金鐘児《きんしょうじ》・月鈴子《げつれいし》・松虫・ちんちろりん・ちんちろ・金琵琶《きんびわ》・青松虫・草雲雀《くさひばり》・朝鈴《あさすず》・邯鄲《かんたん》

美しい声を聞かせる代表的な秋の虫といえばリーンリーンと鳴く鈴虫や、チンチロリンと鳴く松虫。青松虫はリーリーとかん高い声、草雲雀は朝方からフィリリリ、邯鄲はルルルルと美しくはかなげに鳴く。

鈴虫の生《うま》れると直《す》ぐ白き鬚《ひげ》　田川飛旅子《ひりょし》
おとうとのやうな夫《つま》居る草雲雀　津川絵理子
鈴虫の鳴いて事務所にひとりかな　岡田由季《ゆき》

螽斯《きりぎりす》 ［初秋］

ぎす・機織《はたおり》・機織虫・馬追《うまおい》・すいつちよ・すいと・轡虫《くつわむし》・がちやがちや

主に昼間にギーッチョンと鳴く。江戸中期頃までは蟋蟀《こおろぎ》のことを螽斯といい、螽斯は機織などと呼んだという。キリギリス科の馬追はスイッチョと鳴き、その名は馬を追う時の声に似ていることから。ガチャガチャとやかましい轡虫は馬追より大きく、よく跳ぶ。

灰汁桶《あくおけ》の雫《しずく》やみけりきりぎりす　野沢凡兆《ぼんちょう》
すいつちよのちよといふまでの間のありし　下田実花《じっか》
きりぎりす鳴かねば青さまさりける　日野草城《そうじょう》

飛蝗《ばった》 ［初秋］

螇蚸《ばった》・はたはた・きちきち・きちきちばつた・精霊《しょうりょう》ばつた・米搗《こめつ》きばつた・殿様ばつた・蝗《いなご》・螽《いなご》・稲子《いなご》・蝗捕り

跳躍力に優れたバッタ科の昆虫の総称で、蝗もバッタ科。きちきちばったと呼ばれる精霊ばったは、飛ぶ時にキチキチと音を立てる。蝗はことに稲を食い荒らす害虫だが、かつては佃煮《つくだに》などにしてよく食べられた。

ふみ外《はず》す蝗の顔の見ゆるかな　高浜虚子《きょし》
しづかなる力満ちゆき螇蚸《はたはた》とぶ　加藤楸邨《しゅうそん》
少しづつ動くばつたや石の上　岩田由美

蟋蟀《こおろぎ》《こほろぎ》 [三秋]

ちちろ・ちちろ虫・つづれさせ・ころころ・えんま蟋蟀・おかめ蟋蟀・鉦叩《かねたたき》

秋の虫で最もポピュラーで、古くは秋に鳴く虫の総称だった。つづれさせ蟋蟀はリーリーリー、えんま蟋蟀はコロコロコロと鳴く。蟋蟀に似た鉦叩は体長1センチほどと小さく、チンチンチンと鉦を叩くように鳴く。

十ばかり叩きてやめぬ鉦叩　三好達治《たつじ》

しくしくと鳴くコホロギもゐるらしき　山田庫夫《くらお》

玄関に鳴くやこほろぎたぶんそこ　丑山《うしやま》孝枝

竈馬《いとど》 [三秋]

かまどうま・おかまこほろぎ《お》・かまどむし

台所や床下など暗く湿気のある所にすみ、体はエビのように曲がり、羽がないので鳴かない。昔は竈《かまど》のあたりにいて馬のようによく跳ねることからその名が付いたといい、便所コオロギともいわれた。

藁焚《わらた》けば灰によごるる竈馬かな　内藤丈草《じょうそう》

大山《だいせん》に脚をかけたる竈馬かな　大屋達治《たつはる》

いとど飛ぶ壁に南米海溝図　島田和世《かずよ》

螳螂《かまきり》 [三秋]

蟷螂《とうろう》・鎌切《かまきり》・斧虫《おのむし》・いぼむしり・いぼじり・祈り虫

鎌状の前肢《ぜんし》で獲物を捕らえ、長い後肢は跳躍に適している。頭は逆三角形で小さいが、上顎《うわあご》が発達している。害虫を食べる益虫で、怒ると前肢をかざして向かってくる。

蟷螂《とうろう》が片手かけたり釣鐘《つりがね》に　小林一茶

螳螂はなに喰《く》はぬ貌《かお》してゐたり　中里　結《ゆい》

いぼむしり物わかりよき親やめむ　丑山《うしやま》霞外《かがい》

蓑虫《みのむし》 [三秋]

鬼の子

蓑蛾《みのが》の幼虫で、枯れ葉や小枝で作った蓑のような筒状の巣にすむ。雄は羽化して巣を離れるが、雌はウジ状のまま一生を巣で過ごす。『枕草子《まくらのそうし》』には蓑虫は鬼の捨て子という話があり、木の枝にぶら下がって風に揺れている姿には寂しさが漂う。

蓑虫の音《ね》を聞きに来《こ》よ草の庵《いお》　松尾芭蕉《ばしょう》
控へ目が好きで蓑虫黄昏《たそが》るる　野木《のぎ》桃花《とうか》
蓑虫の蓑着る前を知らざりし　一ノ木文子《ふみこ》

芋虫《いもむし》 ［三秋］ 柚子坊《ゆずぼう》・菜虫《なむし》・青虫

蝶《ちょう》や蛾《が》の毛のない幼虫で、植物の葉を食べる害虫。関連して菜虫・青虫も。揚羽蝶《あげはちょう》などの幼虫はミカン科の植物を食害し柚子坊ともいう。

芋虫や半分蝶になりかかり　小西来山《らいざん》
芋虫の何憚《はばか》らず太りたる　右城《うしろ》暮石《ぼせき》
芋虫のまはり明るく進みをり　小澤實《みのる》

蚯蚓《みみず》鳴《な》く ［三秋］ 地虫《じむし》鳴く・螻蛄《けら》鳴く・おけら鳴く

秋の宵、土の中からジーッと音が聞こえることがある。古人はこれを蚯蚓や地虫の鳴く声としたが、実際は昆虫の螻蛄の声。

みみず鳴く日記はいつか懺悔録《ざんげろく》　上田五千石《ごせんごく》
ふりむけば虚空《こくう》がありておけら鳴く　田沼文雄
競ふこと久しく知らず蚯蚓鳴く　冨田蘭介《らんすけ》

土の中から聞こえてくるジーッという音。

桐《きり》一葉《ひとは》　［初秋］

一葉《ひとは》・一葉落つ・桐の秋・一葉の秋・柳散る・散る柳

秋の初め、大きな桐の葉がはらりと落ちる様子。柳は秋に黄色く色づき、やがて細い葉が静かに散る。桐一葉と柳散るは、古くは秋の訪れを告げるものとされた。

立ち並ぶ柳どれかは散りいそぐ　阿波野青畝《あわのせいほ》

桐一葉薬信じて日をつなぐ　相田ふみ子

耳たぶの裏にパヒューム桐一葉　水沢水音《みおん》

木犀《もくせい》　［仲秋］

木犀の花・金木犀・銀木犀・桂《かつら》の花

秋の彼岸《ひがん》の頃、甘い香りの小花を数多くつける。橙《だいだい》色の金木犀が主だが、白い花の銀木犀もある。春の沈丁花《じんちょうげ》と同様に、その芳香で開花を知る。

木犀をみごもるまでに深く吸ふ　文挾夫佐恵《ふばさみふさえ》

腕組みを解く木犀の風の中　岩淵《いわぶち》喜代子《きよこ》

金木犀夜の肋骨《ろっこつ》として都庁　山高真木子《やまたかまきこ》

芭蕉《ばしょう》《ばせう》　［初秋］

芭蕉葉《ばしょうば》・芭蕉林・破芭蕉《やればしょう》

4メートルにも及ぶバナナの木に似た多年草で、庭などに植えられる。2メートル近い長さの大きな葉を広げ、それが風に揺れるさまを松尾芭蕉は好んだ。葉ずれの音にも秋の風情が感じられ、晩秋にはその広葉が風雨により破られてゆく。

さらさらと白雲わたる芭蕉かな　正岡子規《しき》

破れ芭蕉月光顔に来てゐたり　加藤楸邨《しゅうそん》

月光を重しとこぼす芭蕉とも　岡田日郎《にちお》

赤く色づく鬼灯。

鬼灯《ほおずき》《ほほづき》 ［初秋］ 酸漿《ほおずき》

ナス科の多年草の実。球形の実は初秋に赤く色づく。かつては口に含んで鳴らすなど、子どもの遊びにも使われた。

鬼灯や男がおもふ女の香　藤田湘子《しょうし》
ほほづきのぽつんと赤くなりにけり　今井杏太郎《きょうたろう》
ほほづきや忘れた筈《はず》の犬の貌《かお》　常盤《ときわ》優《ゆう》

桔梗《ききょう》《ききやう》 ［初秋］ きちかう《こ》・一重草《ひとえぐさ》・白桔梗・沢桔梗

日当たりの良い山野に生える多年草で、秋の七草の一つ。初秋に凛《りん》とした青紫の花を咲かせるが、園芸種には白い花もある。

ふつくりと桔梗の蕾《つぼみ》角五つ　川崎展宏《てんこう》
桔梗一輪投げこむ力ばかりの世に　櫻井博道《はくどう》
白桔梗こころの鍵をはづしけり　こがわけんじ

撫子《なでしこ》 ［初秋］ 河原撫子・大和撫子《やまとなでしこ》

日当たりの良い草原や河原に自生する多年草で、秋の七草の一つ。晩夏から秋にかけてピンクの花を咲かせ、花びらの縁のギザギザが特徴。河原撫子・大和撫子ともいう。

酔うて寝むなでしこ咲ける石の上　松尾芭蕉《ばしょう》

なでしこや人をたのまぬ世すごしに　中村汀女《ていじょ》

大阿蘇《おおあそ》の撫子なべて傾《かし》ぎ咲く　岡井省二《しょうじ》

女郎花《おみなえし》《をみなへし》 ［初秋］ を《お》みなめし・男郎花《おとこえし》

日当たりの良い山野に自生する多年草で、秋の七草の一つ。1メートルほどの茎の上部に黄色い小花をたくさんつける。男郎花は丈がやや高く、花は白い。

よろよろは我もまけぬぞ女郎花　小林一茶

ユニークで可憐（かれん）な花びらをもつ撫子。

一様に風来る中の女郎花　高野素十《すじゅう》

風とゐて星と交《まじ》はるをみなへし　島　青櫻《せいおう》

鳳仙花《ほうせんか》《ほうせんくわ》 ［初秋］

爪紅《つまべに》・つまぐれ・つまくれなゐ《い》・染指草《せんしそう》

夏から秋にかけて赤・白・紫などの花を咲かせる一年草。花の汁で爪を染めたことから爪紅、つまくれない、染指草などの名もある。実は熟すと弾けて種子を飛ばす。

湯の街は端より暮るる鳳仙花　川崎展宏《てんこう》

かそけくも咽喉《のど》鳴る妹《いも》よ鳳仙花　富田木歩《もっぽ》

鳳仙花どこへ飛びても平家村　榎本慶子《えのもとよしこ》

蓼《たで》の花《はな》 ［初秋］

赤のまんま・赤のまま・赤まんま・犬蓼《いぬたで》の花・花蓼・桜蓼

タデ科の一年草の花の総称で秋に咲く。種類が多く、犬蓼・桜蓼などは赤系の小花を穂状につける。赤のまんま・赤のまま・赤まんまは、赤飯になぞらえた犬蓼の花の別称。

二三日《にさんにち》なまけごころや蓼の花　鈴木真砂女《まさじょ》

鉄条をくぐる近道赤まんま　小沢昭一

蓼の花般若《はんにゃ》の面の声ずれる　稲見寛子《いなみひろこ》

草《くさ》の花《はな》 ［三秋］

草花・百草《ももくさ》の花・千草《ちぐさ》の花・野の花・秋草・秋の草・千草・色草・野の草・八千草《やちぐさ》・秋の七草・藤袴《ふじばかま》・吾亦紅《われもこう》・狗尾草《えのころぐさ》・ゑ《え》のこぐさ・猫じゃらし・犬子草《いぬこぐさ》・草虱《くさじらみ》・ゐ《い》のこづ《ず》ち・牛膝《いのこずち》・背高泡立草《せいたかあわだちそう》・泡立草・草の穂・穂草・草の絮《わた》・草の実

木の花は春、野の草は秋に花を咲かせるものが多い。ひっそりと咲く多種多様の花々には素朴な趣《おもむき》がある。小さな草の実や絮、穂も見られる。

行きさきはあの道端のねこじゃらし　坪内稔典《ねんてん》

人乗せて馬身緊《し》まりぬ草の花　奥坂まや

草の実をつけしまま立つ厨《くりや》妻　高木みさ女《じょ》

露草《つゆくさ》

［三秋］ 月草《つきくさ》・蛍草《ほたるぐさ》・青花《あおばな》

道端や空き地などで見られる繁殖力旺盛な一年草。朝露に濡《ぬ》れながら可憐《かれん》な青い花を数多く咲かせる。

地の果《はて》に地の塩ありて螢草　山本健吉

露草にかくれ煙草《たばこ》のうまきかな　巌谷小波《いわやさざなみ》

露草の瑠璃《るり》濃き里の美術館　高原　節《せつ》

カンナ

［三秋］ 花カンナ

南方系の多年草で高いものは2メートルにも及ぶ。赤・黄・橙《だいだい》などの鮮やかな花も葉も、遠くからでもわかるほど大ぶりで目立つ。晩夏から晩秋まで咲き継ぎ、花期は長い。

ピアニカを吹く緋《ひ》のカンナ黄のカンナ　丹沢亜郎《あろう》

逢《あ》へばいま骨の髄《ずい》までカンナ咲く　田中亜美

花カンナどこか似通ふ妻と毒　森ゆみ子

蔦《つた》

［三秋］ 蔦かづら《ず》・蔦紅葉《つたもみじ》

山野に自生するブドウ科の落葉蔓《つる》性植物。木や外壁、石垣などに張り付き、晩秋には紅葉《こうよう》して深紅《しんく》に染め上げる。

蔦もみぢ朝から暮るるそぶりなり　小林一茶

仁王にもよりそふ蔦の茂りかな　斯波園女《しばそのめ》

天辺に蔦行きつけず紅葉せり　福田甲子雄《きねお》

コスモス

［仲秋］ 秋桜《あきざくら》

キク科の一年草で秋を代表する花の一つ。細い茎の先端にピンク・白・赤などの軽やかで可憐《かれん》な花をつけ、風に揺れる。

コスモスの風ある日かな咲き殖《ふ》ゆる　杉田久女《ひさじょ》
コスモスのまだ触れ合はぬ花の数　石田勝彦
コスモスも包帯の子も風の中　有泉七種《ありいずみななくさ》

白粉花《おしろいばな》 ［仲秋］ 白粉草《おしろいぐさ》・おしろい・おしろいの花・花白粉・夕化粧

繁殖力旺盛な多年草で、赤・白・黄などの漏斗《ろうと》状の小さな花をたくさんつける。夕方に開き、翌朝しぼむので夕化粧ともいう。種子に白粉のような胚乳《はいにゅう》がある。

白粉の花落ち横に縦にかな　高浜虚子《きょし》
白粉花過去に妻の日ありしかな　きくちつねこ
おしろいが咲いて子供が育つ露地　菖蒲《しょうぶ》あや

竜胆《りんどう》《りんだう》 ［仲秋］ 笹竜胆《ささりんどう》・蔓竜胆《つるりんどう》・深山竜胆《みやまりんどう》

山野に自生する多年草で、青紫の筒状の花が美しく、種類が多い。根は苦みがあり健胃剤に用いられる。

竜胆のこの径《みち》夢に見たる径　橋 閒石《かんせき》
稀《まれ》といふ山日和《やまびより》なり濃竜胆《こりんどう》　松本たかし
濃りんだう炊煙《すいえん》もまた天に伸び　友岡子郷《しきょう》

根は熊の胆(い)より苦いため、竜胆(りゅうたん)と呼ばれる。

蘭《らん》
［仲秋］ 秋蘭《しゅうらん》・蘭の秋・蘭の花・蘭の香《か》

ラン科の植物は非常に多く、在来種はおおむね春から夏にかけて花を咲かせる。東洋蘭のスルガランなどは秋に開花し、芳香を漂わせる。

蘭の香や菊より暗きほとりより　与謝蕪村《よさぶそん》
清貧《せいひん》の家に客あり蘭の花　正岡子規《しき》
葱《ねぎ》の香は直進し蘭の香はつつむ　加藤楸邨《しゅうそん》

敗荷《やれはす》
［仲秋］ 破蓮《やれはす》・破蓮《やれはちす》・秋の蓮《はす》・蓮の実

秋の深まりとともに蓮の葉は破れ、枯れ色を見せるようになる。花期が終わると蜂の巣状の花托《かたく》になり、中の熟れた実が水中に跳ね落ちる。

敗荷や旅の暇《いとま》の己《おの》が影　石田波郷《はきょう》
敗荷に破れしゆめはつくろへず　稲垣きくの
敗荷や夕日が黒き水を刺す　鷲谷七菜子《わしたにななこ》

末枯《うらがれ》
［晩秋］ 末枯る

冬が近づくと草木の葉は先端（末《うら》）から枯れ始める。全体が枯れきっていないだけにわびしさが漂う。

末枯や御空《みそら》は雲の意図に満つ　中村草田男《くさたお》
末枯や潮来《いたこ》芸者は土手を来る　森田峠
末枯のはじまつてゐる厨口《くりやぐち》　飴山《あめやま》實《みのる》

烏瓜《からすうり》
［晩秋］ 玉瓜《からすうり》・玉章《たまずさ》

山野に自生するウリ科の蔓《つる》性多年草で、林の木々や藪《やぶ》に絡みついて生長する。秋が深まると実は赤く熟し、葉が落ちた後もぶら下がっている。玉章は烏瓜の種子。

天辺の曳《ひ》くにはあをき烏瓜　石《いし》寒太《かんた》

百年の次の百年烏瓜　白澤《しらさわ》弓彦

読めぬ名の神拝みゐし烏瓜　こがわけんじ

新松子《しんちぢり》

［晩秋］ 青松笠《あおまつかさ》・松ぼくり・松ふぐり・色変《え》へぬ松・松手入《まつていれ》

その年にできた青い松ぼっくりは鱗片《りんぺん》を固く閉ざし、初々《ういうい》しくすがすがしい。落葉樹が紅葉《こうよう》するなか、松は緑のままで木の手入れも行なわれる。

松笠の青さよ蝶《ちょう》の光り去る　北原白秋

ひとの嬰《こ》をふはりと抱きぬ新松子　嶋田麻紀

まだ青い松ぼっくり。

酒代へて亦《また》酒すすむ新松子　小澤實《みのる》

秋果《しゅうか》《しうくわ》

［三秋］

果樹の多くは秋に実り、収穫期となる。

秋果盛る灯にさだまりて遺影はや　飯田龍太《いいだりゅうた》

押し出《い》づる光量雨の秋果店　岡本眸《ひとみ》

朝市の秋果は吊られころがされ　上田日差子《ひざし》

桃《もも》

［初秋］ 桃の実・白桃《はくとう》・水蜜桃《すいみつとう》・黄桃《おうとう》・ネクタリン

単に桃といえば花ではなく実のことで、夏から秋にかけて出回る。

熟れ桃や左右《さう》の大気の息づかひ　中村草田男《くさたお》

白桃をよよとすれば山青き　富安風生《とみやすふうせい》

白桃を洗ふ誕生の子のごとく　大野林火《りんか》

梨《なし》

［三秋］長十郎・二十世紀・新水《しんすい》・幸水・豊水・赤梨・青梨・洋梨《ようなし》・ラフランス・有りの実・梨園《なしえん》・梨狩《なしがり》・梨売《なしうり》

古くから代表的な秋果《しゅうか》として親しまれ、赤梨の長十郎と青梨の二十世紀が主だったが、高度経済成長期に入ると甘みの強い品種が主流となった。梨の音が「無し」に通ずるのを嫌って有りの実ということもある。

梨を食ふともに身うすき夫婦かな　森川暁水《もりかわぎょうすい》

梨食ふと目鼻片づけこの乙女　加藤楸邨《しゅうそん》

この梨の二十世紀の残り食ふ　須原和男

青蜜柑《あおみかん》《あをみかん》

［三秋］早生蜜柑《わせみかん》

まだ熟《じゅく》していない極《ごく》早生の緑の皮の蜜柑で、酸味と香りが強い。オレンジ色になりかけた露地栽培の早生は10月頃に出回る。

老《おい》の眼《め》の僅《わず》かにたのし青蜜柑　百合山羽公《ゆりやまうこう》

伊吹《いぶき》より風吹いてくる青蜜柑　飯田龍太《いいだりゅうた》

日めくりの裏の書き置き青蜜柑　武知眞美《たけちまみ》

石榴《ざくろ》

［仲秋］柘榴《ざくろ》・実石榴・石榴の実

果実は拳《こぶし》大の球形で、9月から10月頃に熟すと外皮が裂ける。中にはルビーのような小さな実がびっしり詰まっており、食べると甘酸っぱい。

古くから食べられていた石榴。

実ざくろの弾《はじ》けるごとき生涯か　中村千絵
石榴の実夜の明るき街にをり　齋藤朝比古《あさひこ》
石榴熟れ退院の空ざらざらす　増田　守

通草《あけび》［仲秋］
木通《あけび》・通草の実・通草かづら《ず》・通草棚

山野に自生する蔓《つる》性の落葉低木で、秋に淡紫色・楕《だ》円形《えんけい》の実をつける。9月から10月頃に熟すと厚い皮が縦に割れて開き、多数の黒い種が入ったゼリー状の白い果肉が現れる。果肉は甘く、野趣《やしゅ》に富んでいる。

あけびの実軽しつぶてとして重し　金子兜太《とうた》
山風の追つてくるなり通草籠　黛《まゆずみ》　執《しゅう》
この山はあけび多しと地図に書く　一ノ木文子《ふみこ》

檸檬《れもん》［晩秋］
レモン

輸入物を中心に一年中出回っているので季節感が希薄だが、ミカン科の常緑低木の実で、他の柑橘《かんきつ》類と同様に本来は秋に黄熟する。

いつまでも眺めてゐたりレモンの尻　山口青邨《せいそん》
ずぶ濡《ぬ》れの街に日が射し檸檬買ふ　朔多《さくた》　恭《きょう》
呟《つぶや》きし願ひや檸檬なほ香る　新井いづみ

金柑《きんかん》［晩秋］
金橘《きんきつ》

ミカン科の常緑低木で、直径3センチほどの球形や長球形の実をつける。香りと酸味が強く、オレンジ色の果皮は甘い。生食や砂糖漬けなどにし、咳《せき》止め効果もあるといわれる。

金柑は咳の妙薬とて甘く　川端茅舎《ぼうしゃ》
金柑や年寄り順に消ゆる島　川崎展宏《てんこう》
金柑へやはらかき日の差してをり　壬生《みぶ》きりん

榠樝《かりん》《くわりん》
[晩秋]
花梨《かりん》・榠樝の実・花梨の実・唐梨《からなし》

咳止めにも使われる榠樝。

バラ科の落葉高木で、秋に楕円形《だえんけい》で少しいびつな実が黄熟する。香りは良いが生食には適さないので、砂糖や蜂蜜で漬けたり、榠樝酒にし、咳《せき》止めにも用いられる。

くらがりに傷つき匂ふくわりんの実　橋本多佳子

くわりんの実越えきし山の風のいろ　原　裕《ゆたか》

何となき歪みが親し榠樝の実　渡辺恭子《きょうこ》

無花果《いちじく》
[晩秋]
青無花果

クワ科の落葉小高木で、花らしい花が咲かずに実をつけることから無花果の字が当てられた。独特の甘みがあり、栽培果樹としては世界最古といわれる。日本には江戸時代に渡来。

無花果捥《も》ぐ平らにのべし妻の掌《て》へ　神蔵《かみくら》　器《うつわ》

青空に無花果奇声上げて割れ　和田耕三郎

無花果や苛《いじ》めたきほど手に懐き　光浦靖子《みつうらやすこ》

胡桃《くるみ》
[晩秋]
鬼胡桃・姫胡桃・沢胡桃・山胡桃・胡桃割る

日本の山野に自生するのはおおむね鬼胡桃で、姫胡桃は変種。硬い殻の中の食用部は料理や菓子にも用いられる。

少年の手中《しゅちゅう》の胡桃鉄路越す　飴山《あめやま》　實《みのる》

老醜《ろうしゅう》といふべき皺《しわ》の胡桃ども　福永耕二
ポケットに鬼胡桃入れ変声期　岸ゆうこ

西瓜《すいか》《すゐくわ》 [初秋]

西瓜畑・西瓜番

かつては立秋を過ぎてからが旬だったが、栽培法の進歩によっていまでは初夏から出回り、7月頃がピークといえる。そのため、実態に即して夏の季語とする歳時記もある。

どこにこのしぶとき重さ西瓜抱く　山口誓子《せいし》
まつさきに泣きし子の食ふ西瓜かな　平山道子
折り返す電車のいすの西瓜かな　上山根《かみやまね》まどか

南瓜《かぼちゃ》 [仲秋]

唐茄子《とうなす》・なんきん・栗南瓜《くりかぼちゃ》・南瓜畑

ウリ科の蔓《つる》性一年草で、秋に実をつけて畑にごろごろ転がっている。唐茄子とも呼ばれる日本南瓜もあるが、一般的に出回っているのは西洋南瓜で栗南瓜ともいう。

東西南北南瓜はびこる如何《いか》にせむ　徳川夢声《むせい》
磯へ這《は》ふ強き南瓜の夜明けかな　佐藤鬼房《おにふさ》
南瓜煮る間泣くのに丁度《ちょうど》良し　西川火尖《かせん》

苦瓜《にがうり》 [仲秋]

茘枝《れいし》・ゴーヤ

ウリ科の蔓《つる》性一年草・蔓茘枝の実で、近年は夏の日よけも兼ねて栽培する家庭も増えている。大きなキュウリのような未熟の実は苦みがあるが、健康食品として普及し、沖縄料理のゴーヤチャンプルーはよく知られる。

苦瓜も真黄に秋をつくしをり　百合山羽公《ゆりやまうこう》
苦瓜やぶらさがるものみな愉《たの》し　長嶺千晶《ながみねちあき》
ゴーヤチャンプル平和憲法綻《ほころ》びぬ　丹間《たんま》美智子

糸瓜《へちま》 ［三秋］

布瓜《へちま》・蛮瓜《へちま》・糸瓜《いとうり》・長瓜《ながうり》・糸瓜棚《へちまだな》・瓢箪《ひょうたん》・青瓢《あおふくべ》・青瓢箪《あおびょうたん》・瓢《ふくべ》・ひさご・百生り《ひゃくなり》・千生り

ウリ科の蔓性《つる》一年草で、庭先の棚にはわせると日よけにもなる。キュウリに似た実は生長すると1メートル近くにもなり、たわしやあかすり、化粧水に使われる。同類で夕顔の変種・瓢箪の実が瓢。中央がくびれたものがあり、飲料の容器に用いられた。

堂守《どうもり》の植ゑわすれたる糸瓜かな　松尾芭蕉《ばしょう》

瓢箪や大張り小張り赤児《あかご》の声　中村草田男《くさたお》

糸瓜棚この世のことのよく見ゆる　田中裕明《ひろあき》

秋茄子《あきなす》 ［仲秋］

秋なすび・名残茄子《なごりなす》

秋になってから採れる茄子。小ぶりで身が締まり、色が深く、種が少ない。甘みがあり美味で一夜漬けにも向く。

秋茄子の花咲きとむる二つ三つ　西島麦南《ばくなん》

秋茄子の紫おもし親遠し　石橋秀野《ひでの》

秋茄子を二つ食べたるからだかな　栗林千津《くりばやしちづ》

唐辛子《とうがらし》《たうがらし》 ［三秋］

蕃椒《とうがらし》・南蛮《なんばん》・南蛮胡椒《なんばんこしょう》・鷹の爪《たかのつめ》・葉唐辛子・ピーマン

ナス科の一年草の実で、秋になると深紅《しんく》に色づいて

軒に吊るされた唐辛子。

辛みが増す。鷹の爪は唐辛子の一種、ピーマンは唐辛子の変種で若い実が食用とされる。

今日も干す昨日の色の唐辛子　林　翔《しょう》
天よりも地のよく晴れて唐辛子　綾部《あやべ》仁喜《じんき》
君臨すパスタの上の鷹の爪　三輪《みわ》初子

牛蒡《ごぼう》
[三秋] 牛蒡引く・牛蒡掘る

一般に春にまき、秋に収穫する。主に食用とする根の部分は1メートル以上になり、周りを鍬《くわ》で掘ってから引き抜く。

老《おい》の息うちしづめつつ牛蒡引く　後藤夜半《やはん》
暗がりに束ねられたる牛蒡かな　櫂《かい》未知子《みちこ》
牛蒡引く世にもつまらぬ顔をして　加藤容子

自然薯《じねんじょ》
[三秋] 山の芋・山芋・長芋・自然薯掘り・零余子《むかご》・ぬかご・とろろ汁・とろろ・むかご飯

ヤマノイモ科の蔓《つる》性多年草で、山野に自生することから自然薯と呼ばれる。長芋よりも粘り気が強い食用の根茎《こんけい》は、長大で地下深くまで伸びており、掘り出しには技術を要する。葉腋《ようえき》には零余子が生じる。

この橋を自然薯掘りも酒買ひも　高野素十《すじゅう》
逃げ隠れせぬ自然薯に手をやきし　中原道夫
山芋の杖《つえ》より長きめでたさよ　岸本尚毅《なおき》

馬鈴薯《じゃがいも》
[初秋] 馬鈴薯《ばれいしょ》・じやがたらいも・男爵《だんしゃく》・メークイン

南米・アンデス地方原産で、地下に生じた数多くの塊茎《かいけい》を食用にする。5月から6月頃に出回る新馬鈴薯《しんじゃが》は初夏の季語。

馬鈴薯の顔で馬鈴薯掘り通す　永田耕衣《こうい》
薯畑にただ秋風と潮騒と　山本健吉
馬鈴薯を掘る羊蹄山《ようていざん》の根つこまで　今野広人

甘藷《さつまいも》 ［仲秋］

薩摩薯《さつまいも》・甘藷《かんしょ》・唐藷《からいも》・島いも・藷《いも》・甘藷掘《いもほ》り・甘藷畑《いもばたけ》・藷蔓《いもづる》・干藷《ほしいも》

中南米原産で肥大した塊根《かいこん》を食用にする。江戸時代初頭に中国・琉球《りゅうきゅう》を経て薩摩に伝わったとされ、江戸中期に青木昆陽《こんよう》が救荒《きゅうこう》作物として普及させた。

ほつこりとはぜてめでたしふかし藷　富安風生《とみやすふうせい》

うつくしきもの献饌《けんせん》の走り藷　黒田杏子《ももこ》

ほやほやのほとけの母にふかし藷　西嶋あさ子

オクラ ［三秋］

アフリカ北東部原産のアオイ科の多年草だが、日本では一年草として栽培。夏から秋にかけて黄色い花を咲かせ、角状の未熟の実を食用にする。

山雲はひかりを含みオクラ咲く　高須禎子《ていこ》

打ち上げてみたきオクラの五六発　大竹和子

オクラ切るこちら流星製作所　山田　牧《ぼく》

間引菜《まびきな》 ［仲秋］

抜菜《ぬきな》・摘《つま》み菜・菜間引く・まびき・貝割菜《かいわりな》・貝割《かいわれ》

大根・カブなどアブラナ科の蔬菜《そさい》類を隙間なくまき、出芽後に通風・採光のため定期的に間引いたもの。抜菜・摘み菜・貝割菜ともいう。

三日月《みかづき》や影ほのかなる抜菜汁　河合曾良《そら》

ひらひらと月光降りぬ貝割菜　川端茅舎《ぼうしゃ》

父の腰のびることなし菜を間引く　瀧　春一《しゅんいち》

玉蜀黍《とうもろこし》《たうもろこし》 ［仲秋］

もろこし・唐黍《とうきび》・焼唐黍《やきとうきび》

イネ科の一年生作物で、丈は2メートル以上にも及ぶ。太い茎にトーチのような果穂《かすい》をつけ、こん棒状の軸の周りにびっしり並ぶ種子を食用とする世界三大穀物の一つ。

唐黍の驚きやすし秋の風　与謝蕪村《よさぶそん》
あばら屋の唐黍ばかりがうつくしい　種田山頭火《さんとうか》
唐黍を焼く子の喧嘩《けんか》きくもいや　杉田久女《ひさじょ》

落花生《らっかせい》《らくかせい》

［晩秋］
南京豆《なんきんまめ》・唐人豆《とうじんまめ》・ピーナッツ・隠元豆《いんげんまめ》・莢隠元《さやいんげん》・豇豆《ささげ》

花が落ちた後、地下で実を結ぶ落花生。

マメ科の一年草で、地中に子房《しぼう》が伸びて実を結ぶ。晩秋に掘って種子を食用にする。隠元豆の未熟な実をサヤごと収穫する莢隠元、赤飯に炊き込む豇豆など、秋は豆類も豊富。

落花生喰《く》ひつつ読むや罪と罰　高浜虚子《きょし》
落花生のここが潜ってゆく部分　岩田由美
ピーナツの皮の微塵《みじん》や脳死論　齋藤朝比古《あさひこ》

茸《きのこ》

［晩秋］
菌《きのこ》・茸《たけ》・初茸《はつたけ》・松茸・しめぢ《じ》・舞茸・椎茸《しいたけ》・毒茸《どくきのこ》・毒茸《どくたけ》・茸山《たけやま》・茸山《きのこやま》・茸飯《きのこめし》・松茸飯・茸汁《きのこじる》・茸狩《きのこがり》・茸とり《きのこ》・茸番《きのこばん》・茸売《きのこうり》・茸籠《きのこかご》

山林の湿地や朽木《くちき》などに生える大型の菌類で、美しい色の毒茸も。種類が多く、栽培されるものもある。

爛々《らんらん》と昼の星見え菌生え　高浜虚子《きょし》
茸山《たけやま》の深き落葉《おちば》に藁草履《わらぞうり》　松本たかし
あやしきも持ちて下りけり茸山《きのこやま》　須原和男

球界のトップスターの俳句好き

江夏 豊 (元プロ野球選手・野球評論家)

「江夏豊とキャッチボールをし、その球を受けたことがある」と言うと、誰にもうらやましがられる。が、本当にスタジオで江夏さんの球を、私はミットに収めた。それはちゃんとテレビの場面として録画されている。平成18年(2006)、私のレギュラー番組「俳句の歳時記」(BS日テレ)にゲスト出演してもらった時のことである。

江夏さんといえば1シーズン401奪三振の日本記録をはじめ、日本シリーズでの奇跡の21球、オールスター戦での9連続奪三振など…。野球ファンなら誰でも知っている伝説の名投手である。

木割氏と江夏氏。ラジオ収録のスタジオにて。

江夏豊さんを紹介されたのは熱狂的な阪神ファンの俳人、木割大雄《きわりだいゆう》さんから。彼には「潮浴びる内航船に卒業子《そつぎょうし》」という隠岐《おき》の島を詠んだ句があり、『虎酔《こすい》俳句集』もある。

江夏さんの俳句好きは、知る人ぞ知る趣味の一つ。寝る前には枕元に歳時記を置いて句が浮かぶとすぐにメモするし、朝刊の俳句欄に気に入った句があるとノートに書き写す。自分でも二八(阪神時代の背番号)と号した句を多く残している。

すいすいとモーツアルトにみづすまし
かりんとう炬燵《こたつ》を囲む猫もかな

自選句集(私家版)をもつほどの俳句ファン。豪快な行動やその立ち居振る舞いからは想像できないナイーブな感覚をもっている。

写真提供:木割大雄

冬

立冬（11月7日頃）～立春の前日（2月3日頃）

時候

冬《ふゆ》ざれ

［三冬］

冬ざるる・冬され・冬景色

大石や二つに割れて冬ざるる　村上鬼城《きじょう》

冬ざれのくちびるを吸ふ別れかな　日野草城《そうじょう》

冬ざれて隣家が遠く澄みにけり　山田麗眺子《れいちょうし》

松青きほか唐崎《からさき》の冬景色　辻田克巳《かつみ》

季語解説 冬になって草木が枯れ果て、空には重い雲が垂れ込め、見渡す限りの荒涼とした景色をいいます。

北からの寒風が吹いて山野のすべてのものが荒れ、さびれてゆくさまが「冬ざるる」です。本来は「冬されば」（冬になればという意味）でしたが、「冬ざれ」と濁った読み方が成立して「曝《さ》る」の意味（風雨や日光にあたり、色があせたり朽《く》ちたりしていくこと）が加わるようになり、冬枯れのもの寂しい蕭条《しょうじょう》たる景色を指すようになりました。

冬ざれや冬ざるるはいまでは日常でほとんど使わない言葉ですが、語感からも冬の雰囲気をよく表しています。

例句解説 鬼城の掲句はこの季語に「二つに割れた大石」を組み合わせ、冬ざれの深まっていく荒涼感を際立たせました。

草城は「冬ざれ」の語感と雰囲気を借りて、官能的な「別れ」の効果を上げています。別れゆく恋人たちの姿もいっそう寂しく見えます。

寒風が吹く、荒涼とした冬の景色。

時候

枯野《かれの》

［三冬］
枯野原・枯原・枯野道・枯野宿・枯野人・冬野・冬の原

遠山《とおやま》に日の当《あた》りたる枯野かな　高浜虚子《きょし》
旅に病《やん》で夢は枯野をかけ廻《めぐ》る　松尾芭蕉《ばしょう》
チンドン屋枯野といへど足をどる　加藤楸邨《しゅうそん》
大枯《おおがれ》のをとこの蹠《あうら》あるき神《がみ》　石《いし》　寒太《かんた》

季語解説　虫の音はとうに絶え、草が枯れ果て一面寂寞《せきばく》とした野原をいいます。山あいの枯野や海辺の枯野、農村の枯野など、それぞれに異なる趣《おもむき》があります。
中世の頃から日本人は仏教の無常観にも影響されて、枯れたものを愛する美意識を育ててきました。花や紅葉が美しいのは、枯れた世界を見ているからです。枯れて腐っていく雑草でさえ、無常迅《じん》速《そく》の世界に身を委ねながら生命を燃え上がらせています。その枯れているものの生命に共感する気持ちもあったのです。

例句解説　虚子の掲句は初期の代表作です。この句を得て初めて虚子は、句作の本領を発揮したと評価する俳人も少なくありません。

遠山と枯野の組み合わせは平凡ですが、日の光に注目させる表現で印象深い非凡な作品になっています。

野も山も視界に入るものすべてが寒々しい枯れた色の中で、遠山だけに日が当たって暖かそうに見えます。日の当たった遠山によって、枯野の全景に命を吹き込まれました。作者自身は「静寂枯淡《せいじゃくこたん》の心境を詠《うた》ったもの」と解説しています。

山を背景に枯れ果てた野原が広がる。

時候

冬田《ふゆた》

［三冬］　冬の田・休め田・冬田道・冬田面《ふゆたのも》・雪の田・冬耕《とうこう》・寒耕・冬田打《ふゆたうち》

家康公逃げ廻《まわ》りたる冬田打つ　富安風生《とみやすふうせい》

我がものと雁《かり》がね落つる冬田かな　吉分大魯《よしわけたいろ》

家めぐる冬田の水の寒さかな　正岡子規《しき》

冬の田に消ゆるピアノの音惜《お》しむ　山口誓子《せいし》

季語解説　稲を刈り取った後、しばらくは刈り株からひこばえが生じますが、やがてそれも枯れて刈り株は黒ずんで荒涼たる眺めになります。そんな冬田の光景はわびしさもひとしおです。

冬田の蕭条《しょうじょう》たる景色は、叙情的な景を好んで詠う和歌よりも俳諧に多く採り上げられてきました。寒風が吹きつける田であっても藁《わら》塚《づか》があると、ほっと温かいものを感じます。そうした趣《おもむき》が俳人の心を捉えてきたのでしょう。「冬耕」「寒耕」「冬田打」はこの時季に田畑を耕すことです。

例句解説　富安風生の掲句は静岡県の天竜川《てんりゅうがわ》と浜名湖の間にある三《み》方ヶ原《かたがはら》を遠望した時に詠んだものです。この地はかつて徳川家康と織田信長の連合軍が武田信玄の軍勢に敗れ、家康は命からがら浜松城に逃げ帰ったという史実を秘めています。

その三方ヶ原の冬田を農夫が黙々と耕しています。単調な冬田を望みながら、作者はふと風景の中に逃げ回る家康の幻《まぼろし》を見たのかもしれません。現実の農夫と家康公を対比させたこの滑稽味《こっけいみ》のある句には、作者の家康に対する親しみが感じられます。

時候

小春《こはる》

［初冬］　小春日・小春日和《こはるびより》・小六月《ころくがつ》・小春空・小春風・小春凪《こはるなぎ》

海の音一日遠き小春かな　加藤暁台《きょうたい》

小春日の心遊びて部屋にあり　高浜虚子《きょし》

一人行き二人畦《あぜ》行く小春かな　水原秋櫻子《しゅうおうし》

小春日や石を噛《か》みゐる赤蜻蛉《あかとんぼ》　村上鬼城《きじょう》

季語解説　旧暦の10月を小春や「小六月」ともいいます。現在の新暦では11月から12月の初めで、冬に向かって寒さが増していく時季です。

この頃、移動性高気圧に覆われたり、弱い西高東低の気圧配置になったりすると、穏やかな晴天の日が続きます。朝晩の冷え込みはあるものの、日中は風も穏やかで気温も上がり、春を思わせるような日和です。これが「小春日和」です。小春という語感には、小さな春としていとおしむ気持ちが含まれています。

例句解説　冬の寒風を運んでくる海の音さえも気にならないほど、小春日はぽかぽかと暖かい穏やかな一日だと暁台は詠んでいます。

風も穏やかな小春日和。

時候

冬至《とうじ》

［仲冬］

一陽来復《いちようらいふく》・冬至粥《とうじがゆ》・冬至南瓜《とうじかぼちゃ》・冬至湯・冬至風呂・柚子湯《ゆずゆ》・柚風呂《ゆずぶろ》

山国の虚空《こくう》日わたる冬至かな　飯田蛇笏《いいだだこつ》

母在りき冬至もつとも輝きて　三橋鷹女《みつはしたかじょ》

海の日のありありしづむ冬至かな　久保田万太郎

子の臀《しり》を掌《て》に受け沈む冬至の湯　田川飛旅子《ひりょし》

季語解説 二十四節気《にじゅうしせっき》の一つで12月22日頃にあたります。太陽が最も南に傾き、一年で最も昼の短い日です。この日を境にまた日中の時間が長くなっていくので「一陽来復」ともいい、日の力の復活を祝う日ともなっています。

日本ではこの日に「柚子湯」に入ったり、南瓜を食べる風習が残っており、これらを行なうと中風にならないとか、風邪をひかないと言い伝えられています。

例句解説 山国の虚空を渡っていく冬至の太陽を、掲句の作者・飯田蛇笏は敬虔《けいけん》な思いで眺めています。悠久の自然を感じさせられる作品です。

冬至の日は柚子湯で疲れを癒す。

時候

年《とし》の暮《くれ》

［仲冬］

歳末・歳暮《さいぼ》・歳暮《せいぼ》・歳晩・暮・年の瀬・年末・年の末《すえ》・年の果《はて》・年の際《きわ》・年暮《としく》る・年つまる・年尽く・年果つ・年の内・数へ《え》日・年用意

あたたかき雨も降るなり年の暮　中川宋淵《そうえん》

ともかくもあなたまかせの年の暮　小林一茶

年の瀬の日の移りゆく雑木山《ぞうきやま》　鈴木六林男《むりお》

友の数徳利《とくり》の数や年の暮　金原亭馬生《きんげんていばしょう》

季語解説　物事の始まりと終わりを、明ける・暮れるとも表します。一年の始まりは年明けといい、一年の終わりが年の暮です。

年の暮ともなると、歳末大売り出しの街のにぎわいや仕事納め前の慌ただしさ、新年を迎えるためのさまざまな準備をする「年用意」などで心がせかされます。気候の変化よりも多忙という生活実感によって「年の瀬」の感慨が生まれます。年がつまって残る日が少なくなることを「数へ日」ともいいます。

例句解説　中川宋淵の掲句はそうしたことを理解すれば、「こんな時季にも暖かい雨が降るんだな」と、年末の気候の変化にも気づいて感心している作者の姿が目に浮かんできます。

時候

大寒《だいかん》

［晩冬］
寒・寒中・寒の内《うち》・寒九《かんく》・小寒《しょうかん》・寒の入《いり》・寒に入る・寒の雨・寒見舞・寒中見舞・寒の水・寒前

大寒の一戸《いっこ》もかくれなき故郷　飯田龍太《いいだりゅうた》
きびきびと万物寒に入りにけり　富安風生《とみやすふうせい》
大寒の星ことごとく眼《まなこ》持つ　奥坂まや
耳ひとつ顔よりはなる寒の朝　三井つう

澄んで凍てついた空気。

季語解説　二十四節気《にじゅうしせっき》の一つで1月20日頃、または立春（2月4日頃）前の15日間をいいます。一年で寒さが最も厳しくなる頃です。
本格的な寒さを感じ始める1月5日頃の「小寒」「寒の入」から立春の前日（節分）までの約1カ月を「寒」「寒の内」などといいます。「寒九」は寒に入って9日目で、この日の雨は豊作の兆しとして喜ばれました。
この時季には心身の鍛練《たんれん》を目的に寒稽古や寒中水泳などが行なわれ、凍《しみ》豆腐作りやもち米の寒ざらし、酒の寒造りの最盛期でもあります。

例句解説　大寒の凛《りん》とした寒気の中で集落の一戸一戸すべてが見渡せる、これが私の故郷なのだ、と掲句の作者・飯田龍太は詠んでいます。集落のどの家の暮らし向きまでもわかる故郷に対する作者の、愛憎のないまぜになった気持ちが「大寒」の語感に透けて見えます。

時候

春近《はるちか》し

[晩冬]

春隣《はるどなり》・春隣る・明日の春・春まぢか・春遠からじ・春待つ・春を待つ・待春《たいしゅん》・冬の果《はて》・冬果《ふゆは》つ・冬尽く・冬去る

春近し時計の下に眠るかな　細見綾子

春近し石段下りて薺《なずな》あり　高野素十《すじゅう》

石垣に影のゆきかひ春隣り　川崎展宏《てんこう》

湯の中のわが手わが足春を待つ　小沢昭一

季語解説 暦《こよみ》の上ではまだ寒の内《うち》ですが、景色はどことなく春めいてきた感じがします。花のつぼみや冬芽も思いなしかふっくらしてきたように見えます。このように冬の終わりの頃に春の訪れを期待する表現が春近しです。

春近しは主情的な季語ですが、「春隣」となると客観的に春の訪れの近いことを述べる季語になります。

例句解説 細見綾子の掲句は時計の音で春の訪れを感じています。冬の夜は冴えきっているので時計の音もカチカチと冷たく聞こえます。ところが冬の終わりの頃の夜中、ふと目覚めた時に時計の音がいままでと違って柔らかい音に感じられたのです。ああ、春が近いのだと、心が安らぎ、再び眠りに入っていきました。

膨らんだモクレンのつぼみ。

時候

節分《せつぶん》

［晩冬］

節替《せつがわ》り・節分会《せつぶんえ》・追儺《ついな》・鬼やらひ《い》・なやらひ《い》・柊《ひいらぎ》挿《さ》す・豆撒《まめまき》・豆打《まめうち》・鬼打豆・鬼の豆・年の豆・年取豆《としとりまめ》・福豆・福は内・鬼は外・年男・恵方巻《えほうまき》・厄払《やくばらい》・厄落《やくおとし》

節分の人影大きく夜の障子　阿部みどり女《じょ》

節分や肩すぼめゆく行脚僧《あんぎゃそう》　幸田露伴《こうだろはん》

福と鬼追儺の門にすれちがふ　平畑静塔《ひらはたせいとう》

またたきて星大粒や鬼やらひ　森　澄雄

季語解説　節分は季節の分かれ目の意味です。立春・立夏・立秋・立冬の前日を指していましたが、旧暦で立春を正月とする慣習が広まるとともに、立春の前日だけを節分というようになりました。一年の最後で季節も冬から春に移行する分かれ目という考えから、この日が最も節分にふさわしかったのでしょう。現代の暦《こよみ》では2月3日頃にあたります。

「豆撒」をして鬼を追い出す風習は中国から伝わったもので、「追儺」や「鬼やらひ」と呼ぶ大晦日《おおみそか》の宮中の行事でした。これが寺社をはじめ、民間に広まって今日に伝わる節分となり、災厄《さいやく》を避けて福の到来を願う豆撒は、家族を一つに結びつける年中行事になっています。

焼いたイワシの頭を刺した柊の枝を戸口に挿す、まじないの風習もあります。

例句解説　阿部みどり女の掲句の障子に映る豆を撒《ま》く人影は、子どもでしょうか、あるいは一家の主《あるじ》かもしれません。いずれにしても微笑《ほほえ》ましく温かい気配が「大きく」という一語に凝縮しています。

短日《たんじつ》

［三冬］

日短《ひみじか》・日つまる・暮早《くれはや》し・暮易《くれやす》し・短景

短日の日色に月をかかげけり　原　石鼎《せきてい》

短日やされど明るき水の上　久保田万太郎

わがまはりわが家のまはり日短し　山口波津女《はつじょ》

短日や重なり眠る親子猫　高木みさ女《じょ》

日がせわしく暮れる。

季語解説 昼が最も短いのは冬至ですが、秋分を過ぎて冬に向かうと日中が短くなっていきます。この冬の日の短さを短日といいます。慌ただしく日が暮れるので、日常生活もせわしく感じてしまいます。短日と夜長は同じ時期ですが、夜長は秋の季語になっています。季語は人間の感じ方を基本にしたものなので、実際の夜の長さの時間と異なっても構いません。夜の長さがしみじみ感じられるのは、冬よりも秋だからです。

例句解説 原石鼎の掲句は、冬は午後ともなると日差しにも暮色《ぼしょく》の感じが早くなり、空にはすでに月さえ目立つようになって寒気をいっそう感じると詠っています。

石鼎には「短日の梢《こずえ》微塵《みじん》にくれにけり」という句もあります。形あるものが粉々に砕け散って姿を消すように、にわかに闇に吸い込まれていく初冬の頃の夕暮れの感じを的確に捉えています。

時候

冬《ふゆ》の夜《よ》

［三冬］

夜半《よわ》の冬・寒夜《かんや》・寒き夜・冬夜《とうや》・冬の暮《くれ》・冬の夕《ゆう》・冬の夕べ・寒暮《かんぼ》・冬の宵

戯曲《ぎきょく》よむ冬夜の食器浸《つ》けしまま　杉田久女《ひさじょ》

冬の夜や海ねむらねば眠られず　鈴木真砂女《まさじょ》

物おちて水うつおとや夜半の冬　飯田蛇笏《いいだだこつ》

影法師の壁にしみ入る寒夜かな　村上鬼城《きじょう》

季語解説　冬の夜はしんしんとして静寂に包まれます。外は寒々として出歩く人も少なく、たまに通る人の靴音が響いたりします。ひしひしと伝わる寒さはわびしいものですが、暖房の整った室内では冬の夜の静寂な空気は心地よくさえ感じます。「夜半の冬」は冬の夜更けをいい、寒さがとりわけ厳しく感じる冬の夜を「寒夜」といいます。

例句解説　わが家で過ごす冬の夜は、閉め切った部屋の灯の下やこたつを囲みながら、おのおのが本を読むなど好きなことをして過ごすことが多いものです。

掲句の杉田久女も夕食後、水に浸けた食器をそのままにして読書にふけっています。本のページをめくる音が冬の夜のしじまに響きます。

靴音が響く冬の夜。

時候

寒《さむ》し

［三冬］

寒さ・寒気・寒冷・寒威・寒苦・寒暁《かんぎょう》・寒江《かんこう》・寒波・厳寒・厳冬・極寒《ごくかん》・酷寒《こくかん》・寒きびし・避寒・霜焼《しもやけ》・皸《あかぎれ》・冷たし・底冷《そこびえ》・しばれる・悴《かじか》む・こごゆ・懐手《ふところで》・頬被《ほおかむり》

うづくまる薬の下《もと》の寒さかな　内藤丈草《じょうそう》

塩鯛《しおだい》の歯ぐきも寒し魚の店《たな》　松尾芭蕉《ばしょう》

現《うつ》し身をつつみて寒さ美しさ　長谷川素逝《そせい》

水枕ガバリと寒い海がある　西東三鬼《さいとうさんき》

冷たい板張りの廊下。

季語解説　「寒さ」は体で感ずるだけでなく、心理的に寒いと思う場合もあります。寒さにはさまざまな状態や事象があり、多種多様な季語として表されます。

例句解説　丈草の掲句は病人を前にしてなすすべもなく、薬の傍らでうずくまるばかり。しんしんと冷えわたる寒さがいっそう身にしみるという意味です。

この病人は芭蕉で、死の前日の元禄7年（1694）10月11日、死を予期して看病のため大坂に集まった弟子たちに、自分が見る最後となるであろうと句を作らせました。その時、この丈草の句だけをほめました。『去来抄《きょらいしょう》』には芭蕉が「丈草出来《でき》たり」と言ったと書かれています。この時、丈草は師の薬を煎《せん》じる鍋の傍らで師を失う悲しさにじっと耐えていました。その絶望感が「寒さ」の言葉となって表れています。

時候

霜《しも》

［三冬］

霜の花・霜の声・霜だたみ・はだれ霜《じも》・大霜《おおしも》・深霜《ふかしも》・強霜《つよしも》・霜雫《しもしずく》・初霜《はつしも》・霜夜《しもよ》・朝霜《あさしも》・夜霜《よしも》・霜晴《しもばれ》・霜日和《しもびより》・霜凪《しもなぎ》・霜柱《しもばしら》・霜枯《しもがれ》

泣くものの声みな透《とお》る夜の霜　野見山朱鳥《のみやまあすか》

死や霜の六尺の土あれば足る　加藤楸邨《しゅうそん》

霜の刃を踏めば無限の空が鳴る　石原八束《やつか》

仮の世の修羅書きすすむ霜夜かな　瀬戸内寂聴《じゃくちょう》

季語解説　地表面付近の気温が零度以下になると、大気中の水蒸気が地面や屋根、草木などに触れて凍り、細かい氷の結晶となります。気温が低く、よく晴れた（霜晴の）夜に多く、厳寒期の霜を「大霜」「深霜」「強霜」、一面の霜を「霜だたみ」、まだらに降りた霜を「はだれ霜」、霜が降りた後の晴天を「霜晴」「霜日和」といいます。「霜枯」は霜によって草木がなえて枯れることです。

例句解説　さえざえとした寒気に包まれた静かな夜には、霜が結晶化していく音さえ聞こえてきそうです。このような気配を「霜の声」といいます。

そうした静まりかえる夜に、どこか遠くの家から子どもの夜泣きの声が聞こえてきます。空気が張りつめた凛《りん》とした霜夜の静寂を、野見山朱鳥は「声みな透る」と活写しました。

時候

時雨《しぐれ》

［初冬］

時雨《しぐ》る・初時雨・朝時雨・夕時雨・小夜時雨《さよしぐれ》・村時雨・片時雨・時雨雲・時雨傘・山めぐり・冬の雨・凍雨《とうう》

初時雨猿も小蓑《こみの》をほしげなり　松尾芭蕉《ばしょう》

うしろすがたのしぐれてゆくか　種田山頭火《さんとうか》

翻車魚《まんぼう》の浮かぶ辺りへ時雨虹　鈴木まんぼう

しぐるるや目覚めて掬《すく》ふ病の匙《さじ》　春野　温《ゆたか》

季語解説　初冬の晴れたり曇ったりする空模様の時、局地的に降ってすぐやむような通り雨をいいます。

本来は北陸や京都などの山沿いの地域の事象で、平安遷都《せんと》で大和《やまと》（奈良）から京都に移ってきた貴族たちがこの気象の風情に感じ入り、「しぐれ」という言葉を使い始めたと考えられています。時雨の風情は日本人の美意識に好まれ、中世以降は解釈が広がって太平洋側の局地的な小雨にも使われるようになり、一般化していきました。「冬の雨」「凍雨」は冬に降る細かく冷たい雨で三冬の季語。

例句解説　芭蕉の掲句は『おくのほそ道』の旅の後、郷里・伊賀へ向かう時の山中で詠んだものです。はらはらと初時雨降る山道を歩いていると、猿が居て、小蓑を着てみたい、と言いたげな顔で私を見ていると詠んでいます。この句は芭蕉に「風狂」という新風を得させた作品として知られています。

草に霜が降りる。

時候

凩《こがらし》

［初冬］木枯《こがらし》

海に出て木枯帰るところなし　山口誓子《せいし》

凩の果《はて》はありけり海の音　池西言水《ごんすい》

木がらしや目刺《めざし》にのこる海の色　芥川龍之介

凩や海に夕日を吹き落とす　夏目漱石

季語解説 晩秋から初冬にかけて吹く、木の葉を落とし枯れ木にしてしまう北寄りの冷たい強風。「木枯」が吹くと気温は急に下がり、雷雨を伴うこともあります。その先陣の「木枯らし1号」は東京と大阪のみで発表され、最大風速8メートル以上の北寄りの季節風が基準となっています。

例句解説 誓子の掲句は木枯を擬人化して、それに作者の感性を投影させました。地上では木々の葉を落としながら吹きすさんでいった木枯も、海に出ると何も荒らすことができず、ただ消え去るほかはないのです。万物は行き着くところ無に帰するという、作者の虚無感が透けて見えます。

この誓子とよく比較される言水の掲句は、凩の行く果てに海鳴りの音を聞き取り、凩が波音に変質したことを感じ取っています。表現はともに観念的ですが、言水の方が自然と自己の在り方を肯定的に捉えています。

凩が葉を飛ばす。

時候

北風《きたかぜ》

[三冬]

北《き》風《た》・北風《ほくふう》・北吹く・大北風《おおぎた》・朝北風《あさぎた》・朔風《さくふう》・寒風《かんぷう》・空風《からかぜ》・空つ風・北颪《きたおろし》・北下《きたおろ》し・ならひ《い》・冬の風・冬風《ふゆかぜ》

北風や浪《なみ》に隠るる佐渡ケ島　青木月斗《げっと》

昇降機北風詰めてまた上へ　林　翔《しょう》

北風やイエスの言葉つきまとふ　野見山朱鳥《のみやまあすか》

空ツ風にわかに玲瓏《れいろう》となるときも　金子兜太《とうた》

季語解説 冬になると大陸には寒冷な高気圧、太平洋上に低気圧が発生し、いわゆる西高東低の気圧配置になります。この高気圧から低気圧に向かって吹き込む風が北西の季節風で、身を切るような寒さをもたらします。「きたかぜ」「ほくふう」と読みますが、「きた」だけで北風を意味するようになったのは大正・昭和になってからです。「きたかぜ」というより簡潔明快な感じが、「寒風」にふさわしいと好む俳人が多かったからでしょう。春の「東風《こち》」、夏の「南風《はえ》」も同じような理由からつづめていわれます。

冬の乾燥した強い北風は地域によって名称が異なることもあり、「空風」「北颪」「ならひ」などとも呼ばれます。

例句解説 強く吹く時は日本海側は雪、太平洋側は晴天の乾燥した日が続き、地理的条件により生活に及ぼす影響もあり深刻にもなります。佐渡ケ島のような北風の通過地点にある島は海も荒れ、寒波の襲来をまともに浴びることになります。

掲句の青木月斗の「浪に隠るる」の一語に、その厳しさが凝縮されて語られています。

時候

冬晴《ふゆばれ》

［三冬］

冬日和《ふゆびより》・冬麗《とうれい》・冬うらら・寒晴《かんばれ》・寒日和・冬ぬくし・冬の日・冬日《ふゆひ》・冬日向《ふゆひなた》・冬日影

冬晴や蔵のやうなる家ばかり　星野立子《たつこ》

寒晴やあはれ舞妓《まいこ》の背の高き　飯島晴子《はるこ》

冬麗の息継ぐときの亀裂かな　田中亜美

冬ぬくし手品師の掌《て》に何もなき　竹内美穂

例句解説　厳寒の頃の晴天は光も空気も冴《さ》え渡ります。そんななか、窓を固く閉ざした家々は蔵のようにどっしりと構えて見えます。掲句の星野立子は蔵の堅牢《けんろう》なイメージを、冬の寒気に耐えている家と重ねて見て取ったのです。

季語解説　大陸にある高気圧から北西の季節風が吹きだすと、寒さが厳しくなります。太平洋側は晴れて乾燥した日が多くなり、日本海側はどんよりと曇った日が続きます。初冬の晴れて風もなく穏やかな日を「小春日和」といいますが、冬が深まって寒々しくも澄み渡った晴天が冬晴、厳寒の晴天が「寒晴」です。

冬晴でもとりわけ風がなく穏やかな日和を「冬麗」や「冬うらら」といい、冬晴よりも日の光に暖かさを感じます。

光も空気も冴え渡る冬晴。

時候

霰《あられ》

［三冬］ 玉霰・初霰・夕霰・雪あられ・氷あられ・急霰《きゅうさん》・氷雨《ひさめ》・霙《みぞれ》・雪雑《ゆきまじ》り

鉄鉢の中へも霰　種田山頭火《さんとうか》

雲乱れ霰忽《たちま》ち降り来《きた》り　高浜虚子《きょし》

叱られて帰る霰の石畳　桂《かつら》　信子

氷上に霰こぼして月夜かな　臼田《うすだ》亜浪《あろう》

季語解説 時雨《しぐれ》の時季が過ぎ、気温がさらに下がると屋根や路面を激しく打つ氷の粒が降ってきます。これが霰で凍雨ともいわれます。「雪あられ」と「氷あられ」があり、雪あられは直径数ミリの白色不透明な氷の粒をいい、主に雪の前や雪とともに降ります。氷あられは雪あられが芯になって生じたもので、直径5ミリ未満の半透明な氷の粒です。外側が氷の層でできているので硬く、路面などに当たるとよく跳ねます。

直径が5ミリ以上の雹《ひょう》は氷雨ともいい、本来は夏の季語ですが、近年は雨交じりの雪の「霙」とほぼ同義で「氷雨」が使われるようになりました。

例句解説 山頭火の句は自由律。冬をテーマとした他の作品「うしろ姿のしぐれてゆくか」などととともによく知られています。托鉢《たくはつ》をしていると霰が降ってきて、鉄鉢の中で音を立てて跳ねました。山頭火の自解によると、その金属音にはっとして人生の甘えを捨てきれない自分を見つめたとあります。

時候

雪《ゆき》

［晩冬］

六花《むつのはな》・雪の花・雪華《せっか》・雪片《せっぺん》・粉雪・しまり雪・ざらめ雪・べと雪・湿雪《しっせつ》・小米雪《こごめゆき》・細雪《ささめゆき》・初雪・新雪・大雪・小雪・深雪《みゆき》・飛雪《ひせつ》・暮雪《ぼせつ》・豪雪・積雪・雪国・根雪・しづ《ず》り雪・しづ《ず》り・雪庇《せっぴ》・冠雪《かむりゆき》・堅雪《かたゆき》・雪の声・雪景色・雪明《ゆきあか》り・雪月夜・雪時雨《ゆきしぐれ》・雪原《せつげん》・雪の原・雪野

地の涯《はて》に倖《しあわ》せありと来しが雪　細谷《ほそや》源二

降る雪や明治は遠くなりにけり　中村草田男《くさたお》

わが酔えば花のようなる雪月夜　石牟礼《いしむれ》道子

雪まみれにもなる笑つてくれるなら　櫂未知子《かいみちこ》

季語解説 古来、日本文化の中心であった大和《やまと》や京都では、舞い降りるさまや白く積もっては消えるはかなさから雪を風雅なものと捉え、桜と月とともに風流の代表に挙げていました。雪見は春の花見、秋の月見と並んで風雅の道でした。しかし、降雪の少ない地域とは異なり、「雪国」では雪は生活を制限するやっかいなものでしかなかったといえます。

降雪地や状況等によってさまざまな姿を見せるため、古くから数多くの言葉が生まれてきました。

雪の結晶の多くは六角状なので「六花」、気温が特に低い時に降る小粒の「粉雪」「小米雪」「細雪」、

雪が一面に降り積もった岐阜県の白川郷。

きめが細かく締まった「しまり雪」、木の枝などから落ちる「しづり雪」、昼の暖気で解けた雪が夜の寒気で再び凍結した「堅雪」ほか、さまざまな季語があります。

例句解説 掲句の細谷源二は口語短歌からプロレタリア俳句運動に参加し、戦時中の新興俳句弾圧事件で検挙されました。2年数カ月獄《ごく》舎《しゃ》につながれ、出所後には空襲により東京の家を消失。

戦後、一家は開拓移民団に加わって幸福な新生活を始めるべく北の涯の十勝に移住しましたが、一望の雪に嘆息しています。作品は同地での厳しい生活を「雪」の一語に象徴させています。

時候

風花《かざはな》

［晩冬］ かざばな・吹越《ふっこし》

風花のおしもどされて漂へる　倉田紘文《こうぶん》

いまありし日を風花の中に探す　橋本多佳子

吹越に大きな耳の兎《うさぎ》かな　加藤楸邨《しゅうそん》

風花の舞ふ絶壁の夕暮かな　小川濤美子《なみこ》

季語解説 空は晴れているのに、ちらちらと花びらのように舞い落ちてくる小雪をいいます。日本海側の雪雲からわずかな雪片が風に流され、山を越えて風下側に落ちてきたり、山地の雪が風に舞い上げられて飛んで来るのです。上州（群馬）では「吹越」といいます。

例句解説 光を浴びて輝きながら舞う風花の姿は、見とれてしまう美しさがありますが、どこか頼りなさも感じます。掲句の倉田紘文は漂う風花に思い寄せて観察しています。風に翻弄《ほんろう》される風花はどこに行くのでしょう。

風花の多くは地上に降りるとすぐに解けてしまいます。そのはかなさがいっそう人の心を引きつけます。

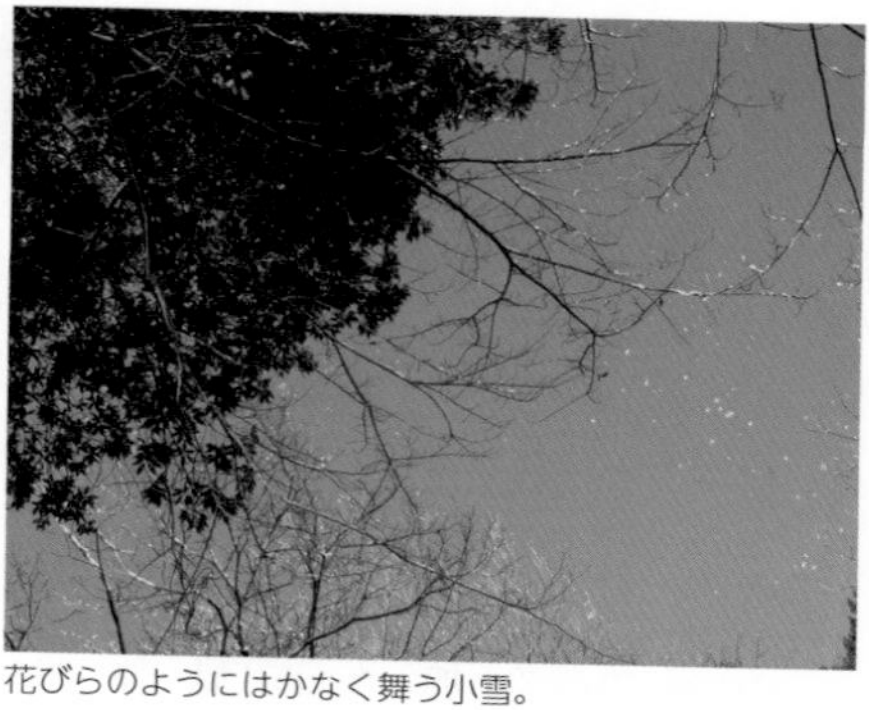

花びらのようにはかなく舞う小雪。

氷《こおり》《こほり》

［三冬］

凍る・氷《こお》る・氷《ひ》・氷張る・結氷・氷面鏡《ひもかがみ》・厚氷《あつごおり》・蟬氷《せみごおり》・氷の声・氷上・氷塊《ひょうかい》・氷雪・氷点下・結氷期・初氷《はつごおり》・氷橋《こおりばし》・氷湖《ひょうこ》・凍湖・結氷湖・氷盤《ひょうばん》・湖凍《みずうみこお》る・氷江《ひょうこう》・凍江・凍河・川凍る・氷海・凍海・海氷・氷原・海凍る・氷田《ひょうでん》・氷壁《ひょうへき》・御神渡《おみわた》り

上げ汐《しお》の氷にのぼる夜明けかな　正岡子《し》規《き》

水よりも氷の月はうるみけり　上島《うえしま》鬼貫《おにつら》

御神渡《おみわたり》お供の道の幾筋も　棚山波《は》朗《ろう》

鐘氷るはじまりもなくをはりなく　増《ます》田《だ》明美

季語解説　水は氷点下になると氷になります。冬の寒さが厳しくなると、池の水や地面の水たまりなどが凍りつきます。氷の張り始めの頃は日中暖かくなると解けて、夜の寒さでまた凍ります。厳冬期になると終日解けることなく氷は厚くなっていき、湖水も川や滝などの流動する水さえ凍り始めます。寒冷地では海まで凍ります。「氷面鏡」は氷面が鏡のように滑らかなこと、「蟬氷」は蟬の羽のように薄く張った氷、「氷橋」は川や湖沼《こしょう》が凍って人が渡れるようになったものです。

長野県の諏訪湖《すわこ》などの寒冷地では厳寒に全面結氷すると、寒暖差により亀裂が入って氷堤《ひょうてい》ができる「御神渡り」という現象が見られることもあります。

例句解説　掲句の子規は、満ち潮に乗ってくる広大な海氷群の水平線から昇る太陽を眺めています。自然の雄大さと荘厳さに身の引き締まる思いがします。

氷柱《つらら》

［晩冬］垂氷《たるひ》・立氷《たちひ》・銀竹《ぎんちく》・氷筍《ひょうじゅん》・氷条《ひょうじょう》

みちのくの町はいぶせき氷柱かな　山口青邨《せいそん》

御仏《みほとけ》の御鼻《おはな》の先へつららかな　小林一茶

大氷柱かがやき日輪《にちりん》動き出す　権田《ごんだ》勇風《ゆうふう》

空の色映りて晴るる氷柱かな　深見けん二

季語解説　水の滴りが凍って伸びたもので、下方に向かって長くなっていきます。軒先や木の枝などから垂れ下がるのが見られます。北国では地面に届くほど長くなるものもあります。氷柱は建物の南側や台所の屋根にできやすいものです。昼間に屋根の雪が解けやすく、しずくが滴るからです。

例句解説　氷柱には明るいイメージがあり、「銀竹」はそうした明るさを表した氷柱の別称です。青邨の掲句の「いぶせき」は、うっとうしい、汚くていとわしい、むさくるしいなどの意味を含んでいます。この二つの相反する語句を対比させて、作者は「みちのくの町のいぶせきありさま」を強調させています。

また、いぶせきには「心にかかって恋しい」というニュアンスもあるので、みちのくの町を陰鬱《いんうつ》に捉えるばかりでなく、どこかいとおしい心情もこの語句のなかに投影させているのかもしれません。

水の滴りが氷柱に。

冬籠《ふゆごもり》

［三冬］　冬ごもる・雪籠《ゆきごもり》・冬館《ふゆやかた》

人間の海鼠《なまこ》となりて冬籠《こも》る　寺田寅彦《とらひこ》

薪《まき》をわるいもうと一人冬籠　正岡子規《しき》

日の当《あた》る紙屑籠《かみくずかご》や冬ごもり　日野草城《そうじょう》

造花よりほこりのたちぬ冬館　津川絵里子

季語解説　動植物と同じように寒い冬の間、家の中にひきこもること。かつて北国では屋根近くまで降り積もる雪や寒波などで日常生活が大きく制約され、「冬ごもる」という実感がありました。しかし現代では雪の多い地域でも室内の暖房設備が完備し、起動力のある除雪によって交通機関も確保されるようになったので、冬籠のイメージは薄らいでいます。

「冬館」は冬ざれの中にひっそりとたたずむ洋館や大きな構えの屋敷・邸宅をいいます。

現代の室内は暖かく快適。

例句解説　「海鼠」はどちらが頭でどちらが尻とも見極めのつかないグロテスクな生き物です。物理学者で随筆家の寺田寅彦の掲句は、その海鼠のような状態になってどこにも出かけず、何もなさずに冬籠を決め込む自分の姿を自嘲《じちょう》を込めて詠んでいます。

息白《いきしろ》し

［三冬］
白息《しらいき》

朝若し馬の鼻息二本白し　西東三鬼《さいとうさんき》
息白き人重なつて来《き》たりけり　山口青邨《せいそん》
息白くやさしきことを言ひにけり　後藤夜半《やはん》
泣きしあとわが白息の豊かなる　橋本多佳子

季語解説　寒い朝、自分の吐く息が白く見えると、ああ冬になったと実感します。白く息を吐きながら道を行く人々にも親しみを覚えます。寒気の中で息づいている仲間なのだ、あらためて人間という生き物は温かな存在なのだと気づかされるからでしょう。

息の白さは生命力に満ちた呼吸を表し、冬の情景の一端をいきいきと伝えるものといえます。

例句解説　人ばかりでなく、犬や馬などの吐く息も白く見えます。三鬼の掲句、早朝に馬から吐き出される二本の白い鼻息は、馬の大きな存在感を感じさせます。「若し」は「朝」だけでなく「馬」にもかかる言葉で、若駒の躍動感を思い浮かべさせます。

馬の運動不足を解消する馬追い。

暮らし

焚火《たきび》

[三冬]

落葉焚《おちばたき》・朝焚火・夕焚火・夜焚火《よたきび》・焚火跡

棟梁《とうりょう》の手筈《てはず》のひとつ夕焚火　大牧《おおまき》 広《ひろし》

一人去りて二人来《きた》りし焚火かな　島村 元《はじめ》

とつぷりと後《うしろ》暮れゐし焚火かな　松本たかし

黄昏《たそがれ》のアンダルシアの焚火かな　仙田洋子

木っ端などを燃やして暖をとる。

季語解説　かつては寒い日に落葉や木片などを集めて燃やす焚火をよく見かけ、「かきねのかきねの」で始まる唱歌「たきび」が口をついて出てきました。

しかし、子どもの火遊びを戒めたり、防火意識の高まりなどから、いまでは焚火を楽しむ人たちを見かけなくなってしまいました。

例句解説　寒い時でも戸外で働く道路工事・建築現場の作業員や漁師などは、暖をとるための焚火が必要でした。大牧広の掲句の大工の棟梁《とうりょう》の焚火もその一つです。夕方になると棟梁は木くずやごみを集め、後片づけと冷えた弟子たちを温かく迎えるために焚火をしたのです。焚火は誰とでも親しくなれる団欒《だんらん》の場を演出する力をもっています。

雪囲《ゆきがこい》《ゆきがこひ》

［仲冬］

雪垣・雪構《ゆきがまえ》・雪除《ゆきよけ》・雪菰《ゆきごも》・雁木《がんぎ》

垣透きて出《い》で入る僧や雪囲ひ　山田みづえ

御社《おんやしろ》雪囲ひして雪すくな　高野素十《すじゅう》

雪囲よりあふれ出て子ら下校　法師浜桜白《ほうしはまおうはく》

加賀よりも粗く越後《えちご》の雪囲　宇多《うだ》喜代子

季語解説　北西の季節風の強い雪国で、風雪を防ぐために設ける囲いです。家の入り口や周囲、庭木などを菰《こも》（マコモや藁《わら》で織ったむしろ）や葦簀《よしず》、板、竹などで囲います。それが垣根のように見えることから「雪垣」ともいいます。「雁木」は豪雪地の家々の軒先から歩道に張り出した雪よけのひさしです。

雪囲のある風景は北国の厳しい風土を示すとともに、暖かい地方に住む者から見ると日本の冬の懐かしい情感を誘います。

例句解説　山田みづえの掲句は雪囲から人が透き抜けてくるように出入りするさまに興趣があり、それが僧であったのでなおさら目についたとの意です。

厳しい風雪を防ぐ雪囲。

暮らし

年《とし》の市《いち》

［仲冬］

節季《せっき》市《いち》・暮市《くれいち》・暮の市・師走《しわす》の市・飾売《かざりうり》

年の市何しに出たと人のいふ　小林一茶

不二《ふじ》を見て通る人あり年の市　与謝蕪村《よさぶそん》

宵過ぎの雪となりけり年の市　日野草城《そうじょう》

傍《かたわら》にをさな子ねむる飾売　中嶋鬼谷《きこく》

季語解説 年の暮に正月を迎えるための注連飾《しめかざり》、門松などや新年用の盆栽、おせちの食品、台所の調度品などを売る市をいいます。特に日は定まっていませんが、12月中旬から下旬にかけて社寺の境内に大きな市が、町の辻には飾り物を中心とした小さな市が立ちます。

東京では昔から浅草観音・深川八幡・神田明神などの市が知られます。

例句解説 市が立つと大変なにぎわいとなり、いろんな人がやって来ます。独り者の一茶も顔を出したところ、「おまえなど用のない場所だろう、何しに来たんだ」と知人にからかわれました。その言葉を逆手《さかて》にとって、諧謔《かいぎゃく》の効いた一句に仕立てたのが掲句です。この句から一茶は、江戸の町人たちから変人扱いされていたらしいと察せられます。

新年を迎える準備の市が立つ。

暮らし

年忘《としわすれ》

［仲冬］　忘年会

紙ひとり燃ゆ忘年の山平《やまたいら》　飯田龍太《いいだりゅうた》

独り身や上野歩行《あるい》てとし忘れ　小林一茶

拭きこみし柱の艶《つや》や年忘　久保田万太郎

北京ダック少し奢《おご》りの忘年会　中西　光《ひかる》

季語解説　一年の労苦をねぎらい、息災《そくさい》を祝う意味で親しい者が集まって催す宴《うたげ》。年忘の語は室町時代から見られ、年末には年忘の連歌が行なわれていたようです。

仕事仲間などとの「忘年会」は明治期以降に定着しました。近年では年忘の名目でパーティー形式や旅行など、さまざまな形で行なわれています。一人ひとりの思いを込めた年忘ができ、一年のけじめがついたところで新年を迎えられればよいのでしょう。

例句解説　掲句の飯田龍太は山あいの家の近くの平地で一人、不用になった紙を燃やしながら一年の出来事を思い出してけじめをつけています。

年末には欠かせない忘年会。

風邪《かぜ》

［三冬］
感冒《かんぼう》・流感・流行風邪《はやりかぜ》・風邪声《かざごえ》・鼻風邪・風邪籠《かぜごもり》・風邪心地・風邪薬・風邪の神・インフルエンザ・咳《せき》・咳《しわぶき》・嚔《くさめ》・くしゃみ・水洟《みずばな》・鼻水・湯ざめ・マスク

風邪の子に屋根の雪見え雀《すずめ》見え　細見綾子

咳をしても一人　尾崎放哉《ほうさい》

風邪気味といふ曖昧《あいまい》の中にをり　能村登四郎《のむらとしろう》

咳一つしても明治の人であり　桂《かつら》米朝《べいちょう》

季語解説　呼吸器系の炎症性疾患《しっかん》でウイルス感染によるものが主です。空気が乾燥し気温の低い寒い季節に多発し、「インフルエンザ（流行性感冒・流感）」は夏より冬に大きな流行を起こします。喉が痛んで発熱し、寒けやだるさ、咳、くしゃみ、鼻水などの症状が出ます。「咳」「嚔」「鼻水」などは冬の季語になっており、咳では中村汀《てい》女《じょ》の「咳の子のなぞなぞあそびきりもなや」がよく知られています。「風邪の神」は風邪をはやらせる疫神《やくじん》、「湯ざめ」は風邪の原因になります。

例句解説　風邪をひいたら体を温め、休養をとるにかぎります。細見綾子の掲句の子どもは、床に伏せて屋根の雪や雀を見て気を紛らわせているのです。

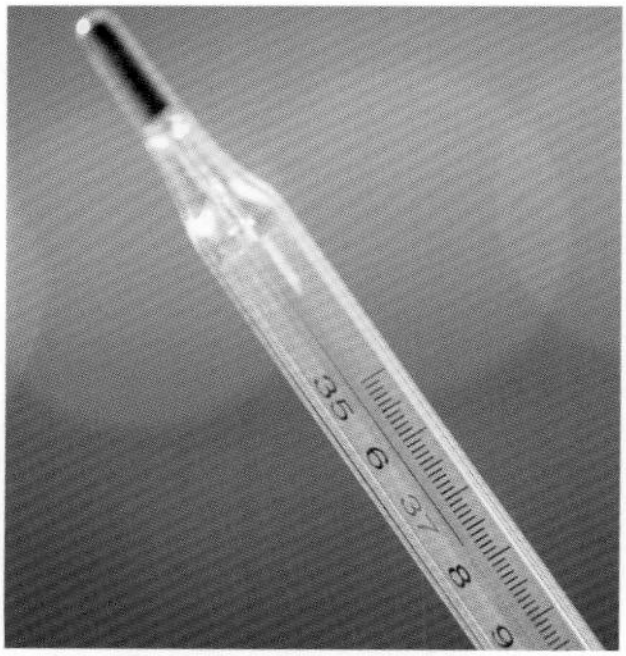
37度の赤は平均体温を示すとも。

暮らし

セーター

［三冬］

カーディガン・冬服・冬着・オーバー・コート・外套《がいとう》・マント・ジャンパー・アノラック・ヤッケ

セーターの男タラップ駆け下り来《く》　深見けん二

セーターに枯葉一片旅さむし　加藤楸邨《しゅうそん》

村を発《た》つ幼女は花のアノラック　成田千空《せんくう》

セーターの胸より剝《はが》し猫を貸す　丹間《たんま》美智子

季語解説 電車やバスの座席で編み物をしている女性を見かけなくなって久しくなります。昔は小学生の頃から女の子は毛糸の編み物を見よう見まねで始め、学生になる頃には人にプレゼントできるほどのセーターを編めるようになっていたものです。セーターといえば毛糸を思い出すのは、こうした思い出があるからでしょう。

今日では毛糸のほか、木綿・麻・化学繊維など素材は多様になり、手編みよりも機械編みが一般的になっています。冬はセーターだけでなく、シチュエーションや好み等によってさまざまな防寒着で身を包みます。

例句解説 セーターにはおしゃれな感じがあり、深見けん二の掲句の男のセーターにも、毛糸で手編み、そしてスポーティーなダンディーさが感じられます。

寒い日にぴったりのセーター。

暮らし

蒲団《ふとん》

［三冬］

布団・掛蒲団《かけぶとん》・敷蒲団《しきぶとん》・羽蒲団《はねぶとん》・背蒲団《せなぶとん》・腰蒲団・肩蒲団・蒲団干す・干蒲団《ほしぶとん》

蒲団着て寝たる姿や東山　服部嵐雪《はっとりらんせつ》

我が骨のゆるぶ音する蒲団かな　松瀬青々《せいせい》

寝られねばまた肩つつむ蒲団かな　長谷川春草《しゅんそう》

ぽつくりと蒲団に入りて寐《ね》たりけり　臼田亞浪《うすだあろう》

季語解説　蒲団は一年を通じて使いますが、防寒の意味合いが強いことから冬の季語とされました。綿入れの「掛蒲団」や「敷蒲団」が現れたのは、もめん綿の普及した近世になってからです。それまでは褥《しとね》と呼ばれる敷物の上に横たわり、衾《ふすま》という布の夜具にくるまる粗末なものでした。江戸の初期までは綿入れの蒲団はぜいたく品で、現代の羽毛蒲団の普及と同じような状態だったのです。「背蒲団」は背に当てる小さな蒲団、「腰蒲団」は主に女性が腰の冷えを防ぐもの、「肩蒲団」は睡眠時に肩が冷えないように用いる小蒲団です。

例句解説　冬の京都に旅した嵐雪は、宿屋の窓から見える東山が蒲団を着て寝ているような姿に見え、温かい安らぎを感じると詠みました。それが冒頭の句です。

蒲団にくるまると、ぬくもりで冷えた体が包まれて安らぎを感じます。そのぬくもりを直接表現したのが松瀬青々の句です。

綿の蒲団はけっこう重い。

暮らし

炬燵《こたつ》

［三冬］

火燵《こたつ》・切炬燵《きりごたつ》・置炬燵《おきごたつ》・掘炬燵《ほりごたつ》・電気炬燵・炬燵櫓《こたつやぐら》・炬燵蒲団《こたつぶとん》・炬燵板・炬燵切る・火鉢《ひばち》・火桶《ひおけ》・長火鉢・箱火鉢・行火《あんか》

安《やす》んじて迷子《めいし》居にある火燵かな　高浜虚子《きょし》

住みつかぬ旅の心や置炬燵　松尾芭蕉《ばしょう》

火の気なき炬燵の上の置手紙《おきてがみ》　岸田今日子

炬燵に穴のこして海を見にゆけり　大石雄鬼《ゆうき》

季語解説　炬燵は室町時代に禅宗の寺から始まり、それが一般の家庭にまで普及したと考えられています。床に炉を作って上に櫓を置き、蒲団をかけて暖をとるのが「切炬燵」です。炉の代わりに小さな「火鉢」や「行火」などを櫓の中に置いたものを「置炬燵」、椅子に座るように足を下ろせるのが「掘炬燵」。いまではほとんどが「電気炬燵」になっています。

例句解説　炬燵があると家族団欒《だんらん》の場となり、人の心を和ませます。虚子の掲句も炬燵の暖かさと和やかさを詠み込んでいます。「迷子」とは虚子門弟の岡安《おかやす》迷子のことです。戦時中、虚子主宰の「ホトトギス」は発行所を埼玉県加須《かぞ》市の迷子の自宅に置いて発行を続けていました。迷子が人の名前と知れば、この句の意味もわかってきます。

火鉢で暖をとる。

炭《すみ》

［三冬］

木炭《もくたん》・堅炭《かたずみ》・備長《びんちょう》・白炭《しろずみ》・枝炭《えだずみ》・花炭・粉炭・炭の香《か》・炭屑《すみくず》・炭挽《すみひ》く・炭火・跳炭《はねずみ》・熾《いぶ》り炭・埋火《うずみび》・消《けし》炭《ずみ》・火消壺《ひけしつぼ》・炭斗《すみとり》・炭籠《すみかご》・炭納屋《すみなや》・炭焼《すみやき》・炭焼小屋・炭焼竈《すみやきがま》・炭竈・炭俵《すみだわら》・炭売《すみうり》・炭団《たどん》・豆炭《まめたん》・煉炭《れんたん》・石炭

学問のさびしさに堪へ炭をつぐ　山口誓子《せいし》

炭くだく手の淋《さび》しさよかぼそさよ　小林一茶

静けさや炭が火となるおのづから　日野草城《そうじょう》

話すことなくともたのし炭をつぐ　木村定生《じょうせい》

季語解説　火鉢が使われなくなって久しく、居間や勉強部屋で炭をつぐ行為がどんなものかを知らない人たちが増えています。炭はナラやクヌギ、カシなどの幹や枝を「炭焼竈」で蒸し焼きにして作ります。材質が堅く、高温で作られるものを「堅炭」といい、火力が強いのが特徴。「備長」炭はその最良のものです。

「枝炭」「花炭」は茶道で使われます。「埋火」は灰の中に埋めた「炭火」、「炭斗」「炭籠」には小出しにした炭を入れておきます。「炭団」「豆炭」は「木炭」の粉を加工した固体燃料、「煉炭」には木炭と「石炭」が使われています。

例句解説　誓子の掲句は深夜、高等文官試験の勉強をしている時の情景です。寒いなと思ったら、火鉢のおき火が消えかかっている。あわてて炭をつぎ足すと火力が戻ってきた。炭の匂いと火の色に安堵《あんど》感が戻ってきたというのです。

暮らし

湯豆腐《ゆどうふ》

[三冬]

湯豆腐やいのちのはてのうすあかり　久保田万太郎

湯豆腐だけでよろし京の冬枯《ふゆがれ》はよろし　荻原井泉水《おぎわらせいせんすい》

湯豆腐の一つ崩れずをはりまで　水原秋櫻子《しゅうおうし》

湯豆腐やいとぐち何もなかりけり　石原八束《やつか》

季語解説　冬の鍋物のなかでもとりわけ湯豆腐は、大人の料理の感じがし、手軽であっさりした味が喜ばれます。湯気の立つ鍋の中で力が抜けたように浮いてくる純白の豆腐をすくい取り、ネギやかつお節などの薬味を入れた醤油《しょうゆ》をつけて食べる情緒は、これぞ冬の料理だなと思わせるものがあります。

例句解説　豆腐の透き通る白さと煮立つまでの短さに、人の命の果てを見てしまったのが掲句の万太郎です。豆腐の白、湯気の白、その微妙な色合いの果てに、死後の「うすあかり」を見つけたのです。それは生きることの寂しさに対する「救い」の明かりだったのでしょう。

この句を詠んだ頃の万太郎は妻にも子にも先立たれ、晩年にやっと得た愛人までも先立つという孤独な境遇でした。そういうことを知らなくても、年齢を重ねるにつれて「いのちのはてのうすあかり」の意味がより深く伝わってくる名句です。

暮らし

雑炊《ぞうすい》《ざふすい》

［三冬］
おじや・鶏雑炊・鴨雑炊《かもぞうすい》・牡蠣雑炊《かきぞうすい》・河豚雑炊《ふぐぞうすい》・韮雑炊《にらぞうすい》・藷雑炊《いもぞうすい》・味噌雑炊《みそぞうすい》・芋粥《いもがゆ》

雑炊もみちのくぶりにあはれなり　山口青邨《せいそん》

雑炊に非力《ひりき》ながらも笑ひけり　高浜虚子《きょし》

鴨を得て鴨雑炊の今宵《こよい》かな　松本たかし

みちのくの訛《なまり》親しき牡蠣雑炊　佐藤弥生

季語解説　粥《かゆ》も雑炊も水を多く加えて米を炊き上げます。両者の違いは粥が基本的に調味を加えないのに対し、雑炊は調味をして野菜や魚介類などの具も入れます。中に入れる具によって「牡蠣雑炊」「河豚雑炊」ほかの高級雑炊にもなり、その多くは鍋料理の締めとしてご飯を入れて煮る方法がとられます。家庭では鍋料理の締め以外に、残り物の味噌汁やすまし汁にご飯を入れて煮、溶き卵などを加える「おじや」も作られます。

例句解説　雑炊には地方や家庭によって独特な味付けがあり、ふるさとの味ともいえる懐かしさがあります。

盛岡出身の青邨の掲句はその故郷の味をいつまでも忘れていないと、自宅で作る雑炊をユーモアを込めて見つめています。雑炊を作ると、どうしても「みちのく」の質素な料理になってしまう。雑炊も自分たちもいまだに故郷に影響されているようだ、「あはれ」だなと苦笑しています。

素材そのものの味を楽しむ。

暮らし

竹馬《たけうま》

［三冬］

高足《たかあし》・鷺足《さぎあし》・縄跳《なわとび》・押しくら饅頭《まんじゅう》

竹馬の子のおじぎしてころびけり　星野立子《たつこ》

竹馬やいろはにほへとちりぢりに　久保田万太郎

おしくらまんじゅう路地を塞《ふさ》ぎて貧《ひん》などなし　大野林火《りんか》

縄跳びの子供の笑顔入れ替はる　高橋透水《とうすい》

季語解説 平安時代に葉のついた1本の竹にまたがって走る遊びが竹馬と呼ばれ、のちに竹の先に馬の顔の形、末端に車を付けたものになりました。

一方、2本の竹の棒に足場を作り、それに乗って遊ぶ竹馬は、室町時代に流行した田楽《でんがく》で用いた「高足」から変化したものと考えられ、江戸末期に子どもの遊具になったようです。「押しくら饅頭」や「縄跳」も冬の季語です。

例句解説 立子の掲句は竹馬に乗っていた子が近くを通りかかった人に律儀に挨拶《あいさつ》をしたところ、バランスを崩して転んでしまったという微笑《ほほえ》ましい情景を詠んでいます。

万太郎の竹馬の句はよく知られています。一緒に竹馬に乗って遊んでいた子どもたちが、夕刻になってちりぢりに帰ってしまったという意味にも、少年時代の遊び仲間である「竹馬《ちくば》の友」が、いまではみんなちりぢりになってしまったと寂しく思っている意味にも取れます。

竹馬に乗る。

暮らし

狩《かり》

［三冬］猟《りょう》・狩猟《しゅりょう》・狩人《かりうど》・猟夫《さつお》・猟師・またぎ・勢子《せこ》・狩場・猟犬・猟銃・猟期・狩の宿・獣狩《けものがり》・猪狩《ししがり》・鹿狩・熊狩

夕狩の野の水たまりこそ黒瞳《くろめ》　金子兜太《とうた》

一湾《いちわん》をたあんと開く猟銃音　山口誓子《せいし》

狩の犬重なる木《こ》だまつくりけり　米沢吾亦紅《よねざわわれもこう》

野をすでに勢子の二手にわかれたる　皆吉爽雨《みなよしそうう》

季語解説　野生の鳥獣の捕獲にはかつては鷹《たか》、弓矢、槍などを使いましたが、いまは「猟銃」やわな、網を用いています。「狩猟」は危険を伴うため、単独で行動することはまれで「猟犬」を連れて山野に入ることが多く、鹿や猪《いのしし》、熊を捕らえる場合は「勢子」と呼ばれる人々が獲物を追い出し、姿を現したところを撃ちとめます。

鳥獣保護や安全確保などのため、狩猟は免許制になっており、「猟期」と狩猟鳥獣・地域が定められています。猟期は鳥獣の種類や地域によって異なりますが、おおむね冬季です。

例句解説　兜太の掲句は獲物を求めて入った狩の野に夕暮れがしのび寄り、1カ所の黒々と濡《ぬ》れた水たまりが光っている。それは乙女の黒い瞳を思わせるというのです。狩の後、寒気と殺気が過ぎ去っていく夕暮れの野に生き物の生々しさがよみがえってきます。黒い瞳は撃ちとめた雌鹿のそれを思い出させたのかもしれません。

猟場の看板。

暮らし

探梅《たんばい》

[晩冬]
梅探《うめさぐ》る・探梅行《たんばいこう》・春の便り・春信《しゅんしん》

探梅のこころもとなき人数《にんず》かな　後藤夜半《やはん》
探梅や枝の先なる梅の花　高野素十《すじゅう》
探梅の夕雲色を加へそむ　綾部仁喜《あやべじんき》
聞くたびに道細くなる探梅行　大牧《おおまき》　広《ひろし》

山野に春を訪ねる。

季語解説 探梅は冬に早咲きの梅を求めて山野に出かけることをいい、梅林や庭園の梅を見る「観梅」とは趣《おもむき》が異なります。春を知らせる花の梅を訪ねるので「春の便り」や「春信」ともいいます。

例句解説 雪の山に入ったり、沢に下りたりする「探梅行」は参加者が多く、にぎやかな方が心強いものです。ところが、後藤夜半の掲句は集まったのは少人数で、心細い探梅行になった様子を詠んでいます。「こころもとなき」の言葉には心細さだけでなく、梅を探すじれったさも感じさせます。果たして梅は咲いているだろうか、まだ固い蕾《つぼみ》のままではないだろうかと気がせきます。春を待ちかねる気持ちが、あえて早咲きの梅を探りあてようとさせるのです。

その労力の末、いましも梅の花を見つけた。それも枝先に一輪だけ咲いていると感銘したのが高野素十です。

行事

七五三《しちごさん》

［初冬］

七五三祝《しめいわい》・千歳飴《ちとせあめ》・髪置《かみおき》・袴着《はかまぎ》・帯解《おびとき》

花嫁を見上げて七五三の子よ　大串《おおぐし》 章《あきら》

歩き幅合はぬ石段七五三　右城暮石《うしろぼせき》

振袖《ふりそで》の丈より長し千歳飴　石塚友二《ともじ》

命減らし産みし子ひとり七五三　石川昌子

季語解説　3歳と5歳の男の子、3歳と7歳の女の子が宮参りをして無事な発育を感謝し、なおいっそうの成長を願う行事で、11月15日を中心に行なわれます。盛んになったのは明治時代の東京からで、晴れ着を着せて千歳飴を持たせるようになりました。

日本では中世以来、時代によって多少異なりますが、男女3歳で「髪置」の祝い、男子5歳で「袴着」の祝い、女子7歳で「帯解」の祝いが行なわれ、それらが七五三の起源のようです。

晴れ着を着てお祝い。

例句解説　七五三の祝いの神社で結婚式が行なわれており、着飾った子どもが着飾った花嫁に見とれています。この大串章の句には「今日はおまえも主役なんだよ」と告げたい親の気持ちが込められています。

行事

酉《とり》の市《いち》

［初冬］ お酉さま・熊手市・おかめ市・一の酉・二の酉・三の酉・酉の町・熊手

大熊手小熊手そして千の素手《すで》　成田千空《せんくう》

ぶつかつて人の温《ぬく》みの酉の市　佐藤吉之介《きちのすけ》

かつぎ持つ裏は淋《さび》しき熊手かな　阿部みどり女《じょ》

句友とも云《い》へぬ仲なり三の酉　坂東三津五郎《ばんどうみつごろう》

季語解説　11月の酉の日に各地の鷲《おおとり》（大鳥）神社で行なわれる祭礼です。最初の酉の日を「一の酉」、次を「二の酉」といい、その次の「三の酉」のある年は火事が多いとの言い伝えもあります。

東京・台東区の鷲神社が最も知られ、境内に開運・商売繁昌を祈って酉の市が立ちます。福や金銀をかき寄せる縁起物としておかめの面や宝船、千両箱、鯛《たい》、亀などを飾りつけた「熊手」が売られ「熊手市」ともいいます。

例句解説　古い熊手は持参して神社に納め、新しい熊手を酉の市で購入します。一般に熊手に定価はなく、交渉して値段を決め、ご祝儀として少し多めに支払います。交渉が成立すると、買った客は熊手を本殿の方に向け、売り手や他の客、周りの人々までが一緒になって柏手《かしわで》を打って祝います。人の温みを感じるこうした習俗を、成田千空の掲句は「千の素手」で表現しています。

縁起物を飾りつけて福を呼ぶ縁起熊手。

行事

クリスマス

［仲冬］

降誕祭・聖誕祭・待降節《たいこうせつ》・聖夜・聖樹・聖歌・聖菓・クリスマスツリー・クリスマスイブ・サンタクロース

へろへろとワンタンすするクリスマス　秋元不死男《ふじお》

降誕祭町に降る雪わが家にも　安住《あずみ》　敦《あつし》

盲導犬使徒の眼《め》持てりクリスマス　田川飛旅子《ひりょし》

聖樹の灯ひと組だけのレストラン　飯沼邦子《いいぬまくにこ》

季語解説　12月25日はイエス・キリストの降誕の日とされ、それを祝福するキリスト教最大の行事です。キリストがいつ誕生したかは定かではありませんが、4世紀にキリスト教の教義とともに検討され、太陽の再生を祝う冬至祭と融合して定着したといわれています。

教会や家庭では「聖樹（クリスマスツリー）」を飾り、前夜の「聖夜（クリスマスイブ）」から祝います。「待降節」は「降誕祭」前の約4週間の準備期間です。

例句解説　日本のクリスマスは宗教性が希薄で、家庭でクリスマスツリーなどを飾ってケーキを食べたり、プレゼントを交換したりする冬の楽しい行事になっています。秋元不死男はそうした日本のクリスマスを少し揶揄《やゆ》したような、人を食ったような滑稽味《こっけいみ》で一句に仕立てています。

街並みも華やかに。

動物

兎《うさぎ》

［三冬］

野兎・兎狩《うさぎがり》

突として山道よぎりゆく兎　渋沢渋亭《しぶてい》

衆目《しゅうもく》を蹴つて脱兎《だっと》や枯野《かれの》弾む　中村草田男《くさたお》

学校をからつぽにして兎狩　茨木和生《いばらきかずお》

かはたれの戯画にをさまる兎かな　中島領子

季語解説　兎は野山に年中いますが、「兎狩」が冬に行なわれたことから季語となったので、飼育している兎は含まないと捉えた方がよいでしょう。

「野兎」は本州以南にニホンノウサギ（ノウサギ）、北海道にエゾノウサギ（ユキウサギの亜種）が生息し、樹木を食害します。耳が長く、体は褐色《かっしょく》系ですが、北国のものは冬になると保護色の白毛に変わります。

例句解説　実業家・渋沢栄一の子として生まれた渋亭（秀雄）は、〝田園調布の生みの親〟で東宝の会長も務めました。随筆家でもあり、俳句は久保田万太郎に師事。掲句に詠まれた野兎は後脚が長く、飛び跳ねるように、宙を飛ぶように駆けます。また、急に脚を止め、横に遠く跳んで足跡を消すこともあります。

雪に紛れる白毛の野兎。

動物

水鳥《みずとり》 水鳥《みづとり》

［三冬］

浮寝鳥《うきねどり》・水禽《すいきん》

水鳥のおもたく見えて浮きにけり　上島鬼貫《うえしまおにつら》

三日月《みかづき》のみどりしたたる浮寝鳥　野見山朱鳥《のみやまあすか》

水鳥のしづかに己《おの》が身を流す　柴田白葉女《はくようじょ》

水鳥に空が近づく薄暮光《はくぼこう》　渡辺恭子《きょうこ》

例句解説　掲句の鬼貫はあんなに重そうに見えるのに、よく浮かんでいることよ、と驚いたり感心したりしています。

季語解説　水鳥とは主に水上や水辺で暮らす鳥をいいます。冬の季語とされたのは雁《がん》、鴨《かも》、白鳥、ユリカモメなど、水上で暮らす鳥の多くは秋から冬にかけて渡ってくるので冬に目にする機会が多いからです。

水鳥の羽毛は密生しており、尾の付け根の油脂腺《ゆしせん》から出る脂をくちばしで取って羽毛の表面に塗り、防水効果を上げて水上に浮かんで寝ることができます。こうした鳥は「浮寝鳥」と呼ばれ、多くの歌人に詠み継がれてきました。

動物

鴨《かも》

［三冬］青頸《あおくび》・真鴨《まがも》・尾長鴨・小鴨・葭鴨《よしがも》・葦鴨《あしがも》・鈴鴨・星羽白《ほしはじろ》・頬白鴨《ほおじろがも》・鴨の陣・鴨の声・鴨打《かもうち》・鴨鍋

古利根《ふるとね》や鴨の鳴く夜の酒の味　小林一茶

夫婦鴨《めおとがも》さみしくなれば光り合ふ　松本　旭《あさひ》

夕明《ゆうあか》り鴨は胸にて水ひらく　大井雅人《がじん》

鳴きながら整つてゆく鴨の陣　岸ゆうこ

季語解説　カルガモとオシドリは留鳥ですが、そのほかの鴨類は越冬のため日本にやって来る渡り鳥です。水鳥の鴨にとって越冬地の日本は、つがいの相手を探す集団見合いの場といえます。雄は求愛・繁殖期には美しい羽になり、つがいとなった鴨たちは翌春、繁殖地に戻って雌は産卵し子育てが始まります。

昼間、群れをなして水に浮いている光景を「鴨の陣」といいます。肉は美味で、現在11種の鴨が狩猟（免許制）の対象になっています。

冬を越す水鳥の群れ。

例句解説　掲句の一茶は俳諧で身を立てる志をもちましたが、江戸の風は冷たく、下総《しもうさ》の利根川沿いの俳諧好きの家々を回ったりして、細々と生計を立てるしかありませんでした。

鷹《たか》

[三冬]

大鷹・刺羽《さしば》・のすり・蒼鷹《もろがへり》・隼《はやぶさ》・ちゅうひ・長元坊《ちょうげんぼう》・熊鷹・荒鷹・若鷹・鷹狩《たかがり》・鷹匠《たかじょう》・鷲《わし》・大鷲・尾白鷲《おじろわし》・犬鷲

鷹一つ見付けてうれしいらご崎　松尾芭蕉《ばしょう》

鷹の目の枯野《かれの》にすわるあらしかな　内藤丈草《じょうそう》

大鷲の爪あげて貌《かお》かきむしる　加藤楸邨《しゅうそん》

源流の風となりゐし鷹ひとつ　石《いし》　寒太《かんた》

季語解説 猛禽《もうきん》類のタカ科のうち大型で強力な種を「鷲」、そのほかの種を鷹と呼び、鷹と鷲の区別は便宜的なものにすぎません。日本には15種の鷹が生息していますが、留鳥が多く、渡りをする種は限られています。

江戸時代に盛んに行なわれた「鷹狩」には「鷹匠」が操る「大鷹」が主に用いられました。

例句解説 鷹柱（秋の渡りの際などに上昇気流に乗って多くの鷹が竜巻状に旋回上昇する）や海を渡る壮観さを見ようと各地で観察会が開かれ、大勢のバードウォッチャーが集まります。愛知県の渥美《あつみ》半島の先端にある伊良湖岬《いらごみさき》は10月上旬がピークの「刺羽」など鷹の渡りを観察するメッカで、芭蕉もかつてここを訪れて掲句を詠みました。

ウサギほどなら5キロ先でも見つける。

動物

鶴《つる》

［三冬］
丹頂《たんちょう》・鍋鶴・真鶴《まなづる》・袖黒鶴《そでくろづる》・姉羽鶴《あねはづる》・黒鶴・凍鶴《いてづる》

雪に影落《おと》して鶴のひるがへる　下村非文《ひぶん》

鶴の舌赤銅《しゃくどう》の日に哭《な》きただれ　富沢赤黄男《かきお》

すさまじき垂直にして鶴佇《た》てり　齋藤　玄《げん》

鶴舞うて天上の刻《とき》ゆるやかに　井沢正江

季語解説 日本で繁殖しているのは「丹頂」1種だけで、「鍋鶴」と「真鶴」は鹿児島県や山口県に冬鳥として渡って来ます。その大群の中にまれに「袖黒鶴」「姉羽鶴」「黒鶴」が迷鳥として混じります。

鶴は容姿端麗な姿から古来、霊鳥やめでたい鳥として大切にされてきました。一般に亀とともに長寿とされていますが、鶴の寿命は30年ほどと考えられています。

例句解説 下村非文の掲句の鶴は丹頂と思われます。優美な丹頂鶴は北海道東部の湿地にすみ、そこに巣を作ってヒナを育てます。雪の季節になると給餌場などに群れとなって集まりますが、片脚でじっと立っていることが多く、その様子を「凍鶴」といいます。時にはおじぎをし合ったり、空中に飛び跳ねたりする動きを見せます。

美しい求愛の踊り。

動物

鰤《ぶり》

［三冬］ 寒鰤・大鰤・大魚《おおいお》・初鰤・鰤場・鰤網

塩打ちし寒鰤の肌くもりけり　草間時彦

ころがされ蹴られ何見る鰤の目は　加藤楸邨《しゅうそん》

大鰤の口に嚙ませて糶《せり》の札　柳田たま江

寒鰤の神のごとくに売られけり　平井照敏《しょうびん》

季語解説　アジ科の回遊魚で成長によって名を変える、いわゆる出世魚です。全長15センチほどのモジャコから順に、ワカシ、イナダ・ハマチ、ワラサ、ブリと成長し、全長80センチ・体重6キロ以上にもなります。春から夏に黒潮と対馬《つしま》暖流に乗って日本沿岸を北上し、秋から冬に親潮に押されて沖合を南下してきます。

産卵期を控えて脂ののった「寒鰤」の漁期は12月から2月頃で、日本海側ではこの頃に鳴る雷を「鰤起し」といい、豊漁の前兆とされています。

例句解説　草間時彦の掲句は塩打ちしたところ、鰤の肌が曇っていくさまを捉えています。それだけ新鮮な鰤だったのです。

脂ののった寒鰤。

動物

河豚《ふぐ》

［三冬］

真《ま》河豚《ふぐ》・虎河豚・針千本・河豚提燈《ふぐちょうちん》・箱河豚・ふく・ふくと・ふぐと・河豚鍋・河豚ちり・鉄砲鍋《てっぽうなべ》・てつちり・河豚汁・河豚の友

叱られし鰒《ふぐ》も食ひたし母恋し　安井大江丸《おおえまる》

河豚の血のしばし流水にまじらざる　橋本多佳子

河豚刺身何しんみりとさすものぞ　中村汀女《ていじょ》

箱河豚の鰭《ひれ》は東西南北に　森田　峠

季語解説　「鰒《ふぐ》」とも書きます。日本近海には40種ほどおり、他の魚にはない特殊な体や習性があります。小さな口に強く鋭い板状の歯があり、ウロコがトゲなどに変形したものもいます。危険を感ずると腹を膨らませ、ギュギュッと音を発して目を閉じます。

「真河豚」「虎河豚」など数種が食用とされ、肉は淡泊で美味。各地の貝塚から河豚の骨が出土しているので、太古から食されていたようです。中毒死も多かったはずですが、そのおいしさから今日まで食べることをやめなかったのでしょう。卵巣や肝臓に猛毒があることは古くから知られており、「河豚は食いたし命は惜しし」ともいわれてきました。

例句解説　安井大江丸の掲句もその心境を呼んでいます。今日では特別な免許をもつ腕の良い調理師によって料理されたものである限り、中毒死する心配はないでしょう。

最高級の虎河豚。

動物

鮟鱇《あんこう》

［三冬］

鮟鱇の吊《つる》し切り・鮟鱇鍋

鮟鱇の骨まで凍《い》ててぶちきらる　加藤楸邨《しゅうそん》

能登《のと》の海鮟鱇あげて浪平《なみひら》ら　前田普羅《ふら》

鮟鱇もわが身の業《ごう》も煮ゆるかな　久保田万太郎

鮟鱇に刃を入れてのち自在なり　原けんじ

吊るしたまま身をさばく。

季語解説　頭部が大きく扁平《へんぺい》な魚で主に水深100～400メートルの深海にすみ、全長1メートルにも達します。海底に潜み、背びれの変化した頭上の細長い突起を動かして小魚などを誘い、近づくと大きな口でパクリとのみ込んでしまいます。古くは「暗愚魚」（のろまな魚）に由来してアンゴウやアンゴと呼ばれましたが、獲物を捕らえる時は素早く動きます。

料理では全身が柔らかいため、まな板の上では身をさばけず、「鮟鱇の吊し切り」といわれる独特の方法がとられます。ちり鍋や薄味の鍋は冬の珍味として人気があり、身よりも肝《きも》やともなどの内臓がおいしく、特に「あんきも」は好まれます。

例句解説　楸邨の掲句は吊し切りではなく、まな板の上で身をぶった切りにされています。病臥《びょうが》中の作なので、己《おのれ》自身を鮟鱇に仮託したとも解釈できます。

動物

海鼠《なまこ》

[三冬]　酢海鼠・海鼠腸《このわた》・海参《いりこ》・海鼠突《なまこつき》・海鼠舟

尾頭《おかしら》のこころもとなき海鼠かな　向井去来《きょらい》

憂きことを海月《くらげ》に語る海鼠かな　黒柳召波《しょうは》

滾々《こんこん》と水湧き出でぬ海鼠切る　内田百閒《ひゃっけん》

うつそみの音たてて食ふ海鼠かな　石《いし》　寒太《かんた》

季語解説　体長30センチほどの円筒状の海生動物で、多くは岩や砂の上をゆっくりとはって進みます。日本近海に約180種が生息し、泳いだり、浮遊生活するものもいます。海の鼠《ねずみ》と表されたのは干潮時に磯にいる真海鼠がネズミに似ていることにちなんだもので、『古事記』にもすでにこの表記が登場しています。

三杯酢で生食されるのは主に真海鼠で、乾燥させたものは「海参」と称し中華料理の材料にされます。海参とは人参《にんじん》のように栄養のある海産物の意です。腸からは珍味の一つ「海鼠腸」を作ります。

例句解説　口の周りには数多くの触手があり、これで微生物を捕えます。尾部には肛門がありますが、一見したところ頭と尾の区別がつきません。去来の掲句はその形状を捉えたもので、素朴なおかしさが込み上げてきます。

海鼠の酢の物。

動物

牡蠣《かき》

［三冬］

真牡蠣《まがき》・牡蠣田・牡蠣筏《かきいかだ》・牡蠣打《かきうち》・牡蠣殻・牡蠣割る・牡蠣むく・牡蠣割女《かきわりめ》・生牡蠣・酢牡蠣・牡蠣飯《かきめし》・牡蠣鍋・土手鍋・どて焼・牡蠣フライ

牡蠣の酢に和解の心曇るなり　石田波郷《はきょう》

牡蠣殻や磯に久しき岩一つ　河東碧梧桐《かわひがしへきごとう》

牡蠣食へり急ぐにあらずいそぎつつ　草間時彦

母病めば牡蠣に冷たき海の香す　野澤節子

内海に浮かぶ牡蠣筏。

季語解説 イタボガキ科の二枚貝で、膨らんだ左殻が岩などに付着し、右殻は平たくフタのようになっています。付着している牡蠣を手《て》鉤《かぎ》で剝ぎ取ることを「牡蠣打」といいます。

ヨーロッパでは牡蠣類は「海のミルク」と呼ばれ、滋養《じよう》の高い食品として好まれてきました。日本での養殖は安芸国《あきのくに》（広島県）で江戸前期に始まったといわれ、現在主流の筏式垂下養殖法は大正期に考案されました。筏が潮の干満とともに上下するため牡蠣は常に海中にあり、成長が促進されます。

例句解説 冬季は大ぶりで甘みが増しておいしく、英語名のRの付く月（9月から4月まで）が美味とされています。新鮮なものは波郷の掲句のように「酢牡蠣」やオイスターカクテルにして食べると、「牡蠣の味は香りにある」という言葉が実感できます。

動物

綿虫《わたむし》

［初冬］

雪虫・雪蛍《ゆきぼたる》・雪婆《ゆきばんば》・大綿《おおわた》・大綿虫

雪虫のゆらゆら肩を越えにけり　臼田亜浪《うすだあろう》

人は罪を綿虫は綿負ひにけり　成瀬櫻桃子《なるせおうとうし》

しらしらと魂あそぶ雪螢　中村苑子《そのこ》

ふところに綿虫の入る淋《さび》しかろ　村越化石《かせき》

季語解説　アブラムシ科の昆虫のうち、羽があって綿状の蠟《ろう》物質を分泌するのが綿虫です。この〝綿〟は乾燥から身を守ったり、空を飛ぶ浮力になります。

夏から秋にかけてはトドマツや梨、リンゴの根などに寄生していますが、初雪が降る少し前に出現し、越冬する樹木に一斉に引っ越します。その宿替えの頃が綿虫の漂う時季となります。

例句解説　北海道や東北では晩秋から初冬にかけて、白い綿のようなものを付けて飛ぶ2ミリほどの虫が見られます。雪が降りだす季節に数多く飛び、まるで粉雪がふわふわ舞っているかのように見えることから「雪虫」とも呼ばれます。臼田亜浪の掲句はそんな雪虫（綿虫）の情景を観察したのでしょう。

防寒着のような綿。

植物

山茶花《さざんか》《さざんくわ》

［初冬］　姫椿《ひめつばき》

月夜にも山茶花が散る止めどなし　細見綾子

山茶花の散りしく月夜つづきけり　山口青邨《せいそん》

山茶花や小昼の雨に色さやか　内藤吐天《とてん》

山茶花の咲き散り咲きて今日昏《く》るる　文挾夫佐恵《ふばさみふさえ》

季語解説　ツバキ科の常緑小高木。日陰や浜風に強く、刈り込みにも耐えるので昔から生け垣に利用されてきました。晩秋から初冬にかけて白い五弁の花をつけ、現在は八重咲き、紅色、ピンク、絞りなどの園芸品種も普及しています。園芸品種は椿ほど多くないものの、江戸初期から今日までに１００以上が作り出されています。

「姫椿」は山茶花の別名ですが、小笠原諸島で初夏に咲く別種の花もあります。

例句解説　山茶花は椿に似ており、違いがわかりにくいものです。見分けるポイントは、山茶花は花びらがばらばらになって散りますが、椿は花の形そのままに落下することです。細見綾子の掲句は山茶花が一片ずつ散りゆくさまを描写しています。

初冬に咲く山茶花。

植物

枇杷《びわ》《びは》の花《はな》

［初冬］

花枇杷・枇杷咲く

職業の分《わか》らぬ家や枇杷の花　正岡子規《しき》

冬の日をひそかにもれて枇杷の花　菅沼曲翠《すがぬまきょくすい》

枇杷の花ゆるやかに刻《とき》狂ひをり　岸田稚魚《ちぎょ》

枇杷の花見えてゐる間の夕支度　岡本　眸《ひとみ》

季語解説 バラ科の常緑高木である枇杷の実は初夏、オレンジ色に熟すので「枇杷」は夏の季語になっています。花は晩秋から初冬に咲き、淡い黄白色の花弁を密につけます。それでも目立たない地味な花ですが、近づくと芳香を感じられます。

例句解説 子規の句はこうした枇杷に抱く人々の心情を踏まえて詠んでいます。この家はどんな職業の人が住んでいるのだろう？　家を見ただけではわからないことが多く、子規の家もその一つだったに違いありません。枇杷の花のように目立たないけど、実は奥深いこともあるのです。

この取り合わせは職業不明の家にぴったり合って、ますますその家への興味が湧いてきます。子規の家にこだわらなくても、句意は充分伝わってきます。

地味に咲く枇杷の花。

植物

落葉《おちば》

［三冬］

落葉時・落葉《おちば》掻《かき》・落葉掃く・落葉籠・落葉山・落葉風・落葉《らくよう》・木《こ》の葉《は》・木の葉散る・木の葉舞《う》ふ・木の葉雨・枯葉《かれは》・枯葉舞《う》ふ・柿落葉・朴落葉《ほおおちば》・銀杏落葉《いちょうおちば》・紅葉《もみじ》散《ち》る・散紅葉《ちりもみじ》

船待《ふなまち》の笠《かさ》にためたる落葉かな　内藤丈草《じょうそう》

落葉して木々りんりんと新しや　西東三鬼《さいとうさんき》

木の葉ふりやまずいそぐないそぐなよ　加藤楸邨《しゅうそん》

日だまりの枯葉いつとき芳し　石橋秀野《ひでの》

季語解説　晩秋から冬にかけて、あらゆる落葉樹は葉を落としてしまいます。落葉は季節に関係なく老化した葉が枝から離れる時に起きますが、季語でいう落葉とは冬季に「木の葉」が風に散りゆくさまや散り落ちたさまを指します。敷きつめられた落葉の匂いや踏む音・感触も、季節の移ろいを感じさせてくれるものです。

落葉を踏んで遊ぶ。

樹木の名を冠して「柿落葉」「朴落葉」「銀杏落葉」なども称します。「木の葉雨」は木の葉が雨のように降る様子をたとえたものです。

例句解説　丈草の掲句は船が出るのをひたすら待っている間に、笠に落葉がたまっていくさまを詠っています。人と自然が一体となって静寂な時間が流れていく様子が想像できます。

植物

水仙《すいせん》

［晩冬］
水仙花《すいせんか》・雪中花《せっちゅうか》・野水仙《のずいせん》

水仙や古鏡《こきょう》の如《ごと》く花をかかぐ　松本たかし
水仙の香やこぼれても雪の上　加賀千代女《かがのちよじょ》
水仙のうしろ向きなる沖つ濤《なみ》　古舘曹人《ふるたちそうじん》
海に日がひとつ水仙花ざかり　和知喜八《わちきはち》

季語解説　地中海沿岸原産のヒガンバナ科の球根植物。寒さに強く、年末から春にかけて中心が黄色の白い花を咲かせます。霜や雪に耐えて咲く清楚《せいそ》な姿や可憐《かれん》な風情は心に訴えるものがあり、日本画の画題に好んで用いられてきました。

ギリシア神話によると、美少年のナルキッソス（ナルシス）は泉の水面に映った自分の姿に恋い焦がれ、水辺でやつれ果てて水仙の花に化したといいます。うつむいたように咲く姿がナルキッソスを連想させるからか、水仙の学名はこの美少年の名前が付いています。

例句解説　掲句の松本たかしは水仙を見ていて、周りが花弁の形になった古代の鏡の形象がひらめいたのです。清浄な水仙の姿をよく伝えています。

香水の原料になる一方、全草が有毒。

植物

葱《ねぎ》

［三冬］

根深《ねぶか》・深葱・葉葱・一文字《ひともじ》・葱《き》・葱畑・下仁田葱《しもにたねぎ》・深谷葱・九条葱・葱ぬく・根深引く・葱洗ふ《う》

葱買《こ》うて枯木《かれき》の中を帰りけり　与謝蕪村《よさぶそん》

葱白く洗ひたてたる寒さかな　松尾芭蕉《ばしょう》

夢の世に葱を作りて寂しさよ　永田耕衣《こうい》

白葱のひかりの棒をいま刻む　黒田杏子《ももこ》

季語解説　古くは「キ」と呼ばれ、そこから女房詞《にょうぼうことば》で「ひともじ」といいました。ネギは「根葱」の意とも考えられます。

関東では根元に土寄せをして日に当てずに「根深」と呼ばれる太い白葱を育て、主に地中に長く作った白い部分を食べます。関西では土寄せをせずに日を当てて夏でも栽培できる細い「葉葱」を育て、主に長く作った葉の緑の部分を食べます。この葱における東西の相違は、かつてほどではないものの今日でも残っています。

鮮やかな緑の深谷葱の畑。

例句解説　蕪村の掲句は荒縄で縛られた1束の葱を買って、寒々とした枯木の木立の中を通って帰ったという意です。この情景には鮮やかな色彩があります。葱の葉の緑色です。

大根《だいこん》

［三冬］

だいこ・おおね・干大根《ほしだいこん》・煮大根《にだいこ》・青首大根《あおくびだいこん》・沢庵《たくあん》・大根《だいこん》・三浦大根・練馬大根《ねりまだいこん》・聖護院大根《しょうごいんだいこん》・守口大根・鼠大根《ねずみだいこん》・辛味大根・大根畑《だいこんばたけ》・大根畑《だいこばた》・沢庵漬・新沢庵・大根漬・大根《だいこ》おろし・ラディッシュ・大根引《だいこひ》く・大根抜《だいこぬ》く・大根洗ふ《だいこんあらう》・大根干《だいこほ》す・大根漬《だいこんつ》ける

流れ行く大根の葉の早さかな　高浜虚子《きょし》

終《おわ》りに近きショパンや大根《だいこ》さくさく切る　加藤楸邨《しゅうそん》

大根を放つたらかしに煮てゐたり　西川火尖《かせん》

富士を背の吹き寄す風に大根干す　天野幸光《ゆきみつ》

季語解説　春の七草の一つで古名はスズシロ。歴史の古い野菜で中央アジア原産といわれますが、定説はありません。日本には8世紀以前に中国経由で伝えられたとみられ、『古事記』には仁徳天皇《にんとく》が皇后に贈った歌に「オホネ」という名で出てきます。それぞれの季語では「だいこん」とも「だいこ」とも読みます。

100を超える栽培品種の多さ、生産高、大きさ、味の良さ、広い用途など、いずれも野菜のトップクラスです。根の上部が青い「青首大根」、球形で甘い「聖護院大根」、世界最大の桜島大根（初春）、世界最長の「守口大根」などがあります。おでん、風呂吹き、漬物、おろし、なます、味噌汁《みそしる》の具など、和食には欠かせない野菜です。

例句解説　正岡子規《しき》に師事した虚子の掲句は、唱導する「俳句的写生」を示す典型的な作品。流れ行く大根の葉の早さだけに焦点が絞られ、印象明瞭です。

冬《ふゆ》

［三冬］ 玄冬《げんとう》・黒帝・冬帝・玄帝・冬将軍・三冬《さんとう》・九冬《きゅうとう》・十一月・十二月・初冬《しょとう》・仲冬《ちゅうとう》・晩冬

一般的には12月から2月だが、俳句では立冬（11月7日頃）から立春（2月4日頃）の前日まで。三冬は初冬・仲冬・晩冬、九冬は冬の九旬《くじゅん》（90日間）のこと。歳時記では新年を独立させ、正月に関係した季語をまとめている。

山は冠雪し、肌寒くなってくる。

青空を海に拡《ひろ》げて十二月　伊藤通明《みちあき》

玄冬の川を見てゐることが旅　鳥居真里子

その果ての光一筋冬花火　峰村浅葱《あさぎ》

立冬《りっとう》

［初冬］ 冬立つ・冬に入る・冬来る《ふゆきた》・今朝の冬

二十四節気《にじゅうしせっき》の一つで11月7日頃。日差しも弱く、日も短くなり、肌寒さを感じ始める。

立冬や紺の上衣《うわぎ》に紺の闇　飯田龍太《いいだりゅうた》

父は火の母は水の香冬来る　石《いし》寒太《かんた》

立冬やとべない家鴨《あひる》わたくしと　植村公女《きみじょ》

初冬《はつふゆ》

［初冬］ 冬はじめ・上冬《じょうとう》・孟冬《もうとう》・冬浅し・冬めく

俳句では冬の始まりは11月中旬から12月初旬頃で、「しょとう」よりも「はつふゆ」として用いられることが多い。

初冬の浄土びかりす熊野灘《くまのなだ》　福田甲子雄《きねお》
薬箱開けし匂ひや冬はじめ　齋藤朝比古《あさひこ》
冬浅し弥勒菩薩《みろくぼさつ》の指の反り　津金房子《つがねふさこ》

神無月《かんなづき》

［初冬］神去月《かみさりづき》・神在月《かみありづき》・時雨月《しぐれづき》・初霜月《はつしもづき》・霜月《しもつき》・霜降月《しもふりづき》・神楽月《かぐらづき》・雪見月・雪待月《ゆきまちづき》・神帰月《かみきづき》

神無月は旧暦の10月、霜月は11月。神無月は日本中の神が出雲《いずも》大社に集まるからで、出雲では神在月となる。霜月は霜降月の略。ほかにもこの時季の風物などからさまざまな異称がある。

空狭き都に住むや神無月　夏目漱石
梯子《はしご》より人の匂ひや神無月　桂《かつら》　信子
霜月や朱《しゅ》の紐《ひも》むすぶ壺《つぼ》の口　神尾《かみお》久美子

師走《しわす／しはす》

［仲冬］極月《ごくげつ》・臘月《ろうげつ》・春待月《はるまちづき》

旧暦の12月の異称だが、一般的に使われるようになっている。僧（師）も忙しく走り回る月といわれる。極月は一年の極まる月の意。

床屋出てさてこれからの師走かな　辻　征夫《ゆきお》
極月や少し遅れて閉ぢる傘　倉持梨恵《くらもちりえ》
軟膏《なんこう》の手をまた洗ふ師走かな　鈴木陽子

大晦日《おおみそか／おほみそか》

［仲冬］大三十日《おおみそか》・大つごもり・大年《おおとし》・大歳《おおどし》・除日《じょじつ》・除夜・除夜の鐘・除夜詣《じょやもうで》・百八の鐘・年の夜・年の晩・年一夜《としひとよ》・年越《としこし》・年越蕎麦《としこしそば》・晦日蕎麦《みそかそば》・つごもり蕎麦・行く年・年惜しむ・惜年《せきねん》・名残の空・年の空・小晦日《こつごもり》

12月末日はさまざまな季語で表され、年越の行事が行なわれる。名残の空・年の空は大晦日の空、小晦日は前日の12月30日。

大年の夢殿に火のにほひかな　井上弘美
死する星生きる星あり大晦日　原　紀子《のりこ》
店奥の古き金庫や晦日蕎麦　伊藤俊昭《としあき》

沍《い》つ

[三冬]

凍《いて》・凍《い》つ・凍結・凍土《いてつち》・凍道《いてみち》・凍港《とうこう》・凍窓《いてまど》・頬凍《ほおい》つ・風凍つ・月凍つ・鐘凍つ・凍《いて》つく・凍《し》む・凍晴《いてばれ》・凍空・凍雲・凍曇・凍霞《いてがすみ》・凍靄《いてもや》

寒気によって凍ることだが、物理的にだけでなく、抽象的・心象風景的なニュアンスを含んでいる。

庭草のよごれしままに凪の凍　加舎白雄《かやしらお》

傀儡姫《くぐつひめ》凍てて吊らるる楽屋裏　石原八束《やつか》

この世よりこぼるるものの凍てにけり　石嶌岳《いしじまがく》

冴《さ》ゆ

[三冬]

冴え・月冴ゆ・風冴ゆ・星冴ゆ・灯冴ゆ・影冴ゆ・声冴ゆ・鐘冴ゆ

冷たく凍る意とともに澄む・鮮やかの意もある。冷えきった大気の中で透徹《とうてつ》した感じをいう。

冬冴えのレールや鳩の拾ひ食ひ　平畑静塔《ひらはたせいとう》

かしげ見し老婆《ろうば》の顔に冴ゆる月　池内友次郎《いけのうちともじろう》

冴ゆる夜の噴煙月に追ひすがる　米谷静二《よねたにせいじ》

三寒四温《さんかんしおん》《さんかんしをん》

[晩冬]

三寒・四温・四温日和《しおんびより》・四温光

シベリア高気圧の影響で3日ほど寒い日が続くと、その後4日くらいは比較的暖かくなること。日本ではあまりはっきり現れないが、ほぼ1週間周期で繰り返される。

父の忌の花買ひに出し四温かな　細田寿郎

綾取《あやと》りのはじめに戻る四温かな　増田　守

三寒四温地球綻《ほころ》びつつ廻《まわ》る　山高真木子《やまたかまきこ》

日《ひ》脚《あし》伸《の》ぶ

[晩冬]

冬至を過ぎると徐々に日が長くなっていく。そうした変化を実感するのは晩冬になってからで、春を待ちわびる気持ちを伴う。

日脚伸ぶ夕空紺《こん》をとりもどし　皆吉爽雨《みなよしそうう》

日脚伸ぶどこかゆるみし心あり　稲畑汀子《いなはたていこ》
病院の裏がへる靴日脚伸ぶ　田島健一

冬霞《ふゆがすみ》

［三冬］寒霞《かんがすみ》・冬の霞《かすみ》・冬霞む《ふゆかすむ》・冬霧《ふゆぎり》・冬の霧・冬靄《ふゆもや》・冬の靄・寒靄《かんあい》・スモッグ・煙霧《えんむ》

風のない穏やかな朝夕に霞や霧、靄がかかることがある。霧と煤煙《ばいえん》が一緒になったのがスモッグ・煙霧。

水戀《こ》ふは母戀ひなりし冬霞　高橋睦郎《むつお》
茶柱や現《うつつ》にもどる冬霞　清水径子《けいこ》
冬霞通りに汐《しお》のにほひして　丑山《うしやま》孝枝

冬夕焼《ふゆゆうやけ》《ふゆゆふやけ》

［三冬］冬夕焼《ふゆゆやけ》・寒夕焼《かんゆやけ》・冬茜《ふゆあかね》・寒茜

冬の夕焼はつかの間だが、大気が澄んでいるので他の季節より色鮮やか。枯木立《かれこだち》やビル街などとのコントラストも美しく、独特の趣《おもむき》がある。一般に上五《かみご》・下五《しもご》では「ふゆゆやけ」と読む。

海染むる力を持たず寒夕焼　加藤三七子《みなこ》
受話器取り冬夕焼と話しけり　片岡宏文《こうぶん》
寒茜ホスピスの窓かがやかす　山口紹子《しょうこ》

夕焼と影のコントラストが美しい。

冬《ふゆ》の虹《にじ》

［三冬］　しぐれ虹

虹は冬でもまれにかかることがある。夏の虹のようにくっきりとした形ではなくはかなげだが、あまりお目にかかれないので印象が強い。

冬虹のいま身に叶《かな》ふ淡さかな　飯島晴子《はるこ》
指させばたちまち消ゆる冬の虹　黛《まゆずみ》まどか
欠航の黒き海峡冬の虹　鹿島釣人《かしまてきじん》

冬《ふゆ》の空《そら》

［三冬］　冬空・冬青空・冬天《とうてん》・寒天・寒空《さむぞら》・冬の雲・寒雲《かんうん》

太平洋側は澄み渡った淡い青空、日本海側は厚い雪雲に覆われる日が多い。

冬の空こころのとげをかくし得ず　飯田蛇笏《いいだだこつ》
冬空のふる郷へちかづいてひきかへす　種田山頭火《さんとうか》
冬青空半音あがるとき哀《かな》し　結城《ゆうき》節子

冬《ふゆ》の星《ほし》

［三冬］　寒星《かんぼし》・凍星《いてぼし》・荒星《あらぼし》・冬銀河・冬星座・寒昴《かんすばる》・寒北斗《かんほくと》・オリオン・シリウス・天狼《てんろう》

大気が澄んでいる凍空《いてぞら》の星はさえざえと見える。荒星は木枯らしの吹きすさぶ夜の星。

生きてあれ冬の北斗の柄《え》の下に　加藤楸邨《しゅうそん》
フルートの管の手ざはり冬銀河　吉川久子
うしろ姿の母の生涯冬オリオン　綿引《わたびき》康子

冬《ふゆ》の月《つき》

［三冬］　寒月《かんげつ》・冬三日月《ふゆみかづき》・寒三日月・冬満月・冬月夜

乾燥した冬の月は研ぎ澄まされたように輝き、クールな印象も与える。寒月には厳寒の月の意も、寒々とした月の意もある。

寒月や喰《く》ひつきさうな鬼瓦　小林一茶
冬の月泣かないための泣きぼくろ　倉持梨恵《くらもちりえ》
夢ひとつ叶《かな》へし帰路よ冬満月　岡本葉子

冬《ふゆ》の山《やま》

［三冬］

冬山・冬の嶺《みね》・冬嶺《ふゆみね》・枯山《かれやま》・雪山・雪嶺《せつれい》・雪の山・山眠る・眠る山・冬登山

草木が枯れて粛然と連なる冬の山々。

冬の山は草木が枯れて寂しく、冠雪の山は粛然《しゅくぜん》としている。山眠るは静まりかえった冬山の形容。

めぐり来る雨に音なし冬の山　与謝蕪村《よさぶそん》

とぢし眼《め》のうらにも山のねむりけり　木下夕爾《ゆうじ》

缶珈琲買ふ駐車場山眠る　深山《みやま》きんぎょ

冬《ふゆ》の海《うみ》

［三冬］

冬海《ふゆうみ》・冬の波・冬波《ふゆなみ》・波の花・冬怒濤《ふゆどとう》・寒濤《かんとう》・冬の潮・寒潮《かんちょう》・冬の浜・冬干潟《ふゆひがた》・冬凪《ふゆなぎ》・寒凪《かんなぎ》・凍凪《いてなぎ》

日本海側ではどんよりとした暗い海で波が荒く、太平洋側では凪《な》いで澄んでいることが多い。波の花は厳寒期に高波が岩場に押し寄せて砕け散る時にできる白い泡で、奥能登《おくのと》や越前《えちぜん》海岸などで見られる。

荒鵜《あらう》の目冬海ばかり見て炎ゆる　野澤節子

やあといふ朝日へおうと冬の海　矢島渚男《なぎさお》

葬送の舟去りゆくや冬の海　北原いつな

水《みず》《みづ》涸《か》る

[三冬]

渇水期《かっすいき》・川涸る・沼涸る・池涸る・涸川《かれがわ》・涸沼・涸池・冬の川

冬は降雨量の減少や積雪により、河川《かせん》や池沼《ちしょう》などの水量が減る。中小の河川では時には干上がった状態になる。

冬川にかかりて太し石の橋　高野素十《すじゅう》

水涸れて人は禱《いの》りのあかつきを　三橋鷹女《みつはしたかじょ》

涸川に影も小石の数もてり　平井照敏《しょうびん》

冬滝《ふゆだき》

[晩冬]

冬の滝・寒の滝・凍滝《いてだき》・滝凍る・滝凍《たきい》つ・氷瀑《ひょうばく》・滝《たき》涸《か》る・涸滝《かれだき》

冬の滝は水量が減ってか細くなり、時には涸れることも。寒冷地では厳寒に流れ落ちるまま凍りつき、神秘的な姿を見せる。

涸るる身を捩《よじ》りて滝の丈保つ　上田五千石《ごせんごく》

放蕩《ほうとう》を尽《つく》せし滝の涸れにけり　大串《おおぐし》章《あきら》

なかばよりほとばしり落つ冬の滝　井上康明《やすあき》

凍てついた冬滝。

狐火《きつねび》

［三冬］　狐の提灯《ちょうちん》・鬼火《おにび》

冬の夜、山野や湿地、墓地などで見られる怪しい青白い火。狐火の名は狐の口から吐き出されたという俗説から。

狐火や髑髏《どくろ》に雨のたまる夜に　与謝蕪村《よさぶそん》
狐火を信じ男を信ぜざる　富安風生《とみやすふうせい》
狐火の続きは明日《あした》見ることに　近《こん》恵《けい》

虎落笛《もがりぶえ》

［三冬］

冬の強風が竹垣や柵などに吹きつけて発する笛のような音のこと。

炉の端に月のさしけり虎落笛　吉田冬葉《とうよう》
鉄橋を一塊《いっかい》として虎落笛　鷹羽狩行《たかはしゅぎょう》
ふるさとの闇より来たる虎落笛　柴田佐知子

寒雷《かんらい》

［三冬］　冬の雷《らい》・雪起《ゆきおこ》し・鰤起《ぶりおこ》し

厳寒に鳴る雷《かみなり》のこと。雪起しは北国の冬の雷で、降雪前に鳴ることがある。鰤起しは日本海側で鰤漁が盛んになる頃の雷で、豊漁の前兆といわれる。

寒雷やびりりびりりと真夜《まよ》の玻璃《はり》　加藤楸邨《しゅうそん》
冬の雷に醒《さ》めし眠を継がんとす　中村草田男《くさたお》
鰤起し悪人の名に虚子《きょし》あげて　茨木和生《いばらきかずお》

雪催《ゆきもよい》《ゆきもよひ》

［三冬］　雪空・雪雲・雪曇・雪気《ゆきげ》・雪模様・雪兆す

雲が重く垂れ込め、いまにも雪が降りだしそうな空模様のこと。空気も冷え冷えとしてくる。

仲直りしたき人あり雪催　柏柳《かしわやなぎ》明子
雪催ゆっくり止まるオルゴール　たむら葉《よう》
編みかけのビーズ散らばり雪催　神戸《かんべ》優子

吹雪《ふぶき》 ［晩冬］

地吹雪・雪煙《ゆきけむり》・風雪《ふうせつ》・しまき・雪しまき・しまき雲

強風とともに乱れ飛びながら激しく降る雪で、風雪ともいう。地吹雪・雪煙は積もった雪が強風によって吹き（舞い）上げられる現象、しまきは雪や雨を交えて激しく吹く風、しまき雲は雪しまきを起こす雲。

たましひの繭《まゆ》となるまで吹雪きけり　齋藤　玄《げん》
海に出て天にふくらむ吹雪かな　佐怒賀正美《さぬかまさみ》
地吹雪の先には誇り高き海　櫂未知子《かいみちこ》

雪晴《ゆきばれ》 ［晩冬］

深雪晴《みゆきばれ》・雪後《せつご》の天

雪が降り続いた後、快晴に恵まれること。雪に反射したまばゆい光であふれ、解放感に満ちている。

雪晴や猫舌にして大男　小澤　實《みのる》
雪晴れて駅長大き声となり　市ノ瀬遙《はるか》

青空の下、一面が白く光り輝く。

ふるさとへ骨を拾ひに深雪晴　北　悠休《ゆうきゅう》

雪女郎《ゆきじょろう》《ゆきぢよらう》 ［晩冬］
雪女・雪坊主《ゆきぼうず》・雪の精

雪国の伝説に出てくる雪女、雪の精のこと。白い衣《ころも》を着て雪夜に現れると伝わり、雪坊主は豪雪の時に現れるという。

雪女郎おそろし父の恋恐ろし　中村草田男《くさたお》
岬《みさき》へのみちはいつぽん雪女郎　草間時彦
赤子泣く家を覗《のぞ》きて雪女郎　石嶌《いしじま》　岳《がく》

暮らし

冬構《ふゆがまえ》《ふゆがまへ》 ［初冬］
冬囲《ふゆがこい》・風囲《かざがこい》・風除《かざよけ》・風垣《かざがき》・北窓塞ぐ《きたまどふさぐ》・北塞ぐ・霜除《しもよけ》・霜囲《しもがこい》

寒さの厳しい地方で本格的な冬を迎える前に防寒・防雪・防霜《ぼうそう》の備えをすること。冬囲や風除を設けたり、北向きの窓を塞いだり、庭木や果樹を藁《わら》やむしろで囲ったりする。

入口の遠くに出口冬構　鷹羽狩行《たかはしゅぎょう》
亡き人の本を預かり冬構へ　石《いし》　寒太《かんた》
看護師の走る廊下や冬構　小嶋芦舟《ろしゅう》

隙間風《すきまかぜ》　［三冬］

目貼《めばり》・隙間張る・隙間張《すきまばり》

戸や障子、窓の隙間から吹き込む冷たい風。昔の木造の日本家屋では隙間風が多く、目貼などで対処した。心理的な隙間風もある。

寸分の隙間うかがふ隙間風　杉田久女《ひさじょ》
すぐ寝つく母いとほしや隙間風　清崎敏郎《きよさきとしろう》
隙間風屏風《びょうぶ》の山河からも来る　鷹羽狩行《たかはしゅぎょう》

屏風《びょうぶ》《びやうぶ》　［三冬］

金屏風・金屏・銀屏風・銀屏・絵屏風・枕屏風・衝《つい》立《たて》・障子・冬障子・雪見障子・襖《ふすま》・唐紙《からかみ》・襖紙・絵《え》襖《ぶすま》・白襖・冬襖・襖障子・唐紙障子・古襖・冬座敷

風よけのために立てる調度だが、いまでは装飾品として利用が多くなっている。防寒の意を込めた建具や調度などは冬の季語として用いられる。雪見障子は紙障子の下部にガラスをはめ込んだ孫障子を設けたもの、冬座敷は冬のしつらえをして閉めきった座敷。

山ざくらまことに白き屏風かな　山口青邨《せいそん》
あかあかと熾《おこ》りたる火や冬座敷　久保田万太郎
ひらきゆく屏風に遊女現はるる　下村梅子

煤払《すすはらい》《すすはらひ》　［仲冬］

煤掃《すすはき》・煤竹・煤おろし・煤籠《すすごもり》・煤逃《すすにげ》・煤湯・年の煤・煤竹売《すすだけうり》

新年をすがすがしく迎えるために煤竹などを使い、屋内各所の埃《ほこり》や煤を払い清めること。老人や子どもなどが邪魔にならないよう別室にこもるのが煤籠、手伝わずに外へ出かけてしまうのが煤逃、終わった後に入る風呂が煤湯。大掃除は冬の季語としては用いない。

旅寝して見しやうき世の煤払ひ　松尾芭蕉《ばしょう》
煤払ひ仏に深き臍《へそ》のあり　今村潤子
煤逃げやオーストリアへ行つたきり　前島きんや

人家の前の門松。

松《まつ》飾《かざ》る

［仲冬］　門松《かどまつ》立《た》つ・注連《しめ》飾る

年末になると門松を立てたり、門や玄関、神棚に注連を飾って新年の準備をする。門松は年神《としがみ》の依代《よりしろ》といわれ、注連は神域を示す。

大いなる門のみ残り松飾り　高浜虚子《きょし》
松飾り妻は玻璃《はり》拭き空澄ます　今村米夫《よねお》
一頭となりし馬小屋注連飾る　宮田　勝《まさる》

冬《ふゆ》の灯《ひ》

［三冬］　冬ともし・寒燈《かんとう》

早々ともされる冬の灯火は寂しげで寒々としている。寒燈にはさらに厳しい寒さが感じられる。

大阪の冬の灯ともる頃へ出る　後藤夜半《やはん》
仏めく母におどろく寒燈下　大野林火《りんか》
まだ二人いつかひとりの冬灯《ふゆともし》　小野雅子

暖房《だんぼう》《だんばう》

［三冬］　ストーブ・暖炉・ヒーター・スチーム・床暖房・暖房車

かつては体を部分的に温めるものが多かったが、いまでは部屋を温める暖房が主となっている。

暖房や肩をかくさぬをとめらと　日野草城《そうじょう》
スチーム寒し光の雨の降る映画　宮坂静生《しずお》
ヒーターの中にくるしむ水の音　神野紗希《こうのさき》

茶室に備え付けられた炉。

炉《ろ》

［三冬］ 囲炉裏《いろり》・炉火・炉《ろ》明《あか》り・炉端・炉話・炉開き・榾《ほた》・ほだ・榾火

本来は茶道の炉を指すが、囲炉裏の方が知られる。農家などでは煮炊きや暖をとるのに囲炉裏は欠かせなかった。榾は焚《た》き物にする木の枝や幹など。

炉話の聖《ひじり》すめろぎみな流人《るにん》　上田五千石《ごせんごく》

思ひ出し笑ひをしては炉灰掻《か》く　辻　桃子

榾くべて語り部の声湿りけり　榎本慶子《えのもとよしこ》

懐炉《かいろ》《くわいろ》

［三冬］ 湯婆《たんぽ》・湯たんぽ

懐《ふところ》などに入れて体を部分的に温め、冷えを防ぐ物。湯婆・湯たんぽは熱湯を入れて寝床で用いる保温器。

ほこほこと身を焼きいやす懐炉かな　細木芒角星《ぼうかくせい》

ゆたんぽのぶりきのなみのあはれかな　小澤　實《みのる》

ゆたんぽに名前をもたぬ穴ひとつ　田島健一

毛布《もうふ》

［三冬］ ケット・電気毛布・膝掛《ひざかけ》・膝毛布・膝掛毛布

毛布は冬の寝具としてしばしば使われ、防寒のための膝掛としても用いられる。ケットはブランケット（毛布）の略。

毛布背に馬はまなこを遠く置く　岡田史乃《しの》
ねたきりの父の好みし赤毛布　武山こゆき
はいでまたかけてまたはぐ子の毛布　西村　円《まどか》

ちゃんちゃんこ ［三冬］

袖無《そでなし》・綿入《わたいれ》・綿子・布子《ぬのこ》・褞袍《どてら》・丹前《たんぜん》・ねんねこ・股引《ももひき》

袖なしの羽織で多くは綿を入れている。褞袍・丹前は普通の着物よりも大ぶりの綿の入った部屋着、ねんねこは乳幼児を背負う際に用いる防寒用の子守半《ばん》纏《てん》、股引は保温のためズボンの下にはく下着。

声高に湯の町をゆく褞袍かな　渋沢渋亭《しぶてい》
ねんねこの中の寝息を覗《のぞ》かるる　稲畑汀子《いなはたていこ》
一歳児のことばの器ちゃんちゃんこ　芹沢《せりざわ》千春

着《き》ぶくれ ［三冬］

重ね着・厚着

寒さに対応して何枚も重ねて着ると、体が膨れて不格好になってしまう。

百貨店めぐる着ぶくれの一家族　草間時彦
着ぶくれの傘一斉にひらきをり　上山根《かみやまね》まどか
職質をするもされるも着膨れて　的場浩司《まとばこうじ》

毛皮《けがわ》《けがは》 ［三冬］

毛皮売《けがわうり》・毛皮店・敷皮《しきがわ》・毛衣《けごろも》・裘《かわごろも》・皮衣《かわごろも》・かは《わ》ぎぬ・革ジャンパー

毛のついた獣皮《じゅうひ》をなめしたもので、防寒用に衣服の襟や袖口に用いたり、襟巻きやコート、敷物に使われる。動物保護の見地から近年はあまり見かけなくなった。毛衣・裘・皮衣は毛皮で作った防寒用の衣類のこと。

毛衣を尻まで垂らし杣《そま》通る　高浜年尾《としお》
毛皮着て人間といふ不思議なもの　轡田《くつわだ》　進《すすむ》
毛皮より短きいのち毛皮着る　月野ぽぽな

冬帽子《ふゆぼうし》

［三冬］

冬帽・毛帽子・防寒帽・目出し帽・耳掛《みみかけ》・襟巻《えりまき》・マフラー・首巻・肩掛《かたかけ》・ショール・ストール・手袋・手套《しゅとう》・革手袋・ミトン・ブーツ

さまざまな防寒具があり、おしゃれも兼ねてなじみ深い。

居酒屋のさて何処《どこ》に置く冬帽子　林　翔《しょう》
マフラーを巻いてやる少し締めてやる　柴田佐知子
通勤快速あみ棚の冬帽子　大西ぼく太

足袋《たび》

［三冬］

革足袋・色足袋・白足袋・足袋洗ふ《う》・足袋干す

和装の際の保温用の履物。足の形に作られ親指と他の指が分かれている。

足袋つぐやノラともならず教師妻　杉田久女《ひさじょ》
干《ほし》足袋の天駆《あま》けらんとしてゐたり　上野　泰《やすし》
太陽とあそぶこはぜや足袋を干す　佐久間慧子《けいこ》

毛糸編《けいとあ》む

［三冬］

毛糸・毛糸玉

毛糸を編む姿はぬくもりを感じさせる光景であるが、近年はあまり見かけなくなった。

防寒の意味がある足袋。

毛糸編《あみ》はじまり妻の黙《もだ》はじまる　加藤楸邨《しゅうそん》
不機嫌な夫《つま》へ転《て》がる毛糸玉　細川和子
ひとときは掌の中にある毛糸玉　黛《まゆずみ》まどか

焼芋《やきいも》［三冬］　焼藷《やきいも》・焼芋屋・石焼芋・壺焼芋《つぼやきいも》・夜鳴蕎麦《よなきそば》

現在は石の中に入れる石焼きが主流だが、壺を使う壺焼きもある。家庭ではふかすことが多い。夜鳴蕎麦は夜、屋台を引いて売り歩く蕎麦だが、関西ではうどん。チャルメラを鳴らしてくる中華そばの方が知られている。

焼芋屋行き過ぎさうな声で売る　後藤立夫《たつお》
基地沿ひにすすむ石焼藷の旗　今井聖《せい》
焼藷の車の煙りホスピスへ　齋藤朝比古《あさひこ》

鯛焼《たいやき》《たひやき》［三冬］　鯛焼屋・今川焼・蒸饅頭《むしまんじゅう》・酒饅頭《さかまんじゅう》・肉饅頭

一年中売られているが、特に冬には熱々がうれしい。

鯛焼やいつか極道《ごくどう》身を離れ　五所平之助《ごしょへいのすけ》
鯛焼は鯛焼同士ぬくめあふ　大牧《おおまき》広《ひろし》
鯛焼といふ詫び状に似たるもの　佐藤郁良《いくら》

塩鮭《しおざけ》《しほざけ》［三冬］　塩じゃけ・新巻《あらまき》・塩引《しおびき》・干鮭《ほしざけ》・乾鮭《からざけ》・吊し鮭《つるざけ》

鮭のエラや内臓を取り除いて塩蔵したもの。塩を濃くしたのが塩引、薄塩のものが新巻で、歳暮や正月用に一尾丸ごとが普通だった。北海道や東北の北部では塩蔵だけでなく、軒下にぶら下げて素干しにもされた。

さしあたり箱へ戻しぬ新巻鮭　池田澄子
吊されし新巻の歯のかみ合はず　若井新一
雨脚の光る数多《あまた》の吊し鮭　栃倉《とちくら》千江子

煮凝《にこごり》

[三冬] 煮凍《にこごり》・凝鮒《こごりぶな》

煮魚の汁が冷えてゼリー状に固まったもの。独特の食感と風味があり、手を加えて料理としても作られる。凝鮒は寒鮒の煮凝。

煮凝りの日暮れ愉《たの》しむごとくあり　石《いし》寒太《かんた》
誰か来たらし煮凝のなかにゐる　杉野一博《いっぱく》
煮凝やおそろしきまで星の数　岩月通子《みちこ》

おでん

[三冬] 関東炊《かんとうだき》・関東煮・おでん屋・おでん酒・風呂吹《ふろふき》・風呂吹大根

おでんの名は煮込み田楽に由来し、関西では関東炊・関東煮という。風呂吹は輪切りにした大根やカブをゆで、味噌《みそ》だれなどをかけたもの。

カフカ去れ一茶は来《きた》れおでん酒　加藤楸邨《しゅうそん》
おでん煮えさまざまの顔通りけり　波多野爽波《はたのそうは》
風呂吹や闇一塊《いっかい》の甲斐《かい》の国　廣瀬直人

寄鍋《よせなべ》

[三冬] 鋤焼《すきやき》・牛鍋・桜鍋・牡丹鍋《ぼたんなべ》・猪鍋《ししなべ》・山鯨鍋《やまくじらなべ》・紅葉鍋《もみじなべ》・石狩鍋・鮭鍋《さけなべ》・ジンギスカン鍋・ちり鍋・塩汁鍋《しょっつるなべ》・塩汁・きりたんぽ・魚《うお》すき・鶏すき・饂飩《うどん》すき・鍋焼《なべやき》・鍋焼饂飩・闇汁・闇夜汁・闇汁会《やみじるえ》・闇鍋・鍋奉行

冬の味覚ともいえる鍋料理は多彩。桜鍋は馬、牡丹・山鯨鍋は猪《いのしし》、紅葉鍋は鹿、ジンギスカン鍋は羊肉の鍋料理。ちり鍋は魚介類を主材料にしてポン酢で食す。すきはそれぞれの素材を味付けした鍋、塩汁鍋・きりたんぽは秋田の郷土料理。闇汁・闇鍋は持ち寄った食材を知らせずに暗闇で煮て食べ興じる。

鍋焼の火をとろくして語るかな　尾崎紅葉《こうよう》
檻《おり》の猪《しし》人恋しげに猪鍋屋　瀧春一《しゅんいち》
すき焼の白たきの濤《なみ》子と分《わか》つ　佐川広治《こうじ》

葱汁《ねぎじる》

[三冬] 根深汁《ねぶかじる》・蕪汁《かぶらじる》・狸汁《たぬきじる》・粕汁《かすじる》・納豆汁・のっぺ汁・のっぺい汁・巻繊汁《けんちんじる》

体の芯から温まる味噌汁《みそしる》は冬の食卓には欠かせない。実によってさまざまあるが、なじみ深いのが根深葱を使った葱汁。のっぺい汁は里芋・ニンジン・大根・ゴボウなどの根菜を主に、だし汁で煮た郷土料理。巻繊汁は醤油《しょうゆ》味が多い。

粕汁にあたたまりゆく命あり　石川桂郎《けいろう》

根深汁一〇二の母へ冷ましやる　雨宮抱星《あめみやほうせい》

陣痛のさなか粕汁匂ひけり　真中てるよ

熱燗《あつかん》

［三冬］燗酒・鰭酒《ひれざけ》・身酒《みざけ》・寝酒

特に冬は燗酒がうれしい。こんがり焼いたフグの鰭に熱燗を注いだものが鰭酒、鰭の代わりに刺身を用いるのが身酒。寝る前に飲む酒も体を芯から温めてくれる。

熱燗の夫《つま》にも捨てし夢あらむ　西村和子

死にそびれ寝そびれている寝酒かな　中村伸郎《のぶお》

熱燗や男の愚痴の忘れもの　辺見狐音《こおん》

熱燗にするちろりは酒たんぽとも。

葛湯《くずゆ》 ［三冬］ 生姜湯《しょうがゆ》・生姜酒

葛粉を水でのばして砂糖を加え、熱湯を注いでかき混ぜた飲み物で、風邪をひいた時などによく飲まれた。風邪の際には熱湯にすりおろした生姜と砂糖を加えた生姜湯、燗酒《かんざけ》に同様の生姜を加えた生姜酒なども用いられた。

うすめても花の匂ひの葛湯かな　渡辺水巴《すいは》
身の内に弱音吐く虫生姜酒　瀬尾恭子
水仕事了《お》へし葛湯の銀の匙《さじ》　江成《えなり》和子

寒卵《かんたまご》 ［晩冬］ 寒玉子・玉子酒

寒の卵は他の時季よりも栄養価が高く、日もちも良いと好まれた。玉子酒（三冬）は酒に卵と砂糖を加えて熱し、アルコール分を飛ばして子どもにも飲めるようにしたもので、風邪気味の時に親しまれてきた。

人の死をうらやみすする寒卵　村越化石《かせき》
寒卵一つただき一日《ひとひ》生《い》く　大橋麻沙子《まさこ》
てのひらに驚いてゐる寒卵　丹間《たんま》美智子

寒造《かんづくり》 ［晩冬］ 寒晒《かんざらし》・寒天晒《かんてんさら》す・寒天干す・凍豆腐《しみどうふ》・氷豆腐・寒豆腐・高野豆腐《こうやどうふ》

寒天を干す。

寒の水を使って造った酒は味ももちも良いといわれる。寒中にはもち米などを天日で乾かしたり、寒天や凍豆腐も作られる。

寒晒富嶽《ふがく》大きく裏に聳《た》つ　西村公鳳《こうほう》
どれほどを星と語りし凍豆腐　大牧《おおまき》広《ひろし》
磨かれし米の小ささ寒造　長谷川櫂《かい》

網代《あじろ》 [三冬]

網代木・網代床《あじろどこ》・網代守《あじろもり》・氷魚《ひお》

冬季に行なわれた古い漁法で、網の代わりの意。湖や川筋、入江の水中に木・柴・竹を網のように編んだりして立て連ね、氷魚（アユの稚魚）などを誘導して終端に設けた簀《す》で捕らえる。網代守はこれの番人。

あられせば網代の氷魚を煮て出さん　松尾芭蕉《ばしょう》
魚ぬすむ狐《きつね》のぞくや網代守　炭《たん》太祇《たいぎ》
古歌よりも尚《なお》そのかみの網代かな　尾崎迷堂《めいどう》

紙漉《かみすき》 [三冬]

寒漉《かんすき》・紙干す・漉舟・紙漉場・楮蒸《こうぞむ》す

楮や三椏《みつまた》などの樹皮を水につけたり、煮たりして繊維を取り出し、一枚一枚漉《す》いていく。それを天日で乾燥させると和紙が出来上がる。

水責めの道具揃《そろ》ひて紙を漉く　後藤夜半《やはん》
紙漉くや雪の無言の伝はりて　細見綾子
漉く紙のまだ紙でなく水でなく　正木ゆう子

日向《ひなた》ぼこ [三冬]

日向ぼっこ・日向ぼこり

ぽかぽかと暖かな日向で過ごすとほっこりし、冬には特にうれしい。

加はりて日向ぼこりに黙しゐる　岸田稚魚《ちぎょ》
日向ぼこしてどの顔も羅漢《らかん》さま　稲田眸子《ぼうし》
米一合ほどの幸せ日向ぼこ　鈴木健司

火事《かじ》《くわじ》
[三冬]
山火事・小火《ぼや》・大火・近火・遠火事・火の見番・火の見櫓《やぐら》・半鐘台《はんしょうだい》・火事見舞《みまい》・火の番・火の用心・夜警《やけい》・夜廻《よまわ》り・夜番・寒柝《かんたく》

冬は大気が乾燥しており、暖房器具も使うので火事が起きやすい。寒柝を打って「火の用心」と声を上げ、夜廻りをすることもある。

火事を見し昂《たかぶ》り妻に子に隠す　福永耕二
寒柝の遅れし少年声高し　道坂春雄
見に来たる人の腕組み火事場跡　渡邉　隆

橇《そり》
[三冬]
馬橇《ばそり》・犬橇《のそ》・犬橇《いぬぞり》・手橇・荷橇・雪沓《ゆきぐつ》・藁沓《わらぐつ》・樏《かんじき》・輪樏《わかんじき》

雪や氷の上を滑らせて人や荷物を運ぶ道具だが、橇遊びは雪国の子どもたちの冬の楽しみでもある。雪沓は藁で作られたものが多く、豪雪地では靴・藁沓などの下に円形や楕円《だえん》形の樏が付けられた。

雪沓を履かんとすれば鼠《ねずみ》行く　与謝蕪村《よさぶそん》
城うらや橇《そりこ》の道に星光る　加舎白雄《かやしらお》
樏をためすは空の蒼《あお》きゆゑ　橋本末子《すえこ》

犬橇はレースも人気。

木《こ》の葉髪《はがみ》
[初冬]

木の葉が落ちる頃になると、髪の毛がいつもより多く抜けるように感じる。季節感と相まってわびしさが漂う。

木葉髪文芸永く欺《あざむ》きぬ　中村草田男《くさたお》
吟行のいつか殿《しんがり》木の葉髪　宮岡光子
臥《ふ》す母の梳《す》きてちらせし木の葉髪　石川清子

干菜吊《ほしなつ》る

［初冬］　干菜・懸菜《かけな》・吊菜《つりな》・干葉《ひば》・干菜湯・干菜風呂・切干《きりぼし》・切干大根・茎漬・菜漬・茎の桶《おけ》・茎の石・古漬

初冬に大根やカブの葉を軒下などに吊るして干し、保存食にすること。大根の切干や野沢菜・広島菜・高菜などの茎漬は三冬で、茎の桶は漬ける桶、茎の石は重し。

青き色の残りて寒き干菜かな　高浜虚子《きょし》
切干のむしろを展《の》べて雲遠し　富安風生《とみやすふうせい》
茎の石土間の暗さになら馴染《なじ》む　後藤比奈夫《ひなお》

餅《もち》

［仲冬］　餅搗《もちつき》・賃餅・餅焼く・餅切る・きな粉餅・寒餅・黴餅《かびもち》・水餅

昔は年の瀬になると各家庭で餅搗をしたが、いまではあまり見かけなくなった。寒に入ってからつく餅が寒餅、カビを防ぐために水につけて保存したのが水餅。

餅の膨らみ俄《にわ》かにはげし友来るか　加藤楸邨《しゅうそん》
考へてをれば丸餅膨れくる　長谷川智弥子《ちやこ》
餅食ふや妻はパリーの生まれにて　増田　守

日記買《にっきか》ふ

［仲冬］　古日記《ふるにっき》・日記果つ・古暦《ふるごよみ》・暦果つ・暦売《こよみうり》

年末になると日記や手帳を買う方は多いはず。古日記もいとおしい。暦も終わりを迎えるようになる。

暦売るリア王のごと地に坐して　草間時彦
ちぎられし頁《ページ》あちこち日記果つ　加藤三七子《みなこ》
偽りの世に気をとり直し日記買ふ　一龍斎貞鳳《いちりゅうさいていほう》

顔見世《かおみせ／かほみせ》　[仲冬]　歌舞伎顔見世・面見世《つらみせ》

江戸時代、歌舞伎役者の契約は1年間で、11月に新編成された顔ぶれが勢ぞろいして顔見世興行を行なった。現在は京都・南座の12月興行が往時の名残をとどめている。

顔見世や子々孫々も此《こ》の桟敷《さじき》　炭《たん》　太祇《たいぎ》

顔見世や京のしぐれのひとしきり　角川春樹

顔見世へむかし女になりにゆく　山田弘子

社会鍋《しゃかいなべ／しやくわいなべ》　[仲冬]　慈善鍋

キリスト教の救世軍《きゅうせいぐん》の募金活動で歳末助け合い運動の一つ。街角で鍋を吊《つ》るして道行く人に浄財を求め、献金で慈善事業を行なう。

ふくよかな女兵士の社会鍋　柏原眠雨《かしわばらみんう》

投げ入れし音となりたる社会鍋　曽根新五郎

社会鍋歌声遠く消えにけり　近《こん》　恵《けい》

ボーナス　[仲冬]　年末賞与・年末手当・冬賞与

企業や団体などで年末に支給される賞与で冬の季語。一般的に夏にも出るので、そちらは夏期手当・夏季賞与・夏季ボーナスなどとする。

ボーナスや机を並べ性《しょう》合はず　山崎ひさを

ボーナスの手渡しの頃北に住み　原　紀子《のりこ》

ボーナスに縁なき暮し米をとぐ　松本美智子

冬休み《ふゆやすみ》　[仲冬]

主に学校の休みをいい、北国では冬休みが長く、夏休みが短い。

わがままをせぬ子となりぬ冬休《ふゆやすみ》　星野立子《たつこ》
おそるおそる馬の顔撫《な》で冬休み　辻　桃子
兎番《うさぎばん》だけが登校冬休み　清水佳津子

スキー

［三冬］

スキー場・スキーヤー・ゲレンデ・シャンツェ・シュプール・スキー帽・スノーボード・スケート・スケート場・スケーター・スケート靴

もともとは移動手段だったが、いまでは冬のスポーツ・競技の代名詞となっている。若者にはスノーボードが人気。氷上ではスケートが親しまれている。

スキー担ぐおのおの温《ぬく》き家を出て　桂《かつら》　信子
スケートの濡《ぬ》れ刃携へ人妻よ　鷹羽狩行《たかはしゅぎょう》
だんだんに歩くスキーをよしとせる　齋藤美規《みき》

急斜面を滑降するスキーヤー。

ラグビー
［三冬］ラガー

サッカーから派生したスポーツでイングランド発祥。2019年に自国開催のワールドカップで日本チームが初のベスト8に進出し、「ワンチーム」が流行語になるほどポピュラーになった。激しく力強く、スピード感もあり、闘球ともいう。

ラガー等のそのかちうたのみじかけれ　横山白虹《はくこう》
ラグビーや敵《かたき》の汗に触れて組む　日野草城《そうじょう》
かたまりを抜けしラガーの発光す　関根誠子《せいこ》

寒稽古《かんげいこ》
［晩冬］寒復習《かんざらい》・寒習《かんならい》・寒声《かんごえ》・寒中水泳・寒泳・寒泳ぎ・寒灸《かんきゅう》・寒やいと・寒の灸

寒中に行なわれる武道の稽古。芸事では寒復習、歌や読経《どきょう》などの発声練習は寒声という。寒やいとは寒中にする灸。

そくばくの余命《よめい》を惜しみ寒灸《かんやいと》　西島麦南《ばくなん》
半分は泣いてゐる声寒復習　浅野白山《はくざん》
白帯の声甲高《かんだか》し寒稽古　小嶋芦舟《ろしゅう》

雪の重さは侮れない。

雪下《ゆきおろ》し
［晩冬］雪卸《ゆきおろし》・雪掻《ゆきかき》・除雪・除雪車・ラッセル車・雪踏《ゆきふみ》・雪吊《ゆきつり》・雪折《ゆきおれ》

豪雪地では雪下しや雪搔は必要不可欠な重労働。新雪を踏み固めて歩きやすくすることもある。庭木や果樹などの雪折を防ぐために枝を吊《つ》り上げておくことを雪吊という。

人影は見えずどんどと雪おろす　川崎展宏《てんこう》
薄明の雪搔《か》く音や床の中　飯沼三和子《いいぬまみわこ》
雪踏を先にたてたる野辺送り　田村杉雨《さんう》

雪合戦《ゆきがっせん》 ［晩冬］

雪投げ・雪礫《ゆきつぶて》・雪遊び・雪まろげ・雪達磨《ゆきだるま》・雪兎《ゆきうさぎ》・雪仏《ゆきぼとけ》・雪見・雪見酒・雪祭

降雪の際の子どもたちの遊びの定番といえば、雪合戦や雪達磨。兎や仏像を雪で作ることもある。雪まろげは雪転がし。

雪達磨目を喪《うしな》ひて夜となる　角川源義《げんよし》
まぼろしの夫《つま》の背めがけ雪礫　中嶋秀子
雪達磨雪を見ながら溶けてゆく　三輪《みわ》初子

行事

神の留守《かみのるす》 ［初冬］

留守の宮・留守の神・留守詣《るすもうで》・神の旅・神立《かみたち》・神の旅立《たびだち》・神送《かみおくり》・神渡し・神立風《かみたつかぜ》・神在祭《かみありまつり》・神在・神集《かみつど》ひ《い》・神迎《かみむかえ》・神還《かみかえり》・神還《かみかえ》る

旧暦10月の神無月《かんなづき》、全国の神々が男女の縁結びのために出雲《いずも》大社に集まるといわれる。送って留守の側、迎えて参集する側、それぞれに多様な季語がある。神渡し・神立風はその頃に吹く西風で、神々を出雲へ送る風の意。神在祭は出雲大社などで行なわれる。神迎・神還は神々が出雲から帰ってくるのを迎えること。

都出て神も旅寝の日数《ひかず》かな　松尾芭蕉《ばしょう》
神の旅蒐集《しゅうしゅう》熱にとりつかれ　岡田由季《ゆき》
空箱の中の空箱神の留守　下田恭子《きょうこ》

恵比須講《えびすこう》 ［初冬］

恵美須講・恵比寿講・夷講《えびすこう》・戎講《えびすこう》

主に旧暦10月20日ないし11月20日に開かれる七福神の一つ・恵比須神の祭礼。正月15日・20日に行なう所もある。商家では商売繁盛の神として祝い、売り出しなどをする店も多い。恵比須は漁村では漁の神、農山村では田の神・山の神。

奥白根晴れてとどろく夷講　福田甲子雄《きねお》

海山のあはひに町や夷講　林　徹《てつ》

旅籠《はたご》減る伝馬町《てんまちょう》筋えびす講　本宮鼎三《もとみやていぞう》

勤労感謝の日《きんろうかんしゃのひ》 ［初冬］

11月23日、勤労を尊び、働く人に感謝する祝日。起源は新穀を神にささげて収穫を感謝し、翌年の豊穣《ほうじょう》を祈る新嘗祭《にいなめさい》。

何もせぬことも勤労感謝の日　京極杜藻《きょうごくとそう》

ペン胼《だこ》を撫《な》でて勤労感謝の日　三村純也《じゅんや》

外国人の落語勤労感謝の日　丸山きゅん

秩父夜祭《ちちぶよまつり》 ［初冬］

秩父祭

12月2日・3日に行なわれる秩父神社（埼玉県）の例大祭で、祇園祭《ぎおんまつり》、高山祭とともに日本三大曳山祭《ひきやままつり》に数えられる。クライマックスの3日の夜には提灯《ちょうちん》やぼんぼりで飾った笠鉾《かさほこ》・屋台などが練り歩く。

秩父夜祭り妻を迷子にしてをりぬ　新海《しんかい》あぐり

秩父夜祭遠き一揆の気勢とも　森戸光子

秩父夜祭り駆落《かけお》ちの影離れけり　藤本る衣

飾り立てられた屋台と、夜空に浮かぶ花火。

神楽《かぐら》

［仲冬］ 御神楽《みかぐら》・神遊《かみあそび》・神楽歌・庭燎《にわび》・神楽面・里神楽・宮神楽・夜神楽・神楽宿

神を祭るために奏する舞楽で、宮中では毎年12月に御神楽が行なわれる。その際に焚《た》くかがり火を庭燎、各地の神社で行なわれるものを里神楽という。

山国の酒もて拭う神楽面　船越淑子《としこ》

里神楽をはり集団移転せり　長谷川智弥子《ちやこ》

神へ向く神楽の後ろ姿かな　丹羽《にわ》晶子《あきこ》

開戦日《かいせんび》

［仲冬］ 十二月八日

昭和16年（1941）12月8日、ハワイ・真珠湾の米国太平洋艦隊を日本海軍航空隊が奇襲したことにより太平洋戦争が始まった。ちなみに12月8日はジョン・レノンの命日でもある。

十二月八日の霜の屋根幾万　加藤楸邨《しゅうそん》

残像なお増殖止《や》まず開戦日　的野《まとの》雄《ゆう》

開戦日ただ海を見てひき返す　中《なか》拓夫《たくお》

羽子板市《はごいたいち》

［仲冬］ 羽子板売《はごいたうり》

年末に立つ羽子板を売る市で、12月17日から19日に東京・浅草の浅草寺《せんそうじ》境内で開かれる市が有名。

うつくしき羽子板市や買はで過ぐ　高浜虚子《きょし》

川を見て羽子板市へゆく途中　岸本尚毅《なおき》

京ことばゆつくり値切る羽子の市　菅野雅生《すがのがしょう》

世田谷《せたがや》ぼろ市《いち》 ［晩冬］ ぼろ市

12月と1月の15・16日に東京・世田谷で開かれる市で、16世紀後半に始まったとされる。商品は古着や生活用品、骨董《こっとう》などさまざま。正月準備のための年の市の一つ・ぼろ市は各地で行なわれる。

ボロ市の一角空を飛ぶ玩具　三角千榮子《みすみちえこ》

ぼろ市にトルコの青き涙壺　矢島　恵《めぐみ》

ボロ市や店主の隣の眠り猫　森戸柚斎《ゆうさい》

寒参《かんまい》《かんまゐ》り ［晩冬］ 寒詣《かんもうで》・寒垢離《かんごり》・寒行《かんぎょう》・寒行僧・寒念仏《かんねんぶつ》

寒の30日間の夜、社寺に参詣すること。水を浴びたり滝に打たれる寒垢離や、念仏を唱えて托鉢《たくはつ》などをする寒念仏（「かんねぶつ」とも読む）も行なわれる。

このあたりにほふ艾《もぐさ》や寒詣　阿波野青畝《あわのせいほ》

街角の灯のまばゆけれ寒念仏　加藤三七子《みなこ》

寒念仏異国の僧の二人づれ　一ノ木文子《ふみこ》

初正月を迎える女の子に、厄払いの羽子板を贈る。

熊《くま》［三冬］　羆《ひぐま》・月の輪熊・黒熊・熊穴に入る・熊の子

日本に生息するのは北海道の羆と本州・四国の月の輪熊（黒熊）。冬は穴にこもり、雌熊は子を産む。冬ごもりのために秋は盛んに餌を求め、時には人里にも出没する。

粉雪に灯《とも》して熊の腑分《ふわけ》かな　小原《おばら》啄葉《たくよう》

人といふ獣《けもの》みてゐる檻《おり》の熊　鈴木貞雄

熊食へと押し付けがましからざるや　茨木《いばらき》和生《かずお》

狐《きつね》［三冬］　寒狐・狸《たぬき》・たのき・貉《むじな》・穴熊・鼬《いたち》・貂《てん》・むささび・ももんが

本州以西にはホンドギツネ、北海道にはキタキツネが生息。繁殖期は冬で春に子を産む。狸は森や林の岩穴や木のうろ、根元の穴などにすむ。貉は穴熊もしくは狸の別称。鼬と同科の貂、リス科のむささび・ももんがなども冬の季語。

山宿へことづかりたる狸かな　原 石鼎《せきてい》

北狐頭の雪は払はざる　後藤比《ひ》奈《な》夫《お》

電車見て居るは王子の狐かな　岸本尚《なお》毅《き》

冬眠《とうみん》［三冬］

外気によって体温が左右されるカエル・トカゲ・蛇・亀や、コウモリ・ハリネズミなどは、冬季は活動をやめて眠ったような状態で過ごす。熊やリスは極度に活動を抑えた冬ごもりをする。

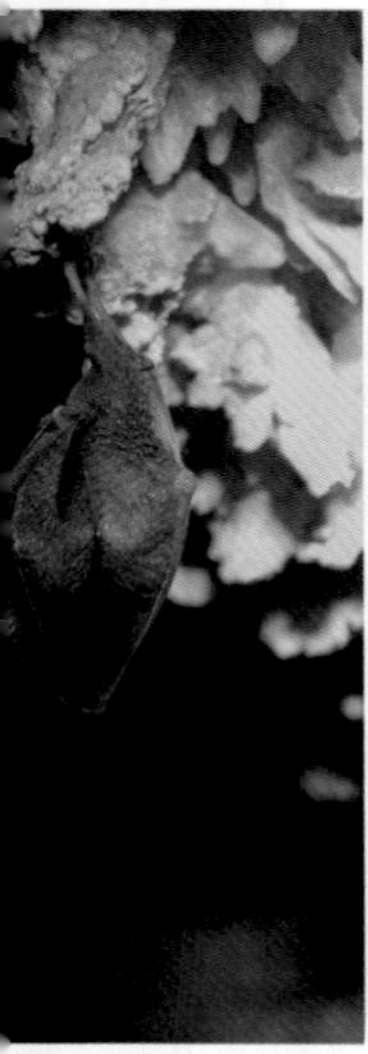

冬眠するコウモリ。

冬眠の蝮《まむし》のほかは寝息なし　金子兜太《とうた》
羞《は》ぢらひに似し冬眠のかたちかな　山高真木子《やまたかまきこ》
現代科学の粋を集めて冬眠す　箱森裕美《ひろみ》

竈猫《かまどねこ》

[三冬]　かじけ猫・灰猫《はいねこ》・へっつい猫・炬燵猫《こたつねこ》

「猫はこたつで丸くなる」と歌われるように、猫は寒さに弱い。この季語は富安風生《とみやすふうせい》の造語で、火を落とした竈（へっつい）に入って気持ちよさそうにしている猫を表現した。灰猫は竈に入って暖をとり、灰だらけになった猫。

何もかも知つてをるなり竈猫　富安風生《とみやすふうせい》
かまど猫真顔というもありにけり　こしのゆみこ
死刑執行こたつの猫のよく眠る　添田《そえだ》勝夫

冬《ふゆ》の鳥《とり》

[三冬]　冬鳥・寒禽《かんきん》・かじけ鳥・冬の鵙《もず》

冬に見かける鳥の総称。餌が少なくなる冬の鳥は、心なしか元気がないような寒々とした印象を受ける。冬鳥は冬にやって来る渡り鳥も指す。

寒禽の取り付く小枝あやまたず　西村和子
信長の首の伝説冬の鵙　佐村　晶《しょう》
消石灰踏む検問所冬の鵙　このはる紗耶《さや》

笹鳴《ささなき》

[三冬]　笹子・笹子鳴く・冬鶯《ふゆうぐいす》・寒鶯《かんおう》

冬の鶯はチャッチャッと舌打ちのような地鳴きしかせず、笹原や竹藪《たけやぶ》などを低く飛ぶことが多いことから笹鳴という。

笹鳴きに枝のひかりのあつまりぬ　長谷川素逝《そせい》
笹鳴や痩せし日射しを膝の上　岸田稚魚《ちぎょ》
笹鳴の移りて残る日差しかな　星野恒彦《つねひこ》

梟《ふくろう》《ふくろふ》

［三冬］　ふくろ・しまふくろふ《う》・五郎助《ごろすけ》・木菟《みみずく》・づく《ず》

基本的に梟には羽角《うかく》（耳のように見える羽毛の束）がなく、木菟には羽角があるが、ともに夜行性でネズミや小鳥、昆虫などを捕食する。五郎助《ごろすけ》は鳴き声に由来した梟の異名。

ふくろふに真紅《しんく》の手毬《てまり》つかれをり　加藤楸邨《しゅうそん》

梟の目玉見にゆく星の中　矢島渚男《なぎさお》

ふくろふを頭にのせて考へる　吉田悦花《えつか》

木のうろで休む昼の梟。

鴛鴦《おしどり》《をしどり》

［三冬］　鴛鴦《おし》・匹鳥《おしどり》・銀杏羽《いちょうば》・剣羽《つるぎば》・思羽《おもいば》・番鴛鴦《つがいおし》・鴛鴦《おし》の契《ちぎり》・離れ鴛鴦《おし》・鴛鴦《おし》の浮寝《うきね》・鴛鴦《おし》の沓《くつ》

夏は山の渓流や湖沼《こしょう》などで過ごし、秋になると里に現れて群れをなす水鳥。常に寄り添う雌雄《しゆう》は仲の良い夫婦にたとえられ、雄の美しい銀杏羽（剣羽・思羽）が目を引く。体形が昔の木沓《きぐつ》に似ていることから鴛鴦の沓という言葉もある。

繁殖期に寄り添う鴛鴦。

離鴛鴦《はなれおし》流れてゆきぬ鴛鴦の間《あい》　矢島渚男《なぎさお》

をしどりがたとへばおろかだとしても　櫂未知子《かいみちこ》

鴛鴦のの字を書きて離れけり　市ノ瀬遙《はるか》

鳰《かいつぶり》

［三冬］鳰《にお》・にほ《お》どり・かいつむり・むぐり

鳩よりもやや小さい褐色の水鳥。キリリリと澄んだ美しい声で鳴き、しきりに水に潜って小魚などを捕食する。湖沼《こしょう》や川などにすむ留鳥だが、冬に目にすることが多い。

あひみての後を逆さのかいつぶり　柿本多映《たえ》

貌《かお》出して風新しき鳰　榎本慶子《えのもとよしこ》

かいつぶり夢の中まで濡《ぬ》れてをり　山口紹子《しょうこ》

千鳥《ちどり》

［三冬］鵆《ちどり》・小千鳥・白千鳥・磯千鳥・浜千鳥・川千鳥・群千鳥《むれちどり》・遠千鳥・夕千鳥・小夜千鳥《さよちどり》・千鳥足

『万葉集』以来、詩歌に詠まれてきたチドリ科の鳥の総称。海浜《かいひん》や河原などにすみ、鳴き声は哀愁を帯びている。千鳥足は両脚を交差するように干潟を歩く様子から。

千鳥にも富士は眩《まぶ》しき山ならむ　飯田龍太《いいだりゅうた》

千鳥ゐる夕日が広くさす渚《なぎさ》　高木晴子《はるこ》

ほほゑんでゐると千鳥は行つてしまふ　佐藤文香《あやか》

都鳥《みやこどり》

［三冬］百合鷗《ゆりかもめ》・冬鷗《ふゆかもめ》

白く美しい冬鳥・百合鷗の雅称。『伊勢物語』では「名にし負はばいざ言問《こと と》はむ都鳥わが思ふ人はありやなしやと」の歌が隅田川で詠まれている。海鳥の鷗の多くは冬にシベリアから渡ってくる。

かよひ路のわが橋いくつ都鳥　黒田杏子《ももこ》

譲られしベンチの温《ぬく》み冬鷗　植村公女《きみじょ》

川風の大きく曲がり都鳥　加藤美代子

白鳥《はくちょう》《はくてう》 ［晩冬］ スワン・大白鳥・鵠《くぐい》・黒鳥・白鳥来る

カモ科の大型の水鳥で、冬にシベリアから北海道や本州の湖沼《こしょう》などに飛来して越冬する。純白で首の長い優美な姿が好まれており、鵠は古称。同じカモ科の黒鳥は白鳥に体形は似ているが、羽色が黒色でブラックスワンともいう。

白鳥の千の眠りに月の暈《かさ》　原　悠太
白鳥のこゑ白鳥を貫けり　辻美奈子
白鳥を見るため長き橋渡る　壬生《みぶ》きりん

寒雀《かんすずめ》 ［晩冬］ 冬雀・ふくら雀・凍雀《こごえすずめ》

餌の少ない厳寒の雀は、羽毛を膨らませて丸々とした姿を見せる。

寒雀こぼれてはまた弾みては　加古宗也《かこそうや》
飴色《あめいろ》の空を転げて寒雀　添田《そえだ》勝夫
ふところにわたしを抱けと寒雀　深沢紅爐《こうろ》

寒鴉《かんがらす》 ［晩冬］ 寒鴉《かんあ》・冬鴉《ふゆがらす》

餌の少ない寒中に枯れ木や電線、冬田などにいる鴉は、どこか哀れさも感じられる。

少しだけ吉良贔屓《きらびいき》なり冬鴉　佐藤良重
たはむれに犬の声出す寒鴉　吉田悦花《えつか》
寒鴉むらさき色の宝物　肥後《ひご》直美

冬《ふゆ》の蝶《ちょう》 ［三冬］ 冬蝶《ふゆちょう》・凍蝶《いてちょう》・蝶凍《ちょうい》つ・越年蝶《おつねんちょう》・冬の蜂・冬蜂・凍蜂《いてばち》

初冬の暖かい日に弱々しく飛んでいることがある。じっと動かずにいるのが凍蝶、越年蝶は紋黄蝶《もんきちょう》の別称。蜂は交尾後、雌だけが生き残って越冬し、春になると巣を作って産卵する。冬の日だまりで見かけることがあるが、いかにも頼りなげ。

色気あるものを探しぬ冬の蜂　宮本佳世乃《かよの》
58秒の片足立《かたあしだち》や冬の蝶　山崎 彩《あや》
揺れてゐる影だんだんに冬の蝶　山岸由佳《ゆか》

冬《ふゆ》の蠅《はえ》《はへ》

［三冬］冬蠅・凍蠅《いてばえ》・寒蠅

生き残った蠅は陽気に誘われて日だまりに出てくることがあるが、弱々しく哀れさを感じさせる。

南無妙法蓮華経南無冬の蠅　石《いし》 寒太《かんた》
一匹はリズムをくずす冬の蠅　藤沢恒水《こうすい》
手短かに言へぬ話や冬の蠅　安田勝彦

鯨《くじら》《くぢら》

［三冬］勇魚《いさな》・初鯨・抹香鯨《まっこうくじら》・座頭鯨《ざとうくじら》・長須鯨《ながすくじら》・白長須鯨・背美鯨《せみくじら》

海棲《かいせい》哺乳類の鯨は勇魚ともいい、種類が多い。白長須鯨は地球最大の動物で、体長30メートル・体重150トンを超える個体もある。

大鯨黄なる西日に曝《さら》しけり　松瀬青々《せいせい》
雪の上に鯨を売りて生きのこる　加藤楸邨《しゅうそん》
あけぼののかたまりとなる勇魚かな　中嶋憲武《のりたけ》

ホエールウォッチングをする船と白長須鯨。

鱈《たら》

［三冬］ 雪魚《たら》・真鱈《まだら》・本鱈・介党鱈《すけとうだら》・助宗鱈《すけそうだら》・子持鱈《こもちだら》・初鱈《はつたら》・鱈場・鱈網・鱈船・鱈汁・塩鱈・鱈子・紅葉子《もみじこ》・明太子《めんたいこ》

冬に産卵のため、寒流に乗って浅い沿岸にやって来る。初鱈は初冬、紅葉子は主に介党鱈（助宗鱈）の卵巣を塩漬けにした鱈子を紅色に着色したもの。

子持鱈口閉ぢ雄鱈口開く　石城暮石《うしろぼせき》
鱈食ふて口数多し津軽人　矢田邦子
大鍋に肝浮く鱈の番屋汁　山崎羅春《らしゅん》

氷下魚《こまい》

［三冬］ 氷下魚《こまい》釣《つり》・氷下魚汁・穴釣

体長30センチほどのタラ科の硬骨魚で、道東では凍結した海面に穴を開けて釣ったり、網を入れて獲る。穴釣は寒釣の傍題で、晩冬に湖や池の氷上で行なうことが多い。

橇行《きょうこう》や氷下魚の穴に海溢《あふ》る　山口誓子《せいし》

氷下魚の干物は酒肴（しゅこう）にも。

氷下魚干す北方領土一握《いちあく》に　古舘曹人《ふるたちそうじん》
地平線に月あかあかと氷下魚釣り　三輪《みわ》初子

鰰《はたはた》

［三冬］ 雷魚《はたはた》・鱩《はたはた》・かみなりうを《お》

体長20センチほどの扁平《へんぺい》の魚で、秋田・山形沿岸が主漁場として知られる。秋田名物の塩汁鍋《しょっつる》には欠かせない。産卵期でもある初冬の雷の多い頃に漁獲量が多いことから、雷魚の字を当てたり、かみなりうおの異名がある。

鰰に映りてゐたる炎かな　石田勝彦
鰰や雫石《しずくいし》まで僧の伴《とも》　宮坂静生《しずお》
鰰の目がまるく澄み鬣《せり》値《ね》飛ぶ　田中敦子

冬《ふゆ》の蟹《かに》［三冬］

ずわい蟹《がに》・松葉蟹・越前蟹《えちぜんがに》・せいこ蟹・こうばく蟹・鱈場蟹《たらばがに》・毛蟹・花咲蟹《はなさきがに》

夏の水辺の小蟹とは異なり、日本海やベーリング海に分布するおいしく魅力的な冬の蟹。種類が多く、地域や性別によって名称が異なることも。

松葉蟹食はんと芭蕉《ばしょう》忘れをり　加藤楸邨《しゅうそん》
ずわい蟹とろとろ甘し旅遠し　岡本眸《ひとみ》
大皿に越前蟹の畏《かしこ》まる　檜《ひのき》紀代《きよ》

寒鯉《かんごい》《かんごひ》［晩冬］

凍鯉《いてごい》・寒鯉釣《かんごいつり》・寒鮒《かんぶな》・寒鮒釣・こごり鮒

寒中の鯉は動きが鈍くなり水底でじっとしているが、脂を蓄えているので味が良くて滋養《じよう》に富むという。鮒も同様で美味。こごり鮒は頭を泥の中に入れて潜んでいる鮒。

寒鮒を焼けば山国夕焼《ゆやけ》色　山口青邨《せいそん》
薄暮《うすぐれ》がひろがり寒の鯉うかぶ　能村《のむら》登四郎《としろう》
寒鯉を雲のごとくに食はず飼ふ　森　澄雄

寒蜆《かんしじみ》［晩冬］

蜆は春の季語だが、寒中に湖に舟を出して蜆を捕る光景は風情があり、よく句に詠まれてきた。寒蜆は身が締まって特に滋養・薬効があるという。

寒蜆晩年追はること多し　小林康治《こうじ》
妻癒えぬ朝むらさきに寒しじみ　綾部《あやべ》仁喜《じんき》
火柱のごとき没日《いりひ》や寒蜆　中岡毅雄《たけお》

帰《かえ》《かへ》り花《ばな》

［初冬］ 返り花・忘れ花・狂《い》ひ花・狂《い》ひ咲き・帰り咲き・二度咲き

桜やヤマブキ、ツツジなどが小春日和《びより》に誘われるように、季節外れの花をひっそりと咲かせること。

再会のすぐに句会や返り花　南 風子《ふうこ》
ジョギングの公開空地《くうち》帰り花　保坂 螢《ほたる》
遠慮せず目立ちもせずに帰り花　青木 勤《つとむ》

冬紅葉《ふゆもみじ》《ふゆもみぢ》

［初冬］ 残る紅葉

あたりが枯れ落ちてゆくなか、冬になっても鮮やかな色を残している紅葉《こうよう》。

冬紅葉しづかに人を歩ましむ　富安風生《とみやすふうせい》
沈む日を子に拝ませぬ冬紅葉　長谷川かな女《じょ》
金網にボールがはまり冬紅葉　川崎展宏《てんこう》

柊《ひいらぎ》《ひひらぎ》の花《はな》

［初冬］ 花柊

山地に自生するモクセイ科の常緑小高木で庭木や生け垣にもされる。晩秋から冬にかけて芳香のある白い小さな花を数多くつける。

柊の花一本の香《かおり》かな　高野素十《すじゅう》
柊の花や天使はまた無言　西川火尖《かせん》
花柊息とどのへて布裁てり　川添敬子

八手《やつで》の花《はな》

［初冬］ 八つ手の花・花八手

ウコギ科の常緑低木で、初冬に多数の白い小花を球状につける。天狗《てんぐ》の団扇《うちわ》といわれる大きな葉が特徴。

花八ツ手まぢかき星のよく光る　石橋秀野《ひでの》

花八手赤子の尻を陽《ひ》に当てて　丹間《たんま》美智子

をがみ貼る八十二円花八ツ手　保田《やすだ》昌男

縁起担ぎや目隠しなど、庭にもよく植えられる。

茶《ちゃ》の花《はな》

[初冬]

ツバキ科の茶の木は、晩秋から冬にかけて白い小さな花をつける。華やかさはないが、香りの良い黄色い蕊《しべ》が目を引く。

茶の花や家族写真の端は母　齋藤朝比古《あさひこ》

茶の花やぽつりと弱音きく電話　三橋瑞恵《みつはしみずえ》

十指組む芭蕉《ばしょう》木彫茶の花よ　青木このみ

石蕗《つわ》《つは》の花《はな》

[初冬]

石蕗《つわぶき》の花・石蕗《つわ》《つは》咲く

キク科の常緑多年草で暖地の海辺の草原や崖などに自生し、晩秋から冬にかけて黄色い頭状花をつける。庭の片隅にも植えられ、菊に似た花は初冬に存在感を放つ。

石蕗咲いていよいよ海の紺たしか　鈴木真砂女《まさじょ》

ままごとのひとり欠けをり石蕗の花　真中てるよ

太陽の匂ひ大好き石蕗の花　辺見みち代

ポインセチア

［仲冬］

猩々木《しょうじょうぼく》

クリスマスが近くなると鉢物が花屋に出回る常緑低木。茎先の苞葉《ほうよう》が鮮紅色に変わって実に華やかだが、その中の黄緑の小さな花はあまり目立たない。

宴《えん》果てぬ猩々木《ポインセチア》の緋《ひ》に疲れ　文挾夫佐恵《ふばさみふさえ》

ポインセチア何に追はるる吾《われ》ならん　向笠《むかさ》和子

ポインセチア握手のちから少し抜く　壬生《みぶ》きりん

枯菊《かれぎく》

［三冬］

菊枯る・凍菊《いてぎく》・寒菊・冬菊・霜菊・霜の菊

秋に長らく花を咲かせた菊も時雨《しぐれ》や霜の時季になると、多くは枯れて哀れな姿になってしまう。寒菊・冬菊・霜菊・霜の菊は冬になっても咲き残っている菊、もしくは冬に咲く別種の小ぶりの菊をいう。霜菊・霜の菊は霜の降りた菊を指すこともある。

枯菊を焚《た》きて焔《ほむら》に花の色　深見けん二

冬菊の括《くく》られてまたひと盛り　横澤放川《ほうせん》

冬菊やなんとちひさな巴塚《ともえづか》　関根誠子《せいこ》

枯草《かれくさ》

［三冬］

草枯る・草枯・名草枯《なぐさか》る・枯芝・芝枯る・水草枯《みぐさか》る・枯芒《かれすすき》・芒枯る・冬芒・枯尾花《かれおばな》・尾花枯る・枯蘆《かれあし》・枯蘆原・枯蓮《かれはす》・枯蓮《かれはちす》・蓮枯《はすか》る・蓮の骨・枯葎《かれむぐら》・枯薊《かれあざみ》・枯蔦《かれつた》・蔦枯る・枯蔓《かれづる》・枯芭蕉《かればしょう》・枯萩《かれはぎ》・枯茨《かれいばら》・枯芙蓉《かれふよう》

冬が深まるとほとんどの草木は枯れ、野山も庭も寂しさが漂う。その様子はさまざまな季語で表される。

枯芝に眠る少年跳ぶかたち　田島健一

枯芝や足裏に伝ふ力あり　鈴木友寄枝《ゆきえ》

枯芒雀《すずめ》が光撒《ま》き散らす　亀山　南

冬木立《ふゆこだち》

［三冬］

冬木《ふゆき》・寒林《かんりん》・枯木立《かれこだち》・冬枯《ふゆがれ》・枯《か》る・寒木《かんぼく》・裸木《はだかぎ》・枯木・枯枝・枯木山・枯木道・枯木星・冬木影《ふゆきかげ》・冬木道・冬木原《ふゆきばら》・名の木枯る・枯銀杏《かれいちょう》・銀杏枯る・枯欅《かれけやき》・欅枯る・枯柳・柳枯る・枯桑

葉が落ちて、寂しくもすっきりとたたずむ。

葉が落ちた冬の寒々とした木立。荒涼として寂しさが漂うが、すっきりした情景ともいえ、さまざまな思いを託して多様な季語が用いられる。枯木星は枯木越しに見える星。

今日の日の空を支へて枯木立　星野立子《たつこ》
裸木や不器用に星あつまり来　山高《やまたか》真《ま》木《き》子《こ》
冬木立胸の照射の×印　香西《こうざい》さらら

冬桜《ふゆざくら》

［三冬］　寒桜・緋寒桜《ひかんざくら》

冬に咲く緋寒桜や冬桜という品種もあるが、俳句ではそうした種類を指すのではなく、冬季・寒中に咲く桜として詠むのが一般的。

冬ざくら空にも暗き淵《ふち》ありぬ　宇咲《うさき》冬男
冬ざくら海一枚の陽《ひ》の光り　稲見《いなみ》寛《ひろ》子《こ》
ふるさとの空ふるさとの冬桜　長谷川いづみ

冬珊瑚《ふゆさんご》 ［三冬］ 玉珊瑚

ナス科の常緑低木で観賞用に鉢栽培される。球形の実が秋から黄緑、橙《だいだい》と変化し、冬には熟して赤くなる。

掌《て》にすくふ水のつめたさたまさんご　久松かつ子

冬珊瑚母の遺愛の念珠《ねんじゅ》かな　中島登美子

冬珊瑚主演女優の決め台詞《ぜりふ》　鐵《てつ》　義正《よしまさ》

藪柑子《やぶこうじ》 ［三冬］ 山橘《やまたちばな》・あかだま・千両・実千両・仙蓼《せんりょう》・草珊瑚《くさんご》・藪柑子《やぶかうじ》・万両・実万両

山地の木陰に自生する常緑低木で盆栽にもされ、冬に赤い実をつける。千両や万両も冬の庭を彩り、赤い実と緑の葉の対比が鮮やか。千両は葉の上に、万両は葉の下に垂れるように実をつける。

ありさうなところにいつも藪柑子　古舘曹人《ふるたちそうじん》

千両の句をひつくるめ只《ただ》の人　加藤郁乎《いくや》

身を飾る言葉はもたず実万両　こがわけんじ

南天《なんてん》の実《み》 ［三冬］ 実南天・白南天

晩秋から冬にかけて枝先に群がった球形の実が真っ赤に色づき、雪兎《ゆきうさぎ》の目にもされる。白い実のなる品種もある。

留守の戸に「本日休診」実南天　石《いし》　寒太《かんた》

お座敷の中も寒くて実南天　岸本尚毅《なおき》

これよりの猫の領分実南天　宮岡光子

冬薔薇《ふゆそうび》 ［三冬］ 冬薔薇《ふゆばら》・寒薔薇《かんそうび》・寒の薔薇《ばら》・冬の薔薇・冬薔薇《ふゆさうび》

冬でも咲き続けている薔薇《ばら》のこと。盛りを過ぎた姿に思わせるものがある。

冬薔薇散る一片は鞭《むち》の上　原田青児《せいじ》

教会に棘《とげ》ごと咲いて寒薔薇　大高《おおたか》翔《しょう》
引退のボクサー抱く冬薔薇　三輪《みわ》初子

寒牡丹《かんぼたん》［三冬］

冬牡丹

本来、初夏に咲く牡丹を冬に開花するように細工したもの。

冬牡丹ざわざわとある手足かな　柿本多映《たえ》
寒牡丹古都に菩薩《ぼさつ》の息遣ひ　下田恭子《きょうこ》
寒牡丹月光触れしほどの疵《きず》　川島茅酔郎《ちすいろう》

冬芽《ふゆめ》［三冬］

冬芽《とうが》・冬木《ふゆき》の芽

裸木となった落葉樹は、おおむね秋に用意された芽の状態で冬を越す。

人目なき信号守る冬木の芽　大原貴彦《たかひこ》
ふたり旅の昭・節子や冬木の芽　いなだ伊佐木《いさき》
楸邨《しゅうそん》の弟子に弟子入り冬木の芽　田辺みのる

龍《りゅう》の玉《たま》［三冬］

龍の髯《ひげ》の実・蛇《じゃ》の髯の実

細い葉が龍や蛇の髯にたとえられるユリ科の多年草の実で、庭草として植えられることが多い。冬になると青紫の龍の玉をつけ、硬くてよく弾むので子どもたちはこれで遊んだ。

なまぬるき夕日をそこに龍の玉　岸田稚魚《ちぎょ》
日当《ひあ》りの土いきいきと龍の玉　山田みづえ
龍の玉いと楽しげに掃かれたる　蓬田紀枝子《よもぎだきえこ》

色鮮やかな龍の玉。

室咲《むろざき》 ［三冬］ 室の花・室の梅

冬に温室や暖かい室内で咲かせた花。古くは厳冬に梅を咲かせて楽しんだ。

厨房《ちゅうぼう》に母のためなる室の花　上田日差子《ひざし》
室咲やオセロゲームのやうな恋　岸ゆうこ
ふたりよりうまれしひとり室の花　常盤《ときわ》　優《ゆう》

蜜柑《みかん》 ［三冬］ 蜜柑山・蜜柑畑・温州蜜柑《うんしゅうみかん》・ぽんかん

暖地で栽培される冬の代表的な果物で、温州蜜柑が一般的。

みかんに爪たててやさしきことを言ふ　小川千草
返事せぬ夫《つま》へ大きな蜜柑置く　一ノ木文子《ふみこ》
涙ぐむ妻へ転がす蜜柑かな　伊藤　航《こう》

冬林檎《ふゆりんご》 ［三冬］ 寒林檎

林檎の収穫はおおむね秋だが、低温貯蔵され冬に出回るものもある。

はればれと真二つに割る冬林檎　川崎陽子
冬林檎宇宙ひろがる話して　鎌倉佐弓《さゆみ》
書き置きの一つのせあり冬林檎　横山恵子

冬菜《ふゆな》 ［三冬］ 小松菜・野沢菜・広島菜・唐菜《とうな》・漬菜《つけな》・冬菜畑《ふゆなばた》・冬菜売《ふゆなうり》・冬菜飯

9月頃に種を蒔き、冬に収穫する青菜類の総称。塩漬けのほか、おひたし、炒め物、汁の実などにされ、寒々とした時季にうれしい青物として親しまれる。

桶《おけ》踏んで冬菜を洗ふ女かな　正岡子規《しき》
冬菜漬塩は笑顔で振れと母　山本うらら
媚《こ》ぶる声の餌ねだる猫冬菜畑　綿貫春海《わたぬきはるみ》

白菜《はくさい》 ［三冬］

白菜漬・白菜畑

漬物や鍋物・煮物など、冬の食卓には欠かせない野菜。

洗はれて白菜の尻陽《ひ》に揃《そろ》ふ　楠本憲吉《くすもとけんきち》
白菜の積荷《つみに》かがやき動き出す　井上美子《よしこ》
白菜を干したる中華料理店　藤本美和子

蕪《かぶ》 ［三冬］

蕪《かぶら》・赤蕪・緋蕪《ひかぶ》・小蕪・大蕪・聖護院蕪《しょうごいんかぶ》・千枚漬・かぶら引く・かぶら干す・干蕪《ほしかぶ》・蕪蒸《かぶらむし》

葉も食べられるが、主に地下部を漬物・煮物・汁物などにする。蕪蒸はすりおろした蕪を白身魚の切り身の上にのせて蒸した料理。京都の聖護院蕪は千枚漬に用いられる。

大鍋に煮くづれ甘きかぶらかな　河東碧梧桐《かわひがしへきごとう》
軒先にいびつな夕日蕪蒸し　鍵和田秞子《かぎわだゆうこ》
届きたる万木《ゆるぎ》かぶらの紅やさし　牧　知子

大きな聖護院蕪は千枚漬に。

蓮根《れんこん》 ［三冬］

蓮根《はすね》・蓮根《れんこん》掘る・蓮根《はすね》掘る・蓮根掘《はすねほり》

蓮《はす》の地下茎・蓮根は葉が枯れた後の蓮田で腰まで泥につかって収穫され、おせち料理にも使われる。季語の蓮根掘るは主に初冬に用いられる。

れんこんのくびれくびれのひげ根かな　岡井省二《しょうじ》
荒縄で手足を洗ふ蓮根《はすね》掘り　館《たち》　容子
蓮根掘虚空《こくう》摑みて上がりけり　野中亮介

寒梅《かんばい》

［晩冬］ 寒紅梅《かんこうばい》・冬の梅・冬至梅・早梅《そうばい》・早咲《はやざき》の梅・梅早し

冬に咲く梅もあり、寒紅梅は12月頃と最も早い。寒中に咲く寒梅は気品が感じられ好まれる。早梅は春の到来に先駆けて咲く梅で探梅《たんばい》も行なわれる。

寒紅梅にごりて息のいでくるも　野澤節子

寒紅梅世を隔ててもひとはひと　友岡子郷《しきょう》

寒の梅挿してしばらくして匂ふ　ながさく清江

蠟梅《ろうばい》《らふばい》

［晩冬］ 唐梅《からうめ》

梅の仲間ではないが、中国から渡来したので唐梅ともいう。年末から2月にかけて、葉が出る前に黄色い花をうつむき加減につける。花は半透明でロウ細工のような光沢があり、良い香りがする。

蠟梅や嫗《おうな》と呼ばれよき年よ　阿部みどり女《じょ》

ロウのように半透明の花びら。

唐梅や粗雑嫌ひを一家言　秋元不死男《ふじお》

蠟梅につめたき鳥の貌《かお》があり　岸本尚毅《なおき》

寒椿《かんつばき》

［晩冬］ 冬椿・早咲《はやざき》の椿・侘助《わびすけ》・侘介

寒中に花をつける早咲の椿で、暖地では冬から咲くことが多い。冬枯れの中で濃い緑の葉の間に点々と咲く赤い椿は、ひときわ目を引く。侘助（三冬）は椿の一種で全体に小ぶり。花色は赤や白のものがあり、茶花として好まれる。

齢《よわい》にも艶《つや》といふもの寒椿　後藤比奈夫《ひなお》
侘助や足場のついてゐる新居　殖栗《うえくり》歩《あゆみ》
寒椿空気のおもてがわに咲く　田島健一

葉牡丹《はぼたん》［晩冬］

キャベツの観賞用の改良種で葉は結球せず、上部が赤紫やクリーム色などに渦巻くように色づいて椿を思わせる。

葉牡丹やわが想ふ顔みな笑《え》まふ　石田波郷《はきょう》
葉牡丹や浮き名ひとつを持て余し　関根誠子《せいこ》
葉ぼたんの渦の芯より一行詩　榎本慶子《えのもとよしこ》

冬菫《ふゆすみれ》［晩冬］　寒菫・冬の菫

暖地の日当たりの良い野山や土手などで晩冬から咲いている菫。葉や花も色濃く感じられ、冬ざれの中で心を和ませる。

勝ち牛も負け牛も踏む冬すみれ　石《いし》　寒太《かんた》
給食の最後のひとり冬菫　柏柳《かしわやなぎ》明子
みちのくの消えぬ「仮」の字冬すみれ　万木《ゆるぎ》一幹《いっかん》

冬萌《ふゆもえ》［晩冬］　冬草《ふゆくさ》・冬青草・冬の草・寒草《かんそう》

日差しに暖かみを感じ始める頃、いち早く緑の芽を出しているさまで、萌《も》えいづる小さな芽は新鮮。冬草・寒草（三冬）などは常緑の草や枯れ残ったもので、冬萌とともに植物の生命力を感じさせる。

木々の間に輝く日あり冬の草　山西雅子
したたかといふには哀《かな》し冬の草　鈴木友寄枝《ゆきえ》
冬萌や卒寿の母の愛唱歌　こがわけんじ

昭和史を生きた懐かしいタレント

小沢昭一 (俳優・タレント・芸能研究家)

15年ほど前、BS日テレで「俳句の歳時記」という番組を半年間放映したことがある。この番組では各界の俳句に興味のあるゲストに毎回登場していただき、その人の"特別の味"を披露するコーナーがあった。小沢さんには物売りの声色《こわいろ》を演じていただいた。

金魚売りや豆腐屋はいまでもわかるだろうが、虫売りや羅宇《らう》屋といっても何のことやらわからないかもしれない。昔は蛍《ほたる》や鈴虫などを虫籠に入れ、屋台や天秤棒《てんびんぼう》で売り歩いたのである。視聴者には大受けであった。

平成11年の夏、うなぎ屋前にて。

小沢さんは俳号を変哲《へんてつ》といって、永六輔《えいろくすけ》・入船亭扇橋《いりふねていせんきょう》さんらと「東京やなぎ句会」を続けていた。平成10年(1998)1月15日、私の主宰する「炎環《えんかん》」創立10周年の記念俳句大会の日は大雪、東京の交通網がマヒした。来賓《らいひん》は誰も来られないだろうと思っていたら、小沢さんが長靴で会場の東京・中野サンプラザに現れ、祝辞を述べてくださった。そういう心優しい人である。

ねんねこの咳《せき》が受け取る福引券
変哲忌鰺《あじ》のひらきを供えかし

前句はいかにも昭和史を生きてきた小沢さんらしいし、後句は自分の忌さえも詠んでしまう氏らしい句。いまでも浮かぶ懐かしい昭一さんが、私の心の中に生きている。

新年

正月に関する季語を新年としてまとめました

時候

新年《しんねん》

初年《はつとし》・年新た・年始め・年の始《はじめ》・年始《ねんし》・年初《ねんしょ》・年頭・新歳《しんさい》・若き年・年立つ・年迎ふ《う》・迎ふる《う》年・年来《としきた》る・来る年・年明く・年改まる・改まる年・改年《かいねん》・年変《としかわ》る・新玉《あらたま》の年・新玉

春立つや新年ふるき米五升《ごしょう》　松尾芭蕉《ばしょう》

初年の雲ゆく瀑《たき》のみゆるかな　飯田蛇笏《いいだだこつ》

地球儀に山河の起伏年立てり　佐々木建成《けんせい》

年新た古稀《こき》を若手と呼ぶ集ひ　谷村鯛夢《たいむ》

季語解説 新しい年の始まりは新春ともいいます。旧暦の時代には新年と春は同義であり、「新年」はすなわち「立春」のことでした。その流れで現在でも新年のことを「新春」というのです。

明治の初めに新暦になってからは新年と立春（2月4日頃）が分かれることになり、歳時記類でも四季のほかに「新年」の部を別に立てるのが一般的になりました。「年頭」の季語は多彩です。「新玉」も一年の初めの意で、年という語にかかります。

例句解説 芭蕉の掲句はつつましい庵《いおり》に訪れた新年の情景と気持ちを詠んだものです。

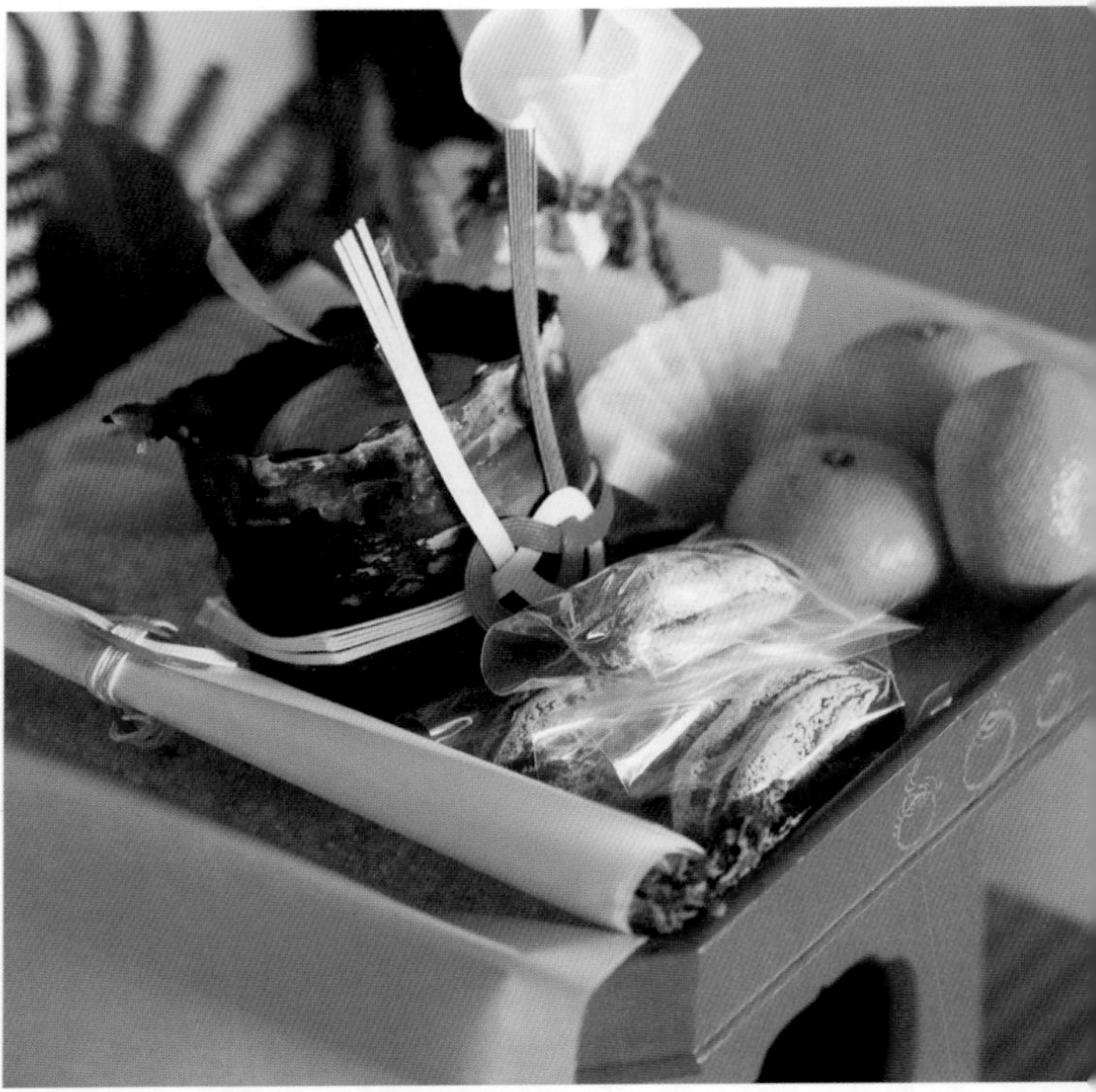

家の繁栄などさまざまな願いを込めて縁起物を飾る。

新しい春がやって来た。自分の庵には去年から持ち越した古米が五升もある。まずはめでたいといえるだろうの意。

「新年」を「ふるき米」に対比させて詠んだところがこの句の技巧でもあり、眼目ともいえます。豊かではないけれども、新しい年を迎える喜びと、門人たちからの食料のおかげでつつがなく新春を迎えられた安堵《あんど》感が感じられます。

「春立つ」は立春ではなく、春になる、新春になるの意と解釈します。このように「新年」は新しい年を迎えた感慨を込める季語といえます。

時候

初春《はつはる》

新春《しんしゅん》・今朝の春・明《あけ》の春・迎春《げいしゅん》・千代《ちよ》の春・四方《よも》の春・老《おい》の春

鐘ひとつ売れぬ日はなし江戸の春　宝井其角《きかく》

遠巌《えんがん》に波もなかりき今朝の春　石塚友二《ともじ》

初春の灯をともしゐる沖の船　中川宋淵《そうえん》

初春の閻魔《えんま》の鼻にうすほこり　石《いし》寒太《かんた》

季語解説 旧暦の正月は立春と同時期であったことから「初春」は正月の意で用いられました。単に「春」といっても、それはまさに正月のことだったのです。初春が1月にも転用されるようになったのはこうした旧暦の名残で、新しい年の春の意です。「しょしゅん」と読むと、仲春・晩春に対しての初春になってしまいます。

「千代の春」は長寿・繁栄を願って祝う新春、「四方の春」はあたりに満ちあふれる新春の気配、「老の春」は老いて迎える新春です。

例句解説 其角の掲句は寺の梵鐘《ぼんしょう》のようなめったに売れないものですら、この大江戸では売れない日はない。そんな江戸の町の繁栄を詠んだものです。この句での「春」は新年の意。「江戸の春」で大江戸の初春のめでたさを表現しています。元禄の江戸っ子らしい作品です。

時候

正月《しょうがつ／しやうぐわつ》

お正月・一月・睦月《むつき》・元月《がんげつ》・太郎月《たろうづき》・初春月《はつはるづき》・祝月《いわいづき》・寝正月

正月の白波を見て老夫婦　桂《かつら》　信子

道ばたの土めづらしやお正月　小林一茶

山深く睦月の仏送りけり　西島麦南《ばくなん》

一月や一月といふ心にて　櫛部天思《くしべてんし》

季語解説　旧暦の一年の始めの月をいいます。正月は「睦月」ともいいますが、これは新暦の1月のことではなく、旧暦の1月の別称です。明治の初め以降、新暦の1月を正月というようになりましたが、月初の松の内までと思われているようです。

正月には1月という言葉にはない語感があり、希望に満ちた新たな決意や思いを抱き、幸多かれと願いを込める時に、そんな意味合いが感じられます。

例句解説　桂信子の掲句では老夫婦が正月の海で白波を眺めています。彼方《かなた》から寄せては返す白波を見つめながら人生の来し方を思い、これから続く新しい年を静かに迎えているようです。海の白波とともに時は流れ、人も歳《とし》を重ねていきます。若き者にも老いた者にも、新しい年は新たな出発の時なのです。

のどかな初春の海。

時候

元日《がんじつ》《ぐわんじつ》

お元日・元旦・元朝《がんちょう》・大旦《おおあした》・歳旦《さいたん》・鶏旦《けいたん》・鶏日《けいじつ》・元三《がんさん》

元日や手を洗ひをる夕ごころ　芥川龍之介

旧景が闇を脱ぎゆく大旦　中村草田男《くさたお》

元朝や玉子のカラザにも油断　中原道夫

花柄のエプロンおろし大旦　河内協子《こうちきょうこ》

季語解説　年の始めの第一日目、さまざまなことにおいて思いを新たにする日でもあります。屠蘇《とそ》を飲み、お節《せち》料理を食べ、神社に参詣し、新年の一日を祝います。離れて暮らしている家族も元日には集まり、大家族で雑煮の膳を囲むのが昔は普通でした。

「元旦」「元朝」「大旦」「歳旦」「鶏旦」は元日の朝のことで「旦」は朝を意味します。元旦・歳旦などは元日についてもいいます。「鶏日」も元日のことで、「元三」は年・月・日の初めの意です。

例句解説　龍之介の掲句は大正10年（1921）12月の香取秀真《かとりほつま》（鋳《ちゅう》金《きん》家・歌人）宛ての書簡に「元日の句一つ　元日や手を洗ひ居る夕心」とあるのが初案。前もって新年を寿《ことほ》ぐ句を送った時の作です。元日の諸行事も済み、一息ついた情景を捉えています。暮れかかる庭を見ながら手水鉢《ちょうずばち》で手を洗っているのです。

現代では昔に比べ、元日を迎える気分やしきたりがかなり変化してきています。昔といまの元日とでは季語を通して見える情景も異なってきていますが、掲句はどの時代にも通じる心を捉えているといえます。

時候

去年今年《こぞことし》

旧年・古年《ふるとし》・去年《こぞ》・去年《きょねん》・初昔《はつむかし》・宵の年・今年

去年今年貫く棒の如《ごと》きもの　高浜虚子《きょし》

去年今年浜木綿《はまゆう》かばふ炭俵《すみだわら》　細見綾子

父みとる母居眠りて去年今年　相馬遷子《そうませんし》

猫の尾に遊ばれてをり去年今年　三橋瑞恵《みつはしみずえ》

季語解説　慌ただしく古い年が去り、新しい年が来ます。一夜明ければもう新年。昨日は「去年」なのに、今日は「今年」なのだなあ、そんな感慨を託す季語です。去年と今年とを対比させて用い、一続きの2日でありながら呼び方が変わることは、心を新たにすることだなあと感じさせます。時の流れのなかで去りゆく年を思い、新しい年を思い描くことでしょう。

それぞれは王朝和歌の時代から見られる言葉ですが、江戸時代になると「去年今年」で初春の季語として用いられるようになりました。「宵の年」は元日に過ぎたばかりの去年を振り返ること、「古年」「初昔」などは前年を指します。

変わらぬ竹木立。

例句解説　虚子の掲句は昭和25年（1950）12月に新年のラジオ放送のために作られたものです。新年といっても特に旧年と変わって変化があるわけではなく、去年も今年も実は変わりはないのだという感慨が「貫く棒の如きもの」という表現で詠まれています。

時候

松《まつ》の内《うち》

松七日《まつなぬか》・注連《しめ》の内・三が日・二日・狗日《くじつ》・三日・猪日《ちょじつ》・四日・羊日《ようじつ》・五日・牛日《ぎゅうじつ》・六日・馬日《ばじつ》・七日・人日《じんじつ》・人《ひと》の日《ひ》・元七《がんしち》・七日正月《なぬかしょうがつ》

子を持たぬ身のつれづれや松の内　永井荷風《かふう》

二三寸雪つむ町や松の内　松瀬青々《せいせい》

大根を抜きに三日の畦《あぜ》を踏む　南うみを

三日はやライスボウルへ飛び出す子　山西雅子

季語解説　正月に門松を立てておく期間を松の内と呼びます。「松七日」「注連の内」ともいいますが、地方によってその日数は異なり、関東では6日か7日、関西では14日か15日までが慣習となっています。その日が過ぎると松は外されて松過ぎになるのです。近年は門松を飾る家も少なくなり、注連飾り、輪飾りだけの風景をよく見かけるようになりました。

俳句では正月2日から7日まで、すべて新年の季語としています。「二日」は「狗日」、「三日」は「猪日」、「四日」は「羊日」、「五日」は「牛日」、「六日」は「馬日」、「七日」は「人日」「元七」ともいいます。「七日正月」は七草粥《ななくさがゆ》を食べて息災を願う正月七日の祝いです。

例句解説　明治から昭和期の作家・永井荷風の作。孤独のうちに生涯を終えた荷風ならではの寂しさが感じられます。どの家にも正月の華やぎが感じられるなか、子どももなく、家族らしい家族ももたずに暮らす荷風は自由奔放《ほんぽう》であったとはいえ、さすがに松の内は孤高の生活の寂しさが極まったのでしょう。

時候

小正月《こしょうがつ／こしやうぐわつ》

望正月《もちしょうがつ》・花正月・若正月・女正月《おんなしょうがつ》・二番正月・十五日正月・十五日粥《じゅうごにちがゆ》・小豆粥《あずきがゆ》・望《もち》の粥《かゆ》・なまはげ・かまくら・えんぶり

松とりて世ごころ楽し小正月　高井几董《きとう》

衰《おとろ》ふや一椀おもき小正月　石田波郷《はきょう》

あたたかく暮れて月夜や小正月　岡本圭岳《けいがく》

がま口に御守り五つ小正月　坂根若葉

小正月に食べる小豆粥。

季語解説　元日に始まる朔旦《さくたん》正月を大正月というのに対して、1月15日を中心に祝う正月を小正月といいます。旧暦ではこの日は満月（望の日）で、農村では重要な日でした。豊作祈願の行事がさまざまな形で行なわれ、左義長《さぎちょう》もこの日です。秋田県の「なまはげ」や「かまくら」、青森県の「えんぶり」なども本来、小正月の行事でした。

邪気を祓《はら》うために15日の朝に「小豆粥」を食べる風習もあります。年末年始は多忙だった女性がようやく一息つける頃ということで「女正月」ともいいます。

例句解説　几董の掲句は松もとれて正月の改まった気分から「世ごころ」を取り戻した、ほっとした気持ちと楽しさを詠んだ句です。大正月が公の儀礼的な性格をもつのに対し、小正月は農民的性格が強いといえます。大正月の終わりとして松や注連《しめ》飾りを外します。

時候

初日《はつひ》

初日の出・初日影・初旭《はつあさひ》・初明《はつあか》り・初夜明《はつよあけ》

群羊の一頭として初日受く　沢木欣一《きんいち》

肩車されて見ていた初日かな　山﨑十生《じゅっせい》

足跡の海中に絶え初明り　生駒大祐《いこまだいすけ》

警策の一打のいのり初あかり　竹市《たけいち》漣《れん》

季語解説　初日は元日の日の出。新しい年の最初の朝日と陽光は、実に荘厳で貴《たっと》く思われます。「初日影」はその初日の輝きが作る影です。

新年には「初」の付く言葉が数多くあります。それほど日本人は初というものに、めでたさと尊さを感じてきたのです。新しい年を迎え、新たな一歩をしるす喜びと切り離せないものといえます。

例句解説　沢木欣一の掲句は牧場で迎えた初日か、それとも外国の広大な原野の風景かもしれません。羊の群れが草を食《は》みながら歩いている。その時、元朝《がんちょう》の初日が群羊の上に差し渡ってきたのです。初日を浴びた群れの中の一頭として初日を一身に受けているということが、新しい年のめでたさを強調しています。

そのめでたさと尊さに、身が引き締まる。

時候

初空《はつぞら》

初御空《はつみそら》・四方《よも》の空・初晴

初空もはや半日や藪《やぶ》騒ぐ　但馬美作《たじまみまさか》
初空の藍《あい》と茜《あかね》と満たしあふ　山口青邨《せいそん》
初御空まろし太平洋円《まろ》し　鳥井保和《やすかず》
銀鱗《ぎんりん》の天をつらぬく初御空　丸田光洋《みつひろ》

季語解説 新年を迎え、初めて明けた元日の大空、朝の空です。見慣れた空の景色を見ても日常とは違う新鮮な気分でいっぱいになり、身の引き締まる思いがします。清らかさのみなぎった厳《おごそ》かな明け方の空です。「初晴」は元日の晴天のことで、五穀豊穣《ほうじょう》の兆しとされています。

例句解説 但馬美作の掲句は一年の始めにふさわしく、心身が清められるような荘重な晴れ渡った初空を詠んでいます。ところが昼も過ぎると空は曇り始めて風も吹きだし、竹藪の葉擦れの音がします。あっという間に初空は消え去ってしまったのです。のんびりとした元日も、気がつくともう半日が過ぎてしまいました。新年のめでたさもほんのつかの間で、また一年の日常が始まった、そんな現実に作者はふと立ち戻るのです。

初日が昇り始める東の空は赤く美しく輝きます。元旦の明け方の、まさにほんのわずかな時間しか目にすることのできないのがこの「初空」なのです。

初凪《はつなぎ》

初凪や千鳥にまじる石たたき　島村　元《はじめ》
初凪や潮引き砂のつぶやける　阿部みどり女《じょ》
初凪に鷹《たか》も舞ひいで祝《ほ》ぎまつる　水原秋櫻子《しゅうおうし》
初凪やはや日の少し傾きて　阪西《さかにし》敦子

季語解説　元日に風がなく、海が凪《な》ぎ渡っている様子をいいます。また、凪は海ばかりでなく、元日に静まり返っている山野の穏やかな日和《ひより》も指します。晴れ上がった元日に波風の立たぬ海や水辺、山野の凪いださまは、のどかでめでたくも感じられます。この季語を用いた作例は江戸期には見当たらず、明治に入ってから歳時記に初めて登場しました。

例句解説　島村元の掲句は元日の静かな凪いだ海辺に出てみると、寄せては返す波打ち際の砂浜に千鳥が群れ、歩き回って昆虫や甲殻《こうかく》類、貝などを捕っています。よく見ると、その中に彩りの異なる石たたき（セキレイ）がいたのです。
内容はとても明瞭ですが、人けのない海辺の静けさと淑気《しゅくき》が「初凪」によって見事に表されています。新しい年を迎えた作者の晴れやかで静かな息遣いまでもが感じられる句です。

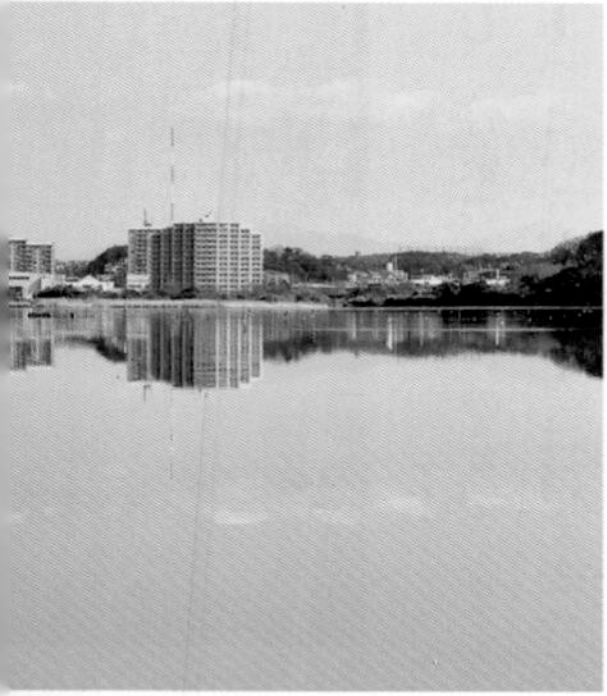

御降《おさがり》

御降の祝儀に雪もちらりかな　小林一茶
お降《さがり》や袴《はかま》ぬぎたる静心《しずごころ》　村上鬼城《きじょう》
お降《さが》りや竹深ぶかと町のそら　芥川龍之介
おさがりのきこゆるほどとなりにけり　日野草城《そうじょう》

季語解説 御降は元日・三が日に降る雨や雪を言い換えたものです。涙を連想させる雨や「古」と同音の降るを新年早々用いるのは忌《い》み嫌われたこと、さらに元日・三が日に雨や雪の降ることはその年の豊かな収穫の前兆とされ、人々がそれを喜んだことから、俳諧の季語としても古くから用いられました。

例句解説 一茶の掲句は元日に雪がちらちらと舞い落ちてきたのを、これも正月の祝儀だろうかと、そのめでたさを詠んだものです。このように御降を詠む句には、新年を祝うめでたい気持ちと正月の雨や雪を愛《め》でる心があります。

近世までは新年の祝言《ほぎごと》として使われていましたが、今日ではほとんど使われない言葉になりました。

風のない穏やかな日和。

時候

初富士《はつふじ》

初比叡《はつひえい》・初筑波《はつつくば》・初浅間《はつあさま》・初景色・初山河

初富士にかくすべき身もなかりけり　中村汀女《ていじょ》

初富士のかなしきまでに遠きかな　山口青邨《せいそん》

初富士やねむりゐし語の今朝めざめ　加藤楸邨《しゅうそん》

初富士の見えずなりしを口にせず　丸谷《まるや》才一《さいいち》

季語解説　元日に仰ぐ富士が初富士です。富士山は日本人に古来、崇高なる霊峰として讃《たた》えられてきました。そして初日が真っ先に届くのも日本一高い富士山です。

比叡山や筑波山、浅間山を望む地方では「初比叡」「初筑波」「初浅間」を季語として用い、富士と同じように貴《たっと》びます。富士をはじめ、元日に眺める晴れ晴れとした景色・山河を「初景色」「初山河」といいます。

例句解説　富士山は山容をあらわにし、隠しているところがありません。掲句の汀女はその初富士を自分に重ね合わせて対し、ありのままの自分を立たせるばかりだというのです。隠そうとするところは何もないと。

初富士に対して立つと、富士を見つめているこちらまでもが一切を隠さず素直になりたいという気持ちになるのです。富士山の美しい姿を見ると、心が清められるような思いになります。ことに元日に見る富士山は、その年の幸せを祈るのにふさわしいめでたさを備えているといえます。

古くから崇（あが）められてきた富士山に、いまの世の人々も幸せを祈る。

暮らし

門松《かどまつ》

松飾《まつかざり》・飾松《かざりまつ》・門《かど》の松・門飾・飾竹・門木《かどき》・俵松《たわらまつ》・長押松《なげしまつ》・立松《たてまつ》

菜の花に門松立てて安房郡《あわごおり》　富安風生《とみやすふうせい》

幾霜《いくしも》に心ばせをの松飾り　松尾芭蕉《ばしょう》

松立てて空ほのぼのと明《あく》る門　夏目漱石

風音を伊賀に聞きをり松飾　鈴木鷹夫《たかお》

季語解説　正月には年神《としがみ》を迎える依《より》代《しろ》として長寿の願いも込め、家々の門の前や玄関先に1対または1本の松が立てられます。現在では各家が買って立てることが多いようですが、松に竹を添えることは鎌倉期あたりに始まり、その竹を斜めに切る風習も生まれました。

門だけでなく家の内外の神前や庭・井戸・家の主柱などに立てたり、楢《なら》・椿《つばき》・朴《ほお》・栗《くり》・榊《さかき》などを用いて「門木」という地域、「俵松」といって俵の上に立てたり、「長押松」といって茶の間の長押に打ちつける所もあります。

例句解説　富安風生は晩年、千葉県南部にあたる房州《ぼうしゅう》で新年を迎えるのを常としました。掲句は昭和42年（1967）、83歳の新年を迎えての作。温暖な南房総の明るい新春風景が「菜の花」によっておおらかに展開されます。作者の家と門松を立てた近隣の家々を、古名を用いて「安房郡」と結んでいます。

門松と注連（しめ）飾り。

暮らし

注《し》連《め》飾《かざり》

注連縄・七五三縄《しめなわ》・輪飾・飾《かざり》・お飾・牛蒡注連《ごぼうじめ》・大根注連・掛飾《かけかざり》・縄飾・飾縄・年縄・飾藁《かざりわら》・蓬莱《ほうらい》・蓬莱飾・掛蓬莱《かけほうらい》・蓬莱山《ほうらいさん》・蓬莱台・蓬莱盆・橙《だいだい》飾る・飾海老《かざりえび》・飾米《かざりごめ》

洗はれて櫓櫂《ろかい》細身や注連飾　大野林火《りんか》

注連はるや神も仏も一つ棚　阿部みどり女《じょ》

天へ跳ね山の祠《ほこら》の牛蒡注連　近藤一鴻《いっこう》

蓬莱の山に懐中時計かな　佐藤文香《あやか》

季語解説　正月には門松を飾るだけでなく、注連飾を張ります。「注連縄」は神の宿る清らかな区域を示すための縄張りで、これを新年の門戸に張ることで魔よけをするのです。左縒《よ》りの縄で藁の尻を切らずに白い幣《ぬさ》を垂らし、神棚・竈《かまど》・蔵・臼《うす》のほか、各所に張ります。「縄飾」「飾縄」「年縄」「飾藁」など、地方によって呼称はさまざまです。

「飾」には注連飾のほかに「輪飾」「蓬莱」、鏡餅があり、橙や海老などが添えられます。「飾米」は「蓬莱台」に敷きつめられます。

例句解説　林火の掲句は「本牧海苔《ほんもくのり》場《ば》」の前書きとともにある7句のうちの一句。ひっそりとした漁村の小さな家の正月のたたずまいが見えてきます。家の門口に張られているのは、おそらく簡素な注連飾でしょう。戸口近くには長年使い込まれ、潮に洗われて細くなった櫓や櫂が立てかけてあります。それにも注連が飾られているのかもしれません。櫓や櫂は漁家《ぎょか》にとって大切なものなのです。

暮らし

鏡餅《かがみもち》

御鏡《おかがみ》・餅鏡《もちいかがみ》・御供餅《おそなえもち》・具足餅・鎧餅《よろいもち》・据《すわ》り餅・鏡開《かがみびらき》・鏡割《かがみわり》

鏡餅暗きところに割れて坐《ざ》す　西東三鬼《さいとうさんき》

小舟して島の祠《ほこら》へ鏡餅　野村泊月《はくげつ》

鏡餅昔電話は玄関に　小川軽舟《けいしゅう》

鏡割しる粉の甘み残る舌　永井朝女《あさじょ》

季語解説　正月に年神《としがみ》や祖霊などに供える餅のことです。三方《さんぼう》（儀式の際に物をのせる台）に重ねて置かれた大小二つの丸餅に、伊勢海老《いせえび》・橙《だいだい》・串柿・昆布・裏白《うらじろ》などを添えますが、だんだんと略式になり簡素化してきています。武家では床の間に飾った甲冑《かっちゅう》の前に供えたことから「具足餅」「鎧餅」ともいいます。

「鏡開」「鏡割」は鏡餅を手や槌《つち》などで割ることで主に正月11日に行なわれ、割られた餅は汁粉や雑煮、かき餅にして食べます。

だんだんと簡素化してきた鏡餅。

例句解説　七日正月《なぬかしょうがつ》も過ぎ、すでに幾筋かの亀裂が走っている鏡餅を詠んだのが三鬼の掲句です。三が日や七日ではないので灯明《とうみょう》をあげることもなく、なんとなくなおざりにされているような鏡餅を詠んだところに、この句の眼目があります。

暮らし

屠蘇《とそ》

屠蘇祝ふ《う》・屠蘇酒・屠蘇散・屠蘇袋・屠蘇の酔《よい》

とそ酌むもわらぢながらの夜明《よあけ》かな　小林一茶

屠蘇祝《ほ》ぎて米寿とはそらぞらしけれ　富安風生《とみやすふうせい》

屠蘇に酔ひ耳紅《あか》き子と遊びけり　高田風人子《ふうじんし》

百歳の母のお代はり屠蘇の酒　山岡芳遊《ほうゆう》

無病息災・延命長寿を願う。

季語解説　「屠蘇散」の入った袋をそのまま銚子《ちょうし》に入れ、みりんや酒を注いで浸しておくと、芳香のある薬酒の屠蘇ができます。これを無病息災・延命長寿を願い、年頭の祝儀として飲みます。屠蘇散は延命散ともいい、山椒《さんしょう》・肉桂《にっけい》・桔《き》梗《きょう》ほかを調合して作ります。中国・三国志時代の名医・華佗《かだ》の処方といわれ、この風習は平安初期に中国から渡来したようです。

例句解説　寛政10年（1798）春、一茶は6年にわたる西国《さいごく》の旅を終え、京坂《けいはん》を辞して江戸へ発《た》ちました。その記念集として関西各地の俳人の餞別《せんべつ》の句を集め、撰集《せんしゅう》『さらば笠《がさ》』を編みましたが、その第一句が掲句です。

屠蘇を祝うのも慌ただしい元日の早暁《そうぎょう》の旅立ちであることよ、草《わら》鞋《じ》を履いたまま屠蘇の杯を受けているの意です。元日の旅立ちの句というよりも、別れの際の挨拶《あいさつ》句として鑑賞するのがよいでしょう。

雑煮《ぞうに》《ざふに》

雑煮餅・雑煮膳・雑煮椀《ぞうにわん》・雑煮祝ふ《う》・年の餅

脇差《わきざし》を横にまはして雑煮かな　森川許六《きょりく》

何の菜のつぼみなるらん雑煮汁　室生《むろう》犀星《さいせい》

人類に空爆のある雑煮かな　関　悦史《えつし》

存分に生き存分の雑煮椀　高木みさ女《じょ》

季語解説　雑煮は正月三が日に餅を羹《あつもの》（野菜や肉などを入れて作った熱い汁物）にして神仏に供え、一家で食して新年を祝います。正月の最も大事なハレの食物であり、さらには各地の特色が色濃く表れています。

　餅をメインに野菜や魚介類、肉などを入れますが、地方によって具は多彩です。関東では焼いた切り餅をすまし汁仕立てで、関西では煮た丸餅を味噌《みそ》仕立てにすることが多いようです。正月の餅を「年の餅」といいます。

例句解説　蕉門《しょうもん》屈指の論客であり、近江《おうみ》・彦根の藩士だった許六の句。小脇に差した脇差を横に回して雑煮の膳に対しました。武士のたしなみである脇差を回してまで、雑煮の味に相好を崩しているさまが面白く、滑稽味のある句となっています。

関東風のすまし汁仕立て。

初夢《はつゆめ》

初枕・夢始《ゆめはじめ》・夢祝《ゆめいわい》・宝船・貘枕《ばくまくら》・初寝覚《はつねざめ》

初夢に見し踊子《おどりこ》をつつしめり　森　澄雄

空ごとと思へど捨てず貘枕　佐藤紅緑《こうろく》

独《ひと》り居《い》の夢に尾のあり初枕　内田百閒《ひゃっけん》

初夢のつづきはどこで致しませう　飯塚佳代

季語解説　元日の夜から2日にかけて（大晦日《おおみそか》・2日・節分の夜とも）見る夢を初夢といいます。その夢によって一年の運勢を判断する人はいまも多いようです。「一富士二鷹《たか》三茄子《なすび》」は吉夢《きちむ》の代表とされ、吉夢を見るために「宝船」の絵を枕の下に敷いて寝る風習もあります。また「貘枕」といって、貘の絵を同様にして寝ると凶夢を見ないといわれ、貘は夢を食べる獣《けもの》という中国の古い俗説に由来します。吉夢であれば「夢祝」をし、元日もしくは2日の朝の寝覚めを「初寝覚」といいます。

例句解説　森澄雄の掲句は昭和48年（1973）の作。初夢に見たのは美しい踊子でした。新たな年を迎えたという清新な思いから、その踊子の姿にも慎みをもって対した、そんな心情が読み取れる句です。

貘は夢を食べるといわれる。

暮らし

書初《かきぞめ》

筆始《ふではじめ》・試筆《しひつ》・試毫《しごう》・吉書《きっしょ》・初硯《はつすずり》・読初《よみぞめ》・読始《よみはじめ》・初草紙《はつぞうし》

和を以《もっ》て貴《とうと》しと筆始めけり　阿波野青畝《あわのせいほ》

頭註《とうちゅう》にひつかかりたり読始　藤田湘子《しょうし》

筆はじめ「いのち」の五画ほとばしり　波田野雪女《ゆきじょ》

文鎮の駱駝《らくだ》の瘤《こぶ》や筆始　光《こう》　徳太《とくた》

季語解説　新年になって初めての書で主にめでたい語句を選び、多くは2日に行ないます。古くは宮中で2日に吉書始めの式が催され、また15日には御吉書三毬打《さぎちょう》という行事が行なわれていました。今日の左義長《さぎちょう》の吉書揚げにつながる行事といえます。

江戸時代の寺子屋では5日に若水（元日の朝に汲《く》んだ水）で墨をすり、菅公《かんこう》の画像を掲げてめでたい詩歌や成句を「試筆」しました。それを左義長の火で燃やし、高く上るほど上達するとされ、書初は寺子屋が盛んになるとともに左義長の行事と結びついて一般化したようです。「読初」「初草紙」などは読書始《はじめ》ともいいます。

例句解説　青畝の掲句の「和を以て貴し」という聖徳太子の「十七条憲法」の冒頭は、新年にふさわしいだけではありません。人として世に生きるための警句として、自らにも言い聞かせるように筆を運んでいるのです。新年らしい凛《りん》とした空気が感じられます。

男児の健康を願う破魔矢。

破魔矢《はまや》

破魔弓《はまゆみ》

手に持てる白羽《しらは》破魔矢に海荒るる　野見山朱鳥《のみやまあすか》

破魔弓や山びこつくる子のたむろ　飯田蛇笏《いいだだこつ》

挿して置く破魔矢の影の添ふ如《ごと》く　池内たけし

破魔矢もつ父子の影を浜に曳《ひ》き　宮下翠舟《すいしゅう》

季語解説 正月の縁起物として神社で用意する白羽の矢は、いまはもっぱら正月の飾りとしていますが、昔は子どもの正月の玩具でした。藁《わら》や藺《い》を巻いて輪のように作った的を「はま」といい、それを「はんま廻《まわ》す」といって転がしたり、「はま投げ」といって空中に投げて矢で射て遊んだのです。

　のちに細長い板に弓矢を飾りつけ、その下に押絵《おしえ》のいくさ人形などを貼った美しい玩具となり、年末に初正月の男子のある家に贈られるようになりました。贈られた家では正月に室内に飾って子の息災を祈りました。今日では初詣の際に求め、子どもの厄よけのお守りとして飾るのが常のようです。

例句解説 野見山朱鳥の掲句の手に持っている白羽の破魔矢は、神社からいただいてきたものでしょう。その白羽の破魔矢の彼方《かなた》に、挑みかかるように海が荒れているという景。「海荒るる」は破魔矢という伝統的な子どもの遊びのイメージから大きく飛躍した、とても絵画的な構図となっています。

暮らし

獅子舞《ししまい》《ししまひ》

獅子頭《ししがしら》・越後獅子《えちごじし》・角兵衛獅子《かくべえじし》・万歳《まんざい》・万歳楽《まんざいらく》・三河《みかわ》万歳・猿廻《さるまわ》し

獅子舞や海の彼方《かなた》の安房上総《あわかずさ》　五所平之助《ごしょへいのすけ》

つながるる三尺の世やさるまはし　大伴大江丸《おおともおおえまる》

一島をあげて万歳もてなせり　茨木和生《いばらきかずお》

獅子舞の獅子の喉元笑ひをり　綿引《わたびき》康子

季語解説　正月に家々を訪れて新年を祝福する門付芸《かどづけげい》で、獅子頭をかぶって舞う神楽《かぐら》の一種です。五穀豊穣《ほうじょう》の祈禱《きとう》や悪魔祓《はら》い、新年の祝いとして行なわれます。本来、舞は神がかりの状態を表したもので、踊りの足踏みによって災いを慴伏《しょうふく》させる信仰から生まれたもの。悪《あく》疫災禍《えきさいか》を祓う霊獣としての威力を獅子に求め、獅子頭をかぶったことに始まります。

獅子舞は江戸時代の歳時記類には見当たらず、明治に入って題として立てられるようになりました。「万歳」や「猿廻し」も新年の門付芸です。

例句解説　掲句の五所平之助は日本初の本格トーキー『マダムと女房』も撮った映画監督ですが、秀句も多く残しています。町から町、村から村へと回ってきた獅子舞が、とある海辺の町にやって来ました。一軒の家の前で獅子が笛・太鼓の囃子《はやし》につられて舞い、その背景には凪《な》いだ海。さらに海の彼方に房総半島が模糊《もこ》と見えるといった、いかにも正月らしい風景です。

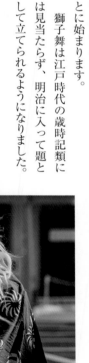

春着《はるぎ》

春衣《はるぎ》・春著《はるぎ》・春小袖《はるこそで》・花小袖・正月小袖・着衣始《きそはじめ》・初重《はつがさ》ね・春重ね・初衣装

膝に来て模様に満ちて春着の子　中村草田男《くさたお》
一軒家より色が出て春着の児《こ》　阿波野青畝《あわのせいほ》
印画紙にみな濡《ぬ》れて立つ春着かな　正木ゆう子
また人に抜かれ春着のうれしさよ　阪西《さかにし》敦子

季語解説 新春に着る晴れ着のことで、主に女性や子どもの晴れ着を表します。また「春著」とともに春の季節に着る着物の意もあります。季語としては江戸時代の歳時記や季寄せには見られないようですが、近代になって春着の作例が目につくようになりました。

「着衣始」「初重ね」「初衣装」などは新年に初めて新調した着物を着ることです。

例句解説 正月の華やかさを際立たせるのは、やはり女性や子どもの着物姿です。いかにも年の始めという雰囲気が漂います。

草田男の掲句の膝に甘え寄る女の子の春着は、袖の長いものなのでしょう。父親の膝を模様で覆い尽す愛らしい晴れ着。「模様に満ちて」からは、晴れ着の模様に包まれている女の子の小ささと可憐《かれん》さが伝わってきます。色彩の美しい、とてもかわいらしい晴れ着であったに違いありません。

神楽の一種、獅子舞。

行事

初詣《はつもうで》《はつまうで》

初参《はつまいり》・初社《はつやしろ》・初御籤《はつみくじ》・初祓《はつはらい》・恵方詣《えほうまいり》・恵方・恵方道《えほうみち》・歳徳神《としとくじん》・年神《としがみ》・七福神詣《しちふくじんまいり》・七福詣《しちふくまいり》・福神詣《ふくじんまいり》・福詣《ふくまいり》

えりあしのましろき妻と初詣　日野草城《そうじょう》

初みくじ神の言葉を樹に咲かせ　野見山朱鳥《のみやまあすか》

恵方へとひかりを帯びて鳥礫《とりつぶて》　佐藤鬼房《おにふさ》

乱れつつ列の整ふ初詣　矢野玲奈《れいな》

季語解説　元日に鎮守《ちんじゅ》の社《やしろ》・氏神や「恵方」にあたる社寺に詣でること。古い歳時記に初詣の題目はありませんが、「恵方詣」の名目はあり、これが初詣にあたると考えられます。除夜詣の客が除夜の鐘が鳴り終わるのを待ち、そのまま初詣をする光景がよく見られます。除夜詣と初詣をいっときに済ますもので二年参りともいわれます。

新年に家々に迎えて祀《まつ》る神が「歳徳神」「年神」、その神が来訪するめでたい道が当年の恵方で「恵方道」。「七福神詣」は元日から7日までの間に一年の福運を祈るため、七福神を祀る社寺を巡拝することです。

例句解説　日野草城は艶美《えんび》な作風で俳壇に登場し注目を浴びた俳人ですが、掲句は新春の清らかな空気と「ましろき」色の清楚《せいそ》なイメージが呼応しています。

動物

嫁《よめ》が君《きみ》

明くる夜のほのかにうれし嫁が君　宝井其角《きかく》
餅花やかざしにさせる嫁が君　松尾芭蕉《ばしょう》
ぬばたまのまなこといえば嫁が君　鷹羽狩行《たかはしゅぎょう》
年女といはれてもねえ嫁が君　髙橋《たかはし》ビスカス

季語解説 新年には忌《い》み詞《ことば》として避ける語句があり、正月らしく呼び換えたりします。嫁が君もそういった言葉の一つで、正月三が日のネズミを指します。新年に限って嫁が君という優しい名で呼ばれ、昔話の『ねずみの嫁入り』のイメージに通じるともいえます。

ネズミは食害や疫病《えきびょう》の感染を媒介するとして嫌われる反面、人々の日常生活において身近な存在として昔話や童話・絵本にもよく登場し、古くから親しまれている動物でもあります。地方によっては大黒様の使いとされ、正月にはもてなす習俗もあるようです。

例句解説 其角の掲句は大晦日《おおみそか》の夜が明け、新しい年となるのを「嫁が君」とともにうれしく待ちわびている様子が伝わってきます。

新年を祝う人々であふれる初詣。

動物

初雀《はつすずめ》

初鶏《はつどり》・初鴉《はつがらす》・初鳩《はつばと》・初声《はつごえ》

「初鶏」は元日の明け方に鳴く一番鶏の声で、元旦は鶏旦《けいたん》とも称します。「初鴉」は元日の鴉の姿と鳴き声、「初鳩」は元日に見る鳩、「初声」は元日の早暁《そうぎょう》に初めて聞く鳥の声です。

夢殿の救世《ぐぜ》の御前《おまえ》や初雀　松瀬青々《せいせい》

花蕊《はなしべ》のごとき足跡《あしあと》初雀　金箱戈止夫《かねばこかしお》

初雀子供のゐない家の屋根　黒田杏子《ももこ》

初鶏や厚き新聞取らぬまま　宮田孝平《こうへい》

例句解説　松瀬青々は「俳句は自然界の妙に触れると共に人間生活の浄化をはかるにある」と説きました。掲句からはその句境が、法隆寺夢殿に納められた救世観音と初雀のさえずりという取り合わせから静かに伝わってきます。

季語解説　元旦の初日が差し、雀たちがさえずっています。年が明けると雀のさえずりもなぜか、昨日とは違って聞こえてくるようです。新年に初めて接する雀、元旦の雀を初雀と呼びます。

雀は都会でも農村でも最も近しい小鳥です。日の出前からさえずり始め、軒先や庭先で見聞きする姿や声は、のどかで可憐《かれん》さにあふれています。新春の初雀は寒雀の時季。ふくら雀といわれるように、ころころと着膨れたような姿も愛らしいものです。

動物

伊勢海老《いせえび》

鎌倉海老

網捌《さば》く伊勢海老に手を触れしめず 右城暮石《うしろぼせき》
伊勢海老の月にふる髭《ひげ》煮らるると 加藤楸邨《しゅうそん》
生きて着く伊勢海老に灯をともすべし 清水径子《けいこ》
伊勢海老を鳴かせみせては商《あきな》へり 増田きよの

季語解説 三重県の伊勢湾周辺で多く獲れるのでこの名がありますが、神奈川県の鎌倉沖でも獲れることから「鎌倉海老」ともいわれます。太平洋側だけに生息し、日本海側にはいません。大きいものは長さ30センチ以上にも達し、大変美味です。
縁起物として正月の飾り物やお節《せち》料理に用いるため、新年の季語となっています。蒸して真っ赤になった伊勢海老の姿は立派で美しく、また腰の曲がった姿は長命の象徴とされ、長寿を祈り、延命を願う意味をもち、珍重されてきました。

蒸すと鮮やかな赤に。

例句解説 暮石の掲句は海老の網をさばく漁師を詠んだ作品。一晩沈めておいた刺し網を翌朝、引き上げて捕獲しますが、その角は折れやすく、安易に手を触れて折ってしまわないよう細心の気遣いをするのです。

植物

福寿草《ふくじゅそう》 元日草

ふくじゅさう

福寿草家族のごとくかたまれり 福田蓼汀《りょうてい》

福寿草地球ひとつをもてあます 宇《う》多《だ》喜代子

たつぷりと光分け合ふ福寿草 今泉礼奈《れな》

福寿草ほどの小さき丸を描く 大原貴彦《たかひこ》

季語解説 最も一般的な正月の花で「元日草」ともいわれます。福寿草という縁起の良い名と、花の少ない季節に黄金のように明るく咲く花として珍重され、正月の床飾りとして用いられてきました。旧暦の正月に咲く花を鉢植えにして床飾りにした習慣が、新暦になっても引き継がれたものです。

江戸時代から数多くの園芸種が栽培され、南天・梅・笹《ささ》などと浅い鉢に寄せ植えにされます。山地に自生する福寿草は春先に花をつけます。

正月に咲く数少ない花。

例句解説 福田蓼汀の掲句では木漏れ日の中に肩を寄せ合って励まし合うかのように咲き、新しい日々への期待と繁栄を象徴するような黄金色の花に、家族で新春を迎えられた喜びと希望を託しています。たくさんの花が固まって咲くその姿は、あたかも冷たい風の中で励まし合って生きている家族のようです。

植物

楪《ゆずりは》《ゆづりは》

交譲葉《ゆずりは》・杠《ゆずりは》・親子草

ゆづり葉の茎も紅《べに》さすあしたかな　斯波園女《しばそのめ》

ゆづり葉に粥三椀《かゆさんわん》や山の春　飯田蛇笏《いいだだこつ》

楪に日和《ひより》の山を重ねけり　大峯《おおみね》あきら

楪や面長にして大き耳朶《じだ》　曾根《そね》　毅《つよし》

季語解説 暖地の山地に自生する高さ4～10メートルの常緑高木で庭木としても植えられます。葉は枝先に輪生状に集まって互生します。長さ15～20センチの狭長楕円形《だえんけい》の葉は厚く光沢があり、表面は深緑色ですが裏は白みを帯びています。

若葉が生長すると古い葉が落ちることからその名が付けられ、親子の相続を思わせるので子孫繁栄を願う正月の飾りに縁起物として用いられるようになりました。

例句解説 楪の葉柄《ようへい》や茎は紅色を帯びることが多く、この赤みを帯びた色が新年の朝の光に映えて美しく輝いています。斯波園女の掲句はこれを「紅さす」として、めでたい新年とこれから始まる未来を、希望を込めて詠み上げました。

楪の葉柄や茎は紅色を帯びることが多い。

植物

歯朶《しだ》

羊《し》朶《だ》・裏白《うらじろ》・穂長《ほなが》・諸向《もろむき》・歯朶飾る

誰《た》が聟《むこ》ぞ歯朶に餅負ふ丑《うし》の年　松尾芭蕉《ばしょう》
歯朶の上に置けば傾《かし》ぐよ小盃《こさかずき》　高田蝶衣《ちょうい》
裏白に齢《よわい》重ねし父と母　百合山羽公《ゆりやまうこう》
裏白に夕日しばらくありにけり　草間時彦

季語解説 シダ類は数多くありますが、昔から日本人の生活に関わってきた代表的なものは「裏白」です。単に歯朶といえばこれを指すといっても過言ではありません。

その葉は鮮やかな緑で雪や霜にも枯れることなく常緑であるところから、新春を祝うめでたい植物として注連縄《しめなわ》や鏡餅の三方《さんぽう》（儀式の際に物をのせる台）の飾りとして用いられます。飾る際は裏の白い面を表にします。二葉が相対するので「諸向」ともいい、夫婦和合の象徴ともされます。また、歯朶の歯は齢に通じ、朶は枝、すなわち長く伸びるものの意で、長寿長命を願う名としてもめでたいとされています。

例句解説 『野ざらし紀行』に収載の芭蕉の掲句は、丑の年の正月に、歯朶に鏡餅を重ねて牛の背に乗せていくのは、誰の聟殿であろうかの意。当時は年頭の祝儀として、新聟が妻の実家に鏡餅を贈る風習があったのです。

歯朶の葉の裏側は白い。

植物

穂俵《ほだわら》《ほだはら》

ほんだは《わ》ら・神馬藻《じんめそう》・じんばそう・たは《わ》らも・莫告藻《なのりそ》・穂俵飾る

ほんだはら黒髪のごと飾り終《おえ》る　山口青邨《せいそん》
ほんだはら荒磯の匂ひなつかしき　高橋淡路女《あわじじょ》
ほんだはら多し天草灘《あまくさなだ》航《ゆ》けば　森田　峠
穂俵に乾ける塩のめでたさよ　後藤比奈夫《ひなお》

季語解説　本州から九州沿岸の海中の岩に生える長さ1メートルほどの褐色《かっしょく》の海藻で「神馬藻」ともいわれます。海面に漂っていたり、浜辺に打ち寄せられているのをよく見かけますが、これを乾燥させると鮮やかな緑色になります。

穂俵の実（気胞）は葉の間に小さな楕円《だえん》の粒状でつき、中空でつぶすとパチッと音を立てます。その実が米俵に似ていることからこの名が付けられ、穂も俵もどちらもめでたい名なので豊作を願い、米俵の形に束ねて正月の蓬莱《ほうらい》の飾りに用いられるようになりました。古くから食用や肥料とされ、『万葉集』にもその古名「莫告藻」が見られます。

例句解説　青邨の掲句は飾り終えた蓬莱の穂俵の風情が、あたかも人間の黒髪のようであったの意。5歳という幼児期に母を亡くした青邨は、新年には亡き母をしのぶ気持ちがいっそう強かったのかもしれません。

初茜《はつあかね》　初茜空・初東雲《はつしののめ》・初曙《はつあけぼの》

初日が昇る直前の茜色の空。初東雲・初曙は元旦の明け方の空で、初茜・初東雲（初曙）・初明《はつあか》り・初日と移ってゆく。

初茜地を焼く星のいつか降る　髙柳克弘《かつひろ》
からまつは縦に美し初茜　南十二国《じゅうにこく》
初茜海鳥《うみどり》のまだ睡《ねむ》りをり　大畠《おおはた》　響《ひびき》

初東風《はつごち》　初風《はつかぜ》・初松籟《はつしょうらい》・初松風《はつまつかぜ》

新年になって初めて吹く東風《ひがしかぜ》。実際にはまだ冷たい北風なので、春を告げる東風《こち》は旧暦の正月（２月）頃に吹くと考えた方がよい。初風は元日に吹く風、初松籟は新年の松に吹き渡る風でめでたさが感じられる。

初東風や富士見る町の茶屋つづき　永井荷風《かふう》
初東風の波音とどく雑木山《ぞうきやま》　島　青櫻《せいおう》
初東風や十分に生き余生二分　中島登美子

初霞《はつがすみ》

新霞《にいがすみ》

新年の野山にたなびく霞をいうが、実際には旧正月の頃（2月）なので、穏やかな正月の気分を表す季語として用いられることも。

筑波嶺《つくばね》や二神《ふたがみ》の裾初霞　川崎展宏《てんこう》

山が山を恋せし昔初霞　長谷川櫂《かい》

七島の一島遠し初霞　結城《ゆうき》節子

淑気《しゅっき しゆくき》

淑気満つ

新春を迎えて天地の至る所に清新で厳《おごそ》か、めでたく和やかな気配が満ちていること。

朱《しゅ》の橋を渡れば淑気自《おの》づから　小畑柚流《おばたゆずる》

機内まで富士の淑気ののぼりくる　加藤美子《よしこ》

チョコチップクッキー世界ぢゆう淑気　野口る理

松過《まつすぎ》

松明《まつあけ》・注連明《しめあけ》・松納《まつおさめ》・松取る・鳥総松《とぶさまつ》・飾納《かざりおさめ》・飾取る・注連取る

正月に飾った門松や注連飾りなどを片づけた（松の内が明けた）後の数日間をいう。おおむね東京では7日過ぎ、関西では15日過ぎ。鳥総松は松納の際に門松の先を折って一本挿したもの。

松過ぎの髭《ひげ》そらぬ顔ばかりかな　加藤楸邨《しゅうそん》

早寝ぐせつきたるままに松過ぎぬ　菖蒲《しょうぶ》あや

社用車のくろぐろ来たり鳥総松　齋藤朝比古《あさひこ》

日の出前に茜色に染まる空。

若水《わかみず》《わかみづ》 初水《はつみず》・福水・若井・一番水・井華水《せいかすい》・若水桶《わかみずおけ》・若水汲む・若水迎《わかみずむかえ》・初手水《はっちょうず》・手水初《ちょうずぞめ》・福沸《ふくわかし》・福鍋・大服《おおぶく》・福茶

元日の早朝に汲む水で、正月の行事を仕切る年男や家長が恵方を拝んでから汲み上げる。年神に供え、初手水として手や顔を清めたり、雑煮を作ったり、若水を沸かす福沸をして福茶（大服）を飲んだりした。

若水にはや塵《ちり》のうく日影かな　籾山梓月《もみやましげつ》
大服《おおぶく》茶やひとのなさけにながらへて　日野草城《そうじょう》
若水に菜のひとつかみもつれをり　萩尾《はぎお》亜矢子

喰積《くいつみ》《くひつみ》 重詰《じゅうづめ》・組重・喰継《くいつ》ぎ・節料理《せちりょうり》・お節・数の子・ごまめ・結昆布《むすびこんぶ》

賀客をもてなすために用意する重箱料理。昆布巻き・田作《たづくり》（ごまめ）・数の子・黒豆・きんとん・かまぼこ・煮しめなど、縁起物も多く詰めたお節料理として正月の家族のごちそうにもなっている。

喰積にさびしき夫婦箸とりぬ　松本たかし
トランプの一人占いごまめ噛む　原　紀子《のりこ》
煎《い》りたてのごまめのてんやわんやかな　安里《あさと》琉太《りゅうた》

正月のごちそう、お節料理。

年賀《ねんが》

年始・年礼・年の礼・初礼・廻礼《かいれい》・年始廻《まわ》り・門礼《かどれい》・賀客・年賀客・年始客・御慶《ぎょけい》・賀詞《がし》・賀詞《よごと》・年酒《ねんしゅ》・年酒《としざけ》・年の酒・年始酒・年賀状・賀状・年始状・初便《はつだより》・初電話・初メール

正月三が日に行なう正式の訪問で新年のあいさつを交わし、喰積《くいつみ》や酒を振る舞う。門口だけで済ますのが門礼、御慶は祝いの言葉（賀詞）、初便は新年になって初めて出したり受け取ったりする便りで年賀状は含まない。

賀状うづたかしかのひとよりは来ず　桂《かつら》　信子

新しき姓を記して賀状書く　甲斐《かい》のぞみ

てつぺんの大観覧車御慶かな　千葉楓子《ふうこ》

年玉《としだま》

お年玉

本来は年神に供えた物を人々が賜《たまわ》ることであったが、久しく新年の贈り物をいい、ことに子どもの楽しみとなっている。

年玉や水引かけて山の芋　村上鬼城《きじょう》

年玉を妻に包まうかと思ふ　後藤比奈夫《ひなお》

お年玉みんな背の丈伸びにけり　山本悦子

初暦《はつごよみ》

新暦《しんごよみ》・初刷《はつずり》

年が明けて初めて使い始める暦。初刷は主に元旦の新聞をいい、カラーの特集ページやチラシ広告も多くて分厚く、新春の気分にあふれている。

初暦知らぬ月日は美しく　吉屋信子

幸せの待ち居る如《ごと》く初暦　稲畑汀子《いなはたていこ》

巻き癖のまだよそよそし初暦　鈴木梨枝子《りえこ》

初鏡《はつかがみ》

初化粧・初髪・初結《はつゆい》・結初《ゆいぞめ》・梳初《すきぞめ》

新年になって初めて鏡に向かい化粧をすること。初髪は新年に初めて結い上げた日本髪だが、最近は他の髪型についてもいう。梳初は正月に初めて髪を梳《す》くこと。

雲容《い》れて旅の乙女の初鏡　大串《おおぐし》章《あきら》
初鏡八方美人にはなりませぬ　山崎　彩《あや》
初鏡ピカソの女きてゐたり　福山みかん

初湯《はつゆ》

初風呂・初湯殿・若湯

新年になって初めて風呂に入ることで、若返るとされ若湯とも呼ばれる。

町ははや初湯の太き煙上げ　中村汀女《ていじょ》
初湯殿卒寿のふぐり伸ばしけり　阿波野青畝《あわのせいほ》

初風呂の空まつくらや龍の年　高山れおな

初箒《はつぼうき》《はつばうき》

掃初《はきぞめ》・初掃除・拭始《ふきはじめ》・俎始《まないたはじめ》・庖丁始《ほうちょうはじめ》・初厨《はつくりや》・初炊《はつかし》ぎ・炊《かし》ぎ初《ぞめ》・炊初《たきぞめ》・若飯《わかめし》・縫初《ぬいぞめ》・縫始《ぬいはじめ》・初針《はつはり》・針起《はりおこ》し・裁初《たちぞめ》

元日は福を掃き出さないように掃除をせず、2日に行なうことが多い。新年になって初めて料理をすることを俎始・初厨、飯を炊くことを初炊ぎ、裁縫をすることを縫初・初針などという。

縫初や堺の鋏《はさみ》京の針　高浜虚子《きょし》
初箒まだ日当たらぬところより　津川絵里子
野良猫と眼《め》の合うてゐる初箒　岡田由季《ゆき》

初笑《はつわらい》《はつわらひ》

笑初《わらいぞめ》・初笑顔・初ゑ《え》くぼ・泣初《なきぞめ》・初泣《はつなき》・ひめ始・姫始《ひめはじめ》

新年になって初めて笑うこと。同様に泣くことが泣初、男女の交合がひめ始。

抱き取《とり》し赤子のおなら初笑い　ねじめ正一《しょういち》
ちちははに少しおくれて初笑　山口優夢《ゆうむ》
反抗期の片頬だけの初ゑくぼ　小咲《こざき》まどか

日記始《にっきはじめ》　初日記・新日記

新しい年の日記を初めて書き記すこと。新年の晴れがましさやすがすがしさ、決意が強調される。

初日記かきたきことは他にありて　富安風生《とみやすふうせい》
字余りの句を整へし初日記　佐藤　理《ただし》
さらけ出す遊び楽しや初日記　佐藤繁正《しげまさ》

初商《はつあきない》　はつあきなひ

商始《あきないはじめ》・商初《あきないぞめ》・初売《はつうり》・売初《うりぞめ》・初売出《はつうりだ》し・福袋・福引・買初《かいぞめ》・初買・初荷・初荷馬・飾馬《かざりうま》・初荷舟・初市・初市場・市始《いちはじめ》・初河岸《はつかし》・初糶《はつせり》・初立会《はつたちあい》・大発会《だいはっかい》・初相場

新年初の商売で多くは2日から。初荷ではかつては初荷馬・飾馬や初荷舟が見られた。初市や証券取引所の初立会・大発会などはおおむね4日に行なわれる。福引は本来、その年の吉凶を占う正月の座興だった。

買初の犬のロボット動き出し　折島光江
四駆車の姉《あね》さんかぶり初荷かな　松本平八郎
初売や振舞酒《ふるまいざけ》のゑびす顔　松橋　晴《はれ》

商売繁盛を願う。

初漁《はつりょう》《はつれふ》　漁始《りょうはじめ》・初網・初魚《はつうお》

年が明けて初めての漁。初魚を恵比須《えびす》など漁の神や船霊《ふなだま》に供え、一年の豊漁を願う。

初漁や船に真直《まっす》ぐ犬馳《か》けり　皆川盤水《みなかわばんすい》
初漁のはなから太き水脈《みお》を曳《ひ》き　檜《ひのき》紀代《きよ》
船長を子にゆづりたる漁始　西山常好《つねよし》

御用始《ごようはじめ》　仕事始・事務始・初仕事

官公庁や銀行などは年末から正月三が日まで休み、仕事始は4日が一般的。

神妙に御用始めをなにもせず　関根牧草《ぼくそう》
募《つの》りくる旅への想ひ事務始　こがわけんじ
メールチェックよりする御用始かな　浦田哲雄

福達磨《ふくだるま》　達磨市

福を招くとして新年に片目だけ入れ、神棚に飾る達磨。年末から正月にかけて各地の市で売られ、なかでも6日と7日に群馬県高崎市の達磨寺に立つ達磨市が有名。

達磨市香具師《やし》もどこかの国訛《なま》り　瀧　春一《しゅんいち》
曇りつつ薄日映えつつ達磨市　石田波郷《はきょう》
だみ声の加はる手締め福達磨　奥平《おくだいら》　黎《れい》

新年会《しんねんかい》《しんねんくわい》　初写真

新年を祝って行なわれる宴会。初写真は新年になって初めて撮るめでたい写真。

酔蟹《よいがに》や新年会の残り酒　正岡子規《しき》
新年会作り笑ひもをちこちに　新海《しんかい》あぐり
真ん中に猫の肉球初写真　永野《ながの》宙《そら》

初句会《はっくかい》《はっくくわい》　新年句会・句会始《くかいはじめ》・初披講《はつひこう》・初運座《はつうんざ》

年頭に行なわれる句会のこと。句会は江戸後期の文政年間に始まり、運座と呼ばれていた。

誰も富士詠まむと黙《もだ》す初句会　福田甲子雄《きねお》
帯締めの藍の淡しや初句会　植村公女《きみじょ》
楸邨《しゅうそん》の緒につらなりし初句会　山崎　彩《あや》

所狭しと達磨が並ぶ達磨市。

稽古始《けいこはじめ》

初稽古・舞初《まいぞめ》・舞始・弾初《ひきぞめ》・初弾《はつひき》・琴始・初釜・初茶湯《はつちゃのゆ》・初点前《はつてまえ》・点初《たてぞめ》・釜始・弓始・初弓・射初・的始《まとはじめ》・射場始《いばはじめ》

年が明けて初めて武道や芸事など種々の稽古をすること。舞初は日本舞踊や能、弾初は琴・三味線など、初釜は茶の湯。正月の神事として弓始を行なう神社もある。

念流の矢止《やどめ》の術や初稽古　金子伊昔紅《いせきこう》

舞初や年端《としは》もゆかず恋の所作　中　火臣《かしん》

妹のやうには泣けず初稽古　高山桂月《かげつ》

初芝居《はつしばい》《はつしばゐ》

春芝居・二の替《かわり》・初春狂言・初場所・初相撲・一月場所・正月場所

正月の歌舞伎興行のことで春芝居・二の替とも。歌舞伎以外の正月に行なわれる芝居にも用いられる。初相撲は1月に東京で開かれる大相撲本場所。

稽古始は気持ちも新たに。

別のつれと妻も来てをり初芝居　上林白草居《うえばやしはくそうきょ》
初場所や花と咲かせて清め塩　鷹羽狩行《たかはしゅぎょう》
厄介なひとも来てをり初芝居　宇多《うだ》喜代子

初旅《はつたび》　旅始《たびはじめ》・旅行始

新年になって初めての旅行。新たな気持ちで出かける旅は晴れやかさ・すがすがしさが漂う。初詣を兼ねての旅や温泉旅行など、いつにも増して新鮮な気分でさまざまな出会いを楽しめる。

一期《いちご》は夢一会《いちえ》はうつつ旅はじめ　石《いし》寒太《かんた》
富士山へ遠会釈して旅はじめ　堀本裕樹《ゆうき》
初旅へはがす四角の絆創膏《ばんそうこう》　鈴木陽子

歌留多《かるた》　歌がるた・いろはがるた・花がるた・歌留多会・百人一首

歌留多の起源は平安時代の貝合わせ。歌がるたの代表・小倉《おぐら》百人一首、子ども向けのいろはがるた、四季折々の景物が描かれた花がるた（花札）などがある。

座を挙げて恋ほのめくや歌かるた　高浜虚子《きょし》
歌留多歌老いて肯《うけが》ふ恋あまた　殿村菟絲子《としこ》
はらはらとこぼれて恋のかるたかな　仙田洋子

双六《すごろく》　絵双六・福笑《ふくわらい》

正月の室内遊戯の一つで絵双六が主。福笑も新年の遊びで、目隠しをしてお多福の顔の輪郭に眉・目・鼻・口を置いていく。かつては家庭でよく行なわれたが、近年はあまり見かけなくなった。

双六の花鳥こぼるる畳かな　橋本鶏二《けいじ》
階段に拾ふくちびる福笑　鳥居真里子
双六の駒にポン酢の蓋《ふた》のあり　村上健志《けんじ》

新年の空に高く舞い上がる凧。

凧揚《たこあげ》

正月の凧・初凧《はつだこ》・凧《いかのぼり》・飾り凧・独楽《こま》・独楽廻《まわ》し・喧嘩独楽《けんかごま》・曲独楽

晴れやかな正月の遊びの代表格だが、凧は春の季語で、いまでも4月から6月上旬にかけて各地で凧揚や凧合戦などが行なわれる。独楽は見かけなくなって久しいが、かつては男の子の遊びとして盛んに行なわれた。曲独楽は大小の独楽による曲芸。

正月の凧や子供の手より借り　百合山羽公《ゆりやまうこう》
凧《いかのぼり》わが名をかざしゐてはるか　石《いし》寒太《かんた》
凧揚げのさぐりあてたる晴の底　一ノ木文子《ふみこ》

羽子板《はごいた》

羽子《はね》・羽子《はご》・羽子《はね》つき・追羽子《おいばね》・遣羽子《やりばね》・揚羽子《あげばね》・懸《かか》り羽子《ばね》・飾羽子《かざりばね》・羽子日和《はねびより》

羽根つきに用いる柄の付いた長方形の板だが、装飾用の羽子板も多い。追羽子・遣羽子は何人かでつき合い、揚羽子は数え歌を口ずさみながら一人でつく。懸り羽子は木の枝などにかかった羽子、羽子日和は羽根つきに適した好天。

ぼろぼろの羽子《はね》を上手につく子かな　富安風生《とみやすふうせい》
羽子板の武者の哀《かな》しきまで若し　後藤比奈夫《ひなお》
追羽子のつづかぬ姉と弟よ　大畠《おおはた》響《ひびき》

手毬《てまり》

手鞠《てまり》・手毬唄・手毬子《てまりご》・手毬つく

かつては丸めた綿や糸、芋がらなどを芯にして作ったが、いまはゴムまりが主。女の子の正月の遊びの一つだった。

焼跡に遺《のこ》る三和土《たたき》や手毬つく　中村草田男《くさたお》
手毬つく顔付《かおつき》のふとおそろしく　京極杞陽《きょうごくきよう》
ひとりつ子だんだん強く手毬つく　岡田由季《ゆき》

初勤行《はつごんぎょう》《はつごんぎやう》

初読経《はつどきょう》・初諷経《はつふぎん》・初灯明《はつとうみょう》・初灯《はつともし》・初開扉《はつかいひ》・初法座・初御堂《はつみどう》・初鐘・初太鼓・初護摩《はつごま》

新年に各寺院で行なわれる最初のお勤め。宗派によって形式はさまざまで、密教（真言宗・天台宗）では本尊の前に護摩壇を設け、護摩木などを焚《た》いて祈願する。

荒神の昏《くら》き方にも初燈《はつともし》　高田蝶衣《ちょうい》
初護摩に羽黒の法螺《ほら》のとどろけり　玉澤幹郎《みきお》
天井へ響く柏手初灯　三村純也《じゅんや》

初神楽《はつかぐら》

神楽始《かぐらはじめ》

新年になって初めて神楽を奏すること。各地の神社で行なわれるが、正月3日の奈良・春日大社の神楽始が有名。

初神楽吹かねば氷《こお》る笛を吹く　加藤かけい
山窪《やまくぼ》の二十戸足らず初神楽　百合山羽公《ゆりやまうこう》
古《いにし》への争ひを今初神楽　上野泰《やすし》

出初《でぞめ》

出初式・消防出初式・消防出初・梯子乗《はしごのり》

新年に行なわれる消防の初演習。おおむね1月6日で江戸時代の町火消しの妙技・梯子乗が披露される所もある。

出初式霜を散らして纏《まとい》かな　松根東洋城《とうようじょう》
出初式東京の月細りつつ　鈴木多江子
天水を使つて島の出初かな　曽根新五郎

七種《ななくさ》

七草・七草粥《ななくさがゆ》・七日粥《なのかがゆ》・若菜粥・薺粥《なずながゆ》・薺摘む・薺《なずな》打《うち》・七種打・七種売《ななくさうり》・七種籠・芹薺《せりなずな》・薺・初薺・薺売・御行《おぎょう》・仏の座・菘《すずな》・蘿蔔《すずしろ》・若菜・初若菜・七草菜・粥草《かゆぐさ》・若菜摘《わかなつみ》・若菜摘む・若菜籠・若菜売・若菜野

7種の若菜を入れた粥を正月7日に食べて万病を防ぎ、邪気を払う。七草は芹・薺・御行（「ごぎょう」とも読み、御形・五形も）・繁縷《はこべら》・仏の座・菘・蘿蔔で、春の季語の芹と繁縷以外は新年の季語。七種打は粥に入れる若菜を刻むこと。

せりなづな御形といひて声の止《や》む　川崎展宏《てんこう》
母に似る仕草言ひ草七日粥　佐藤郁良《いくら》
すずしろのうすき輪切や七日粥　泉　義勝《よしかつ》

鷽替《うそかえ》《うそかへ》

正月7日に福岡県の太宰府《だざいふ》天満宮で行なわれる神事。木製の鷽を互いに交換し、神社の用意した12の金の鷽と替えられれば幸運に恵まれるといい、鷽という鳥の名を借りて嘘《うそ》（悪いこと）を誠（吉）に替える。東京の亀戸《かめいど》天神では24日・25日に行なわれる。

木製の鷽。

鷽替ふるならば徹頭徹尾替ふ　後藤比奈夫《ひなお》
鷽替のいとちさき鷽もらひけり　石田あき子
つぶらなるまなこの鷽を替へにけり　仙田洋子

成人《せいじん》の日《ひ》　成人式

20歳になった男女を祝福する国民の祝日の一つで1月の第2月曜日。

道に弾む成人の日の紙コップ　秋元不死男《ふじお》
成人の日の晴着着て墓参り　清崎敏郎《きよさきとしお》
徴兵も成人の日もないまんま　小沢信男

左義長《さぎちょう》《さぎちやう》　どんど焼《やき》・どんど・とんど・どんど焚《た》く・飾焚《かざりた》く・飾焚《かざりたき》・注連焚《しめた》く・吉書揚《きっしょあげ》・注連貰《しめもらい》

正月の門松や注連飾りを集めて燃やす火祭りで、小正月の行事の一つ。多くは14日の夜か15日の朝に行なわれ、それに先立って子どもたちが家々を巡って正月飾りをもらい集める（注連貰）。左義長の火で餅や団子を焼いて食べると病気をしないとか、書初めを燃やして高く舞い上がると書道が上達する（吉書揚

逆巻いて天に上る炎と煙は小正月の風物詩。

といわれる。

左義長へ行く子行き交ふ藁《わら》の音　中村草田男《くさたお》
面倒くさいと言う癖つきてとんど焚く　金子兜太《とうた》
吉書揚天の真闇へゆきしもの　飴山《あめやま》實《みのる》

餅花《もちばな》

餅穂・花餅・餅の花・餅木・団子花・繭玉《まゆだま》・繭団子・繭餅

細い枝にさまざまな色や形の餅・団子を花のように飾りつけたもので、豊作を祈る小正月の飾り木。養《よう》蚕《さん》が盛んな地域では繭の形に作った繭玉を飾りつけた。

まゆ玉のことしの運をしだれける　久保田万太郎
繭玉の灯ともしごろの白さかな　鶴岡加苗《かなえ》
はやばやと人形町の餅の花　柿ノ木裕《ゆたか》

初観音《はつかんのん》《はつくわんおん》

初薬師・初戎《はつえびす》・十日戎・宵夷・夷祭《えびすまつり》・残り福・夷笹《えびすざさ》・福笹・初閻魔《はつえんま》・初大師《はつだいし》・初弘法《はつこうぼう》・初天神・宵天神・初不動・初寅《はつとら》・一の寅・福寅・初弁天・初巳《はつみ》・初伊勢・初参宮《はつさんぐう》・初弥撒《はつみさ》・弥撒始《みさはじめ》

正月18日に観世音菩薩《かんぜおんぼさつ》に詣でること。新年初の縁日は初薬師8日、初戎（十日戎）10日、初閻魔16日、初大師（初弘法）21日、初天神25日、初不動28日。新年初の寅の日は毘沙門天《びしゃもんてん》の初寅、巳の日は初弁天。初伊勢（初参宮）は新年になって初めて伊勢神宮に詣でること、初弥撒は元旦にカトリック教会で行なわれるミサ。

初観音臍のめでたき仏立ち　茨木和生《いばらきかずお》
妻と子の初弥撒ひとり残さるる　石《いし》寒太《かんた》
人形焼のぬくもり胸に初観音　中山桂子《けいこ》

知的で楽しい会話の名手

檀《だん》ふみ（女優・エッセイスト）

檀ふみさんとは「サンデー毎日」に連載された身辺エッセイ「ほろよいかげん」を担当し、それを単行本にして以来のつきあい。その後、平成18年（2006）にBS日テレの「俳句の歳時記」という30分番組にもゲスト出演していただいた。

父の檀一雄さんに会ったのは、たった一度きり。新宿の場末のバー「秀」のカウンターだった。この店はもうないだろう。最期の作品ともいえる『火宅《かたく》の人』は無頼《ぶらい》派小説で大ベストセラーになり、映画やテレビドラマにもなった。その前の『リツ子・その愛』『リツ子・その死』は病妻ものとして知られる。

ふみさんは父の血を継いでいるらしく酒もめっぽう好きで楽しい。先の書名の“ほろ酔い”どころではなく、いくらでも底知れない愉快な酒である。東京の西武線石神井《しゃくじい》公園駅からすぐの三宝寺《さんぽうじ》池のほとりの白い奇妙な家にお邪魔しては、よくごちそうになった。敷地内の隣は兄・太郎（エッセイスト）夫妻の住まいになっていた。私はヨソ子さん（檀一雄夫人）の手料理で、ふみさんを囲んで何度か２階で夜中まで飲んだ。また、10年ほど前にヨソ子さんとふみさんの妹・さとさんと、１週間中国旅行を共にしたこともある。

ヨソ子夫人、妹・さとさんと中国旅行にて。

知的感覚で包み込まれた聡明《そうめい》な会話、いつも楽しい語らいがあった。俳句を一句詠んでと頼むと「私は駄目、父の句を」と言い、句集にある一句を披露してくれた。

モガリ笛いく夜もがらせ花ニ逢はん　一雄

忌日

＊陰暦（旧暦）は陰と省略し、新暦とのずれは約1カ月として四季を記しました。

1月

19日　鬼房忌《おにふさき》　冬

佐藤鬼房／俳人。平成14年（2002）没

中空に凍る太陽鬼房忌　高野ムツオ

白梅の一語ひらくや鬼房忌　高橋正子

21日　久女忌《ひさじょき》　冬

杉田久女／俳人。昭和21年（1946）没

うなばらという白き闇久女の忌　石　寒太

久女忌の空に瑕瑾のなかりけり　黛まどか

26日　周平忌《しゅうへいき》　寒梅忌《かんばいき》　冬

藤沢周平／小説家。平成9年（1997）没

周平忌来る庄内の雪景色　渡部由美子

山眠る海坂藩や周平忌　辻　憲子

29日　草城忌《そうじょうき》　凍鶴忌《いてづるき》　冬

日野草城／俳人。昭和31年（1956）没

ばら色のままに富士凍て草城忌　西東三鬼

全集の濃き藍色や草城忌　桂　信子

陰1月6日（7日説も）　夕霧忌《ゆうぎりき》　春

夕霧太夫／遊妓《ゆうぎ》。延宝6年（1678）没

夕霧忌昔はもののやさしかり　後藤比奈夫

夕霧忌川二つ合ふ水の音　外川玲子

陰1月6日　良寛忌《りょうかんき》　大愚忌《たいぐき》　春

良寛／僧、歌人。天保2年（1831）没

裏山にけものの殖ゆる良寛忌　石川桂郎

海鳴りのひねもすつづく良寛忌　長谷川回天

陰1月20日　義仲忌《よしなかき》　春

源義仲／平安末期の武将。寿永3年（1184）没

義仲忌の膳所はみぞるるばかりかな　飴山　實

御嶽の宵かがやけば義仲忌　大峯あきら

陰1月25日　法然忌《ほうねんき》　円光忌《えんこうき》・御忌《ぎょき》　春

法然／浄土宗の開祖。建暦2年（1212）没

大いなる月の尊く御忌詣り　長谷川かな女

兜煮の眼窩大きく法然忌　片山由美子

陰1月27日　実朝忌《さねともき》　金槐忌《きんかいき》　春

源実朝／鎌倉幕府3代将軍、歌人。承久元年（1

219）没

鎌倉に実朝忌あり美しき　高浜虚子

実朝忌波の上なる女下駄　川崎展宏

2月

1日　碧梧桐忌《へきごとうき》　寒明忌《かんあけき》　冬

河東碧梧桐／俳人。昭和12年（1937）没

今昔をけふも読み居り寒明忌　瀧井孝作

碧梧桐の忌なり墨汁飛び散つて　内田美紗

12日　菜《な》の花忌《はなき》　春

司馬遼太郎／小説家。平成8年（1996）没

ゆるやかな海の明るさ菜の花忌　山田みづえ

菜の花忌海暮るるまで見てをりぬ　坂内佳禰

17日　安吾忌《あんごき》　春

坂口安吾／小説家。昭和30年（1955）没

風紋のままの砂山安吾の忌　明田川アヤ

安吾忌やわれも無頼と呼ばれゐし　奥　令子

20日　多喜二忌《たきじき》　春

小林多喜二／プロレタリア文学の小説家。昭和8年（1933）没

多喜二忌や糸きりきりとハムの腕　秋元不死男

暁の機影の深し多喜二の忌　山岡芳遊

22日　風生忌《ふうせいき》　春

富安風生／俳人。昭和54年（1979）没

朴の芽の今年は遅き風生忌　清崎敏郎

風生忌木の芽励ます雨を見て　大内迪子

24日　不器男忌《ふきおき》　春

芝不器男／俳人。昭和5年（1930）没

不器男忌のみぞれにかはる夜半の雨　菊田一平

山墓ににはとり遊ぶ不器男の忌　池内けい吾

25日　茂吉忌《もきちき》　赤光忌《しゃっこうき》　春

斎藤茂吉／歌人。昭和28年（1953）没

茂吉忌の雪の雀のよく見ゆる　菊池一雄

目つむれば最上の波や茂吉の忌　森田　峠

陰2月3日　光悦忌《こうえつき》　春

本阿弥光悦／江戸初期の芸術家。寛永14年（1637）没

貝の名に鳥やさくらや光悦忌　上田五千石

うす紅の和紙が墨吸ふ光悦忌　遠野ひかり

陰2月4日　大石忌《おおいしき》　春

大石内蔵助（良雄）／赤穂藩家老。元禄16年（1703）没

一力に舞をさめたり大石忌　金久美智子

酔ひざめの頬杖はづれ大石忌　鷹羽狩行

陰2月15日　兼好忌《けんこうき》　春

吉田兼好／歌人、随筆家。観応3年（1352）頃没

読まず書かず風の二月や兼好忌　星野麥丘人

ねんごろに知恵の輪遊び兼好忌　中　拓夫

陰2月16日　西行忌《さいぎょうき》　円位忌《えんいき》　春

西行／歌人、僧。文治6年（1190）没

かわかわと旅の鴉に西行忌　阿波野青畝

西行忌あふはねむたきひとばかり　田中裕明

陰2月28日　利休忌《りきゅうき》　宗易忌《そうえきき》　春

千利休／茶人。天正19年（1591）没

利休忌の海鳴せまる白襖　鷲谷七菜子

黒き枕ひとつ干しあり利休の忌　小檜山繁子

陰2月30日（29日説も）　其角忌《きかくき》　春

宝井其角／蕉門《しょうもん》の俳人。宝永4年（1707）没

其角忌や美男やくざのひとりゐて　火村卓造

元禄の世をありありと其角の忌　生田喬也

3月

3日　立子忌《たつこき》　雛忌《ひなのき》　春

星野立子／俳人。昭和59年（1984）没

立子忌に馴染みてゆくも淋しけれ　今井千鶴子

立子忌の空に明るさ戻りけり　星野高士

26日　犀星忌《さいせいき》　春

室生犀星／詩人、小説家。昭和37年（1962）没

坂の上の明治の火の見犀星忌　黒田桜の園
蕗の薹を黄の蝶とみし犀星忌　井上　雪

26日　誓子忌《せいしき》　春

山口誓子／俳人。平成6年（1994）没

誓子忌の星座正しく組み終へし　片町一男
誓子忌の流木ひろふ風の中　丹沢亜郎

27日　赤彦忌《あかひこき》　春

島木赤彦／歌人。大正15年（1926）没

槻の芽に槻のひかりや赤彦忌　加藤楸邨
諏訪をさす夜汽車の隅や赤彦忌　古沢太穂

陰3月18日　人麻呂忌《ひとまろき》　人麿忌《ひとまろき》・人丸忌《ひとまるき》　春

柿本人麻呂／万葉歌人。生没年不詳

顔知らぬ人々寄りぬ人麿忌　阿部みどり女
沖つ藻を浪うちあげぬ人麿忌　福田蓼汀

陰3月18日　小町忌《こまちき》　春

小野小町／平安前期の歌人。生没年不詳

小町忌や二軒茶屋より供え物　佐々木紅春
小町忌の歌膝ゆゆし九十九髪　高橋睦郎

陰3月25日　蓮如忌《れんにょき》　春

蓮如／浄土真宗中興の祖。明応8年（1499）没

なつかしき鐘の蓮如忌曇りかな　大谷句仏
蓮如忌や雨の音する雨の中　阿部完市

陰3月28日　宗因忌《そういんき》　西翁忌《さいおうき》・梅翁忌《ばいおうき》　春

西山宗因／連歌師、俳人。天和2年（1682）没

暗闇を鼠の走る宗因忌　岡澤康司
宗因忌修すや西も晴れにけり　宇咲冬男

4月

1日　三鬼忌《さんきき》　西東忌《さいとうき》　春

西東三鬼／俳人。昭和37年（1962）没

薪割つて鶏とばす西東忌　鷹羽狩行

時告げて黙す雄鶏三鬼の忌　山高真木子

5日　達治忌《たつじき》　鷗忌《かもめき》　春

三好達治／詩人。昭和39年（1964）没

天上に星といふ花達治の忌　上村占魚

達治忌の雲雀は淀をわがものに　杉山郁夫

7日　放哉忌《ほうさいき》　春

尾崎放哉／俳人。大正15年（1926）没

二駅の電車に眠し放哉忌　石川桂郎

放哉忌竹の病む葉を虚空より　飯田龍太

7日　鷹女忌《たかじょき》　春

三橋鷹女／俳人。昭和47年（1972）没

鷹女忌やをんなは遺書を書かざりし　糸山由紀子

激流に花の降り継ぐ鷹女の忌　駒木根淳子

8日　虚子忌《きょしき》　椿寿忌《ちんじゅき》・惜春忌《せきしゅんき》　春

高浜虚子／俳人。昭和34年（1959）没

虚子の忌の大浴場に泳ぐなり　辻　桃子

花束の茎薄暗き虚子忌かな　小野あらた

9日　実篤忌《さねあつき》　春

武者小路実篤／小説家。昭和51年（1976）没

菫濃きこの頃なりし実篤忌　百合山羽公

実篤忌油彩で描く春野菜　岩田洋子

13日　啄木忌《たくぼくき》　春

石川啄木／歌人。明治45年（1912）没

便所より青空見えて啄木忌　寺山修司

鶏卵を市電で割りぬ啄木忌　攝津幸彦

30日　荷風忌《かふうき》　春

永井荷風／小説家、随筆家。昭和34年（1959）没

荷風忌の雲の移り気見てゐたり　吉川高詩

帯低く小さく締めて荷風の忌　保坂リエ

陰4月15日　阿国忌《おくにき》　夏

出雲の阿国／1600年前後に活躍した歌舞伎の

創始者。生没年不詳
ぼうたんの紅の撚り解くお国の忌　森山比呂志
阿国忌の地べたに坐るミュージシャン　前田攝子

陰4月17日　家康忌《いえやすき》　夏
徳川家康／江戸幕府初代将軍。元和2年（1616）没
家康忌晩年運を頼みとし　檜　紀代
磨り置ける墨のみどりや家康忌　藤田あけ烏

陰4月18日　北斎忌《ほくさいき》　夏
葛飾北斎／浮世絵師。嘉永2年（1849）没
こめかみの老斑かなし北斎忌　黒田桜の園
高濤に夕日の濡るる北斎忌　勝尾佐知子

5月

4日　修司忌《しゅうじき》　春
寺山修司／劇作家、歌人。昭和58年（1983）没
木にやどる滴もみどり修司の忌　成田千空
修司忌の五月の森の暗さかな　遠藤若狭男

6日　万太郎忌《まんたろうき》　傘雨忌《さんうき》　夏
久保田万太郎／小説家、劇作家、俳人。昭和38年（1963）没
傘雨忌の神田に遊び暮れにけり　小島　健
傘雨忌の川辺にひろふ街の音　上田日差子

6日　春夫忌《はるおき》　夏
佐藤春夫／詩人、小説家。昭和39年（1964）没
さんまの歌かなしき春夫忌を修す　正田一堂
春夫忌の蝙蝠傘を太く巻く　内田美紗

7日　健吉忌《けんきちき》　夏
山本健吉／文芸評論家。昭和63年（1988）没
健吉忌花の匂ひの湯を飲めり　角川春樹
天草の海に日の入る健吉忌　増成栗人

11日　朔太郎忌《さくたろうき》　夏
萩原朔太郎／詩人。昭和17年（1942）没
深かぶる朔太郎忌の帽子なり　井上弘美
朔太郎忌水底行きのエレベーター　真中てるよ

11日　たかし忌《き》　牡丹忌《ぼたんき》　夏

松本たかし／俳人。昭和31年（1956）没

たかし忌の寺より見ゆる城ケ島　上村占魚

たかし忌の白扇が打つ膝拍子　鷲谷七菜子

28日　辰雄忌《たつおき》　夏

堀辰雄／小説家。昭和28年（1953）没

辰雄忌の卓に若葉の山葡萄　倉橋羊村

図書館の扉重かり辰雄の忌　岩淵喜代子

29日　晶子忌《あきこき》　白桜忌《はくおうき》　夏

与謝野晶子／歌人。昭和17年（1942）没

晶子忌や両手にあます松ぼくり　永島靖子

木洩日のつぶらを踏みて晶子の忌　片山由美子

29日　多佳子忌《たかこき》　夏

橋本多佳子／俳人。昭和38年（1963）没

多佳子忌の浜の昼顔百淡し　百合山羽公

つややかな仏足石や多佳子の忌　高原　節

陰5月6日　鑑真忌《がんじんき》　夏

鑑真／日本律宗の祖。天平宝字7年（763）没

藻の匂ひ町にひろがり鑑真忌　桂　信子

もろどりの山深くゐて鑑真忌　矢島渚男

陰5月24日　蟬丸忌《せみまるき》　夏

蟬丸／平安前期の歌人。生没年不詳

淡海より京へ卯の花蟬丸忌　森　澄雄

蟬丸忌半日鈍く京にをり　藤田湘子

陰5月28日　業平忌《なりひらき》　在五忌《ざいごき》　夏

在原業平／歌人。元慶4年（880）没

断髪のえりあし青し業平忌　日野草城

老残のこと伝はらず業平忌　能村登四郎

6月

19日（13日とする歳時記も）　桜桃忌《おうとうき》　太宰忌《だざいき》　夏

太宰治／小説家。昭和23年（1948）没（入水自殺13日、遺体発見19日）

太宰忌の石もて落す桜の実　細見綾子

黒板に愛の一文字桜桃忌　植村公女

28日　芙美子忌《ふみこき》　夏

林芙美子／小説家。昭和26年（1951）没

割箸に暮れ心地なり芙美子の忌　松山足羽

夏みかん手に重し林芙美子の忌　成瀬櫻桃子

陰6月2日　信長忌《のぶながき》　夏

織田信長／戦国時代の武将。天正10年（1582）没

バロックの鏡こなごな信長忌　櫂未知子

夜の蜘蛛ぽとりと落下信長忌　大塚眞人

陰6月2日　光琳忌《こうりんき》　夏

尾形光琳／画家、工芸家。享保元年（1716）没

群青をゆたかに溶かし光琳忌　高浜虚子

かへるでの花の紅さの光琳忌　松本たかし

7月

3日　楸邨忌《しゅうそんき》　達谷忌《たっこくき》　夏

加藤楸邨／俳人。平成5年（1993）没

葉桜は天蓋となり楸邨忌　小檜山繁子

師はいまも雲中の旅達谷忌　染谷佳之子

8日　重信忌《しげのぶき》　重信忌《じゅうしんき》　夏

高柳重信／俳人。昭和58年（1983）没

たかんなに深傷ありたり重信忌　福田葉子

生前と死後一対に重信忌　高橋　龍

9日　鷗外忌《おうがいき》　夏

森鷗外／軍医、小説家。大正11年（1922）没

伯林と書けば遠しや鷗外忌　津川絵里子

不機嫌な父の横顔鷗外忌　こがわけんじ

17日　茅舎忌《ぼうしゃき》　夏

川端茅舎／俳人。昭和16年（1941）没

茅舎忌の朝開きたる百合一花　高野素十
てにをはの一字大事や茅舎の忌　石　寒太

17日　秋櫻子忌《しゅうおうしき》　喜雨亭忌《きうていき》・群青忌《ぐんじょうき》・紫陽花忌《あじさいき》　夏

水原秋櫻子／俳人。昭和56年（1981）没
旅にして遭ふ雨もよし喜雨亭忌　林　翔
来世また医師にてあらむあぢさい忌　水原晴郎

24日　河童忌《かっぱき》　我鬼忌《がきき》・澄江堂忌《ちょうこうどうき》・龍之介忌《りゅうのすけき》　夏

芥川龍之介／小説家。昭和2年（1927）没
河童忌や表紙の紺も手ずれけり　小島政二郎
河童忌やたつたひとりに大広間　中西夕紀

25日　不死男忌《ふじおき》　甘露忌《かんろき》・万座忌《まんざき》　夏

秋元不死男／俳人。昭和52年（1977）没
生きてあるこの暑さ不死男忌とこそ　上田五千石
甘露忌の蟬と怠けて山の中　鷹羽狩行

30日　左千夫忌《さちおき》　夏

伊藤左千夫／歌人、小説家。大正2年（1913）没
左千夫忌の近しと茂吉生家訪ふ　加藤三七子
山蟬がうなじ掠りて左千夫の忌　ますぶち椿子

30日　露伴忌《ろはんき》　蝸牛忌《かぎゅうき》　夏

幸田露伴／小説家。昭和22年（1947）没
片減りの墨の歳月露伴の忌　成瀬櫻桃子
蝸牛忌や師礼をつくす人あらば　加藤郁乎

30日　谷崎忌《たにざきき》　潤一郎忌《じゅんいちろうき》　夏

谷崎潤一郎／小説家。昭和40年（1965）没
夕萱に日やあかあかと谷崎忌　青木綾子
老いてこそ姉妹美し谷崎忌　三木敬子

陰7月30日　宗祇忌《そうぎき》　秋

飯尾宗祇／連歌師。文亀2年（1502）没
宗祇忌のゆふやけ残る峠かな　鷲谷七菜子
客死恋ふこころどこかに宗祇の忌　大橋敦子

8月

4日　夕爾忌《ゆうじき》　夏

木下夕爾／詩人、俳人。昭和40年（1965）没
丸善に本探しをり夕爾の忌　安住　敦

駅柵に雲のたたずむ夕爾の忌　朔多　恭

5日　草田男忌《くさたおき》　炎熱忌《えんねつき》　夏

中村草田男／俳人。昭和58年（1983）没

炎天こそすなはち永遠の草田男忌　鍵和田秞子

汗のしろがね日照雨のこがね草田男忌　山田径子

8日　普羅忌《ふらき》　立秋忌《りっしゅうき》　秋

前田普羅／俳人。昭和29年（1954）没

鯉こくの食ひたき日なり普羅忌なり　石田波郷

ひと雨のまた笹に鳴る立秋忌　井上　雪

13日　水巴忌《すいはき》　秋

渡辺水巴／俳人。昭和21年（1946）没

水巴忌の一日浴衣着て仕ふ　渡辺桂子

水巴忌の切抜袋古りにけり　石川桂郎

22日　藤村忌《とうそんき》　秋

島崎藤村／小説家、詩人。昭和18年（1943）没

藤村忌手紙の束の捨てがたし　三宅清子

木曽路はや草の色づく藤村忌　岬　雪夫

陰8月2日　鬼貫忌《おにつらき》　秋

上島鬼貫／江戸中期の俳人。元文3年（1738）没

酒引いて雨やりすごす鬼貫忌　上田五千石

軽くなる俳諧あはれ鬼貫忌　長谷川櫂

陰8月8日　世阿弥忌《ぜあみき》　秋

世阿弥／能楽の大成者。嘉吉3年（1443）頃没

天の川ほのと淵ある世阿弥の忌　津川志津

世阿弥忌の佐渡につどひぬ夕焼雲　高橋睦郎

陰8月9日　太祇忌《たいぎき》　不夜庵忌《ふやあんき》　秋

炭太祇／江戸中期の俳人。明和8年（1771）没

太祇ここに住めりとぞいふ忌を修す　河東碧梧桐

夜に入りて太祇忌と知る雨の音　星野麥丘人

陰8月10日　西鶴忌《さいかくき》 秋

井原西鶴／浮世草子作家、俳諧師。元禄6年（1693）没

今の世も男と女西鶴忌　三宅清三郎

陋巷の夜雨に濡れぬ西鶴忌　西村和子

陰8月23日　遊行忌《ゆぎょうき》　一遍忌《いっぺんき》 秋

一遍／時宗の開祖。正応2年（1289）没

吊橋はゆつくりうねり一遍忌　斎藤梅子

遊行忌のすすき束ねてをられけり　黒田杏子

9月

1日　木歩忌《もっぽき》 秋

富田木歩／俳人。大正12年（1923）没

木歩忌や三角州《デルタ》に通ふ大鴉　秋元不死男

木歩忌のしろき朝顔ひらきけり　壬生きりん

3日　迢空忌《ちょうくうき》　信夫忌《しのぶき》 秋

折口信夫（釈迢空）／国文学者、民俗学者、歌人。昭和28年（1953）没

雲ちりぢり学継ぎがたし迢空忌　能村登四郎

雲刷きてさびしき神や迢空忌　林　翔

17日　牧水忌《ぼくすいき》 秋

若山牧水／歌人。昭和3年（1928）没

雲置くによき嶺ひとつ牧水忌　鷹羽狩行

牧水忌くれぎはは水尾束ねたる　中原道夫

19日　子規忌《しきき》　獺祭忌《だっさいき》・糸瓜忌《へちまき》 秋

正岡子規／俳人。明治35年（1902）没

もろこしの食べ殻しんと子規忌なり　村越化石

子規の忌を修すに箱根細工かな　田中裕明

20日　汀女忌《ていじょき》 秋

中村汀女／俳人。昭和63年（1988）没

明日たのむ思ひあらたや汀女の忌　小川濤美子

汀女忌やていねいに拭く朝鏡　山田勝子

21日　賢治忌《けんじき》 秋

宮沢賢治／詩人、童話作家。昭和8年（1933）没

白堊紀の石に波寄す賢治の忌　遊田禮子

傾きて北斗瞬く賢治の忌　樺沢賢治

陰9月6日　広重忌《ひろしげき》　秋

歌川(安藤)広重／浮世絵師。安政5年(1858)没

あをあをと暮るるも露の広重忌　加藤楸邨

ぶつかけの深川めしや広重忌　小倉陶女

陰9月10日　去来忌《きょらいき》　秋

向井去来／蕉門《しょうもん》の俳人。宝永元年（1704）没

去来忌やふふみそめたる貴船菊　大島民郎

去来忌のはしり甘柿小さけれ　星野麥丘人

10月

3日　蛇笏忌《だこつき》　山廬忌《さんろき》　秋

飯田蛇笏／俳人。昭和37年（1962）没

蛇笏忌や振つて小菊のしづく切り　飯田龍太

おほぞらに青また充ちて蛇笏の忌　保住敬子

4日　素十忌《すじゅうき》　金風忌《きんぷうき》　秋

高野素十／俳人。昭和51年（1976）没

筆塚に小鳥遊ばせ素十の忌　徳永球石

末弟の我もやや老い金風忌　村松紅花

27日　源義忌《げんよしき》　秋燕忌《しゅうえんき》　秋

角川源義／出版人、俳人、国文学者。昭和50年（1975）没

新宿に星の流るる秋燕忌　佐川広治

カエサルの地はカエサルへ源義忌　角川春樹

陰10月12日　芭蕉忌《ばしょうき》　時雨忌《しぐれき》・桃青忌《とうせいき》・翁忌《おきなき》　冬

松尾芭蕉／俳人。元禄7年（1694）没

時雨忌にはじまる山のしぐれぐせ　高橋睦郎

時雨忌の最後の客となりにけり　佐藤郁良

陰10月13日　日蓮忌《にちれんき》　御命講《おめいこう》・御会式《おえしき》　冬

日蓮／日蓮宗の開祖。弘安5年（1282）没

山門の上に月あり日蓮忌　山口青邨

あさがほのまだ咲きやめず御命講　久保田万太郎

陰10月13日　嵐雪忌《らんせつき》 冬

服部嵐雪／蕉門《しょうもん》の俳人。宝永4年（1707）没

老残の鶏頭臥しぬ嵐雪忌　石田波郷

嵐雪忌湯島へのぼる坂いくつ　成瀬櫻桃子

11月

2日　白秋忌《はくしゅうき》 秋

北原白秋／詩人、歌人。昭和17年（1942）没

菱の実の角むらさきに白秋忌　中尾杏子

船べりやどこか鳩吹く白秋忌　緒方　敬

6日　桂郎忌《けいろうき》　含羞忌《がんしゅうき》 秋

石川桂郎／俳人、小説家。昭和50年（1975）没

桂郎忌天より烏瓜はづす　神蔵　器

桂郎忌しやこばさぼてん燭あまた　宮川みね子

21日　波郷忌《はきょうき》　忍冬忌《にんとうき》・風鶴忌《ふうかくき》・惜命忌《しゃくみょうき》 冬

石田波郷／俳人。昭和44年（1969）没

波郷忌をしづかに熱を養へり　嶋田麻紀

折り鶴に息を吹き込む波郷の忌　結城節子

23日　一葉忌《いちようき》 冬

樋口一葉／小説家。明治29年（1896）没

昼白き医師等が通る一葉忌　長谷川智弥子

朗読の深く息して一葉忌　増田　守

25日　三島忌《みしまき》　憂国忌《ゆうこくき》・由紀夫忌《ゆきおき》 冬

三島由紀夫／小説家。昭和45年（1970）没

画仙紙のひときは白し憂国忌　三輪初子

こごりゆく瓶の蜂蜜三島の忌　林千鶴子

陰11月13日　空也忌《くうやき》 冬

空也／僧、空也念仏の祖。天禄3年（972）没

下京の夜のしづもりや空也の忌　森　澄雄

空也忌の十三夜月端山より　飯田龍太

陰11月19日　一茶忌《いっさき》 冬

小林一茶／俳人。文政10年（1827）没

一茶忌や口やかましき人ばかり　瀧井孝作

人の世に雀の世あり一茶の忌　保坂リエ

陰11月22日　近松忌《ちかまつき》　巣林忌《そうりんき》 冬

近松門左衛門／浄瑠璃・歌舞伎作者。享保9年（1724）没

烏賊のごと足袋つるされし近松忌　寺井谷子

そののちの噂は聞かず近松忌　片山由美子

12月

9日　漱石忌《そうせきき》 冬

夏目漱石／小説家、俳人。大正5年（1916）没

四時頃に書架にさす日や漱石忌　大峯あきら

漱石忌二十日鼠が垣に消え　友岡子郷

15日　青邨忌《せいそんき》 冬

山口青邨／俳人。昭和63年（1988）没

武蔵野の松風聞かな青邨忌　深見けん二

青邨忌暮の挨拶はじまりぬ　斎藤夏風

31日　寅彦忌《とらひこき》　冬彦忌《ふゆひこき》 冬

寺田寅彦／物理学者、随筆家。昭和10年（1935）没

椋鳥の森尾長の森や寅彦忌　山田みづえ

珈琲の渦を見てゐる寅彦忌　有馬朗人

陰12月25日　蕪村忌《ぶそんき》　春星忌《しゅんせいき》 冬

与謝蕪村／俳人、画家。天明3年（1783）没

太筆の墨のぼりくる蕪村の忌　嶋田麻紀

道すがら煎餅買ひぬ春星忌　田中裕明

二十四節気表《にじゅうしせっきひょう》

「二十四節気」とは一年をおよそ15日ごとに24分割し、それぞれの期間に季節を表す名称を付けたものです。ここでは割愛《かつあい》していますが、二十四節気をさらに5日間ごとに3分割したものが「七十二候《しちじゅうにこう》」です。それぞれの期間は「蛙始鳴《かわずはじめてなく》」「涼風至《すずかぜいたる》」など、動植物や気候の変化を表す短文で呼ばれます。

四季	二十四節気	初日	解説
初春	立春《りっしゅん》	2月4日頃	暦《こよみ》の上では春の始まる日。寒さが峠を越え、春の気配が感じられる頃。
	雨水《うすい》	2月19日頃	雪や氷が解けて水になり、雪が雨に変わる頃。
仲春	啓蟄《けいちつ》	3月5日頃	冬ごもりしていた地中の虫が穴から出てくる頃。
	春分《しゅんぶん》	3月20日頃	春の彼岸《ひがん》の中日《ちゅうにち》で、昼夜の長さがほぼ等しくなる頃。
晩春	清明《せいめい》	4月5日頃	万物がいきいきとして、すがすがしく感じられる頃。
	穀雨《こくう》	4月20日頃	穀物を潤し育てる春の雨が降る頃。
初夏	立夏《りっか》	5月5日頃	暦の上では夏の始まる日。夏の気配が感じられる頃。
	小満《しょうまん》	5月21日頃	万物が成長し、生命力が天地に満ち満ちていく頃。
仲夏	芒種《ぼうしゅ》	6月5日頃	稲や麦など穂の出る穀物の種を蒔《ま》く頃で、梅雨めいてくる。
	夏至《げし》	6月21日頃	昼の長さが一年で最も長くなる頃。

晩夏	小暑《しょうしょ》	7月7日頃	梅雨が明け、暑さがだんだん本格化してくる頃。
	大暑《たいしょ》	7月23日頃	夏の暑さが最も厳しい頃。
初秋	立秋《りっしゅう》	8月7日頃	暦の上では秋の始まる日。秋の気配が感じられる頃。
	処暑《しょしょ》	8月23日頃	暑さが収まってくる頃。
仲秋	白露《はくろ》	9月7日頃	草木に朝露がつき始める頃で、ようやく秋らしさが感じられる。
	秋分《しゅうぶん》	9月23日頃	秋の彼岸の中日で、昼夜の長さがほぼ等しくなる頃。
晩秋	寒露《かんろ》	10月8日頃	秋が深まり、草木に冷たい露がつく頃。
	霜降《そうこう》	10月23日頃	朝夕の気温が下がり、霜が降り始める頃。
初冬	立冬《りっとう》	11月7日頃	暦の上では冬の始まる日。冬の気配が感じられる頃。
	小雪《しょうせつ》	11月22日頃	寒くなり始め、所によっては降雪がみられる頃。
仲冬	大雪《たいせつ》	12月7日頃	雪が本格的に降り始める頃。
	冬至《とうじ》	12月22日頃	昼の長さが一年で最も短くなる頃。
晩冬	小寒《しょうかん》	1月5日頃	寒の入りで、寒さが厳しくなり始める頃。
	大寒《だいかん》	1月20日頃	冷気が極まって寒さが最も厳しい頃。

総索引

●本書に収載された季語・傍題のすべてを新仮名遣い・五十音順で記しました。
●下部には該当する季節等（新年は新と省略）と掲載ページを示しました。
●＊の付いた語は見出し季語です。

あ

う

え

総索引

き

く

こくう 穀雨 春 38
こくかん 酷寒 冬 397
ごくかん 極寒 冬 397
ごくげつ 極月 冬 447
こくしょ 酷暑 夏 208
ごくしょ 極暑 夏 208
こくちょう 黒鳥 冬 480
こくてい 黒帝 冬 446
こくてんし 告天子 春 71
こけしたたり 苔滴り 夏 151
こけしみず 苔清水 夏 152
こげら 小げら 秋 359
こごえすずめ 凍雀 冬 480
こごめざくら 小米桜 春 114
こごめばな 小米花 春 114
こごめゆき 小米雪 冬 404
こごゆ こごゆ 冬 397
こごりぶな 凝鮒 冬 462
こごりぶな こごり鮒 冬 483
ござんおくりび 五山送り火 秋 353
こじか 子鹿 夏 228
こじか 小鹿 秋 311
こしたやみ 木下闇 夏 253
こしぶとん 腰蒲団 冬 417
こしゅ 古酒 秋 301
*こしょうがつ 小正月 新 503
ごすい 午睡 夏 214
こすずめ 子雀 春 106
*こすもす コスモス 秋 370
こぞ 去年 新 501
*こぞことし 去年今年 新 501
*こたつ 炬燵 冬 418
こたつ 火燵 冬 418
こたついた 炬燵板 冬 418
こたつきる 炬燵切る 冬 418
こたつねこ 炬燵猫 冬 477
こたつぶとん 炬燵蒲団 冬 418
こたつやぐら 炬燵櫓 冬 418
こだな 蚕棚 春 108
*こち 東風 春 33
こちどり 小千鳥 冬 479
こちゃ 古茶 夏 170
こちょう 胡蝶 春 74
こっこう 国光 秋 335
こつごもり 小晦日 冬 447
こつばめ 子燕 夏 232
ことし 今年 新 501
ことしざけ 今年酒 秋 301
ことしだけ 今年竹 夏 200
ことしまい 今年米 秋 299
ことはじめ 琴始 新 536
こどものひ こどもの日 夏 174
*ことり 小鳥 秋 358
こどり 子鳥 夏 232
ことりくる 小鳥来る 秋 358
ことりのす 小鳥の巣 春 106
ことりわたる 小鳥渡る 秋 358
こなずみ 粉炭 冬 419
こなゆき 粉雪 冬 404
ごにんばやし 五人囃 春 63
こぬあき 来ぬ秋 夏 138
こねこ 子猫 春 68
このは 木の葉 冬 442
このはあめ 木の葉雨 冬 442
*このはがみ 木の葉髪 冬 466
このはずく 木葉木菟 夏 235
このはちる 木の葉散る 冬 442
このはまう 木の葉舞ふ 冬 442
*このみ 木の実 秋 332
このみあめ 木の実雨 秋 332
このみおつ 木の実落つ 秋 332
このみごま 木の実独楽 秋 332
このみしぐれ 木の実時雨 秋 332
このみどき 木の実時 秋 332
このみふる 木の実降る 秋 332
*このめ 木の芽 春 77
このめあめ 木の芽雨 春 77
このめかぜ 木の芽風 春 77
このめどき 木の芽時 春 77
このめはる 木の芽張る 春 77
このめやま 木の芽山 春 77
このわた 海鼠腸 冬 437
こはぎ 小萩 秋 324
*こはる 小春 冬 389
こはるかぜ 小春風 冬 389
こはるぞら 小春空 冬 389
こはるなぎ 小春凪 冬 389
こはるび 小春日 冬 389

さ

し

総索引

ち

総索引

つ

に

ぬ

ね

総索引

ひ

へ

ほ

ま

み

む

め

も

総索引

や

よ

ら

り

る

れ

ろ

わ

制作スタッフ
執筆・編集協力 山﨑 健・小笠原黒兎
編集協力 市ノ瀬遙・三輪初子・丑山霞外・万木一幹
協力 毎日放送「プレバト!!」
デザイン・DTP 西郷久礼・小林加代
編集 髙宮宏之（株式会社キャデック）
編集担当 齋藤友里（ナツメ出版企画株式会社）
写真・イラスト illustAC・photoAC・photolibrary・PIXTA・Shutterstock・相馬野馬追執行委員会

編著者　**石 寒太**（いし かんた）

昭和18年（1943）、静岡県生まれ。本名・石倉昌治。昭和44年（1969）、加藤楸邨《しゅうそん》が主宰する「寒雷」に入会し、楸邨最後の直弟子となる。平成元年（1989）に俳誌「炎環《えんかん》」を創刊し主宰する。俳句総合誌「俳句αあるふぁ」（毎日新聞社）元編集長。

句集に『あるき神』『炎環』（花神社）、『夢の浮橋』（光書房）、『翔』『生還す』『以後』（ふらんす堂）、『風韻』（紅書房）など、評論・随筆に『宮沢賢治の俳句』（PHP研究所）、『心に遺したい季節の言葉』（ベストセラーズ）、『山頭火』（文藝春秋）、『芭蕉の晩年力』（幻冬舎）、『猫の恋』（毎日新聞社）、『宮沢賢治祈りのことば』（実業之日本社）、『こころの歳時記』『五七五の力』（毎日新聞社）、『わがこころの加藤楸邨』（紅書房）など、著書多数。

本書に関するお問い合わせは、書名・発行日・該当ページを明記の上、下記のいずれかの方法にてお送りください。
電話でのお問い合わせはお受けしておりません。
・ナツメ社webサイトの問い合わせフォーム
https://www.natsume.co.jp/contact
・FAX（03-3291-1305）
・郵送（下記、ナツメ出版企画株式会社宛て）
なお、回答までに日にちをいただく場合があります。
正誤のお問い合わせ以外の書籍内容に関する解説・個別の相談は行っておりません。あらかじめご了承ください。

ナツメ社Webサイト
https://www.natsume.co.jp
書籍の最新情報（正誤情報を含む）はナツメ社Webサイトをご覧ください。

ハンディ版《ばん》 オールカラー よくわかる俳句歳時記《はいくさいじき》

2021年1月5日　初版発行
2024年11月20日　第9刷発行

編著者　石《いし》　寒太《かんた》
発行者　田村正隆

発行所　株式会社ナツメ社
東京都千代田区神田神保町1-52　ナツメ社ビル1F（〒101-0051）
電話　03-3291-1257（代表）　FAX　03-3291-5761
振替　00130-1-58661
制　作　ナツメ出版企画株式会社
東京都千代田区神田神保町1-52　ナツメ社ビル3F（〒101-0051）
電話 03-3295-3921（代表）
印刷所　TOPPANクロレ株式会社

ISBN978-4-8163-6936-0　Printed in Japan